Carlene Thompson

# Du wirst die Nächste sein

Kriminalroman

Aus dem Amerikanischen
von Christine Strüh



Fischer Taschenbuch Verlag

3. Auflage: November 2010

Veröffentlicht im Fischer Taschenbuch Verlag,
einem Unternehmen der S. Fischer Verlag GmbH,
Frankfurt am Main, Januar 2010

Die amerikanische Originalausgabe erschien 2007
unter dem Titel ›Last Seen Alive‹
im Verlag St. Martin's Press, New York, N.Y.

Dieses Werk wurde im Auftrag von St. Martin's Press L. L. C.
durch die Literarische Agentur Thomas Schlück GmbH,
30827 Garbsen, vermittelt.

Gesamtherstellung: CPI – Clausen & Bosse, Leck
Printed in Germany
ISBN 978-3-596-37036-8

*Für meine Hunde- und Katzenfamilie, die so nett ist,*
*in meinen Büchern mitzuspielen.*

*Ich danke Pamela Ahearn, Jennifer Weis*
*und The Mason County Emergency Services.*
*Ein ganz besonderer Dank geht an Beverly Watterson.*

# Prolog

Langsam schob die sechzehnjährige Chyna Greer ihr Schlafzimmerfenster hoch. Warme Juliluft strömte herein, und Chynas beste Freundin Zoey Simms kreischte: »Ich kann gar nicht glauben, dass wir das wirklich tun!«

»Ich finde, wir sollten es lieber lassen«, meinte Chyna. »Wenn ich erwischt werde, wie ich mich mitten in der Nacht an den See schleiche …«

Zoey grinste. »Dir wird schon nichts passieren.«

»Mom und Dad sind gar nicht so entspannt, wie du immer denkst, Zoey.«

»Im Vergleich zu meinen Eltern schon. Ich kann mich nie richtig amüsieren, bloß in den zwei Wochen Sommerferien, die ich bei dir sein darf.«

Chyna verdrehte die Augen. »Du wohnst in Washington D.C., aber die Ferien hier in Black Willow, West Virginia, hier diesem verschlafenen Kaff, sind der Höhepunkt des Jahres für dich?«

»Na, es macht deshalb solchen Spaß, weil wir zusammen sind. Übermorgen muss ich wieder nach Hause, also sei jetzt bitte kein Spielverderber, Chyna.«

Chyna blickte in Zoeys große samtbraune Augen und seufzte. Obwohl Chyna nur ein paar Monate älter war als Zoey, kam ihr der Unterschied oft wesentlich größer vor, mindestens ein paar Jahre. Manchmal bedauerte sie es, dass sie nicht Zoeys übersprudelndes Temperament besaß, und dann versuchte sie, weniger »vernünftig« zu sein. Aber der Wunsch, anders zu sein, veränderte ihre Persönlichkeit natürlich nicht.

Was den nächtlichen Ausflug zum Lake Manicora anging, hatte sie überhaupt kein gutes Gefühl, andererseits ging ihr das häufig so. Ihr großer Bruder Ned erzählte ihr dauernd, sie sollte ein bisschen lockerer sein und nicht so viel nachdenken. Doch so sehr sie Ned liebte, hatte sie keine Ahnung, wie man aufhören konnte zu denken – wie er es anscheinend tat, wenn er tagelang mit einem völlig ausdruckslosen, geistesabwesenden Gesicht herumlief.

Chyna strich sich ihre langen dunkelbraunen Haare hinter die Ohren und zögerte die Entscheidung gezielt hinaus. »Mein Zimmer ist im ersten Stock, Zoey. Wenn eine von uns abstürzt und sich ein Bein bricht – wie sollen wir das meinen Eltern erklären?«

»Ach, jetzt entspann dich doch mal«, schnaubte Zoey. »Manchmal hörst du dich echt an, als wärst du schon dreißig. Wenn wir am Rosenspalier runterklettern, ist das nicht gerade lebensgefährlich. Himmel nochmal!«

Allmählich wurde Zoey ärgerlich. Das kam äußerst selten vor, aber vor acht Tagen hatte sie sich unsterblich verliebt, und seither kochten ihre Gefühle gelegentlich unvermittelt hoch. Sie wollte Chyna auch nicht verraten, wie ihr Angebeteter hieß. Vermutlich entweder, weil sie ahnte, dass Chyna den Typen nicht akzeptieren würde, oder weil sie dachte, durch die ganze Geheimniskrämerei würde die Romanze noch aufregender. Was auch immer der wahre Grund sein mochte, jedenfalls bestand Zoey eisern darauf, ihren anonymen Romeo heute Nacht unten am See zu treffen. »Das ist ein romantisches Rendezvous, Chyna«, erklärte sie hitzig, »und wenn du nicht mitkommen willst, dann gehe ich eben allein!«

Chyna entging nicht, dass ein Teil von Zoeys Draufgängertum aufgesetzt war, und sie war sich ziemlich sicher, dass ihre Freundin sich fürchtete, allein im Dunkeln zum See hinunterzugehen, ihrem geheimnisvollen Fremden aber versprochen hatte, zu dem Stelldichein zu erscheinen, und dieses Versprechen um jeden Preis halten wollte.

Sie schloss die Augen und atmete tief durch. Unmöglich, sie konnte Zoey nicht im Stich lassen. Schließlich war sie seit einer Ewigkeit ihre beste Freundin. Schon ihre Mütter waren auf dem College beste Freundinnen gewesen, und Zoey war sozusagen Chynas Patenschwester – falls es so etwas gab. Jedenfalls fand Chyna, dass es ihre Pflicht war, sich um Zoey zu kümmern.

»Wir gehen doch nur den Hügel runter und über den Highway«, drängte Zoey, und ihre Stimme bekam den süßen Bettelton, dem man bei so einem hübschen Mädchen nur schwer widerstehen konnte.

»Aber es ist mitten in der Nacht, und auf der anderen Seite des Highways ist Lake Manicora. Der ist riesig.«

»Bei dir klingt das, als wäre er einer von den Great Lakes.«

»Er hat immerhin dreizehn Hektar.«

»Typisch, dass du die genaue Größe weißt«, fauchte Zoey. »Lass mal überlegen ... das sind dann dreizehn Hektar voller Haie, Zitteraale, Oktopusse ...«

»Oktopoden.«

»Verzeihung. Ich hab vergessen, dass du *wirklich* ein Genie bist.«

»Ich bin kein Genie.«

»Du hast nur einen astronomischen IQ. Na, hab ich mich angemessen ausgedrückt?«

»Du versuchst, mich mit Komplimenten weichzukochen.«

»Aber anscheinend funktioniert es nicht«, entgegnete Zoey finster, während sie eine Strähne ihrer kurzen blonden Haare um den Finger wickelte – eine typische Geste, wenn sie nervös war. Sie sah so frustriert aus, dass die Tränen nicht mehr weit sein konnten. »Schau doch, du wirst bestimmt nicht erwischt. Deine Mom liegt mit Kopfschmerzen im Bett, dein Dad hat noch irgendwas in seinem Arbeitszimmer zu tun und kontrolliert dich sowieso nie, Ned hat Kopfhörer auf und hört in seinem Zimmer Musik. Niemand wird merken, dass wir weg sind. Also, kommst du jetzt mit, oder muss ich alleine gehen?«

Als Chyna zögerte, verkündete Zoey: »Okay, dann gehe ich eben ohne dich. Er hat mir sowieso gesagt, ich soll alleine kommen.«

»Wer ist denn nun dieser *Er*?«

»Das sag ich dir nicht, aber er ist weder pervers noch irre. Sondern romantisch und wundervoll. Außerdem will er mir nicht an die Wäsche oder so was. Wir reden nur und küssen uns vielleicht mal, weiter nichts. Und ich gehe jetzt!«

»Okay, ich komme mit«, gab Chyna widerwillig nach, weil sie merkte, dass Zoey sich nicht von ihrem Vorhaben abbringen lassen würde. »Das wusstest du doch von Anfang an.«

»Nein, ehrlich nicht.«

Das gehörte zu den vielen Dingen, die Chyna an Zoey schon immer geliebt hatte – ihre Ehrlichkeit. Gut, sie flunkerte ihren übermäßig besorgten Eltern gelegentlich etwas vor, aber daraus konnte Chyna ihr keinen Vorwurf machen, denn das tat sie selbst. Aber zwischen ihr und Zoey gab es keine Lügen. Als sie fünf waren, hatten sie sich einen Blutschwur geschworen, hatten sich mit einer Nadel in den Finger gepiekt, mit Entsetzen zugesehen, wie winzige Blutströpfchen zum Vorschein kamen, die Qualen jedoch tapfer ertragen und die Finger aneinander gerieben. Und ihren Schwur nie gebrochen.

»Na dann mal los«, seufzte Chyna. »Gemeinsam wie immer.«

»Super!« Vor Freude schrie Zoey beinahe, senkte dann aber ihre Stimme und setzte, während sie Chyna fest umarmte, hinzu: »Du bist die beste Freundin der Welt, Chyna.« Dann machte sie sich los. Ihre braunen Augen strahlten. »Also, du zuerst.«

»Warum soll *ich* denn als Erste runterklettern?«

»Na, weil du dich mit dem Rosenspalier besser auskennst als ich.«

»Ja klar, ich benutze immer das Spalier, wenn ich komme oder gehe«, entgegnete Chyna sarkastisch. »Das ist ja auch viel bequemer.«

»Jetzt geh endlich«, sagte Zoey ungeduldig. »Sonst komm ich noch zu spät.«

Chyna warf ihr einen scharfen Blick zu. »Ich möchte, dass du dich an das heutige Erlebnis erinnerst, wenn du alt und grau bist, Zoey. Und ich erwarte als Gegenleistung einen riesengroßen Gefallen.«

»Okay«, antwortete Zoey ernst. »Wenn wir zusammen im Pflegeheim sind, dann lasse ich dich beim Abendessen immer neben dem süßesten Typen sitzen. Neben dem, der noch alle seine Zähne hat.«

»Wenn wir nach der heutigen Nacht überhaupt noch eine Chance haben, ins Pflegeheim zu kommen.« Später würde Chyna sich mit Schaudern an ihre Worte erinnern.

Doch jetzt schwang sie ihr rechtes Bein über den Fensterrahmen und hielt sich fest, bis sie mit dem Fuß auf einer Sprosse des Spaliers einen guten Halt gefunden hatte. Wenn der neue Gärtner die Kletterrosen ihrer Mutter nicht gerade so kräftig dezimiert hätte, wäre der Abstieg unmöglich gewesen.

Immer noch an den Fensterrahmen geklammert, zog Chyna das linke Bein nach und platzierte den Fuß ein Stück weiter unten in ein Spalierdreieck. Schließlich ließ sie den Fensterrahmen ganz los und griff ins Spalier, das sich erstaunlich stabil anfühlte.

»Beeil dich«, zischte Zoey von oben.

»Darf ich vielleicht wenigstens dafür sorgen, dass ich nicht abstürze?«

Zoey verstummte, und Chyna stieg langsam und bedächtig weiter nach unten, obwohl sie wusste, dass sie Zoey damit wahnsinnig machte. Schließlich ließ sie das Spalier los und ließ sich die letzten dreißig Zentimeter fallen, hinunter auf den lehmigen Boden des leeren Blumenbeets. Gespannt spähte Zoey zu ihr herab. »Jetzt ich?«

»Ja, aber lass dir Zeit und sei vorsichtig.«

Zoey machte weder langsam noch war sie im Geringsten vorsichtig. Prompt fiel sie vom Spalier und segelte mindestens zwei Meter mit wedelnden Armen durch die Luft, ehe sie ebenfalls im Blumenbeet landete.

Chyna stürzte zu ihr. »Hast du dir weh getan?«

Zoey rappelte sich auf und klopfte sich den Schmutz ab. »Nein, nein. Lass uns gehen«, sagte sie und zupfte sich die Jeans und das hellblaue Top zurecht.

Auf Zehenspitzen schlichen sie am Haus entlang, vorbei am Wohnzimmer und am Arbeitszimmer von Chynas Vater, wo noch Licht brannte, rannten dann die Auffahrt hinunter und hinaus auf die Asphaltstraße, die den Hügel hinab zum Highway führte.

Als sie drei Minuten schweigend nebeneinander hergegangen waren, sagte Chyna: »Mir gefällt das nicht. Es ist keine gute Idee …«

Sofort wirbelte Zoey zu ihr herum: »Dann geh doch zurück zum Haus! Ich kann auf mich selbst aufpassen!«

»Ich bin schon das bekloppte Spalier runtergeklettert, und außerdem lasse ich dich nicht allein im Dunkeln mit einem Typen, den du kaum kennst …«

»Das ist kein Typ, den ich kaum kenne!«

»Hast du ihn etwa schon bei einem früheren Aufenthalt in Black Willow kennengelernt?«

»Ja, aber diesmal ist es anders. Manchmal funkt es einfach mit jemandem, verstehst du.«

»Nein«, antwortete Chyna. »Das verstehe ich überhaupt nicht.«

»Weil du dauernd bloß an diesen Jetpiloten denkst, an diesen Scott Kendrick. Ständig redest du von dem. Du bist total verliebt in ihn.«

»Überhaupt nicht!«, brauste Chyna auf. »Das ist das Albernste, was ich je gehört habe. Seine Mutter und Mom sind befreundet. Deshalb weiß ich so viel von ihm.«

»Als er heute beim Grillfest aufgetaucht ist und ›Hallo, Chyna‹ gesagt hat, hat dein Gesicht ungefähr fünf verschiedene Farbtöne nacheinander angenommen, und dann bist du fast an deiner Limonade erstickt.«

»Zoey, das ist totaler Blödsinn. Ich hab nie einen Gedanken an Scott verschwendet, und das würde mir auch rein gar nichts bringen, weil ich bloß ein Kleinstadtmädchen bin und er ungefähr ein Dutzend superschicke Freundinnen überall auf der Welt hat und …«

»Und du schreist hier so laut in der Gegend rum, dass man dich wahrscheinlich noch bei dir zu Hause hört«, brummte Zoey. »Wenn du aufhörst, so darauf rumzureiten, dass das hier so eine blöde Idee ist, dann höre ich auf, dich wegen Scott zu veräppeln.«

So stapften sie weiter die Straße hinunter, eine in gespannter Erwartung, die andere voller Wut. Aber Wut bringt auch nichts, dachte Chyna. Zoey lässt sich sowieso nicht aufhalten, und ich möchte nicht, dass sie sauer auf mich ist, wenn sie übermorgen wegfährt.

Die Nacht war warm und schwül. Gestern Abend beim Grillfest, das die Greers immer am Unabhängigkeitstag veranstalteten, hatte Chyna nicht aufs Wetter geachtet. Es war einfach zu nett gewesen. Während sie sich jetzt langsam wieder zu beruhigen versuchte, atmete sie tief den süßen Duft der Nachtkerzen ein, die unter den Robinien und Sassafrasbäumen auf beiden Seiten der Straße wuchsen. Ein paar Vögel zwitscherten in der Dunkelheit, aber erst in der Morgendämmerung würden sie richtig loslegen. Neben ihr raschelte es im Unterholz, Zoey zuckte heftig zusammen und packte Chyna am Arm. Aber es war nur ein Kaninchen, das über die Straße sauste und blitzschnell wieder verschwand.

Schließlich brach Zoey das Schweigen und fragte: »Wer von uns heiratet zuerst, was meinst du? Ich oder du?«

Nach ihrem Streit gerade eben war Chyna auf so eine ungezwungene Frage nicht vorbereitet. Aber sie versuchte den gleichen lässigen Ton anzuschlagen. »Du. Mich scheinen die Jungs eher nicht zu mögen.«

»Aber klar mögen dich die Jungs!«, widersprach Zoey heftig. »Die haben bloß Angst, weil du so schlau bist.« Chyna warf ihr einen verstohlenen Seitenblick zu. »Du bist groß und schlank, bist nach einem exotischen Land benannt, was absolut cool ist, du hast diese dichten, langen braunen Haare und faszinierende graublaue Augen …«

»Faszinierend?«

»Ja. Deine Augen sind nicht bloß schön, sondern mysteriös, so, als würdest du alle möglichen Geheimnisse verbergen. Und das stimmt vermutlich auch.« Chyna sah sie wieder an. »Ich meine das nicht negativ«, fügte Zoey schnell hinzu. »Es ist bloß, dass du, seit du klein bist, immer diesen sechsten Sinn hattest, was irgendwie unheimlich ist, vor allem, weil du meistens recht hast.«

Chyna spürte, wie sie rot wurde. Ihr Leben war schon so lange anders, dass sie manchmal vergaß, dass sie nicht der Norm entsprach. Neun Jahre war es her, dass sie mit ihren Eltern und Ned auf ihrer Yacht den Ohio River hinuntergeschippert waren, zusammen mit Nachbarn, die ein fast identisches Boot besaßen. Die Erwachsenen hatten beide Boote nahe ans Ufer gesteuert, den Motor aber laufen lassen, während sie sich mit Zurufen verständigten, wohin sie als Nächstes fahren wollten. Keiner bemerkte, dass die siebenjährige Chyna, die schwitzte und sich langweilte, aus ihrer Rettungsweste schlüpfte und an den Bootsrand ging, um sich besser den Wanderzirkus ansehen zu können, den sie am anderen

Ufer entdeckt hatte. Plötzlich fuhren die Nachbarn, die leicht angeheitert waren, vom Ufer weg, prallten gegen die *Chyna Sea* – das Boot der Greers –, Chyna verlor das Gleichgewicht und stürzte ins Wasser. Nur ihr damals elfjähriger Bruder Ned hörte sie schreien und sprang ihr nach. Doch das Boot zog sie unter sich, und voller Entsetzen sah sie den rasiermesserscharfen Propeller nur wenige Zentimeter vor ihrem Gesicht durchs Wasser kreisen, ehe sie mit dem Kopf gegen den Schiffsrumpf schlug und alles dunkel wurde.

Ned, der für sein Alter ein bemerkenswert guter Schwimmer war, wurde der Held des Tages, als er aus dem Wasser auftauchte, seine bewusstlose Schwester fest im Arm. Chyna war erst mehrere Stunden später wieder aufgewacht. Eine Woche danach hatte sie plötzlich angefangen, Visionen von zukünftigen und vergangenen Ereignissen zu bekommen, über Dinge, die sie unmöglich auf normalem Wege herausgefunden haben konnte. Gelegentlich wusste sie sogar, was andere Menschen dachten, obwohl diese gerade das genaue Gegenteil sagten.

Anfangs waren die Visionen sehr vage gewesen, nur wenig klarer als das »Prickeln«, die Vorahnungen, die sie schon vor dem Unfall hie und da gespürt hatte. Mit zunehmendem Alter wurden die Visionen jedoch stärker und klarer. Als Chyna dreizehn wurde, merkte sie, dass sie anderen Leuten damit Angst machte. Damals hatte sie angefangen, ihre Gabe abzustreiten, und lautstark erklärt, dass sie keine »unheimlichen« Gedanken mehr hatte. Nur ganz selten passierte ihr bei Zoey ein Ausrutscher, denn vor ihr hatte sie nie etwas geheim halten können.

»Zoey, du hast nie mit jemandem über meine Visionen oder die Stimmen gesprochen, oder?«, fragte Chyna. Auf einmal machte sie sich Sorgen, was die Leute von ihr denken mochten.

»Nein! Na ja, vor langer Zeit hab ich es schon erzählt, aber seit du mich darum gebeten hast, nicht mal mehr mit meiner Mom darüber zu reden, hab ich geschwiegen wie ein Grab. Ich fände es total aufregend, wenn ich hellseherisch veranlagt wäre, aber ich weiß ja, dass es dich irgendwie stört.«

»Wenn du wirklich glaubst, dass ich hellsehen kann, warum glaubst du dann nicht an mein schlechtes Gefühl wegen heute Nacht und wolltest trotzdem unbedingt los?«

Zoey schlug die Augen nieder. »Weil du ja nicht immer recht haben musst. Manchmal verwechselst du einfach Vorsicht mit einem schlechten Gefühl.« Zoey eilte weiter. »Aber normalerweise hör ich ja auch auf dich, und ich bin superglücklich, dass du meine beste Freundin bist. Du bist mein Glücksbringer. Deshalb hab ich letztes Jahr auch die vierblättrigen Kleeblätter für uns gekauft.« Zoey legte die Hand auf die feine Goldkette mit dem Anhänger. »Trägst du deines auch?«

Chyna zog ihr Kettchen unter dem Halsausschnitt ihres T-Shirts hervor. »Ich nehm es nie ab.«

»Das bedeutet, ich bin immer in Sicherheit. Ich hab meinen Glücksklee und die coolste Freundin, die je einer gehabt hat.«

Chyna wurde rot, sagte aber nichts, denn sie wollte nicht, dass Zoey wusste, wie sehr sie sich über das Kompliment freute. Sicher hätten viele Leute gesagt, dass Zoey und Chyna äußerlich nicht unterschiedlicher hätten sein können, aber Chyna spürte, dass sie innerlich etwas verband, was stärker war als Blut. Sie hatte Zoey nie von diesen Gefühlen erzählt, aber sie war sicher, dass ihre Freundin das Gleiche empfand. Was würde ich tun, wenn Zoey jemals wegginge?, überlegte Chyna. Was würde ich tun, wenn ich sie nie wiedersehen würde?

Plötzlich stellte sich Zoey auf die Zehenspitzen und rief aufgeregt: »Da ist der See! Direkt vor uns ist der Pavillon.« Dabei deutete sie auf eine phantasievolle Holzkonstruktion, die auf einer winzigen Insel mitten im See stand und über eine schmale Holzbrücke zu erreichen war. »Ich kann ihn sehen, er wartet da drin auf mich! Dauert bestimmt nicht länger als eine halbe Stunde, versprochen.« Chyna machte den Mund auf, aber Zoey schnitt ihr das Wort ab. »Du hast mich die ganze Zeit im Auge, und mir passiert schon nichts. Danke, dass du mitgekommen bist, Chyna. Hasta la vista!«

»Vaya con Dios«, erwiderte Chyna leise, obwohl sie viel lieber geschrien hätte: Bitte geh nicht!

Sie blieb stehen, bis sie sah, wie Zoey über die Brücke ging und den Pavillon betrat. Die wartende Gestalt stand auf, und die beiden umarmten sich. Chyna sah zu, wie sie sich auf der Bank niederließen. Das Mondlicht auf dem Wasser war nicht hell genug, um Zoeys Herzensbrecher zu erkennen, aber Chyna sah, wie sich ihre Gesichter einander näherten. Ah, ein leidenschaftlicher Kuss, dachte sie. Das Gefühl des »Wie sollen wir es ohne einander aushalten, wenn du wegfährst?«, das wahrscheinlich höchstens eine Woche anhalten würde. Du bist eifersüchtig, dachte Chyna. In diesem Sommer hatte sie grade mal zwei Verabredungen mit einem Jungen gehabt. Ganz im Gegensatz zu ihrem Bruder Ned, der für gewöhnlich mindestens drei Freundinnen gleichzeitig hatte. Unweigerlich erfuhren die Mädchen irgendwann voneinander, eine wahre Explosion gebrochener Herzen folgte, ein Kreuzfeuer von Anrufen, was wiederum Chynas Eltern auf die Palme brachte. Ned musste sich eine lautstarke Moralpredigt anhören, woraufhin sich die Wogen wieder glätteten, ehe ein paar Wochen später der nächste Zyklus begann. Trotzdem beneidete Chyna ihren Bruder um seine Popularität.

Chyna gähnte so heftig, dass sie das Gefühl hatte, sich den Kiefer auszurenken. Wenn sie doch vorhin bloß nicht ihre Antihistamintablette genommen hätte. Ohne die Pillen bekam sie im Sommer abends immer eine verstopfte Nase, ihr Hals kratzte, und sie fing an, unkontrollierbar zu niesen. Aber die Antihistamine machten sie schläfrig. Nach dem langen Tag und dem Grillfest war sie ohnehin schon müde gewesen.

Chyna setzte sich auf die Wiese. Nach fünf Minuten schlossen sich ihre Augenlider, und sie verlor den Kampf gegen den Schlaf. Kurz darauf sackte ihr Kopf nach vorn, und sie sank langsam ins kühle Gras, friedlich und wie ohnmächtig.

»Wach auf, Chyna!« Chynas Nase juckte, ihr ganzer Körper tat weh, und Morgentau bedeckte ihren Körper. Als sie die Augen aufschlug, sah sie über sich ihre Mutter stehen und merkte, dass sie immer noch im Gras lag. »Wo ist Zoey?«, wollte Vivian Greer wissen.

Sofort war Chyna hellwach und sprang auf. Im Osten ging gerade durch den Nebel die Sonne auf. Es war Morgen, begriff sie, während sie die lauten, ärgerlichen Fragen ihrer Mutter tunlichst überhörte. Stattdessen begann sie nach Zoey zu rufen. Ihre Stimme klang kläglich, verloren zwischen den Bäumen und dem Unterholz zwischen dem Haus und dem See – hier hatte Zoey sich mit ihrem geheimnisvollen Freund verabredet.

Wie mit einer eiskalten Hand umklammerte die Angst ihr Herz. Zoey war verschwunden. In der Nacht, im Nebel.

Sechs Stunden später, als die Polizei, Ned, ihre Eltern und ein Dutzend freiwilliger Helfer durch den Wald stapften und Ausschau nach dem Mädchen hielten, während die Polizei eine Suche mit Tauchern im See plante, wusste Chyna mit grässlicher Gewissheit, dass sie Zoey nie wiedersehen würde.

# 1
## Zwölf Jahre später

Chyna Greer stand am Ufer des Lake Manicora. Der Tag Ende Oktober war grau, die Sonne ein fast weißes Schemen, das Ufer von feuchtem Laub bedeckt, denn vor kurzem war ein Sturm über die Gegend hinweggebraust. Chyna zog den Gürtel ihres schwarzen Regenmantels fester. »Lake Manicora«, sagte sie laut. »*Manicora* – ein Wesen mit Frauenkopf und schuppenbedecktem Körper.« Sie seufzte. »Ich weiß nicht, wer auf diesen Namen für den See verfallen ist, aber anscheinend war der Betreffende an dem Tag nicht in bester Stimmung.«

Michelle, eine knapp dreißig Kilo schwere Husky-Hündin mit etwas gelbem Labrador im Stammbaum, sah aus, als würde sie nachdenklich die Stirn runzeln, als sie zu Chyna aufblickte. Interessiert nahm sie die Information zur Kenntnis und studierte dann wieder aufmerksam das kalte dunkle Wasser.

»Na, genießt du auch den schönen Tag?«

Chyna blickte auf und sah einen großen schwarzhaarigen Mann auf sich zukommen. Jeans, braune Wildlederjacke, zögerndes Lächeln. Außerdem hinkte er etwas und stützte sich auf einen Wanderstock. Chynas Herz schlug schneller, als sie ihn erkannte, genau wie damals, als sie sechzehn war. »Hey, Chyna, ich bin's ...«

»Scott Kendrick«, ergänzte Chyna rasch – zu rasch, dachte sie sofort.

»Na ja, dann bin ich offenbar doch nicht so stark gealtert,

dass du mich nicht mehr erkennst«, lächelte er und musterte dann den Hund. »Und wer ist das hier?«

»Michelle. Ich hab sie letztes Jahr aus dem Tierheim geholt.«

Langsam näherte Scott sich der Hündin, bückte sich etwas, um sie an seiner Hand schnuppern zu lassen, stöhnte aber leise, als er das rechte Bein anbeugte. Sofort fielen Chyna die noch nicht ganz abgeheilten Kratzer an seiner Hand und seinem Handgelenk auf. Michelle schnüffelte und leckte dann freundlich die dargebotene Hand. Scott lächelte, dass seine gleichmäßigen weißen Zähne in dem leicht gebräunten Gesicht blitzten. Ein nettes Lächeln, aber es hatte nicht mehr ganz die verwegene Qualität, an die Chyna sich noch aus früheren Zeiten erinnern konnte.

»Ein wunderschöner Hund«, sagte er.

»Wenn Michelle könnte, würde sie sich bestimmt für das Kompliment bedanken. Ich hatte echt Glück, dass ich sie gefunden habe.« Chyna scharrte mit dem Fuß in einem Haufen nasser, schimmeliger Blätter. Offenbar hatte der Herbst die Gegend früh in den Griff bekommen. Andererseits war sie schon seit Jahren nicht mehr im Oktober hier gewesen.

»Vielleicht möchtest du momentan lieber nicht über deine Mutter sprechen, aber ich wollte dir wenigstens kurz sagen, dass ich sie noch letzte Woche gesehen habe«, erklärte Scott leise, während er Michelle etwas geistesabwesend weiterstreichelte, vielleicht in einer Art Übersprungshandlung. »Sie sah gesund und glücklich aus. Sie ist sogar mit einem Kirsch-Käsekuchen vorbeigekommen – unglaublich, dass sie sich immer noch an meinen Lieblingsnachtisch erinnert hat.« Jetzt richtete er sich zu seinen vollen schlaksigen eins neunzig auf und stützte sich wieder auf seinen Wanderstock. Er war schon immer schlank gewesen, aber jetzt sah man ihm an, dass er unlängst im Krankenhaus gewesen war und stark abgenommen hatte. »Sie war eng mit meiner Mom befreundet, aber auch zu mir war sie immer ausgesprochen nett.«

Obwohl sie sich selbst darüber wunderte, hatte Chyna in den gut dreißig Stunden, seit sie erfahren hatte, dass ihre Mutter in ihrem Haus die Treppe hinuntergestürzt war und sich den Hals gebrochen hatte, keine einzige Träne vergossen. Nachdem ihr Bruder Ned sie am Telefon über den tragischen Vorfall informiert hatte, war sie wie betäubt gewesen, hatte einfach ein paar Klamotten zusammengerafft, die verängstigte Michelle in ihre Tragetasche gesteckt und den ersten Flug genommen, der sie von Albuquerque, New Mexico, nach Charleston, West Virginia, brachte. Dort hatte sie dann ein Auto gemietet und war in der Morgendämmerung hier eingetroffen.

»Die Autopsie hat gezeigt, dass Mom mehrere ›stille‹ und dann einen letzten, tödlichen Schlaganfall erlitten hat. Er war wohl auch die Ursache des Sturzes. Dabei wusste ich nicht mal, dass sie Schwierigkeiten mit dem Herzen hatte«, sagte Chyna und sah wieder auf den See hinaus, teils, um die Tatsache zu verbergen, dass sie *nicht* weinte. »Dabei bin ich Assistenzärztin.«

»Wahrscheinlich wollte deine Mutter nicht, dass du dir Sorgen machst.«

Chyna nickte. »Nicht mal Ned wusste, dass Mom krank war. Ich bin nicht sicher, ob sie überhaupt in Behandlung war, sie ist immer so ungern zum Arzt gegangen. Wahrscheinlich kannst du dir vorstellen, dass mich das manchmal fast verrückt gemacht hat, wo ich doch selbst Medizinerin bin.«

»Ja, das kann ich mir gut vorstellen.« Chyna bemerkte die Schatten und tief eingegrabenen Falten um Scotts dunkle Augen. Er sah aus, als würde er nicht genügend Schlaf bekommen. »Aber ich möchte, dass du weißt, wie leid es mir tut.«

»Danke.« Chyna befürchtete, dass sie förmlich und unaufrichtig klang, aber irgendetwas in ihrem Inneren weigerte sich, ihre Gefühle nach außen dringen zu lassen, nicht einmal in ihrer Stimme. »Was führt dich denn an so einem grauen Tag hierher?«, wechselte sie abrupt das Thema und zwang sich, direkt in Scotts markantes Gesicht zu sehen. Sie wollte sich nicht wie ein hölzernes, zurückgebliebenes Kind benehmen – obwohl sie sich genau so fühlte.

»Eigentlich hatte ich gar nicht vor rauszugehen, aber ich musste unbedingt nachdenken. Und ein bisschen für mich allein sein.«

»Oh.« Chyna zog an Michelles Leine. »Entschuldige, dass wir dich gestört haben. Dann gehen wir jetzt mal lieber …«

»Ich meinte nicht wirklich *allein*«, fiel Scott ihr sofort ins Wort. »Ich meine nur ohne Irma Vogel, die bei uns aushilft, seit ich wieder hier bin.«

»Ich erinnere mich noch an sie«, sagte Chyna. »In meiner Teenagerzeit hat sie bei uns gearbeitet. Als Putzfrau. Ein bisschen gekocht hat sie auch. Ich hatte immer das Gefühl, sie mag mich nicht, und als ich ungefähr sechzehn war, ist sie gegangen.« Das war direkt nach Zoeys Verschwinden gewesen, aber Chyna wollte auf dieses deprimierende Detail jetzt nicht zu sprechen kommen.

»Wahrscheinlich war das Problem nicht, dass sie dich nicht mochte. Es war dein Aussehen. Irma ist keine Schönheit und deshalb nie sehr freundlich zu hübschen Mädchen.« Scott lächelte, aber Chyna hielt den Kopf gesenkt, denn das indirekte Kompliment überraschte sie. »Ich glaube, sie ist in ihrem ganzen Erwachsenenleben von einem Job zum nächsten gehüpft. Ich weiß, sie meint es gut, aber sie leert den Aschenbecher jedes Mal, wenn ich auch nur eine einzige Zigarette rauche, verstaut jede Zeitschrift, die ich mal drei Sekunden liegen lasse, umgehend im Zeitungsständer und will mir etwa alle zwanzig Minuten etwas zu essen aufdrängen. Außerdem singt sie bei der Arbeit, was wirklich nicht angenehm ist, denn sie trifft nur selten den richtigen Ton. Und sie weist mich oft und gern darauf hin, dass sie mit vierzig immer noch ledig ist.

*Und* Jungfrau. Ich weiß nie, was ich dazu sagen soll, vor allem zu Letzterem.«

»Mach ihr auf der Stelle einen Heiratsantrag!«

»Ja, vermutlich wäre das die Lösung, aber aus irgendeinem Grund lockt mich die Aussicht nicht. Ich würde Irma gern loswerden, aber ich möchte ihre Gefühle nicht verletzen. Außerdem konnte ich in den letzten Wochen tatsächlich ein bisschen Hilfe gebrauchen – nur bei weitem nicht so viel, wie Irma mir aufdrängt.«

»Es überrascht mich, dass deine Eltern nicht gleich mit dir nach Hause gekommen sind«, sagte Chyna.

»Das wollten sie natürlich, aber sie hatten die Kreuzfahrt nach Hawaii schon seit zwanzig Jahren geplant. Als ich sie wegen … wegen des Unfalls angerufen habe, waren sie schon drei Tage unterwegs, und da hab ich ihnen klipp und klar gesagt, ich möchte nicht, dass sie heimkommen. Anscheinend hat Dad auch gemerkt, dass es nicht edelmütig oder zuvorkommend gemeint war. Offen gestanden bin ich mit allen möglichen Ermittlern die Details so oft durchgegangen, dass ich ganz froh bin, mal eine Weile nicht darüber sprechen zu müssen, und du weißt ja, dass Mom zum Pitbull mutiert, wenn es um derartige Informationen geht. Ich glaube, ich habe es letztlich Dads Sturheit zu verdanken, dass die beiden die Reise nicht abgebrochen haben. Aber nächste Woche kommen sie heim. Dann muss ich die ganze Geschichte noch einmal durchkauen.«

»Oh.« Wenn es um tröstliche Worte ging, war Chyna schnell mit ihrem Latein am Ende. Womit sollte sie Scott denn auch trösten? Er hatte den Jet geflogen, der vor fünf Wochen in Indiana abgestürzt war, zweiundsiebzig Menschen waren dabei ums Leben gekommen. Sicher, ihre Mutter hatte ihr geschrieben, dass man ihn von jeder Schuld freigesprochen hatte, aber er war in eine tiefe Depression verfallen und dachte wohl daran, seine Karriere als Berufspilot ganz aufzugeben. Nachdem er gut eine Woche im Krankenhaus zugebracht hatte, erholte er sich nun hier, wo er aufgewachsen war, von den Verletzungen, die er bei dem Absturz erlitten hatte. »Es tut mir sehr leid, Scott«, sagte sie leise und wurde rot. Sollte sie das Unglück nun erwähnen oder lieber nicht?

Scott stopfte die linke Hand tief in die Jackentasche und starrte zum trüben Himmel empor. »Ich hatte schon länger eine Reise nach Hause geplant. Nur hatte ich nicht erwartet, dass es unter diesen Umständen sein würde. Und das Haus ist so bedrückend – eher ein Museum als ein Zuhause.«

Er lächelte, aber seine dunklen Augen blieben traurig. Früher war sein Blick so selbstbewusst gewesen, auf eine sehr charmante Weise fast ein wenig unverschämt. Ob sein Gesicht jemals wieder diesen Ausdruck annehmen würde? Der Wind frischte auf und blies ihm ein paar schwarze Haarsträhnen über die Stirn. Chyna hatte Scott fünf Jahre nicht gesehen, aber jetzt entdeckte sie über seinen Augenbrauen ein paar Falten und die lila-gelben Überreste einer üblen Prellung. Auf dem linken Wangenknochen war eine noch nicht ganz verheilte Schnittwunde, und eine weitere zog sich am linken Unterkiefer entlang. Über beiden klebten schmale chirurgische Wundverschlussstreifen, und Chyna vermutete, dass erst vor kurzem die Fäden gezogen worden waren.

»Stört es dich, wenn ich ein Stück mit dir gehe?«, fragte er. »Vielleicht wird uns dann wärmer.«

»Gute Idee. Ich fürchte, hier rumzustehen hat mich ein bisschen in Trance versetzt. Wahrscheinlich hat sich Michelle schon halb zu Tode gelangweilt und möchte endlich die vielen exotischen Gerüche hier erkunden.«

»Exotisch? Das vergammelte Laub am Ufer des Lake Manicora?«

»Für Michelle sind sie exotisch, schließlich ist sie die Wüste gewohnt. Na ja, hauptsächlich den Anblick Wüste«, erklärte Chyna, während sie sich langsam wie zwei Invaliden in Bewegung setzten. »Sie läuft nämlich nicht gern durch den Sand.«

»Gefällt es dir in New Mexico?«

»Meistens schon. Gelegentlich macht mir die Hitze zu schaffen, aber normalerweise bin ich ja sowieso in der Klinik.«

»Oh, stimmt ja. Wie weit bist du inzwischen? Assistenzärztin im ersten Jahr?«

»Im Zweiten.«

»Und du weißt wahrscheinlich mindestens so viel wie andere im dritten Jahre. Oder mehr.« Scott schenkte ihr wieder dieses ausgesprochen sympathische Lächeln, das es aber nicht ganz bis zu seinen dunklen Augen schaffte. »Worauf willst du dich mal spezialisieren?«

»Pädiatrische Onkologie.«

»Krebskranke Kinder? Mein Gott, Chyna, wenn du das jeden Tag aushältst, bist du wesentlich stärker als ich.«

»Ich bin ja noch nicht so weit, Scott. Womöglich merke ich, dass ich auch nicht stark genug bin.«

»Du wirst das schaffen, da bin ich ganz sicher – du schaffst alles, was du dir in deinen klugen Kopf setzt.« Er lächelte wieder. »Und da wir von Kindern sprechen – wie geht es deiner Nichte und deinem Neffen?«

»Kate und Ian? Denen geht es gut. Ned sagt, dass sie schon ganz aufgeregt sind, weil morgen ja Halloween ist. Ihre Mom kann sie anscheinend gut von Grübeleien über den Tod ihrer Großmutter ablenken. Beverly ist die geborene Mutter. Andererseits sind die Kinder mit ihren fünf beziehungsweise drei Jahren eigentlich sowieso noch zu klein, um sich von einem Todesfall in der Familie Halloween verderben zu lassen.«

Michelle begann, aufgeregt um Scotts Füße herumzuschnüffeln, und Chyna schaute sich das Objekt ihrer Neugier genauer an. »Das ist ein echt schöner Wanderstock, den du da bei dir hast, Scott.«

Scott machte ein bekümmertes Gesicht. »Ich hab es einfach nicht mehr ausgehalten, mit der Krücke rumzuhumpeln, und da hab ich mir zu Hause diesen hier geschnappt.« Er hielt den Stock in die Höhe. »Eine von Moms geliebten Antiquitäten.«

Chyna betrachtete den dunklen Hartholzstock mit dem Elfenbeingriff und runzelte die Stirn. »Die Schnitzerei im Elfenbein kann ich nicht erkennen.«

»Das ist Heinrich der Achte.« Scott drehte den Stock um. »Auf der anderen Seite des Griffs ist der Tower von London eingeschnitzt. Vermutlich wäre es Mom lieber, ich würde ihn nicht benutzen, aber momentan lässt sie mir fast alles durchgehen.« Er seufzte. »Es ist trotzdem schön, mal wieder in Black Willow zu sein. Ich hätte zwar nie gedacht, dass ich das jemals sagen würde, aber diesmal ist es für mich wirklich wie ein sicherer Hafen. Ich hab schon Angst, dass ich ewig bleiben möchte.«

Früher hatte auch Chyna sich tief mit Black Willow verbunden gefühlt, vielleicht weil ihre Vorfahren seit Mitte des neunzehnten Jahrhunderts in oder in der Nähe des Orts gewohnt hatten. Doch nachdem Zoey verschwunden war und die Polizei, die Tag und Nacht den Wald durchkämmt und erfolglos den See abgesucht hatte, schließlich abgezogen war, hatte Chyna sich nur noch danach gesehnt, das Städtchen zu verlassen und nie wieder zurückzukommen.

Ein Jahr später war sie aufs College gegangen und musste schockiert feststellen, dass sie Heimweh nach Black Willow hatte. Zwar versuchte sie mit allen Mitteln, es zu unterdrücken und auszumerzen, aber sie schaffte es nicht. Die Anziehungskraft von Black Willow und von Zoeys Verschwinden waren zu stark. Immerhin hatte Chyna ihre Aufenthalte auf die Weihnachtsferien beschränkt. Sie ertrug den Anblick des Sees im Sommer nicht, denn dann sah alles genauso aus wie in jener Nacht, als Zoey hier vom Erdboden verschluckt worden war.

»Du wirst schon wieder wegwollen«, sagte Chyna. »Denn wenn du nicht gehst, kannst du deinen Beruf nicht mehr ausüben.«

»Das ist ja gerade das Problem, Chyna. Ich bin nicht sicher, ob ich Pilot bleiben möchte.«

»Aber das war immer dein Traumberuf!«, platzte Chyna heraus. »Das hast du mir schon erzählt, als ich noch ein Teenager war.«

»Die Zeit und das, was man erlebt, können einen Menschen grundlegend verändern, Chyna«, erwiderte Scott achselzuckend.

Inzwischen hatten sie die Stelle am Ufer erreicht, wo früher eine Holzbrücke zu dem malerischen Pavillon auf der winzigen Insel mitten im See geführt hatte. Jedenfalls hatte Chyna den Pavillon einst malerisch gefunden. Jetzt erschien er ihr nur noch schäbig – das Holz war morsch, eine Schindel baumelte windschief vom Dach herab, und der Wind blies tote Blätter durch alle Öffnungen. Chyna hatte das Gefühl, dass sie jetzt das wahre Gesicht des Pavillons erkannt hatte – trist, verlassen, heruntergekommen. Und da war noch etwas, was über diese kleinen Mängel hinausging, etwas Gefährliches und Bösartiges. Etwas, was nachts, wenn schlimme Dinge geschahen, höhnisch lachte.

Sie starrte zu dem Pavillon hinüber und sagte fast wütend in die Stille hinein: »Das Ding hier sieht echt schauderhaft aus.«

Scott nickte. »Stimmt. Der Sturm am Freitag hat die Sache echt nicht besser gemacht, und jetzt ist auch noch die Holzbrücke kaputt. Irma, die bekanntlich alles mitkriegt, was im Städtchen passiert, hat mir gesagt, dass im Gemeinderat darüber diskutiert wird, ob man den Pavillon repariert oder gleich ganz abreißt und lieber einen neuen baut.«

»Die können doch unmöglich so geizig sein, das alte Ding hier notdürftig wieder zusammenzuflicken!«, meinte Chyna leidenschaftlich. »Die Brücke existiert praktisch nicht mehr, das Dach ist in total schlechtem Zustand – Himmel nochmal, ich kann die Löcher von hier sehen, und die meisten Schindeln sind weg. Garantiert ist der Boden auch nicht mehr sicher.«

»Wenn es nur oberflächlich repariert wird, möchte ich jedenfalls nicht reingehen, und ich denke, den meisten Leuten geht es genauso, vor allem denen, die Kinder haben. Dabei war der Pavillon immer der Knüller der Gegend, die Touristen lieben ihn, und es würde wahrhaftig kein Vermögen kosten, ihn zu erneuern. Ich wette, die Leute von Ridgeway Construction würden das toll machen, und da sie in Black Willow ansässig sind, könnte man sie vielleicht sogar überreden, dass sie nur das Material in Rechnung stellen.« Zum ersten Mal schien Scotts Stimmung sich aufzuhellen. »Ich glaube, ich rede mal mit Gage Ridgeway darüber. Er war ja früher mit deinem Bruder und mir befreundet. Er hat bestimmt ein offenes Ohr. Sein Vater dagegen …«

Scott unterbrach sich und schaute auf die Uhr. »Oh, ich hab die Zeit ganz aus den Augen verloren. Wenn ich mich nicht sofort auf den Weg mache, komme ich zu spät zu meinem Reha-Termin beim Physiotherapeuten«, verkündete er abrupt, und ein Schatten fiel über sein Gesicht, als überwältigte ihn plötzlich wieder die Erinnerung an das Flugzeugunglück. »Es war toll, dich wiederzusehen, Chyna, sogar unter diesen traurigen Umständen.«

»Soll ich dich irgendwohin mitnehmen?«, platzte Chyna heraus, bevor ihr klar wurde, dass Scott natürlich nicht zu Fuß zum See gekommen sein konnte. Sie wurde knallrot, aber Scott ignorierte ihre dumme Frage einfach.

»Danke, aber ich parke direkt da drüben.« Er deutete auf einen weißen PKW. »Ich hab mir ein altes Auto von Dad geliehen. Wir sehen uns bestimmt bald wieder. Aber bleib nicht zu lange draußen, es ist kalt.« Dann senkte er den Blick. »War nett, dich kennengelernt zu haben, Michelle. Tschüs, ihr beiden.«

Michelle erkannte das Wort »Tschüs« und streckte Scott ihre

breite Pfote aus. Lächelnd beugte Scott sich zu ihr herab und schüttelte sie. »Du bist klasse«, sagte er mit fast der gleichen Lebhaftigkeit wie früher. Ein paar Minuten später winkte er Chyna durchs Autofenster zu, während er vom Parkplatz auf die Straße einbog und in Richtung Stadt davonfuhr.

Chyna dachte daran, wie verliebt sie früher in Scott gewesen war, erinnerte sich an ihre Tagträume, dass er eines Tages vor ihrer Tür erscheinen und ihr gestehen würde, dass sie die Liebe seines Lebens sei. Das war nie geschehen, aber in ihren Augen war er immer noch der Gleiche wie mit Anfang zwanzig – nur eben ein bisschen älter und ziemlich desillusioniert. Bestimmt sehe ich auch nicht mehr so naiv in die Welt wie vor zwölf Jahren, dachte sie. Das ist der Zahn der Zeit.

Unglücklicherweise löschte die Zeit aber nicht immer alle schlechten Erinnerungen. Ich wollte, ich könnte diesen See anschauen und müsste nicht sofort an Zoey denken, dachte Chyna. Zoey mit den Sommersprossen auf der Nase, mit ihren blonden Haaren, ihrem lebhaften Wesen – das alles war in jener warmen Sommernacht verschwunden, während Chyna im Gras gelegen und tief und fest geschlafen hatte. Wie tot. Bei dem Gedanken bekam sie noch immer eine Gänsehaut. Ich hab geschlafen wie tot. Und wahrscheinlich ist Zoey währenddessen ermordet worden.

Wenn ich nicht so fest geschlafen hätte, dachte Chyna schuldbewusst, hätte ich Zoey vielleicht retten können. Chyna war überzeugt, dass Zoey die Gefahr erkannt hatte, aber dass es da schon zu spät gewesen war. Vielleicht hatte sie geschrien. Vielleicht hätte Chyna rechtzeitig an der Seite ihrer besten Freundin sein können, die ihr mehr bedeutet hatte als eine Schwester.

Sicher, ihre eigenen und natürlich auch Zoeys Eltern hatten Chyna schwere Vorwürfe gemacht, weil sie so töricht und verantwortungslos gehandelt hatte, aber am schlimmsten waren die Schuldgefühle gewesen, mit denen Chyna sich selbst gnadenlos gepeinigt hatte. Sie hatte Zoey nicht umgebracht, aber sie hätte sich nicht schlechter fühlen können, wenn sie Zoey mit dem Auto überfahren oder von der Klippe gestoßen hätte. Außerdem konnte Chyna es sich nicht verzeihen, dass sie nicht auf ihren Instinkt gehört und Zoey eindringlicher vor der Gefahr gewarnt hatte, die in dieser Nacht auf sie lauerte. Schon vor Zoeys Verschwinden war Chynas Leben von ihrem Instinkt geleitet worden – und dieser Instinkt hatte sich nur äußerst selten geirrt. Aber an jenem Sommerabend hatte sie Zoey nachgegeben, statt auf ihre Intuition zu vertrauen, und dafür hatte Zoey bezahlen müssen. Nicht sie, sondern die arme kleine Zoey.

Wie immer, wenn Chyna eingehendere Gedanken an Zoey zuließ, fühlte sie sich von Kälte und Übelkeit beinahe überwältigt. Ich muss aufhören, mich so in die Erinnerung zu vertiefen. Meine eigene Mutter ist gerade gestorben, schalt sie sich, und ich denke immer nur an Zoey. Ich muss Dinge erledigen, ich muss eine Liste machen, damit das Geschirr, in dem die Speisen angeliefert werden, an die richtige Adresse zurückgeht und entsprechende Dankesbriefe verfasst werden können. Ich hab mich ja noch nicht mal darum gekümmert, was Mom bei der Bestattung anziehen soll. Soll der Sarg offen bleiben oder geschlossen werden? Für solche Entscheidungen hatten Ned und ich bisher noch gar keine Zeit.

Ihr schwirrte der Kopf, und Michelles Leine rutschte ihr aus der Hand. Der Hund rannte zum Ufer des Sees, starrte eine Weile ins Wasser und machte dann zwei zögernde Schritte hinein. Trotz des Labrador-Erbes schwamm Michelle nicht besonders gern. Behutsam machte sie noch einen Schritt, bis ihre Pfoten ganz im Wasser waren. Dann blieb sie stocksteif stehen, und ihre Nackenhaare sträubten sich.

»Was ist, Michelle?«, fragte Chyna, während sie dem Hund nachging, um die Leine wiederzuholen.

Aber Michelle ignorierte sie und starrte weiter auf den See hinaus, regungslos. Nur ihre Schnauze zuckte. Ein toter Fisch? Sonst irgendein totes Tier?

»Michelle?«, wiederholte Chyna und zupfte sanft an der Leine. »Michie, komm her. Sei nicht so störrisch.«

Doch der Hund blieb hartnäckig stehen, mit gespitzten Ohren und gesträubtem Nackenfell. An sich war Michelle eine folgsame Hündin und hing leidenschaftlich an Chyna, aber jetzt hatte man den Eindruck, dass sie die Existenz ihres Frauchens einfach vergessen hatte.

»Michelle?« Chyna kam näher und machte ebenfalls einen Schritt ins Wasser. Ihren schwarzen Lederstiefeln würde die Nässe nicht schaden, sie waren sowieso nicht mehr die neuesten. »Michie, was hast du denn?«

Und dann hörte sie es. Leise, weit weg, verschwommen, ein Singsang. »Star light, star bright …«

Blitzschnell drehte Chyna sich um, in der sicheren Erwartung, irgendwo in der Nähe ein Kind zu entdecken. Aber da war niemand.

Sie schüttelte den Kopf. Wahrscheinlich bin ich schon so übermüdet, dass ich halluziniere, dachte sie.

Aber da hörte sie die Stimme wieder. Eine vertraute Stimme.

»Chyna? Chyna, ich bin's, Zoey.«

Hätte Chyna ein Fell gehabt wie Michelle, hätten sich auch ihre Nackenhaare gesträubt, so spürte sie nur ein Prickeln, und die Haut am ganzen Körper zog sich zusammen.

»Chyna, ich hab mich in der Dunkelheit verlaufen. Ich hab mich verirrt und bin ganz allein.«

Hektisch blickte Chyna über den See. Auf der anderen Seite sah sie eine Familie mit zwei Teenagern entlangspazieren, die Eltern in eine angeregte Unterhaltung versunken, die Kinder sichtlich gelangweilt. Ein Stück weiter weg saßen zwei Jungen von vielleicht siebzehn Jahren in einer der Schutzhütten und nippten an Getränkedosen. Auf dem Parkplatz schlenderte ein älterer Mann auf sein Auto zu. Sonst war niemand in der Nähe.

»Chyna?«

»Ich höre dich«, sagte Chyna, denn sie konnte nicht anders, sie musste auf die Stimme antworten, die so klang, als käme sie von Zoey. »Was ist?«

»Du bist die Einzige, die helfen kann.«

Chyna schloss die Augen. Sie war müde. Sie trauerte über den Tod ihrer Mutter. Bestimmt bildete sie sich das alles nur ein. Sie schüttelte den Kopf, als könnte sie dann klarer denken. »Komm, Michelle. Wir müssen zurück«, sagte sie energisch.

»Nein, nein, hör mir zu«, flehte die Stimme vom See, jetzt lauter und deutlicher. »Du musst mich finden, denn es gab noch andere Mädchen wie mich. Wenn du nichts unternimmst, werden es noch mehr. Hilf mir, Chyna. Hilf *ihnen*.«

»Ich …« Plötzlich fühlte Chyna sich wie zu Eis erstarrt. Ihre Hände zitterten, sie konnte kaum atmen. Voller Panik packte sie Michelles Leine, wandte sich um und rannte weg vom See. Doch Zoeys Stimme, die Stimme ihrer lange verlorenen Freundin, rief ihr nach.

# 2

Chyna knallte die Haustür hinter sich zu, schloss ab und lehnte sich schwer atmend an das lackierte Holz. Auch Michelle hechelte, blickte gespannt zu Chyna empor und kratzte mit der Pfote vorsichtig an ihrem Bein. Der Hund hat genauso viel Angst wie ich, dachte Chyna, kam dann aber zu dem Schluss, dass das nicht sein konnte. So viel Angst wie sie konnte niemand haben.

Mit weichen Knien wankte sie zu einem der Sessel im Wohnzimmer und ließ sich mit einem tiefen Seufzer hineinfallen. Die Sessel waren elegant, aber hart wie Stein – eher etwas fürs Auge als für die Bequemlichkeit. Aber in diesem Fall hatten sie sich zumindest als nützlich erwiesen, denn wenn sie nicht so in der Nähe gestanden hätten, wäre Chyna womöglich auf dem Boden gelandet.

Noch immer hämmerte ihr Herz wie wild. Okay, du musst dich beruhigen, redete sie sich zu. Vor allem für eine Frau, deren Unerschütterlichkeit schon fast sprichwörtlich war, benahm sie sich ziemlich albern. Natürlich war auch Chyna nicht ganz so gleichmütig, wie sie gern vorgab, aber sie war tatsächlich von Natur aus nicht besonders nervös, empfindlich oder schreckhaft. Im Krankenhaus nannten manche Schwestern sie hinter ihrem Rücken »eiserne Lady«. Irgendwie gefiel es ihr, dass man sie für eine starke Frau hielt, deshalb verriet sie lieber nicht, dass sie von ihrem Spitznamen wusste.

Allmählich beruhigte sich ihr Atem, und auch das Gedankenkarussell drehte sich langsamer. Sie schloss die Augen und ließ die Ereignisse der letzten Tage noch einmal vor ihrem inneren Auge vorüberziehen. Am Dienstagabend hatte sie vor der Nachtschicht noch ein Nickerchen gemacht. Nach etwa einer Stunde war sie mit einem Ruck aufgewacht, weil sie geträumt hatte, jemand würde sie durch einen Wald jagen. Der Traum hinterließ dröhnende Kopfschmerzen, gegen die sie in der darauffolgenden Nacht, die sehr anstrengend war, immer wieder Aspirin eingeworfen hatte. Am nächsten Tag hatte sie kaum geschlafen, und die Nachtschicht am Mittwoch war noch schlimmer gewesen als die am Dienstag. Nach Dienstschluss war sie noch keine Stunde zu Hause gewesen, als Ned angerufen und ihr mitgeteilt hatte, dass ihre Mutter – ihre wunderschöne, über alles geliebte Mutter – tot war.

Zutiefst erschüttert hatte Chyna im Krankenhaus angerufen, um sich die nächsten Tage freizunehmen – was ihr zustand, da sie wiederholt Urlaub nicht genommen und Extraschichten gearbeitet hatte. Dann stopfte sie ein paar Sachen in einen Koffer, kramte Michelles Transportkorb heraus, machte sich auf den Weg zum Flughafen und beschloss, einfach auf den nächsten Flieger zu warten, der sie in die Nähe von Black Willow bringen würde.

Nachdem sie mehrere Stunden im Terminal auf und ab gewandert war, einen Schokoriegel gegessen hatte, der wie Pappe schmeckte, und so getan hatte, als würde sie lesen, in Wirklichkeit aber nur ihre Mitreisenden angestarrt hatte, konnte sie schließlich an Bord gehen, musste aber umsteigen und erreichte erst nach einem langen Zwischenaufenthalt Charleston, West Virginia. Auf beiden Flügen hatte sie es sich auf ihrem Sitz bequem gemacht, aber ziemlich schnell gemerkt, dass sie zwar erschöpft war, aber nicht mal mit Hilfe eines nervenberuhigenden Wodka Tonic einschlafen konnte. Daran änderte sich auch nichts, als sie das hübsche Steinhaus ihrer Mutter auf dem Hügel betrat, von dem aus man den ganzen Lake Manicora überblicken konnte.

Inzwischen hatte sie es wenigstens geschafft, ein kurzes, von Träumen zerrissenes Nickerchen zu machen. Als sie steif und benommen aufwachte, hatte sie beschlossen, einen Spaziergang zu machen, und obwohl sie das nicht geplant hatte, war sie am Ufer des Sees gelandet, genau dort, wo sie Zoey zum letzten Mal gesehen hatte. Kein Wunder, dass sie sich einbildete, hier die Stimme ihrer verschwundenen Freundin zu hören.

Zoeys Stimme. Chyna hatte schon des Öfteren Stimmen gehört, aber sie waren immer nur ein Flüstern gewesen. Ratschläge wie: »Tu das nicht«, oder: »Nimm lieber das da.« Als sie noch klein war, hatte sie gedacht, solche Anweisungen kämen von ihrem Schutzengel. Aber eine Stimme, die sie kannte, hatte sie noch nie gehört. Noch nie hatte eine Stimme ihren Namen gerufen, noch nie hatte eine Stimme sie angefleht, ihr zuzuhören. Wahrscheinlich hatte sie in den letzten Tagen einfach zu viel Stress gehabt, und jetzt ging ihre Phantasie mit ihr durch. Da war es naheliegend, sich einzubilden, Zoey würde sie hier unten am See um Hilfe bitten.

Aber dass Michelle plötzlich mit gesträubten Nackenhaaren wie erstarrt stehen geblieben war, hatte sie sich nicht eingebildet. Bei dem Gedanken überfiel sie eine dumpfe, unerbittliche Angst, die sich mit keiner noch so nüchternen Rationalisierung vertreiben ließ.

Michelle war kein aggressiver Hund, aber sie war auch nicht schüchtern. Beim Anblick eines anderen Hundes oder einer Ente auf dem See wäre sie nicht erstarrt, auch nicht, wenn irgendwelche anderen Tiere, vielleicht Streifenhörnchen oder Eichhörnchen, in der Nähe gewesen wären. Außerdem war es auch untypisch für Michelle, wie angewurzelt im kalten Wasser stehenzubleiben, während Chyna an der Leine zerrte – normalerweise gehorchte sie beim kleinsten Ruck und kam sofort bei Fuß. Heute jedoch hatte Michelle sich einfach nicht von der Stelle gerührt. Und als Chyna »gedacht« hatte, sie würde Zoeys Stimme hören, hatten sich Michelles Ohren aufgerichtet, wie immer, wenn sie angestrengt lauschte.

Das Telefon klingelte, und Chyna sprang erschrocken aus ihrem Sessel. Michelle duckte sich fluchtbereit. Chyna verdrehte die Augen. »Das ist doch bloß das Telefon, mein Mädchen«, sagte sie. »Aber wenn wir beide so weitermachen, dann sind wir bis Sonnenuntergang vor lauter Angst gestorben.«

Mit raschen Schritten überquerte sie die Perserbrücke, die über dem hellen, cremefarbenen Teppichboden lag, und nahm den Hörer ab. »Hier bei Greer.«

»Hallo, Chyna!«, antwortete eine unbeschwerte Frauenstimme.

Augenblicklich entspannte sich Chyna. Es war Beverly, ihre Schwägerin. »Sorry, Bev. Im Krankenhaus werde ich pro Tag mindestens hundertmal mit ›Greer‹ angesprochen. Manchmal vergesse ich ganz, dass ich auch noch einen Vornamen habe.«

»Den hast du aber, und zwar einen sehr schönen, also gewöhn dich dran, mal ein paar Tage Chyna zu sein. Du bist bestimmt ganz schön erledigt nach der Reise, das ging ja echt schnell.«

Fast hätte Chyna geantwortet: »Ich bin so erledigt, dass ich schon anfange, den Verstand zu verlieren«, aber dann rang sie ihrer Stimme doch noch ein bisschen Munterkeit ab und sagte: »Ja, müde bin ich schon, aber daran bin ich gewöhnt. Michelle und ich haben gerade einen Spaziergang am See gemacht, und wir sind Scott Kendrick begegnet.«

»Wirklich?« Beverly klang überrascht. »Ich dachte, er verlässt so gut wie nie das Haus. Was für einen Eindruck hattest du denn von ihm?«

»Körperlich scheint er sich gut zu erholen. Und emotional – ich denke, er versucht wieder auf die Beine zu kommen, aber wahrscheinlich dauert das einfach.« Jetzt wünschte sie, sie hätte die Begegnung nicht erwähnt, denn es kam ihr wie ein Verrat an ihm vor, mit Beverly über Scotts mentale Verfassung zu sprechen. »Wie geht es denn meiner Nichte und meinem Neffen?«, wechselte sie abrupt das Thema.

»Die beiden sind anstrengend, aber gesund, also sollte ich wohl dankbar sein und nicht meine grauen Haare zählen, richtig?«

»Bei meinem letzten Besuch habe ich kein einziges graues Haar gesehen«, meinte Chyna. »Du sahst noch genauso jung aus wie an dem Tag eurer Hochzeit.«

Bei mir bin ich da nicht so sicher, setzte sie in Gedanken hinzu, warf einen Blick in den goldgerahmten Spiegel über dem marmornen Kaminsims und kam zu der Erkenntnis, dass sie ziemlich mitgenommen wirkte – trockene Haut, Augenringe, mindestens zehn Jahre älter als vor zwei Tagen.

Beverly holte tief Luft und sagte dann mitfühlend: »Es tut mir sehr leid wegen Vivian, Chyna. Ich weiß, wie sehr du sie geliebt hast.«

»Ich kann einfach nicht glauben, dass Mom Herzprobleme hatte, von denen ich nichts wusste«, platzte Chyna heraus. »Ich meine, es ist doch wirklich ein Hammer, so was vor der eigenen Tochter geheim zu halten, vor allem, wenn die Tochter Ärztin ist.«

»Vivian hat mit niemandem darüber gesprochen«, entgegnete Beverly tröstend. »Wahrscheinlich war sie bei einem Arzt außerhalb. Jedenfalls habe ich, als ich vor ungefähr sechs Monaten bei ihr war, auf ihrem Schreibtisch ein Kärtchen mit einem Arzttermin gesehen.«

»Erinnerst du dich noch an den Namen des Arztes?«

»Nicht auf Anhieb, aber er fällt mir bestimmt irgendwann wieder ein. Ich bin ziemlich sicher, dass es eine Adresse in Huntington war – obwohl ich keine Zeit hatte, richtig draufzuschauen, denn Vivian kam rein und hat angefangen, wie ein Wasserfall auf mich einzureden. Inzwischen bin ich sicher, dass sie mich von der Karte ablenken wollte. Ich habe ein schlechtes Gewissen, weil ich den Vorfall nicht früher erwähnt habe, aber zu dem Zeitpunkt schien es einfach nicht so wichtig zu sein.« Beverly seufzte. »Aber du hättest nichts machen können, selbst wenn du von den Herzproblemen gewusst hättest.«

»Ich hätte für sie einen Termin beim besten Kardiologen des Landes arrangieren können«, wandte Chyna ein, hielt dann aber inne und schluckte. »Und ganz bestimmt hätte ich öfter herkommen können. Sie war ernsthaft krank, und ich hab sie nicht besucht wegen …«

»Wegen Zoey. Ich weiß. Deine Mutter wusste es auch. Sie hat dir daraus nie einen Vorwurf gemacht.«

»Woraus? Dass ich nicht öfter heimgekommen bin? Oder dass Zoey verschwunden ist?«

Offenbar hatte Beverly die Tränen in Chynas Stimme gehört, denn sie fuhr fort: »Ich glaube, du solltest dich ein bisschen ausruhen. Mach dir doch einen von diesen Kräutertees, die angeblich beruhigend wirken, und schlaf ein paar Stunden. Ned und ich nehmen uns heute Abend einen Babysitter. Wir dachten, wir kommen so gegen sieben rüber. Ich möchte nicht aufdringlich sein, wo du ohnehin schon erschöpft und traurig bist, aber wir müssen über die Beerdigung sprechen. Wir machen es so kurz wie möglich.«

Genau vor diesem Gespräch graute es Chyna, und sie schloss die Augen. Im Moment erschien es ihr völlig unmöglich, auch nur einen einzigen Vorschlag zu machen, aber sie konnte ja auch nicht alles auf Ned abschieben. »In Ordnung, Bev. Dann sehen wir uns so gegen sieben.«

»Möchtest du, dass wir was zu essen mitbringen?«

»Nein, in der Küche gibt es jede Menge. Anscheinend hat Mom erst vorgestern eingekauft.« Auf einmal merkte Chyna, wie all die zurückgehaltenen Tränen sich in ihrem Hals zu einem riesigen Kloß zusammenklumpten. »Wenn ihr irgendwo eine Tüte Trockenfutter für Michelle mitbringen könntet, wäre ich euch ewig dankbar.«

»Wird gemacht. Stell den Fernseher an oder ein bisschen Musik. Bei dir herrscht ja Totenstille.« Beverly stockte. »Oh, das ist ja schrecklich! Ich wollte nur sagen …«

»Ich weiß, ich weiß. Du wolltest sagen, dass Musik mich aufheitert. Mom hatte auch immer den Fernseher oder die Stereoanlage laufen. Die Stille hier im Haus ist echt gespenstisch.«

»Allerdings. Wir sind so bald wie möglich bei dir, Chyna.«

Die Großvateruhr in der Halle schlug fünfmal. Fünf Uhr. Chyna fragte sich, womit sie sich beschäftigen sollte, bis ihr Bruder und seine Frau kamen. Sie hatte dieses Haus immer geliebt, vor allem, wenn sie es allein für sich hatte und sich einbilden konnte, es würde ihr gehören.

Langsam stand sie auf und ging zu dem Porträt ihrer Eltern hinüber. Das Bild von Vivian und Edward Greer war vor neun Jahren aufgenommen worden. Vivian saß auf einem mit Samt bezogenen Stuhl, und ihre mahagonifarbenen Haare – die Chyna geerbt hatte – fielen ihr weich auf die Schultern und glänzten golden und rot in dem Licht, das durch das Fenster hinter ihr fiel. Der Fotograf hat die Schönheit von Vivians Haaren perfekt eingefangen, dachte Chyna. Im wirklichen Leben hatte ihre Mutter normalerweise eine lockere Hochsteckfrisur getragen und war nur etwa zweimal im Jahr zum Friseur gegangen, um die Spitzen schneiden zu lassen. Ihre graublauen Augen, die ebenfalls denen von Chyna ähnelten, blickten dem Betrachter leicht amüsiert entgegen, als wollten sie sagen: »Ist es nicht albern, dass Edward und ich hier posieren, als wären wir Mitglieder einer Adelsfamilie?« Sie trug ein einfaches graublaues Kleid, eine Perlenkette aus tahitianischen Perlen und kleine Perlenohrringe.

Ihre linke Hand war nach oben gerichtet und berührte die Hand ihres Mannes, die auf dem Stuhlrücken lag, und man sah

Vivians antiken Verlobungsring, einen dreikarätigen Diamanten, der von vier kleinen Saphiren mit Platin-Filigranarbeit umgeben war. Chyna hatte den Ring immer geliebt, und ihre Mutter hatte ihr erzählt, wie Urgroßvater Greer ihn bei Cartier erstanden hatte, der als erstes großes Juwelierhaus Platin in Schmuckstücken benutzt hatte. »Eines Tages wird er dir gehören, Chyna«, sagte Vivian immer, wenn das kleine Mädchen den viel zu großen Ring an ihren eigenen linken Ringfinger steckte und bewunderte. »Natürlich wird dein Mann einen für dich aussuchen wollen, aber dann musst du ihm freundlich, aber bestimmt sagen, dass das hier dein Verlobungsring ist. Wenn er enttäuscht ist, dass du einen Ring trägst, den nicht er ausgesucht hat, dann erinnere ihn einfach daran, dass er auch keinen bezahlen muss. Das sollte die Angelegenheit regeln«, lachte sie.

Mit ihren acht Jahren war Chyna natürlich überzeugt, dass ihre Mutter alles wusste, und sie begann sich mit dem Gedanken vertraut zu machen, dass ihr zukünftiger Ehemann enttäuscht sein würde. Vielleicht würde er sogar einen Wutanfall kriegen und rumbrüllen, wie Onkel Rex das manchmal tat. Aber sie war sicher, dass sie bei der Sache mit dem Ring standhaft bleiben würde, denn so wollte es ihre Mutter. Außerdem wusste sie, dass sie nie einen anderen Ring schöner finden würde als diesen hier.

Auf dem Porträt stand ihr Vater, ein attraktiver Mann mit früh ergrauten Haaren, ausgeprägtem Kinn, leichter Adlernase, dunkelblauen Augen und einem freundlichen Lächeln, hoch aufgerichtet neben seiner Frau. Chyna hatte das Lächeln ihres Vaters geliebt, obwohl es immer auch eine Spur Ernst in sich getragen hatte, genau wie sein Lachen. Er war ein Mann der leisen Töne, würdevoll und mit hervorragenden Umgangsformen – der perfekte Bankdirektor. Er hatte nichts Mutwilliges, Verspieltes an sich wie Vivian oder auch sein jüngerer Bruder Rex. Edward wurde nie wütend oder auch nur genervt, ganz im Gegensatz zu Vivian und Rex, die oft aufbrausend und launisch waren. Für Chyna waren ihre Mutter und Rex immer wie ein aufgewühlter Ozean gewesen und ihr Vater wie eine kühle Welle, die nachts sanft ans Ufer rollte.

Nur drei Jahre, nachdem das Bild gemacht wurde, war Edward gestorben. Chyna war niedergeschmettert gewesen und musste dauernd daran denken, wie ihr Vater bei Neds Hochzeit – zwei Wochen vor seinem Tod – lächelnd die Gäste begrüßt, freundlich mit allen geplaudert und sich ganz offensichtlich für seinen Sohn gefreut hatte. Schon damals hatte Chyna geahnt, dass irgendetwas ihm Sorgen machte, aber ihr »sechster Sinn« hatte ihr in dieser Sache überhaupt nicht weitergeholfen. Sie wusste, dass ihr Vater sie liebte, und trotzdem hatte sie fast immer das Gefühl, dass er sie auf Distanz hielt. Als sie sich endlich ein Herz fasste und ihn fragte, was ihn so beschäftigte, war sie daher auch nicht erstaunt gewesen, dass er ihre Frage freundlich, aber bestimmt vom Tisch gewischt hatte.

Als sie nach seinem Tod versuchte, von Freunden und Verwandten Näheres darüber zu erfahren, was ihren Vater derart beschäftigt hatte, erhielt sie jedes Mal die Antwort, sie solle mit solchen Fragen ihrer Mutter das Leben nicht noch schwerer machen. Dabei war ihre Mutter ganz gefasst gewesen, hatte zusammen mit Edwards Bruder Rex die Familie durch die schwere Zeit gebracht und dafür gesorgt, dass Chynas Teenagerleben und Neds junge Ehe so wenig wie möglich in Mitleidenschaft gezogen wurden. Obgleich Vivian nach dem Tod ihres Mannes kein einziges Rendezvous mit einem anderen Mann mehr gehabt hatte, erwartete sie, dass ihre Mutter ihren Vater lange überleben, Neds Kinder heranwachsen und vielleicht sogar heiraten sehen würde.

Chyna trat ein Stück zurück und betrachtete das Bild, als hätte sie es nie zuvor gesehen. War in den blauen Augen ihres Vaters schon immer diese Traurigkeit gewesen? Oder war es Sehnsucht? Er war ein stiller Mensch gewesen, ruhig, ausgeglichen und zurückhaltend. Beide Kinder waren sich seiner Liebe sicher gewesen, obwohl er nach außen nicht sonderlich herzlich gewesen war. Er schien das exakte Gegenteil seines jüngeren Bruders Rex zu sein, der fröhlich, lebhaft, witzig, charmant und noch mit vierundfünfzig ein Frauenheld war. Rex war viermal verheiratet gewesen, aber Chyna hatte seine Frauen nie kennengelernt. An Weihnachten, wenn sie beide in Black Willow waren, schien er immer gerade frisch geschieden zu sein. Auf einmal hatte Chyna das Gefühl, dass sie Rex weit besser kannte, als sie ihren Vater je gekannt hatte. Denn Edward war so schweigsam, so verschlossen, dass ihre einzige Chance, etwas über ihn zu erfahren, mit ihrer Mutter gestorben war – ihrer Mutter, die ihre tödliche Erkrankung vor ihr geheim gehalten hatte. Nun waren beide nicht mehr da, und mit ihren achtundzwanzig Jahren fühlte Chyna sich plötzlich so allein und verlassen wie ein Waisenkind, das seine Eltern überhaupt nicht gekannt hatte.

Fünfzehn Minuten später, als Chyna endlich Musik aufgelegt hatte, um ein wenig Leben in das leere Haus zu bringen, knurrte lautstark ihr Magen, und sie merkte plötzlich, wie hungrig sie war. Abgesehen von dem geschmacksneutralen Schokoriegel hatte sie seit gestern früh nichts mehr gegessen. Sie ging in die riesige Küche mit den Arbeitsplatten aus Eichenholz und leuchtend korallenrot gestrichenen Wänden. Im Frühling und Sommer hatte man von hier einen wunderschönen Blick auf die gigantische Terrasse mit einem kleinen Brunnen und einer Fülle kunterbunter Blumen. Momentan jedoch wirkte die Terrasse eher trist, und überall – sogar im Brunnenbecken, das dringend gesäubert werden musste – lag totes Laub herum. Chynas Mutter hatte immer dafür gesorgt, dass bis zu den Feiertagen alles tipptopp war, aber allem Anschein nach hatten die Gartenarbeiter noch nicht mit ihren herbstlichen Arbeiten begonnen.

Chyna öffnete den großen Chrom-Kühlschrank und inspizierte seinen Inhalt. Ja, Vivian musste in den letzten beiden Tagen eingekauft haben. Alle Fächer waren gut gefüllt, und Chyna wusste, dass die Nachbarn die bei Trauerfällen üblichen Essensgeschenke zu Ned bringen würden, weil sie ja keine Ahnung hatten, wann Chyna heimkommen würde. Chyna fragte sich, ob ihre Mutter vielleicht eine Einladung geplant hatte. Sie entdeckte sogar Schokolade und Kokosnuss, Zutaten für den deutschen Schokoladenkuchen, die Spezialität ihrer Mutter.

Immer wieder blieb ihr Blick bei den beiden T-Bone-Steaks im zweitobersten Fach hängen. Sie zog eines davon für sich heraus und blickte dann zu Michelle hinunter – und nach kurzem Zögern holte Chyna auch das zweite Steak aus dem Kühlschrank. »Ach, wer braucht schon das olle Trockenfutter«, sagte sie zu dem Hund, der sofort aufsprang und schwanzwedelnd auf Chyna zukam. »Mein Mädchen verdient nur das Beste!«

Nach weiterem Stöbern fand Chyna im Kühlschrank noch einen Behälter mit Nudelsalat aus dem Feinkostgeschäft, das ihre Mutter so geliebt hatte, und im Gefrierfach ein Paket Erbsen sowie einen Laib französisches Brot. Am Datum auf dem Etikett war zu erkennen, dass das Brot noch ganz frisch war, was bedeutete, dass Vivian es am gleichen Tag gekauft hatte wie die Steaks. Die ganzen Lebensmittel deuteten darauf hin, dass sie einen Gast zum Essen eingeladen hatte. Aber wer konnte das sein?

Wenig später verschlang Michelle ihr Grillsteak, und Chyna stürzte sich fast im gleichen Tempo auf ihres. Dann stellte sie die Kaffeemaschine an, und kurz darauf erfüllte der Duft einer Gourmetmischung die Küche. Sie wusste, dass sie für Ned und Beverly sicher gleich noch eine Kanne machen musste, aber jetzt nippte sie erst einmal an der dampfenden Tasse, ließ den Blick durch die unordentliche Küche schweifen und dachte:

Ich habe seit Wochen keine Mahlzeit mehr so genossen. Was ist los mit mir? Wie kann ich nur so traurig und trotzdem so hungrig sein?

Bald nachdem Chyna die Küche aufgeräumt und die zweite Kanne Kaffee aufgesetzt hatte, klingelte es an der Haustür. Chyna öffnete, und vor ihr standen Beverly und Ned mit einem Zwanzig-Pfund-Sack Hundefutter. »Seit wann klingelt ihr, statt einfach reinzukommen?«, fragte Chyna ihren Bruder.

»Wir wollten dich nicht erschrecken«, antwortete Beverly.

»*Sie* wollte dich nicht erschrecken«, gab Ned zurück. Allem Anschein nach ärgerte er sich über seine Frau. »Ich wusste ja, dass du nicht gleich in Ohnmacht fällst, wenn wir reinmarschieren und deinen Namen rufen.«

Chyna lächelte Beverly an. »Das Haus kommt mir aber heute Abend wirklich leer und fremd vor ohne Mom. Ich finde es sehr rücksichtsvoll von dir zu klingeln.«

»Danke«, sagte Beverly. »Hast du gehört, Ned?«

»Aber ja, Liebes«, erwiderte er. »Ich bin doch nicht taub.«

Chyna nahm Beverly den dunkelblauen Trenchcoat ab, den sie über ihren gutgeschnittenen Jeans und dem zarten lavendelfarbenen Twinset trug. Ihr kurzes, hellblondes Haar war weich und stufig geschnitten, ihr Make-up genau auf die Kleidung abgestimmt. Chyna staunte immer, wie Beverly es schaffte, nach einem nervenaufreibenden, körperlich anstrengenden Tag mit ihren beiden Kindern auszusehen, als hätte sie gerade eben geduscht, sich frisch umgezogen und Gesicht und Haare generalüberholt.

»Ich bring das hier mal schnell in die Küche«, sagte Ned und deutete auf den Sack mit dem Hundefutter. »Ich wette, Michelle ist am Verhungern.«

»Äh, nein. Eigentlich nicht«, entgegnete Chyna. »Ich hab ihr ein Steak gemacht.«

»Ein *Steak*!«, rief Ned. »Und ich hab einen grässlichen Thunfischauflauf gekriegt, den eine Freundin von Mom gemacht und bei uns abgeliefert hat!«

Chyna grinste. »Du wirst es überleben. Außerdem hat Michelle sich ihr Steak redlich verdient. Du musstest auch nicht stundenlang in einem Käfig im Gepäckraum ausharren.«

»Nein, das nicht – aber ein *Steak*!«

»Man könnte denken, er hat noch nie in seinem Leben ein Steak gekriegt«, meinte Beverly kopfschüttelnd. Mit ihren großen braunen Augen musterte sie Chyna aufmerksam. »Du siehst erledigt aus, Schätzchen.«

»Ach, es geht schon.«

»Das sagst du immer.«

»Na gut, ich weiß, dass ich furchtbar aussehe. Ich bin müde, und vor allem stehe ich unter Schock.« Sie runzelte die Stirn. »Mom war erst zweiundfünfzig, Bev. So voller Energie und Lebensfreude. Ich war sicher, dass sie mindestens neunzig wird.«

»Mir hat sie mal gesagt, sie nimmt sich vor, hundert zu werden«, sagte Beverly. »Und dann eine rauschende Party zu feiern. Wörtliches Zitat.«

»Ich weiß. Und ich wünschte so, dieser Wunsch wäre ihr erfüllt worden.« Während Ned das Hundefutter in die Küche schleppte, fragte Chyna Beverly im Flüsterton: »Wie geht es ihm? Und warum hinkt er?«

Beverly schloss kurz die Augen. »Letzte Woche ist er im Autohaus über einen Wasserschlauch gestolpert, hingefallen und hat sich einen Muskel im Oberschenkel gezerrt. Zuerst schien es nicht weiter schlimm zu sein, aber dann waren wir übers Wochenende bei der Hochzeit meiner Schwester in Pennsylvania, und da habe ich mitgekriegt, dass es ihm ganz schön zu schaffen macht. Aber natürlich weigert er sich, zum Arzt zu gehen.«

»Das sollte er aber. Womöglich hat er sich eine Sehne oder ein Band gezerrt.«

Beverly nickte. »Ich weiß, aber er ist genauso stur wie eure Mutter. Was seine Stimmung angeht, scheint er heute ganz okay zu sein, aber gestern war es echt schlimm.« Ihre Augen füllten sich mit Tränen. »Als wir aus Pennsylvania zurückkamen, hat er kurz bei eurer Mutter vorbeigeschaut. Am nächsten Morgen meinte er, dass er ein komisches Gefühl ihretwegen hätte und deshalb schnell noch mal nach ihr schauen wollte. Auf gar keinen Fall anrufen, nein, er musste sie sehen. Ist das nicht seltsam? In eurer Familie hieß es doch sonst, so was ist deine Spezialität. Seltsame Vorahnungen und dergleichen.«

»Aber das ist lange her«, entgegnete Chyna scharf, setzte aber, als sie Beverlys erschrockenes Gesicht sah, hastig in sanfterem Ton hinzu: »Das war bloß eine Phase, die ich als Kind durchgemacht habe. Eine ziemlich peinliche Phase.«

»Oh, das muss dir doch nicht peinlich sein. Kinder machen alle möglichen Phasen durch«, wiegelte Beverly sofort ab.

»Ja. Aber erzähl doch lieber weiter von Mom.«

»Tja, Ned wollte nicht lange wegbleiben«, fuhr Beverly fort. Sie sprach schnell und mit leiser Stimme, offensichtlich um die Geschichte zu Ende zu bringen, bevor Ned zurückkam. »Er hatte sich zusätzlich einen Tag freigenommen, um mir beim Auspacken zu helfen und vielleicht noch zusammen ein Picknick zu machen – du weißt ja, dass er kaum Urlaub macht. Jedenfalls habe ich, als er nach zwei Stunden immer noch nicht wieder zu Hause war, bei eurer Mom angerufen. Und da war Ned dran und hat mir erzählt, dass er Vivian tot am Fuß der Treppe gefunden habe. Ich wollte sofort rüberkommen, aber er meinte, das brauchte ich nicht, er hätte alles im Griff. Der Notarzt und die Rechtsmedizin seien schon da.« Beverly schloss die Augen und schauderte. »Chyna, seine Stimme klang so sonderbar. Monoton und irgendwie fast roboterhaft. Natürlich war ich total bestürzt wegen deiner Mutter, aber in diesem Moment hatte ich mehr Angst um ihn – ich wusste einfach nicht, was emotional da in ihm vorging.

Kate war in der Vorschule, und ich hab Ian zu unseren Nachbarn gebracht«, fuhr Beverly fort. »Irgendwann ist Ned dann heimgekommen und den ganzen Tag wie ein Roboter durchs Haus gegeistert. Als die Kinder nach Hause kamen, ist er ein bisschen munterer geworden, aber dafür musste er sich offensichtlich total zusammenreißen. Heute Abend war er ziemlich schlecht gelaunt, aber er redet nicht von deiner Mutter, sondern sagt immer nur, er ist gereizt, weil sein Bein so weh tut.« Sie schüttelte den Kopf. »Ich weiß überhaupt nicht mehr, wie ich ihm helfen kann.«

In diesem Moment kam Ned wieder herein, und man sah sofort, dass er sein linkes Bein etwas nachzog. Er lächelte seiner Schwester etwas verkniffen zu. »Man merkt, dass Michelle ein Steak zum Abendessen gekriegt hat, sie hat buchstäblich die Nase gerümpft, als ich ihr das Hundefutter angeboten habe.«

»Morgen, wenn sie wieder Hunger hat, sieht das schon wieder anders aus«, beschwichtigte ihn Chyna. »Aber ein Hund lebt nicht von Trockenfutter allein. Ein gelegentliches Häppchen Menschenessen bringt ihn nicht um.«

»Ist ein ganzes Steak etwa ein Häppchen?«

»Ach, hör auf zu nörgeln«, sagte Chyna leichthin. Beverly hatte recht. Ned war blass und wirkte angespannt. Sofort hatte Chyna den Impuls, ihn aufzuheitern, damit er sich entspannte. »Na ja, wir stehen hier alle rum, als wären wir bei Fremden. Setzt euch doch. Ich hab gerade frischen Kaffee gemacht.«

Zehn Minuten später saßen sie im vertrauten Wohnzimmer, und der Kaffee kühlte langsam in den hübschen Porzellantassen ab. Neds blonde Haare waren etwas kürzer geschnitten als gewöhnlich, aber seine blauen Augen waren so aufmerksam wie immer, wenn auch nicht so strahlend wie sonst.

»Ned, Beverly hat gesagt, du bist an dem Morgen, als du Mom gefunden hast, hergekommen, weil du irgendwie ein schlechtes Gefühl hattest«, platzte Chyna zu ihrer eigenen Überraschung heraus. »Du wusstest, dass sie krank war und hast mir nichts davon gesagt!«

»Nein, ich wusste nicht, dass sie krank war.« Ned schaute auf seine Hände hinunter. »Ich meine, ich wusste nichts von ihren Herzproblemen. Als ich sie am Tag vorher gesehen habe, hat sie sich einfach anders benommen und auch anders ausgesehen als sonst. Offen gestanden habe ich gedacht, dass irgendwas sie psychisch oder emotional beschäftigt, nicht körperlich. Zuerst habe ich gedacht, dass etwas in *deinem* Leben nicht stimmt, was sie mir nicht sagen wollte. Also bin ich am nächsten Tag zurückgekommen und ...« Seine Augen füllten sich mit Tränen.

»Oh.« Sofort schämte Chyna sich dafür, dass sie ihren Bruder angegriffen hatte. »Nein, bei mir ist alles in Ordnung.«

»Na ja, inzwischen weiß ich ja, dass du nicht das Problem warst, und bin in dieser Hinsicht beruhigt. Ich mach mir eben manchmal Sorgen, weil meine kleine Schwester so weit weg ist«, erwiderte Ned überraschend sanft, während er die Tränen wegblinzelte.

»Tut mir leid, Ned. Ich ...«

Mit einer Handbewegung wischte er ihre Entschuldigung vom Tisch. »Wir sind alle nervös. Moms Tod war ein schrecklicher Schock. Aber lass uns nicht um den heißen Brei herumreden – ob wir wollen oder nicht, wir müssen irgendwie damit umgehen.«

Chyna nickte. »Wahrscheinlich weiß keiner, wie man einfühlsam damit umgehen kann. Also können wir doch einfach ganz direkt sein. Sollen wir den Gottesdienst in der Kirche oder im Bestattungsinstitut abhalten?«

Erstaunt sah Ned sie an. »Mom wollte eingeäschert werden und keinen Gottesdienst.«

Chyna blinzelte und schüttelte dann den Kopf. »Nein, das kann nicht sein. Oh, ich weiß, dass sie ein paarmal etwas von einer Einäscherung erwähnt hat, aber keinen Gottesdienst? Sie hat doch nie gesagt, dass sie keinen Gottesdienst möchte.«

Beverly, die neben Ned auf der Couch saß, zog einen Umschlag aus ihrer Handtasche. »Doch, das hat sie. Vor ungefähr zwei Monaten hat sie diese Anweisungen für ihr Begräbnis aufgeschrieben, Chyna, und sogar notariell beglaubigen lassen. Als sie uns das Schriftstück gegeben hat, waren wir schockiert, aber sie hat nur gelacht und gesagt: ›Die Anweisungen sind unmissverständlich.‹«

»Aber mir hat sie davon überhaupt nichts gesagt!« Als die Worte heraus waren, merkte Chyna, dass sie wie ein trotziges kleines Mädchen klang, das sich ärgert, weil es in ein wichtiges Geheimnis nicht eingeweiht worden ist. Etwas leiser fügte sie hinzu: »Ich meine, sie hätte mir doch bestimmt etwas gesagt.«

»Ja. Ich dachte auch, das sie das getan hätte.« Beverly gab Chyna den Umschlag. »Aber du kannst dir das hier gern durchlesen, wenn du Zweifel hast.«

»Ich bezweifle nicht, dass ihr mir die Wahrheit sagt.« Chynas Hand zitterte leicht, als sie den Umschlag entgegennahm. »Ich bin nur erschrocken. Und verblüfft.«

Ned nickte. »Das war ich auch. Aber als sie uns das Dokument gegeben hat, meinte sie noch: ›Ich möchte wirklich keine Beerdigung. Ich möchte verbrannt werden, und ich möchte keinen Gottesdienst. Eine kleine Anzeige in der Zeitung, aber keinen Gottesdienst. Das müsst ihr mir versprechen.‹« Ned sah Chyna an. »Und wir haben es ihr versprochen. Aber natürlich sind wir auch nicht gleich zum Telefon gerannt und haben dich angerufen – du hattest in der Zeit total viel zu tun, und wir wollten dir damit nicht auch noch auf die Nerven gehen. Wir dachten halt, dass sie es sich entweder noch mal anders überlegt oder dass die Sache die nächsten zwanzig Jahre sowieso nicht mehr zur Sprache kommt.«

Noch immer starrte Chyna den Umschlag an, aber sie holte das Dokument nicht heraus. Sie wollte sich die Anweisungen in der Handschrift ihrer Mutter nicht anschauen. »Dann wusste sie also damals schon, dass sie bald sterben würde, und hat kein Wort darüber verloren. Das tut weh.«

»Ja, das verstehe ich«, erwiderte Ned und nickte. »Aber du bist nicht die Einzige, vor der Mom es verheimlicht hat, Chyna. Ich wusste auch nicht, dass sie krank war, und ich glaube auch immer noch nicht, dass sie dachte, sie würde bald sterben, auch wenn sie Probleme mit dem Herzen hatte und uns nichts davon sagen wollte.« Er seufzte. »Ich habe gedacht, selbst wenn sie ihre Meinung zur Einäscherung nicht ändert, wird sie irgendwann beschließen, dass ihre Urne neben Dad in seinem Grab beerdigt wird.«

»Sie wollte auch nicht neben Dad begraben werden?«, fragte Chyna schockiert.

»Sie hat gesagt, sie möchte, dass du die Urne behältst.«

»Ich?«, stieß Chyna mit schriller Stimme hervor. »Aber das ist doch lächerlich! Vielleicht wollte sie keine Beerdigung, aber ihr wohnt hier, in ihrer Heimat. Sie hat Albuquerque immer gehasst.«

»Ich glaube nicht, dass sie an die Sehenswürdigkeiten der Umgebung dachte«, meinte Ned mit einem Anklang an seinen alten Humor. »Aber du warst doch immer ihr Liebling.«

»Überhaupt nicht!«, protestierte Chyna beinahe schreiend.

»Doch, das warst du, und das ist auch in Ordnung, Schwesterchen. Bis ich sieben war, hat es mir was ausgemacht, danach nicht mehr.« Ned lächelte sie an. »Außerdem geht es bei uns oft ziemlich wild zu. Vielleicht hatte Mom einfach Angst, dass die Urne umkippen und die Asche auf dem Teppich landen würde.«

»O Ned, das ist grauenhaft«, rief Beverly.

»Na ja, aber eine reale Möglichkeit«, beharrte er, obwohl Chyna wusste, dass er es nicht ernst meinte.

Die nächste halbe Stunde sprachen sie darüber, wann der Familienanwalt das Testament verlesen würde, wann Chyna nach New Mexico zurückkehren konnte und was sie mit dem Haus und dem Grundstück anfangen wollten.

Um halb zehn sagten Ned und Beverly, sie hätten dem Babysitter versprochen, bis zehn zu Hause zu sein, und verabschiedeten sich von Chyna. Beverly umarmte und küsste sie, und beide erkundigten sich, ob sie wirklich die Nacht allein im Haus verbringen wollte. »Wenn du meinst, du fühlst dich einsam, kannst du gerne zu uns kommen«, sagte Beverly, und Chyna verstand sofort, dass es ihr nicht um die Einsamkeit, sondern eher um die Angst ging. Ned hatte Chyna einmal anvertraut, dass Beverly größte Angst davor hatte, eine Nacht allein verbringen zu müssen.

»Ich werde schon nicht vereinsamen«, beruhigte Chyna sie. »Michelle ja bei mir, und sie ist ja auch in New Mexico meine einzige Mitbewohnerin.«

»Darauf wette ich!«, warf Ned etwas anzüglich ein.

»Ned Greer, behalte deine schlüpfrigen Gedanken gefälligst für dich!«, schimpfte Beverly und schob ihn zur Tür hinaus. »Ehrlich, Chyna, manchmal ist er furchtbar!«

»Du glaubst doch wohl selbst nicht, dass eine Frau, die aussieht wie Chyna, die ganze Zeit nur studiert, oder?«

Mit einiger Erleichterung nahm Chyna zur Kenntnis, dass ihr Bruder sich wieder etwas normaler verhielt. Lächelnd und voller Zuneigung sah sie dem Paar nach. Zwar stritten sie sich weiter, aber gleichzeitig hielten sie Händchen. Beverly, die vier Jahre jünger war als Ned, war lange Zeit hoffnungslos in ihn vernarrt gewesen. Eines Tages entdeckte Ned die hübsche Blonde dann endlich, und es war, als hätte er vorher Scheuklappen angehabt. Seither waren sie zusammen, und so weit es die perfekte Ehe überhaupt gab, schienen sie verdammt nahe daran zu sein. Chyna beneidete sie, sah aber für sich selbst in absehbarer Zukunft keine solche Beziehung – und das mit einer Gewissheit, die sie hasste, aber nicht abschütteln konnte. Sie wusste einfach, dass ihr eigenes Leben sich ganz anders entwickeln würde als das von Ned.

Chyna sah zu, wie die roten Rücklichter von Neds Auto langsam verschwanden, die asphaltierte Auffahrt hinunter, in Richtung Hauptstraße, die zum Lake Manicora führte. Dann sammelte sie Kaffeetassen und Teller ein und trug alles in die Küche, wo sie das Geschirr kurz unter fließendes Wasser hielt und anschließend in die Spülmaschine räumte. Auf einmal war sie zum Umfallen müde – wahrscheinlich machten sich der Stress und der Schlafmangel der letzten beiden Tage endlich bemerkbar. Sogar die Treppe zu ihrem Schlafzimmer im ersten Stock erschien ihr wie ein nahezu unüberwindliches Hindernis. Aber als sie gerade das Licht in der Küche ausmachen wollte, klingelte das Telefon.

Sie stöhnte, aber die Macht der Gewohnheit hinderte sie daran, den Anruf zu ignorieren. Automatisch eilte sie zum Küchentelefon und warf einen Blick auf das Display. »Unbekannt« stand dort, keine Nummer, was Chyna ein bisschen wunderte. Hoffentlich kein Beileidsanruf, dachte sie, während sie abhob. »Greer«, sagte sie, stockte und verbesserte sich: »Ich meine: Hallo?«

Einen Moment hörte sie nur ein fernes Rauschen, wie Wind. Früher war so etwas bei Ferngesprächen ja nichts Ungewöhnliches gewesen, aber ins einundzwanzigste Jahrhundert passte es nicht. Seit über fünfzig Jahren gab es diese Geräusche eigentlich nicht mehr. »Hallo?«, wiederholte sie.

Das Windrauschen wurde lauter. Chyna sah zum Fenster. War der Wind vielleicht hier? Doch die Baumäste, die sie durchs Küchenfenster sehen konnte, regten sich nicht. Nach einem weiteren »Hallo?«, wollte Chyna schon auflegen, als plötzlich eine ferne Stimme fragte: »Zoey?«

Chyna erstarrte, und ihre Hand krampfte sich um den Hörer. »Zoey?« Diesmal klang die Frauenstimme klarer, aber immer noch nicht wie eine Stimme in einer normalen, modernen Telefonverbindung.

Bestimmt ein Scherz, dachte Chyna. Jemand erlaubte sich einen dummen Streich mit ihr, jemand wollte ihr einen Schrecken einjagen. Schließlich gab es ja noch genug Menschen in der Stadt, die überzeugt waren, dass sie etwas mit Zoey Simms' Verschwinden zu tun hatte.

»Hier ist Chyna Greer«, sagte sie mit lauter, fester Stimme und versuchte, sich nichts von ihrer Angst anmerken zu lassen. »Hier wohnt niemand, der Zoey heißt.«

»Zoey?« Diesmal war die Stimme ein Stück klarer. Und vertraut. »Zoey, Schätzchen, bist du das? Hier ist Mom!«

Chynas Hand begann haltlos zu zittern. Die Frau am Telefon klang genau wie Anita Simms, Zoeys Mutter, deren Stimme Chyna niemals vergessen würde, obwohl sie nach Zoeys Verschwinden jeden Kontakt zu Chynas Familie abgebrochen hatte. »Mrs Simms?«, fragte Chyna und hätte sich im nächsten Moment am liebsten die Zunge abgebissen. Wenn jemand ihr einen Streich spielen wollte, dann spielte sie ihm ganz hervorragend in die Hände.

»Chyna? Bist du das, Schätzchen? Meine Güte, du klingst so erwachsen!« Chynas Gedanken wanderten zwölf Jahre zurück in die Vergangenheit, als sie zum letzten Mal mit Anita Simms am Telefon gesprochen hatte. Damals hatte sie genau das Gleiche gesagt: »Meine Güte, du klingst so erwachsen!«

»Ich ... Mrs Simms?«

»Ja, Chyna?« Ihr helles Lachen klang genau wie das ihrer Tochter. »Genießt ihr denn eure Ferien zusammen, ihr beiden Mädchen?«

Eine Gänsehaut kroch Chyna über den Rücken, und ihre Hand verkrampfte regelrecht steif am Hörer. Michelle hatte sich vor sie gesetzt, mir wachsamem Blick, gesträubtem Nackenfell und gespitzten Ohren.

Gut, gut, beruhige dich, redete sich Chyna in Gedanken zu.

Mit Mrs Simms stimmt irgendwas nicht. Zwölf Jahre hatte sie sich geweigert, auch nur ein Wort mit den Greers zu wechseln. Inzwischen konnte alles Mögliche passiert sein. Unter anderem wusste Chyna, dass Zoeys Mutter nach dem Verschwinden ihrer Tochter einen Nervenzusammenbruch erlitten hatte. Vielleicht wiederholte sich gerade etwas Ähnliches. War es in ihrer Phantasie vielleicht zwölf Jahre früher? Glaubte sie, dass ihre Tochter gerade bei den Greers Ferien machte?

»Mrs Simms, wenn Sie wirklich Mrs Simms sind …«

Wieder das vertraute Lachen. »Bubble Gum?« Das war Chynas Spitzname, als sie vier Jahre alt gewesen war und sich die Haare so schlimm mit Kaugummi verklebt hatte, dass sie ganz kurz abgeschnitten werden mussten. »Bubble Gum, natürlich bin ich Anita Simms. Was für ein Spiel spielt ihr Mädchen denn da?«

»Nein, nein … es ist kein Spiel. Ich verstehe nur nicht, warum Sie ausgerechnet jetzt anrufen.«

*Und nach Ihrer Tochter fragen, die wahrscheinlich seit zwölf Jahren tot ist.*

»Doch, ich glaube, ihr spielt irgendein Spiel, Chyna.« In der Stimme war immer noch Humor, aber das Lachen war verschwunden. »Ist meine Tochter denn vielleicht in der Nähe?«

»Zoey?«

»Ich hab doch nur eine Tochter!« Wieder ein kurzes Lachen. Dann eine Pause. Als Anita weitersprach, hatte ihre Stimme einen argwöhnischen Unterton. »Chyna, Zoey *ist* doch bei dir, nicht wahr? Du verheimlichst mir doch nichts, oder?«

»Was sollte ich ihnen denn verheimlichen?«

»Womöglich ist sie spätabends losgezogen, um sich mit irgendeinem Jungen zu treffen?« Jetzt wurde die Stimme schwächer, und das Rauschen kehrte zurück. »Ich habe ihr strikt verboten, sich in den Ferien mit irgendwelchen Jungs zu treffen. Eine Verabredung zusammen mit dir und deinem Freund ist erlaubt, so lange ihr zu einer anständigen Zeit zurück seid, aber nicht alleine. Man weiß nie, was mit einem Mädchen passiert, das nachts alleine unterwegs ist. Das habe ich ihr schon hundertmal gesagt. Es gibt Gefahren, von denen ein unschuldiges Ding wie Zoey nichts weiß, aber ich dachte, auf dich kann ich mich verlassen. Chyna, du weißt doch, dass ich mich auf dich verlasse, wenn Zoey euch besucht, du musst auf sie aufpassen …«

Inzwischen fühlte sich Chynas Körper an wie Eis, und sie konnte nicht verhindern, dass ihre Stimme zitterte, als sie ansetzte: »Mrs Simms …«

»Wo ist Zoey?«, fiel die Stimme ihr ins Wort, immer ängstlicher, immer schwächer, während der Wind immer lauter wurde. »Chyna, ist ihr irgendwas passiert?«

Chynas Mund war wie ausgetrocknet. Stocksteif stand sie da, während das Zimmer um sie herum sich zu drehen begann und die Stimme am anderen Ende der Leitung immer panischer wurde: »Chyna, wo ist mein kleines Mädchen? Irgendwas stimmt nicht, das weiß ich! O Gott, wo ist sie?«

Dann war die Leitung auf einmal tot.

Chyna schloss die Augen. Mühsam löste sie, Finger für Finger, die Hand vom Telefonhörer und legte auf, drehte sich langsam um, stützte sich mit der Hand an der Wand ab und ließ sich zu Boden sinken. Sofort kam Michelle zu ihr, legte ihr eine große blonde Tatze auf den Oberschenkel und leckte ihr übers Gesicht.

»Schon gut, Michie«, sagte Chyna. »Es ist nur …« Sie brach ab, und plötzlich zitterte sie am ganzen Leib. Nichts war gut. Nichts an diesem Anruf war gut, gar nichts.

Eine Ewigkeit saß Chyna auf dem kühlen Vinylboden, bis sie sich so weit beruhigt hatte, dass sie aufstehen konnte. Sie legte die Hand auf Michelles starken Rücken und hievte sich mit ihrer Hilfe hoch. Zum Glück hatte sie starke Beine, und der Hund gewährte ihr gern die Unterstützung, die sie brauchte.

Und was soll ich jetzt tun?, fragte sich Chyna. Sollte sie die Polizei alarmieren und erzählen, dass Zoey Simms' Mutter sie gerade angerufen und nach ihrer Tochter gefragt hatte, die seit zwölf Jahren vermisst wurde? Man würde sie für betrunken halten. Oder verrückt. Außerdem argwöhnte die Polizei ohnehin, dass Chyna etwas mit Zoeys Verschwinden und ihrem mehr als wahrscheinlichen Tod zu tun hatte.

Ned. Sie konnte Ned anrufen! Er war der einzige ihrer Familie, der ihr geblieben war, und er hatte sie noch nie ausgelacht, selbst wenn sie als kleines Mädchen behauptet hatte, Dinge aus der Vergangenheit zu wissen, Vorahnungen zu haben oder gelegentlich Gedanken lesen zu können. Er hatte sie immer ernst genommen, selbst als sie gelogen und beteuert hatte, keine »Visionen« mehr zu haben. Eine Lüge, die sie nie widerrufen hatte.

Sie wählte Neds Nummer und war sehr erleichtert, als er sofort abnahm. »Hallo, Schwester«, begrüßte er sie, ehe sie ein Wort herausbrachte. Offenbar hatte er ihre Nummer auf dem Display erkannt. »Ich bin noch keine halbe Stunde weg, und du vermisst mich schon?«

»Es ist was passiert …«, setzte Chyna an und brach in Tränen aus.

Sofort wurde ihr Bruder ernst. »Was ist denn los, Schwesterchen?«

»N-Ned, ich hab Angst.«

»Das kann ich mir denken, so allein in dem Haus.«

»Das ist es aber nicht.« Sie angelte ein Papiertaschentuch aus der Schachtel neben ihr und wischte sich das Gesicht ab. »Ned, gerade hat Anita Simms angerufen und nach Zoey gefragt.«

Einen Moment schwieg Ned. Dann sagte er mit erzwungener Ruhe: »Chyna, da hat jemand sich einen ganz gemeinen Scherz mit dir erlaubt.«

»Das habe ich zuerst auch gedacht, aber auf dem Display

stand ›Unbekannt‹, und die Frau hat mich Bubble Gum genannt, und im Hintergrund hat man den Wind gehört, und dann wurde sie panisch und ...« Chyna holte tief Luft. »Ned, hat vielleicht irgendjemand Anita von Moms Tod benachrichtigt? Hatte Anita noch einen Nervenzusammenbruch? Sie klang so sonderbar ...«

»Chyna, ich glaube, du bist wirklich müde oder jemand hat dir einen Streich gespielt ...«, antwortete Ned.

»So müde bin ich nun auch wieder nicht, und es war bestimmt kein Scherz!«, fauchte Chyna, hin und her gerissen zwischen Angst und Empörung. »Ned, ich kenne Anitas Stimme. Und ihr Lachen. Sie lacht genau wie Zoey. Und sie kannte meinen Spitznamen und ...« Wieder holte sie tief Luft. »Ned, verheimlichst du mir etwa irgendwas? Was ist los?«

Etwa drei Herzschläge später antwortete er leise: »Chyna, Anita Simms kann nicht am Telefon gewesen sein. Mom und ich wollten es dir nicht sagen, weil wir wussten, dass du dir die Schuld daran geben würdest, aber Anita ist mit Zoeys Verschwinden nie fertig geworden und hatte ständig Zusammenbrüche.«

»Dann hat sie jetzt bestimmt wieder einen und glaubt, dass Zoey lebt? Hat sie schon mal angerufen? In letzter Zeit?«

»Nein, Schwesterchen.« Sie hörte, wie Ned Luft holte. »Letztes Jahr hat Anitas Schwester Mom angerufen, um ihr zu sagen, dass Anita sich die Pulsadern aufgeschnitten habe. Als man sie gefunden hat, war es bereits zu spät ...«

Erneut begann Chyna zu zittern. »Nein, es kann nicht zu spät gewesen sein. Irgendwo muss da ein Irrtum vorliegen. Ned, sie hat mich angerufen ...«

»Nein, das hat sie nicht«, entgegnete Ned bestimmt. »Ein Irrtum ist völlig ausgeschlossen – Mom war letztes Jahr bei Anitas Beerdigung in Washington, sie hat dir nur nichts davon gesagt.« Sein Ton wurde sanfter. »Es tut mir leid, Chyna, aber Anita Simms ist tot.«

# 3

Mit einem Ruck erwachte Chyna. Ihr war kalt, obwohl sie sich die dicke Daunendecke über den Kopf gezogen hatte. Fröstelnd kämpfte sie sich aus dem Durcheinander von Seidenlaken und dem Bezug der Daunendecke, der sich gelöst hatte. Als sie es geschafft hatte, und ihr Nest verlassen konnte, ging sie zum Fenster und schaute hinaus. Sonne! Tatsächlich versuchte die Sonne, durch die bleigrauen Wolken zu dringen. Gott sei Dank, dachte Chyna. Noch so einen trostlosen Tag wie gestern hätte sie nicht ertragen.

Und ganz bestimmt auch nicht noch einen so Anruf wie den von Anita Simms.

Der natürlich nicht von Anita Simms gewesen sein konnte. Danach hatte sie zwei Gläser Brandy getrunken, um einschlafen zu können. Aber im hellen Morgenlicht war es leichter, daran zu glauben, dass alles nur ein makabrer Scherz gewesen war und dass sie den Übeltäter entlarven würde, wenn sie sich die Nummern durchschaute, von denen gestern Anrufe gekommen waren. Wenn sie nicht so durch den Wind gewesen wäre, hätte sie das schon gestern Abend tun können. Aber stattdessen hatte sie sämtliche Schlösser an Türen und Fenstern überprüft und sich dem Alkohol ergeben. Ihrem Vater hätte das garantiert nicht gefallen. Aber ihr Onkel Rex hätte mit ihr die ganze Karaffe leergemacht, Witze erzählt und sie trotz allem zum Lachen gebracht. Wenn er es gestern doch bloß geschafft hätte, herzukommen!

Immerhin hatte sie nach der Dröhnung tief geschlafen und fühlte sich jetzt einigermaßen normal. So normal eben, wie das unter den gegebenen Umständen möglich war. Gott sei Dank, dachte sie wieder. Denn sie hatte heute eine Menge zu tun. Auf gar keinen Fall konnte sie sich in der Angst suhlen, die irgendein geschmackloser Witzbold ihr eingeflößt hatte.

Offenbar war Michelle schon wieder am Verhungern, denn sie rannte mit dröhnenden Schritten hinter Chyna die Treppe zur Küche hinunter. Chyna machte Kaffee und Zimttoast für sich, und da sie genau wie gestern Abend ungewöhnlich hungrig war, konnte sie alles gar nicht schnell genug verschlingen. Diesmal konnte man das von Michelle nicht sagen – verächtlich blickte sie auf ihre Schüssel mit Trockenfutter hinunter, entfernte sich dann langsam von ihrem Napf und blickte mit einem Gesichtsausdruck zu ihrem Frauchen auf, den Chyna nur als Vorwurf interpretieren konnte.

»Du kannst nicht jeden Tag ein T-Bone-Steak kriegen«, erklärte Chyna dem Hund. »Wenn du jetzt das Trockenfutter frisst, dann sehe ich mal, ob ich dir zum Abendessen irgendeinen Leckerbissen besorgen kann. Abgemacht?«

Michelle nippte dreimal an ihrem Wassernapf, warf Chyna noch einen letzten beleidigten Blick zu und verließ dann steif und würdevoll die Küche. Ihr Auftritt erinnerte Chyna so sehr an das Verhalten ihrer eigenen Mutter, dass sie nicht wusste, ob sie lachen oder weinen sollte. »Mom mochte Hunde zwar nicht besonders, aber dich hätte sie garantiert ins Herz geschlossen«, rief sie Michelle nach.

Mit schlechtem Gewissen verschlang Chyna noch zwei Scheiben Toast und fragte sich dabei, woher dieser Bärenhunger kam. Dann beschloss sie, das Telefon zu checken und sah die Nummern der letzten Anrufer durch.

Als Letzte erschien die Nummer von Ned. Chyna runzelte die Stirn. Hatten Ned oder Beverly nach ihrem hysterischen Anruf sie noch einmal zu erreichen versucht? Nein. Ned hatte etwa zwanzig Minuten mit ihr gesprochen, hatte versucht, sie zu beruhigen und zu überreden, dass sie sich von ihm abholen ließ und bei ihnen übernachtete. Da sie sich standhaft geweigert und vorgegeben hatte, alles unter Kontrolle zu haben, hatte er schließlich aufgegeben und gute Nacht gesagt. Danach hatte sie den Brandy getrunken und war schließlich ins Bett gekrochen.

Also musste das Geheimnis wohl in der nächsten Nummer liegen. Chynas Herz hämmerte. Einerseits wollte sie unbedingt wissen, wer angerufen hatte, andererseits ertrug sie den Gedanken kaum, dass irgendjemand es darauf abgesehen hatte, ihr Angst einzujagen. Aber wenn sie einen Feind hatte – und sei es auch nur einen ganz harmlosen, dessen Streiche nicht über einen dummen Telefonanruf hinausgingen –, musste sie es wissen. Der nächste Name und die nächste Nummer erschienen. Ihr Onkel Rex. Sie hatte sich seine Nachricht auf dem Anrufbeantworter schon angehört. Er hatte versprochen, heute zu kommen. Davor hatte ein Telefonverkäufer angerufen und vor ihm eine ältere Dame aus der Nachbarschaft, die – ohne jemanden ausdrücklich anzusprechen – anfragte, ob sie nach Vivians »Ableben« in irgendeiner Weise helfen konnte. Das war der letzte Anruf auf der Liste.

Chyna ließ sich auf einen Stuhl am Küchentisch sinken und stützte den Kopf in die Hände. In den letzten vier Jahren hatten sich ihre Episoden übersinnlicher Wahrnehmungen, wie die meisten Leute es nannten, deutlich verringert. Sie wusste nicht, ob das auf ihre immense Arbeitsbelastung, den Ortswechsel oder einfach darauf zurückzuführen war, dass sie aus dieser Phase »herausgewachsen« war. Was auch immer der Grund gewesen sein mochte, sie war auf alle Fälle unsäglich erleichtert. Doch jetzt schien alles wiederzukommen. Zuerst die Stimme am See. Dann der seltsame Anruf von jemandem, der sich anhörte wie Anita Simms. Wenn Michelle nicht ebenfalls auffällig darauf reagiert hätte, wäre es ein Leichtes gewesen, beides auf ihre durch die Trauer um ihre Mutter überreizte Phantasie zurückzuführen. Und Chyna musste sich natürlich auch eingestehen, dass Michelle eine sehr enge Bindung zu ihr hatte. Vielleicht hatte der Hund auf Chynas erhöhten Adrenalinpegel reagiert. Vielleicht waren die gestrigen Alarmreaktionen des Hundes das Produkt von Chynas eigener Angst – und keineswegs Zoey, die aus dem See mit ihr sprach, oder Anita, die sie am Telefon sprechen wollte.

Kopfschüttelnd beschloss Chyna, das Thema fürs Erste ruhen zu lassen. Um elf hatte sie einen Termin im Bestattungsinstitut. Sie duschte, wusch die Haare und wühlte dann in ihrem Koffer nach dem Föhn, nur um festzustellen, dass sie ihn vergessen hatte. Also suchte sie im Zimmer ihrer Mutter nach einem anderen. Als Chynas Vater gestorben war, hatte ihre Mutter das Zimmer in Beige, Hellbraun und Farngrün herrichten lassen. Im Lauf der Jahre hatte sie noch Safrangelb, ein blasses Apricot und Wassermelonenrosa hinzugefügt – kleine Akzente, die das Zimmer belebten und femininer machten.

Als Chyna an Weihnachten zu Hause gewesen war, hatte ihre Mutter darauf bestanden, ihrem »kleinen Mädchen« für die jährliche Weihnachtsparty die Haare zu frisieren. Chyna hatte lieber nicht in den Spiegel geschaut, während ihre Mutter mit Lockenwicklern und Lockenstab in ihren langen Haaren hantiert hatte, weil sie befürchtete, dass ihre Mutter sie in eine Zwölfjährige mit Ringellöckchen verwandelte. Als Vivian schließlich »Fertig!« rief, zwang Chyna sich, ganz langsam in den Spiegel zu schauen, und entdeckte dort statt Ringellöckchen großzügige, lockere Wellen. Am Oberkopf hatte ihre Mutter die Haare etwas antoupiert, mit einer antiken perlenbesetzten Goldspange zurückgesteckt und den unteren Teil verführerisch über Chynas rechte Schulter drapiert.

»Du siehst aus wie eine griechische Göttin«, hatte Vivian gesagt, voller Liebe und Bewunderung, ohne einen Hauch von Eifersucht, weil ihre eigene Schönheit im Vergleich mit ihrer Tochter etwas verblasste. »Jetzt geh raus und misch dich unter die Leute. Versteck dich bloß nicht in irgendeiner dunklen Ecke, wie du es sonst immer tust«, hatte Vivian befohlen. »Anscheinend hast du das Gefühl, keiner darf dich sehen, wenn du nicht die schrecklichen OP-Klamotten aus dem Krankenhaus anhast. Dabei hast du eine fabelhafte Figur. Zeig sie her. Übrigens kann es durchaus sein, dass Scott Kendrick heute Abend hier ist.«

Sofort fing Chynas Herz an zu klopfen, doch als er nicht kam, war sie immer bedrückter geworden. »Mein Scott hängt wegen des Wetters in New York fest«, erzählte Mrs Kendrick ihr gegen zehn, mit etwas schwerer Zunge vom Eierflip. »Er kommt morgen, und ich bin sicher, er ärgert sich, dass er die Party verpasst hat. Wahrscheinlich sitzt er jetzt irgendwo in einem schäbigen Motelzimmer und schaut sich zum dreißigsten Mal *Ist das Leben nicht schön* an.«

Chyna lächelte steif. Ganz bestimmt war Scott in einem Motelzimmer, aber sie war absolut sicher, dass er *Ist das Leben nicht schön* auf gar keinen Fall alleine anschaute. In dieser Nacht hatte sie sich geschworen, die alberne Verliebtheit, die sie mit sich herumschleppte, seit sie ein Teenager war, endlich hinter sich zu lassen.

Aber als sie ihn gestern am See gesehen hatte, wusste sie, dass sie in dieser Hinsicht seit letztem Weihnachten keine großen Fortschritte gemacht hatte. Sie fand immer noch, dass er der hinreißendste, attraktivste Mann war, den sie jemals gesehen hatte, und ihr Herz hatte vor achtzehn Stunden genauso schnell und heftig geklopft wie vor zwölf Jahren.

»O Chyna, du bist einfach hoffnungslos, was Scott angeht«, sagte sie laut, während sie ihre Träumereien abschüttelte und sich auf den Weg zum Badezimmer ihrer Mutter machte. Als sie durchs Schlafzimmer eilte, stieß sie sich an etwas, was unter dem Bett hervorschaute, schmerzhaft die Zehen an. Sie bückte sich und fand ein Album, das früher sicher einmal weiß gewesen, vom Alter aber gelblich geworden war. Sie schlug es auf und entdeckte gleich auf der ersten Seite einen Zeitungsausschnitt mit der Schlagzeile: »Sechzehnjährige verschwunden.«

Zoey. Chyna las den ersten Artikel aus dem *Black Willow Dispatch*, in dem berichtet wurde, dass Zoey Simms zusammen mit ihrer Freundin, Chyna Greer aus Black Willow, mitten in der Nacht unterwegs gewesen und verschwunden war. »Aber sie war nicht bei mir, als sie verschwunden ist«, rief Chyna entrüstet, genau wie vor zwölf Jahren, als sie den Artikel zum ersten Mal gelesen hatte. »Sie war nicht bei mir!« Langsam blätterte sie eine Seite nach der anderen um, alle mit Artikeln über Zoeys Verschwinden, manche aus der Lokalzeitung von Black Willow, andere über Associated Press aus so weit entfernten Orten wie Washington D.C., Zoeys Heimatstadt. Sie berichteten Einzelheiten über die erfolglose Suche nach Zoey bis zu der Zeit, als man schließlich davon ausgehen musste, dass sie tot war.

Chyna schlug die nächste Seite auf und schnappte hörbar nach Luft, als sie die Überschrift des Artikels las: »Wieder wird ein Mädchen vermisst.« Die Zeitung stammte vom 28. Dezember, neunzehn Monate nach Zoeys Verschwinden, und Chyna war über die Weihnachtsferien zu Hause gewesen. In dem Artikel stand, dass Heather Phelps – 17, Schülerin der Abschlussklasse auf der Highschool von Black Willow, Cheerleader und Mitglied des Schülerrats – gegen 19 Uhr mit dem Wagen ihrer Eltern zu Baker's Drugstore gefahren war. Dort war sie auch das letzte Mal lebend gesehen worden. Um 23 Uhr fanden ihre Eltern den Wagen verlassen in der Nähe des Ladens. Da Heather noch nicht lange genug verschwunden war, dass die Polizei sie offiziell für vermisst erklären konnte, organisierte die Familie selbst einen Suchtrupp.

Am nächsten Tag wurde die Polizei aktiv, obwohl es strikt nach Vorschrift immer noch zu früh war. Aus den Ermittlungen ergab sich, dass niemand beobachtet hatte, wie Heather in dem Laden mit jemandem sprach, dass jedoch ein paar Leute sie auf der Straße gesehen hatten, nachdem sie herausgekommen war. Die Zeugen sagten aus, Heather sei allein gewesen und habe völlig unbekümmert gewirkt. Sie war zu Fuß die Straße hinaufgewandert, wahrscheinlich zu einem weihnachtlichen Schaufensterbummel. Doch niemand hatte sie einen anderen Laden betreten sehen, und auch von den fraglichen Verkäufern konnte sich keiner an sie erinnern. Monatelang dauerte die Suche. Dann wurde auch dieser Fall zu den Akten gelegt.

Chynas Hände waren eiskalt. Während der Lektüre der Zeitungsausschnitte hatte sie am ganzen Körper angefangen zu frösteln. Natürlich erinnerte sie sich noch daran, dass Heather Phelps verschwunden war. Ned hatte es ihr damals erzählt. Ihre Eltern hatten nie darüber gesprochen, und jeden Abend war die Zeitung auf mysteriöse Weise verschwunden, bevor Chyna sie lesen konnte. Garantiert stopfte ihre Mutter sie in den Müll, weil sie verhindern wollte, dass Heathers Verschwinden in Chyna schmerzliche Erinnerungen an Zoey wachrufen würde. Trotzdem hatte Vivian die Artikel gesammelt, in denen über viele Monate hinweg über die Suche nach Heather berichtet worden war. Warum? Weil sie glaubte, dass die Geschichte von Heather etwas mit Zoey zu tun hatte?

Chyna saß auf dem Bett und blätterte, bis sie zu einem im Mai datierten Artikel gelangte. Um die gleiche Zeit war Chynas Vater gestorben, und sie war zu seinem Begräbnis nach Black Willow gekommen. In dem Artikel ging es um das Verschwinden der sechzehnjährigen Edie Larson, deren Rucksack etwa eine Meile nördlich des Städtchens gefunden und von zwei dreizehnjährigen Jungen bei der Polizei abgegeben worden war. Als die Polizei mit den Eltern Kontakt aufnahm, erklärte Mr Larson, dass Edie bereits seit zwei Tagen weg war. Er hatte sie deshalb nicht als vermisst gemeldet, weil er angenommen hatte, sie wäre mit ihrem Freund Gage Ridgeway – ebenfalls aus Black Willow – durchgebrannt.

Ridgeway jedoch hatte keinen Tag bei seinem Job in der Baufirma seines Großvaters gefehlt und sagte der Polizei, dass er geglaubt hatte, Edie sei mit Grippe zu Hause. Zweimal hatte er angerufen, aber Edies Vater, dem die Beziehung seiner Tochter zu Gage missfiel, hatte ihm nicht erlaubt, mit ihr zu sprechen. Wieder wurde eine Suche eingeleitet, obwohl diesmal der Hauptverdächtige Ron Larson, Edies Vater, gewesen war, der bereits eine Jugendstrafe hinter sich hatte und zweimal wegen Alkohol am Steuer sowie wiederholter häuslicher Gewalt aktenkundig geworden war. Dreimal hatte die Polizei Mrs Larson mit einem blauen Auge und aufgeplatzter Lippe vorgefunden. Jedes Mal hatte sie ausgeklügelte, wenn auch vollkommen unglaubwürdige Ausreden aufgetischt, ihren Ehemann aber nie angezeigt.

Als Edie verschwunden war, hatte Mrs Larson schließlich zugegeben, dass ihr Mann sie daran gehindert hatte, Edie als vermisst zu melden, obwohl das Mädchen allein und zu Fuß unterwegs gewesen und von einer Theaterprobe in der nahe gelegenen Highschool nicht nach Hause gekommen war. Der Lehrer, der die Probe geleitet hatte, bestätigte, dass Edie daran teilgenommen hatte. Als sie fertig war, hatte Edie die Schule allein verlassen und das Angebot eines Mitschülers, sie in seinem Auto etwas später mitzunehmen, strikt abgelehnt, und zwar mit der Begründung, sie würde zu Hause Ärger bekommen, wenn sie nicht rechtzeitig da wäre.

Später verteidigte sich Ron Larson bei der Polizei, er hätte das Verschwinden seiner Tochter deshalb nicht früher gemeldet, weil er sicher gewesen wäre, dass Edie von Gage Ridgeway »geschwängert worden« und daraufhin einfach weggelaufen sei – eine schändliche Beschmutzung des guten Namens der Familie Larson. Außerdem bestand Larson darauf, die Polizei sollte doch, statt ihn zu belästigen, lieber Ridgeway wegen

Vergewaltigung festnehmen. Der Redakteur der Lokalzeitung konnte es sich nicht verkneifen, diesen Seitenhieb in den Artikel einfließen zu lassen.

Chyna ließ das Album auf ihren Schoß sinken. Sie erinnerte sich, dass Ned die Geschichte von Edie erwähnt hatte, als Chyna im Sommer nach Hause gekommen war, worauf ihre Mutter hastig das Thema gewechselt hatte. Im letzten Zeitungsartikel des Albums, der das Datum vom 25. Mai vor acht Jahren trug, setzte die Polizei die Suche nach Edie immer noch fort, obwohl das Mädchen inzwischen seit zehn Monaten vermisst wurde. »Aber ich bin sicher, dass man sie nicht gefunden hat«, sagte Chyna laut. »Genauso wenig wie Zoey, genauso wenig wie Heather.« Drei Mädchen waren also verschwunden. Was hatte die Stimme vom See gestern gesagt? »Du musst mich finden, denn es gab noch andere Mädchen wie mich.« Damit sagte Zoey ihr also, dass Heather und Edie das gleiche Schicksal erlitten hatten wie sie selbst.

Frustriert knallte Chyna das Album zu und legte es auf das Bett neben sich. Drei Mädchen waren gestorben, weil vor zwölf Jahren ein böser, schwer gestörter Mensch nach Black Willow gekommen war, der vier Jahre lang in der Gegend umhergezogen war, und dann … Und dann was? War er gestorben? Oder getötet worden?

Oder hatte er einfach beschlossen, dass es Zeit war, weiterzuziehen?

Nein, sicher nicht. Die Stimme vom See, Zoeys Stimme, hatte gesagt: »Wenn du nichts unternimmst, wird es noch mehr geben.« Voller Grauen schloss Chyna die Augen. Hatte dieser Mensch einen größeren Plan? Wollte ihre Mutter, dass Chyna sich um diese Sache kümmerte, bevor noch weiteres Unheil geschah?

»Ja«, schien eine kalte Stimme ihr zuzuflüstern. »Du bist ihre einzige Hoffnung.«

Schaudernd stopfte Chyna das Album mit den Zeitungsausschnitten zurück unter das Bett ihrer Mutter, so weit wie möglich nach hinten an die Wand, in der Hoffnung, es vergessen zu können, wenn sie es nur gut genug versteckte. Sie mochte sich gar nicht vorstellen, wie ihre Mutter Jahr für Jahr diese Artikel ausgeschnitten, sorgfältig mit Plastikfolie überzogen und so konserviert hatte. Wofür? Damit ich sie lese, dachte Chyna. Angeblich hatte sich Vivian immer Sorgen darüber gemacht, dass Chyna behauptete, »Visionen« zu haben, aber schon früher hatte Chyna manchmal das Gefühl gehabt, dass ihre Mutter nur so tat. Womöglich hatte sie wirklich daran geglaubt, dass ihre Tochter übernatürliche Kräfte besaß. Einmal, als Chyna ungefähr acht war und Vivian bei einem Barbecue am Nationalfeiertag zu viel Wein getrunken hatte, hatte sie Chyna von ihren beiden Tanten und ihrer jüngeren, bereits verstorbenen Schwester erzählt, die anscheinend beide die Fähigkeit gehabt hatten, Dinge »vorauszuahnen«?

Später stritt Vivian allerdings entschieden ab, Chyna jemals so etwas erzählt zu haben, aber dabei hatte sie immer einen seltsam schuldbewussten Ausdruck im Gesicht. Chyna vermutete, dass ihr Vater die Geschichte mitgehört und ausnahmsweise einmal Druck gemacht und darauf bestanden hatte, dass sie dieses »Märchen« widerrief. Aber Chyna war – wie bei so vielen anderen Dingen, für die es keine objektiven Beweise gab – sicher, dass ihre Mutter ihr die Wahrheit gesagt hatte.

Meine Mutter hat tatsächlich an mein zweites Gesicht geglaubt, dachte sie. Sicher, als sie nach dem Bootsunfall angefangen hatte, Dinge zu prophezeien, sich an Dinge aus der Vergangenheit zu erinnern, die sie unmöglich wissen konnte, und Dinge zu finden, von deren Verbleib sonst keiner wusste, hatte sich Vivian dem Willen ihres Mannes gebeugt und mit Chyna alle möglichen Ärzte aufgesucht. Aber sie hatte nur Edward zuliebe mitgemacht. Im Stillen hatte sie die ganze Zeit an übersinnliche Wahrnehmungen geglaubt, weil sie so etwas ja in ihrer eigenen Familie erlebt hatte. Sie hatte gewusst, dass Chyna dieses Album mit den Einzelheiten über die vermissten Mädchen finden würde, weil Chyna dazu bestimmt war, Leben zu retten. Und das nicht nur als Medizinerin.

Doch die Last dieser Verpflichtung erdrückte sie fast. Sie ließ den Kopf sinken und hätte am liebsten geweint, Michelle an die Leine genommen und mit ihr Black Willow verlassen, so schnell sie konnte. Sie wollte die Verantwortung für die verschwundenen Mädchen nicht, weder in der Vergangenheit noch in der Gegenwart. Aber sie wusste, dass sie sich der Aufgabe stellen musste.

Langsam hob Chyna den Kopf. Momentan konnte sie nichts anderes tun, als versuchen, ihre Gefühle in den Griff zu bekommen. Langsam ging sie zur Frisierkommode ihrer Mutter und blickte in den Spiegel. »Ich werde heute nicht mehr daran denken«, sagte sie streng zu ihrem Spiegelbild. »Ich werde nicht mehr an das Album denken und auch nicht an den grotesken Anruf.« Und vor allem nicht an die Stimme, die sie am See heimgesucht hatte, Zoeys Stimme, die »Star light, star bright« gesungen hatte, denn dieses Erlebnis jagte Chyna noch mehr Angst ein als alles, was sonst seit ihrer Heimkehr passiert war. Sie wusste, dass sie sich der Verantwortung nicht entziehen konnte. Aus Erfahrung wusste sie außerdem, dass die Antworten, wenn überhaupt, erst auftauchen würden, wenn die Zeit dafür reif war. Sie konnte nichts erzwingen.

Ein kurzer Blick auf ihre Uhr zeigte ihr, dass sie mehr Zeit mit dem Album verbracht hatte, als ihr bewusst gewesen war. Der Vormittag war fast vorüber, und sie hatte am Nachmittag einiges zu erledigen.

Rasch stand sie auf, fand den Föhn zum Glück ziemlich schnell, trocknete ihre Haare, band sie zu einem langen Pferdeschwanz zurück, schlüpfte in eine braune Hose und einen roten Pulli. Wenigstens hatte sie daran gedacht, die Jacke mitzunehmen, die zu der Hose passte. Schließlich wollte sie beim Bestattungsunternehmen einigermaßen präsentabel aussehen. Ein wenig blaugrauer Lidschatten, bronzefarbenes Rouge und passender Lippenstift brachten Farbe in ihr Gesicht. Schließlich trat sie einen Schritt zurück, betrachtete das Ergebnis und kam zu dem Schluss, dass sie fast normal aussah. Jedenfalls wenn man nicht wusste, dass sie für gewöhnlich nicht so blass war und auch nicht solche Augenringe hatte.

Als Chyna den Föhn ins Zimmer ihrer Mutter zurückbrachte, hörte sie hinter dem Haus ein Scharren – nicht das leise Rascheln von Blättern im Wind, sondern das Kratzen von Holz oder Metall auf Stein. Und sie hörte eine Stimme. Jemand sang. Sie erstarrte und spitzte die Ohren. Die Melodie hatte sie noch nie gehört – schräge Töne, ohne Rhythmus und Takt. Auch Michelle, die neben ihr stand, spitzte argwöhnisch die Ohren. O Gott, nein, dachte Chyna. Nicht schon wieder eine Stimme aus dem Jenseits. Nicht schon wieder eine Stimme, die ihr sagte …

»Satisfaction … oh no, no, no! I can't get no …«

Hörte sie etwa eine Stimme aus der »Unterwelt«, die mit großem Vergnügen »Satisfaction« von den Rolling Stones verhunzte? Nein, das konnte nicht sein. Chyna hatte mit ihrem sechsten Sinn schon viele seltsame Dinge gehört, aber nichts dermaßen Verrücktes.

Sie trat ans Schlafzimmerfenster, spähte hinaus und schob schließlich das Fenster hoch. Auf einer hohen Leiter stand ein schlanker, braunhaariger Mann und kratzte mit Handschuhen das Laub aus der Dachrinne, wobei er leidenschaftlich das Lied schmetterte und den Kopf in einem Rhythmus wiegte, den außer ihm niemand begriff. Mindestens eine Minute starrte Chyna ihn an, während seine Stimme lauter und das Kopfwiegen schneller wurde. Endlich kam er zum Ende des Lieds, stieß einen begeisterten Jauchzer aus – und wäre um ein Haar von der Leiter gefallen, als er Chyna bemerkte.

»Guter Gott!«, rief er.

»Tut mir leid, wenn ich dich erschreckt habe«, sagte Chyna und verkniff sich das Lachen. »Die Musik hat mich angelockt.«

Das hübsche Gesicht des jungen Mannes wurde puterrot, und seine Ohren sahen aus, als würden sie brennen. »Ich hab nicht gedacht, dass jemand zu Hause ist. Ich putze jedes Jahr Mrs Greers Dachrinne, und ich dachte, ich mache weiter damit. Ich weiß, dass sie gestorben ist, aber es kommen doch bestimmt Gäste, und sie würde wollen, dass alles perfekt aussieht.« Mit seinen klaren grünen Augen spähte er durch die helle Sonne zu Chyna hinüber. »Bist du das, Chyna?«

»Ja, ich bin gestern gekommen. Mein Mietwagen steht in der Garage.«

»Himmel, da hab ich uns beiden ja einen ganz schönen Schrecken eingejagt. Ich hab dich bestimmt zehn Jahre nicht mehr gesehen. Gage Ridgeway.«

»Na klar, ich erinnere mich an dich, Gage«, sagte Chyna, immer noch lächelnd. Grade eben hab ich etwas über dich in einem Zeitungsartikel gelesen, setzte sie in Gedanken hinzu. Du warst mit Edie Larson befreundet, einem der verschwundenen Mädchen. Gage war etwa in Chynas Alter und zu einem umwerfend attraktiven Mann herangewachsen. Aber er hatte ja schon als Teenager umwerfend ausgesehen und keinen Mangel an Freundinnen gehabt. Chyna lächelte weiter.

»Wie geht's denn so, Gage?«

»Gut. Ich arbeite immer noch auf dem Bau. Mein Großvater ist inzwischen tot, jetzt gehört die Firma mir und meinem Dad. Übrigens hat mein Großvater auch dieses Haus hier gebaut, wusstest du das? Deshalb kümmere ich mich auch um die Instandhaltung. Grandpa hat sehr viel von deinem Großvater gehalten und von diesem Haus. Er meinte, es wäre das beste, das er jemals gebaut hat, und so lange es noch einen Ridgeway auf der Welt gibt, kümmern *wir* uns darum, nicht irgendein Amateur, der sich irgendwas zusammenschustert und mehr Schaden als Nutzen anrichtet.« Gage zog eine behandschuhte Hand aus der Dachrinne und wischte sich Blattfetzen vom Gesicht und aus den Haaren. »Es tut mir wirklich leid wegen deiner Mutter, Chyna.«

»Mir auch. Ihr Tod kam so überraschend.«

»Ja, wirklich. Letzten Samstag hab ich sie noch gesehen. Der Sturm, den wir neulich hatten, hat fast das alte Gartenhäuschen deines Bruders demoliert. Er war in Pennsylvania bei der Hochzeit seiner Schwägerin, und deine Mutter hat mich kommen lassen, damit ich es fertig abreiße und den Schutt wegräume. Sie hat sich ganz normal benommen. Vielleicht ein ganz kleines bisschen blass und still, aber ich dachte, das ist noch der Schrecken vom Sturm und die Sorge, weil sie Neds Allerheiligstes abreißen lässt, ohne ihn vorher zu fragen. Du weißt ja, wie sehr er daran hing.«

»Ja, er war lächerlich besitzergreifend, wenn es um dieses blöde Häuschen ging. Eigentlich hätte es schon vor Jahren abgerissen werden müssen – es war doch nur noch ein baufälliger Schandfleck auf seinem ansonsten schönen Rasen.« Chyna seufzte. »Aber ich freue mich, dass Mom keinen kranken Eindruck auf dich gemacht hat. Ich hatte schon ein schlechtes Gewissen, weil ich nicht hier war, als sie gestorben ist. Aber ich wusste nicht mal, dass sie krank war.«

»Ich glaube, das wusste niemand.« Verlegen sah Gage weg und fügte hinzu: »In Anbetracht der Situation tut es mir auch leid, dass ich hier draußen so rumgejault habe. Großvater hätte mir für meine Respektlosigkeit sofort eine Ohrfeige verpasst.«

»Das fände ich nicht gut, dass er dich ohrfeigt, weil du bei der Arbeit singst«, entgegnete Chyna und versuchte zu lächeln. »Aber diese Version von ›Satisfaction‹ hab ich noch nie gehört.«

Gage grinste. Man sah ihm an, dass er viel an der frischen

Luft arbeitete, und er wirkte älter, als er war. Trotzdem konnte man nicht bestreiten, dass er auf eine herb männliche Art sehr attraktiv war. »Vermutlich kannst du dir vorstellen, warum die Garagenband mich loswerden wollte, bei der ich mit sechzehn mitgemacht habe, und mit achtzehn die nächste«, lachte er. »Nur weil man Musik im Blut hat, kommt sie einem noch lange nicht aus dem Mund.«

Chyna musste lachen. »Daran werde ich jetzt jedes Mal denken, wenn ich im Auto singe und mich wundere, warum mein Hund anfängt zu jaulen.« Auch Gage lachte. Er wirkte so normal, so entspannt, so … unschuldig. Eigentlich unvorstellbar, dass er etwas mit dem Verschwinden und womöglich der Ermordung eines Mädchens zu tun haben könnte.

Doch dann fiel ihr plötzlich ein Erlebnis aus Zoeys letztem Sommer ein. Sie waren Gage in der Stadt begegnet, und Zoey war vor Begeisterung fast außer sich gewesen, als Gage sie anlächelte, ihr zuzwinkerte und meinte: »Wie geht's, Zoey? Du siehst ja mal wieder toll aus.« In jener letzten Nacht hatte Chyna Zoey gefragt, ob sie den Typen, mit dem sie am See verabredet war, schon bei einem früheren Besuch in Black Willow kennengelernt hätte. »Ja, aber diesmal ist es anders«, hatte Zoey geantwortet. »Manchmal funkt es einfach mit jemandem.«

Womöglich war Zoey von Gage so hingerissen gewesen, dass sie sich in dieser Nacht mit ihm getroffen hatte. Er brauchte sie nur später angerufen und um ein Treffen gebeten haben. Chyna hatte keine Mühe mit der Vorstellung, dass Zoey in den dunklen Wald spaziert wäre, um sich von Gage küssen zu lassen. Und auf einmal wurde ihr angst und bange. »Tja, ich hab noch was in der Stadt zu erledigen«, sagte sie schroff. »Ich bin schon spät dran.«

»War nett, dich zu sehen«, brachte Gage gerade noch heraus, ehe sie das Fenster zuknallte. Möglicherweise hatte sie gerade mit einem dreifachen Mörder geschäkert! Oder mit einem absolut netten jungen Mann, der jetzt wie die meisten Bewohner des Städtchens der Meinung wäre, dass Chyna einfach nicht ganz richtig im Kopf war. Na ja, jetzt war es zu spät, sich über ihr Image Sorgen zu machen. Und wen kümmerte es auch? Sie war ja im Jahr nur für ein paar Tage in Black Willow.

Jedenfalls hatte Gage anscheinend keine Lust mehr zu singen. Chyna packte ihre Handtasche und ihren Regenmantel und eilte los. Als sie aus der Garage fuhr, ließ sie das Fenster herunter. Es herrschte völlige Stille. Wahrscheinlich stand Gage auf seiner Leiter und überlegte, was wohl mit der »Hellseherin« von Black Willow nicht stimmte.

Unterwegs in die Stadt rief Chyna ihren Bruder auf dem Handy an. »Ich bin unterwegs zum Bestattungsinstitut, um eine Urne für Mom auszusuchen. Sollen wir uns dort treffen?«

»Um eine *Urne* auszusuchen? Himmel, nein«, platzte Ned heraus.

»Warum bist du denn so entsetzt? Einer muss es doch erledigen.«

»Ich weiß. Ich will es nicht auf dich abschieben, aber ... na ja, du kennst Moms Geschmack besser als ich.«

Chyna verdrehte die Augen. »Das war so ungefähr die schwächste Ausrede, die ich jemals gehört habe.« Ned schwieg. »Na gut, ich verstehe. Ich freue mich ja auch nicht gerade auf diese Einkaufstour.«

»Niemand freut sich auf so was.« Chyna hörte, wie Ned den Verkaufsraum der *Greer Lincoln-Mercury Agency* verließ und auf den Parkplatz ging. In den letzten fünf Jahren war das Geschäft sehr gut gelaufen.

»Ned, ich kann immer noch nicht recht glauben, dass Mom nicht neben Dad beerdigt werden und nicht mal einen Gottesdienst wollte. Hat sie sich in letzter Zeit merkwürdig benommen?«

Seine Stimme wurde lauter, und er sprach offensichtlich mit einem Kunden. »Das ist ein großartiges Modell. Tolle Ausstattung – mit allem Drum und Dran. Wir können bestimmt einen guten Deal für Sie machen.« Dann wurde seine Stimme wieder normal. »Wie meinst du das, ob Mom sich merkwürdig benommen hat? Ob sie krank war? Oder verrückte Sachen gemacht hat?«

»Nein, nicht verrückt. Ungewöhnlich. Untypisch für sie. Ich meine, ich bin immer noch konsterniert, dass sie keinen Gottesdienst wollte und dass ich ihre Asche mit nach New Mexico nehmen soll. Das fühlt sich alles irgendwie nicht richtig an …«

Die Ampel wurde rot, und Chyna trat heftig auf die Bremse. Ein alter Mann auf dem Fußgängerstreifen zeigte ihr den Mittelfinger. Das hab ich verdient, dachte sie, und ihr wurde heiß im Gesicht. Sie hatte nicht aufgepasst.

»Ich weiß, dass ihr Letzter Wille untypisch für sie scheint, aber sie hat Bev den Umschlag schon vor Monaten gegeben und wollte ihn nie zurückhaben. Es war keine impulsive Entscheidung, Schwesterchen.« Dann hörte sie wieder, wie er einem potentiellen Käufer etwas Unverständliches zurief, ehe er mit gesenkter Stimme fortfuhr. »Hast du den Brief gelesen, den wir dir gestern Abend gegeben haben?«

»Ja. Er kam mir sehr nüchtern und geschäftsmäßig vor. Aber vielleicht habe ich etwas Ungewöhnliches übersehen. Ich war noch ziemlich verwirrt nach dem Anruf von Anita Simms.«

»Das war nicht Anita Simms«, entgegnete Ned matt. »Irgendjemand hat dir einen geschmacklosen Streich gespielt, und ich möchte, dass du ihn dir einfach aus dem Kopf schlägst – obwohl ich natürlich weiß, dass das leichter gesagt als getan ist.« Er holte tief Luft, »Chyna, es tut mir leid, dass ich dir die Drecksarbeit im Bestattungsinstitut überlasse, aber ich muss wirklich Schluss machen. Wir reden dann heute Abend. Und du bist echt ein Herzchen, dass du das erledigst.«

»Danke. Ich wollte schon immer ein Herzchen sein«, antwortete Chyna, aber er hatte schon aufgelegt.

Chyna bog auf den Parkplatz des *Burtram and Hodges Funeral Home* ein. Sie erinnerte sich noch gut daran, wie sie mit ihrer Mutter hier gewesen war, nachdem ihr Vater »das Zeitliche gesegnet« hatte – wie die Leute im Bestattungsinstitut sich ausdrückten. Edward Greer war so gestorben, wie er gelebt hatte – still und würdevoll. Eines Morgens war Vivian aufgewacht und hatte Edward tot neben sich gefunden. Er hatte in der Nacht einen Schlaganfall gehabt und war sofort tot gewesen.

Rex Greer, sein jüngerer Bruder, war damals gerade in Frankreich gewesen, und Vivian hatte Chyna gebeten, ihr bei den Vorbereitungen für die Beerdigung zu helfen, weil Ned sich weigerte. Einmal hatte er ihr beschämt gestanden, dass er furchtbare Angst vor dem Tod habe, und sein Verhalten schien diese ehrliche Beichte nun zu bestätigen. Wenn Leute sich über Tod und Sterben unterhielten, verließ er schnell und unauffällig das Zimmer. Wenn er zu einer Totenwache gehen musste, trug er sich in die Gästeliste ein, sah den Toten aber nicht an, sofern der Sarg offen war, und suchte so bald wie möglich das Weite. Bei Beerdigungen stellte er sich so weit vom offenen Grab weg wie nur möglich und konzentrierte seinen Blick auf einen Baum oder ein Blumenarrangement. Einmal hatte Chyna seinen Blick verfolgt und entdeckt, dass er einen Maulwurf beobachtete, der in der Erde buddelte.

Der Tag war sonnig und mindestens zehn Grad wärmer als gestern. Chyna stieg aus, blickte in den babyblauen Himmel mit der hellgelben Sonne hinauf und sog tief die frische Luft ein. Sofort fühlte sie sich besser, ein bisschen weniger unglücklich, ein bisschen heiterer. Dann öffnete sie die schwere Tür des Bestattungsinstituts, trat ein – und sofort war ihre Stimmung wieder im Keller.

Mahagoniwände. Dunkelblauer Teppich. Milchglas über gedämpften Leuchtkörpern. Traurige Orgelmusik durchwehte die feierlichen Hallen. Überall ein schwacher Duft von nicht mehr ganz frischen Blumen. Ein schlanker Mann Mitte dreißig mit scharf gemeißelten Gesichtszügen und mittelbraunen Haaren kam auf sie zu.

»Wie geht es Ihnen?«, begrüßte er sie mit kühler Förmlichkeit. »Ich bin Russell Burtram. Kann ich Ihnen helfen?«

Russell blickte auf, schien Chynas knallroten Rollkragenpulli zur Kenntnis zu nehmen und sah rasch wieder weg. Sofort wünschte Chyna, sie hätte sich anders angezogen. Vielleicht wäre etwas Dunkelblaues ratsam gewesen. Dann hätte sie jedenfalls ausgesehen wie Russell, dessen Anzug zum Teppichboden passte. An den Schläfen bemerkte sie ein paar graue Sprenkel in seinen braunen Haaren, und seine Hände waren verkrampft, als wäre er nervös oder bemühte sich um eine Pose, die ihm von Natur aus nicht lag. Jedenfalls schien er sich bewusst zu sein, dass Chyna sein Äußeres taxierte, und gab sich noch steifer, während seine grauen Augen wieder zu ihr aufblickten.

»Meine Mutter ist gestorben«, erklärte Chyna. »Anscheinend litt sie an einer Herzkrankheit, von der die Familie nichts wusste. Sie hatte einen Herzanfall, ist die Treppe hinuntergestürzt und hat sich den Hals gebrochen.« Chyna stieß die Worte hastig hervor, damit sie ihr nicht im Hals stecken blieben, und der letzte Satz war fast unverständlich. »Ich muss Vorbereitungen für die Bestattung treffen.«

»Du brauchst es mir nicht zu erklären, ich weiß Bescheid über Vivian Greers Tod.« Auf einmal war Russell Burtrams Blick sanft und mitfühlend. »Du erinnerst dich nicht mehr an mich, nicht wahr?«

»Wie?«, bekam Chyna mit Mühe heraus.

»Ich bin Rusty Burtram, Chyna. Ich war in Neds Klasse.«

Chyna schluckte und versuchte, ihre Überraschung zu verbergen. Sie atmete tief durch. »Rusty! Du meine Güte, ich begegne heute lauter Leuten aus der Vergangenheit. Du hast dich … verändert.«

»Die Pickel sind weg, ich trage Kontaktlinsen und habe ein bisschen Bodybuilding gemacht.« Er lächelte fast entschuldigend. Chyna, die auch eine Zeitlang in der plastischen Chirurgie gearbeitet hatte, vermutete außerdem, dass er sich die Nase richten und das Kinn hatte aufpolstern lassen. »Ich hoffe, es hat positive Auswirkungen«, setzte Russell noch hinzu.

»Oh, aber sicher, sehr sogar!«, platzte Chyna mit wenig schmeichelhafter Begeisterung heraus und merkte leider erst hinterher, wie beleidigend sich das anhörte. »Ich meine, du hast auch schon vorher gut ausgesehen ...«

»Ich hab komisch ausgesehen und hatte deswegen immer Hemmungen. Nach meinem Abschluss habe ich beschlossen, dass ich so nicht aufs College gehen möchte, und mit der Verwandlung begonnen.« Jemand näherte sich ihnen, und Rustys Stimme wurde sofort leiser und nüchterner. »Das hier ist das Unternehmen meines Vaters, aber ich denke, das weißt du ja.« Chyna nickte. »Wir haben auch die Beerdigung deines Vaters arrangiert.«

Ein großer schwarzhaariger Mann blieb vor Chyna stehen und drängte Rusty mehr oder weniger unauffällig zur Seite. »Owen Burtram, Miss – oder sollte ich sagen Doktor Greer?« Vermutlich war das Rustys Vater. Vivian Greer hatte ihn immer für einen aufgeblasenen Wichtigtuer gehalten. »Ihre Mutter hat viel von Ihnen erzählt.«

»Ach ja?« Chyna fragte sich, wann und wo Vivian sich jemals mit diesem Mann unterhalten hatte. Sie hatte ihn nicht gemocht und war ihm bei gesellschaftlichen Anlässen aus dem Weg gegangen. »Nun, ich vermisse meine Mutter jetzt schon sehr«, fuhr sie fort. »Sie war erst zweiundfünfzig.«

»Ah, ja. Ich weiß, zweiundfünfzig erscheint viel zu jung, um aus der Welt zu scheiden, aber wir verstehen die Wege des Allmächtigen leider nicht immer. Seine Macht ist viel größer als unsere, und er ist es, der entscheidet, wann die Zeit eines Menschen gekommen ist.« Nachdem er seine salbungsvolle

Rede beendet hatte, lächelte Owen und zeigte sein makelloses Gebiss. Zu vollkommen, zu weiß. Porzellankronen, dachte Chyna. Außerdem musste ein Mann um die fünfzig doch wenigstens ein paar graue Haare haben. Die von Owen waren von einem glanzlosen Schwarz, eine Farbe, die offensichtlich aus der Flasche kam. »Wollen Sie mir nicht ins Büro folgen, Chyna?«, fragte er, wandte sich dann an Rusty und meinte herablassend: »Ich kümmere mich um Doktor Greer.«

»In Ordnung«, antwortete Rusty mit unterwürfiger Stimme, aber Chyna sah das Funkeln in seinen Augen, die grau waren wie die seines Vaters, nur viel wärmer.

»Hätten Sie gern einen Tee oder einen Kaffee?«, erkundigte sich Owen, während er zügig den Gang hinunterschritt, als wollte er ihr zeigen, wie fit er noch war.

»Gern einen Kaffee, bitte.« Chyna folgte Owen in den rückwärtigen Teil des Gebäudes, wobei ihr auffiel, dass er Rusty mit seinen eins achtzig nur ein kleines bisschen überragte und auch nur wenig kräftiger war. Die Halle war lang und dunkel. Vermutlich hielten die meisten Menschen das bei einem Bestattungsinstitut für angemessen, aber Chyna fand die Umgebung fast unerträglich düster. Ihre Absätze sanken tief in den dunkelblauen Teppich und gaben ihr das Gefühl, in Treibsand zu waten. Ein Orgelstück, das klang wie eine Totenklage, war leise im Hintergrund zu hören. Owen bückte sich, um ein schrumpliges weißes Rosenblatt aufzuheben, das offenbar aus einem Blumengesteck gefallen war, schnupperte daran und zerrieb es dann in seinen großen Händen. Hier war es so kühl, dass Chyna wünschte, sie hätte nicht nur einen Blazer, sondern ihren Mantel angezogen. Ich würde wahnsinnig werden hier drin, dachte sie. Absolut wahnsinnig. Keine Ahnung, wie Rusty das aushält.

Wenigstens war das Büro ein wenig heller als der Rest des Instituts, obwohl Owen auch hier die vertikalen Jalousien halb zugezogen hatte. Er deutete auf einen Polstersessel mit einer geraden Lehne, die einen zwang, aufrecht zu sitzen. Während sie Platz nahm, goss Owen Kaffee in eine zierliche Tasse und gab einen Schuss Milch sowie einen gehäuften Löffel Zucker dazu. Chyna hatte weder um Milch noch um Zucker gebeten und legte auf beides keinen Wert, aber sie nahm die Tasse mit einem höflichen Lächeln entgegen und nippte sofort daran. Wenigstens war das Gebräu heiß.

Owen setzte sich hinter den großen Schreibtisch, faltete seine manikürten Hände – an der einen trug er einen goldenen Ehering, an der anderen einen großen, in Platin gefassten Onyxring – und musterte Chyna mit einem einstudiert mitfühlenden Blick. »Ich nehme an, Sie sind gekommen, um die Vorbereitungen für das Begräbnis Ihrer Mutter zu besprechen.«

»Ja. Ich weiß, wir hätten das schon früher machen sollen, aber mein Bruder …« Sie zögerte. Was sollte sie sagen? Mein Bruder kann Orte wie diesen nicht ausstehen? Mein Bruder hasst Menschen wie Sie? Mein Bruder hasst den Tod im Allgemeinen? »Ich wäre früher gekommen, aber ich wohne in New Mexico.«

»Ja, ich glaube, Vivian hat einmal erwähnt, dass Sie Ihre Assistenzarztzeit in einem Krankenhaus in Albuquerque machen.«

»Ja. Ich bin jetzt im zweiten Jahr. Zum Glück habe ich so viele Überstunden gemacht und so viele Urlaubstage angespart, dass ich mir für dieses Ereignis problemlos freinehmen konnte.« Sie lächelte. Owen starrte sie an. Ereignis? Himmel, das klang, als wollte sie hier Urlaub machen. Entsetzt hörte Chyna auf zu lächeln. »Jedenfalls habe ich fast zwei Wochen frei.«

»Wie praktisch«, meinte Owen, während er auf ihre Brüste stierte. »Nun, ich nehme an, Sie möchten sich als Erstes unsere Sargkollektion anschauen. Wir haben ein breites Preisspektrum, aber ich denke, Sie wollen für Ihre Mutter sicher nur das Allerbeste.«

»Hmm, nein, wir möchten keinen Sarg.« Nun wanderten Owens Augen doch von ihren Brüsten zu ihrem Gesicht empor. »Meine Mutter wollte eingeäschert werden.«

»Eingeäschert!«, wiederholte Owen entsetzt, als hätte Chyna gerade gesagt, ihre Mutter wollte in eine Häckselmaschine geworfen werden. »Vivian Greer soll eingeäschert werden?«

»Äh ... ja«, bestätigte Chyna matt und fühlte sich unter Owen Burtrams eisigem Blick wie eine schleimige Kröte. »Wir waren auch überrascht. Die Familie, meine ich. Aber sie hat ihre Wünsche meinem Bruder und meiner Schwägerin gegenüber sehr klar geäußert. Und sie hat auch einen Brief mit Anweisungen hinterlassen. Notariell beglaubigt.«

»Einen notariell beglaubigten Brief?«

»Ja. Ich habe ihn nicht mitgebracht, aber ich kann ihn Ihnen später gerne zeigen ...« Chyna kam sich immer mehr vor wie ein Schulmädchen, das wegen einer schlimmen Missetat zum Direktor gerufen worden ist. Entschlossen setzte sie sich auf, zog die Jacke über die Brust und entspannte ihr Gesicht, das garantiert schuldbewusst und verlegen wirkte. Sie war diesem Owen Burtram keine Rechenschaft schuldig. »Sie arrangieren doch auch Einäscherungen, oder nicht?«, fragte sie und zwang sich, klarer und selbstbewusster zu klingen.

»Nun ja, gelegentlich schon«, räumte Owen widerwillig ein. »Obgleich ich eigentlich kein Befürworter dieser Sache bin. Es entspricht nicht den Maßstäben, der Würde, der Schicklichkeit, für die Burtram and Hodges bekannt sind ...«

Und auch nicht den Begräbniskosten, hätte Chyna um ein Haar eingeworfen. Burtram and Hodges würden mindestens siebentausend Dollar weniger für eine Einäscherung bekommen als für ein reguläres Begräbnis. Wenn die Familie beschlossen hätte, den Abschied von Vivian mit aller erdenklichen Pracht zu begehen, wäre die Differenz vielleicht sogar noch größer. Chyna merkte, dass Owen aufgehört hatte zu reden und sie erwartungsvoll anschaute. Vielleicht glaubte er, er hätte Chyna mit seinen Äußerungen so beschämt, dass sie sich nun doch für das volle Programm entscheiden würde.

»Wir möchten zuerst und vor allem die Wünsche meiner Mutter respektieren«, sagte Chyna und war froh, dass ihre Stimme nun kühl und fest klang. »Wenn sie eingeäschert werden wollte, dann lassen wir sie einäschern. Aber wenn Sie sich lieber nicht mit so etwas abgeben möchten ...«

»Nein, nein, natürlich können wir das auch machen«, unterbrach Owen sie hastig. »Aber dann müssen Sie wenigstens eine Urne aussuchen.« Er hielt inne. »Sie wollen doch eine Urne, oder nicht?«

Nein, ein Schuhkarton tut's auch, hätte Chyna gern geantwortet, biss sich aber rechtzeitig auf die Zunge.

Das Aussuchen der Urne schien eine Ewigkeit zu dauern. Dann versuchte Owen noch mit allen Mitteln, Chyna davon zu überzeugen, dass ein Gottesdienst unabdingbar sei – was sollten die Leute denken? –, aber sie blieb fest. Als endlich alles geregelt war, hatte sie das Gefühl, sie wäre einen olympischen Marathon gelaufen. Im Eifer des Gefechts hatte sie es geschafft, Owen mindestens viermal zu beleidigen, bis auch er aus seiner Abneigung kaum mehr einen Hehl hatte machen können. Chyna erinnerte sich an einen älteren Mann, der wohl Owens Vater gewesen sein musste und sie und ihre Mutter, nachdem alles für die Beerdigung ihres Vaters geregelt war, noch ins Büro eingeladen hatte, um ein bisschen zu plaudern – aber Owen konnte sie gar nicht schnell genug loswerden.

Auf dem Weg zum Ausgang schlug Owen sogar einen noch zügigeren Schritt an als bei Chynas Ankunft. Chyna versuchte ein bisschen Konversation zu machen, bekam aber nur einsilbige Antworten wie »Ja« und »Nein«. Owen schien sogar schwerer zu atmen. Ohne Zweifel brannte er darauf, bei irgendeinem unglücklichen Untergebenen, der in der Leichenhalle arbeitete, seiner Frustration über die geizige Chyna Greer Luft zu machen.

Auf halbem Weg den Korridor hinunter erschien auch schon ein solcher Untergebener – in Person eines jungen Mannes, der unterwürfig fragte, ob er Mr Burtram in einer sehr dringenden Angelegenheit unterbrechen dürfte. Owen konnte seine Erleichterung nicht verbergen. Er sah Chyna an. »Tut mir sehr leid, aber Sie sehen ja, ich werde gebraucht. Sie finden sicher allein hinaus – einfach den Korridor hinunter, dann durch die Tür direkt vor Ihnen. Ich freue mich, dass wir Ihnen ein *klein wenig* helfen konnten.«

»Danke sehr.« Tut mir leid, dass ich Ihnen das Herz gebrochen habe mit den billigen Bestattungswünschen meiner Mutter, setzte Chyna im Stillen wütend hinzu, aber es ist mir inzwischen egal, was die Leute in dieser Stadt denken.

Frische Luft, Vögel, Sonnenschein. Ihre gemietete Luxuskarre und die Coldplay-CD – Musik, die sie liebte. Vielleicht würde sie gleich noch einen Abstecher zu Bev machen und ihren Neffen Ian besuchen. Kate war um diese Zeit in der Vorschule.

Als Chyna sich der Ausgangstür näherte, wurde der Blumenduft plötzlich stärker. Frische Blumen, ein süßer, verführerischer Geruch. Während sie weiterging, fiel ihr ein, was Owen vorhin gesagt hatte: »In etwa einer Stunde wird links im Schlummerraum eine wunderschöne Trauerfeier stattfinden …« Das hatte fast geklungen, als wollte Owen ihr eigentlich sagen, sie solle sich von diesem Bereich gefälligst fernhalten. Aber als Chyna an dem Raum vorbeikam, blieb sie, ohne es selbst richtig zu merken, unwillkürlich stehen. Sie spähte auf die Stuhlreihen für die Trauergäste, das kunstvoll geschnitzte Rednerpult, die Blumenkörbe und Kränze – Herr im Himmels, es waren mindestens fünfzig! –, die dicht um den Sarg aus Kirschbaumholz aufgebaut waren. Der Sarg war offen.

Ich sollte einfach weitergehen, dachte Chyna. Geradewegs zur Tür hinaus. Aber sie konnte nicht. Es war, als würde sie unwiderstehlich in den Raum hineingezogen, von etwas, das viel stärker war als ihr freier Wille. Vorsichtig schaute sie über die Schulter. Der Korridor war leer. Mit einer Behutsamkeit, die einem Einbrecher alle Ehre gemacht hätte, betrat sie den »Schlummerraum«.

Hier gab es keine grässliche Orgelmusik, sondern aus den Lautsprechern erklang das Adagio aus Mozarts wunderschönem Klarinettenkonzert. Langsam näherte sich Chyna dem Sarg. Die schimmernden Kandelaber an beiden Enden warfen ein geradezu mystisches Licht auf das weißseidene Innere. Den Kopf auf einem Spitzenkissen, ruhte darin in wächserner Vollkommenheit ein Mädchen von etwa siebzehn Jahren, die langen aschblonden Haare in sanften Wellen um das bleiche Gesicht, über die Schultern und das Oberteil ihres delikaten rosa, mit Spitzen verzierten Organza-Kleids arrangiert. Die kleinen, perfekt manikürten Hände lagen gekreuzt auf der Taille. Am rechten Ringfinger funkelte ein Ring mit Sternsaphir und Diamant leise im Kerzenschein.

Tiefe Trostlosigkeit erfüllte Chyna beim Anblick des Mädchens. Vor einer Woche noch war sie ein fröhlicher Teenager gewesen, voller Träume, Geheimnisse und grenzenloser Energie. Und nun lag sie hier, und alle Träume, alle Geheimnisse, alle Energie, ja, die ganze hoffnungsvolle Zukunft waren für immer verloren. An einem Ort, den man Himmel nannte? Sicher, darauf hofften gläubige Menschen, aber Chyna war nie sonderlich religiös gewesen. Sie erinnerte sich, wann sie sich das letzte Mal gewünscht hatte, dass es einen Himmel gab: Als Zoey nicht heimgekommen war und sie gewusst hatte, dass ihre Freundin tot war.

»Gute Nacht, Prinzessin«, flüsterte Chyna dem Mädchen zu, und ihre Augen füllten sich mit Tränen, die auf Seide und Organza herabzutropfen drohten.

Abrupt brach die Mozart-Musik ab, und plötzlich hörte Chyna eine Mädchenstimme aus dem Sarg, bemerkenswert ähnlich wie die von Zoey. »Star light, star bright, first star I see tonight …«, sang die Stimme. Chyna schnappte nach Luft, rieb sich die Augen, wischte die Tränen weg und starrte auf den reglosen Mund.

»Ein hübsches Mädchen, nicht wahr?«

Um ein Haar hätte Chyna aufgeschrien. Rusty Burtram war so leise hereingekommen, dass sie ihn überhaupt nicht gehört hatte.

»Die Familie wird gleich hier sein.«

Chyna wollte schlucken, aber es ging nicht. Sie schaute auf das Mädchen, reglos wie eine Statue, und dann wieder in Rustys fragendes Gesicht. Bestimmt sah er die Angst in ihren Augen, die Panik. Was sollte sie sagen?

»Ich … der Raum sah so schön aus … das habt ihr wirklich wunderbar gemacht …« Rusty legte den Kopf ein wenig schief. »Ich konnte nicht anders, es hat mich unwiderstehlich angezogen … die Musik, die Blumen.« Nervös rang sie die Hände. »Aber ich habe nichts angefasst.«

»Das weiß ich, Chyna. Du musst mich nicht ansehen, als würde ich dich schlagen wollen. Es ist nur so, dass Dad vor dem Gottesdienst niemanden hier drin haben will …« Verlegen brach er ab und wurde rot. »Ich meine, er möchte immer, dass alles perfekt ist für den Gottesdienst, und befürchtet, jemand könnte im letzten Moment noch etwas durcheinanderbringen. Mit dir hat das nichts zu tun.«

»Doch, es hat mit mir zu tun, aber das ist in Ordnung, Rusty. Ich hab ihn vor den Kopf gestoßen.« Chyna wusste, dass sie möglichst schnell verschwinden sollte, denn sie zweifelte keine Sekunde daran, dass Owen Burtrams Zorn sehr heftig ausfallen konnte, wenn man ihm nicht gehorchte, und dass Rusty wahrscheinlich darunter zu leiden hatte. Dennoch konnte sie sich nicht aufraffen.

»Wer ist sie?«, fragte sie.

»Nancy Tierney«, antwortete Rusty. »Hast du nichts über sie in der Zeitung gelesen?«

»Ich bin erst gestern nach Black Willow gekommen«, erklärte sie, und warf sich, als sie das Beben in ihrer Stimme hörte, rasch ihre Jacke über die Schultern, um ihr Zittern zu verbergen. »Ich bin noch nicht zum Zeitunglesen gekommen, und von Nancy Tierney hat mir niemand etwas erzählt.« Sie hielt inne und betrachtete das Mädchen. »Sie war so jung und so hübsch.« Und sie spricht, obwohl sie tot ist, hätte sie fast hinzugefügt.

Rusty musterte sie aufmerksam, und Chyna wusste, dass er die Reste der Tränen in ihren Augen bemerkte, und auch, wie blass sie geworden war. Seine Haltung und seine Stimme wurden weicher. Anscheinend ging ihm Chynas Rührung näher als die Angst vor seinem Vater.

»Nancy war meine Cousine«, sagte er mit belegter Stimme.

»Oh, Rusty, das tut mir so leid!«, rief Chyna. Dann verzog sie das Gesicht. »Ich hasse diese Phrasen. Das klingt alles so mechanisch und vorgefertigt. Ich entschuldige mich, dass ich hier reingeplatzt bin. Und es tut mir wirklich sehr leid wegen Nancy.«

Rusty legte ihr seine erstaunlich große Hand auf die Schulter. »Entspann dich, du zitterst ja. Ich hab dich erschreckt ...« Nein, *sie* hat mich erschreckt, dachte Chyna und gab sich alle Mühe, Nancy Tierney nicht mehr anzusehen. »Das war eine harte Zeit für uns«, fuhr Rusty fort. »Nancy war so ein hübsches Mädchen. Alle haben sie geliebt. Sie war der Liebling der Familie.« Chyna wandte den Blick ab. Hatte sie sich das eingebildet, oder hatte sie gerade wirklich eine Spur von Hass in seiner Stimme gehört? »Leider war ihr Tod das Gesprächsthema Nummer eins in der Stadt, was es für ihre Eltern noch schlimmer macht.«

*Was ist mit ihr passiert?* Am liebsten hätte Chyna die Frage laut herausgeschrien. Wieder warf sie einen Blick auf das tote Mädchen. Nancys Lippen waren rosa geschminkt und bewegten sich nicht. Natürlich nicht, dachte Chyna. Der Mund war zugenäht worden, ein grausiger Gedanke, aber eine übliche Vorgehensweise, wenn eine Leiche im offenen Sarg aufgebahrt wurde. »Sie sieht nicht aus, als wäre sie krank gewesen«, sagte sie.

»Oh, das war sie auch nicht.« Auch Rusty sah die Tote an, in den Augen eine Mischung aus Enttäuschung und Verwunderung. »Nancy ist abends regelmäßig gejoggt. Am Dienstagabend war sie später dran als sonst. Ihre Eltern wollten sie nicht weglassen, nicht in der Dunkelheit, aber Nancy hat wie immer getan, was sie wollte. Ich vermute, viele Leute fanden sie verwöhnt.« Zum Beispiel du, Rusty, dachte Chyna, bemühte sich aber, ein neutrales Gesicht aufzusetzen.

»Als sie nach eineinhalb Stunden noch nicht zurück war, hat meine Tante angefangen sich Sorgen zu machen«, fuhr Rusty fort. »Sie und Nancys Vater sind die Runde abgegangen, die Nancy für gewöhnlich gelaufen ist. Zwei Stunden später haben sich ein paar Nachbarn und ihr Sohn ihnen angeschlossen. Der Junge hat einen anderen Weg genommen und Nancy gefunden. Anscheinend ist sie in ein Loch getreten, das von Blättern verdeckt war, und mit dem Kopf auf einen Stein geschlagen. Ihr Knöchel und ein Halswirbel waren gebrochen, und sie hatte eine Hirnblutung. Ich habe gehört, dass man so etwas oft in den Griff bekommt, aber bei Nancy war es wohl besonders schlimm, und sie hatte auch schon drei Stunden dort gelegen.« Er holte tief Luft. »Jedenfalls ist sie auf dem Weg ins Krankenhaus gestorben.«

Dann war sie also nicht verschwunden, dachte Chyna sofort, beschämt, aber trotzdem erleichtert. Nancy war nur etwa drei Stunden vermisst gewesen, dann hatte man sie gefunden. Es war ein Unfalltod. Sie war gestürzt. Niemand hatte sie weggezaubert und womöglich ermordet. Rusty sah Nancy an, und Chyna schloss die Augen. Aber das Mädchen hatte *gesprochen …*

Oder hatte sie sich das nur eingebildet? Chyna hätte schwören können, eine Stimme gehört zu haben, Zoeys Stimme, genau wie am Lake Manicora, aber sie *wusste*, dass Zoey am See nicht mit ihr gesprochen haben konnte. Und sie hatte auch nicht gesehen, dass Nancys Lippen sich bewegt hatten, als Zoeys Stimme aus dem Sarg ertönt war. Das tote Mädchen hatte kein Kinderlied über Sterne gesungen. Chyna hatte sich die Stimme nur eingebildet. So musste es sein.

»Meine Tante ist natürlich am Boden zerstört vor Kummer«, sagte Rusty gerade. »Ich fürchte, sie ist gefühlsmäßig am Ende. Zum ersten Mal bin ich auch echt froh darüber, dass mein Großvater letztes Jahr gestorben ist. Nancy war sein Augapfel. Er hat sie abgöttisch geliebt.«

»Oh, das ist ja schrecklich …«, sagte Chyna matt.

»Ja.« In diesem Moment erschien Rustys Vater an der Tür, und auf einmal wurde Rusty sehr sachlich. »Gleich beginnt der Gottesdienst, und die Trauergäste treffen ein. Ich fürchte, ich muss Sie bitten zu gehen, Doktor Greer«, sagte er kühl.

»Oh, selbstverständlich. Ich bitte nochmals um Entschuldigung …«, plapperte Chyna, während sie zur Tür des »Schlummerraumes« ging. »Eine Tragödie. So ein Schock …«

»Ich bin sicher, das haben Sie alles schon gesagt«, fauchte Owen Burtram. »Danke.« Sonnenlicht strömte in den dunklen Korridor, und Owen blickte zur offenen Eingangstür. »Hier kommen schon die ersten Trauergäste. Die Eltern. Ich möchte nicht …«

»Ich bin ja schon weg«, beruhigte ihn Chyna.

Inzwischen war Owen einen Schritt nach vorn getreten und umarmte eine kleinere, weibliche Version seiner selbst, ganz offensichtlich seine Schwester und Nancys Mutter, und Chyna floh den Korridor hinunter und zur Tür hinaus, ehe diese sich ganz hinter Nancys Eltern geschlossen hatte. Draußen lehnte sie sich an die Backsteinmauer der Leichenhalle und bemühte sich, ruhig zu atmen, aber ihre Lungen fühlten sich an, als wollten sie keine Luft aufnehmen. Einen Augenblick wurde alles dunkel, und Chyna dachte schon, sie würde ohnmächtig. Doch dann traf die frische Luft sie wie ein Schlag ins Gesicht, und auf einmal war sie fast erschreckend wach.

Himmel, was ist nur los mit mir? Chyna hatte im Lauf der Jahre immer wieder Stimmen gehört, aber es waren immer sanfte, warnende Stimmen gewesen: »Vorsicht, geh nicht auf die Straße«, direkt bevor ein alkoholisierter Autofahrer um die Ecke kam. »Lies Kapitel 16 noch mal«, und dann kamen in der Prüfung prompt mehrere wichtige Fragen aus diesem Abschnitt. »Vor drei Schritten ist dein Ohrring rausgefallen«, und wenn sie sich umschaute, konnte sie ihren Ohrring in der Sonne glitzern sehen. Die Stimme war wie ein kleiner Schutzengel, niemals laut oder furchteinflößend. Aber Kinderreime? Ein Lied, das vom See zu kommen schien, das gleiche Lied von einem toten Mädchen in einem Sarg?

Nur mühsam unterdrückte sie die aufkommende Panik. Schizophrene hörten Stimmen. War sie jetzt endgültig verrückt geworden und in die Schizophrenie abgekippt? Konnte das so schnell gehen? Sogar die leise Warnstimme hatte sie seit fast einem Jahr nicht mehr gehört, von bekannten Stimmen oder gar der von Zoey ganz zu schweigen. Sie versuchte, sich daran zu erinnern, ob sie den Vers mit beiden oder nur mit einem Ohr gehört hatte. Echte Schizophrene hörten Stimmen in beiden Ohren. Was gehörte sonst noch zu den Symptomen der Schizophrenie?

Verzweifelt presste sie die Hände an die Backsteinmauer, als wäre die das Einzige, was sie noch aufrecht hielt. Ihre Beine schafften das jedenfalls nicht mehr, so, wie sie unter der braunen Hose zitterten. Aber ich kann hier nicht ewig bleiben, dachte sie, konnte sich aber genauso wenig von der Wand lösen wie ein zermanschter Käfer an der Windschutzscheibe. Wenigstens bis zu meinem Auto muss ich es schaffen.

Für einen Moment schloss sie die Augen und redete sich gut zu. Mit ihren Beinen war alles in Ordnung, sie konnte sich bewegen, sie musste es nur versuchen … In diesem Moment unterbrach eine tiefe Männerstimme ihre Gedanken: »Chyna?« Sie öffnete die Augen und blickte in das forschende Gesicht von Scott Kendrick. »Chyna? Ist alles in Ordnung mit dir?«

Mit zitternden Fingern fuhr Chyna sich über Oberlippe und Stirn, die von einem Schweißfilm überzogen waren. »Ich glaube, die Besprechung wegen Moms Beerdigung war anstrengender, als ich gedacht hatte«, meinte sie leichthin und sackte dann unvermittelt in sich zusammen. Hätte Scott sie nicht mit seinen starken Armen aufgefangen, wäre sie auf dem Straßenpflaster gelandet.

»Wo ist dein Stock?«, fragte sie.

»Ich bin bloß vom Auto hierhergelaufen«, erklärte Scott. »Dafür brauche ich den Stock nicht. Soll ich dich hineinführen?«

»Nein!«, protestierte Chyna laut.

Chyna sah Scott an. »Tut mir leid«, sagte sie so gefasst sie konnte. »Ich mache mich lächerlich und bin dir peinlich.«

»Allein hierherzukommen war einfach zu viel Stress nach dem Tod deiner Mutter«, entgegnete Scott mit fester Stimme und fügte eine Spur verärgert hinzu: »Wo ist Ned?«

»Ned ist in seinem Autohaus. Ich hab ihn nicht gebeten mitzukommen, weil … na ja, nicht so wichtig.« Langsam löste Chyna sich von Scott und bemerkte, wie attraktiv er in seinem anthrazitfarbenen Anzug und der weinroten Krawatte aussah. »Er hat seine Gründe, mich diesen Teil der Tortur erledigen zu lassen.«

»Ich glaube, deine Mutter hätte ihm ein paar Worte dazu gesagt, dass er das ganz auf dich abschiebt«, entgegnete Scott streng. »Du siehst total fertig aus.«

Chyna versuchte, zu lächeln. »Danke, Scott.«

»Ich meine ja nur …«

»Ich weiß, was du meinst. Ich bin ja wirklich fertig.« So richtig überzeugend war das Lächeln noch immer nicht. »Du kommst wahrscheinlich zu Nancy Tierneys Beerdigung. Mir geht's wieder gut, und der Gottesdienst fängt bestimmt gleich an. Du kannst ruhig reingehen.«

Aber Scott schüttelte den Kopf. »Ich kenne die Tierneys kaum und Nancy überhaupt nicht. Mom hat mich gebeten, zur Trauerfeier zu gehen, aber ich bin sicher, dass Nancys Eltern gar nicht merken, ob ich da bin oder nicht. Einen Block weiter gibt es ein schönes Café mit leckerem Kuchen. Hast du Lust, eine Kleinigkeit zu essen und zu trinken? Dann kannst du dich ein bisschen ausruhen, bevor du nach Hause gehst.«

Plötzlich war der Gedanke an Kaffee und Kuchen geradezu unwiderstehlich. Chyna wusste zwar, dass sie Scott nicht von der Beerdigung wegzerren sollte, aber sie fühlte sich immer noch zu schwach, um alleine ins Café zu gehen. »In Ordnung – aber nur, wenn du wirklich sicher bist, dass du nicht bei der Beerdigung dabei sein willst.«

»Ich bin *absolut* sicher, dass eine Beerdigung nicht das ist, was ich zurzeit brauche«, entgegnete Scott im Brustton der Überzeugung. »O Gott, da kommt Irma Vogel. Machen wir, dass wir wegkommen. Schnell.«

Scott nahm Chynas Arm. Als er sie von der Totenhalle wegführte, hörten sie Irma rufen: »Ju-hu! Sco-ott!«

»Sie klingt, als wollte sie jodeln«, brummte Scott. »Ich frage mich, ob sie diesen Flötenton geübt hat.«

»Hoffen wir's«, lächelte Chyna. »Wenn sie damit geboren worden wäre, müsste ihre Mutter spätestens an Irmas drittem Geburtstag verrückt geworden sein.«

Scott lachte laut. Zum ersten Mal, seit Chyna wieder in Black Willow war, merkte sie, dass sie ganz vergessen hatte, wie bezaubernd diese Mischung aus tiefem Grollen und Kichern war. Irma starrte ihnen wütend nach. »Vermutlich weiß sie, dass wir über sie reden. Gehen wir, ehe sie rüberkommt und auf uns losgeht.«

# 4

Sie schlenderten zu dem relativ neuen, schicken Café L'Etoile, das einem von Scotts besten Jugendfreunden, Ben Mayhew, gehörte. Noch hatte das Gedränge zum Mittagessen nicht eingesetzt, und außer ihnen waren nur noch zwei andere Paare da. Trotzdem suchte Scott einen Tisch in der Ecke, unter einem Druck von Renoirs *Frühstück der Ruderer*, das zu Chynas Lieblingsgemälden gehörte. Die Sonne schien auf das Bild, das Café war hell und fröhlich, und sie fühlte sich sofort besser. Fast.

Eine hübsche junge Kellnerin mit kastanienbraunen Haaren kam zu ihrem Tisch. »Hallo, Mr Kendrick«, sagte sie, und ihre goldbraunen Augen verweilten auf seinem Gesicht, während sie nervös mit Block und Stift herumfingerte.

»Deirdre, du kennst mich schon dein ganzes Leben«, meinte Scott belustigt. »Ich heiße Scott, wir duzen uns – und danke, mir geht's gut.«

Chyna erinnerte sich, dass Ned öfter von einem Ben Mayhew erzählt hatte, der nur ein paar Jahre älter war und noch auf der Highschool geheiratet hatte, weil seine Freundin schwanger war. Viele Leute in Black Willow fanden Bens Entscheidung falsch und dumm – warum wollte er von der Schule abgehen und sich einen Job suchen, mit dem er eine Familie ernähren konnte, wo ihm doch ein Football-Stipendium in Aussicht gestellt worden war und er aller Wahrscheinlichkeit nach als Sportler eine große Zukunft vor sich hatte? Für seine

Freundin und ihr ungeborenes Baby gab er das alles auf – dabei hätte das Problem mit einer Abtreibung doch ganz einfach gelöst werden können.

Damals war Chyna gerade mal zehn Jahre alt gewesen und hatte natürlich geglaubt, was die Leute sagten – bis sie ein Jahr später Ben, seine Frau und ihr Baby beim Weihnachtseinkauf entdeckte. Die junge Mutter hielt ihr Baby – das in eine rosa Decke gehüllt war und eine Häkelmütze mit Bommel trug – so zärtlich im Arm, und Ben betrachtete die beiden mit so viel Liebe, dass es für Chyna keinen Zweifel mehr gab: Sein Entschluss war richtig gewesen, denn nichts auf der Welt lag ihm so sehr am Herzen wie diese beiden Menschen. Und dieses über alles geliebte Baby stand nun als junges Mädchen vor ihnen.

»Wie geht's dir denn so, Deirdre?«, fragte Scott.

»Mit geht's gut«, antwortete Deirdre etwas gezwungen. »Jedenfalls abgesehen von …«

»Abgesehen von was?«, hakte Scott nach.

»Na ja, abgesehen von der Sache mit Nancy Tierney …« Die schönen Augen des Mädchens füllten sich mit Tränen, und sie schluckte schwer. »Wir waren richtig gute Freundinnen, und du weißt ja, was mit ihr passiert ist. Grade jetzt ist die Beerdigung, aber ich konnte einfach nicht hingehen. Gestern Abend bei der Totenwache hab ich sie gesehen. Sie sah so hübsch aus und so …« Tot. Leblos wie eine Puppe. Chyna hatte das Gefühl, Deirdres Gedanken laut in ihrem Kopf zu hören. Eine Träne rollte langsam über die Wange des Mädchens, und sie fuhr sich schnell mit dem Handrücken übers Gesicht. »Ich hab es einfach nicht geschafft«, beendete Deirdre ihren Satz mit ausdrucksloser Stimme.

Scott nickte. »Das verstehe ich gut. Ich habe in der Highschool auch einen guten Freund verloren – bei einem Autounfall. Ich musste mich zwingen, zu seiner Beerdigung zu gehen. Danach hatte ich monatelang Albträume und hab es bereut, dort gewesen zu sein. Er hätte es verstanden, wenn ich nicht gekommen wäre.«

»Ich hoffe, Nancy versteht es auch«, erwiderte Deirdre traurig. »Lynette Monroe geht hin. Wir drei sind schon sehr lange gut befreundet. Lynette hat gesagt, sie ist für uns beide bei der Beerdigung.« Deirdre zuckte mit den Schultern. »Das klingt wahrscheinlich kindisch.«

»Zerbrich dir doch darüber nicht den Kopf, Deirdre«, entgegnete Scott leise. »Das Leben ist viel zu kurz, um sich über solche Dinge den Kopf zu zerbrechen.« Dann lächelte er und sagte in einem Ton, der fröhlich klingen sollte: »Dein Vater hat mir gesagt, dass du deinen Abschluss mit lauter Einsen gemacht hast.«

Deirdre wurde rot. »Ja, aber ich musste die Sommerkurse besuchen, um das Jahr fertig zu machen, weil ich noch Punkte brauchte. Im regulären Schuljahr hab ich oft gefehlt, weil ich Mom helfen musste.« Vivian hatte einmal erwähnt, dass Anna Mayhew letzten März an Krebs gestorben war. »Deshalb konnte ich mich dieses Jahr auch nicht rechtzeitig fürs College bewerben«, fuhr Deirdre fort. »Und weil es mir auch so schwerfiel zu entscheiden, was ich machen will, meinte Dad, ich könnte doch dieses Jahr hier arbeiten. Er hat ansonsten nur Irma Vogel, die nur halbtags arbeitet.«

»Irma Vogel?«, wiederholte Chyna verwundert und wandte sich an Scott: »Arbeitet sie nicht auch für dich?«

»Doch, sie ist drei Tage bei mir und drei Tage hier.«

»Dann hat sie ja ordentlich viel zu tun«, sagte Chyna.

»Ja. Sie ist für Dad eine große Hilfe – wenn sie nicht grade den ganzen Kuchen aufisst.« Deirdre errötete wieder. »Oh, das war nicht nett von mir.«

»Aber wahr, ich kenne Irma doch«, meinte Scott und verzog das Gesicht.

»Jedenfalls gehe ich nächstes Jahr aufs College, und bis dahin weiß ich bestimmt auch, was ich als Hauptfach nehmen will«, sagte Deirdre mit einem breiten Grinsen, machte eine ausladende Handbewegung und berührte dabei kurz Chynas Haare, die ihr weit über die Schultern hingen.

Du wirst nicht aufs College gehen, das weißt du, und es bricht dir das Herz, dachte Chyna mit einem plötzlichen Schock der Erkenntnis, während Deirdre sich überschwänglich dafür entschuldigte, dass sie Chynas Haare durcheinandergebracht hatte.

»Ach, da kannst du sowieso nichts mehr schlimmer machen«, lachte Chyna.

»Oh, Sie haben doch tolle Haare!«, rief Deirdre. »So weich und glänzend und …«

Ihr fiel nichts mehr ein, und sie machte ein Gesicht, als würde sie gleich in Tränen ausbrechen. Aber nicht wegen meiner Haare, dachte Chyna. Sondern weil dir gerade wieder eingefallen ist, dass die Zukunft dir womöglich nicht das bringt, was du dir so sehr erhoffst.

»Chynas Haare sind vollkommen in Ordnung, und ich bin sicher, nächstes Jahr kannst du dir aussuchen, auf welches College du gehen möchtest«, sagte Scott zu Deirdre. Dann fügte er, an Chyna gewandt, rasch hinzu: »Oh, entschuldige, ich hab euch gar nicht vorgestellt: Chyna Greer – Deirdre Mayhew.« Die beiden Frauen sagten gleichzeitig Hallo, aber Chyna war sicher, dass Deirdre längst gewusst hatte, wer sie war. Die Wangen des Mädchens wurden noch röter. Jung und schüchtern, dachte Chyna. »Chyna ist angehende Ärztin«, erklärte Scott. »Vielleicht hast du ja Lust, dich mal mit ihr über die Ausbildung zu unterhalten.«

Deirdre wurde noch verlegener. »Ich habe immer davon geträumt, Ärztin zu werden, aber wahrscheinlich bin ich nicht klug genug.«

»Deine Noten sprechen aber eine ganz andere Sprache«, grinste Scott. »Dein Dad hat mir übrigens erzählt, wie sehr du ihm geholfen hast, als deine Mutter krank war.«

»Das ist nicht das Gleiche, wie Ärztin zu sein, Mr Kendrick – ich meine Scott –, und ich konnte für Mom ja leider auch nichts tun.«

»Niemand hätte deine Mutter retten können, Deirdre«, versicherte ihr Scott. »Du bist gut in Chemie, oder?«

»Chemie war schon immer mein Lieblingsfach.«

»Wunderbar. Und ich wette, du hast auch einen starken Magen.«

Deirdre zog verwundert die Augenbrauen hoch. »Ist das wichtig?«

»Wenn du Medizin studieren willst, unbedingt«, schaltete Chyna sich ein. »Leider wissen das viele Medizinstudenten nicht, bis sie dann wirklich vor einer Leiche stehen. Ich erinnere mich noch daran, wie ich das erste Mal in einem Anatomiekurs war, wo wir bei einer Autopsie zuschauen sollten. Einige von den Jungs waren dermaßen herablassend und borniert. Alle haben auf mich eingeredet und gemeint, ich brauche mich nicht zu schämen, wenn mir schlecht wird, sie würden mir auch gern helfen, denn so eine Autopsie wäre doch bestimmt schwer auszuhalten für mich. Ihnen würde es natürlich überhaupt nichts ausmachen.« Sie grinste. »Ich muss gestehen, ich war unendlich schadenfroh, als eine Viertelstunde nach Beginn der Autopsie drei von denen, die das Maul am meisten aufgerissen hatten, den Korridor hinunter zum Klo rannten – die Hand fest an den Mund gepresst.«

Scott und Deirdre lachten. »Überleg es dir ruhig trotzdem mit der Medizin, Deirdre«, meinte Scott. »Bestimmt ist Chyna gern bereit, sich noch ausführlicher mit dir über das Thema zu unterhalten, oder nicht, Chyna?«

»Natürlich, gern«, antwortete sie und nahm den bewundernden Blick zur Kenntnis, mit dem Deirdre Scott ansah, so abgelenkt, dass ihr plötzlich Stift und Bestellblock aus der Hand rutschten und auf den Boden fielen. Mit hochrotem Gesicht bückte sie sich, um die Sachen aufzuheben. Ich weiß genau, wie du dich fühlst, dachte Chyna. Meine ganze Teenagerzeit hindurch war ich in seiner Nähe genauso fahrig und nervös. Eigentlich bin ich es immer noch, fügte sie der Ehrlichkeit halber frustriert hinzu. »Wenn es dich wirklich interessiert, Deirdre, dann gib mir doch deine Telefonnummer und sag mir, wann eine günstige Zeit zum Anrufen ist«, schlug sie vor. »Dann melde ich mich im Lauf der Woche bei dir.«

»Das wäre toll, aber ich möchte Ihnen wirklich nicht zur Last fallen«, sagte Deirdre und lächelte.

»Keine Sorge, ich erzähle immer gern von meinem Beruf.«

Hastig schrieb Deirdre ihren Namen auf den Bestellzettel – als würde Chyna ihn vergessen – dazu eine Telefonnummer und »am besten abends nach acht«. Dann riss sie den Zettel vom Block, aber als sie ihn Chyna überreichte, rief der Mann hinter der Theke: »Hey, Deirdre, willst du nicht endlich mal die Bestellung aufnehmen?«

»Entschuldige, Dad«, antwortete Deirdre über die Schulter und wandte ihr puterrotes Gesicht wieder ihrer Kundschaft zu. Es gibt doch nichts Unangenehmeres, als vom eigenen Vater in Anwesenheit des absoluten Traummanns kritisiert zu werden, dachte Chyna mitfühlend.

»Lass deiner Tochter doch wenigstens Zeit, Kontakte zu knüpfen, Ben«, rief Scott zurück. »Willst du etwa, dass man dich für einen Sklaventreiber hält?«

»Den Ruf hab ich doch längst«, antwortete Ben mit einem kaum wahrnehmbaren Grinsen.

»Ach, hör auf damit. Das kann nicht gut sein fürs Geschäft.« Scotts Stimme klang entspannt, hatte aber trotzdem einen ernsten Unterton. »Du solltest dich lieber als fröhlicher Gastwirt zeigen.«

Jetzt musste Ben doch lachen. »Behalt deine guten Ratschläge gefälligst für dich, Kendrick. Ich bin immer nett zu meinen Kunden.«

»Wer hat dir das denn eingeredet? Jemand, der sich bei dir einschleimen wollte, um hier gratis was zu essen zu kriegen?«

»Kannst du dir vorstellen, dass die Leute früher mal gedacht haben, er wäre charmant?«, sagte Ben zu Deirdre, die höflich kicherte, aber ganz offensichtlich nicht wusste, was sie zu dem Geplänkel der beiden Männer sagen sollte, die inzwischen zwar nicht mehr viel miteinander zu tun hatten, deren Freundschaft aber noch sehr lebendig war.

»Dad ist toll«, brachte sie endlich heraus.

»Ja, das ist er«, bestätigte Scott. »Und er liebt dich abgöttisch, ganz gleich, wie mürrisch er gelegentlich klingt.«

Chyna faltete den Zettel zusammen, den Deirdre ihr gegeben hatte, und steckte ihn in ihre Handtasche. »Ich werde sie bestimmt anrufen, versprochen«, sagte sie zu Scott.

»Wehrst du vorsorglich meine Kritik ab, ohne dass ich ein Wort gesagt habe?«, grinste er.

»Nein, aber ich hab mitgekriegt, dass du sie magst, und ich möchte nicht, dass du denkst, ich lasse sie im Stich.«

»Sie ist ein tolles Mädchen.«

»Ja, das merkt man sofort.«

Fünf Minuten später nippte Chyna an einem Cappuccino und knabberte an einem Schokokeks, während Scott einen Espresso trank und sich zwei Stücke Käsekuchen bestellte. »Anscheinend ist der Käsekuchen gut hier, was?«, meinte Chyna trocken.

Scott wurde rot. »Hmm, ja, und Käsekuchen ist mein schlimmstes Laster.« Dann beugte er sich über den Tisch und fügte leise hinzu: »Der Kuchen ist lecker, aber nicht so gut wie der von deiner Mutter.«

Chyna lächelte. »Über dieses Kompliment würde sie sich bestimmt sehr freuen.«

»Vielleicht hört sie mich ja.«

»Ah, du glaubst also an ein Leben nach dem Tod?«

»Absolut.« Er hielt inne und musterte sie aufmerksam. »Und du?«

Verstandesmäßig nein, wollte sie sagen. Aber wie konnte sie diese Einstellung vertreten, wenn sie seit ihrem 7. Lebensjahr Stimmen aus dem Jenseits hörte, ganz besonders an den letzten beiden Tagen? »Bei diesem Thema verweigere ich die Aussage«, antwortete sie leichthin.

Scott nippte an seinem Espresso und sah sie mit seinen unergründlichen dunklen Augen an. »Warum warst du vorhin am Bestattungsinstitut so aufgewühlt? Und erzähl mir jetzt nicht, dass es deshalb war, weil der Tod dir schon immer Angst eingejagt hat. Das nehme ich dir als Ärztin, die jeden Tag mit dem Tod konfrontiert ist, nämlich nicht ab.«

»Ich versuche jeden Tag, dem Tod Einhalt zu gebieten.«

»Das ist sehr edelmütig. Und eine extrem ausweichende Antwort auf meine Frage.«

»Wie wäre es mit dem altehrwürdigen Spruch: ›Es musste so kommen‹?«

»Der funktioniert auch nicht.«

Chyna nahm ihren Cappuccino, sah, dass ihre Hand zitterte, und setzte die Tasse sofort wieder ab. »Muss ich dir wirklich sagen, was mich so erschreckt hat?«

»Nein, du musst mir gar nichts sagen. Aber ich denke, du würdest dich besser fühlen, wenn du dich mir anvertraust. Ich weiß nicht, warum ich das denke – ich bin ja nicht dein bester Freund oder so etwas –, aber ich kenne dich schon mein ganzes Leben.«

»Aber nur sehr oberflächlich.«

»Besser, als du glaubst. Unsere Mütter waren befreundet, erinnerst du dich? Ich hab immer eine Menge über dich gehört. Außerdem interessiere ich mich schon lange für dich. Wenn ich nicht sieben Jahre älter wäre als du …« Chyna zog eine Augenbraue hoch, und Scott wurde rot. »Tja, das ist irgendwie nicht richtig rausgekommen. Ich klinge wie ein Kinderschänder. Was ich meinte, war, dass du nie unsichtbar für mich warst. Nicht mal mit sieben oder acht Jahren. Ich fand immer, dass du … dass du anders warst als die anderen.«

»Anders? Weil die Leute dachten, ich bin irre?«

»Anders, weil du etwas Besonderes bist.« Chyna starrte ihn an. »Ich kann es dir nicht besser erklären. Ich verstehe es ja selbst nicht ganz.«

»Na, das ist ja sehr aufschlussreich.« Scott musterte sie durchdringend, als erwartete er, dass sie beleidigt sei, aber sie lächelte ihn an. »*Besonders* ist mir sehr viel lieber als *irre*.« Jetzt fühlte sie sich endlich wieder ruhig genug, um die Tasse zum Mund zu führen. »Deine Mutter wird ärgerlich sein, wenn sie erfährt, dass du nicht bei der Beerdigung warst.«

»Meine Mutter hat seit dem Flugzeugunglück nicht ein einziges kritisches Wort geäußert. Allmählich komme ich mir vor wie eine Mimose.«

»Sie ist einfach dankbar, dass du noch lebst, Scott.«

»Obwohl ich es nicht verdient habe.« Auf einmal lag eine tiefe Traurigkeit in seinen Augen, die Chyna fast überwältigte. Seine Stimme klang so ehrlich, sein Blick war so voller Schmerz, und sie begriff, dass seine Schuldgefühle noch weit tiefer gingen, als sie es sich vorgestellt hatte.

»Scott, das Unglück war nicht deine Schuld«, sagte sie leise, obwohl niemand in der Nähe saß. »Ich habe alles gelesen, was ich über den Absturz finden konnte. Ich weiß, was die Ermittlungen ergeben haben.«

»Der Lüfter an Triebwerk drei hat nicht richtig funktioniert und die hydraulischen Leitungen durchschnitten«, sagte Scott, und seine Stimme war gänzlich ohne Gefühl. »Ohne die Hydraulikflüssigkeit ist der Flieger fast völlig außer Kontrolle, er ruckt und wackelt nur noch. Kein Höhenruder, um die Fluglage zu halten. Keinerlei Querruderkontrolle.«

»Querruderkontrolle?«

»Querruder sind die beweglichen Teile am Flügelrand, mit

denen man beispielsweise Manöver wie Schräglagen steuert. Wir haben an Höhe verloren und konnten nicht nach rechts drehen, überhaupt war Lenken so gut wie unmöglich. Und ohne Hydraulik fällt die Bremse aus.«

Scott starrte Chyna an, ohne sie zu sehen. Auf einmal waren sie mitten in der Vergangenheit, an jenem schrecklichen Tag. Chyna spürte Scotts Panik in ihrem eigenen Körper, sein Bemühen, um jeden Preis ruhig zu bleiben. Sie fühlte, wie seine Gedanken rasten und fieberhaft nach einer Möglichkeit suchten, das Flugzeug sicher zu landen und den Absturz zu vermeiden. Ihr Herz pochte genauso wild wie seines in diesen furchtbaren Augenblicken, als das Flugzeug unaufhaltsam zu Boden stürzte. Sie wusste, dass die Maschine am Boden aufgeschlagen war, noch einmal kurz an Höhe gewonnen hatte und dann endgültig mit der Nase nach vorn abgestürzt und in vier Teile zerschellt war.

»Scott, du hast einhundertvier Menschen das Leben gerettet«, sagte Chyna leise.

»Und zweiundsiebzig umgebracht.«

»Nicht du hast sie umgebracht. Das Flugzeug hat nicht richtig funktioniert. Und du bist nicht allmächtig. Du konntest nichts dafür, dass der Kühler einen Defekt hatte. In den Zeitungen stand, es hätte an ein Wunder gegrenzt, dass nicht alle Passagiere getötet worden sind. Dieses Wunder ist dein Verdienst und einzig und allein deinen Fähigkeiten zu verdanken.«

»Wohl eher meinem Glück.« Scott schaute aus dem Fenster. »Wir waren über einer Ebene. Wenn wir über einer Stadt, über Bergen oder dem Meer gewesen wären, hätte es keine Überlebenden gegeben.«

»Vielleicht war es kein Glück, sondern Schicksal.«

Scott erwiderte ihren Blick mit einem bitteren Lächeln. »Dann hat das Schicksal den zweiundsiebzig Menschen, die verbrannt sind, als das Flugzeug in Flammen aufging, sehr grausam mitgespielt. Zehn davon waren Kinder, Chyna. Zehn Kinder unter zwölf Jahren. Ihnen hat das Leben nie eine Chance gegeben. Aber ich sitze hier. Ich bin mit ein paar Kratzern, einer Sehnenzerrung und ein paar Verbrennungen ersten Grades dem Inferno entkommen.« Er zögerte. »Hundertmal am Tag frage ich mich, ob ich weiterfliegen soll. Meistens lautet die Antwort, dass ich es nicht kann.«

Chyna schwieg und ließ Scotts Worte auf sich wirken, während sie sich den Kopf nach etwas Tröstlichem zermarterte. Aber außer irgendwelchen abgedroschenen Phrasen fiel ihr nichts ein. »Ich wollte, ich hätte eine Antwort darauf, Scott. Ich wollte, ich wüsste, warum diese Menschen sterben mussten, aber ich weiß es nicht. Ich habe genauso wenig eine Antwort darauf wie auf die Frage, warum unschuldige Kinder, die ich behandle, an Krebs sterben müssen. Ich würde gerne glauben, dass das alles einen Sinn hat und irgendwie das Beste ist, denn dann wäre der Tod so viel leichter zu akzeptieren. Aber so einen Glauben habe ich nicht. Deshalb versuche ich zu verhindern, dass noch mehr Traurigkeit in der Welt entsteht, und das ist genau das, was du auch getan hast, Scott. Du hast hundertvier Leben gerettet. Das sind mehr, als ich von mir behaupten kann. Viel mehr.«

Scott sah sie weiter an, aber nun war das bittere Lächeln verschwunden. »Ich schäme mich, dass ich hier rumsitze und dir etwas vorjammere. Dein Job muss unglaublich anstrengend sein. Gerade ist deine Mutter gestorben. Du trauerst noch um sie, und gestern am See habe ich auch immer noch Schuldgefühle wegen Zoey in deinen Augen gesehen.« Unwillkürlich senkte Chyna den Blick. »Du kannst dein Verantwortungsgefühl für Zoey und für deine Mutter nicht verbergen, Chyna. Das brauchst du auch gar nicht. Ich verstehe das.« Sie blickte auf. »Ich hab dir doch gesagt, dass ich dich besser kenne, als du glaubst.«

»Weil du von deiner Mutter so viel über mich gehört hast.«

»Ich bin ziemlich sicher, dass es etwas Tieferes ist.«

»Aber ich weiß nicht, was das sein könnte«, gab Chyna zurück. »Ist dir klar, dass wir uns noch nie so lange unterhalten haben wie heute?«

»Ja, vermutlich.« Chyna spürte, dass Scott von dem morbiden Thema ablenken wollte. Mit fast schelmisch funkelnden Augen sah er sie an und meinte: »Seltsam, dass wir uns nie richtig unterhalten haben, wo ich doch so viel Persönliches von dir weiß.«

Um ein Haar hätte Chyna sich an ihrem Cappuccino verschluckt. »Du weißt so viel Persönliches von mir? Was denn zum Beispiel?«

»Na ja, hier in der Öffentlichkeit sollte ich wohl lieber nicht in die Details gehen.« Chyna spielte mit und starrte ihn mit großen Augen an. Mindestens dreißig Sekunden erwiderte er ernst ihren Blick. Dann fing er an zu lachen. »Ich mache doch nur Spaß, Chyna! Obwohl dein entsetzter Blick mich entsetzlich neugierig macht.«

Sie setzte ihre Tasse ab. »Ach was, in Wirklichkeit bin ich total langweilig.«

»So so.«

»Nein, das stimmt.«

»Weißt du, dass du die erste Frau bist, die mich davon überzeugen will, dass sie langweilig ist?«

»Wirklich?«

»Ja. Hundertprozentig.«

»Oh. Tja, vermutlich gibt es für alles ein erstes Mal.« Chyna machte eine Pause. »Aber ich bin tatsächlich langweilig.«

»Wie du meinst.«

Chyna wollte ihre Langweiligkeit gerade in Einzelheiten erklären, weil sie Scott unbedingt beweisen wollte, dass sein Interesse an ihr sich nicht wirklich lohnte, als sie merkte, dass sein Lächeln von Herzen kam. Noch vor ein paar Minuten war er verzweifelt gewesen, und Chyna beschloss, dass sie diesen

Ausdruck nicht zurückkommen lassen wollte. »Na gut, du hast mich durchschaut, Scott. Hier in Black Willow halte ich mich bedeckt, aber in Albuquerque bin ich eine ganz wilde Nummer.«

»Den Verdacht hatte ich schon immer, obwohl deine Mutter gar nicht oft genug betonen konnte, wie fleißig du wärst.«

»Oh, in Wirklichkeit bin ich ja gar keine Ärztin, sondern leite einen Callgirl-Service.«

»Ich bin beeindruckt. Du bist noch ganz schön jung für eine Puffmutter.«

»Tja, du hast ja selbst gesagt, ich bin schlau.«

»Und vor allem geschäftstüchtig.« Scott grinste und winkte der Kellnerin. Als Deirdre erschien, wirkte sie deutlich gefasster als vorhin.

»Darf es noch etwas sein?«

Scott nickte. »Ich hätte gern noch einen Espresso.«

»Und ein drittes Stück Käsekuchen?«, erkundigte Deirdre sich mit einem amüsierten Blick auf die beiden leeren Kuchenteller, die vor ihm standen. Chyna konnte sich ein leises Kichern nicht verkneifen.

»Nein, ich glaube, ich habe genug, Deirdre. Der Kuchen war köstlich.« Dann schaute er Chyna an und fragte: »Noch einen Cappuccino? Oder Biscotti?«

»Gern noch einen Cappuccino«, antwortete Chyna.

Nachdem Deirdre gegangen war, betrachtete Scott einen Moment die weiße Seidenrose auf dem Tisch, dann richteten sich seine dunklen Augen wieder auf Chyna. »Die letzten zwanzig Minuten hab ich dir mein Herz ausgeschüttet. Jetzt könntest du mir doch auch erzählen, warum du vor der Totenhalle ausgesehen hast, als würdest du gleich in Ohnmacht fallen, oder nicht?«

Sofort versteifte Chyna sich. »Ich mag keine Totenhallen.«

»Da geht es wieder los. Du versuchst meinen Fragen auszuweichen, aber so leicht lasse ich dich nicht vom Haken,

Chyna.« Er beugte sich über den Tisch und sagte leise: »Als ich dich gesehen habe, war eindeutig irgendetwas nicht in Ordnung, und so unangenehm es auch gewesen sein mag, die Beerdigung deiner Mutter zu organisieren, glaube ich trotzdem nicht, dass das der einzige Grund war.«

»Ich war müde und nervös ...« Deirdre brachte den Cappuccino und schwebte in einer Wolke von Vanilleparfüm wieder davon. Den gleichen Duft hatte Zoey vor zwölf Jahren getragen. Chyna spürte, wie ihr das Blut aus dem Gesicht wich.

Scott ergriff ihre Hand und hielt sie fest. »Deine Hand ist eiskalt, dabei ist es hier drin angenehm warm.« Er runzelte die Stirn. »Chyna, was ist los?«

»Ich ... ich weiß es nicht.« Lass meine Hand los, dachte sie. Lass mich heimgehen und allein sein. Ich möchte nicht über meine Gefühle sprechen. »Ich bin nur traurig und ziemlich durcheinander ...«

»Du bist so gar nicht der hilflose Typ«, entgegnete Scott ernst. »Und nein, ich lasse deine Hand nicht los, ich möchte nämlich nicht, dass du wegläufst.« Überrascht sah sie ihn an. »Ich kann keine Gedanken lesen, aber du versuchst dauernd, dich loszumachen und schaust verzweifelt zur Tür.«

»Oh. Der Meisterdetektiv.«

»Nein, ich beobachte dich nur.« Er musterte sie aufmerksam, ihre Hand noch immer fest in seiner. »Ich kann dich nicht gehen und nach Hause fahren lassen, wenn du so offensichtlich aufgewühlt bist. Komm schon, Chyna, tu mir den Gefallen. Ich habe gerade ein traumatisches Erlebnis gehabt, erinnerst du dich? Also, tu mir den Gefallen und sag mir, was mit dir los ist.«

Chyna warf einen Blick auf seine Hand, die ihre festhielt, eine Hand, die wesentlich größer war als ihre, mit einem leichten Flaum schwarzer Haare und zwei Pflastern. Die Fäden sind inzwischen gezogen, dachte sie, aber die Verletzungen brauchen noch Schutz.

»Chyna?«

Mit dreizehn hatte Chyna sich geschworen, dass sie nie wieder mit jemandem über ihre ungewöhnlichen Fähigkeiten sprechen würde außer mit Zoey, und sie hatte diesen Schwur bis heute gehalten. Ihr war klar, dass sie immer noch die gleiche Zuneigung für Scott empfand wie früher, aber das erklärte nicht, warum sie jetzt den Drang verspürte, ihm ihr Geheimnis anzuvertrauen, das sie so viele Jahre für sich behalten hatte. Abrupt fasste sie einen Entschluss. Sie hatte das Gefühl, dass sie diesen versteckten Teil ihrer selbst endlich öffnen, dass sie ihr Geheimnis offenbaren musste – und sie wollte, dass es Scott war, der es erfuhr.

»In Ordnung.« Mit niedergeschlagenen Augen begann sie zu sprechen. »Scott, hast du jemals gedacht, du hörst Stimmen?«

Sie hob den Blick. Sein Gesicht war ausdruckslos geworden, und sie glaubte, einen gewissen Argwohn in seinen Augen zu erkennen. »Meinst du Stimmen wie ›Das ist keine gute Idee‹ oder ›Vielleicht sollte ich das Schloss noch mal kontrollieren, nur um sicher zu sein‹? Solche Stimmen?«

»Hmm, ja«, antwortete Chyna vorsichtig, denn sie wollte Scotts Interesse nicht dadurch aufs Spiel setzen, dass sie ihm direkt beschrieb, was für Stimmen sie wirklich meinte. »Ich denke, man könnte sie Gedanken nennen. Laute Gedanken.«

»*Warnende Gedanken.*«

»Ja, genau«, antwortete Chyna und musste ihre Begeisterung bremsen. »Nicht nur das übliche Geplapper, sondern Gedanken, die sich aus der Menge hervorheben, damit man ihnen besondere Aufmerksamkeit schenkt.«

»Ja, das kenne ich«, räumte Scott bedächtig ein.

»Glaubst du, dass alle Menschen so was haben?«

»Ja.« Chyna fiel auf, dass er wieder an den Pflastern auf seiner Hand herumknibbelte. »Ich glaube nicht, dass solche Gedanken ungewöhnlich sind, Chyna. Ich vermute, manche kommen aus dem Unterbewusstsein, das Warnungen wiederholt, die man dir in der Vergangenheit gegeben hat. Der Rest der Stimmen sind instinktive Reaktionen, die der Selbsterhaltung dienen, und die haben alle normalen Menschen.«

»Ja, das ergibt alles einen Sinn«, sagte Chyna. »Daran glaube ich auch. Aber was, wenn die Gedanken … hmm … wenn die Gedanken stärker sind?«

»Stärker?«

»Was, wenn sie sich als Stimmen manifestieren?«

Scott wartete einen Moment, ehe er antwortete: »Ich bin kein Experte, Chyna, aber ein besonders intensiver Gedanke könnte einem ja so vorkommen, als würde eine Stimme von außerhalb sprechen.«

»Selbst wenn es keine Warnung ist?«

Scott beugte sich stirnrunzelnd näher zu ihr. »Warum sagst du nicht einfach, was du meinst, anstatt um den heißen Brei herumzureden? Denn du meinst doch etwas ganz Bestimmtes, Chyna. Das merke ich. Und ich glaube, dass es dir in der Totenhalle passiert ist.«

Chyna sah zu dem Renoirbild, strich sich ihre langen Haare hinter die Ohren und sagte schließlich leise: »Nancy Tierney hat mit mir gesprochen.«

Einen Moment starrte Scott sie schockiert an, dann platzte er heraus: »*Was?*«

Gekränkt wich Chyna zurück. »Ich wusste doch, dass du so reagieren würdest!«

»Und andere Leute etwa nicht?« In weniger als einer Minute wechselte Scotts Gesicht blitzschnell seinen Ausdruck – Ungläubigkeit, Argwohn, Fluchtgedanken. Dann schien er sich mit aller Kraft zusammenzunehmen, sah Chyna einigermaßen neutral, wenn auch nicht gerade verständnisvoll an und sagte: »Erzähl doch mal genau, was passiert ist.«

Sie zögerte, wütend auf sich selbst und vollkommen sicher,

dass er ihr sowieso nicht glauben würde. Es war ein Fehler gewesen, ihm von Nancy zu erzählen – sie hätte lieber den Mund halten sollen. Jetzt hatte sie sich selbst in eine Ecke gedrängt und musste den Vorfall wohl oder übel erklären.

Langsam begann sie, wobei sie sich bemühte, ihre Stimme ruhig und gefasst klingen zu lassen. »Nachdem wir die Einzelheiten für Moms Einäscherung besprochen hatten, hat Owen Burtram mich zur Tür gebracht, aber dann kam jemand, der ihn unbedingt sprechen wollte. Ich sollte also allein rausfinden, aber keinesfalls den ›Schlummerraum‹ betreten, weil dort eine halbe Stunde später eine Bestattungsfeier stattfinden würde.

Ich wusste nichts von Nancy Tierney und dass sie gestorben war. Aber dieser Raum hat mich magisch angezogen, gegen meinen Willen«, fuhr Chyna fort, mied jedoch Scotts Blick, aus Angst, was sie in seinen Augen sehen würde. »Drinnen war ein Berg von Blumen, es spielte klassische Musik, und Kerzen tauchten alles in ein sanftes Licht. Ich schaute in den Sarg, und da war Nancy, wunderschön, als würde sie schlafen. Und dann hörte ich eine Stimme, die sagte …« – Chynas Stimme veränderte sich etwas, um den Singsang nachzumachen, den sie an Nancys Sarg gehört hatte – »›Star light, star bright, first star I see tonight …‹ Natürlich hat Nancy nicht den Mund bewegt, aber die Stimme klang wie die von Zoey unten am See …«

»Unten am See?«, unterbrach Scott.

»Dazu komme ich später noch.« Jetzt sah sie Scott endlich in die Augen und nahm seinen zurückhaltenden Ausdruck wahr. »Jedenfalls kam kurz danach Rusty herein.«

»Aber er hat die Stimme nicht gehört.«

»Nein, Rusty hat sie nicht gehört. Als er reinkam, hat nur noch die Musik gespielt. Ich hab ihn nach dem Mädchen im Sarg gefragt, und er hat mir erzählt, dass sie Nancy Tierney sei, seine Cousine, und wie sie gestorben ist.«

»Verstehe.«

Enttäuscht sah sie ihn an. »Du glaubst mir nicht.«

»Er fingerte wieder an einem seiner Pflaster herum und sagte dann behutsam: »Na ja, es fällt mir schwer zu glauben, dass Nancy mit dir gesprochen haben soll.«

»Du musst mich nicht mit Samthandschuhen anfassen, Scott. Sag einfach, was du denkst.«

»Du hast eine Menge durchgemacht, Chyna, und Nancy *ist* schließlich tot. Aber ich glaube, dass du etwas gehört hast oder zumindest geglaubt hast, etwas zu hören.« Frustriert starrte Chyna ihn an. »Es könnte eine Halluzination gewesen sein. War Nancy nicht ungefähr im gleichen Alter wie Zoey Simms. Und war sie nicht auch ein ähnlicher Typ?«

»Ja, aber …«

»Könnte es nicht sein, dass du deine Trauer wegen Zoey auf Nancy projiziert hast?«

»Das könnte schon sein, aber es war nicht so.« Zum ersten Mal war Chyna sich ganz sicher. Sie hatte sich nicht getäuscht, es war keine Einbildung gewesen. »Ich hab dir doch gesagt, dass ich den Reim nicht zum ersten Mal gehört habe«, fuhr Chyna fort, unfähig, den Redeschwall zu bremsen, obwohl es klüger gewesen wäre zu schweigen. »Als wir am Lake Manicora waren, habe ich das Gleiche gehört. Du warst gerade zu deinem Physiotherapie-Termin aufgebrochen, ich bin noch eine Weile am See stehen geblieben, und da war die Stimme auch. ›Star light, star bright …‹«

»Mochtest du das besonders gern, als du klein warst?«

»Nein. Natürlich kenne ich den Vers, aber ich habe ihn nie aufgesagt oder auch nur daran gedacht. Und da war noch mehr.« Scott sah sie unverwandt an und kratzte das Pflaster auf seiner Hand. »Die Stimme am See – Zoeys Stimme, ich würde sie immer und überall erkennen – hat gesagt: ›Chyna, ich hab mich in der Dunkelheit verlaufen.‹ Ich habe mich umgeschaut, aber es war niemand in meiner Nähe. An dem Tag war sowieso kaum jemand am See, falls du dich erinnerst, Scott. Am liebsten wäre ich sofort feige weggelaufen, als ich die Stimme gehört habe, das muss ich zu meiner Schande gestehen, aber ich konnte mich vor Schreck nicht von der Stelle rühren.«

Bevor sie weitersprach, trank Chyna einen Schluck von ihrem kalten Cappuccino. »Die Stimme hat mir gesagt, ich sei die Einzige, die helfen kann. Als ich endlich weglaufen wollte, hat sich Michelle nicht vom Fleck gerührt. Für gewöhnlich genügt ein kleiner Ruck an der Leine, und sie kommt sofort zu mir, aber diesmal nicht. Unterdessen hat die Stimme weitergesprochen: ›Du musst mich finden, denn es gab noch andere Mädchen wie mich. Wenn du nichts unternimmst, wird es noch mehr geben.‹«

Scott trommelte mit den Fingern auf die Tischplatte. Schließlich sagte er: »Meine Mutter hat mir gesagt, dass du immer nur an Weihnachten nach Hause kommst und nicht mehr am See warst, seit Zoey verschwunden ist. Wahrscheinlich war es der Einfluss …«

»Zoey ist im Juli verschwunden, Scott, nicht im Oktober«, brauste Chyna auf. »Der See sieht jetzt überhaupt nicht so aus wie im Hochsommer. Und den Pavillon will ich gar nicht erst erwähnen, denn der war früher so hübsch und ist jetzt bloß noch eine Ruine. An dem Tag, als ich Zoey das letzte Mal am See gesehen habe, war die Atmosphäre völlig anders als an dem Tag, an dem wir uns dort unten begegnet sind, also erzähl mir nicht, dass ich mich habe beeinflussen lassen, weil es genauso aussah wie zu der Zeit von Zoeys Verschwinden.«

»Okay.«

»Und noch etwas«, fuhr Chyna hitzig fort. »Ich war nicht die Einzige, die die Stimme gehört hat. Michelle war auch dabei. Ich hab dir gesagt, dass sie sich nicht von der Stelle rühren wollte, als es anfing. Dann ist sie ins Wasser gegangen, was für sie völlig untypisch ist. Ich glaube, sie ist der einzige gelbe Labrador der Welt, der Wasser nicht mag. Sie hat die Ohren aufgestellt und die Nackenhaare gesträubt. Sie hat etwas *gehört*, Scott Kendrick, etwas, was ihr Angst gemacht hat!«

»Schon gut«, sagte Scott beschwichtigend. »Du brauchst dich nicht so aufzuregen, nur weil ich eine mögliche Erklärung vorgeschlagen habe. Außerdem wirst du laut, dein Gesicht ist knallrot, und alle starren uns an.«

»Das ist mir piepegal!«

Aber das war gelogen. Chyna genierte sich und hoffte, alle Anwesenden würden einen spontanen Gedächtnisverlust erleiden, was natürlich nicht passierte. Deirdre näherte sich vorsichtig dem Tisch, lächelte erst Scott, dann Chyna zögernd an und fragte: »Soll ich noch etwas bringen?«

Auf einmal tat Scott ganz locker und amüsiert. »Nein danke – es sei denn, etwas zur Beruhigung«, antwortete er. »Anscheinend hab ich was Falsches gesagt.« Chyna funkelte ihn wütend an, aber im Moment hatte Scott nur Augen für die hübsche junge Deirdre. »Ich hätte gern ein Glas Milch. Das soll ja bekanntlich beruhigend wirken. Und auch eins für die Dame.«

»Ich möchte aber kein Glas Milch«, zischte Chyna.

»Bring ihr trotzdem eines, Deirdre. Später wird sie es mir danken.«

Sobald Deirdre weg war, sagte Chyna: »Na, du toller starker Mann, versuchst du, die hysterische kleine Frau wieder zur Vernunft zu bringen?«

»Bitte werde nicht wieder wütend. Jetzt sehen fast alle wieder woanders hin, und ein Glas Milch wird dich sicher nicht umbringen.«

»Ich hasse Milch. Ich werde sie nicht trinken.«

»Du klingst sehr erwachsen, Chyna. Mindestens fünf Jahre alt. Womöglich wirst du ohne Abendessen ins Bett geschickt.«

Einen Moment musterte Chyna ihn wütend, dann senkte

sie beschämt den Blick. Er hatte recht – sie hörte sich etwa so erwachsen an wie ihre Nichte und ihr Neffe. Die meisten Männer hätten sie einfach sitzenlassen, aber Scott hatte versucht, die Situation mit Humor zu nehmen. »Tut mir leid«, sagte sie widerwillig.

»Okay.« Er lächelte sie an. »Du bist also ganz sicher, dass du am See diese Stimme gehört hast.«

»Ich möchte nicht mehr darüber reden.«

»Tja, ich aber schon, und du schuldest es mir dafür, dass du mich hier in einem der elegantesten Etablissements von Black Willow so blamiert hast. Also, jetzt erzähl mir bitte von der Stimme am See.«

Chyna seufzte. Immerhin hatte sie das Thema selbst auf den Tisch gebracht, dann musste sie die Geschichte doch wenigstens zu Ende bringen.

»Na gut«, begann sie leise. »Ehrlich, Scott, zuerst dachte ich, ich hätte mir die Stimme nur eingebildet. Dass ich einfach müde sei und fertig wegen Moms Tod. Dass ich ewig nichts gegessen hätte, all so was.« Sie hielt inne. »Aber dann fiel mir wieder ein, wie seltsam Michelle sich benommen hatte. Sie hatte Angst, Scott, und ich glaube nicht, dass Hunde sich einbilden können, Stimmen von Toten zu hören.«

»Aber sie reagieren auf die Emotionen ihrer Besitzer. Das hat alles damit zu tun, dass sie deinen Adrenalinspiegel spüren können, und wenn ich mich nicht sehr irre, war deiner ziemlich hoch.«

»Ja, bestimmt, aber so hat sie sich noch nie benommen.«

In diesem Augenblick kam Deirdre mit der Milch, und Scott lächelte sie strahlend an. Chyna verzog zittrig die Lippen, obwohl sie nicht sicher war, ob ein Lächeln sie in den Augen des Mädchens rehabilitieren würde. Als Deirdre wieder weg war, beugte Scott sich über den Tisch und sagte: »Du kannst den Kopf wieder heben, ich glaube nicht, dass du noch im Rampenlicht stehst.« Sie sah ihn an, immer noch befangen, aber ermutigt vom freundlichen Glitzern in seinen Augen. »Du glaubst also, ich hab gedacht, die Phantasie sei mit dir durchgegangen«, meinte er. »Vielleicht stimmt das sogar ein bisschen, aber es tut mir leid. Entschuldigung angenommen?«

Nach einer kurzen Pause nickte Chyna. »Ja, wenn du mich nicht zwingst, jeden Tropfen Milch zu trinken, den ich nicht mag.«

»Abgemacht. Nur ein paar Schlückchen. Es ist gut für dich, und du kommst mir ein bisschen dünn vor. Also, ist sonst noch etwas Seltsames passiert?«

Chyna nahm einen Schluck Milch und kam zu dem Schluss, dass sie gar nicht so schlecht schmeckte. »Ja, und ich erzähle es dir, wenn du versprichst, mich nicht als überkandidelte Irre abzustempeln.«

»An so was würde ich im Traum nicht denken. Ich wollte auch die beiden anderen Dinge nicht so abtun, auch wenn ich mich vielleicht so angehört habe.«

»Das hast du. Also, dann erzähle ich mal weiter.« Chyna berichtete ihm von dem Anruf von Anita Simms – von dem seltsamen Windgeräusch, das zu hören gewesen sei, dass Anita ansonsten geklungen hätte, als wollte sie sich einfach nur nach Zoey erkundigen – und schließlich, wie sie Ned angerufen und erfahren hätte, dass Anita sich letztes Jahr das Leben genommen hatte. Sie beschrieb auch, wie Michelle sich während des Anrufs benommen hatte. »Ich weiß, jetzt sagst du wieder, sie hat auf meine Angst reagiert«, sagte Chyna, »Aber da war noch etwas. Die Frau am Telefon hat mich ›Bubble Gum‹ genannt. Das hat sonst nie jemand gemacht.«

»Könnte nicht jemand anderes den Spitznamen gehört haben?«

»Außer Zoey und meiner Mutter? Anita hat immer nur eine Nacht bei uns übernachtet, wenn sie Zoey abgeholt hat. Ich glaube nicht, dass sie hier andere Leute kannte. Und Mom hat den Spitznamen nie benutzt.«

Scott saß aufrecht und ziemlich steif auf seinem Stuhl und starrte sie unverwandt an. Sie begegnete seinem Blick, entschlossen, nicht so zu tun, als zweifelte sie an sich. Sie wusste, dass es sie demütigen würde, wenn er ihren Bericht von den Stimmen und Telefonanrufen einfach als Spinnerei abtun würde. Noch schlimmer – sie wäre zutiefst gekränkt, was eigentlich albern war, denn Scott Kendrick war nicht wirklich ein wichtiger Bestandteil ihres Lebens. Er war bloß ein Typ, für den sie in jungen Jahren geschwärmt hatte.

Aber Scott beugte sich vor, legte die Fingerspitzen aneinander und fragte ohne eine Spur von Ironie: »Bist du sicher, dass du Anita Simms' Anruf nicht geträumt hast?«

»Hundertprozentig sicher«, antwortete sie fest. »Und ich hab auch nicht geträumt oder halluziniert, als ich die Stimme am See und die Stimme in diesem ›Schlummerraum‹ gehört habe.«

Scott musterte sie ruhig und nickte schließlich. »Früher hast du auch schon manchmal Stimmen gehört, das hat mir meine Mutter erzählt.«

»Ja, als ich noch ganz klein war. Irgendwann hab ich dann behauptet, es wäre vorbei. Eigentlich hab ich mich hauptsächlich geschämt, weil alle mich komisch angeguckt und behandelt haben. Deshalb habe ich mich zusammengerissen und die Stimmen verdrängt, und zwar ziemlich erfolgreich. In den letzten Jahren habe ich sie kaum gehört. Aber das jetzt war anders. Früher hatten die Stimmen keine Klangqualität, ich konnte zum Beispiel nicht erkennen, ob es Männer- oder Frauenstimmen waren. Und sie haben auch ganz sicher keine Kinderreime aufgesagt, mich bei meinen Spitznamen genannt oder mich um Hilfe gebeten, wie Zoey das jetzt getan hat.«

Scott senkte die Augen und starrte auf die weiße Seidenrose, die in einer kleinen Vase auf dem Tisch stand. Garantiert hält er mich jetzt endgültig für verrückt, dachte Chyna. Entweder das, oder er muss sich das Lachen verkneifen. Doch als sie ihn ansah, waren seine dunklen Augen genauso ernst wie sein ganzes Gesicht.

»Chyna, ich halte nichts von übersinnlichen Wahrnehmungen, solche Dinge haben mir nie eingeleuchtet. Aber was du da sagst …« Fast hätte sie die Luft angehalten, während sie darauf wartete, wie sein Satz weiterging. »Ich verstehe es selbst nicht, aber aus irgendeinem Grund glaube ich trotzdem, dass alles, was du mir erzählt hast, tatsächlich passiert ist.«

Sie war überwältigt. »Wirklich?«

»Ja. Ich kann es nicht erklären, warum etwas, was ich immer als Einbildung oder schlicht Bauernfängerei abgetan habe, sich auf einmal anhört, als wäre es möglich.« Er sah sie ernst an. »Ich sage bewusst *möglich*, nicht *wahrscheinlich*. Aber da es von dir kommt …«

»Aber da es von mir kommt … was ist deshalb?«

»Du kamst mir schon immer so nüchtern und bodenständig vor, so vernünftig, dass ich wahrscheinlich deshalb in Betracht ziehe, dass das, was du sagst, möglich sein könnte. Schließlich muss man sich immer klarmachen, dass man nicht alles weiß. Vielleicht gibt es Phänomene auf der Welt, die ich nicht für möglich halte. Wahrscheinlich sogar.«

Chyna atmete hörbar aus. »Danke, Scott. Danke für diese Einstellung.« Sie hielt inne und fügte dann hinzu, wobei sie nicht verhindern konnte, dass man ihr den Schmerz anhörte: »Ich wollte, mein Vater hätte auch so gedacht. Aber er hat immer geglaubt, dass mit mir etwas nicht stimmt. Deshalb habe ich außer mit Zoey nie mehr mit jemandem darüber gesprochen, wenn ich eine Vision oder eine Vorahnung hatte. Zoey hat gesagt, meine Gabe, meine Fähigkeit – oder wie man es nennen möchte –, sollte unser Geheimnis sein«, fuhr Chyna fort. »Alle anderen, einschließlich Ned, dachten, ich mache eine Phase durch und denke mir etwas aus, um Aufmerksamkeit zu erregen. Natürlich konnte das nicht erklären, warum ich Dinge aus der Vergangenheit wusste oder warum meine Vorhersagen für die Zukunft tatsächlich eintrafen. Aber manchmal wollen die Menschen etwas einfach nicht akzeptieren, weil es ihnen Angst macht. Als ich aufgehört habe, über meine Visionen zu sprechen, dachten alle, ich wäre aus meinem Bedürfnis nach Aufmerksamkeit oder meiner überaktiven Phantasie herausgewachsen. Tatsächlich haben die Visionen nie aufgehört, aber sie wurden seltener. Aber die Stimmen haben nie aufgehört, ich habe nur versucht, sie zu ignorieren.«

»Aber du hast gesagt, die Stimme wäre jetzt anders.«

»Hmm, ja.« Bei diesem Thema zögerte Chyna immer noch, obwohl Scott sie ernst zu nehmen schien. Langsam begann sie: »Wie gesagt, in der Vergangenheit waren es nie Stimmen, die ich jemandem zuordnen konnte, auch nicht Zoey oder Anita. Sie waren immer neutral, vollkommen anonym.«

Scott spielte mit den Fingern, er wirkte plötzlich in sich gekehrt. Jetzt schaltet er ab, dachte Chyna. Er hält mich doch für verrückt und sucht nach einer Möglichkeit, sich möglichst freundlich zu verabschieden. Doch dann sagte er: »Chyna, ich werde der ganzen Sache gegenüber offenbleiben, weil ich dich schon immer für extrem klug und vernünftig gehalten habe.«

»Oh«, antwortete Chyna schlicht. Sie staunte. Ob er das ehrlich meinte? Oder flirtete er nur mit dem Mädchen, das sich mit zwölf Jahren in ihn verliebt hatte und diese Zuneigung bis heute nicht losgeworden war? »Na ja, wenn du tatsächlich bereit bist, mir zu glauben ... «

»Ich habe nur gesagt, ich bleibe offen, nicht, dass ich irgendetwas glaube.«

»Entschuldigung«, fauchte sie, plötzlich wieder erbost. Er machte sich über sie lustig. Garantiert. »Ich weiß deine Offenheit zu schätzen.«

»Jetzt bist du wieder sauer.«

»Bin ich nicht.«

»Bist du doch.«

»Okay, du hast recht. Ich habe nie behauptet, dass ich den

sechsten Sinn habe. Und ich mag es nicht, wenn man mich auslacht.«

»Wer lacht denn?«

»Ich jedenfalls nicht.«

»Ich auch nicht«, sagte Scott. »Gib mir ein bisschen Zeit, mich mit einer Idee anzufreunden, die ich bis jetzt vehement abgelehnt habe.«

»In Ordnung«, räumte sie ein. »Ich gebe mich mit Offenheit zufrieden und verlange keine leidenschaftliche Überzeugung.«

Scott grinste breit. »Danke sehr. Und würdest du noch etwas für mich tun?«

»Kommt drauf an.«

Auf einmal war er ernst. »Ich hatte den Eindruck, dass du über diese Visionen, diese Stimmen und das ganze Zeug mit niemandem redest und dich auch Ned oder Beverly nicht anvertraut hast.«

»Richtig.«

»Dann belass es dabei. Rede von jetzt an nur mit mir darüber. Ich verspreche dir, dass ich nichts davon als alberne Einbildung abtue. Und ich verspreche dir, keinem anderen Menschen etwas davon zu verraten. Was du mir erzählst, ist streng vertraulich und bleibt unter uns. Ich glaube, es ist wichtig, dass du nur mir davon erzählst.«

»Warum?«

Er zuckte die Achseln und lächelte etwas forciert. »Ich glaube es einfach. Du willst doch bestimmt nicht, dass die Leute wieder so über dich reden wie damals, als du ein Teenager warst, oder?« Als sie den Kopf schüttelte, fuhr er fort: »Dann versprich es mir.«

War diese Bitte einfach nur nett? Oder wollte er damit erreichen, dass sie endlich Ruhe gab? Vielleicht. Aber selbst wenn es so war, behandelte er sie sehr rücksichtsvoll. Er war bereit, ihr zuzuhören, genau wie Zoey es vor langer Zeit getan hatte.

Schließlich sagte sie leise: »In Ordnung, ich verspreche es.«

Mit ernstem Gesicht nickte Scott. »Keine Sorge, Chyna. Ich halte mein Versprechen.«

Fünf Minuten später musste Scott aufbrechen, weil er wieder einen Termin bei seinem Physiotherapeuten hatte. »Noch eine Woche, dann bin ich fertig, Gott sei Dank.«, sagte er. »Ich bin sicher, es tut mir gut, aber allmählich reicht es mir. Die Behandlung gehört einfach zu den Dingen, die mich jedes Mal an das Unglück erinnern.«

Chyna suchte noch nach einer tiefgründigen Antwort, da erschien Deirdre Mayhew wieder an ihrem Tisch. Sie war wirklich sehr hübsch mit ihren kastanienbraunen Haaren und goldbraunen Augen. »Es hat mich sehr gefreut, Sie kennenzulernen, Doktor Greer«, sagte sie schüchtern.

»Danke, gleichfalls«, antwortete Chyna. »Wir sehen uns dann im Lauf der Woche und unterhalten uns übers College und über Medizin. Du solltest nicht so viel an dir zweifeln, Deirdre. So klug, wie du bist, kannst du alles werden, was du willst, da bin ich ganz sicher.«

Deirdre errötete und lächelte erfreut. Später war Chyna sehr froh darüber, dass sie das Mädchen glücklich gemacht hatte, und sei es nur für einen Moment.

# 5

Obwohl das Haus mit Nahrungsmitteln gut bevorratet war, gab es für Michelle nur Trockenfutter. Deshalb machte Chyna auf dem Heimweg am Supermarkt halt und kaufte eine Auswahl Dosenfutter und ein paar von Michelles Lieblingsleckereien. Aus einer Laune heraus erwarb sie für den Hund außerdem einen kleinen Gummiball, der quietschte – zu Hause war das Michelles Lieblingsspielzeug, und Chyna hatte vergessen, ihn einzupacken – und einen kleinen weichen Teddy. Manchmal wollte Michelle nämlich Mutter spielen. Jedenfalls war das Chynas Eindruck.

Danach wollte sie eigentlich noch bei Beverly vorbeischauen, um ihr mitzuteilen, dass mit Vivians Begräbnis alles geregelt sei, aber dann fiel ihr ein, dass man ihr den Schrecken, den sie in der Leichenhalle durchgemacht hatte, bestimmt noch ansah. Beverly würde garantiert sofort Fragen stellen, und Chyna hatte keine Lust, sie zu beantworten, teils, weil sie nicht mehr an das gruslige Ereignis denken wollte, teils, weil sie Scott versprochen hatte, mit niemandem über ihre seltsamen Erlebnisse zu reden. Sie hatte ihm das Versprechen gegeben, ohne lange darüber nachzudenken, und jetzt fragte sie sich zum einen, warum Scott so viel Wert darauf legte, und zum anderen, warum sie so schnell dazu bereit gewesen war.

»Ich glaube, ich drehe allmählich durch«, sagte sie laut. »Ich höre Stimmen, und ich verspreche Dinge, ohne richtig darüber nachzudenken.« An einer roten Ampel schloss sie für einen

Moment die Augen. »Mir reicht es für heute – keine Analysen mehr, keine Beichten und auch kein Smalltalk mit Beverly.«

Sie öffnete die Augen gerade rechtzeitig, als die Ampel auf Grün schaltete, und bog nach rechts ab. Sie musste allein sein und wollte den Rest des Nachmittags in dem Haus verbringen, in dem sie aufgewachsen war, in dem Haus, das sie liebte. Und sie brauchte ihren Hund. Nur ihren Hund. Denn Michelle stellte nicht dauernd irgendwelche Fragen.

Als sie in die Auffahrt bog, sah sie, dass der große weiße Truck mit der roten Aufschrift »Ridgeway Construction« nicht mehr vor dem Haus stand. Also hatte Gage seine Arbeit entweder beendet, oder ihr Verhalten heute früh hatte ihn so schockiert, dass er für heute geflohen war. Wie dem auch sein mochte, sie war froh, dass sie sich keine Gedanken darüber machen musste, wie sie mit ihm Konversation machen konnte, denn nachdem ihr eingefallen war, wie er mit Zoey geflirtet hatte, wäre ihr das sehr schwergefallen. So aber konnte sie ungestört ihre Einkaufstüten abladen.

Vivian Greer hatte Stille nie gemocht. Chyna erinnerte sich noch gut daran, dass früher immer entweder einer der drei Fernseher oder die Stereoanlage lief oder Vivian selbst auf dem Flügel im Wohnzimmer Musik machte. Als sie jetzt ihr totenstilles früheres Heim betrat, bekam sie eine Gänsehaut, denn das leere Haus verströmte eine beklemmende Aura von Tod und Trauer. Im Laufschritt eilte sie zum Fernseher. Wenigstens lief gerade eine Nachmittagswiederholung von *Law and Order* – eine ihrer Lieblingssendungen. Sie drehte den Ton auf, damit ihr kein Wort von dem Verhör entging, das Detective Lennie Briscoe gerade führte.

Michelle, die offensichtlich geschlafen hatte, kam die Treppe heruntergepoltert und begrüßte ihr Frauchen. Chyna drückte den Hund an sich. »Ohne dich würde ich es in diesem Haus überhaupt nicht aushalten«, erklärte sie ihm, und er leckte ihr leidenschaftlich über die Wangen. »Heute war schon wieder so ein Tag, an dem ich die Toten sprechen gehört habe, weißt du.«

Michelle legte den Kopf schief und sah aus, als runzelte sie die Stirn. Unwillkürlich musste Chyna lachen. »Vermutlich hörst du nie tote Hunde mit dir sprechen. Aber du würdest mir sicher auch nichts davon verraten.«

Chyna packte ihre Einkäufe aus, und fluchte leise vor sich hin, als sie merkte, dass sie die Süßigkeiten vergessen hatte. Heute war schließlich Halloween! Obwohl nicht allzu viele Kinder sich die Mühe machten, nur wegen einer Süßigkeit den relativ steilen Hügel heraufzuklettern, gab es doch immer ein paar Unermüdliche, die sich davon nicht abschrecken ließen. Als Chyna gestern Abend die Schränke durchforstet hatte, war sie wenigstens auf eine halbe Tüte Bonbons gestoßen. Vielleicht reichte das ja. Sonst würde sie eben alle Lichter löschen und so tun müssen, als wäre niemand da. Dann allerdings konnte es passieren, dass die frustrierten Kids die Fenster mit Seife beschmierten.

Schließlich verdrängte sie die Süßigkeitenkrise und legte die Hundeutensilien, die sie für Michelle gekauft hatte, auf dem Boden aus. Michelle schnüffelte interessiert daran, wie ein Spürhund auf Drogenrazzia, wobei sie erwartungsgemäß dem Teddy besondere Aufmerksamkeit widmete, ihn schließlich aufhob und fürsorglich ins Nebenzimmer trug.

In zwei Wochen war sie schon wieder auf dem Rückweg nach New Mexico. Obwohl Chyna dieses Haus immer gemocht hatte, musste sie sich eingestehen, dass sie sich darauf freute, es wieder verlassen zu können. Sie wusste auch nicht, ob sie es jemals über sich bringen würde, hierher zurückzukehren, wo sie ihren Vater und nun auch ihre Mutter verloren hatte. Und natürlich Zoey.

Gage Ridgeway bog vom Highway ab, steuerte seinen Truck über die ungeteerte Straße, an der alten Scheune vorbei, passierte den Wellblechschuppen, in dem er einen Aufsitzmäher, einen Traktor und seine geliebte Harley-Davidson Electra Glide untergestellt hatte. Das Motorrad gehörte ihm, seit er achtzehn war. Schließlich blieb er vor dem weißen Farmhaus stehen, in dem er seit zehn Jahren wohnte. Seine Eltern fanden, dass man verrückt sein musste, um hier zu leben. Er bestellte die fünf Hektar Land in der Umgebung nicht, er hielt keine Tiere und hatte deshalb für die Scheune keinerlei Verwendung, und nach einer kurzen, turbulenten Ehe, die vor sechs Jahren zu Ende gegangen war – und ihm die Lust aufs Heiraten fürs Erste verdorben hatte –, brauchte er das weitläufige Haus mit den fünf Schlafzimmern, das obendrein ständig reparaturbedürftig war, nicht wirklich. Jedenfalls war das die Meinung seiner Eltern, die ihm auch ständig damit in den Ohren lagen. Gage jedoch liebte das Haus wegen seiner Abgeschiedenheit, und es war ihm egal, dass es alt und unpraktisch war. Er hatte es von dem Geld gekauft, das sein Großvater ihm hinterlassen hatte, wohl wissend, dass sein Vater der Ansicht war, er hätte das meiste davon in die Firma investieren sollen.

Gage warf einen Blick auf seine Uhr. Es war mitten am Nachmittag. Er hätte noch zwei Stunden bleiben und die Arbeit am Haus der Greers fertig machen können, aber er hatte sich immer mehr darüber aufgeregt, wie Chyna ihn angeschaut hatte, bevor sie das Fenster zugeknallt hatte. Schließlich war er zu dem Schluss gekommen, dass er nicht mehr da sein wollte, wenn sie zurückkam. Er wollte lieber allein sein. Und nachdenken.

Er schloss die Haustür auf, ging direkt in die Küche und öffnete den Kühlschrank. Viel zu essen gab es nicht – er brachte für gewöhnlich irgendetwas Ungesundes aus den Fastfood-Schuppen mit –, aber wenigstens hatte er gestern so viel Verstand besessen, einen Zwölferpack Michelob-Bier zu kaufen. Hatte er eine Vorahnung gehabt, dass er mehr Bier brauchen würde als die paar Dosen, die noch übrig gewesen waren?

Nein, Vorahnungen sind Chyna Greers Spezialität, dachte er säuerlich. Jedenfalls hatte sie das immer behauptet. Er hatte das Bier nur deshalb gekauft, weil es im Sonderangebot gewesen war. Einen Augenblick überlegte er, ob auch das ein Wink des Schicksals gewesen war. Anscheinend hatte ihn der Tag heute so mitgenommen, dass ihm nur noch behämmerte Gedanken durch den Kopf gingen. Und dann hatte ihn die Begegnung mit Chyna auch noch an lauter Menschen erinnert, die er eigentlich unbedingt vergessen wollte.

Genauer gesagt an Zoey Simms, Heather Phelps und Edie Larson.

Als Zoey Simms verschwunden war, hatte man ihm lediglich die üblichen Fragen gestellt, wann er sie zuletzt gesehen hätte und so weiter, weil ihn jemand dabei beobachtet hätte, wie er sich in der Stadt einmal mit Zoey unterhalten hätte – mit ihr und Chyna Greer genaugenommen. Ansonsten hatte man ihn in Ruhe gelassen. Eigentlich hatte er es einem Mädchen zu verdanken, dass die Polizisten ihn so schnell vom Haken gelassen hatten, einem Mädchen, mit dem er in der Nacht von Zoeys Verschwinden zusammen gewesen war. Sie hatte ausgesagt, dass ihre Verabredung mit Gage bis fast ein Uhr früh gedauert hatte, also bis lange nach dem Zeitpunkt, als sich Zoey Chynas Angabe zufolge mit ihrem geheimnisvollen Mann getroffen hatte. Dann hatte sie noch hinzugefügt: »Wie kommen Sie überhaupt auf die Idee, dass Gage diese Zoey auch nur angeschaut hätte, wo er doch mit *mir* zusammen ist?«

Ein gutes Jahr später war Heather Phelps verschwunden, und wieder war er von der Polizei befragt worden, weil er für Ridgeway Construction am Haus der Familie Phelps gearbeitet hatte. Aber die Fragen waren ziemlich oberflächlich gewesen, vor allem als Mr und Mrs Phelps einheitlich zu Protokoll gaben, sie hätten Heather nie mit Gage sprechen sehen.

Aber zwei Jahre darauf passierte die Sache mit Edie Larson,

und das war ein anderes Kaliber, denn Edie war Gages Freundin gewesen. Seine Mutter hatte ihn zu einer Aufführung der städtischen Theatergruppe von *Unsere kleine Stadt* geschleppt, und dort hatte er die sechzehnjährige Edie entdeckt, die ihn nicht nur wegen ihrer Schönheit, sondern auch wegen ihres Talents fasziniert hatte, eines Talents, das ihr von jeder Zeitung im Umkreis von hundert Meilen hervorragende Kritiken einbrachte. Er hatte sie sofort gefragt, ob sie mit ihm ausgehen würde, und sie hatte zugestimmt.

Aber die anderen Leute verstanden ihre Beziehung nicht, denn Edie war drei Jahre jünger als Gage. Sie fanden es verdächtig, dass er eine minderjährige Freundin hatte, wo er doch mit einem Mädchen in seinem eigenen Alter hätte zusammen sein sollen. Edie war ein stilles, zurückhaltendes Mädchen, deshalb wussten die wenigsten, wie reif sie für ihr Alter war – eine Folge davon, dass sie in einem Haus aufwuchs, in dem allein das Überleben eine körperliche und geistige Herausforderung war. Kaum jemand hatte eine Ahnung, was für ein kluger, humorvoller und positiver Mensch Edie war. Sie ließ sich von den miserablen Lebensbedingungen nicht unterkriegen und auch nicht von ihrem Traum abbringen, eines Tages Filmstar zu werden. Die meisten Bewohner des Städtchens hielten sie für ein hübsches Mädchen aus einer schlechten Familie, die in einem Kleinstadt-Theaterstück Erfolg gehabt hatte, aber für einen fast zwanzigjährigen Mann ganz eindeutig zu jung war.

Und dann war auch sie verschwunden, genau wie Zoey Simms und Heather Phelps.

Die ständigen Polizeiverhöre, die Tatsache, dass man Edie plötzlich mit Zoey und Heather in Zusammenhang brachte, die Verdächtigungen und die wachsende Antipathie hatten Gage um ein Haar aus der Stadt vertrieben. Vermutlich hatte sein Großvater Henry ihm auch deshalb so viel Geld und einen Anteil am Geschäft hinterlassen – was Gages Vater ihm bis zum heutigen Tag nicht verzeihen konnte. Henry Ridgeway war nämlich der Ansicht gewesen, dass sein Sohn Peter nicht fähig sei, Ridgeway Construction zu führen, sein Enkel Gage jedoch eindeutig das Zeug dazu hätte. Natürlich hatte der Alte auch gewusst, dass die Bewohner von Black Willow entsetzt sein würden, wenn er seinen sanften, immer freundlichen Sohn Peter überging, und dass sie ihren Zorn womöglich an Gage und der Firma auslassen würden. Deshalb hatte Henry seinem Sohn zwar den Großteil der Baufirma vermacht, seinem Enkel aber noch genug von dem Unternehmen überlassen, dass Gage einen Anreiz hatte zu bleiben.

So arbeitete Gage also immer noch bei Ridgeway Construction, obwohl er jeden Tag den schlecht verhohlenen Hass seines Vaters über sich ergehen lassen musste. Deshalb hatte er sich ein Haus gekauft, das nahe genug an seinem Job lag, dass er gut pendeln konnte, ihm aber auch genügend Privatsphäre garantierte.

Jetzt öffnete Gage die Bierdose, ging zurück ins Wohnzimmer und ließ sich in den alten braunen Vinylsessel sinken. An einigen Stellen war das Vinyl geplatzt, und weißes Füllmaterial quoll heraus, aber das war ihm egal. Sollte der *Architectural Digest* je bei ihm auftauchen, um einen Bildbericht über sein Heim machen, würde er behaupten, dass die Risse dem Sessel seinen ganz speziellen Charme verliehen. Der verschossene Häkelteppich, die durchgesessene Couch und der Plastik-Abguss eines Conquistadors, der über dem Kamin hing und den er auf einem Privatflohmarkt gekauft hatte, passten gut zu diesem Stil.

Er nahm die Fernbedienung von dem metallenen Klapptischchen neben dem Stuhl und stellte eine Gameshow an. Er hasste Gameshows, aber er beschloss, sie sich anzusehen, und brüllte, wenn er gerade den Mund nicht voller Bier hatte, die Antworten in die Gegend. Doch seine Gedanken waren weder bei der Show noch beim Bier. Sie waren bei Chyna. Sie war noch schöner geworden. Und als sie das Fenster aufgemacht hatte, schien sie sich über seine amateurhafte Version von »Satisfaction« köstlich zu amüsieren. Sie war freundlich gewesen. Sein Herz hatte gejubelt. Aber dann hatte er Zweifel in ihren Augen gesehen. Argwohn. Sogar Angst. Als sie das Fenster wieder zugeknallt hatte, war seine Wut so immens gewesen, dass ihm schwarz vor Augen geworden war. Um Fassung ringend hatte er sich an die Leiter geklammert und versucht, den plötzlichen stechenden Schmerz in seinem Schädel zu vertreiben. Als er schließlich wieder sehen konnte, raste sie gerade aus der Auffahrt. »Mach, dass du wegkommst, kleine Chyna!«, hatte er ihr nachgerufen. »Lauf weg, ehe der große böse Gage Ridgeway dich holt und spurlos verschwinden lässt wie deine Freundin Zoey, wie die arme Heather und Edie!«

Er trank noch einen großen Schluck Bier. Als er merkte, dass die Dose schon leer war, ging er in die Küche, um sich eine zweite zu holen, und beschloss dort, gleich eine dritte und vierte mitzunehmen, denn die zweite würde bestenfalls auch nur fünf Minuten halten. Vielleicht konnte er nach dem vierten Bier auch das Bild von Nancy Tierney aus seinen Gedanken vertreiben. Nancy mit ihren langen blonden Haaren und dem verführerischen Körper. Nancy, die er ein paarmal, obwohl sein Instinkt ihn ausdrücklich davor warnte, mit dem Auto abgeholt hatte, obwohl sie ihren Eltern gesagt hatte, sie würde mit einer Freundin lernen. Was für ein Pech, dass sie an einem dieser Abende, als er sie einen Block von ihrem Haus entfernt absetzte, beobachtet worden waren.

Er konnte gar nicht glauben, dass man ihn bis jetzt noch nicht verhört hatte. Warum hatte die Person, die ihn mit Nancy gesehen hatte, der Polizei noch nichts gesagt? Oder hatte sie ihn womöglich gar nicht erkannt? Irgendwann würde es trotzdem herauskommen, auch wenn Nancy im letzten Jahr mit mindestens zwanzig älteren Männern ausgegangen war. Für Jungs in ihrem eigenen Alter hatte sie nichts übrig gehabt. Sie waren bloß Jungs, und sie mochte richtige Männer. Unglücklicherweise war sie kurz vor ihrem Tod zu der Überzeugung gelangt, dass Gage der Hit des Monats war – und er hatte wie üblich einem hübschen Gesicht und einem sensationellen Körper nicht widerstehen können.

Idiotisch, mit Nancy rumzumachen. Verdammt blöd und idiotisch. Hatte das Alter und sein Erlebnis mit Edie ihn denn gar nichts gelehrt? Anscheinend nicht. Und nun war Nancy tot.

Er überlegte. Ob er zum Schuppen gehen, die Harley herausholen und eine lange Spritztour machen sollte? Schließlich war die Maschine in exzellentem Zustand. Alle paar Monate holte er sie heraus, putzte sie, deckte sie mit einer Plane ab und ließ sie auf dem Ständer auf dem sauberen Betonboden des Schuppens trocknen.

Aber er fuhr nie damit, wenn er getrunken hatte, nicht weil er sich um sich selbst Sorgen machte, sondern weil er Angst hatte, das Motorrad zu beschädigen, das er fast so sehr liebte wie einen Menschen. Vielleicht sogar mehr.

Nein, heute Nachmittag gibt es keine Ausfahrt, dachte Gage. Er trank noch einen Schluck, obwohl er genau wusste, dass nicht mal vier Bier ihm heute helfen würden. Vielleicht sechs Bier und ein bisschen Bourbon. Oder sehr viel Bourbon.

In so einer Stimmung war er nämlich.

Chyna war so an das temporeiche Leben im Krankenhaus gewöhnt, dass sie gar nichts mehr mit ihrer Freizeit anzufangen wusste. Sie war mit Michelle spazieren gegangen, diesmal allerdings nicht am Lake Manicora, sondern auf einem Weg, der den sanften Hügel hinter dem Haus hinaufführte. Dann hatte sie die Küche gewischt, obwohl sie eigentlich makellos sauber gewesen war, und das Gewürzregal sortiert, weil die Behälter nicht ganz in alphabetischer Reihenfolge standen. Schließlich hatte sie versucht, Klavier zu spielen, wie es ihre Mutter so gern getan hatte. Loyal war Michelle stets an ihrer Seite geblieben, aber als Chyna in das unglückliche Gesicht des Hundes hinabblickte, musste sie sich eingestehen, dass die Jahre ihr Talent leider nicht verbessert hatten. »Hoffen wir, dass ich es als Ärztin schaffe«, erklärte sie dem Hund. »Als Barpianistin kann ich uns zwei jedenfalls nicht durchbringen.«

Als sie vom Klavierschemel aufstand, sprang auch Michelle fröhlich auf die Beine. »Na, bist du froh, dass die Qual vorüber ist?«, fragte Chyna. »Ich verspreche dir, dass ich nicht noch mal anfange. Legen wir lieber richtige Musik auf.«

Sie flippte durch die Box mit den CDs und wählte eine von den Carpenters aus. Ned hatte immer die Augen verdreht, wenn ihre Mutter die Carpenters auflegte – sie waren für seinen Geschmack noch uramerikanischer als Apple Pie –, aber Edward hatte die Musik gemocht und Vivian sang immer mit. Zwar hatte Vivians Stimme bei weitem nicht die Qualität von Karen Carpenter, aber wenigstens verstümmelte sie den Song nicht ganz so schlimm wie Chyna, wenn sie »Superstar« schmetterte und damit ihren alten Hund zum Heulen brachte.

Zum Abendessen war es noch zu früh, vor allem, da sie sich vorhin im Café an den Biscotti gütlich getan hatte, also beschloss Chyna zu lesen. Nachdem sie den *National Geographic*, dann die *Vogue* und schließlich die *Newsweek* durchgeblättert hatte, sich Artikel herausgesucht und sie teilweise dreimal gelesen hatte, ohne etwas zu verstehen, gab sie auf. Als Nächstes versuchte sie es mit dem Fernsehen, hatte aber auch nicht mehr Glück mit der Konzentration.

Am Ende sah sie einfach aus dem Fenster. Um Viertel vor sechs war schon fast alle Helligkeit am Himmel einem blassen Grau gewichen, das bald in einen deprimierenden Anthrazitton übergehen würde. »Na ja, ich hab noch keinen Hunger, aber du bestimmt«, sagte sie schließlich zu Michelle, die ihr zu Füßen lag.

Chyna machte für sie eine große Schale Hundefutter – mehr als Michelle haben sollte, weil sie eigentlich schon mindestens fünf Pfund zu schwer war –, redete es sich aber damit schön, dass Michie in den Ferien nicht Diät halten musste. Traurigerweise würden die Tage hier in Black Willow dieses Jahr ihr einziger Urlaub sein. Als Chyna den Napf auf den Küchenboden stellte, stiegen ihr endlich die Tränen der Trauer um ihre Mutter in die Augen. »Ach Mom, warum musste das denn passieren?«, fragte sie laut und wischte sich mit der Hand übers Gesicht. »Du warst noch so jung, so voller Leben, so sehr meine Mommy, selbst wenn du tausend Meilen weit weg warst.«

Michelle rührte ihr Futter nicht an, sondern saß nur da und machte ein Gesicht, in dem Chyna große Sorge um ihr Frauchen zu erkennen glaubte. »Mit mir ist alles in Ordnung«, beruhigte sie den Hund, lächelte ihn mit verheulten Augen an und reichte ihr eins von den Hundekeksen, die sie so liebte. »Du kennst uns Menschen doch – ständig auf der Achterbahn der Emotionen.«

Eine Weile wanderte Chyna in der Küche herum und wünschte sich, auch ihre Stimmung ließe sich mit einem Keks heben, aber anscheinend hatte die Realität sie jetzt einfach eingeholt. Ihre Mutter war nicht mehr da. Nie wieder würde sie Klavier spielen, nie wieder an Ned herumnörgeln, weil er zu viel telefonierte, nie wieder zu Chyna sagen: »Du bist mein wunderbares Mädchen«. Vivian war für immer verschwunden, zumindest aus Chynas Leben – und welches andere »immer« gab es für sie?

»Dein Zimmer.«

Chyna wirbelte herum, als sie Zoeys Stimme hörte. Natürlich war Zoey nicht in der Küche. Niemand wusste, wo Zoey war. Beziehungsweise ihre sterblichen Überreste. Chyna hasste den Gedanken, dass ihre Mutter in der Leichenhalle lag, womöglich in den Händen von Owen Burtram mit seinen lüsternen Blicken und seiner salbungsvollen Art. Aber selbst das war besser als der Gedanke an den Horror, den Zoeys verschwundener Körper womöglich hatte über sich ergehen lassen müssen.

»Chyna … dein Zimmer.«

Wieder fuhr Chyna herum und starrte ans andere Ende des Raums. Nichts außer dem Küchentisch, den glänzenden Schränken, einer Hängepflanze und der Küchentür, die nach draußen führte, aber fest verschlossen und verriegelt war. Hier war niemand, der mit ihr sprechen konnte. Aber Michelle hatte aufgehört zu fressen, die Ohren aufgestellt, und sie blickte sich genau wie Chyna suchend in der Küche um.

»Zoey?«, flüsterte Chyna, halb ängstlich, halb ungläubig. Dann wiederholte sie etwas lauter: »Zoey?«

»Hab keine Angst«, antwortete Zoeys Stimme.

Chynas Herz raste. »Ich soll keine Angst haben? Zoey, ich weiß, dass du tot bist. Du kannst genauso wenig hier sein wie du am See gewesen sein kannst, genauso wenig wie deine Mutter am Telefon war oder Nancy Tierney in der Leichenhalle mit mir gesprochen hat.«

Ein amüsiertes Kichern. »Bitte geh in dein Zimmer.«

Chyna schlug sich die Hände vor die Augen wie ein Kind, wenn es im Kino gruslig wird. Niemand ist da, sagte sie sich. O Gott, was ist bloß los mit mir?

Inzwischen war Michelle von ihrem Napf zurückgetreten, und stand mit gesträubtem Fell und stocksteifen Beinen hinter Chyna.

»Chyna, dein Zimmer. Schau dich um. Fühle, was dort ist.«

Jetzt beschloss Chyna, nicht mehr gegen das anzukämpfen, was sie zu hören glaubte. Die Situation war absurd, unmöglich, absolut lächerlich. Aber sie war zu müde, zu verwirrt, zu verängstigt, um mit der körperlosen Stimme einer alten geliebten Freundin zu streiten. Außerdem war ja auch niemand da, der mitbekommen konnte, wie grotesk Chyna sich verhielt.

Mit eiskalten Händen, schnell und tief atmend, verließ Chyna die Küche, durchquerte das Wohnzimmer und trat hinaus auf den Flur. Inzwischen war es Nacht geworden – eine kalte, mondlose Nacht, die das Haus in seidige Finsternis hüllte –, aber Chyna machte sich nicht die Mühe, das Licht anzuknipsen. Sie kannte das Haus wie ihre Westentasche, sie konnte hier blind herumlaufen, ohne irgendwo anzuecken.

Einen Moment blieb sie an der Tür zu ihrem Zimmer stehen, in der Erwartung, dort drinnen das Mädchen in Weiß zu sehen. Aber es empfing sie nur Dunkelheit. Schließlich machte sie doch das Deckenlicht an, denn Zoey hatte ihr ja gesagt, sie sollte sich umschauen, und das war im Dunkeln nicht zu bewerkstelligen. Ein paar Momente ließ sie den Blick im Raum umherschweifen. Alles erschien wie immer – der Teppichboden im gleichen Blaugrau wie ihre Augen, die seidene Tagesdecke in gedämpftem Blau und frischem Weiß, dünne Voile-Gardinen unter zurückgebundenen Vorhängen, sanft glänzende Kirschbaumholzmöbel, eine Schmuckschatulle, eine Tiffanylampe, eine Ballerinafigur aus Porzellan …

Und ein Foto, zehn mal fünfzehn, in einem Silberrahmen. Heute Morgen hatte es noch nicht auf der Kommode gestanden.

Chyna verharrte einen Augenblick regungslos, während Michelle sich schutzsuchend und mit gesträubtem Nackenfell an ihrem Bein rieb. Einen Moment fragte sie sich wieder, ob das Tier nur ihretwegen solche Angst hatte, aber plötzlich wusste sie mit großer Gewissheit, dass das nicht sein konnte. Das ganze Haus schien vor nervöser Anspannung zu vibrieren und Chyna zu bedrängen, dass sie endlich den Raum durchquerte und das Foto anschaute. Ganz sicher war dieses Bild auch der Grund dafür, dass sie sich so unwiderstehlich angezogen gefühlt hatte.

Noch bevor sie das Foto richtig anschauen konnte, erkannte Chyna den Rahmen. Sie hatte das Bild vor vielen Jahren zum letzten Mal gesehen, aber sie erinnerte sich an jede Einzelheit. Jetzt stand es – so sauber, als hätte soeben jemand Staub gewischt – auf der Kommode. Ohne dass sie es dorthin gestellt hatte.

Chyna hatte ihr Zimmer immer geliebt. Es war hübsch, ohne aufgeputzt zu wirken, und schien tagsüber jedes verfügbare freundliche Licht einzufangen. Aber jetzt war es alles andere als freundlich. Es fühlte sich an, als hätte es sich in sich zurückgezogen, totenstill, voller Schatten.

Als hätte es schon lange auf Chynas Besuch gewartet.

Ihre Füße waren schwer wie Blei, aber endlich zwang sie sich, zu dem Bild zu gehen. Vorsichtig nahm sie es in die Hand und betrachtete es unter dem künstlichen Licht – nicht dass sie es wirklich anschauen musste, um zu wissen, was darauf zu sehen war. Nach Zoeys Verschwinden hatte es lange Zeit genau an dieser Stelle gestanden. Doch weil Chyna bei seinem Anblick jedes Mal weinen musste, hatte Vivian es schließlich weggeräumt. Sie hatte Chyna nie verraten, wo sie es aufbewahrte – nur dass es in Sicherheit war und dass sie es irgendwann zurückgeben würde, wenn Chyna bei seinem Anblick wieder Freude statt Kummer empfand.

Das Foto stammte von dem Grillfest, das die Greers immer am 4. Juli veranstalteten. Einladungen wurden nicht verschickt, aber im Lauf der Jahre hatte es sich eingebürgert, dass jeder, der gutes Essen, Spaß und Feuerwerk über dem See liebte, willkommen war. Nur zweimal war in den letzten fünfundzwanzig Jahren jemand wegen schlechten Betragens weggeschickt worden, nämlich Edie Larsons Vater Ron, der schon zu viel Alkohol intus hatte, als er ankam, auf dem Fest noch mehr trank und anfing, Frauen zu belästigen und mit der erstaunlichen Größe eines seiner Körperteile zu protzen. Chyna erinnerte sich noch, dass sie und Zoey mit pubertärer Erregung zugeschaut hatten, wie Onkel Rex sich Larson schnappte, während jemand ein Taxi rief. Zehn Minuten später hatten Rex und zwei andere männliche Gäste den grölenden Ron auf den Rücksitz des Wagens komplimentiert. Chyna erinnerte sich, wie froh sie gewesen war, dass Ron ohne seine Frau und seine Tochter Edie gekommen war. Beide kannte sie flüchtig von Larsons Gemüsestand, den Vivian gerne frequentierte.

An diesem Abend war bei Sonnenuntergang das Farbfoto entstanden: Chyna und Zoey hatten einander den Arm um die Taille gelegt und lächelten glücklich. Hinter ihnen erleuchtete ein Feuerwerk aus goldenen Sternen den perlgrauen Himmel. Beide trugen sie die Kette mit dem vierblättrigen Kleeblatt, abgeschnittene Jeans und Baumwoll-T-Shirts. Zoeys war deutlich enger, denn sie wollte endlich ihre Kurven zeigen, die sich erst spät entwickelt hatten.

Arme und Beine der Mädchen waren sonnengebräunt, die Gesichter etwas weniger, denn Vivian hatte ihnen eingeschärft, dass man sich, wenn man Falten vermeiden wollte, das Gesicht immer gut eincremen musste. Chynas Haare fielen locker über ihre Schultern, und in der abendlichen Feuchtigkeit hatten sich Zoeys kurze blonde Wellen in dichte Locken verwandelt, was sie hasste. Bei näherem Hinsehen konnte Chyna erkennen, dass sie sich beide die Lippen rosa geschminkt und auch etwas blauen Lidschatten aufgetragen hatten, was Vivian ihnen eigentlich strikt untersagt hatte. Mit ihrem runden Gesicht, den Sommersprossen, den großen braunen Augen mit den von Natur aus geschwungenen Wimpern wirkte Zoey mindestens ein, zwei Jahre jünger als Chyna und außerdem … ja, was war es? Stirnrunzelnd versuchte Chyna zu ergründen, worin diese beiden fast gleichaltrigen Mädchen sich unterschieden, und kam endlich zu dem Schluss, dass es am Gesichtsausdruck lag. Chyna wirkte damals schon erfahren und weltklug. Aber Zoey sah viel naiver aus. Unschuldiger. Offener.

Verletzlicher.

O mein Gott, dachte Chyna. Zoey wirkt so arglos, so voller Vertrauen. Auf einmal begannen Chynas Hände zu zittern, denn obwohl niemand sonst auf dem Foto zu sehen war, spürte Chyna plötzlich den Blick, der in jener Nacht auf sie gerichtet gewesen war – in dieser Nacht, bevor Zoey verschwunden war. Das war nicht der Blick eines freundlich amüsierten Erwachsenen. Nicht der Blick eines bewundernden, aber harmlosen Teenagers. Nein, es war der Blick eines Raubtiers, das sich außerhalb der Reichweite der Kamera befand und sie beobachtete, das ihre Gesichter und ihre Persönlichkeit analysierte und ganz kühl ihre Verletzlichkeit einschätzte.

Voller Entsetzen wurde Chyna klar, dass Zoey genau in diesem Moment, als das Blitzlicht aufgeleuchtet war, als Opfer ausgewählt worden war, als argloses, unbekümmertes Opfer.

# 6

»Schöne Erinnerungen?«

Chyna fuhr herum und hätte das gerahmte Bild um ein Haar auf den Boden fallen lassen. Mit einem tiefen Seufzer der Erleichterung erkannte sie ihren Onkel Rex Greer, der lächelnd im Türrahmen stand.

»Oh, Onkel Rex!«, rief sie und lief auf ihn zu. Er war ein großer Mann, an die eins neunzig, kräftig gebaut. Chyna spürte den starken Bizeps unter seinem Jackett, als er sie umarmte, und sie war sicher, dass er um die Taille in den letzten zehn Jahren nur unwesentlich zugenommen hatte. Seinem großen Bruder Edward hatte man sein Alter immer angesehen – auch er war attraktiv gewesen, das schon, aber ein bisschen untersetzt, mit vorzeitig grauen Haaren und sparsamem Lächeln. Dagegen schien Rex mit vierzig aufgehört zu haben, älter zu werden. Seine dunkelbraunen Haare wiesen lediglich an den Schläfen ein paar Silbersträhnen auf, seine Augen waren strahlend blau wie die von Ned, umgeben von Lachfältchen, und seinem Lächeln konnten die wenigsten Frauen widerstehen. Und wollten es auch gar nicht.

»Hast du deine Frau mitgebracht?«, fragte Chyna. »Die wievielte ist es – Nummer sieben? Oder etwa schon Nummer acht?«

»Du bist immer noch so frech wie eh und je«, meinte Rex und grinste sie an. »Es wäre Nummer vier gewesen, wenn sie sich nicht vor ein paar Monaten aus dem Staub gemacht hätte.« Rex hielt Chyna eine Armlänge von sich weg und sah ihr tief in die Augen. »Schätzchen, es tut mir so leid wegen deiner Mutter. Alle haben sie geliebt, aber du ...« Er brach ab und presste die Lippen zusammen. »Du hast ihr alles bedeutet. Das solltest du nie vergessen, Chyna. Du warst ihre Traumtochter. Sie hat dich über alles geliebt.«

Sofort traten Tränen in Chynas Augen, und Rex nahm sie wieder in den Arm. »Ich bin so froh, dass du da bist, Onkel Rex«, sagte sie. »Ned ist fix und fertig, aber du weißt ja, dass er mit Tod und Beerdigungen so schwer zurechtkommt ...«

»Ich wette, er hat dir nicht mal geholfen, das Begräbnis zu organisieren«, unterbrach Rex sie leicht irritiert. »Du musst mir jetzt nicht sagen, dass es dir nichts ausmacht, wenn du alles allein regeln musst, denn ich bin sicher, dass es dir sehr wohl etwas ausmacht, ganz egal, wie sehr du es bestreitest. Ich wäre gern schon früher gekommen, aber als ich die Nachricht von Vivian erfahren habe, lag ich mit einer Grippe im Bett.«

»Ich hab dir doch gesagt, du sollst nicht nach Maine ziehen.«

»Jetzt, wo ich wieder Junggeselle bin, werde ich auch bald umziehen. Ich sehne mich nach Sandstränden und Wellenrauschen ...«

»Und Mädchen in Bikinis.«

Er lachte. »In meinem Alter seh ich sie mir nur noch an, aber das ist ja auch nicht schlecht. Nach zwei Wintern in Maine habe ich jedenfalls für eine Weile genug von Stiefeln und dicken Daunenjacken.« Er warf einen Blick auf das Foto in Chynas Hand. »Ich erinnere mich noch an den Tag, als das Foto entstanden ist. Ich fand, das war das schönste Grillfest, das wir je hatten. Dein Vater hat sich furchtbar aufgeregt über diesen Besoffenen, der die Frauen belästigt hat ...«

»Ron Larson.«

»Den Namen hatte ich vergessen, aber ich weiß noch, was für ein Blödmann das war. Wenn dein Vater nicht dazwischengegangen wäre, hätte ich mich ordentlich mit ihm geprügelt.«

»Dad war immer ein Meister darin, in schwierigen Situationen zu schlichten.«

Wieder sah Rex das Foto an. »Du und die süße kleine Zoey. Gott, ihr seht so jung aus. Was nicht heißen soll, dass du alt geworden bist – ich hätte dich nie für achtundzwanzig gehalten –, aber damals hattest du noch diesen unschuldigen Blick in den Augen.«

Sofort war Chyna auf der Hut. Gerade noch hatte sie darüber nachgedacht, wie unschuldig Zoey an jenem Abend gewirkt hatte, als das Bild gemacht worden war, so unschuldig und gefügig, dass der Entführer sie zu seinem Opfer gemacht hatte – und nicht Chyna. »Rex, glaubst du, dass Zoey jünger aussah als ich?«

»Jünger?« Er betrachtete das Foto. »Hmm, nicht wirklich jünger, aber irgendwie anders. Vielleicht ein bisschen …« Chyna hielt die Luft an und wartete. »… ein bisschen offener, kindlicher. Leichtgläubiger. Sie kam mir nie so frech und gewitzt vor wie du, Chyna.«

»Seit ich dreizehn bin, hab ich keine Visionen mehr«, log Chyna ohne den geringsten Skrupel. »Ich hab damals nicht geschwindelt, aber möglicherweise hatte ich von dem Bootsunfall doch einen leichten Gehirnschaden, den man damals übersehen hat. Zum Glück ist er irgendwann ganz von alleine ausgeheilt.« Diese Lüge tischte sie jedem auf, der sie in der Zeit gekannt hatte, als sie vollkommen naiv über ihre Visionen berichtet hatte. »Jetzt bin ich bloß noch eine ganz durchschnittliche Frau.«

»Nichts an dir ist durchschnittlich, Chyna.«

»Da bin ich anderer Meinung. Jedenfalls habe ich gerade das Foto angeschaut und an Zoey gedacht. In der Nacht darauf ist sie verschwunden, und wir haben alle angenommen, dass sie von dem Typen entführt worden ist, mit dem sie sich am See getroffen hat. Aber gerade, als ich mir überlegt habe, wie viele Menschen bei diesem Grillfest waren und gesehen haben, wie hübsch und süß und – tja, du hast es ja gerade selbst gesagt – wie naiv Zoey war, dachte ich plötzlich, dass sie vielleicht gar nicht von dem Typen am See entführt worden ist. In der Nacht habe ich sie mit jemandem gesehen, und dann bin ich eingeschlafen. Ich hab nicht mitgekriegt, was danach passiert ist. Womöglich hat sie sich von dem Typen getrennt, und als sie den Hügel wieder hochgegangen ist, hat dort jemand auf sie gewartet. Vielleicht jemand, der sie auf der Party gesehen hat, oder jemand, der sauer war, weil sie sich mit diesem Typen im Pavillon getroffen hatte. Vielleicht hat dieser Mensch sie dann verschleppt und … und …«

Rex legte ihr den Finger auf den Mund. »Arme Chyna, du quälst dich immer noch damit herum. Ich hatte gehofft, die Zeit würde auch diese Wunde heilen.«

»Rex, es hat noch andere Mädchen gegeben! Das mit Zoey war kein isolierter Vorfall! Außerdem wird die Wunde, dass ich Zoey verloren habe, für mich niemals ganz verheilen. Vielleicht würde es helfen, wenn ich wüsste, was damals passiert ist. Aber es nicht zu wissen, ist manchmal einfach unerträglich.«

»Ich weiß, Schätzchen. Du hast Dinge schon immer sehr intensiv gefühlt, aber versuche dich zu beruhigen. Ich wollte nicht herablassend klingen, aber ich habe wirklich gehofft, die Zeit würde alle Wunden heilen. Wahrscheinlich war der Wunsch der Vater des Gedankens.« Er seufzte, und Chyna merkte, dass er blasser aussah als sonst und leicht gerötete Augen hatte. Wahrscheinlich hatte ihn die Reise wegen der Grippe so mitgenommen. »Du siehst aus, als könntest du etwas zu trinken brauchen. Und als solltest du dich am offenen Feuer ein bisschen ausruhen«, meinte Chyna. »Das kleine Wohnzimmer ist viel gemütlicher als das große, und das Holz im Kamin ist schon aufgeschichtet. Ich mach dir einen Wodka

Martini – natürlich nicht so gut wie Mom, aber ich gebe mein Bestes. Entspann dich, und am besten meiden wir das Thema Zoey.«

Rex lächelte sie an, und sie dachte, wie sehr er ihrem Vater glich und wie verschieden er gleichzeitig war. Sie hatten dieselbe Augenform, aber ihre Ausstrahlung war vollkommen anders. »Du bist eine absolute Traumfrau, Chyna. Wenn du nicht meine Nichte wärst, würde ich dir auf der Stelle einen Heiratsantrag machen«, sagte Rex.

»Damit ich Nummer fünf wäre? Nein danke«, gab Chyna schlagfertig zurück. »Ach ja – im kleinen Wohnzimmer triffst du bestimmt auch meine Begleitung an.«

Rex zog seine dunklen Augenbrauen in die Höhe. »Ein junger Mann?«

»Nein, eine junge Frau. Blond. Schön. Klug.«

»Klingt toll«, grinste Rex.

»Sie spielt gern Frisbee und Apportieren.« Jetzt machte sich ein gewisser Argwohn auf Rex' Gesicht breit. »Sie heißt Michelle. Ihr werdet euch garantiert prächtig verstehen.«

Zehn Minuten später trug Chyna zwei Wodka Martini ins kleine Wohnzimmer, wo Rex neben Michelle auf dem Sofa saß und Französisch mit ihr sprach. »Antwortet sie dir denn auch?«, erkundigte sich Chyna.

»Mit wahrer Leidenschaft. Ich denke, man könnte sagen, wir sind verlobt«, antwortete Rex und nahm den Drink entgegen. »Sie ist wundervoll.«

»Ich weiß. Und Mom würde an die Decke gehen, wenn sie einen Hund auf ihrer Couch sitzen sehen würde.«

»Zum Glück war das Vivians einzige altjüngferliche Angewohnheit – keine Tiere auf dem Mobiliar.«

»Oh, diese Angewohnheit findet man also ausschließlich bei alten Jungfern, du Sexist?«

»Da ist mir wohl ein kleiner Ausrutscher unterlaufen, was? Sonst versuche ich meinen Sexismus doch immer hübsch geheim zu halten.« Rex nippte an seinem Glas. »Fast so gut wie der deiner Mutter, Chyna.«

»Danke. Ich weiß, dass sie einsame Spitze war. Eigentlich komisch, wo sie doch aus einer völlig abstinenten Familie stammte.«

»Mit der sie sich nicht sehr gut verstanden hat und so wenig wie möglich gemein haben wollte.«

Chyna nickte. »Ich hatte ganz vergessen, dass du sie noch länger kanntest als Dad. War sie nicht gerade mal zwanzig, als ihr euch kennengelernt habt?«

»Neunzehn. Wir haben uns bei einer dieser Partys getroffen, die von den Studentenverbindungen gern freitagabends gefeiert werden.« Rex lächelte. »Sämtliche Mädchen dort waren eifersüchtig auf deine Mom. Sie war nicht nur schön, sie konnte uns auch alle unter den Tisch trinken und dabei nicht nur so tun, als wäre sie nüchtern, sondern auch noch mit erstklassigen Manieren aufwarten.«

»Da hast du sie gefragt, ob sie mit dir ausgeht?«

»Selbstverständlich.« Rex nahm wieder einen Schluck. »Eine Weile hatten wir viel Spaß zusammen, aber dann hab ich sie meinem großen Bruder vorgestellt. Wie hätte ich auch ahnen sollen, dass er sich unsterblich in sie verlieben würde? So sehr ich Edward immer bewundert habe, dachte ich damals offen gestanden, dass er zu den schwerfälligsten Menschen auf Gottes weiter Erde gehört – klug und stark und nobel und all so was, aber total schwerfällig.«

»Aber Mom hat das nicht so gesehen.«

»Na ja, vermutlich nicht – das hat der Ehering, den sie sich sechs Monate später von Edward an den Finger stecken ließ, wohl ausreichend bewiesen. Manchmal frage ich mich, ob wir zusammengeblieben wären, wenn ich sie stattdessen geheiratet hätte. Es dauert immer etwa eine Minute, dann weiß ich die Antwort: Nein. Wir waren uns zu ähnlich. Wir brauchen beide einen stabilisierenden Einfluss. Sie hat ihren bei

Edward gefunden. Und so sehr ich dich und Ned liebe, so gern ich zu Besuch hierherkomme – ich glaube nicht, dass ich mich jemals in dieses Leben hätte fügen können. Ich wäre ein schlechter Vater gewesen. Ich war ein schlechter Ehemann. Viermal.«

»Vielleicht weil das alles – Haus, Kinder, ein Job als Bankdirektor, die Mitgliedschaft in mindestens fünf Clubs, allgemein das Leben in einer Kleinstadt – einfach nichts für dich war, Rex«, meinte Chyna. »Und immer noch nichts für dich ist. Das heißt nicht, dass du ein schlechter Mensch bist. Du bist einfach nur anders als dein Bruder. Und wäre die Welt nicht schrecklich langweilig, wenn alle gleich wären?«

»Vermutlich schon, obwohl ich in meinem Leben wirklich viele Fehler gemacht habe.«

»Oh«, erwiderte Chyna, als wäre ihr das vollkommen neu. »Das wusste ich noch gar nicht. Du bist schon ein seltsamer Typ. Außer dir macht keiner Fehler.«

Rex lachte. »Und da sagt man immer, Genies hätten keinen Humor.«

»Ich bin kein Genie, und der Nächste, der mich so nennt, kriegt von mir eine Bratpfanne auf den Schädel.«

»Deine etwas hitzige Reaktion ist der Grund, dass alle dich weiter ein Genie nennen. Das tun die nur, um dich auf die Palme zu bringen, liebe Chyna – obwohl du tatsächlich ein Genie bist.«

»Wenn du Owen Burtram im Bestattungsinstitut nach seiner Meinung fragen würdest, würdest du womöglich eine ganz andere Beschreibung meiner Wenigkeit erhalten. Er war heute nicht sonderlich begeistert von mir.«

»Ich bin mit Owen zur Schule gegangen. Er war schon immer ein Widerling. Eitel und eingebildet wie ein Pfau. War er gemein zu dir, Schätzchen?«

»Nein. Er hat sich nur benommen, als wäre ich ein Geizkragen, weil ich Mom einäschern lasse.«

»Ach, du lässt Vivian einäschern?«, hakte Rex mit großen Augen nach.

»Mich hat es auch überrascht, aber sie hat es sich so gewünscht. Ned und Beverly haben mir einen Brief gegeben, den sie hinterlassen hat und in dem steht, dass sie eine Einäscherung und keinen Gottesdienst möchte. Und ich soll ihre Urne mit nach New Mexico nehmen.« Rex starrte sie wortlos an, und sie fügte hinzu: »Ich denke mir das nicht aus. Für mich klingt es ebenso verrückt wie für dich, aber ich kann dir den Brief gerne zeigen.«

Rex schüttelte den Kopf. »Ich weiß, dass du das nicht erfindest, Chyna. Ich brauche den Brief nicht anzuschauen und möchte es auch gar nicht. Aber es überrascht mich trotzdem, dass Vivian keine Zeremonie und auch nicht mal neben Edward beerdigt werden wollte.« Er seufzte. »Was mich allerdings nicht überrascht, ist die Tatsache, dass sie ausdrücklich *dir* die Anweisungen hinterlassen hat. Ich will damit nicht sagen, dass Vivian ihren Sohn nicht geliebt hat, aber dir hat sie mehr als allen anderen vertraut. Möglicherweise hat sie befürchtet, dass Ned sich nicht an das hält, was sie sich wünscht. Ich weiß auch nicht, was mit ihm los ist, aber wir mussten ihn förmlich zum Begräbnis deines Vaters schleppen. Die Einäscherung deiner Mutter ihm zu überlassen …« Rex hob die Arme. »Wahrscheinlich dachte sie, er hätte nicht die Kraft, etwas zu veranlassen, was ihm selbst so gegen den Strich geht. Für ihn ist es schlimm genug, wenn jemand beerdigt wird. Aber jemanden zu Asche zu verbrennen …«

Chyna zuckte unwillkürlich zusammen, nickte dann aber. »Ich glaube, du hast recht.«

»Schätzchen, ich habe immer recht.«

»Außer wenn es darum geht, die richtige Ehefrau auszusuchen«, entgegnete sie freundlich.

In diesem Moment klingelte das Telefon auf dem Tischchen neben Rex. Lächelnd signalisierte Chyna ihm abzuheben, während sie selbst aufstand, um ihm noch einen Martini zu machen. Als sie zurückkam, hielt er ihr den Hörer hin. »Es ist deine liebenswerte Schwägerin Beverly«, erklärte er und sagte dann noch in den Hörer: »Chyna ist wieder da, Bev, aber ich versichere dir, dass ich wesentlich unterhaltsamer bin.«

Als Chyna den Hörer nahm, hörte sie Bev im Hintergrund noch kichern. Ihre Schwägerin liebte Rex' kosmopolitischen Stil und seinen Witz. »Wenn meine Frau mit einem anderen Mann durchbrennt, werde ich sofort wissen, wer mein Rivale ist«, sagte Ned manchmal leichthin. »Ich wollte, ich hätte wenigstens ein bisschen von Rex' Weltgewandtheit.«

»Hi, Chyna«, sagte Beverly dann fast fröhlich. »Ich freue mich, dass Rex es endlich geschafft hat.«

»Ich mich auch. Wir haben uns sehr interessant unterhalten ...«

»Und ein paar Martinis gekippt.«

»Einen Martini hab ich getrunken. Einen einzigen!«

»Okay, Chyna, reg dich ab. War doch bloß ein Scherz.«

»Bei mir auch.«

»Gut. Ich bin froh, dass wir uns nicht streiten, denn ich wollte dich um einen Gefallen bitten.«

O nein, dachte Chyna. Sie war müde und immer noch aufgewühlt wegen dem, was sie in der Leichenhalle erlebt hatte. Am liebsten wollte sie jetzt einfach Rex' Gesellschaft genießen, denn er brachte sie immer auf andere Gedanken. »Worum geht es denn?«

»Na ja, ich soll mit einer Gruppe Kinder, zu der auch Ian und Kate gehören, nachher durch die Nachbarschaft ziehen und mit ihnen Halloween-Süßigkeiten erbetteln. Eigentlich sollte Ned hierbleiben und Süßigkeiten an die Kinder verteilen, die zu uns kommen, aber er hat gerade angerufen und gesagt, dass sich so gegen sieben – also genau in der Zeit, in der ich ihn brauchen würde – noch ein Kunde angemeldet hat, der sich einen neuen Lincoln und für seinen Sohn einen gebrauchten Mercury anschauen will. Der Mann, der normalerweise bis acht im Autohaus bleibt, ist krank, also muss Ned wohl oder übel einspringen. Zwei Autos zu verkaufen – das kann er sich nicht einfach durch die Lappen gehenlassen.«

»Nein, natürlich nicht. Was soll ich tun? Die Autos für ihn verkaufen?«

Wieder kicherte Beverly. »Nein, Dummchen, obwohl du einem Mann wahrscheinlich besser ein Auto andrehen könntest als Ned. Sag ihm das bloß nicht, aber wenn du dich so richtig sexy auf dem Kühler rumräkelst, würdest du damit garantiert die Aufmerksamkeit jedes männlichen Kunden auf dich ziehen.«

»Ja. Ich bin ja berühmt-berüchtigt dafür, dass ich mich gerne auf Autos räkle.«

»Ja, das hab ich auch schon gehört«, lachte Beverly, während Rex Chyna belustigt anschaute und die Augenbrauen hochzog. »Woran ich gedacht habe, waren zwei Möglichkeiten«, fuhr Beverly fort. »Entweder nimmst du die Kinder …«

»Die kostümierte Kindergruppe?«

»Ja. Die sind total süß. Oder du könntest hierbleiben und bei uns Süßigkeiten verteilen. Ich weiß, dass zu eurem Haus oben auf dem Hügel kaum mal jemand kommt, aber wir erwarten hier Scharen von Kindern, beladen mit Klopapier, das sie gern um unsere Bäume wickeln, wenn sie nichts kriegen.«

»Kinder sind einfach wundervoll«, meinte Chyna trocken.

»Ich frage ja ungern, aber …«

»Nimm du die Kinderschar, ich verteile die Süßigkeiten.«

»Echt, machst du das? Oh, Chyna, ganz herzlichen Dank! Wir haben jede Menge Süßkram. Das wird bestimmt lustig.«

»Das hat man den Leuten, die eine Kabine auf der *Titanic* gebucht haben, auch gesagt.«

»Ach, nimm's nicht so schwer. Die Kinder sind alle ganz lieb, das Wetter soll mild sein, und der Umzug dauert höchstens zwei Stunden. Außerdem kommt Ned bestimmt vorher heim und löst dich ab.«

»Na klar, Beverly. Ich glaube ja nicht mal daran, dass es tatsächlich diesen Mann gibt, der zwei Autos auf einmal kaufen möchte. Ned wollte einfach einen freien Abend, und er wusste, dass seine gutmütige Schwester nicht nein sagen würde, wenn du sie um etwas bittest.«

»Ach Chyna, sei doch nicht so miesepetrig«, seufzte Beverly. »Ich bin total erleichtert. Du hast bei der Arbeit dauernd mit Kindern zu tun, da kommst du bestimmt glänzend mit ihnen zurecht. Ich habe mehrere Sorten Süßigkeiten da. Aber bring auf jeden Fall einen Blazer oder eine leichte Jacke mit, falls es doch kühler wird, als der Wetterbericht meint.«

Drei Stunden später stand Chyna frierend in einer Kordjacke in der offenen Tür, die Temperatur war mindestens neun Grad niedriger als vorhergesagt, und sie verfluchte den Wetterbericht im Stillen. Während grüppchenweise die Skelette, Gespenster, Vampire und Werwölfe bei ihr eintrudelten und ihr erwartungsvoll ihre Körbchen entgegenstreckten, entwarf Chyna einen geharnischten Brief an den Wetterdienst, den sie, sobald sie zu Hause war, zu schreiben und gleich am nächsten Morgen abzuschicken gedachte.

Auf einmal merkte sie, dass ein kleines Mädchen in Rotkäppchenkostüm sie mit einer Mischung aus Faszination und Furcht anstarrte, und ihr wurde bewusst, dass sie angefangen hatte, mit sich selbst zu sprechen – oder genauer gesagt, mit dem Wettermann – und ihrem Ärger über die danebengegangene Temperaturvorhersage lautstark Luft zu machen. Die Hälfte der Kinder würde wahrscheinlich morgen krank sein, weil sie nicht warm genug angezogen waren. Mit großen blauen Augen blickte das kleine Mädchen mit dem roten Umhang Chyna an und fragte schließlich: »Sprichst du mit jemand Unsichtbarem?«

Chyna zwang sich zu einem breiten Lächeln und antwortete fröhlich: »Uups, du hast mich erwischt! Ich hoffe, ich hab dir keine Angst gemacht.«

»Doch, eigentlich schon«, sagte das kleine Mädchen. »Obwohl ein paar Kinder sagen, dass du schon länger mit den Unsichtbaren redest. Ich wollte es bloß selbst mal sehen.« Oh, wundervoll, dachte Chyna verdrießlich. Da ist mein seltsames Benehmen also mal wieder in aller Munde, Beverly wird sehr erfreut sein. Sie gab dem Mädchen ein Pfefferminzplätzchen und ein paar Bonbons extra, lächelte noch einmal strahlend und hoffentlich völlig normal, und verfluchte erneut den Wettermenschen.

Sie hatte Rex zu Hause gelassen, damit er die wenigen Kinder, die zu ihnen betteln kommen würden, zufriedenstellen konnte. »Aber wir haben bloß eine halbe Tüte Karamellbonbons, und die sehen aus, als wären sie mindestens ein Jahr alt«, hatte Rex sich beschwert.

»Onkel Rex, zu uns verirren sich an Halloween schlimmstenfalls zehn Kinder. Die meisten haben keine Lust, den Hügel raufzusteigen. Falls es doch ein paar besonders Wildentschlossene gibt, kannst du ihnen ja einen von deinen Martinis abgeben. Dann ziehen sie jedenfalls garantiert glücklich von dannen.«

Als Beverly um halb neun mit den Kindern wieder auftauchte, hätte Chyna vor Erleichterung am liebsten geweint. Kate schmollte, weil ihre Mutter sie gezwungen hatte, über ihr Prinzessinnenkleid eine Jeansjacke anzuziehen, Ian heulte, weil ein paar »Große« sich über sein Donald-Duck-Kostüm lustig gemacht hatten.

Zur Krönung des Ganzen hatte Kate auf dem Heimweg, nur um ihre Mutter zu ärgern, ein uneingepacktes Bonbon in den Mund gesteckt. Als Chyna ihre Handtasche nach dem Autoschlüssel durchsuchte, wurde die Kleine plötzlich schlohweiß, kalter Schweiß brach ihr aus, und sie übergab sich, da sie es nicht mehr auf die Toilette schaffte, mitten auf dem Flur. Panisch luden Chyna und Beverly beide Kinder in Chynas Mietwagen und rasten in die Notaufnahme der Klinik.

Wahrscheinlich hätte man sie einfach ins Wartezimmer geschickt, wenn Kate sich nicht sofort wieder erbrochen hätte. Beverly war außer sich und einer Ohnmacht nahe. »Ich glaube, sie ist vergiftet worden«, rief sie panisch. Die beiden Wartenden vor ihnen drängten darauf, dass Kate als Nächste an die Reihe kam. »Bleib mit Ian hier«, sagte Beverly zu Chyna, die den verängstigten kleinen Jungen im Donald-Duck-Kostüm anschaute und sich auf einmal hilflos fühlte, obwohl sie in der Klinik in Albuquerque solche Situationen leicht in den Griff bekam. Mit der eigenen Familie war es einfach etwas anders. »Ich rufe Ned an«, antwortete sie Beverly, die mit einer Schwester und der würgenden Kate schon auf dem Weg den Korridor hinunter war. »Gibst du mir bitte seine Handynummer?«

»Ich hab gesehen, dass sein Handy zum Aufladen auf der Schlafzimmerkommode liegt, und seine private Nummer im Büro fällt mir nicht ein«, stieß Beverly hervor und fing an zu weinen. »O Gott, ich kann überhaupt nicht mehr klar denken!«

Angesichts seiner panischen Mutter begann auch Ian zu heulen. »Vergiss es«, sagte Chyna und winkte ihrer Schwägerin, mit Kate im Schlepptau schleunigst der Schwester zu folgen. Dann wandte sie sich an ihren Neffen. »Ian, du weißt ja, dass ich Ärztin bin, und ich verspreche dir, dass alles wieder gut wird«, sagte sie und hoffte, dass es überzeugend klang.

»Aber Kate wird sterben«, jammerte der Junge. »Sie hat ein vergiftetes Bonbon gegessen.«

»Wir wissen nicht, ob das Bonbon vergiftet war. Vielleicht ist Kate nur allergisch.«

»Was ist denn lergisch?«

»Allergisch heißt, dass etwas in dem Bonbon ihr nicht bekommt. Dass ihr davon schlecht geworden ist.«

»Aber wenn sie tot geht, mit wem soll ich dann spielen? Die Jungs können mich nicht mehr leiden, weil ich eine Ente bin«, erklärte Ian und schluchzte noch mehr. Dann bekam er Schluckauf.

Chyna wusste nicht, ob sie sich ärgern oder amüsiert darauf reagieren sollte, dass sich Ian in erster Linie Sorgen um den Verlust eines angenehmen Spielkameraden machte. Aber dann rief sie sich in Erinnerung, dass der Junge ja erst drei war, und entschied sich für Letzteres. Einem Dreijährigen konnte man keinen Vorwurf machen, wenn er egoistisch war.

Gerade wollte sie vorschlagen, etwas Süßes vom Automaten zu holen, da fiel ihr ein, dass das wahrscheinlich nach dem, was Kate passiert war, keine gute Idee war. Sie nahm Ian auf den Arm und sagte: »Komm, wir gehen zum Fenster und schauen uns die hübschen Lichter draußen an.« Sie meinte damit die Weihnachtsbeleuchtung an dem Haus, dessen Besitzer den winterlichen Schmuck das ganze Jahr über nicht abnahmen. Fasziniert starrte Ian den Weihnachtsmann in dem riesigen Schlitten an, der von erstaunlich lebensecht wirkenden Rentieren gezogen wurde. In den vorderen Fenstern standen drei große künstliche Bäume mit glitzernden Ornamenten und langen altmodischen Lichterketten, und von jeder Regentraufe hingen Dutzende weißfunkelnde künstliche Eiszapfen.

Ian lächelte und deutete auf das Geglitzer: »Hübsch.«

Chyna starrte in die Lichter, bis sie ineinander verschmolzen und einen leuchtenden Farbwirbel bildeten. »Für immer«, murmelte sie. »Für immer und ewig.«

Ian achtete nicht auf sie, denn jetzt hatte er Rudolphs riesige rote Nase entdeckt. Aber Chyna sah die grelle Nase nicht. Chyna sah einen großen dunklen Busch. Zögernd streckte sie die Hand aus und berührte ein kräftiges grünes Blatt. Dann plötzlich etwas Weißes. Nur ganz kurz. »Ein Geist?«, murmelte sie.

»Was?«, fragte Ian halb aufgeregt, halb ängstlich. »Geist? Wo?«

Chyna schnappte nach Luft. Ein stechender Schmerz durchfuhr ihren Kopf, als hätte jemand sie geschlagen. Sie warf die Arme in die Luft, so dass Ian unsanft auf seinem zum Glück gut gepolsterten Entenhintern landete. Chyna spürte, wie sie um sich schlug, wie etwas die Haut auf ihren Armen zerkratzte und entsetzlich brannte, wie ihr etwas den Hals zuschnürte. Dann drang ihr ein süßlicher Geruch in die Nase. Nicht atmen, sagte eine Stimme in ihren Gedanken. Aus weiter Entfernung hörte sie Ian weinen, aber sie konnte sich nicht auf ihn konzentrieren – nur darauf, nicht zu atmen. Nicht atmen! Nicht atmen! Ich kann nicht anders. Ich kann nicht …

»Alles in Ordnung?« Jemand packte sie an der Schulter und schüttelte sie sanft. »Ma'am?«

Sie holte mit dem linken Arm aus, aber eine Männerhand erwischte ihr Handgelenk und hielt es fest, ehe es auf sein Kinn traf. »Was ist denn los, Ma'am?« Plötzlich sah Chyna ein wettergegerbtes Gesicht vor sich. »Schwester? Kann bitte mal jemand herkommen?«, rief er.

Einen Moment schloss Chyna die Augen, dann riss sie sie wieder auf. Vor ihr stand eine Frau, die Ian auf dem Arm hatte und Chyna empört anstarrte. »Sie haben ihn fallen lassen!«

Chyna wankte, und der Mann half ihr, sich auf einen Stuhl zu setzen. »Lady, was ist denn mit Ihnen?«

Das Wartezimmer, der Mann mit dem wettergegerbten Gesicht, die Frau mit dem empörten Blick, der arme schluchzende Ian in seinem albernen Kostüm – plötzlich war alles wieder da. »O mein Gott«, japste Chyna. »Ich weiß nicht, was los war. Ich … Ian, bist du verletzt?«

»Nein, ist er nicht, was er allerdings nicht Ihnen zu verdanken hat!«, knurrte die Frau und drückte Ian dabei so eng an sich, dass er kaum Luft bekam. »Was ist denn los mit Ihnen? Sind Sie betrunken?«

»Betrunken? Nein! Meine Nichte. Sie ist da drin …«

Der Mann, der immer noch neben ihr stand, sah die Frau streng an. »Ich war da, als die Frau mit ihrer Schwester reingekommen ist. Ihre Nichte ist wahrscheinlich vergiftet worden. Ich glaube, es ist der Schock.«

»Ja. Der Schock …«, murmelte Chyna, obwohl sie genau wusste, dass es nicht stimmte. Sie hatte eine Vision gehabt. Eine Vision, die sie bis ins Mark erschütterte, so lebhaft, wie seit Jahren nicht mehr. »Jetzt geht es mir wieder gut.« Sie blickte zu der Frau auf. »Sie können mir meinen Neffen ruhig geben.«

»*Nein*«, fauchte die Frau trotzig und funkelte Chyna mit ihren kalten, schmalen Augen wütend an. »Was werden Sie als Nächstes mit ihm machen? Ihn an die Wand schmeißen?«

Ian wehrte sich gegen den Klammergriff der Frau. »Tante Chyna«, stieß er atemlos hervor. »Will zu Tante Chyna!«

»Geben Sie ihr das Kind«, sagte der Mann. Aber die Frau sah auch ihn nur böse an. »Geben Sie ihr das Kind, Lady«, wiederholte er heftiger. »Er ist ihr Neffe, und es geht ihr wieder gut.« Die Frau ließ ihren Blick zwischen ihm und Chyna hin und her wandern. »Ma'am, soll ich den Sicherheitsdienst alarmieren?«, fragte er die Frau mit leiser, scharfer Stimme.

»Na gut, aber wenn sie ihm weh tut, ist das ihre Schuld!« Die Frau schob Ian grob dem Mann in den Arm, der ihn beruhigend anlächelte und ihn dann behutsam auf Chynas Schoß setzte. »Sie haben ausgesehen, als würden Sie gleich ohnmächtig, und ich hab so schnell keine Schwester gefunden, die Ihnen hätte helfen können«, erklärte er Chyna.

»Ich brauche keine Schwester. Mir geht es wieder gut. Ehrlich.«

»In Ordnung. Wie wäre es stattdessen mit einer Tasse Kaffee? Kommt zwar nur aus dem Automaten …«

»Das wäre wunderbar«, sagte Chyna mit einem wackligen Lächeln. »Und danke, dass Sie so freundlich sind.«

Zwanzig Minuten später, nachdem die schmaläugige Frau

jeden Neuankömmling im Wartezimmer darüber informiert hatte, dass Chyna ihren Neffen hatte fallen lassen, erschien eine Schwester und bat Chyna, mit in den Untersuchungsraum zu kommen. Chyna packte Ian und floh aus dem Wartezimmer, noch ganz aufgewühlt von ihrem Erlebnis, aber mehr in Sorge wegen Kate. O Gott, dachte sie. Bitte mach, dass die Vision nichts mit ihr zu tun hatte. Mach, dass mit ihr alles wieder in Ordnung kommt.

Und so war es. Obwohl Beverly immer noch so bleich und verängstigt aussah, als wäre ihre Tochter nur knapp dem Tode entgangen, erklärte der Arzt ihnen, dass Kate mit dem Bonbon nur ein bekanntes Brechmittel zu sich genommen hatte. »Eine große Menge davon kann tödlich wirken, aber Ihre Tochter hat nur so viel abgekriegt, dass sie sich übergeben musste«, sagte er. »Eine Gemeinheit, dass manche Leute an Halloween so was mit den Kindern machen, aber leider nicht ungewöhnlich.« Dann versicherte er allen, dass Kate sich schon morgen früh sehr viel besser fühlen würde.

So schleppten sie sich wieder hinaus zum Auto. Beverly und Chyna waren fix und fertig, wenn auch fast schwindlig vor Erleichterung, aber Kate war total aufgedreht. Sie hatte ihr Prinzessinnenkleid ruiniert und heulte deswegen den ganzen Heimweg. Ian stimmte mit ein, um seiner Schwester Gesellschaft zu leisten.

Kurz nachdem sie zu Hause angekommen waren, erschien auch Ned. »Wo um alles in der Welt warst du denn?«, wollte Beverly wissen. »Es ist fast zehn!«

Ned sah müde, frustriert und etwas zerzaust aus, die Falten zwischen den Augenbrauen waren deutlich tiefer. »Ich hab mich in meinem Leben noch nie so angestrengt, zwei Autos zu verkaufen! Vater und Sohn wollten den gleichen Lincoln, und ich dachte schon, sie würden sich prügeln, aber da hat der verwöhnte Filius endlich nachgegeben und seinem Vater gnädig gestattet, ihm ein anderes Auto zu kaufen.« Dann erst bemerkte er, dass seine Kinder völlig verheult waren und rief entsetzt: »Was zum Teufel ist denn hier passiert?«

Erschöpft und aufgewühlt, wie sie war, überließ Chyna es ihrer Schwägerin, von der Katastrophe zu berichten, und fuhr rasch durch die Stadt, wo noch ein paar verspätete Süßigkeitenbettler umherirrten, und dann die Asphaltstraße zu ihrem eigenen Haus hinauf. Heute war die Zeit umgestellt worden, so dass es eine Stunde früher dunkel wurde, und auf einmal wünschte sie sich, die Straße wäre besser beleuchtet. Wenigstens schienen die Sterne heute besonders hell.

Sobald sie die Haustür öffnete, kam Michelle mit einer Mischung aus Ekstase und Angst auf sie zugerannt. Mit einem unguten Gefühl rief Chyna ein paarmal: »Onkel Rex!«, aber sie wusste sofort, dass er weg war, auch ohne in der Garage nach seinem Auto gesehen zu haben. Auf dem Tisch neben der Tür lag, unter eine Lampe geklemmt, ein Zettel von Rex, auf dem stand, dass bis acht Uhr kein einziges Kind aufgetaucht sei und er deshalb beschlossen hätte, einen alten Freund zu besuchen, der vor kurzem seine Frau verloren hatte. Und dass sie vielleicht zusammen noch ein Bier trinken gehen würden.

Kopfschüttelnd legte Chyna den Zettel weg. Typisch Rex – charmant und unzuverlässig. Dass niemand gekommen war, um Süßigkeiten zu erbetteln, hieß noch lange nicht, dass ein paar von den üblichen pubertären Unruhestiftern der Stadt sich am Abend vor Allerheiligen nicht zu einem großen dunklen Haus schleichen und ein bisschen Unheil anrichten konnten. »Aber an so was denkt Rex einfach nicht«, erklärte sie Michelle, die nervös war, weil sie auf unbekanntem Terrain hatte allein bleiben müssen, und Chyna nicht von der Pelle wich. »Onkel Rex denkt hauptsächlich daran, wie er sich das Leben schön machen kann. Das war schon immer so.« Sie lächelte Michelle zu. »Aber einem alten Hund kann man eben keine neuen Tricks mehr beibringen, nicht wahr?«

Michelle schnaubte zustimmend.

Noch immer etwas beunruhigt wanderte Chyna im Haus herum und vergewisserte sich, dass alle Türen und Fenster verschlossen waren. Dann goss sie sich einen Wodka Tonic ein und setzte sich aufs Familiensofa, um sich einen Film anzusehen. Aber sie konnte sich nicht konzentrieren. Nicht atmen! Die Worte, die sie im Wartezimmer der Klinik gehört hatte, gingen ihr nicht aus dem Kopf. Irgendwie kam ihr die Stimme bekannt vor. Aber es war eindeutig nicht die von Zoey. Dann der weiße Blitz, das Brennen auf den Armen, der durchdringende süße Geruch. Nichts passte zusammen. Ein totales Wirrwarr. Zufällige Bilder wie in einem Traum. Ich war müde und aufgeregt, mir war kalt und …

»Und irgendwas stimmt nicht«, sagte sie laut und resigniert. »Ich komme nicht drum herum. Heute Abend ist irgendetwas Schreckliches passiert.«

Bis ein Uhr wartete Chyna, aber Rex kam nicht nach Hause. Wenn sie gewusst hätte, welchen Freund er besuchen wollte, hätte sie versucht, ihn anzurufen, so verzweifelt war sie. Das Haus schien riesig, einsam und – sie wollte nicht mal den Gedanken zulassen – von Geistern bevölkert. Michelle, die Chynas Unbehagen spürte, schmiegte sich eng an sie, und Chyna nahm den großen Hund dankbar in die Arme. So musste sie die Nacht wenigstens nicht ganz allein verbringen.

Deirdre Mayhew ging vors Haus, um eine Zigarette zu rauchen. Ihr Vater wäre an die Decke gegangen, wenn er gewusst hätte, dass sie rauchte. Er wäre auch an die Decke gegangen, wenn er gewusst hätte, dass sie – wenn auch nur sehr mäßig – bei dieser Halloween-Party im Haus ihrer Freundin Alkohol trank. Eigentlich wollte er überhaupt nicht, dass Deirdre zu Partys ging. Aber er hatte es nicht übers Herz gebracht, ihr auch noch dieses kleine Vergnügen zu verbieten, wo Deirdre doch schon trotz Schule für ihn im Café arbeiten musste und sich klaglos um ihre sterbende Mutter gekümmert hatte – und er merkte auch genau, wie sehr es ihr zu schaffen machte, dass sie ihre Sommerkurse nicht rechtzeitig hatte beenden können, um mit ihren Freunden aufs College zu gehen. Leider war die Party nicht besonders amüsant. Ohne Nancy klappte es nicht richtig, denn sie war die Seele jeder Fete gewesen. Deirdre wusste, dass viele ihrer Freunde das Gleiche dachten, aber diejenigen, die auf die nur zwei Stunden entfernte Uni gingen, waren trotzdem gekommen, weil die Halloween-Party Tradition geworden war.

Aber für Deirdre war die Party nicht nur deshalb öde, weil Nancy fehlte. Sie fühlte sich um Jahre älter als die Leute, die sie aus der Highschool kannte. Die Eltern des Mädchens, bei dem die Party stattfand, waren ausgegangen, und alle hatten sich besonders viel von dem Abend versprochen, weil sie endlich einmal unbeobachtet von besorgten Eltern feiern konnten. Aber ganz egal, wie sehr sie sich zu amüsieren versuchten, die Fröhlichkeit hatte immer etwas Gezwungenes. Na ja, dachte Deirdre. Immer noch besser, als mit ihrem Vater zu Hause zu sitzen und Dokumentarfilme über die Gewohnheiten von Gnus anzuschauen. Gnus gehörten zurzeit zu seinen Lieblingsthemen. Bevor ihre Mutter letztes Jahr an Krebs gestorben war, war er so viel glücklicher gewesen. Überhaupt war alles anders gewesen.

Deirdre nahm noch einen Zug an ihrer Zigarette, lauschte dem Lachen und Stimmengewirr der wenigen Gäste, die es tatsächlich geschafft hatten, sich zu betrinken. Ehrlich, die Leute in ihrem Alter hörten sich an wie ein Haufen Pubertierender. Gelangweilt zupfte sie an dem albernen Partykleid mit Ballonrock herum, das ihrer Mutter gehört und das sie heute als Kostümierung getragen hatte, und dachte an Chyna Greer. Deirdre wusste, dass auch Chynas Mutter gerade gestorben war, aber Chynas Leben würde sich bestimmt nicht so verändern, wie sich das von Deirdre nach dem Tod ihrer Mutter verändert hatte. Chyna war ja schon lange von zu Hause weg und hatte eine erfolgreiche, bewundernswerte Karriere vor sich. Und sie war so schön und klug.

Im Lauf der Zeit hatte Deirdre alles über Chyna gehört und sogar Fotos von den zahlreichen Wissenschaftswettbewerben gesehen, an denen sie als Teenager teilgenommen hatte. Außerdem hing im Schaukasten der Highschool ein Bild von ihr als Oberstufensprecherin. Aber in Wirklichkeit war sie viel hübscher und mit dem Alter sogar noch schöner geworden. Jetzt sah sie überhaupt nicht mehr aus wie ein Teenager, sondern sehr weiblich und irgendwie exotisch, sogar in Rollkragenpulli und legerer Hose. Kein Wunder, dass Scott Kendrick sie so ansah. An dem Tag, als sie im Café waren, hatte er für niemanden sonst Augen gehabt. Nicht mal für mich, dachte Deirdre deprimiert, obwohl er wenigstens so höflich war, das Wort auch mal an mich zu richten und mich Chyna vorzustellen. Aber das war eben Scotts Art. Gutes Aussehen, hohe Intelligenz, gute Manieren. Er war ein Hauptpreis, ein Mann, wie jede Frau ihn sich als Ehemann wünschte.

Aber nicht für mich, sinnierte Deirdre. Er war in den Dreißigern, schätzungsweise ein Jahr jünger als ihr Vater. Und Scott sah in Deirdre auch keine Frau. Er nannte sie »Mädchen«. Und selbst wenn er um die zwanzig gewesen wäre und sie sich nicht kennen würden – was sie heute gesehen hatte, war ein eindeutiges Zeichen, dass er lieber mit Chyna Greer zusammen sein wollte als mit Deirdre Mayhew.

Außerdem werde ich nächstes Jahr im L'Etoile sein und nicht an einem schicken College, wie das für Chyna Greer selbstverständlich war. Im September geht sogar Lynette aufs College, obwohl sie weder die Noten noch den nötigen Ehrgeiz dafür hat. Im Gegensatz zu mir, dachte Deirdre mit etwas schlechtem Gewissen. Schließlich war Lynette ihre beste Freundin.

Trotz ihrer guten Zeugnisse hatte sich Deirdre nie um ein Stipendium beworben. Daddy findet keine Hilfe, die ihm passt, hatte sie immer gedacht. Wenn ich ginge, würde er mich vermissen. Er würde vergessen zu essen. Seit dem Tod ihrer Mutter hatte er schon zwanzig Pfund abgenommen, obwohl er nicht hätte schlanker werden müssen. Ihre Eltern hatten sich auf der Grundschule kennengelernt, waren miteinander »gegangen«, seit sie fünfzehn waren, und hatten mit siebzehn geheiratet. Ben Mayhew hatte mehr als sein halbes Leben mit Deirdres Mutter verbracht. Er geht nicht mit Freunden aus, fügte Deirdre noch zu der Liste von Dingen hinzu, die ihr Vater sich zu tun weigerte, auch wenn ihm das bestimmt helfen würde. Er arbeitet, kommt nach Hause und sieht fern, bis er irgendwann tot ist. Oder er ist irgendwann so einsam, dass er sich mit Irma Vogel zusammentut. Schon bei dem Gedanken wurde Deirdre fast übel. Sie konnte Irma nicht ausstehen. Wie ein Geier hatte diese Frau Ben Mayhew umkreist und darauf gewartet, dass seine Frau endlich sterben würde, nur um sich dann auf ihn stürzen zu können. Kein anderer Mann, der noch alle fünf Sinne beisammen hatte, wollte etwas von Irma wissen. Nur jemand, der so kaputt und verrückt war, dass er nicht mehr wusste, was er tat, konnte Irma heiraten, kleingeistig und hinterlistig wie sie war.

Nein, ich bin Dads einzige Überlebenschance, entschied Deirdre. Sein einziger Schutz vor Menschen wie Irma. Wie soll ich also jemals aufs College gehen und ihn alleine lassen? Dann bleib ich einfach für immer in Black Willow. Für immer und ewig.

Sie inhalierte noch einmal tief den Rauch ihrer Zigarette und wünschte sich, sie hätte ein Bier mit nach draußen genommen. Es wäre schön, jetzt einen Schluck zu trinken und ganz allein zum sternklaren Himmel hinaufzublicken. Auch wenn es verdammt kalt war. Der Gedanke, ins Haus zurückzugehen, zu der ohrenbetäubenden Musik und den brüllenden Teenagern, die so wild entschlossen waren, sich dieses Jahr ganz genauso zu amüsieren wie sonst, war nahezu unerträglich.

Deirdre warf ihre Zigarette weg und ging hinüber zu der Rhododendronhecke, die sich quer über den Rasen zog. Im Frühling ragten die Büsche gut zwei Meter in die Höhe, beladen mit weißen und grellrosa Blüten. Jetzt gab es natürlich keine Blüten mehr, aber immer noch jede Menge Grün. Deirdre streckte die Hand aus und berührte eins der dicken, ledrigen Blätter, die derb und grün überdauern würden, bis das Wetter wieder warm wurde.

Ihre Mutter war eine hervorragende Gärtnerin gewesen. Ihretwegen hatte der Rasen der Mayhews immer wunderschön ausgesehen, Frühling, Sommer und Herbst. Doch weder Deirdre noch ihr Vater hatten diesen grünen Daumen, und anscheinend war der Rasen zusammen mit Deirdres Mutter gestorben.

Die Luft war wesentlich kühler, als es im Wetterbericht vorhergesagt worden war. Deirdre zog ihren Pullover enger um sich und wünschte, sie hätte stattdessen eine richtige Jacke mitgenommen. Aber sie hatte ohnehin vor, in einer Viertelstunde oder so nach Hause zu gehen. Gerade wollte sie eine Rhododendronknospe berühren, aus der im Frühjahr eine Blüte werden würde, als sie ein kratzendes Geräusch hörte, als würden die Zweige des Strauchs aneinander reiben. Sie ließ die Hand sinken und stand ganz still da. Wieder das Geräusch. Sie lauschte regungslos. Dann stieg ihr auf einmal der Geruch eines karamellisierten Apfels in die Nase, und sie sah etwas Weißes durchs Gebüsch huschen.

Sofort entspannte sie sich wieder. »Ach du meine Güte!«, rief sie mit übertriebener Theatralik. »Hat sich da etwa ein grusliger Geist in dem Busch versteckt?«

Sie glaubte ein unterdrücktes Kichern zu hören. Bestimmt wollte ein als Gespenst verkleidetes Kind sie erschrecken. Sofort beschloss sie mitzuspielen. »O je, ich hab solche Angst vor Gespenstern! Schon immer. Hoffentlich springt es mich nicht an!«

Wieder ein Rascheln im Gebüsch. Dann rannte etwas so schnell zwischen ihren Beinen hindurch, dass sie fast laut aufgeschrien hätte und unwillkürlich einen Schritt zurücktrat, tiefer ins Gestrüpp, ehe sie erkannte, dass es nur Lynettes kleine schwarze Katze gewesen war. Deirdre lächelte. Bestimmt hatte das Kind sich gefreut, dass sogar eine schwarze Katze hier herumrannte und ihren Teil zu der Spannung beitrug. Halloween war doch genau der Tag für schwarze …

Auf einmal wurde alles still. Die Luft erstarrte, wartete, wartete … Dann plötzlich, instinktiv, wusste Deirdre, dass sie in Gefahr schwebte. Direkt hinter sich hörte sie ein Atemholen, gefolgt vom Geräusch rascher Schritte – eines Erwachsenen. In einem grellen, grauenvollen Augenblick begriff Deirdre, dass es kein Kind war, das sich hinter ihr im Unterholz versteckte. Sie rannte los, aber im gleichen Moment traf sie etwas Hartes am Hinterkopf. Sie sackte zusammen, schlug auf dem kalten, harten Boden auf, noch bei Bewusstsein, aber betäubt von dem Schmerz, und fühlte, wie warmes Blut durch ihre Haare sickerte. Ein Brocken totes Gras und Erde fielen ihr in den Mund, als sie ihn aufmachte, um zu schreien, aber sie versuchte es trotzdem und brachte nur ein raues Krächzen zustande, als sich ein Arm um ihre Kehle legte und so grob nach hinten riss, dass sie keinen Ton mehr herausbrachte. Sie schlug mit den Armen um sich, aber selbst durch den Pullover zerkratzten die derben Rhododendronzweige schmerzhaft ihre Haut. Verzweifelt wehrte sie sich und drückte die Füße in den feuchten Untergrund, doch ihr Entführer war stärker und schleifte sie erbarmungslos über die taudurchtränkte Erde, bis einer ihrer Schuhe den Absatz verlor und ihr vom Fuß rutschte.

Dann plötzlich hielt er inne. Sofort versuchte Deirdre wieder, sich aus dem Klammergriff seiner Arme zu befreien. Doch schon im nächsten Moment hörte sie ein leises Ächzen, dann etwas, was klang wie ein makabres Kichern, und plötzlich wurde ihr ein süßlich duftender Lappen auf Mund und Nase gedrückt. Sie gab sich alle Mühe, den Atem anzuhalten, aber da sie sich so verausgabt hatte, gelang es ihr nicht. Langsam füllten sich ihre Lungen mit dem süßen Geruch der Substanz, die sie aus dem Chemieunterricht als Chloroform erkannte.

Schon nach einem tiefen Atemzug wurde ihr schwindlig, aber ihre Lungen lechzten weiter nach Sauerstoff. Nicht atmen, dachte sie. Nicht atmen! Doch das Bedürfnis war zu groß. Sie versuchte, nur ganz flach zu atmen, aber schon das war zu viel. Noch einmal schaffte sie es, den Kopf zu drehen, und spürte einen stechenden Schmerz im Ohrläppchen. Doch der Lappen auf ihrem Gesicht blieb fest an Ort und Stelle, und sie musste wieder einatmen, ob sie wollte oder nicht. Allmählich verließen sie die Kräfte. Sie erhaschte noch einen kurzen Blick auf ein Gesicht, dann wurde die kühle, sternklare Welt endgültig von der Dunkelheit verschluckt.

# 7

Scotts Herz klopfte laut in seinen Ohren. Er hielt das Steuer fest umklammert, aber das Flugzeug bockte und bebte unkontrollierbar. So sehr er sich auch bemühte, nach rechts zu lenken – es nutzte nichts. Er versuchte zu bremsen – ohne Wirkung. Durchs Fenster blickte er hinab auf eine weitläufige Ebene, keine Stadt, keine Berge, kein Meer, nur flaches Land. Gott sei Dank, denn jetzt verloren sie rasch an Höhe, stürzten, Heck voran, unaufhaltsam zu Boden, und er war sicher, dass die Maschine beim Aufprall explodieren würde. Wie würde es sich anfühlen, wenn die Flammen seinen Körper verschlangen?

Mit dem Gesicht nach unten schlug Scott auf dem Boden auf, und eine Frau schrie: »Scott, Scott! Wachen Sie auf! Es ist bloß ein Albtraum! Wachen Sie auf!«

Mühsam öffnete Scott die Augen. Aber er sah keine Erde, kein Gras, sein Körper war nicht schweißgebadet, er hatte keine frischen Schnittwunden, die höllisch brannten, sein Bein sah normal aus, pochte nicht vor Schmerz und war auch nicht unnatürlich verrenkt. Er hörte nicht das grässliche Schaben von Metall auf Metall, keine Treibstoffexplosionen, kein Flammenknistern, keine Schreie von Menschen in Todesangst. Stattdessen beugte sich jemand über ihn, zerrte an seinen Schultern und redete mit schriller Stimme auf ihn ein.

»Meine Güte, Sie haben mich fast zu Tode erschreckt! Ich kam grade zur Haustür rein, da hab ich gehört, dass Sie irgendwas Unverständliches von wegen Hydraulik und weiß ich nicht was brüllen. Bis ich in Ihrem Zimmer war, sind Sie schon aus dem Bett gestürzt und auf den Boden geknallt, und zwar – Scott Kendrick, besitzen Sie eigentlich keinen Schlafanzug? – mit dem Kopf zuerst. Wenn Sie keine Gehirnerschütterung haben, ist das echt ein Wunder!«

Scott stöhnte und konzentrierte sich auf das Gesicht, das ihn mit Worten beschoss wie eine Maschinenpistole. Irma Vogel. Sie hatte einen Schlüssel zum Haus. Gestern Abend hatte er vergessen, dass heute einer ihrer Putztage war, die sie größtenteils damit zubrachte, ihm überallhin zu folgen, wobei sie ununterbrochen redete, sang, trällerte, ihm keine Sekunde von den Fersen wich und ihm allgemein das Leben schwermachte. O Gott, dachte er verzweifelt und schloss die Augen wieder. Bitte mach, dass sie geht.

»Stehen Sie auf. Nein, warten Sie, ich helfe Ihnen. Womöglich haben Sie sich was gebrochen. Wo ist denn Ihr Bademantel? Haben Sie etwa keinen Bademantel? Warum sind Sie überhaupt so spät noch im Bett? Es ist schon zehn. Sie schlafen doch sonst nie so lange. Hier, wickeln Sie sich in das Laken, dann ruf ich den Notarzt.«

»Ich brauche keinen Notarzt«, knurrte Scott, auf die Bettkante gekauert, während Irma eine Decke über seine Schultern legte. »Machen Sie doch nicht so einen Wind, Irma. Ich bin nicht verletzt.«

»Sagen Sie das mal der Beule auf ihrem Kopf, junger Mann. Und Ihre Nase blutet.«

Vorsichtig fasste Scott sich an die Stirn und fand dort tatsächlich die Ansätze einer prächtigen Beule. Dann legte er den Finger unter die Nase. Bestenfalls ein Tröpfchen.

»Legen Sie das Telefon weg, Irma«, sagte er. »Ich brauche wirklich keinen Arzt, ich bin nur aus dem Bett gefallen.«

»Und wenn Sie ansonsten gesund wären, wäre das ja auch kein Grund zur Aufregung. Aber Sie mit Ihren ganzen Verletzungen …«

»Meine Verletzungen sind fast verheilt. Mir geht es gut. Ich brauche nur einen kalten Lappen für meine Nase und ein bisschen …« Eigentlich wollte er »Ruhe« sagen, aber das hätte höchstwahrscheinlich Irmas Gefühle verletzt. »… Kaffee«, vollendete er seinen Satz deshalb unverfänglich. »Bitte machen Sie mir ein Tässchen von ihrem wunderbaren Kaffee, Irma. Wenn ich mich danach nicht besser fühle, gehe ich ins Krankenhaus. In Ordnung?«

»Dann *bringe* ich Sie ins Krankenhaus«, verkündete Irma. Sie war eine stämmige Erscheinung: Fast eins achtzig, mit sicher an die fünfunddreißig Pfund Übergewicht, die unter anderem daher rührten, dass sie im L'Etoile nicht nur häufig arbeitete, sondern gerne auch das Speisenangebot durchprobierte. Erstaunlich behände eilte sie ins Badezimmer und kehrte kurz darauf mit einem tropfnassen Waschlappen zurück. Scott schnappte ihn ihr weg, ehe sie ihn unter seine Nase legen konnte. »Irma, der Kaffee, bitte«, sagte er, und seine Stimme klang, als hätte er einen dicken Schnupfen. Mit der Anmut eines Büffels sprang Irma auf und rannte die Treppe hinunter, so schnell, dass Scott befürchtete, sie könnte stolpern und kopfüber abstürzen.

Eine Minute später entfernte Scott den Lappen von seiner Nase, holte tief Atem, fuhr sich mit den Händen durch seine dichten, schwarzen Haare und schaute in die Sonne, die durchs Schlafzimmerfenster hereinströmte. Für gewöhnlich wachte er früh auf. Aber heute hatte er lange und schlecht geschlafen. Ihm taten alle Knochen weh, er fühlte sich schmutzig und sehnte sich nach einer heißen Dusche. Er erinnerte sich daran, wie er durch die kalte Nacht marschiert war – erschöpft, erschüttert, voller Angst, dass jemand ihn gesehen hatte.

Entschlossen verdrängte er den Gedanken aus seinem Gedächtnis und schleuderte mit einer raschen Bewegung das Laken weg, in das Irma ihn wie in ein Leichentuch eingehüllt hatte. Hoffentlich schaffte er es zu duschen und in seinen Bademantel zu schlüpfen, bevor sie mit dem Kaffee anrückte.

Er trat hinter den Duschvorhang, stellte das Wasser an, wartete, bis sich eine Dampfwolke gebildet hatte und ließ sich dann das heiße Wasser auf den steifen Nacken und die verspannten Schultern prasseln. Als er sich einseifte, brannten die Kratzer auf seinen Armen wieder. Gestern hatte er sämtliche Pflaster abgenommen, weil ein paar juckten und ein paar andere sich schon von selbst zu lösen begannen. Die Kratzer und Schnitte darunter waren ohnehin fast verheilt. Bis auf ein paar.

»Ich bringe den Kaffee!«, flötete Irma. Scott fuhr herum und wäre um ein Haar auf dem nassen Wannenboden ausgerutscht. Durch den Duschvorhang sah er Irmas kräftige Gestalt im Türrahmen stehen.

»Danke, Irma. Würden Sie ihn bitte neben das Bett stellen?«

»Klar.« Er lauschte dem Klappern des Geschirrs auf dem Tablett, hörte aber keine Schritte, die die Treppe wieder hinuntergingen. Na toll. Irma hatte also vor, zusammen mit dem Kaffee im Schlafzimmer zu bleiben. Richtig, dachte Scott, sie hatte vorhin wieder mal diesen Ausdruck im Gesicht, diesen Ausdruck, der für gewöhnlich bedeutete, dass sie ihm unbedingt eine wichtige Neuigkeit erzählen musste.

Scott stieg aus der Dusche, rubbelte Körper und Haare ab und schlüpfte in seinen dicken Frotteebademantel. Als er aus dem Bad trat, zuckte er unwillkürlich zusammen, denn Irma thronte in ihrer Körperfülle auf dem zierlichen Stuhl neben dem kunstvoll verzierten Schreibtisch, der angeblich einmal Prince Albert gehört hatte. Scotts Mutter liebte das antike Set und hatte darauf bestanden, es vor die Balkontür in Scotts Zimmer zu stellen. Sie hatte jedoch auch angeordnet, dass er nie an dem Schreibtisch sitzen sollte. Aus lauter Angst, sie könnten Schaden nehmen, wäre es ihr wahrscheinlich am liebsten gewesen, wenn er sie nicht mal anschaute. Das gehörte zu den

Freuden, eine Mutter zu haben, die früher Kuratorin in einem Museum gewesen war.

Unterdessen begann Irma den Kaffee in zarte chinesische Porzellantassen zu gießen – Scott bevorzugte wärmeisolierte Becher – und er konnte nicht umhin zu bemerken, dass ihre dünnen, von Natur aus weißblonden Haare im Sonnenlicht wie Spinnweben wirkten und dass ihr bläulich-roter Lippenstift verschmiert war. Abgesehen von dem Lippenstift trug sie heute kein Make-up, was seines Wissens noch nie vorgekommen war. Sie war sehr bleich, ihre blassblauen Augen waren rot gerändert und schienen noch mehr hervorzuquellen als sonst. Offensichtlich hatte sie extrem schlechte Nachrichten.

»Was ist denn los, Irma?«, fragte Scott.

»Vermutlich haben Sie noch nicht gehört, was passiert ist?«

»Nein, ich bin ja grade erst wach geworden, wissen Sie noch?«

»Na, dann machen Sie sich mal auf was gefasst.«

Scott stellte die Porzellantasse mit einem lauten Klirren ab. »Ist was mit meinen Eltern?«

»Mit Ihren *Eltern*?«

»Ja, mit meinen Eltern. Ist alles in Ordnung mit ihnen? Sie sollten doch in drei Tagen zurückkommen. Dad hat ein Herzgeräusch ... Mom macht zu viel Sport. Ist ihnen etwas zugestoßen? Ist einer krank?«, fragte Scott aufgeregt.

Irma machte ein Gesicht, als wollte sie aufspringen und die Flucht ergreifen. »Nein, Scott, Ihren Eltern geht es gut. Meine Güte, wenn ich gewusst hätte, dass Sie sich so aufregen ... Bestimmt das posttraumatische Stresssyndrom oder so was ...«

Damit lag Irma vollkommen richtig. Vor sechs Monaten hätte Scott sie in aller Ruhe ausreden lassen, statt sich sofort irgendwelche Katastrophenszenarien auszumalen. Vor sechs Monaten, vor dem Flugzeugabsturz, war er ein anderer Mensch gewesen. »Entschuldigen Sie, Irma, aber können Sie mir nicht einfach sagen, was los ist?«

Irma presste die Hand aufs Herz, das vermutlich so schnell schlug wie das eines Kolibris. »Es ist Deirdre, Scott. Deirdre Mayhew.«

»Deirdre? Was ist los mit ihr?«

»Sie ist gestern Abend zu einer Halloween-Party gegangen. Ben wollte es zwar nicht, aber ich …« Irmas große, blasse Augen füllten sich mit Tränen. »Ich hab ihm gesagt, sie arbeitet so viel, und ein Mädchen muss sich doch hin und wieder auch ein bisschen amüsieren. Da hat er sie gehen lassen. *Ich* hab ihn überredet!«

Scotts Atem beruhigte sich etwas. Wahrscheinlich hatte Deirdre nur ein bisschen zu viel Bier getrunken, worauf Ben womöglich an die Decke gegangen war und Irma gefeuert hatte. Nächste Woche würde er sie wieder einstellen, und sie würde wahnsinnig erleichtert sein. Scott war sicher, dass Irma ein Auge auf Ben geworfen hatte und ihn als potentiellen Ehemann in Erwägung zog. »Wo war denn die Party?«

»Bei Deirdres bester Freundin, Lynette Monroe.«

»Die kenne ich leider nicht.«

Irma machte ein saures Gesicht. »Sie ist in Deirdres Alter. Manche Leute finden sie hübsch, aber ich bin der Meinung, das liegt alles nur an den blond gebleichten Haaren, dem Make-up und den engen Klamotten – Sie wissen schon, der billige Typ«, erklärte Irma verächtlich. »An Bens Stelle würde ich nicht zulassen, dass Deirdre mit ihr rumhängt. Ich hab ihm schon oft gesagt, sie bringt nur Ärger, aber er hört nicht auf mich.«

Scott konnte sich nicht vorstellen, dass Ben auch nur einen Deut auf Irmas Charakterstudien gab, sagte aber nichts. »Jedenfalls sollte die Fete um acht anfangen«, fuhr Irma fort, »und ich hab gehört, wie Ben zu Deirdre gesagt hat, sie soll um elf wieder da sein. Um halb eins hat mein Telefon geklingelt und mich geweckt. Es war Ben, der Deirdre suchte. Ich hab gesagt: ›Na ja, was meinst du denn, warum sie bei mir sein sollte?‹

Und er meinte: ›Weil sie nicht zu Hause ist, und ich dachte, womöglich hat sie Alkohol getrunken, obwohl ich es ihr verboten habe, und da ist sie zu dir gegangen und hat ihren Rausch ausgeschlafen.‹ Stellen Sie sich das vor! Als würde ich ständig besoffene Teenager bei mir übernachten lassen!« Man hörte Irma die Empörung deutlich an. »Ich hab ihm gesagt, er soll dort anrufen, wo die Party stattfindet ...«

Für einen Moment schienen Irmas Gedanken abzuschweifen, und die Tränen, die sich die ganze Zeit über in ihren Augen gesammelt hatten, quollen über und rollten über ihre feisten Wangen. »Er hat bei der Party angerufen, aber da war sie nicht, Scott. Niemand hat sie weggehen sehen. Die Kids haben sie gesucht. Irgendwann kamen dann Lynettes Eltern nach Hause – Ben hat fast einen Anfall gekriegt, als er erfahren hat, dass sie weg gewesen waren –, und die Nachbarn tauchten auf, und schließlich ... schließlich ...«

Scott sprang auf, obwohl ihm sofort einfiel, dass er seinen Bademantel nicht ordentlich zugebunden hatte. Aber er war kurz davor, die Information aus Irma herauszuprügeln. »Schließlich *was*?«

»Hinten im Garten gibt es eine Rhododendronhecke, und neben einem der Büsche hat man Kampfspuren entdeckt. Zweige waren abgebrochen, der Boden aufgewühlt. Und ...« Irma atmete tief ein. »Und da hat man einen Schuh von Deirdre gefunden, aber nur einen!«

Unvermittelt brach sie in lautes Schluchzen aus. Scott zog den Bademantel fester um sich und setzte sich aufs Bett. Mechanisch wanderte seine Hand zu den frischen Kratzern auf seinem Handgelenk, während vor seinem inneren Auge das hübsche Gesicht mit den Bernsteinaugen und den Grübchen auftauchte.

»Es ist immer das Gleiche«, schniefte Irma. »Ich hab schon mit mehreren Leuten darüber gesprochen, und sie stimmen mir alle zu.«

Langsam kehrte Scott in die Realität seines sonnendurchfluteten Schlafzimmers zurück. »Sie haben den Leuten erzählt, dass Deirdre verschwunden ist, und haben *worüber* mit ihnen gesprochen, Irma?«

»Dass es bei Deirdre genauso war wie bei all den anderen jungen Mädchen, die in den letzten Jahren verschwunden sind. Wir haben sie nie wiedergesehen, und wir werden auch Deirdre nie wiedersehen.« Ihre rot geränderten Augen blickten Scott direkt ins Gesicht. »Und ich weiß auch, wer schuld daran ist! Jedes Mal, wenn Chyna Greer in die Stadt kommt, verschwindet wieder ein Mädchen. Zoey Simms, Heather Phelps, Edie Larson und jetzt die kleine Deirdre Mayhew.«

Scott fuhr zurück, sein Blick wurde hart, aber Irma schien nichts davon zu bemerken. Ihre Stimme wurde lauter, sie beugte sich vor, und ihre hässlichen Augen waren von Hass und Bosheit erfüllt. »Ich sag Ihnen was, Scott. Chyna Greer bringt Unglück. Nichts auf der Welt könnte mich – und eine ganze Menge anderer Leute übrigens auch – davon überzeugen, dass *keine* Verbindung zwischen ihr und all diesen armen, verlorenen Mädchen besteht.«

»Ich war manchmal bei Deirdre Mayhew zum Babysitten«, sagte Beverly. Sie saßen in der großen, sonnigen Küche im Haus der Familie Greer. Ned hatte Beverly und die Kinder vorbeigebracht, um Rex zu sehen, aber es war Bev deutlich anzumerken, dass es sie viel mehr interessierte, mit Chyna über Deirdres Verschwinden zu sprechen, und Rex war netterweise mit Ian, Kate und Michelle in den Garten gegangen, wo die Kinder jetzt mit dem Hund Frisbee spielten.

»Als Irma Vogel heute früh angerufen und erzählt hat, dass Deirdre verschwunden sei, konnte ich es erst mal überhaupt nicht glauben«, fuhr Beverly fort. Ihre braunen Augen waren gerötet, und sie tupfte sie mit einem Taschentuch ab, das schon ganz nass war vor Tränen. »Wegen Kate hab ich letzte

Nacht so gut wie gar nicht geschlafen, und als ich dann erfahren habe, dass Deirdre weg ist, hab ich total die Kontrolle verloren. Ich mag Deirdre sehr gern, die Mayhews hatten es die letzten Jahre so schwer – und jetzt das! Ned hat mir geholfen, mich wieder zu beruhigen, damit die Kinder keine Angst kriegen. Ich weiß, du bist auch erschöpft nach letzter Nacht, aber er hat vorgeschlagen, dass ich zu dir rübergehe. Und als ich meinte, ich wäre viel zu nervös zu fahren, hat er uns hier abgesetzt, während er mit den anderen Deirdre suchen geht.«

»O Gott«, murmelte Chyna mit einem seltsam bangen Gefühl im Magen. »Aber sie ist erst gestern Nacht verschwunden. Es könnte eine Menge Gründe geben, weshalb sie nicht heimgekommen ist …«

»Zum Beispiel? Chyna, Deirdre liebt ihren Vater über alles und würde niemals über Nacht wegbleiben, ohne Bescheid zu sagen – so was würde sie ihm niemals antun. Ich hoffe nur, dass die Polizei sie bald findet.«

»Die Polizei? Deirdre wird noch keine vierundzwanzig Stunden vermisst. Ist die Polizei trotzdem schon eingeschaltet?«

»Inoffiziell, ja. Nachdem hier so viele Mädchen verschwunden sind, nimmt keiner es auf die leichte Schulter, wenn jemand vermisst wird – vor allem so ein verantwortungsbewusstes Mädchen wie Deirdre.«

Chyna schluckte schwer. Ihre Hände waren eiskalt, obwohl sie einen Becher dampfend heißen Kaffee hielten. Tatsächlich war die letzte Nacht schrecklich gewesen, allerdings nicht aus den Gründen, die Beverly vermutete. Das Erlebnis im Wartezimmer der Klinik hatte sie zutiefst erschüttert, und sie musste immerzu daran denken – der weiße Blitz, das Kratzen an den Armen, der süßliche Geruch, der ihr das Bewusstsein geraubt hatte. Natürlich nicht wirklich ihr, sondern jemand anderem. War es möglich, dass Deirdre das alles erlebt und gefühlt hatte? Chyna hätte gern geglaubt, dass die Zeit alles verändert hatte, dass sie nie wieder das Leben eines anderen Menschen leben musste, und sei es nur für einen Augenblick. Sie wollte die Möglichkeit, dass sie in der Realität eines anderen existieren konnte, nicht so ohne weiteres akzeptieren.

»Wir wissen aber nicht, ob Deirdre verschwunden ist wie die anderen Mädchen«, sagte Chyna bestimmt, ebenso sehr zu sich wie zu Beverly.

»Aber was ist dann mit ihr passiert?«, gab Beverly zurück.

Sofort fühlte Chyna sich in der Defensive. Ganz offensichtlich glaubte Beverly, dass ihre früher hellseherisch veranlagte Schwägerin Informationen zurückhielt. Chyna stieg das Blut ins Gesicht, obwohl ihre Hände weiterhin eisig blieben. »Das weiß ich auch nicht besser als du«, antwortete sie, obwohl sie dabei das Gefühl hatte, dass es nur die halbe Wahrheit war. »Deirdre war bei einer Party. Du hast gesagt, dass sie nach draußen gegangen ist, aber es waren über ein Dutzend Leute ganz in ihrer Nähe. Sie war wirklich nicht allein.«

»Heather Phelps, die als Zweite verschwunden ist, war auch nicht allein. Sie war mitten in der Stadt«, wandte Beverly fast aggressiv ein.

»Aber es war an dem Abend bitterkalt und die Stadt fast menschenleer. Außerdem hatte sie eine Menge Möglichkeiten – sie kann auf der Main Street nach Norden gegangen sein oder auf der Main Street nach Süden, oder sie hat die Straße überquert und ist in die Elm Street eingebogen ...« Ratlos zuckte Chyna die Schultern. »Damit will ich nur sagen, dass wir nicht genau wissen, wo Heather genau verschwunden ist. Aber dem Wenigen, was du mir erzählt hast, entnehme ich, dass der Garten, in dem Deirdre sich aufgehalten zu haben scheint, ziemlich klein ist. Die Party fand im Erdgeschoss statt, es führen Schiebetüren nach draußen in den Garten. Wenn jemand Deirdre entführt hat, musste er dabei das Risiko eingehen, von einem Partygast durch die Scheibe gesehen zu werden.«

»Aber drinnen brannte Licht, und draußen war es dunkel«, konterte Beverly. »Ich bezweifle sehr, dass ein Haufen betrunkener Teenager in Partylaune auf den Rasen und den Sternenhimmel hinausschaut. Außerdem – was ist mit den abgeknickten Zweigen an der Hecke? Und mit der aufgewühlten Erde? Dem Schuh? Herrgott nochmal, meinst du, Deirdre ist mit nur einem Schuh durch die kalte Nacht weggelaufen?« Einen Moment starrte Beverly ihre Schwägerin wütend an, dann fuhr sie sich mit der Hand über die Stirn. »Ach, Chyna, entschuldige bitte. Ich schrei dich an, als wärst du schuld. Das tut mir ehrlich leid. Ich mach mir nur solche Sorgen um Deirdre.«

»Ich weiß.«

»Aber hauptsächlich habe ich auch deshalb Angst, weil ich eine Tochter habe, die eines Tages ein Teenager sein wird. Und immer wieder passieren solche Dinge!«, stieß Beverly hervor, während ihr Tränen über die Wangen liefen. »Was, wenn Kate so etwas zustößt?«

»Daran darfst du nicht mal denken!«, rief Chyna laut, selbst über ihre Heftigkeit überrascht. Beverly fuhr erschrocken zusammen, und Chyna schloss die Augen. »Jetzt muss *ich* mich für meinen Ton entschuldigen. Aber wir wissen noch gar nicht, was mit Deirdre los ist, und du gerätst schon völlig aus der Fassung und befürchtest für Kate die grässlichsten Dinge. Himmel, Bev – Deirdre ist gestern um zehn das letzte Mal gesehen worden, auf einer Party! Jetzt ist noch nicht mal Mittag. Es gibt wirklich viele Gründe, warum sie in den letzten vierzehn Stunden niemand gesehen hat.«

»Zum Beispiel?«

»Sie könnte mit ihrem Freund ausgerissen sein.«

»Das haben alle gesagt, als Edie Larson verschwunden ist. Man hat angenommen, sie wäre mit Gage Ridgeway durchgebrannt. So war es aber nicht.« Beverly hatte ihr Taschentuch langsam in kleine Stücke zerlegt, und jetzt sammelte sie die feuchten Teile ein und knüllte sie zusammen. »Aber Deirdre ist kein Mädchen, das mit seinem Freund abhaut, selbst wenn sie einen hätte, was, soviel ich weiß, nicht der Fall ist. Ihr Vater ist seit dem Tod ihrer Mutter dermaßen abhängig von ihr. Sie ist seine ganze Welt.«

»Vielleicht ist sie ja gerade deshalb weggelaufen – mit einem Freund oder allein«, meinte Chyna und versuchte, ruhiger zu klingen, als sie sich fühlte. »Ich habe Deirdre gestern kennengelernt. Sie ist hübsch und offensichtlich auch intelligent. Ich habe ihr angemerkt, dass sie sehr enttäuscht war, weil sie dieses Jahr nicht aufs College konnte, obwohl sie ihre Gefühle runtergespielt hat. Ich glaube, dieses Mädchen hat eine Menge Träume und große Angst, dass sie nicht in Erfüllung gehen, dieses Jahr oder wann auch immer.«

»Daran hat sie gedacht, als du sie gestern gesehen hast?«, fragte Beverly gespannt.

»Ob sie daran gedacht hat?«, fragte Chyna. »Ich bin keine Gedankenleserin, Beverly.«

»O doch, genau das bist du.«

»Vor langer Zeit sah es so aus, als könnte ich erraten, was andere Leuten denken. Aber diese Fähigkeit ist mir abhandengekommen. Und zwar gänzlich«, log Chyna mit leichten Gewissensbissen. Wenn sie Beverly wissen ließ, dass sie ihre »speziellen Fähigkeiten« immer noch hatte, konnte das Ärger geben, und sie wollte doch allen – außer Scott – gegenüber die Fassade aufrechterhalten, dass sie vollkommen normal war. »Und auch vor vielen Jahren wusste ich nicht immer, was in den Köpfen der Leute vorging«, fügte sie hinzu. »Ich sage nur, dass ich gestern bei Deirdre das Gefühl hatte, als fühlte sie sich eingesperrt. Das war alles – ein Gefühl, das jeder halbwegs wahrnehmungsfähige Mensch auch gehabt hätte.« Beverly sah sie immer noch argwöhnisch an. »Außerdem habe ich gehört, wie sehr Ben an seiner Tochter hängt«, fügte sie fast verzweifelt hinzu.

»Ben hätte Deirdre niemals gezwungen, bei ihm zu bleiben, Chyna«, behauptete Beverly. »Er ist kein Egoist.«

»Ich bin sicher, dass er es nicht bewusst getan hätte, aber du hast gerade selbst gesagt, dass sie sein Leben ist. Anscheinend hat er sich noch nichts Eigenes aufgebaut ohne seine Frau, und ich kann mir bei Deirdre gut vorstellen, dass sie versucht, die Lücken in seinem Leben zu füllen.«

»Warum sollte sie dann weglaufen?«

Es war schwer, mit Beverly zu diskutieren, wo ihre Argumente so gut waren, aber Chyna ertrug ihre Hoffnungslosigkeit einfach nicht. Der Wunsch, ihre Schwägerin zu trösten, war so groß, dass ohne jede Anstrengung Dinge aus ihrem Mund kamen, an die sie selbst nicht glaubte. »Als ich gestern mit Scott bei ihr im Café war, hat sie auch erzählt, dass sie Medizin studieren möchte. Vielleicht hat sie sich zu einer impulsiven Handlung hinreißen lassen, weil sie so intensiv an ihre Zukunftswünsche gedacht hat oder weil sie gestern Abend mit ihren Freunden gefeiert hat, die sicher zum größten Teil aufs College gehen – oder vielleicht war sie auch einfach nur betrunken.«

Beverly runzelte die Stirn. »Du hältst es also für möglich, dass sie in den Klamotten, die sie auf dem Leib trug, ohne Geld und mit nur einem Schuh ins Unbekannte aufgebrochen ist?«

»Du hast mir vorhin gesagt, dass der Schuh einen hohen Absatz hatte, der abgebrochen ist«, entgegnete Chyna. »Vielleicht war sie schlechter Stimmung oder wie gesagt ein bisschen angeheitert, und dachte, ach, zum Teufel mit dem blöden alten Schuh, und hat ihn absichtlich liegen lassen.«

»Aber Ben hat gesagt, sie hatte kein Geld ...«

»Vielleicht hat sie welches gespart und versteckt. Teenager erzählen ihren Vätern für gewöhnlich nicht alles. Und selbst wenn sie kein eigenes Geld hatte, ist sie womöglich mit jemandem weggegangen, der welches besaß.«

Beverlys Gesicht blieb wütend. »Chyna, du erfindest lächerliche Ausreden, weil du dir genauso Sorgen machst wie alle anderen – du versuchst nur, es dir nicht anmerken zu lassen. Entweder das, oder du willst mich zum Schweigen bringen, was mich ärgern würde, weil ich doch kein dummes kleines Kind bin, das sich grundlos in etwas hineinsteigert. Und außerdem …«

In diesem Moment kam Kate, mit rosigen Wangen von der frischen Luft, die langen Locken auf den Schultern ihrer Wolljacke hüpfend, in die Küche gestürmt und rettete Chyna vor einer längeren Tirade. Niemand wäre auf die Idee gekommen, wie schlecht es ihr gestern Abend gegangen war. Ihrer Mutter steckte der Schreck, dass jemand ihr Kind vergiftet hatte, noch in den Knochen, aber Chyna vermutete, dass Kate das ruinierte Prinzessinnenkleid mehr Kummer machte als die Vergiftung, die sie, wie ihre Mutter zu glauben schien, um ein Haar das Leben gekostet hätte.

»Mommy, können Ian und ich und Michelle mit Onkel Rex ein bisschen im Wald spazieren gehen?«, fragte Kate völlig außer Atem.

»Fühlst du dich denn danach?«, fragte Chyna.

Kate sah sie verwundert an. »Klar. Warum denn nicht?«

»Na ja, gestern Abend warst du krank …«

Noch bevor Chyna den Satz vollendet hatte, legte Kate den Finger auf den Mund und zischte: »Das ist ein Geheimnis! Ich will nicht, dass die anderen Kinder wissen, dass ich mich übergeben und eine Sauerei gemacht habe.«

»Ich hab es keiner Menschenseele erzählt«, versicherte Chyna ernst. »Außer Onkel Rex, und der sagt es bestimmt nicht weiter.«

»Ich weiß. Er hat geschoren.«

»*Geschworen*, meinst du sicher«, korrigierte Beverly, während Chynas Gedanken zu dem Schwur zurückwanderten, den sie Zoey gegeben hatte. »Es wäre mir lieber, wenn ihr auf der Terrasse bleibt.«

»Aber die blöde Terrasse ist stinklangweilig!«, jammerte Kate lauthals, aber als sie sah, wie sich der Gesichtsausdruck ihrer Mutter daraufhin zu einem endgültigen Nein verhärtete, änderte sich ihr Ton. »Bitte, Mommy. Wir machen auch keinen Ärger, versprochen. Wir bleiben immer in der Nähe von Onkel Rex. Versprochen, versprochen, versprochen ...«

Kate warf ihrer Mutter einen unglaublich bezaubernden Bettelblick zu, und Chyna wusste sofort, dass Beverly keine Chance hatte.

»Okay, dann macht euren Spaziergang«, gab sie denn auch nach. »Aber geht nicht zu weit und haltet euch an euer Versprechen – bleibt immer bei Onkel Rex. Nicht weglaufen, nicht verstecken. Sonst muss er euch suchen, und ihr wollt ihn doch nicht ärgern. Vielleicht wäre es das Beste, wenn Rex euch an die Hand nimmt. Und ich möchte, dass ihr in zwanzig Minuten zurück seid.«

»Ich und Ian haben aber keine Uhr.«

»Ian und ich«, verbesserte Beverly. »Aber Onkel Rex hat eine. Sag ihm das bitte mit den zwanzig Minuten. Na ja, zwanzig Minuten bis eine halbe Stunde. Kein Versteckspielen. Und lass die Jacke an.«

»Warum soll ich sie ausziehen?«

»Ich weiß nicht. Vielleicht rennst du so schnell, dass dir zu warm wird und ... Ach, lass einfach die Jacke an. Und hab ich schon gesagt, dass ihr nicht weglaufen und euch nicht verstecken sollt?«

Kate verdrehte die Augen. »Ja, Mommy, ungefähr siebzehn Mal.« In letzter Zeit ging Kate mit Zahlen sehr großzügig um, denn sie wollte zeigen, wie viele sie schon kannte. »Wir sind auch ganz brav, wie Oma immer gesagt hat.«

Ganz brav, dachte Chyna. Ja, ihre Mutter hatte den Ausdruck so oft benutzt, dass er Chyna irgendwann tierisch auf die Nerven gegangen war. Aber jetzt wünschte sie, sie könnte es Vivian noch einmal sagen hören.

»Okay«, meinte Beverly widerwillig und rang sich ein schwaches Lächeln ab. »Viel Spaß dann, Katie.«

Mit gesetzten Schritten ging Kate zur Tür, schloss sie leise hinter sich, und dann hörte man sie laut verkünden: »Sie hat gesagt, wir dürfen, Onkel Rex. Komm, wir suchen das verschwundene Mädchen!«

Einen Augenblick sah Beverly aus, als wäre sie geschlagen worden. Dann sagte sie fast flüsternd: »Dabei haben wir so sehr darauf geachtet, Deirdre vor den Kindern nicht zu erwähnen.«

»Du meinst, ihr habt über Deirdre geredet, wenn ihr *dachtet*, die Kinder wären nicht in der Nähe«, gab Chyna zurück. »Wenn ich mich recht erinnere, gehört es zu den schönsten Erlebnissen der Kindheit, Erwachsene zu belauschen. Ich hab das jedenfalls ständig gemacht.«

Beverly seufzte. »Ich wahrscheinlich auch. Wenn man selbst Kinder hat, scheint man alles zu vergessen, was man selbst früher so angestellt hat, in der Hoffnung, dass sie nicht den gleichen Mist machen.« Ihr Blick wanderte zur Tür, durch die Kate gerade verschwunden war. »Die meisten Eltern setzen so große Hoffnungen in ihren Nachwuchs.« Ihre Augen füllten sich mit Tränen. »Vor allem die Hoffnung, dass ihnen nichts Schlimmes zustößt.«

Chyna war fest entschlossen, Beverly nicht zum Thema Entführung zurückwandern zu lassen. »Weißt du inzwischen, wer Kates Bonbon mit dem Brechmittel präpariert hat?«, fragte sie hastig.

»Wir sind ziemlich sicher, dass es Mr Perkins war, der ein Stück weiter die Straße runter wohnt. Er ist über achtzig und fies wie eine Schlange, seit seine Frau tot ist. Noch mehrere andere Kinder haben sich übergeben. Heute ist er praktischerweise nicht in der Stadt. Gestern hat er allen erzählt, dass er heute ganz früh aufbricht, um seine Tochter in Florida zu besuchen. Vermutlich konnte er der Versuchung nicht widerstehen, noch eine kleine Gemeinheit anzurichten, bevor er uns verlässt. Angeblich zieht er um die Weihnachtszeit nach Miami, um in der Nähe seiner Tochter zu sein, und anscheinend freut er sich sehr darauf.«

»Die Frage ist, ob seine Tochter sich auch freut«, meinte Chyna trocken und erntete dafür von Beverly sogar ein Lächeln. »Aber ganz gleich, ob sie sich freut oder nicht, wenigstens kann der Alte nächstes Halloween kein Unheil mehr anrichten.« Chyna berührte Beverlys Hand. »Wir sollten dankbar sein für die kleinen Dinge.«

»Versuch bloß nicht, mich mit irgendwelchen abgedroschenen Phrasen dazu zu bringen, dass ich mir wegen Deirdre keine Sorgen mehr mache!«, brauste Beverly so unerwartet auf, dass Chyna ihre Hand sofort wieder zurückzog. »Ich hasse das, und es funktioniert sowieso nicht.« Ihre Augen wurden schmal. »Vielleicht bist du doch nicht die Hellseherin, sondern ich. Denn ich weiß, dass diesem Mädchen etwas Schreckliches zugestoßen ist!«

Dreißig Minuten später kehrte Rex mit den Kindern zurück. Chyna schlug vor, zum Lunch zu McDonald's zu gehen, in erster Linie, um Beverly von dem Gedanken an Deirdre Mayhew abzulenken und ihre Anspannung etwas zu mildern. Im Haus zu sitzen und über das verschwundene Mädchen zu debattieren, besserte die Stimmung bei ihnen beiden nicht.

Die Kinder waren begeistert, vor allem, als Chyna auch noch vorschlug, Michelle mitzunehmen, das Essen am Drive-through-Fenster zu holen und in der kleinen Picknick-Hütte etwa einen Block vom Restaurant entfernt zu essen. Rex entschuldigte sich und behauptete, er brauchte ein Mittagsschläfchen, weil es gestern Nacht so spät geworden war (er war erst gegen drei Uhr morgens zurückgekommen), also kletterten die Kinder und Michelle lärmend und vergnügt ins Auto, während Chyna und Beverly sich alle Mühe gaben so zu tun, als würden sie nichts lieber tun, als zu McDonald's zu fahren.

Nach einer kurzen, von Michelle mit lautem Bellen untermalten Kabbelei über die Essenswahl am Drive-through-Schalter nahmen sie ihre Tüten in Empfang und fuhren zehn Minuten später auf den kleinen Picknickplatz gegenüber der Stadtbücherei. Chyna erinnerte sich, wie sie als Teenager oft vorgegeben hatte, in der Bibliothek arbeiten zu müssen, nur um hierherkommen zu können. Von Mai bis September gab es einen Kiosk mit Hotdogs und Getränken; dort kaufte sie sich in der Pause etwas zu essen, setzte sich damit in den Park und genoss die Aussicht.

Die Bibliothek – eine große Villa im Kolonialstil, umgeben von einem schmiedeeisernen Zaun – war wunderschön und hätte gut in die restaurierte Innenstadt von Williamsburg in Virginia gepasst. Die große Uhr am Gerichtsgebäude ging immer genau richtig und schlug mit lauten, perfekt gestimmten und irgendwie sehr eindringlichen Tönen. Die Sonne schien auf einen Brunnen, der in den Anfangsjahren des zwanzigsten Jahrhunderts errichtet worden war, und manchmal spielte ein alter Sonderling namens Bill Newhouse Folksongs auf seiner Gitarre. Trotz der kühlen Luft war Billy auch heute da, und die Kinder lauschten begeistert seiner Version von »Puff, the Magic Dragon«.

Chyna und Beverly packten das Essen aus – unter anderem eine Portion Chicken McNuggets für Michelle – und setzten sich an einen der Picknicktische. Die Kinder stürzten sich auf das Fastfood, als hätten sie ihr Leben lang gehungert. »Man würde wirklich nicht auf die Idee kommen, dass Kate sich gestern Abend noch die Seele aus dem Leib gekotzt hat«, murmelte Beverly leise. »Kinder erholen sich einfach viel schneller als wir.«

»Gott sei Dank«, erwiderte Chyna. »Sonst würden sie es nie schaffen, erwachsen zu werden.«

Es waren wahrscheinlich nicht viel mehr als fünf Grad, aber wenigstens schien die Sonne. Beverly machte schon einen etwas entspannteren Eindruck, schlürfte ihre Cola und sah ihren Kindern dabei zu, wie sie das Essen in sich hineinstopften und auch Michelle nicht zu kurz kommen ließen. Doch nun war es Chyna, die den Gedanken an Deirdre Mayhew nicht mehr loswurde. Ob ihr Vater jetzt in seinem Café saß, gelähmt vor Angst und Sorge, dass er nach seiner Frau nun auch noch seine Tochter verloren hatte? Chyna hatte ihn in den ganzen Jahren nur einmal gesehen und auch gestern im L'Etoile nicht mit ihm geredet, aber sie fand, dass er eine gewisse Hilflosigkeit ausstrahlte. Er war der Typ Mensch, der das Schlimmste erwartete und es meistens auch bekam. Ganz im Gegensatz zu Scott, dessen angeborene Hartnäckigkeit es ihm unmöglich machte, einen Kampf aufzugeben, warf Ben nur allzu leicht die Flinte ins Korn – nicht weil er es so wollte, sondern weil ihm einfach der nötige Glaube und das Vertrauen in die Zukunft fehlten.

»Ich hätte den Eisbecher lieber doch nicht bestellen sollen«, stöhnte Beverly und holte Chyna mit einem Ruck in die Gegenwart zurück. »Ich müsste eigentlich ein paar Pfund abnehmen. Am besten mindestens sechs oder sieben.«

»Du siehst doch toll aus«, entgegnete Chyna.

»Ach, das würdest du auch sagen, wenn ich zwanzig Pfund zu viel auf den Rippen hätte.«

»Nein, auf keinen Fall.« Chyna sah in Beverlys hübsche braune Augen. »Ehrlich. Wenn ich der Meinung wäre, dass du abnehmen solltest, würde ich versuchen, es dir möglichst taktvoll beizubringen.«

»Du würdest es also vermeiden, mich als Panzer oder Wal zu bezeichnen?«

»Vielleicht als Babywal?«

Sie lachten beide, und Ian, der plötzlich neben seiner Mutter aufgetaucht war, fragte: »Wo ist der Babywal?«

»Der sitzt hier, wenn deine Mommy nicht bald aufhört, sich Eisbecher mit Karamellsauce reinzuziehen«, antwortete Beverly grinsend.

»Aber ich mag Babywale«, protestierte Ian.

»Tja, dein Daddy aber nicht. Jedenfalls möchte er nicht mit einem verheiratet sein.«

Stirnrunzelnd und höchst verwundert musterte Ian seine Mutter. »Heiratet Daddy einen Babywal?«

»Na, bei *der* Hochzeit möchte ich aber gern dabei sein.«

Chyna und Beverly drehten sich nach der Stimme um und entdeckten Rusty Burtram vom *Burtram and Hodges Funeral Home* hinter sich. Er trug Jeans, einen hellbraunen Parka und Joggingschuhe. Seine grau gesprenkelten hellbraunen Haare hingen ihm in die Stirn und waren nicht wie bei der Arbeit im Bestattungsinstitut streng nach hinten gekämmt. Chyna fand, dass er in lässiger Kleidung und weit weg von der Begräbnis-Atmosphäre mindestens fünf Jahre jünger wirkte.

»Mommy sagt, dass Daddy vielleicht einen Babywal heiratet«, erklärte Ian einigermaßen entrüstet. »Aber ich glaube nicht, dass das stimmt, weil Daddy nämlich gar keine Babywale kennt.«

Rusty blickte nachdenklich zum Himmel empor, dann wieder zurück zu Ian und antwortete ernst: »Weißt du was, ich glaube, ich kenne auch keinen.«

Inzwischen hatte Kate lange genug mit Mampfen aufgehört, um auch etwas sagen zu können. »Glauben Sie Ian bloß nichts«, wandte sie sich mit vernichtender Autorität an Rusty. »Er ist nämlich noch ein Baby und nicht besonders klug.«

»Ich bin *zuu* klug!«, protestierte Ian und warf seiner Schwester ein Pommes an den Kopf.

Beverly machte ein strenges Gesicht. »In Ordnung, ihr zwei, das reicht. Ihr steht jetzt bitte auf und spielt ein bisschen mit Michelle. Aber ohne Geschrei, ist das klar? Lauft nicht auf die

Straße. Und passt auf, dass auch der Hund nicht auf die Straße läuft. Und keinen Streit, verstanden?«

Kate warf ihrer Mutter einen traurigen Blick zu und murmelte: »Okay.« Dann stand sie auf, zog Ian hinter sich her und wiederholte jede einzelne Anweisung, die Beverly gerade gegeben hatte, noch einmal laut und deutlich für ihren kleinen Bruder.

»Die zwei sind wahrscheinlich manchmal ganz schön anstrengend, was?«, lachte Rusty.

»Unter uns gesagt – es gibt Tage, da denke ich, ich kriege einen Schreikrampf, wenn ich mir ihr Gequengel und Gekabbel noch eine Sekunde länger anhören muss«, antwortete Beverly. »Aber wenn sie dann – wie jedes Jahr – für eine Woche bei ihren Großeltern in Iowa sind, bin ich so einsam, dass ich es kaum aushalte.«

Rusty lächelte. »Ich denke, das geht den meisten Eltern so. Zumindest höre ich das oft. Da ich mein Leben lang Junggeselle war …«

»Ich kenne mehrere nette Frauen, die ich dir empfehlen könnte«, schlug Beverly zu.

Rusty und Chyna wurden rot, denn sie wussten beide, dass Beverly eine gnadenlose Kupplerin war – und sie waren beide Singles. Rusty gewann als Erster die Fassung zurück. »Ich war schon immer der Ansicht, dass die Liebe ganz zufällig zuschlägt. Man kann nichts arrangieren oder planen. Es passiert einfach.«

»Der Ansicht bin ich auch«, stimmte Chyna hastig zu. »Ganz genau.«

Amüsiert sah Beverly die beiden an. »Ihr seid hoffnungslos. Ich wette, keiner von euch heiratet und kommt in den Genuss des Ehelebens und einer süßen Kinderschar …«

In diesem Augenblick hörten sie Kate laut schreien. Alle sprangen auf, und Kate brüllte: »Ian hat mich an den Haaren gezogen!«

»Ian Greer, lass das gefälligst!« Beverly marschierte auf die Kinder zu. »Wenn ihr zwei nicht nett miteinander spielen könnt …

Rusty sah Chyna an und zog eine Augenbraue hoch. »Siehst du, was uns entgeht?«

»Es bricht mir das Herz.«

Rusty lachte, und Chyna fiel wieder auf, wie positiv die Operation sein Äußeres verändert hatte. Sicher, als Frauenschwarm ging er immer noch nicht durch, er war auch bei weitem nicht so attraktiv wie Scott Kendrick. Aber trotzdem …

»Du hast bestimmt schon von Deirdre Mayhew gehört«, sagte Rusty.

Chyna verdrängte den Gedanken an Scott. »Ja. Ich hoffe das Beste, aber sogar mein Bruder Ned hat sich der Suche angeschlossen.«

»Wahrscheinlich findest du es seltsam, dass ich nicht mitmache«, meinte Rusty. »Aber sie wird noch gar nicht so lange vermisst, und sie ist achtzehn, also kein Kind mehr.«

»Nein, ich finde das nicht seltsam. Im Gegenteil – ich finde, man sollte auch die Möglichkeit in Betracht ziehen, dass sie freiwillig weggelaufen sein könnte«, seufzte Chyna. »Aber wenn sie morgen um diese Zeit noch nicht wieder aufgetaucht ist und ihr Vater bis dahin auch nichts von ihr gehört hat, dann besteht Grund zur Sorge, würde ich sagen.«

»Das meine ich auch. Und wenn das der Fall ist, schließe ich mich der Suche auch an – aber so Gott will, muss ich das nicht.« Eine steile Falte erschien zwischen seinen Augenbrauen, und sein Blick schien in die Ferne zu schweifen. »Im Moment habe ich noch eine Unmenge zu erledigen. Wir haben heute Nachmittag eine Beerdigung, aber Dad hat darauf bestanden, sie selbst zu organisieren, genau wie bei Nancy.«

»O ja, Nancy Tierney«, sagte Chyna und merkte, dass ihre Stimme auf einmal etwas zittrig klang. Kein Wunder, dachte sie. Immerhin hatte das tote Mädchen mit ihr gesprochen, und

Rusty hatte sicher bemerkt, wie verängstigt sie gewesen war, auch wenn er sie netterweise nicht darauf angesprochen hatte. »Ging alles gut bei der Bestattung?«, fragte sie etwas lahm.

»Ja, alles ist reibungslos abgelaufen«, antwortete Rusty locker. »Der Pfarrer hat eine schöne Predigt gehalten, obwohl ich glaube, dass Nancy als kleines Mädchen das letzte Mal in der Kirche war. Ihre Mutter hat Rotz und Wasser geheult, ist aber Gott sei Dank nicht ohnmächtig geworden. Für gewöhnlich fällt sie nämlich in Ohnmacht, wenn sie sich aufregt – oder tut zumindest so. Und das Allerbeste: Kein Sargträger hat schlappgemacht. Wenn ein Sargträger den Sarg fallen lässt, ist das immer ein Desaster. Lärm, zermalmte Blumen, erschrockene Trauergäste, womöglich sogar Geschrei. Letztes Jahr hat der alte Simpkins – er ist bestimmt um die neunzig und zerbrechlich wie ein Stöckchen – eisern darauf bestanden, bei einem seiner Freunde Sargträger zu sein. Nach zwei Schritten ist er zusammengebrochen und hat gebrüllt: ›Herrgott nochmal, Arthur war doch schon immer schwer wie eine Tonne!‹«

Chyna lachte laut. »Wie haben die anderen Trauergäste reagiert?«

»Die meisten haben sich auf die Lippen gebissen, um nicht loszuprusten. Ein paar waren entsetzt und meinten, man hätte Mr Simpkins nicht bitten dürfen, den Sarg zu tragen – als würden wir so was tun. Dad hat es nicht sonderlich gut verkraftet, um es vorsichtig auszudrücken.«

»Das hab ich mir schon gedacht. Er war auch nicht angetan, dass meine Mutter statt einer normalen Bestattung eine Einäscherung gewünscht hat.«

»Ja, davon hat er mir erzählt.« Rusty sah sie mit seinen grauen Augen freundlich an. »Aber das hat er nicht zu entscheiden. Sondern einzig und allein deine Familie.«

»Genaugenommen war es die Entscheidung meiner Mom. Ich wusste nichts davon. Offen gestanden hab ich nie darüber nachgedacht. Irgendwie dachte ich sowieso, sie wird immer für mich da sein. Ist das nicht albern?«

»Nein. Wer möchte denn die ganze Zeit über den Tod nachdenken? Ich bestimmt nicht, obwohl ich es nicht vermeiden kann, denn da Hodges gestorben ist und keinen Erben hinterlassen hat, werde ich die Firma wohl übernehmen müssen.«

Vorsichtig fragte Chyna: »Du magst den Job nicht besonders, oder, Rusty?«

Er senkte den Blick, hielt inne und ballte eine Faust. »Ich hasse ihn«, sagte er leise und giftig. »Ich hasse ihn zutiefst.«

»Dann geh doch weg.«

Mit einem Ruck hob Rusty den Kopf. »Weggehen? Einfach so?«

»Warum nicht?«

»Na ja … ich …«, er sah sich um. »Mein Vater verlässt sich auf mich.«

Chyna dachte daran, wie Owen Burtram seinen Sohn weggeschoben hatte, als er dachte, es wäre ein opulentes Begräbnis für Vivian Greer zu arrangieren. »Vielleicht verlässt er sich gar nicht so sehr auf dich, wie du denkst. Außerdem ist es ihm bestimmt am wichtigsten, dass du glücklich bist, und wenn du nicht gern im Bestattungsinstitut arbeitest …«

»Aber ich bin der Erbe von Burtram and Hodges«, unterbrach Rusty, und sein Gesicht rötete sich leicht. »So nennt Dad mich immer. Der *Erbe*.«

»Tja, wenn du das Gefühl hast, es ist deine Pflicht, dann bleib, bis er stirbt. Und verkauf das Unternehmen dann.«

Mit einem schiefen Lächeln blickte Rusty sie an. »Chyna, du hast ihn doch gesehen. Er sorgt sehr gut für sich, er wird mindestens hundert.«

»Wer wird hunnert?«, platzte Ian dazwischen.

»Wir alle«, antwortete Rusty fröhlich. »Vielleicht sogar hundertzehn. Wäre das nicht toll?«

»Hmm. Muss ich dann an Halloween immer noch als Ente gehen?«

Rusty machte ein verwirrtes Gesicht, aber Chyna schüttelte den Kopf und antwortete: »Du kannst gehen, als was du willst. Ian.«

»Ich möchte Spidyman sein.«

»Okay, mit hundertzehn kannst du Spiderman sein«, sagte Chyna. Inzwischen war auch Beverly zu ihnen getreten und hörte das Gespräch mit an. »Er darf an Halloween als Spiderman gehen, ja, Beverly?«, fragte Chyna sie augenzwinkernd.

Beverly lächelte. »Na klar, aber ich komme trotzdem mit und passe auf ihn auf. Aber wie machen wir das – soll ich Ians Rollstuhl schieben oder lieber er meinen?«

Mit Ausnahme von Ian, der nicht verstand, warum jemand im Rollstuhl sitzen sollte, lachten alle. Dann drehte der Kleine sich abrupt um und rannte zu Michelle hinüber – anscheinend hatte er genug von der Erwachsenenlogik.

»Ich sollte mal lieber meine Einkäufe im Baumarkt erledigen«, meinte Rusty. »Ist nicht meine Lieblingsbeschäftigung. Ich bin nicht besonders geschickt, aber gelegentlich versuch ich's mal. War schön, dich zu treffen, Beverly. Die Kinder sind super.«

»Danke, Rusty. Du musst bald mal zu uns zum Abendessen kommen. Bring doch auch jemanden mit.«

»Dad vielleicht?«

»Nein, ich dachte eher an weibliche Begleitung«, lächelte Beverly.

»Dann muss ich mir wohl für den Abend jemanden mieten«, erwiderte Rusty lachend, aber Chyna hörte den traurigen Unterton in seiner Stimme. Armer Mann, dachte sie. Da hast du Tausende Dollar ausgegeben, um attraktiver zu werden, und Gott weiß wie viele Stunden damit zugebracht, deine Schüchternheit und Unsicherheit zu überwinden, und trotzdem bist du immer noch allein. Und in einem ihrer unbequemen Intuitionsblitze erkannte sie, dass er es auch bleiben würde.

»Alles in Ordnung, Chyna?«, fragte Rusty.

»Na klar«, antwortete sie etwas nervös.

»Okay, ich wollte nicht aufdringlich sein. Du hast nur gerade so traurig ausgesehen. Aber das ist unter den gegebenen Umständen ja auch mehr als verständlich. Noch einmal – es tut mir wirklich sehr leid wegen deiner Mutter.«

Rusty legte die Hand auf Chynas Schulter. Abrupt verschwanden der Picknicktisch, die Kinder, Michelle und Beverly vor ihren Augen, und sie stand plötzlich neben einer Baumgruppe mit herbstlich bleichen Blättern. Dann hörte sie rasche Schritte, trat hinter einen der Bäume und blickte mit angehaltenem Atem auf den schmalen Pfad hinaus. Einen Augenblick später erschien ein Mädchen in einem dunkelblauen Laufdress. Offensichtlich eine Profiläuferin, Tempo und Atmung regelmäßig, das Gesicht – ein sehr schönes Teenagergesicht – konzentriert und entschlossen, die langen aschblonden Haare zu einem Pferdeschwanz zurückgebunden. Ich hab sie schon mal irgendwo gesehen, dachte Chyna vage, immer noch in der Vision befangen. Ich hab sie gesehen …

In einem Sarg.

Nancy Tierney mit ihren sorgfältig arrangierten langen Haaren, den gefalteten Händen und dem blassrosa Mund, der zugenäht war, aber trotzdem zu ihr sprach. »Star light, star bright, first star I see tonight …«

»Hat mich sehr gefreut, euch alle zu sehen.« Rusty nahm die Hand weg, und die Vision verschwand. Als Rusty sich fröhlich verabschiedete, brachte Chyna kaum ein Lächeln zustande, denn sie wusste, dass sie einen Sekundenbruchteil nicht durch ihre eigenen, sondern durch Rustys Augen geblickt hatte – wie er Nancy an dem Abend beim Laufen beobachtet hatte, von dem sie nicht zurückgekehrt war.

# 8

Als Chyna ihre Schwägerin und die Kinder zu Hause absetzte, schien diese deutlich besserer Stimmung zu sein.

Auf der Weiterfahrt gähnte Michelle ausgiebig. »Ich glaube, jetzt hast du mir jeden einzelnen Zahn gezeigt«, lachte Chyna. »Aber ich weiß, wie es dir geht. Ich glaube, ich könnte jetzt auch ein Nickerchen gebrauchen.«

Doch alle Gedanken an erholsamen Schlaf lösten sich in Luft auf, als sie zum Lake Manicora kamen. Mindestens fünfzig Menschen hatten sich auf der Höhe des verfallenen Pavillons versammelt, und jemand hatte einen riesigen Geländewagen am Fuß des Sträßchens geparkt, das sich zu Chynas Haus emporschlängelte, und die Zufahrt blockiert. Sie blieb hinter dem Wagen stehen und stieg aus. Mehrere Leute wandten die Köpfe und sahen schnell wieder weg. Verwundert ging sie ein paar Schritte auf den Pavillon zu und wäre um ein Haar mit Scott Kendrick zusammengestoßen.

»Scott!«, rief sie überrascht. »Was ist denn hier los?« Sie hielt inne und merkte, wie sie blass wurde. »Es ist doch nicht wegen Deirdre, oder? Hat man sie gefunden?«

»Nein, es ist nur eine Truppe hysterischer Kleinstadtbewohner, die allesamt davon ausgehen, dass Deirdre entführt worden ist wie die anderen Mädchen«, erklärte er grimmig. »Ich habe mich von Irma herbringen lassen, hauptsächlich, weil ich dich sehen muss.«

»Mich? Warum *musst* du mich sehen?«

»Wo ist Deirdre Mayhew, Chyna?«, rief in diesem Moment ein Mann aus der Menge. »Haben Sie sie zusammen mit den anderen verschwundenen Mädchen versteckt?«

»Warum halten Sie nicht einfach den Mund, Sie Dummkopf?«, konterte Scott und wandte sich dann Chyna zu, die den Mann ungläubig anstarrte. »Deshalb musste ich dich sehen«, beantwortete er dann ihre Frage.

Fünfzehn Minuten später betraten sie das Haus der Familie Greer. Chyna bewältigte den Aufstieg für gewöhnlich in zehn Minuten, aber wegen Scotts Bein waren sie langsamer gegangen, obwohl Scott schon nicht mehr so stark zu hinken schien wie bei ihrer ersten Begegnung. Der Fahrer des Geländewagens hatte sich geweigert, den Weg freizumachen, und so waren sie gezwungen gewesen, den Weg zu Fuß zurückzulegen. Sobald sie im Haus waren, sagte Scott: »Ich habe schon die Polizei alarmiert. Eigentlich müsste sie jede Minute hier sein und die Versammlung da unten auflösen.«

Chyna hatte auf dem Fußmarsch wenig gesprochen und sich lediglich nach Scotts Bein erkundigt. Sie konnte es immer noch nicht fassen, dass nicht nur jemand die Straße versperrt und sich geweigert hatte, sie durchzulassen, sondern dass sie gefragt worden war, ob sie Deirdre Mayhew entführt und »zusammen mit den anderen verschwundenen Mädchen versteckt« hätte.

Scott verriegelte die Tür hinter ihnen. »Du glaubst doch nicht etwa, dass einer von denen uns folgt und hier reinkommt, oder?«, fragte Chyna besorgt.

»Bei ein paar von ihnen halte ich das zumindest nicht für ausgeschlossen. Bei mehr als ein paar.« Scott spähte aus dem Fenster, drehte sich um und sah Chyna ernst an. »Du musst ab jetzt sehr vorsichtig sein.«

»Scott, was in Dreiteufels Namen ist denn los mit diesen Leuten am See?« Auf einmal sah sie ihn entsetzt an. »Als Zoey verschwunden ist, haben viele gedacht, dass *ich* etwas damit zu tun hätte. Und jetzt glauben sie, dass ich Deirdre etwas angetan haben könnte, richtig?«

In Scotts Gesicht kämpfte eine Mischung aus Mitgefühl und Wut. »Einige von den ganz Dummen, ja.«

»Gilt das Gleiche auch für Heather Phelps und Edie Larson?«, fragte Chyna entsetzt.

»Als sie verschwunden sind, war ich nicht hier, aber meine Mutter meinte, ein paar Leute hätten gesagt, es wäre doch ziemlich seltsam, dass du auch hier warst – einmal über Weihnachten, einmal zum Begräbnis deines Vaters«, antwortete er zögernd. »Mom war natürlich empört, und beide Male warst du ja auch nur für ein paar Tage in Black Willow. Und vermutlich hauptsächlich zu Hause.«

»Allerdings. An Weihnachten war ich kein einziges Mal in der Stadt unten, und Edies Verschwinden wurde erst am Nachmittag nach der Beerdigung meines Vaters bekannt. Am nächsten Morgen bin ich abgefahren. Deshalb wusste ich auch nichts von dem ganzen Tratsch und den Verdächtigungen gegen mich …« Chynas Augen füllten sich mit Tränen, und Michelle drängte sich tröstend und beunruhigt an ihre Beine. Chyna ließ ihre Handtasche auf den Boden fallen, ging auf die Knie und umarmte ihren Hund. »Ich kann mir einfach nicht vorstellen, wie jemand auf die Idee kommt, ich hätte diesen Mädchen etwas angetan, Scott. Zoey war meine beste Freundin. Edie kannte ich kaum. Heather war als Teenager gelegentlich zu Gast bei den Weihnachtspartys meiner Eltern. Und Deirdre? Ich hab sie nur ein einziges Mal gesehen. Wie können die Leute denn so was denken?«

»Wir sollten lieber fragen, wer den Leuten eingeredet hat, dass du etwas damit zu tun hast«, verbesserte Scott zähneknirschend. »Das war nämlich Irma Vogel.«

»Irma Vogel?«, staunte Chyna. »Scott, das ist doch absurd! Ich weiß noch, dass sie mich früher, als sie hier gearbeitet hat, nie leiden konnte, aber ich hab sie nicht mehr gesehen seit …«

»… seit Zoey verschwunden ist«, vollendete Scott den Satz für sie. Offenbar hatte ihn der Weg den Hügel hinauf doch angestrengt, denn er hinkte etwas stärker, als er jetzt zur Couch ging und sich mit einem leisen Stöhnen darauf niederließ. »Sie hasst dich, weil sie neidisch auf dich ist, und ich verwette meinen letzten Dollar, dass sie schon damals die Gerüchte über dich in die Welt gesetzt hat. Ich weiß, dass die Sache mit der übersinnlichen Wahrnehmung ihr keine Ruhe lässt.«

»Ich habe doch seit Jahren mit keinem außer dir darüber gesprochen!«, rief Chyna entrüstet.

»Sicher, aber die Menschen hier haben ein gutes Gedächtnis für so etwas, Chyna. Black Willow ist keine Großstadt, hier ist nicht viel los. Deshalb wärmen die Menschen alte Skandale, alte Gerüchte, alte ungelöste Rätsel andauernd wieder auf. Zoeys Verschwinden ist ein ungelöstes Rätsel, und Zoey war deine beste Freundin, die sozusagen direkt unter deiner Nase verschwunden ist. Wenn man das jetzt alles zusammen nimmt und im Kopf von Irma Vogel kräftig durchmischt, dann hat man am Ende einen Schlamassel wie den, den wir heute am See miterlebt haben. Irma ist unattraktiv, nicht besonders klug und schrecklich eifersüchtig auf jede Frau, die sie für eine Konkurrentin bei jedem alleinstehenden Mann über fünfundzwanzig und unter sechzig hält, außerdem ist sie eine gefährliche Klatschtante und extrem abergläubisch. Seit Morgengrauen lässt sie die Telefonleitungen heißlaufen.«

»Ja, Beverly hat auch erzählt, dass Irma diejenige war, die sie heute Morgen über Deirdres Verschwinden informiert hat«, bestätigte Chyna schwach.

»Siehst du? Wahrscheinlich hat sie sich hingesetzt und eine Liste von all den Leuten gemacht, die sie unbedingt anrufen will. Dann ist sie postwendend zu mir gekommen und hat mich aus dem Bett geschmissen, um die Neuigkeit loszuwerden. Ich hatte nicht mal die Chance, mich anzuziehen.«

Trotz allem musste Chyna grinsen. »Man kann ihr jedenfalls nicht nachsagen, sie wüsste nicht, wie man eine Situation für sich ausnutzt.«

»Du wechselst das Thema.«

»Und du wirst rot.«

»Männer werden nicht rot, Chyna«, verteidigte sich Scott, aber seine dunklen Augen mieden standhaft ihren Blick. »Ich frage ja ungern, aber da du keine Anstalten machst, die gute Gastgeberin zu mimen – könnte ich vielleicht etwas zu trinken bekommen?«

»Ach du lieber Himmel, wo bleiben denn meine Manieren? Möchtest du eine Cola oder lieber etwas Spannenderes?«

»Ich hätte gern ein Bier.«

»Wenn Onkel Rex noch nicht alles ausgetrunken hat, kriegst du umgehend ein Corona.«

»Ach, Rex ist hier?«

»Ja, seit gestern«, antwortete Chyna und machte sich auf den Weg in die Küche. Sie versuchte verzweifelt, den Gedanken an die Menschenmenge da draußen zu verdrängen, konnte aber nicht verhindern, dass sie die Leute gelegentlich ihren Namen in Verbindung mit nicht gerade schmeichelhaften Attributen rufen hörte. »Als Rex von Moms Tod erfahren hat, lag er gerade mit Grippe im Bett, deshalb hat er es erst jetzt geschafft.«

»Ich bin froh, dass du hier nicht ganz alleine bist«, sagte Scott, und jetzt erst fiel Chyna auf, dass er ihr in die Küche gefolgt war. Im Kühlschrank befand sich tatsächlich noch ein Sechserpack Corona. Sie schenkte Scott ein, holte für sich selbst ein Glas Wasser. Scott setzte sich an den Küchentisch und blickte auf die trostlose Terrasse hinaus. »Im Sommer ist es hier immer so hübsch.«

»Ja, die Terrasse ist wunderschön. Oder zumindest war sie es früher. Mom war ja keine große Gärtnerin und hat immer einen Mann aus Huntington kommen lassen, der für blühende Sträucher und bunte Blumenarrangements gesorgt und sie instand gehalten hat.«

»Ja, ich erinnere mich noch gut daran. Als du noch klein warst, hab ich etliche Grillfeiern hier mitgemacht.«

»Das klingt, als hätte ich damals grade laufen gelernt, Scott. Dabei bist du nur sieben Jahre älter als ich.«

»Na ja, als ich siebzehn war und du zehn, hättest du für mich genauso gut ein Baby sein können.«

»Ich erinnere mich noch, dass du mal auf einer Party zum 4. Juli bei uns warst, da musst du schon in den Zwanzigern gewesen sein«, sagte Chyna und grinste unwillkürlich beim Gedanken an den Scott von damals: Enge schwarze Jeans, schwarzes T-Shirt, goldener Ohrring. Seine Mutter war entsetzt gewesen, vor allem wegen des Ohrrings, und hatte lautstark verkündet, er sehe aus wie ein billiger Ganove. Chyna dagegen hatte ihn atemberaubend sexy gefunden, wie ein richtiger Rockstar. Und dann fiel ihr plötzlich ein, dass es die Party an dem Tag vor Zoeys Verschwinden gewesen war, und ihr Lächeln verblasste.

»Ja, ich hab mich schon gefragt, wann dir die letzte Grillparty einfallen würde«, erwiderte Scott. »Tut mir leid. Ich hätte nicht darüber sprechen sollen.«

»Schon okay. Ich denke oft daran, obwohl ich die Gedanken meistens zu verdrängen versuche. Es war eine unserer besten Partys. Schon allein, wie Rex den besoffenen Ron Larson rausgeschmissen hat.« Sie lächelte wieder. »Zoey und ich fanden das wahnsinnig aufregend.«

Auch Scott grinste. »Ja, das war ziemlich komisch. Larson hat sich zum Affen gemacht, das war ja ohnehin seine Spezialität. Wohnen die Larsons eigentlich noch hier in der Nähe?«

»Das weiß ich nicht, ich habe keinen Kontakt mehr zu ihnen«, antwortete Chyna und seufzte. »Ich frage mich, ob man immer noch nach Edie sucht.«

»Vielleicht sucht Mrs Larson noch nach ihr, wenn sie gerade mal nicht geschlagen wird. Ron Larson hätte schon vor langer Zeit ins Kittchen gehört.« Chyna nickte in Gedanken daran, was für ein trauriges Leben Edie gehabt haben musste, wenn Gage Ridgeway ihre einzige Freude gewesen war. Bitte mach, dass er nicht derjenige ist, der ihr wehgetan hat, flehte sie im Stillen, ohne sich an jemand Bestimmtes zu wenden. Sie erinnerte sich noch, die beiden einmal zusammen gesehen zu haben. Edie hatte Gage angehimmelt, als wäre sie abgöttisch in ihn verliebt.

Scott musterte Chynas ernstes Gesicht und fragte: »Und wo ist Rex? Du hast doch gesagt, er wäre hier.«

»Ja, ist er auch, aber die Garagentür steht offen, und sein Auto ist weg«, antwortete Chyna stirnrunzelnd. »Anscheinend ist er für eine Weile weg.«

»Bei dem Volk da unten am See wundert mich das nicht.«

»Oh, vor denen wäre er nicht weggelaufen«, entgegnete Chyna und brachte endlich wieder ein Lächeln zustande. »Er hätte einfach die Polizei gerufen und es genossen zuzusehen, wie das Gesindel dem Arm des Gesetzes weicht. Nein, Rex konnte noch nie stillsitzen. Ich bezweifle, dass er jemals in seinem Leben den ganzen Tag einfach nur so zu Hause war. Er braucht Abwechslung, muss mit anderen Menschen zusammen sein, sich amüsieren. Bestimmt war er schon weg, als dieser fröhliche Haufen eingetroffen ist.«

»Leidet Rex Greer etwa an überschüssiger nervöser Energie?«, erkundigte sich Scott grinsend.

»So hab ich das nie gesehen. Ich dachte immer nur, er ist kontaktfreudig.«

»Es gibt kontaktfreudig und zwanghaft. Auf mich wirkt Rex' Verhalten etwas zwanghaft.«

Chyna sah Scott übertrieben ernsthaft an. »Ich werde Rex von deiner Analyse seines Problems in Kenntnis setzen.«

»Und wie wir Rex kennen, wird er mir dafür eins auf die Nase geben. So weit ich mich erinnere, mochte er Kritik an seiner Person noch nie besonders.«

»Und so ist er immer noch.« Chyna seufzte. »Aber ich wollte wirklich, er wäre hier. Ich möchte nicht allein im Haus sein, solange die Meute da unten steht.«

Scott zog eine Augenbraue hoch. »Bin ich etwa unsichtbar? Oder hältst du mich nicht für einen vollwertigen Menschen?«

»Ach Scott, ich wollte dich doch nicht beleidigen!«, platzte es aus Chyna heraus. »Du leidest immer noch unter den Unfallfolgen …«

»Der Unfall ist mehrere Wochen her. Nur mein Bein macht gelegentlich noch Schwierigkeiten.« Er ballte die Fäuste. »Aber ich kann immer noch fiese Fußtritte verteilen, wenn jemand kommt und dich belästigen will. Und das werde ich auch!«

Einen Moment biss Chyna sich auf die Lippen, aber dann konnte sie das Lachen nicht mehr zurückhalten. »Was ist denn so komisch?«, wollte Scott wissen.

»Du klingst wie mein dreijähriger Neffe Ian, wenn er prahlt.«

»Ich hab nicht geprahlt …« Scott hielt inne, und sein Gesicht rötete sich leicht. »Na ja, vielleicht ein bisschen.«

»Das Vielleicht kannst du ruhig weglassen.«

»Na gut, dann hab ich mich eben angehört wie ein Dreijähriger. Das muss ich wohl hinnehmen, aber ich kann dich trotzdem beschützen.« Er wedelte mit seinem antiken Spazierstock in der Luft herum. »Ich hab ja den hier, weißt du.«

»Da bin ich sehr froh und danke dir, Scott«, erwiderte Chyna ernst. »Ich weiß es sehr zu schätzen, obwohl deine Mutter wahrscheinlich einen Tobsuchtsanfall bekommt, wenn du den Stock beschädigst.«

»Da hast du absolut recht. Zum Glück brauche ich ihn bald nicht mehr. Mein Bein wird jeden Tag kräftiger.«

»Aber ich war trotzdem froh, dass du den Stock heute dabeihattest. Der Weg hierher war bestimmt nicht einfach für dich.«

»Na ja, vermutlich muss ich es heute Abend wieder einreiben – ich liebe den Geruch dieser Bengay-Salbe! –, aber es geht mir wirklich besser. Viel besser.«

»Das ist großartig, Scott. Die letzten Wochen waren sicher schrecklich für dich ...« Als sie sah, wie Scotts Gesicht sich verfinsterte, unterbrach sie sich und wechselte hastig das Thema. »Ob die Leute wohl immer noch dort unten rumstehen? Was denken die sich denn? Dass ich Deirdre entführt und im Keller versteckt habe?«

»Ich weiß nicht, was die denken«, antwortete Scott voller Abscheu. »Ich hab mich nur deshalb von Irma mitnehmen lassen, weil ich beim Anziehen zufällig gehört habe, wie sie diese kleine Versammlung organisiert hat. Deshalb wollte ich herkommen und dich beschützen. Ich hab auf meinem Handy die Festnetznummer hier angerufen, aber niemanden angetroffen, und musste notgedrungen bei diesen fröhlichen Menschen bleiben, bis du kamst.«

»Irma ist wahrscheinlich stinksauer, dass du mich begleitet hast.«

Scotts Gesicht verdüsterte sich. »Ich habe nicht vor, jemals wieder auch nur ein Wort mit Irma Vogel zu wechseln. Als sie mit dem ganzen Mist angefangen hat und mich partout mitnehmen wollte zu ihrer Veranstaltung dort unten, da habe ich nur deshalb den Mund gehalten, weil ich eine Mitfahrgelegenheit brauchte und die Taxiflotte von Black Willow mit ihren drei Wagen ständig irgendwo anders beschäftigt zu sein scheint. Vielleicht hängen die Taxifahrer ja zusammen mit den Polizisten rum, die auch immer noch nicht eingetrudelt sind.«

»Warum hast du nicht dein eigenes Auto genommen?«

»Weil mein Auto in New York ist, Chyna. Ich war nach dem Unfall eine Woche im Krankenhaus, und von dort hat man mich hierher nach Black Willow geflogen. Eigentlich soll ich auch noch nicht selbst fahren, aber die letzten Tage habe ich Dads altes Auto benutzt. Natürlich hatte das heute, als ich es wirklich gebraucht hätte, einen Platten, und einen Radwechsel schaffe ich leider noch nicht. Würde mich nicht wundern, wenn Irma den Reifen angestochen hat, damit ich auf sie angewiesen bin.« Scott hielt einen Moment inne. »Weißt du, ich hab eigentlich schon vor dem Unglück mit der Idee gespielt, mir ein neues Auto zu kaufen. Ich glaube, jetzt ist es so weit. Glaubst du, Ned könnte mir einen guten Preis machen?«

»Ich glaube, Ned überlässt dir einen Wagen zum Einkaufspreis«, grinste Chyna. »Wahrscheinlich schenkt er dir einen!«

»O nein, keine Geschenke. Ich brauche einfach bloß ein neues Auto. Aber ein paar Dollar Nachlass würde ich gerne annehmen.«

»Hast du dir schon ein Modell ausgesucht?«

»Nein«, antwortete Scott nachdenklich. »Ich dachte, ich könnte mich von dieser jungen Frau, die ich kenne, beraten lassen. Wie man hört, ist sie klug und hat einen ausgezeichneten Geschmack.«

»Falls du mich damit meinst, muss ich dich warnen, denn ich weiß zwar ziemlich viel über den menschlichen Körper, aber sehr wenig über die Funktionsweise eines Autos. Ich kaufe Autos ausschließlich nach dem Aussehen.«

»Völlig in Ordnung. Die technischen Einzelheiten lassen wir uns dann von Ned erklären.«

Auf einmal hörten sie einen lauten Knall aus dem Wohnzimmer. Chyna und Scott fuhren hoch, Michelle rannte laut bellend durch die Küche.

Scott sprang auf und eilte fast ohne wahrnehmbares Hinken

ins Wohnzimmer, dicht gefolgt von Chyna. Als sie sah, dass das wunderschöne Erkerfenster zertrümmert war, hätte sie weinen können. Alles war mit Scherben übersät, und neben dem Kamin lag ein Stein in Größe einer Honigmelone. Bevor er auf dem Boden gelandet war, hatte er ein Stück des gemeißelten italienischen Marmors abgeschlagen.

Eine Männerstimme rief: »Hauen Sie ab, Chyna Greer! Verschwinden Sie, wie Sie diese armen Mädchen haben verschwinden lassen, sonst werden Sie den Zorn der Stadt zu spüren bekommen!«

Stimmengewirr folgte, und eine Frau schrie: »Sie sind der leibhaftige Tod, Chyna. Verschwinden Sie endlich! Lassen Sie unschuldige, gottesfürchtige Menschen in Ruhe, sonst werden wir …«

»Das war Irma«, stellte Scott in kalter Wut fest. »Unschuldig und gottesfürchtig, dass ich nicht lache. *Sie* ist eine Gefahr für Black Willow.« Er wandte sich um. »Geh zurück in die Küche, Chyna.«

»Glaubst du, sie werden versuchen, hier einzudringen?«, fragte Chyna ungläubig.

»Vielleicht«, antwortete Scott, der bereits unterwegs zum Telefon war. »Ich weiß nicht, warum die Polizei so lange auf sich warten lässt, aber sie sollte sich jetzt augenblicklich herbequemen, ehe einer dieser Idioten wirklich eine Dummheit begeht!«

Deirdre Mayhew musste urinieren. »Urinieren?«, wunderte sie sich. Warum kam ihr dieses Wort in den Sinn und nicht »pinkeln« oder wie ihre Mutter immer gesagt hatte »zur Toilette gehen«?

Ich hab solche Angst, deshalb klinge ich nicht mal mehr wie ich selbst, dachte sie. Ich kann nicht mehr normal denken. Ich will zu meinem Vater. Ich will in meinem Zimmer sein, in Sicherheit. Ich möchte vom College träumen. Ich will wenigstens noch einmal Weihnachten erleben. Himmel, ich würde es sogar ertragen, wenn ich Irma mit meinem Dad flirten sähe.

Stattdessen werde ich wahrscheinlich bald bei Mom sein, und so sehr ich sie geliebt habe, möchte ich das trotzdem noch nicht. Sie ist tot. Tränen brannten in Deirdres Augen. O Gott, Mom, es tut mir leid, aber ich möchte noch nicht sterben, nicht mal, um dich wiederzusehen. Ich bin doch erst achtzehn.

Ihr Kopf dröhnte von dem Schlag, der gestern Abend ihre Kopfhaut zerkratzt hatte. Sie lag auf einer Decke, spürte aber unter sich einen grobkörnigen Betonboden. Außerdem waren ihr Mund und ihre Augen zugeklebt – mit sehr robustem Klebeband, fürchtete sie. Wenn man es abreißt, kommen meine Brauen und Wimpern mit raus, dachte sie. Garantiert. Ob sie dann noch lebte, stand auf einem anderen Blatt.

Deirdre war nicht sicher, warum der Gedanke an ihr Gesicht ohne Brauen und Wimpern sie noch mehr zum Weinen brachte. Das war doch momentan ihre geringste Sorge. Aber sie wusste, wie ausdruckslos ihr Gesicht ohne seine geschwungenen Brauen und die langen Wimpern aussehen würde. Tot oder lebendig, sie wäre nicht mehr Deirdre Mayhew.

Das Klebeband auf den Augen hinderte die Tränen daran überzuquellen, aber aus ihrer Nase lief, wie als zusätzliche Demütigung, der Schleim über ihre Oberlippe. Gestern hatte sie sich selbst bemitleidet, weil sie Chyna Greer gesehen hatte, die so schön war, eine angehende Ärztin und obendrein noch das Zentrum von Scott Kendricks Interesse. Deirdre war unglücklich gewesen, weil sie arbeiten musste, statt aufs College zu gehen. Sie hatte ihre Mutter vermisst.

Doch in diesem Augenblick hätte Deirdre alles darum gegeben, ihr altes Leben wiederzubekommen, ganz gleich, wie viele Stunden sie im Café ihres Vaters schuften musste, auch wenn sie nächsten Herbst nicht wie ihre Freunde aufs College konnte, auch wenn sie ihre Mutter verloren hatte – so schrecklich das war. Mom war jung gestorben, aber sie hatte wenigstens ein bisschen was von ihrem Leben gehabt – und einen Mann, der sie über alles liebte. Gestern hatte Deirdre sogar noch daran geglaubt, dass auch sie eines Tages geliebt werden und mindestens ein Kind haben würde. Aber momentan war sie sich da nicht mehr so sicher.

Deirdre war mit Chloroform betäubt, von der Party weggeschleppt und an diesen kalten, staubigen Ort gebracht worden. War es eine Garage? Das Klebeband machte sie zwar blind und stumm, aber sie besaß immer noch ihren Geruchssinn. Nein, es roch nicht nach Benzin oder Motorenöl. Das Einzige, was sie erkannte, waren Staub und Schimmel.

Ihr Entführer hatte immerhin so viel Anstand besessen, sie in eine Wolldecke zu wickeln. Aber die Kälte des Betonbodens drang gnadenlos durch die Decke und sandte kalte Schauer über ihren nackten Körper. Er hatte sie ausgezogen. Der Gedanke war noch schrecklicher als die Erkenntnis, dass auch ihre Knöchel und ihre Handgelenke hinter dem Rücken mit Klebeband gefesselt waren. Einen Augenblick versuchte sie sich zu drehen und zu winden, aber sie merkte gleich, dass es nichts nutzte. Trotzdem hatte sie das Gefühl, irgendetwas zu ihrer Befreiung tun zu müssen. Sie wollte nicht nur hilflos hier herumliegen …

Und warten, bis er zurückkehrte.

Der Gedanke traf sie ins Mark. »Warten, bis er zurückkehrt.« Und was würde er dann mit ihr machen? Vergewaltigung wäre schlimm genug, aber aus irgendeinem Grund wusste sie, dass es ihrem Entführer nicht um Vergewaltigung ging. Möglicherweise war es eine Art Vorspiel, aber nicht das Ziel des Ganzen.

Das Ziel war der Tod.

Unter dem Klebeband stieß Deirdre ein hilfloses Stöhnen aus, ein Stöhnen, das niemand hören konnte. Sie hatte seit

Stunden nichts gehört – keine Stimmen, keine Autos, kein Hundegebell. Absolut nichts. Sie war ganz allein.

Und wartete.

Zehn Minuten später traf die Polizei am Lake Manicora ein und zerstreute die aufgebrachte Menge. Die meisten Leute standen noch am Ufer, aber einige waren den Hügel zum Haus der Greers emporgestiegen, unter ihnen auch Irma Vogel. Scott entdeckte sie zuerst. Ihre dünnen blonden Haare standen in alle Richtungen ab, ihre Augen waren vor Aufregung weit aufgerissen, ihr Mund stand ein Stück offen, ihr Atem ging keuchend. Zum ersten Mal hatte Scott nicht das Gefühl, dass Irmas Hässlichkeit nur daher kam, dass sie mit ihrer Veranlagung einfach Pech gehabt hatte. Nein, diese Hässlichkeit war Ausdruck einer rastlosen, hasserfüllten Seele, die ein Ziel für ihre Bosheit suchte.

Scott marschierte zur Haustür. »Was machst du denn?«, fragte Chyna, als er die Tür aufzog.

»Tritt ein Stück beiseite«, befahl er.

»Aber Scott, die könnten noch mehr Steine dabei haben!«

»Chyna, bitte geh ins andere Zimmer.« Seine Stimme war fest, und obwohl Chyna nicht bereit war, sich ganz aus dem Wohnzimmer zurückzuziehen, entfernte sie sich immerhin von den Fenstern und der Tür. Inzwischen hatte Scott die Tür vollständig geöffnet und stand groß und regungslos im Türrahmen – sogar ohne seinen Stock. Seine dunklen Augen fixierten Irma, die aufs Haus zuschritt, aber unwillkürlich langsamer wurde.

»Irma, verlassen … Sie … sofort … das … Grundstück.« Seine Stimme war so eisig, dass sogar Chyna die Kälte spürte. Nun blieb Irma stehen, starrte ihn aber weiter an.

»Scott, Sie verstehen nicht …«

»Ich habe gesagt, Sie sollen machen, dass Sie wegkommen.«

»Aber Chyna ist da drin. Und Deirdre ist verschwunden. Es gibt einen Zusammenhang ...«

»Chyna Greer hat Deirdre nichts getan, und das wissen Sie auch. Sie haben nur eine gute Gelegenheit gesucht, wie Sie ihrer Eifersucht auf Chyna Luft machen können. Aber mich führen Sie nicht an der Nase herum, Irma, und ich bin sicher, dass Sie auch sonst niemandem Sand in die Augen streuen können – vielleicht abgesehen von ein paar verrückten Eiferern.« Ein ärgerliches Murmeln wurde laut, und ein paar Leute sahen einander ratlos an, weil sie nicht wussten, was ein »Eiferer« war, obwohl sie es aber durchaus als Beleidigung wahrnahmen. Nun wurde Scotts Stimme noch lauter. »Also, Irma, ich möchte, dass Sie augenblicklich Ihre Herde zusammentreiben und nach Hause gehen – und sich nie wieder in Chynas oder meiner Nähe blicken lassen!«

»Aber warum denn?«, wiederholte Irma fast kreischend. »Mit Ihnen hat das doch gar nichts zu tun, Scott. Es geht nur um Chyna Greer.« Sie begann zu schluchzen. »Außerdem brauchen Sie mich!«

»Ich brauche Sie keineswegs, Irma. Gehen Sie jetzt. Und wenn Sie das nächste Mal uneingeladen in meinem Haus auftauchen, dann werde ich Sie wegen Einbruchs festnehmen lassen.«

Noch ehe Irma kläglich weinend auf die Knie gesunken war, hatte Scott die Tür zugeknallt. Er wusste, dass ein Teil ihres Verhaltens nur Theater für das Publikum war, aber wahrscheinlich plante sie bereits, wie sie sich an Chyna *und* an ihm rächen konnte.

# 9

Zwanzig Minuten später waren auch die Leute am Ufer von der Polizei vertrieben. Scott hatte am Fenster gestanden, sein Bier aus der Flasche getrunken und zugesehen, wie Black Willows' Ordnungshüter die Menschen aufforderten, sich aus dem Staub zu machen, sofern sie keinen Strafzettel kassieren wollten. Eigentlich erwartete er, dass die Polizisten auch zu Chynas Haus heraufkommen und wenigstens nachsehen würden, ob dort alles in Ordnung sei, aber stattdessen setzten sich die vier Männer einfach wieder in ihre beiden Streifenwagen und fuhren davon, als wäre nichts geschehen. Nun, es war aber etwas passiert, und Scott hatte vor, den Sheriff anzurufen, der mit Mr und Mrs Kendrick persönlich befreundet war und eine Beschwerde ihres Sohnes, dem »Helden« Scott, nicht einfach würde ignorieren können.

Chyna war in der Küche geblieben, wo Scott sie fand – sie kauerte auf dem Boden, nippte an einer Cola und streichelte die sichtlich aufgeregte Michelle. »Zu viel Aufregung für den sensiblen Hund?«, fragte Scott.

»Eigentlich war die Aufregung für uns beide zu viel. Scott, das ist doch der glatte Wahnsinn. Sind die Leute noch da draußen?«

»Nein.«

»Gott sei Dank. Die sahen richtig blutrünstig aus. Wenn ich allein gewesen wäre …«

»Aber du warst nicht allein, und ich habe den Verdacht,

dass die meisten von ihnen sich nicht bis ans Haus gewagt hätten. Die wollten dir nur Angst einjagen.«

»Irma wollte mir nicht nur Angst einjagen.«

»Warte, bis Mom erfährt, was Irma hier abgezogen hat«, erwiderte Scott trocken. »Sie wird garantiert den Kontakt zu ihr abbrechen. Und falls es Irma war, die den Stein geworfen und den marmornen Kaminsims beschädigt hat, dann gnade ihr Gott. Für Mom gibt es kaum etwas Schlimmeres, als wenn jemand mutwillig Antiquitäten zerstört.«

»Bist du sicher, dass Irma weg ist?«

»Hundertprozentig«, antwortete Scott, beobachtete Chyna ein paar Minuten und sagte dann: »Na, willst du den Rest des Tages auf dem Küchenboden verbringen?«

»Ich bin mir nicht sicher.«

»Ach, komm schon, Chyna«, meinte er gespielt streng. »Du warst nie feige. Ich kann es gar nicht mit ansehen, dass du da kauerst, als wärst du ein … ein …«

»Feigling?«

»Ja, genau.«

»Okay«, gab Chyna mit monotoner Stimme nach. »Dann steh ich eben auf.«

»Aber du lehnst immer noch an der Küchentheke.«

»Ach, um Himmels willen, Scott«, fauchte sie. »Soll ich vielleicht strammstehen?«

»Das wäre schön. Dann siehst du wenigstens wieder mutig aus.«

»Und es bringt ihre Figur zur Geltung«, ergänzte eine lachende Stimme, und Rex erschien im Türrahmen. »Mir kannst du nichts vormachen, Kendrick.«

Scott grinste, aber Chyna ärgerte sich plötzlich wieder sehr, dass Rex nicht früher gekommen war. »Wo warst du denn?«, fragte sie ziemlich barsch.

Rex sah sie verwundert an. »Ich hab nur einen Freund besucht.«

»Du hast anscheinend eine Menge Freunde in Black Willows.« Chyna hörte selbst, wie bitter ihre Stimme klang. »Und wie gut für dich, dass du weggefahren bist, kurz bevor sich die wütende Meute vor dem Haus versammelt hat. Sonst wärst du nämlich nicht durchgekommen.«

»Die wütende Meute?«, wiederholte Rex stirnrunzelnd. »Was denn für eine Meute? Hier? Warum?«

»Wenn du auch nur eine Stunde in dem Haus verbringen würdest, in dem deine Schwägerin diese Woche gestorben ist, dann würdest du es wissen«, brauste Chyna auf. »Aber du tust ja stattdessen lieber so, als wärst du hier in Urlaub, scharwenzelst in der ganzen Stadt rum, triffst dich mit Hinz und Kunz und ... «

»Ein paar Leute haben sich unten am Hügel zusammengerottet«, unterbrach Scott ihre Tirade, und zum Glück war seine Stimme kräftig genug, um Chyna zu übertönen. »Sie haben die Straße zum Haus abgeriegelt. Ich hatte schon läuten hören, dass ein paar rechtschaffene Bürger von Black Willow Chyna einen Schrecken einjagen wollten, und bin deshalb gleich hergekommen. Als Chyna zurückkam und nicht zum Haus hochfahren konnte, hab ich sie begleitet. Dann hat jemand mit einem Stein das Erkerfenster vorne eingeworfen und ein Stück vom Kaminsims zerstört. Ich hab die Polizei gerufen, die sich zwar reichlich Zeit gelassen hat, aber irgendwann doch kam und die Menge auseinandergetrieben hat, obwohl sie die Sache anscheinend lieber auf die leichte Schulter nehmen wollte.«

Rex war entgeistert und wirkte trotz seiner permanenten Sonnenbräune etwas blass um die Nase. »Es gab einen Menschenauflauf? Jemand hat einen Stein ins Wohnzimmer geworfen? Aber warum denn?«

»Weil Deirdre Mayhew verschwunden ist«, erklärte Chyna. »Weil die Leute aus der Stadt zu dem Schluss gekommen sind, dass ich jedes Mal, wenn ein Mädchen vermisst wird, zufällig in der Stadt bin und demzufolge dafür verantwortlich sein muss.«

Jetzt blieb Rex der Mund offen stehen. »Das ist ... « Er schloss die Augen und schüttelte den Kopf. »Das ist die lächerlichste Geschichte, die ich jemals gehört habe!«

»Zum Glück stimmt nicht jeder in der Stadt dieser brillanten Theorie zu«, meinte Scott sarkastisch. »Nur ein paar Leute, angeführt von einer schwer gestörten – ach, zum Teufel – von einer bösartigen Hexe, die vorgibt, ein Gutmensch zu sein, in Wirklichkeit aber ein großes Talent hat, die anderen Idioten aufzuwiegeln.«

»Name bitte?«, fragte Rex leise.

»Irma Vogel.«

»Klingt bekannt«, meinte Rex.

»Sie hat früher mal hier gearbeitet«, erklärte Chyna. »Wahrscheinlich bist du mit ihr ausgegangen. Du hast ja bekanntlich mit jeder Frau unter fünfzig in Black Willow angebandelt!«

Dann brach sie unvermittelt in Tränen aus. Mit drei raschen Schritten war Rex bei ihr und nahm sie in den Arm. »Schätzchen, ich habe nicht mit jeder Frau unter fünfzig angebandelt. Es gibt hier nicht so viele Möglichkeiten, wo man mit einer Frau hingehen kann, ohne Gefahr zu laufen, dort einer anderen zu begegnen, und du weißt, wie peinlich solche Szenen sein können.«

Chyna lachte und weinte gleichzeitig. »Es tut mir leid. Ich hatte solche Angst.«

»Offensichtlich hat sie sich von mir nicht ausreichend beschützt gefühlt«, bemerkte Scott trocken.

»Doch, das hab ich. Ehrlich, Scott. Aber Mutters Kaminsims, Rex, und jetzt ist er kaputt, alles meinetwegen ... «

»Ja, ich weiß, wie sehr du darum gebettelt hast, dass jemand einen Stein durchs Fenster wirft und den Kaminsims deiner Mutter beschädigt«, beschwichtigte Rex sie ironisch. »Das ist doch vollkommen klar.«

»Ich brauche ein Taschentuch«, jammerte Chyna.

»Das kann man wohl sagen.« Rex zog ein Taschentuch aus der Tasche und grinste breit. »Also, was macht dir denn nun am meisten zu schaffen, Schätzchen? Der Pöbel, der glaubt, du hast die kleine Mayhew entführt, der beschädigte Kaminsims deiner Mutter, oder dass dir in Anwesenheit deines Freundes die Nase tropft?«

»Er ist überhaupt nicht mein Freund!«, protestierte Chyna und schniefte in Rex' Taschentuch, das mit einem Monogramm bestickt war.

»Natürlich nicht. Und er nimmt die Nachricht auch mit bewundernswerter Gelassenheit zur Kenntnis, ein echter Mann, der sich seine Verzweiflung nicht anmerken lässt.« Chyna merkte, wie die beiden Männer sich angrinsten, brachte es aber nicht über sich, einen von ihnen anzuschauen. Rex nahm ihren Arm und führte sie aus der Küche. »Sehen wir uns doch mal den Kaminsims an, der dich so aus der Fassung bringt.«

Chyna war sich bewusst, dass Rex ihr keine Gelegenheit geben wollte, sich wegen ihrer Tränen zu schämen. Sie war nie der nervöse Typ gewesen, aber natürlich hatte sie auch noch nie ihre Mutter verloren. Wahrscheinlich hatte Rex ein schlechtes Gewissen, weil er nicht für sie da gewesen war, als ein paar durchgedrehte Kleinstadtbewohner sich zusammengerottet und seiner Nichte vorgeworfen hatten, an Deirdre Mayhews Verschwinden schuld zu sein.

Zusammen gingen sie ins Wohnzimmer. Chyna hörte Michelle hinter sich hecheln und das Geräusch von Scotts Stock, erst lauter auf dem Vinylboden der Küche, dann etwas leiser auf dem Teppich im Wohnzimmer. Rex ging zum Kamin hinüber und betrachtete das Stück Marmor, etwa fünf mal siebeneinhalb Zentimeter groß, das neben dem wesentlich größeren, grobflächigen Stein lag. »Ja, Vivian würde an die Decke gehen, wenn sie das sehen könnte«, meinte er trocken, nachdem er den Brocken ein paarmal in der Hand hin und her gedreht hatte. »Und ihr sagt, Irma Vogel hat ihn geworfen?«

»Wir waren im anderen Zimmer, als wir den Krach hier drin gehört haben«, antwortete Scott. »Also haben wir sie nicht gesehen, aber sie war näher dran als die anderen.«

»Woher kennst du Irma Vogel eigentlich, Rex?«, fragte Chyna stirnrunzelnd.

»Ich kenne sie, Gott sei Dank, nur ganz flüchtig. Vor ein paar Monaten war ich in diesem kleinen Café in der Stadt, dort hat Irma mich bedient. Als sie mir meine Bestellung an den Tisch gebracht hat, hat sie sich unaufgefordert zu mir gesetzt und sich vorgestellt. Ich glaube, sie dachte, ich würde mich von früheren Besuchen noch an sie erinnern.«

Chyna und Scott sahen einander an. »Jagd auf einen Ehemann«, konstatierten sie wie aus einem Munde.

»Sie meinte, sie hätte nie Gelegenheit gehabt, sich in Ruhe mit mir zu unterhalten, weil sie – ich zitiere – immer einen ›sehr besitzergreifenden‹ Begleiter hatte. Ich hab geantwortet, das wäre vollkommen in Ordnung, da ich ja auch immer mit einer sehr besitzergreifenden Ehefrau unterwegs war.«

»Mit welcher denn?«, fragte Chyna sarkastisch dazwischen.

Rex lächelte. »Ich erinnere mich nicht mehr so genau an jede Einzelne, Schätzchen. Es waren so viele – worauf du ja auch so gern herumreitest. Aber wie dem auch sei, Irma hat mit ihren hervorquellenden Augen jedenfalls ständig auf meine Hand geglotzt. Ehrlich – wenn sie ein Mikroskop gehabt hätte, hätte sie wahrscheinlich meinen ringlosen Finger noch nach Bräunungsstreifen abgesucht. Schließlich hat dann ihr Chef sie gefragt, ob sie ihre anderen Kunden eigentlich vergessen habe.«

»Ihr Chef, das war dann wohl Ben Mayhew«, stellte Scott fest. »Er ist Deirdres Vater.«

»Ist Deirdre so um die siebzehn, achtzehn? Kastanienbraune Haare?«, fragte Rex und fuhr, als Scott nickte, fort: »Sie ist an dem Tag auch ins Café gekommen, aber direkt in die Küche gegangen. Ausgesprochen hübsches Mädchen. Und anscheinend sehr schüchtern.« Auf einmal schien sein Blick sich nach innen zu wenden. »Schrecklich – ihr Vater muss total verzweifelt sein.«

»Wir wissen nicht, ob ihr wirklich etwas zugestoßen ist«, warf Chyna ein. »Sie wird noch keine vierundzwanzig Stunden vermisst, und trotzdem drehen schon alle durch.«

Mit einem Ruck war Rex wieder da und streichelte Chyna sanft über den Kopf. »Okay, Schätzchen. Vermutlich hast du recht. Sie ist noch keine zwei oder drei Tage verschwunden. Es könnte auch einen vollkommen harmlosen Grund haben, dass sie nicht heimgekommen ist oder angerufen hat. Entspann dich ein bisschen, Chyna.«

Tatsächlich hatten Rex' beruhigende Worte den gewünschten Effekt, und Chyna spürte, wie ein Teil der Starre aus ihrem Körper wich. »Was mich am meisten aufregt, ist einfach die Tatsache, dass die Leute, die sich unten am See versammelt haben, *mich* verdächtigen. Als könnte ich etwas mit Deirdres Verschwinden zu tun haben.« Chyna hielt inne. »Es lässt mich auch nicht kalt, dass ausgerechnet in dem Moment, wo ich nach Hause komme, schon wieder ein Mädchen vermisst wird. Vor euch beiden kann ich das ja ruhig zugeben.«

Rex legte die Hand unter ihr Kinn, hob ihren Kopf und blickte ihr tief in die Augen. »Chyna, du kannst unmöglich das gleiche dumme Zeug glauben, wie ein paar bescheuerte Einwohner von Black Willow.«

»Ziemlich viele ›Bescheuerte‹ waren auch der Meinung, dass ich mit Zoeys … Verschwinden etwas zu tun hätte. Sogar ihre Mutter hat das gedacht.«

»Anita Simms hat aber nicht gedacht, dass du Zoey etwas angetan hast …«

»Aber sie hat mir Vorwürfe gemacht, weil ich nicht besser auf Zoey aufgepasst habe!«

»Ja, ich fürchte, das hat sie«, nickte Rex. »Aber das war albern. Du warst doch nicht Zoeys Babysitter, ihr wart schließlich gleich alt. Es war Zoeys Idee, sich wegzuschleichen. Sicher, du sagst immer, dass sie es nicht getan hätte, wenn du nicht mitgegangen wärst, aber das glaube ich nicht. Wenn der Typ, mit dem sie sich treffen wollte, ihr wirklich so wichtig war, wäre sie hingegangen, auch allein. Das alles hat Anita ignoriert, aber sie war ja auch nicht die Allerhellste. Ich habe nie verstanden, warum sie und Vivian so gut befreundet waren.«

»Vielleicht war Anita nicht so intelligent wie Mom, aber sie war nett und freundlich und ...«

»... und hat deine Mutter geradezu angebetet. Vivian konnte Menschen nicht widerstehen, die sie rückhaltlos bewunderten.«

»Rex!«, rief Chyna entsetzt. »So was zu sagen ist schrecklich!«

»Aber es stimmt, und das weißt du auch.«

»Ich weiß das überhaupt nicht, und ich finde es furchtbar, dass du Mom vorwirfst, sie hätte Freundschaften mit Leuten deshalb gepflegt, weil sie dachte, sie wird von ihnen angebetet!«

Mit einem ruhigen Lächeln erwiderte Rex: »Ich sage ja nicht, dass Vivian nur deshalb Freundschaften geschlossen hat, um von einer Jüngerschar umschwärmt zu werden. Aber du kannst nicht abstreiten, dass sie sich nach Bewunderung sehnte. Vielleicht trifft das auf uns alle zu, nur war das Bedürfnis bei Vivian ausgeprägter. Und ich möchte mich wirklich nicht über Schwächen deiner Mutter mit dir streiten, Chyna. Du hast schon genug zu verkraften. Außerdem tut es mir ja leid, deine Illusionen zu zerstören, aber ich bin auch nicht perfekt.« Damit beugte er sich zu ihr und küsste sie sanft auf die Wange. »Ich werde jetzt meine unerwünschten klugen Bemerkungen mit nach oben nehmen und dich deinem Besuch überlassen. Wenn irgendeiner von diesen Verrückten zurückkommt und dich belästigen will, dann ruft mich bitte.«

Rex hob die Hand zum Abschied und machte sich auf den Weg zur Treppe. Schweigend sahen Chyna und Scott ihm nach. Als er verschwunden war, sagte Chyna aufgebracht: »Ich habe keine Ahnung, was in ihn gefahren ist. Meine Mutter hat andere Menschen doch nicht *benutzt*!«

Scott trat einen Schritt näher auf sie zu, und das kühle graue Licht fiel durch das zerbrochene Fenster auf seine ausgeprägten, fast aristokratischen Gesichtszüge, von den dunklen Augen bis zum starken Kinn mit dem kleinen Grübchen. »Rex wollte deine Mutter nicht beleidigen, Chyna«, sagte er leise. »Ich glaube, er wollte eigentlich nur sagen, dass deine Mutter extrovertiert, charmant und sehr schön war und dass so ein Mensch manchmal Leute anzieht, die vom Glück nicht so reich beschenkt worden sind.« Er lächelte. »Hey, ich fand deine Mutter schon als Teenager supertoll!«

»Und was genau soll das jetzt heißen?«, fragte Chyna und wusste nicht recht, ob sie sich über seine Bemerkung ärgern sollte.

»Das heißt, sie war hübsch, sie war nett, hat sich so angezogen, dass es ihre Figur betonte, aber nie billig wirkte, sah immer viel jünger aus als sie war …« Er stockte und fügte dann lachend hinzu: »Chyna, deine Mutter war einfach ganz anders als meine Mutter und die Mütter meiner Freunde. Wenn sie ein paar Jahre jünger gewesen wäre, hätte ich mich wahrscheinlich in sie verliebt.«

»Oh, wirklich?« Chyna stellte sich ihre Mutter vor – schön, fröhlich, jugendlicher als andere Mütter –, und plötzlich wusste sie, was Scott meinte. Aber so einfach konnte sie ihn nicht vom Haken lassen. Sie legte den Kopf schief und sagte: »Ich dachte, als Teenager hättest du ein Auge auf *mich* geworfen.«

Scott wurde rot und verteidigte sich sofort: »Ich fand, du

warst ein interessantes kleines Mädchen, das irgendwann mal zu einer interessanten Frau heranwachsen würde. Gott, Chyna, ich bin doch nicht pervers.«

»Verstehe«, erwiderte Chyna, als wäre sie tief in Gedanken versunken. »Du dachtest, ich bin eine interessante Siebenjährige. Und was dachten deine Freunde über mich?«

Doch inzwischen hatte Scott die Fassung zurückgewonnen. »Sie dachten, du bist ein hübscher kleiner Klugscheißer«, antwortete er grinsend. »Und jetzt bist du ein hübscher erwachsener Klugscheißer.« Er zwinkerte ihr zu. »Wie wäre es, wenn du mir noch ein Bier holst, Chérie, und ich rufe derweil Ridgeway's an, sie sollen uns eine Sperrholzplatte bringen, mit der wir das Fenster verrammeln können, bis es repariert werden kann?«

*Ridgeway's.* Plötzlich fiel Chyna wieder ein, wie Gage sie gestern auf der Leiter beim Reinigen der Dachrinne angesehen hatte. Bestimmt hatte er bemerkt, dass sie plötzlich Angst bekommen hatte. War Deirdre das gleiche Schicksal wie seiner Freundin Edie Larson widerfahren?

Scott folgte Chyna in die Küche, und während er im Telefonbuch blätterte und die Nummer von Ridgeway Construction suchte, öffnete Chyna den Kühlschrank. Doch als sie sich bückte, um eine Bierflasche aus dem unteren Fach zu ziehen, stieg ihr plötzlich der Geruch von Staub und Schimmel in die Nase, und sie konnte sich nicht rühren, weil sie an Handgelenken und Knöcheln mit Klebeband gefesselt war. Obwohl sie mit einer alten, kratzigen Wolldecke zugedeckt war, fror sie erbärmlich. Und sie hatte Angst, dass jeden Augenblick der Tod kommen würde.

Aber sie wusste, dass das nicht ihre eigene Realität war, sondern eine mediale Verbundenheit mit jemandem, der das erlebte. »Deirdre?«, murmelte sie laut.

Scott sah sie an. »Chyna? Chyna, was ist los?«

Ganz langsam verschwand das Gefühl des Klebebands auf

den Gelenken, der Geruch nach Staub und Schimmel wurde schwächer, die unmittelbare Gefahr zog sich zurück. Benommen und schwach kehrte Chyna aus ihrer Vision in die makellos saubere Küche ihrer Mutter zurück, blickte erst auf die kühle Bierflasche, die sie in der Hand hielt, und dann empor in die dunklen, besorgten Augen von Scott Kendrick.

»Chyna?«, wiederholte er fragend und leise, als wollte er sie nicht erschrecken. »Was ist los?«

Sie schluckte und würgte. Ihr Herz raste, mindestens hundert Schläge pro Minute, dachte sie, und ihre Brust war so eng, dass sie nicht sprechen konnte.

»Ich rufe den Notarzt«, sagte Scott und griff zum Telefon. Aber Chyna schüttelte entschieden den Kopf und streckte die Hände nach ihm aus. Er fasste sie an den Oberarmen, half ihr beim Aufstehen und zog sie an sich. So angenehm nah, dachte sie, während sie sich Halt suchend an ihn klammerte. Lange sahen sie sich in die Augen, während er sie fest in den Armen hielt. Ganz allmählich wurde sie ruhiger und genoss die Nähe seines Gesichts, seinen warmen Atem auf ihren Wangen.

Schließlich atmete sie tief ein und sagte: »Deirdre Mayhew lebt.«

Sanft schob Scott sie einen Schritt von sich weg, ohne sie ganz loszulassen. »Du hast immer wieder gesagt, wir sollten nicht panisch reagieren, solange Deirdre erst so kurze Zeit weg ist. Hast du wirklich daran geglaubt, dass sie noch lebt?«

»Ja«, antwortete Chyna, kaum lauter als ein Flüstern.

»Ich wusste, dass du viel zu ruhig bist und dass du viel zu entschieden darauf bestehst, erst einmal abzuwarten«, sagte Scott nachdenklich. »Jetzt wird mir klar, dass du Angst hattest …«

»Ja, ich hatte Angst, wenn ich sage, dass sie von demjenigen entführt worden ist, der auch die anderen Mädchen verschleppt hat, würde das stimmen.« Wieder holte Chyna tief Luft. »Sie ist tatsächlich entführt worden, aber jetzt weiß ich wenigstens, dass sie nicht tot ist. Aber sie wird gefangen gehalten. An Händen und Füßen gefesselt. Ich glaube, ihr Mund und ihre Augen sind zugeklebt. Sie hat schreckliche Angst. Und sie friert furchtbar. Ich glaube, sie ist mit einer Decke zugedeckt, aber darunter ist sie nackt.« Chyna schauderte und blickte verzweifelt zu ihm auf. »Scott, ich weiß nicht, wo sie ist, aber ich weiß, dass der Mensch, der sie entführt hat, sie foltert, indem er sie hilflos auf ihre eigene Ermordung warten lässt.«

# 10

Einen Moment lang starrte Scott sie stumm an. »Bist du sicher, dass sie ermordet werden wird?«

»Ich weiß nicht, ob sie das gerade jetzt in diesem Augenblick denkt, aber zumindest *hat* sie es gedacht. Oder genauer gesagt, sie ist sich dessen ganz sicher, und ich glaube es auch, schon seit dem Morgen, als Beverly mir erzählt hat, dass Deirdre vermisst wird. Wenn ich bisher noch den leisesten Zweifel hatte, ist er jetzt ausgeräumt. Deirdre gehört zu den verschwundenen Mädchen von Black Willow, genau wie Zoey, Edie, Heather und … und vielleicht auch Nancy Tierney.«

Schockiert starrte Scott sie an. »Nancy? Aber sie ist doch gestürzt, Chyna!«

»Ich weiß, aber es war mehr als ein Unfall.«

»Mehr? Wie meinst du das? Hat jemand sie gestoßen?«

»Nein. Sie ist wirklich gestolpert. Aber …«

Chyna brach ab, denn sie sah, dass Scott unsicher wurde, und wusste, dass er wieder einmal den Glauben an sie zu verlieren drohte. »Du glaubst das alles nicht, stimmt's?«

Für eine Sekunde schloss Scott die Augen und sah ihr dann wieder fest ins Gesicht. »Es ist nicht, dass ich denke, du lügst oder redest irres Zeug, Chyna. Aber du hast mit diesen Leuten da draußen und ihrem Geschrei wegen Deirdre schon eine Menge einstecken müssen. Ist es nicht möglich, dass du dir von diesem verrückten Gesindel so viel Angst hast einjagen lassen, dass du jetzt fast alles für möglich hältst, auch was Nancy Tierney angeht? Nancy hat nichts mit Zoey oder Deirdre oder den anderen zu tun.«

»Doch, ich glaube schon.« Allmählich begann Chynas Selbstvertrauen wieder zu erwachen. »Scott, ich lasse mich nicht so leicht beeindrucken. Eigentlich überhaupt nicht, obwohl ich manchmal versucht habe, mir das einzureden. Ich gebe jederzeit zu, dass dieser Pöbel da draußen mich verunsichert hat, aber der Vorfall hat mich nicht so verängstigt, dass ich jetzt an etwas glaube, was ich vorher nicht geglaubt habe. Und die Leute haben auch nichts über Nancy gesagt.«

Wortlos nahm Scott ihren Arm und führte sie zum Küchentisch. »Setz dich und entspann dich ein bisschen«, sagte er dort leise. »Erklär mir, was du meinst, Chyna. Ich glaube nicht, dass du verrückt bist, und ich rede dir nicht nach dem Mund. Ich möchte wirklich wissen, was du über Deirdre *und* über Nancy denkst.«

Chyna zog einen der Stühle unter dem glänzenden Eichentisch hervor, drehte ihn seitlich, setzte sich und blickte in Scotts ernstes Gesicht empor. »Bist du sicher, dass du das wirklich wissen willst? Schließlich hast du nie gesagt, dass du an Hellseherei glaubst.«

»Aber ich hab versprochen, offen zu bleiben. Genau das versuche ich auch. Ich möchte dir glauben. Hilf mir.«

Sie saß ganz still, atmete tief und regelmäßig und versuchte, ihre aufgewühlten Gefühle zu beruhigen. Schließlich sah sie Scott mit einem wie sie hoffte, geduldigen Blick an. »Du hast recht. Ich habe dir keinen Beweis geliefert, dass Deirdre genau wie die anderen Mädchen entführt worden ist, weil ich keinen Beweis habe. Ich glaube lediglich daran, und zwar aufgrund eines Ereignisses, von dem ich dir noch nichts erzählt habe, weil ...«

»Weil?«

»Ich wollte eigentlich sagen, weil ich noch keine Gelegenheit dazu hatte«, erklärte Chyna zögernd. »Aber das wäre eine

Lüge gewesen. Und ich möchte keine Lügen mehr – weder mir selbst noch anderen gegenüber. Aus irgendeinem Grund ist mir das bei dir besonders wichtig.«

In Scotts Augen erschien ein aufmerksames Flackern. Dann fragte er leise: »Womit hast du denn gelogen?«

»Ich habe nicht ehrlich gesagt, wie viel ich sehe und wie viel ich weiß«, antwortete Chyna und spürte, wie sie gleichzeitig von Verzweiflung und Erleichterung überschwemmt wurde. »Scott, ich habe dir von der Stimme am See erzählt und auch von ein paar anderen Dingen, die ich gespürt habe. Aber ich habe immer so getan, als wäre ich mir nicht sicher, was genau ich gehört oder gespürt habe. Das stimmt aber nicht. Ich bin mir vollkommen sicher. Es ist mir gleichgültig, wenn du glaubst, ich sei übergeschnappt. Ich spüre meine Energie, mein zweites Gesicht, was immer es auch sein mag, stärker als je zuvor in meinem Leben.« Sie warf ihm einen trotzigen Blick zu. »Na, willst du mir nicht noch mal erzählen, dass ich nur deshalb so durcheinander bin, weil der Pöbel mich vorhin beleidigt hat?«

Auf Scotts Lippen erschien die Spur eines Lächelns, verschwand aber gleich wieder. »Nein, das möchte ich nicht. Ich bin sehr froh, dass du endlich zu dem stehst, was du fühlst, und dass du es ausgerechnet mir gestanden hast.«

»Oh«, sagte sie und fühlte sich seltsam ernüchtert. »Dann willst du es mir also nicht ausreden und mich zur Vernunft bringen?«

Er schüttelte den Kopf. »Jeder dahergelaufene Otto Normalverbraucher lässt sich zur Vernunft bringen. Du bist diejenige, die über die Vernunft hinaussieht.«

»Und ich dachte, du bist ein Skeptiker.«

»Vielleicht bin ich nicht so skeptisch, wie ich dich habe glauben lassen.« Scott beugte sich zu ihr. »Und ich sage das nicht, weil ich denke, dass du das hören möchtest, Chyna. Ich möchte dich nicht dazu bringen, Dinge zu sagen, die ich albern finde. Ich glaube sogar, als ich im Café so meine Zweifel geäußert habe, wollte ich nur die Tatsache verschleiern, dass ich Angst vor deinen Fähigkeiten habe. Für normale Menschen wie mich sind die nämlich schon ein wenig beängstigend.«

»Aber du bist kein normaler Mensch.«

»O doch. Aber ich stehe jetzt auch nicht zur Debatte. Zumindest hoffe ich es nicht, angesichts der Tatsache, dass du glaubst, jemand habe Deirdre entführt und plane, sie zu ermorden.«

Chyna nickte und murmelte: »In Ordnung.«

»Erzähl mir jetzt bitte von all den sonderbaren Gefühlen, die du in den letzten Tagen hattest«, sagte Scott und fiel sich dann selbst ins Wort. »Nein, warte!« Mit raschen Schritten war er an der Küchentür und spähte die Treppe hinauf. Dann kam er zurück. »Okay, jetzt kannst du loslegen.«

»Hast du nachgeschaut, ob Rex uns belauscht?«

»Ja. Wenn man an das Gesindel denkt, das sich heute zusammengefunden hat, sollte ich das Haus wahrscheinlich besser nach Abhörvorrichtungen durchkämmen. Aber keiner von denen kam mir so vor, als wenn er wüsste, wie so etwas aussieht oder wie man die Dinger anbringt.«

Jetzt konnte Chyna endlich wieder lachen. »Um Himmels willen, Scott, du benimmst dich ja noch verrückter, als ich mich anhöre.«

»Wenigstens lächelst du wieder. Davon abgesehen, habe ich gute Gründe.« Scott nahm ihre kalte Hand in seine. »Beeil dich, bevor Rex wieder runterkommt.«

»Also, los geht's.« Chyna fuhr sich mit der Zunge über die Lippen, wie sie es immer tat, ehe sie eine lange oder komplizierte Geschichte vom Stapel ließ. »In der Nacht, als Deirdre entführt wurde, war ich zu Hause bei Ned und habe Süßigkeiten verteilt, während Beverly mit den Kindern unterwegs war. Ned war im Autohaus. Als Beverly und die Kinder zurückkamen, wurde Kate übel – sie hat sich übergeben und hatte Schweißausbrüche –, also sind Beverly und ich sofort zum Krankenhaus gefahren. Ich bin mit Ian im Wartezimmer geblieben. Weil er auch Angst hatte, hab ich mit ihm durchs Fenster das Haus angeschaut, an dem immer so viel Weihnachtsschmuck ist.« Sie machte eine Pause. »Auf einmal habe ich ›Für immer‹ vor mich hingemurmelt, nur habe ich in diesem Moment gar nicht gemerkt, dass ich etwas sage. Es hat sich angefühlt, als … als würde ich die Worte eines anderen durch mich hindurch kanalisieren.«

Sie wurde rot und hatte das Gefühl, dass sie sich jetzt wirklich anhörte wie ein Idiot. Oder vielleicht noch schlimmer. Aber Scott beobachtete sie aufmerksam, ohne eine Spur von Spott oder Zweifel in den Augen. Also fuhr sie fort. »Dann habe ich – oder der Mensch, den ich kanalisiert habe – etwas Helles gesehen. Nur ganz kurz. Und ich habe gesagt: ›Ein Geist?‹«

»Ein Geist?«

»Ja, aber als ich es gesagt habe, hatte ich nicht das Gefühl, selbst zu sprechen, aber ich muss es wohl gesagt haben, denn ich glaube, Ian hat es wiederholt. Ganz sicher bin ich nicht. Dann hab ich ihn fallenlassen.«

»Du hast ihn fallenlassen?«

»Ja«, bestätigte Chyna unglücklich. »Zum Glück war er als Donald Duck verkleidet und hatte ein Kissen am Po, deshalb hat er sich nicht weh getan. Er ist nur erschrocken.«

»Ein Kissen am Po?«, wiederholte Scott und grinste.

»Ja. Du weißt doch, ein Entenpo eben. Das Kissen war unter seinem Kostüm und …«

»Lass nur. Ich weiß in etwa, wie eine Ente aussieht. Der arme Ian. Als großer Dreijähriger war ihm das bestimmt entsetzlich peinlich.« Er unterdrückte sein Lächeln und sagte: »Mach weiter.«

»Ich hab angefangen, um mich zu schlagen. Obwohl ich wusste, was ich tat, konnte ich nicht damit aufhören. Dann hab ich gespürt, wie etwas meine Arme zerkratzt. Ich hab einen süßlichen Geruch wahrgenommen, und ich dachte dauernd: ›Nicht atmen!‹, aber es ging nicht anders.« Chyna zögerte. »Dann war ich plötzlich wieder in der Realität und jemand hat mich gefragt, ob ich Hilfe brauchte. Plötzlich war ich wieder im Wartezimmer, Ian hat geweint, und eine Frau hat mich angeschrien.« Sie schloss die Augen. »Scott, ich selbst habe weder dieses helle Etwas gesehen und auch nicht ›Geist‹ gesagt. An meinen Armen hat nichts gekratzt, sie waren völlig glatt. Und im Wartezimmer hatte auch niemand süßes Parfüm aufgelegt. *Ich* hab nichts gerochen.«

»Aber du glaubst, jemand anderes wurde gekratzt und habe etwas Süßliches gerochen.«

»Als ich gehört habe, dass man bei den Rhododendronbüschen vor dem Haus, in dem die Party stattfand, Kampfspuren und einen Schuh von Deirdre entdeckt hat ...« Chyna ließ den Satz unvollendet und schlug die Augen nieder. »Na ja, ich denke, ich habe das gespürt, was *sie* erlebt hat. Ich glaube, sie war dort bei den Büschen. Rhododendren verlieren im Winter ihre Blätter nicht, weißt du. Die Blätter sind ledrig und die Zweige ziemlich robust. Ich glaube, jemand hat Deirdre einen Schlag auf den Kopf verpasst und sie da draußen gepackt. Als sie sich gewehrt hat, haben die Zweige ihr die Arme zerkratzt. Und ich bin sicher, dass der süße Geruch, den sie nicht einatmen wollte, Chloroform war. Sie weiß bestimmt, dass Chloroform süßlich riecht. Und dass man es nicht einatmen darf. Deshalb habe ich versucht, nicht zu atmen. Aber natürlich ging das nicht, und dann hat sie irgendwann das Bewusstsein verloren.«

Als Chyna wieder aufblickte, sah sie, dass Scott sie mit versteinertem Gesicht anstarrte, und merkte, dass sie selbst die Luft angehalten hatte. Er beugte sich noch näher zu ihr und flüsterte: »Hast du auch gesehen, wer sie gepackt hat?«

Chyna schüttelte den Kopf. »Nein, verdammt nochmal. Ich

hab ganz viel gesehen, aber das Wichtigste nicht – ich weiß immer noch nicht, wer Deirdre Mayhew entführt hat.«

Irma Vogel parkte vor dem Café L'Etoile, warf einen Blick in den Rückspiegel, um sich zu vergewissern, dass ihr rosa Lippenstift nicht verschmiert war, ihre dicke Nase nicht glänzte und der Haarspray den dünnen Pony in einer perfekten kleinen Rolle hoch auf ihrer Stirn festhielt. So zufrieden mit ihrem Äußeren, wie sie eben sein konnte, stieg sie aus dem Auto und langsam die Treppe hinauf, die an der Seite des Restaurants zu der Wohnung im ersten Stock führte, wo Ben und Deirdre Mayhew wohnten. Der Sheriff hatte Irma gesagt, dass Ben keinen Besuch wollte, aber sie war sicher, dass er sich freuen würde, wenn *sie* kam. Schließlich gehörte sie doch fast zur Familie.

Sie klopfte an die Tür. Nichts. Sie klopfte lauter. Beim dritten Mal hämmerte sie gegen das Holz und schrie: »Ben, ich bin's, Irma!«

Einen Augenblick später hörte sie Bens raue Stimme: »Heute nicht, Irma. Geh wieder nach Hause.«

Irma war verletzt, rief sich aber ins Gedächtnis, wie verzweifelt Ben sein musste. »Ben Mayhew, du solltest jetzt nicht allein sein«, beharrte sie. Ein Teenager, der vorbeikam, sah zu ihr herauf und grinste. Ganz offensichtlich hatte er mitbekommen, dass Irma gerade eine Abfuhr bekommen hatte. Aber Irma ließ sich nicht beirren. Eine ordentliche Tracht Prügel würde ihm guttun, dachte sie, keineswegs war sie gewillt, aufzugeben. »Ben, lass mich gefälligst rein!«

»Irma, geh bitte nach Hause!«

»Nein. Kommt gar nicht in Frage. Du brauchst mich. Wenn es nicht anders geht, bleibe ich die ganze Nacht auf der Treppe sitzen.«

Fast drei Minuten später öffnete Ben mit resigniertem Gesicht die Tür. Irma interpretierte die Resignation als Ergebnis von Angst und Sorge um seine Tochter – er brauchte ihre Unterstützung weit mehr, als ihm klar war.

Abrupt warf sie sich ihm an den Hals, schlang die Arme um ihn und säuselte: »O mein Gott, Ben! Die arme Deirdre!«

Ben blieb stocksteif, mit herunterhängenden Armen stehen, bis er die Kraft fand, Irma wegzuschieben. Eigentlich hatte sie erwartet, er würde ihre Umarmung voller Dankbarkeit erwidern, aber er starrte sie nur mit seinen blutunterlaufenen braunen Augen an. Er wirkte zerzaust und roch leicht nach Gin. Ansonsten trinkt Ben Mayhew doch nicht, dachte Irma. Bestimmt hat er sich in seiner Not dem Alkohol hingegeben, und der ist jetzt verantwortlich für sein abweisendes Verhalten. »Ach Ben!«, rief sie und wollte sich ihm erneut in die Arme werfen. »Ich weiß, dass du noch nichts von Deirdre gehört hast, und es tut mir so leid!«

»Danke für deine Fürsorge und dass du vorbeigekommen bist«, sagte Ben ausdruckslos. »Ich muss mich hinsetzen, ich fühl mich nicht so besonders.«

»Deshalb solltest du auch nicht alleine sein«, wiederholte Irma, drängte sich, groß und breit, wie sie war, an ihm vorbei und pflanzte sich mitten im Wohnzimmer auf. Er hätte sie mit Gewalt zur Tür schleppen und die Treppe hinunterschubsen müssen, um sie loszuwerden. »Du brauchst jemanden, mit dem du über die arme Deirdre reden kannst«, verkündete sie.

»Nein, ich brauche ganz sicher niemanden, mit dem ich über die arme Deirdre reden kann«, entgegnete Ben mit einer gewissen Schärfe. »Ich rede nämlich schon seit Mitternacht mit allen möglichen Leuten über die arme Deirdre. Über sechzehn Stunden hab ich sie an jeder erdenklichen Stelle gesucht, die mir einfällt, aber jetzt musste ich endlich mal nach Hause, um mich ein bisschen auszuruhen.«

»Aber selbstverständlich!«, rief Irma. »Du bist erschöpft und wahrscheinlich völlig durchgefroren. Ich meine, momentan ist es ja nicht so kalt, aber heute Nacht, als du unterwegs warst und sie gesucht hast, in der Stadt und auf den Feldern, überall, wo vielleicht ihre Leiche sein könnte und mit toten Augen in den Himmel starrt, leblos, womöglich vergewaltigt, nackt und verstümmelt oder sogar enthauptet …«

»Irma!«, fiel ihr Ben ins Wort. »Herrgott nochmal! Ich möchte mir wirklich nicht ausmalen, dass Deirdre tot und verstümmelt ist und all das andere Zeug. Gerade deswegen wollte ich ja eine Weile allein sein. Ständig reiten die Leute darauf herum, welche Horrordinge meiner Tochter zugestoßen sein könnten. Verstehst du denn nicht, dass ich ein bisschen Ruhe brauche?«

»Und anscheinend mehr als ein bisschen Gin!«, gab Irma zurück, verletzt und beleidigt, dass er ihre Sorge nicht zu schätzen wusste.

»Ja, ich hab mir ein paar Gin Tonics genehmigt. Und es könnte gut sein, dass ich mir noch einen genehmige!«

»Du brauchst keinen Alkohol, sondern was Warmes zu essen und einen Kaffee.« Schon machte Irma sich daran, ihre dicke rosa Daunenjacke auszuziehen. »Ich koch dir was Schönes …«

»Ich möchte aber nichts essen!«

Irma fuhr zurück. Einen Moment sah sie aus, als würde sie anfangen zu weinen, und die Spannung in Bens aufgequollenem Gesicht milderte sich etwas, auch wenn Erschöpfung, Angst und die unvermeidlichen Selbstvorwürfe darin deutliche Spuren hinterlassen hatten.

»Entschuldige«, sagte er matt. »Ich wollte dir nicht weh tun. Aber ich bin müde, ich bin krank vor Sorge und kann momentan nicht vernünftig denken. Außerdem siehst du selbst auch ein bisschen müde aus. Oder … na ja, als hättest du Fieber. Dein Gesicht glüht ja förmlich.«

»Ach was, mir geht's gut«, protestierte Irma, die spürte, wie ihre Wangen noch ein wenig röter wurden, sobald sie an den Aufruhr auf dem Hügel vor Chynas Haus dachte, speziell daran, wie sie den Stein aufgehoben, durchs Fenster geschleudert und Chyna angebrüllt hatte. Der Tumult war ganz nach ihrem Geschmack gewesen, und sie schämte sich dessen nicht. Trotzdem war es ihr lieber, wenn Ben nichts davon erfuhr. Möglicherweise würde er es nicht verstehen, was sie getan hatte, und er mochte solche Szenen im Allgemeinen nicht. »Ich mach mir doch nur Sorgen um Deirdre«, schniefte sie.

»Na ja, ich auch.« Ben atmete tief durch. »Ich muss mich jetzt aber wirklich eine Weile hinlegen, Irma. Vielleicht kann ich ein wenig schlafen ...«

»O ja, das wäre bestimmt gut für dich«, stimmte Irma prompt zu. »Ein kleines Nickerchen. Vergiss den Gin, geh lieber ins Bett. Ich deck dich zu und bleibe hier bei dir ...«

»Hier bei mir?«, wiederholte Ben entsetzt.

»Ich meine, ich setze mich auf einen Stuhl neben dein Bett.« Obwohl Irma nicht verhindern konnte, dass seine Reaktion sie zunächst etwas kränkte, erholte sie sich rasch wieder. »Ich halte Wache, und wenn du etwas brauchst, bin ich da. Ich kann ans Telefon und an die Tür gehen, und du machst einfach die Augen zu und träumst, dass Deirdre gesund und wohlbehalten wieder hier in deiner kleinen Wohnung ist und nicht irgendwo da draußen ...«

»Hör auf, Irma, bitte. Ich versuche zu schlafen, das verspreche ich. Aber ich brauche niemanden, der mich bewacht.«

»Ich bestehe darauf!« Irma begann, ihn in Richtung Schlafzimmer zu bugsieren – ein kräftiger kleiner Schlepper, der einen Ozeanriesen in den Hafen lotst. »Ins Bett mit dir. Schlüpf unter die Decke. Leg deinen schmerzenden Kopf auf ein weiches Kissen. Ich ziehe die Vorhänge zu, damit die Sonne dich nicht stört – nicht dass sie heute so sonderlich hell ist, und es wird ja auch schon langsam dunkel, was die Suche nach Deirdre nicht gerade aussichtsreicher macht ...

Ben seufzte, ließ sich aber von der unerbittlichen Irma ins

Schlafzimmer komplimentieren, wo sie ihn mehr oder weniger aufs Bett schubste und ihm die Decke bis zu seinem unrasierten Kinn hochzog.

Zwanzig Minuten später war er in einen unruhigen Halbschlaf versunken. Irma, die einen schweren Sessel aus einer Ecke neben das Bett gezerrt hatte, beugte sich über ihn und betrachtete ihn voller Zuneigung. Sie hasste es, ihn so leiden zu sehen, aber sie konnte auch die Freude darüber nicht unterdrücken, dass sie ihm in dieser intimen Situation so nahe sein durfte.

Wenn Deirdre da gewesen wäre, hätte das nicht geklappt, dachte Irma. Deirdre hätte sich um ihren Vater gekümmert, genau wie damals, als Bens Frau nach zwei Jahren erfolglosem Kampf gegen den Krebs schließlich gestorben war. Irma erinnerte sich, wie Deirdre erzählt hatte, dass ihr Vater nach der Beerdigung fast eine Woche lang fiebrig und von Schüttelfrost geplagt im Bett gelegen hatte. Anscheinend hatte Deirdre solche Angst, auch noch ihren Vater zu verlieren, dass sie kaum von seinem Bett gewichen war und sich geweigert hatte, irgendjemanden »aushelfen« zu lassen, wie Irma es vorgeschlagen hatte. »Nein, nein – *ich* kümmere mich um Dad«, hatte sie schroff auf Irmas Angebot geantwortet. »*Ich* flöße ihm Brühe ein und sorge dafür, dass er genug Flüssigkeit zu sich nimmt. Danke sehr, aber ich brauche Ihre Hilfe nicht«, hatte sie jedes Mal geantwortet, wenn Irma es von neuem versuchte. »*Ich* wechsle Dads Bettwäsche. *Ich* kann Fieber messen. *Ich* fahre ihn ins Krankenhaus, wenn es schlimmer wird.« Eine Ablehnung nach der anderen. Das war alles, was Irma von Deirdre bekommen hatte. Dabei hatte sie regelrecht darum gebettelt, Ben in dieser schweren Zeit nahe sein zu dürfen.

Jetzt schaute sie auf Bens blasses, verschwitztes Gesicht. Leise beugte sie sich über ihn und berührte vorsichtig seine Stirn mit einem kühlen, feuchten Waschlappen, tupfte seine

Wangen damit ab und holte schließlich aus ihrer Handtasche das Döschen mit Lippenpflege. Mit dem Zeigefinger holte sie ein wenig von der parfümierten Creme heraus und verteilte sie mit dicken, liebevollen Fingern auf seinen trockenen Lippen. Auch das hätte Irma nicht tun können, wenn Deirdre da gewesen wäre.

Aber Deirdre war ja nicht mehr da.

# 11

Gage Ridgeway bog in die Auffahrt ein, parkte den Wagen vor dem Haus der Greers und blickte hasserfüllt zu dem zerbrochenen Wohnzimmerfenster empor. Ein paar Stunden zuvor hatte Rex Greer Gages Vater angerufen und darum gebeten, dass jemand herkommen und das kaputte Fenster verrammeln sollte. Peter Ridgeway hatte sofort seinem Sohn Gage Bescheid gesagt, der jedoch behauptete, er hätte zu tun, jemand anderes müsste den Job erledigen. Aber zwei Stunden später hatte Peter sich erneut gemeldet und darauf bestanden, dass Gage sich *umgehend* auf den Weg machte, weil an einem Sonntagnachmittag niemand anderes verfügbar sei. Schließlich bekämen sie von den Greers viele gute Empfehlungen und könnten sie sich nicht zu Feinden machen, hatte Peter säuerlich hinzugefügt.

Normalerweise wäre Gage, nachdem er von dem Steinwurf erfahren hatte, sofort zu Chynas Haus gefahren und hätte das Fenster zugenagelt, aber er konnte einfach nicht vergessen, wie sie ihn angeschaut hatte, als er auf der Leiter gestanden und die Dachrinne saubergemacht hatte. Alles war völlig in Ordnung gewesen, und dann war sie anscheinend von einem Moment auf den anderen total nervös geworden. Oder war da noch etwas anderes in ihren Augen gewesen? Angst? Abscheu?

Gage fröstelte, als er aus dem Laster stieg. Heute früh hatte ihn ein Freund angerufen, ihm von Deirdre Mayhews Verschwinden und dem damit verbundenen Aufruhr in der Stadt erzählt und ihn vorgewarnt, er sollte sich auf einen Besuch von der Polizei gefasst machen. Bisher war die Polizei noch nicht aufgetaucht, denn selbst wenn das Mädchen noch nicht gefunden worden war – was Gage stark vermutete – wurde sie noch keine vierundzwanzig Stunden vermisst. Doch wenn sie bis heute Abend nicht auftauchte, konnte Gage davon ausgehen, dass bald darauf Streifenwagen vor seinem Haus halten würden. Verdammt.

Zu seiner großen Erleichterung sah er Rex Greer lächelnd näher kommen. Zögernd erwiderte Gage das Lächeln, und Rex schüttelte ihm freundlich die Hand. »Freut mich, Sie zu sehen, Gage. Ist eine Weile her.«

»Mindestens drei Jahre«, antwortete Gage. Er hatte einen trockenen Mund und hätte gern um eine Cola oder auch nur ein Glas Wasser gebeten, aber er wollte nicht nervös erscheinen. »Sie waren nie da, wenn ich hier für Mrs Greer gearbeitet habe, und es gab ja keine Partys mehr am 4. Juli, nachdem …«

Gage vollendete den Satz nicht und wünschte nachträglich, er hätte nicht davon angefangen. Aber Rex war nicht so leicht aus der Ruhe zu bringen. »Nachdem Zoey verschwunden ist, ja.« Er lächelte wieder, und Gage fiel auf, dass Rex viel jünger aussah als Gages Vater, der unbeherrscht und mürrisch war und sich ständig über Gage oder das Geschäft aufregte.

»Ich hatte schon Angst, wir würden heute Nacht mit dem kaputten Fenster schlafen müssen«, fuhr Rex entspannt fort. »Entweder mit dem riesigen Loch, oder wir hätten Kisten davor stapeln müssen, die gegen die Kälte vermutlich nicht viel ausgerichtet hätten.«

»Tut mir leid, dass ich erst jetzt kommen konnte«, sagte Gage schnell. »Heute hab ich meinen freien Tag, und ich dachte, einer von den anderen Angestellten erledigt das hier.«

»Kein Problem. Wir haben überlebt«, grinste Rex. »Wie läuft es denn zurzeit so bei Ridgeway Construction?«

»Ganz gut. Besser denn je eigentlich.« Gage stockte. »Nicht dass Grandpa seine Sache nicht gut gemacht hätte. Und natürlich ist Dad auch ein sehr guter Manager.«

Rex lachte. »Ihr Großvater hatte ein großes Herz, das stärker war als sein Geschäftssinn. Er hat oft umsonst gearbeitet. Das vergrößert zwar nicht den Profit, aber er hat das Unternehmen trotzdem in Schwung gebracht. Und Ihr Vater?« Rex hob die Schultern. »Jeder weiß doch, dass Sie die Energie sind, die Ridgeway Construction am Laufen hält, Gage, und dass Sie das großartig machen.«

Wenig überzeugt erwiderte Gage: »Oh, ich weiß nicht, ob das stimmt.«

»Aber ich. Zwar wohne ich nicht in der Gegend, aber ich halte mich auf dem Laufenden. Ich habe hier viele alte Freunde, und natürlich war immer Vivian da, die über alles Bescheid wusste, was in der Stadt passierte.«

»Es tut mir sehr leid wegen Vivian – ich meine wegen Mrs Greer, Sir. Ich habe immer große Stücke auf sie gehalten.«

»Nennen Sie mich Rex, und ja, ich habe auch große Stücke auf sie gehalten. Man wird sie vermissen, so viel ist sicher. Chyna ist am Boden zerstört. Und Ned – na ja, Ned war schon immer schwer zu durchschauen. Damit will ich nicht sagen, dass er seine Mutter nicht geliebt hat, aber ich bin nicht stolz darauf, dass er alles auf die arme Chyna abschiebt – sie die Bestattung arrangieren lässt und so weiter.« Er unterbrach sich. »Aber ich bin auch nicht rechtzeitig gekommen, um ihr behilflich zu sein, also sollte ich auch niemanden kritisieren. Und als wäre Vivians Tod nicht schon genug, haben wir jetzt auch noch neue Probleme.«

Gage nickte und schielte zum Fenster hinüber. »Verdammt«, stieß er überrascht hervor. »Ich wusste, dass Sie ein kaputtes Fenster haben, aber ich hatte nicht damit gerechnet, dass jemand die ganze Scheibe rausgebrochen hat. Und auch noch am Erkerfenster. Das wird teuer.«

»Ja. Außerdem hat der Stein, der die Scheibe zerschmettert hat, auch noch den marmornen Kaminsims im Wohnzimmer getroffen. Den zu ersetzen ist sicher auch nicht gerade billig.«

Gage war unsicher, ob er fragen sollte, was eigentlich passiert war. Von seinem Vater hatte er nur einen atemlosen, weitschweifigen Bericht über einen Menschenauflauf gehört, der das Haus der Greers gestürmt hatte, und es hatte sich angehört, als hätte der Pöbel das Schloss von Victor Frankenstein überfallen. *So* schlimm kann es doch wohl nicht gewesen sein, dachte Gage. Aber der Rasen war zertrampelt, und ein paar Schilder mit einem grob hingeschmierten Konterfei, das wohl einen Teufel darstellen sollte, lagen noch darauf herum. Außerdem hatte das dicke Glas im Erkerfenster allem Anschein nach einen ziemlichen Schlag abgekriegt.

Offenbar spürte Rex, dass Gage nicht wusste, ob er nachfragen durfte, und begann ganz lässig zu erzählen. »Ich habe zwar die große Action verpasst, aber wie ich höre, ist Chyna von einem Picknick mit ihrer Nichte und ihrem Neffen nach Hause gekommen und hat hier eine Menschenansammlung angetroffen. Einer der scheinheiligen Bande hatte mit seinem Wagen die Straße hier herauf blockiert, und Chyna musste aussteigen und das letzte Stück Weg zu Fuß zurücklegen. Einige der ungebetenen Gäste erklärten ihr, sie seien der Überzeugung, dass Deirdre Mayhew genau so verschwunden sei wie die anderen Mädchen in der Vergangenheit, und da es immer passiere, wenn Chyna zufällig gerade zu Hause sei, müsse Chyna die Mädchen entführt und ermordet haben. Angeblich hat man sie als den ›leibhaftigen Tod‹ bezeichnet.«

»Großer Gott«, murmelte Gage sichtlich schockiert. »Aber sie sind doch hoffentlich nicht ins Haus eingedrungen? Ist Chyna etwas passiert?«

»Nein zum Glück nicht. Scott Kendrick hat sich um sie gekümmert. Ich bin sehr froh, dass er hier war. Es hat sich keiner ins Haus gewagt, obwohl die Polizei sich reichlich Zeit gelassen hatte, um hier zu erscheinen.«

»Ist jemand festgenommen worden?«

»Nein. Der Steinewerfer konnte nicht identifiziert werden. Die städtischen Ordnungshüter haben sowiso nichts anderes getan, als lediglich die Versammlung aufzulösen. Der Sheriff wird das sowohl von Kendrick als auch von mir zu hören bekommen. Der Himmel weiß, was passiert wäre, wenn diese Verrückten sich noch länger hier rumgetrieben hätten.«

»Heute ist Sonntag, da sind nicht viele Cops im Dienst«, gab Gage zu bedenken und fragte sich sofort, warum er Leute verteidigte, die ihn schon oft genug drangsaliert hatten und zweifellos wieder in die Mangel nehmen würden, wenn die kleine Mayhew nicht demnächst wieder auftauchte. Vielleicht glaubte er, dass sie netter zu ihm sein würden, wenn er sie jetzt in Schutz nahm. »Die paar Cops, die unterwegs waren, waren vielleicht anderswo im Einsatz – häusliche Gewalt oder … ach, ich weiß auch nicht.«

Rex zuckte die Achseln. »Offenbar vergesse ich immer wieder, dass wir nicht die Einzigen in der Stadt sind. Aber in Anbetracht der Umstände finde ich trotzdem, dass sie Chyna ein bisschen mehr Hilfe hätten angedeihen lassen können. Wenn nicht genug *städtische* Cops verfügbar waren, hätte man doch auch die State Police einschalten können.«

Plötzlich hörten Rex und Gage ein Auto die Straße heraufbrausen. Mit quietschenden Reifen kam ein weißer Mercury direkt hinter Gages Truck zum Stillstand und Ned sprang heraus. Seine blonden Haare sahen aus, als wären sie lange nicht mehr gekämmt worden. »Was zum Teufel ist denn hier los?«, rief er. »Hat jemand meine Schwester überfallen?«

»Beruhige dich, Ned«, sagte Rex beschwichtigend. Aber Ned rannte bereits über den Rasen zu dem zerschmetterten Erkerfenster. »Anscheinend hat sich, während Chyna mit Beverly und den Kindern unterwegs war, unten auf der Hauptstraße eine Menschenmenge zusammengerottet. Als Chyna zurückkam, hatten sie die Zufahrt versperrt, aber Scott Kendrick war so freundlich, Chyna zum Haus zu begleiten und dafür zu sorgen, dass sie wohlbehalten heimgekommen ist.«

»Wer hat die Scheibe eingeschlagen?«, wollte Ned wissen.

»Das wissen wir nicht. Mehrere mutige Individuen sind auf den Hügel gestiegen, haben gemeine Dinge über Chyna in die Gegend gebrüllt und einen ziemlich großen Stein durchs Fenster geschmissen. Er hat auch den Marmorsims am Kamin getroffen, den eure Mutter so mochte, und ein Stück davon abgebrochen. Gage ist gerade hier, um das Fenster zu verrammeln, bis der Glaser es fachmännisch reparieren kann.«

Ned warf Gage einen wütenden Blick zu. »Danke übrigens, dass ihr ohne meine Erlaubnis mein Gartenhaus abgerissen habt.«

Gage erwiderte den Blick mit ausdruckslosem Gesicht. »Tut mir leid, Greer, aber ich wusste nicht, dass du und deine Gang die Hütte immer noch benutzt.«

»Als ich das letzte Mal mit Vivian am Telefon gesprochen habe, hat sie mir erzählt, der Sturm hätte die Hütte praktisch zerstört, und sie hätte Gage damit beauftragt, sie komplett abzureißen und den Schutt abzutransportieren«, mischte Rex sich lässig ein und wandte sich dann an Ned. »Benimm dich doch nicht wie ein Siebenjähriger, Ned.«

Aber Ned warf ihm nur einen vernichtenden Blick zu und fragte dann: »Was wollten die Leute denn von Chyna?«

»Benutz doch dein Gehirn, Ned«, antwortete Rex seufzend. »Die Leute sind angerückt, weil Deirdre Mayhew verschwunden ist.« Zwar klang seine Stimme wieder ganz geduldig, aber Gage fand, dass es sich anhörte, als würde es ihm nicht leichtfallen. Schon vorhin, als Rex erzählt hatte, dass Ned seiner Schwester die ganzen Vorbereitungen für das Begräbnis seiner Schwester überließ, hatte er verärgert geklungen. Vielleicht war er ja deswegen noch sauer auf seinen Neffen. »Sie sind auf die gloriose Theorie verfallen, es könnte kein Zufall sein, dass jedes Mal, wenn deine Schwester nach Hause kommt, ein Mädchen verschwindet.«

Ned starrte seinen Onkel ungläubig an. »Und die Leute glauben wirklich, Chyna hätte was damit zu tun?«

»Irma Vogel ist die Rädelsführerin«, nickte Rex.

»Ich erinnere mich noch daran, dass sie mal hier gearbeitet hat. Die Schlampe war immer eifersüchtig auf Chyna.« Ned funkelte Rex wütend an. »Wo warst du denn, als das alles passiert ist?«

»Ich hab einen Freund besucht«, gab Rex ruhig zurück, fügte aber in ziemlich scharfem Ton hinzu: »Und wo warst du? Warum hast du so lange gebraucht, um hier zu erscheinen?«

»Ich war im Autohaus. Mein Buchhalter hat wieder mal Mist gebaut. Morgen werde ich ihn feuern.« Ned wandte sich an Gage. »Gehörst du etwa auch zu dem Volk, das vorhin hier war?«

»Natürlich nicht!«, antwortete Gage wütend und gekränkt und bekam einen roten Kopf. »Glaubst du etwa, ich bin auch so ein Irrer wie die anderen? Ich *mag* deine Schwester!«

Ned schloss die Augen und atmete tief durch. »Ach verdammt. Das weiß ich ja. Tut mir leid, aber die letzte Woche war echt anstrengend. Beverly hat mich gerade angerufen und gesagt, sie hätte gehört, dass hier etwas Unschönes abgegangen wäre. Ich glaube, ich bin noch aufgewühlt vom Tod meiner Mutter, jedenfalls bin ich wegen Chyna sofort panisch geworden. Aber ich wollte dir wirklich nicht auf den Schlips treten, Gage.«

Gage zuckte die Achseln. »Na ja, ich stehe ja sowieso in dem Ruf, der schlimme Finger der Stadt zu sein, und irgendwie wächst sich das mit den Jahren auch aus. Mr Greer sagt aber, dass mit deiner Schwester alles in Ordnung ist.«

»Sie ist mit Scott Kendrick im Haus«, erklärte Rex. »Warum gehst du nicht rein und überzeugst dich selbst?«

»Ja, in Ordnung«, entgegnete Ned gedankenverloren. »Aber ich kann einfach nicht glauben, dass Menschen sich so benehmen können.«

Rex zog die Augenbrauen hoch, sah erst zu Ned und dann zu Gage und sagte dann mit halb amüsierter, halb strenger Stimme: »Ihr würdet euch wundern, wie viel Verrücktheit oft gerade hinter einer vollkommen normalen Fassade lauert.«

»Wow, Rex, das ist ja sehr beruhigend«, murmelte Ned zynisch, dann drehte er sich um und ging zur Haustür. Die Situation war ja nun wirklich schlimm genug – musste sein Onkel da unbedingt Bemerkungen machen, die so eine gefährlich doppelbödige Bedeutung hatten? Wahrscheinlich hielt er so etwas für witzig. Hoffentlich hatte Rex mit solchen Scherzen nicht auch Chyna genervt.

Er trat ins Haus und rief: »Chyna? Ich bin's bloß – Ned!«

»Wir sind in der Küche!«, antwortete Chyna.

Als Ned die Küche betrat, fand er dort Chyna mit Scott an dem großen Eichenholztisch sitzen. Neben Chyna lag Michelle, die den Kopf hob und Ned einen wachsamen Blick zuwarf, sich aber sofort entspannte, als Chyna sich zu ihr herunterbeugte und sie hinter den Ohren kraulte. Vermutlich nahm der Hund das als Zeichen, dass von Ned keine Gefahr ausging, denn er legte den Kopf wieder auf die Vorderpfoten und seufzte tief.

»Großer Gott, Chyna, ich hab gerade gehört, was hier los war.« Er ging zu seiner Schwester und umarmte sie. »Tut mir leid, dass ich nicht da war, um dir zu helfen.«

»Warum solltest du?«, erwiderte Chyna leichthin. »Du wohnst doch nicht hier.«

»Nein, aber es hat lange gedauert, bis ich kommen konnte. Ich war im Autohaus, und Beverly hat mich erst vor etwa einer Viertelstunde angerufen – ich hätte nicht mehr helfen können.«

»Helfen womit?« Chyna lächelte ihn an, aber er merkte, dass sie tapferer tat, als sie sich fühlte. »Zum Glück war Scott ja hier. Er hat auch die Polizei gerufen. Und Gott sei Dank ist niemand verletzt worden.« Sie zögerte. »Aber unsere Mutter wäre bestimmt fix und fertig, wenn sie das Fenster und den Kaminsims sehen würde.«

»Na ja, aber das kann man reparieren. Wenn dir etwas passiert wäre ...«

Chyna musterte Ned aufmerksam. Er wirkte müde und erhitzt, Stirn und Oberlippe waren schweißbedeckt, seine blauen Augen glänzten fiebrig.

»Geht es dir gut?«, fragte Chyna. »Du siehst ein bisschen krank aus.«

»Danke«, gab Ned barsch zurück.

»Na ja, es stimmt aber.« Im gleichen Moment nieste Ned und fing an zu husten.

»Okay, ich fühle mich nicht besonders. Ich bin spät, aber total unausgeschlafen aufgewacht, und seither geht es eigentlich nur bergab. Vielleicht hab ich mir irgendwas eingefangen.«

Chyna nickte. »Sieht ganz danach aus. Du warst im Herbst immer anfällig die Grippe zu kriegen, und so fängt es normalerweise ja an – Schwitzen, Niesen, Husten.«

Ned sah zu Scott, der vor einem Glas Eistee am Tisch saß. »Danke, dass du dich um meine kleine Schwester gekümmert hast.«

»War mir ein Vergnügen, obwohl ich nicht sicher bin, ob mich jemand mit diesem Zubehör so besonders bedrohlich findet«, antwortete Scott mit einem Blick auf seinen Stock, der an der Wand lehnte – einem recht wütenden Blick. Auch Chyna sah zu dem antiken Wertstück, und auf einmal fiel ihr auf, dass die Elfenbeinschnitzerei von Henry VIII. kleine rostfarbene Flecken hatte. Scotts Mutter würde nicht gerade begeistert sein.«

Ned öffnete den Kühlschrank starrte einen Moment hinein

und holte dann eine Dose 7UP heraus. »Chyna, angesichts dessen, was heute hier passiert ist – glaubst du nicht auch, dass es besser wäre, wenn du bei Beverly und mir wohnst?«

Chyna runzelte die Stirn. »Ned, ihr habt doch nicht mal ein Zimmer für mich.«

»Aber klar doch. Wir haben drei Schlafzimmer.«

»Von denen eines als Spielzimmer für die Kinder genutzt wird. Im Zweiten steht ihr Doppelstockbett. Hast du vielleicht vor, einen von beiden aus dem Bett rauszuschmeißen, damit ich darin schlafen kann? Oder möchtest du, dass ich bei dir und Beverly schlafe?«

Ned riss die Dose auf und trank gierig. Chyna ahnte, dass er Halsschmerzen und deswegen einen trockenen Mund hatte. »Du und ich und Beverly in einem Bett?«, fragte er nach einem geräuschvollen Schluck. »Ich weiß nicht recht. Ihr zwei würdet euch dauernd über Frisuren und Jungs unterhalten und die ganze Nacht kichern. Dann könnte ich schon wieder nicht richtig schlafen.« Chyna schnitt ihm eine Grimasse, und ihr Bruder fuhr fort: »Aber eine von euch könnte auf der Couch übernachten.«

Chyna gab sich alle Mühe, ihre Ablehnung freundlich vorzubringen, aber sie wusste, dass sie nicht das Taktgefühl ihrer Mutter geerbt hatte, die sich in allen Lebenslagen auszudrücken gewusst hatte. »Ned, ich danke dir sehr für dein Angebot, aber ich will keinen von euch aus seinem Bett verdrängen, vor allem, wenn du auch noch krank wirst, und ich möchte auch nicht auf der Couch schlafen. Nichts für ungut, aber deine Couch fühlt sich an, als wäre sie mit Kies gefüllt.«

»Die hat Beverlys Mutter uns geschenkt, und sie wäre am Boden zerstört, wenn wir das gute Stück rausschmeißen. Aber ich weiß, dass sie wirklich nicht das bequemste Möbelstück der Welt ist«, räumte Ned resigniert ein.

»Mom hat auch einige ihrer Möbel nach ästhetischen Gesichtspunkten ausgesucht und nicht so sehr nach ihrer Bequemlichkeit«, wiegelte Chyna ab. »Die Sessel im Wohnzimmer zum Beispiel. Wenn der Stein, der heute durchs Fenster geflogen ist, einen von denen getroffen hätte, wäre er abgeprallt und wie ein Bumerang wieder hinausgesaust.«

»Und hätte hoffentlich einen dieser Kreuzzügler von Black Willow am Kopf erwischt«, erwiderte Ned hitzig. Dann seufzte er. »Du willst dieses Haus also um keinen Preis verlassen, richtig?«

Stirnrunzelnd antwortete Chyna: »Genau so ist es – dem ganzen Tumult zum Trotz. Vielleicht weil ich Moms Haus nicht alleine lassen möchte. Oder weil ich ihre Gegenwart hier noch spüre.« Sofort fiel ihr auf, dass Ned und Scott sie unbehaglich anstarrten. »Ich will damit nicht sagen, dass es hier spukt und ich Moms Geist begegne oder so«, fügte sie hastig hinzu. »Ich laufe auch nicht rum und spreche mit ihr …«

Sie unterbrach sich wieder und holte tief Luft. »Ich höre mich an, als wäre ich irre. Was ich sagen wollte, ist, dass ich hier Dinge zu erledigen habe, Dinge wie … den Kühlschrank saubermachen, den Stapel Rechnungen bezahlen, den ich auf Moms Schreibtisch entdeckt habe, die persönlichen Dokumente zusammensuchen, die sie nicht ins Bankschließfach gelegt hat. Außerdem will ich ihre Kleider durchschauen, was zur Kleidersammlung kann und was Beverly eventuell haben möchte. Schließlich war Mom nicht im Krankenhaus oder gar im Altenheim. Wir haben keine Vorbereitungen getroffen, das Haus auszuräumen oder …« Auf einmal spürte Chyna, wie ihre Kehle sich zuschnürte. »… oder Moms Habseligkeiten wegzuschaffen«, stieß sie hervor. »Und Rex ist ja auch hier.«

»Mit dem ganzen Zeug kann Beverly dir doch helfen«, meinte Ned. Chyna sah, wie Scott ihrem Bruder einen strengen Blick zuwarf. Ned hatte die Hilfe seiner Frau angeboten, aber nicht seine eigene, und ganz offensichtlich fand Scott das nicht richtig. Doch Ned schien nichts davon zu bemerken. »Und ich würde mich nicht auf Rex als Beschützer verlassen.

Er ist doch nie da. Aber wenn du wirklich nicht bei Beverly und mir wohnen willst, können wir dich schlecht dazu zwingen.«

»Es ist ein nettes Angebot, Ned, aber für mich ist es wirklich praktischer, hier zu bleiben. Vor allem auch wegen Michelle. Die Kinder würden dir und Beverly keine ruhige Minute lassen, wenn ein Hund im Haus ist.«

»Ja, mit dem Hund würden sie durchdrehen. Und die arme Michelle würde wahrscheinlich einen Nervenzusammenbruch kriegen.« Ned nippte an seiner Limonade und fuhr fort: »Wenn du fest entschlossen bist zu bleiben, kann ich vermutlich nichts dagegen tun. Du warst schon immer die tapferste Frau, die ich kenne. Und die sturste.«

»Guter Gott, Ned. Ich bin die klügste, tapferste und sturste Frau in deinem Universum. Du lädst mir zu viel auf meine schmalen Schultern.«

»Ach, das hältst du schon aus – und vermutlich noch mehr.«

»Jeder hat seine Grenzen.« Scotts scharfe Stimme zog sofort die Aufmerksamkeit auf sich. »Chyna ist nicht unendlich belastbar, Ned, auch wenn du das zu denken scheinst.«

»Na ja, ich kann sie jedenfalls nicht zwingen, bei uns zu wohnen, wenn sie das nicht will«, brauste Ned auf. »Was schlägst du denn vor, Scott? Vielleicht möchtest du ja bei ihr bleiben?«

Chyna spürte, wie sie rot wurde, vor allem, weil Ned ja wusste, dass sie seit Kinderzeiten in Scott verliebt war. »Ich finde es toll, wenn alle über mich reden, als wäre ich nicht da«, sagte sie laut, um ihre Verlegenheit zu überspielen. »Ihr zwei raubt mir mehr Nerven als der Aufmarsch vorhin. Hört auf, euch meinetwegen Sorgen zu machen. Alle beide.«

»Jetzt klingst du schon genau wie Mom«, murmelte Ned gereizt.

»Gut. Sie war schon immer mein Vorbild«, konterte Chyna.

»Wenn Sie meinen, dass Vivian Greer ein gutes Vorbild war, kann ich dem nur von Herzen zustimmen.«

Chyna, Scott und Ned fuhren herum und sahen Owen Burtram mit Rex in der Tür stehen. Während Rex in seiner Khakihose und dem gelben Pullover mit Zopfmuster sehr leger wirkte, trug Owen eine graue Anzughose und ein schwarzes Kaschmirjackett über einem dunkelblauen Seidenhemd. Jedes sorgsam gefärbte Haar lag an seinem Platz – genaugenommen sah es sogar so aus, als benutzte er Haarspray. Über einer schwarzen Augenbraue war ein kleiner Bluterguss, den er wohl mit einem Abdeckstift zu verstecken versucht, die Schminke für seinen Hautton jedoch zu hell gewählt hatte. Davon abgesehen war sein Äußeres makellos, und auch sein Gesichtsausdruck eine sorgfältig ausgewogene Kombination aus Sorge und Mitgefühl.

»Meine liebe Chyna«, begann er mit seiner lauten, aber wohltönenden Stimme. »Russell und ich haben gerade gehört, was hier vorgefallen ist, und wir wollten nur kurz vorbeischauen, um zu sehen, ob bei Ihnen alles in Ordnung ist.«

Jetzt entdeckten sie auch Rusty Burtram, der sich, noch immer in Jeans und Parka wie vorhin im Park bei McDonald's, neben seinem Vater durchzwängte und rief: »Hallo Chyna, hallo Scott, hallo Ned!«

Aber sein Vater wich keinen Millimeter zur Seite und blockierte die Küchentür, so dass Rusty wieder in den zweiten Rang zurücktreten musste. Chyna war kurz davor, ihn ausdrücklich in die Küche zu bitten, als Owen den nächsten Monolog begann: »Ich weiß nicht, was in einige Einwohner dieser Stadt gefahren ist, aber es ist eine Schande, was hier passiert ist. Unverzeihlich. Die Leute haben fremdes Eigentum beschädigt – ganz zu schweigen davon, dass sie einem armen, vor kurzem verwaisten Mädchen einen Höllenschrecken eingejagt haben.« Er brach ab, um das dramatische Bild wirken zu lassen – Chyna als armes Waisenmädchen!

»Ich werde noch heute Abend mit dem Bürgermeister über diesen bedauerlichen Zwischenfall sprechen. Er und ich sind eng befreundet, und wir werden gemeinsam dafür sorgen, dass diejenigen, die diese Verheerung am Haus einer der besten Familien der Stadt angerichtet haben, zur Rechenschaft gezogen werden!«

Owen klang so lächerlich egoistisch und pompös, dass Chyna sich auf die Zunge beißen musste, um nicht loszuprusten. Ned machte sich wieder am Kühlschrank zu schaffen, aber Chyna wusste, dass auch er hauptsächlich sein Kichern verstecken wollte. Owen sah Scott an, der unerschrocken zurückstarrte und allein mit seinem Blick zum Ausdruck brachte, dass er Owen für einen arroganten, aufgeblasenen Wichtigtuer hielt. Hochnäsig wanderte Owens Blick zurück zu Chyna und versuchte Scott einfach auszublenden.

»Danke, Mr Burtram«, stieß Chyna hervor. »Das ist sehr freundlich von Ihnen. Sehr … fürsorglich.«

»Unsinn! Wir können diese Leute doch nicht mit so einer barbarischen Untat davonkommen lassen!«

»Na ja, da haben Sie natürlich recht …«, räumte Chyna etwas lahm ein.

Offensichtlich merkte Rex, dass Owen sich nicht nur selbst lächerlich machte, sondern die anderen auch ins Schleudern brachte – selbst den Hund, der immer weiter unter den Tisch rutschte. »Owen, sehen Sie sich doch mal den Schaden am Kaminsims an«, sagte er und legte die Hand auf Burtrams Schulter. »Ich möchte gerne wissen, ob das repariert werden kann, denn in Ihrer Branche versteht man doch sehr viel mehr von Marmor als ich.«

»Ich kenne mich mit Grabsteinen aus, Rex«, protestierte Owen. »Nicht mit dem Marmor, der in Häusern oder Kirchen verwendet wird.«

»Ich bin sicher, dass Sie besser über die verschiedenen Marmorarten Bescheid wissen, als Ihnen selbst klar ist«, beharrte

Rex und komplimentierte Owen ins Wohnzimmer. »Sie können mir wenigstens ein paar Hinweise geben. Ich habe keine Ahnung von der Materie.«

Nachdem sie verschwunden waren, schloss Ned die Kühlschranktür wieder und sah Scott an, immer noch grinsend. »Ich gehe jetzt. Chyna hat recht – ich hab mich irgendwo angesteckt und muss so schnell wie möglich heim ins Bett. Wie ich gehört habe, hast du kein Auto dabei. Soll ich dich mitnehmen? Bis jetzt kann ich noch gut fahren, keine Sorge.«

Scott zögerte. Chyna hätte ihn gern dabehalten, und sie glaubte auch nicht, dass er selbst schon gehen wollte. Doch wenn Owen mitbekam, dass Scott noch bliebe, nachdem Ned gefahren war, würde sich die Nachricht garantiert wie ein Lauffeuer in der Stadt verbreiten.

»Danke, Ned«, antwortete Scott und erhob sich langsam. »Ich bin mit Irma hergekommen und habe zurzeit gar kein eigenes Auto. Aber ich möchte mir demnächst ein Neues kaufen. Vielleicht kannst du mir auf dem Heimweg ja schon mal ein paar Tipps geben.«

»Mit Vergnügen«, antwortete Ned. Dann ging er zu Chyna, wollte sie zum Abschied küssen, überlegte es sich aber im letzten Moment anders. »Ich möchte dich nicht anstecken, obwohl es mich nervt, dass du so stur bist. Ich hab dich lieb. Pass gut auf dich auf, kleine Schwester.«

»Das werde ich«, antwortete sie mit einem tapferen Lächeln. »Diese Leute kommen garantiert nicht zurück.«

»Sagt dir das dein zweites Gesicht?«

»Nein, mein gesunder Menschenverstand. Die Polizei hat sie heute schon einmal auseinandergetrieben, und wenn Owen Burtram jetzt auch noch seinen nicht unbedeutenden Einfluss geltend macht, belästigen sie mich bestimmt nicht noch einmal.«

Ned zwinkerte ihr zu, Scott nahm seinen Stock und starrte ihn wieder böse an. Er ist frustriert und ärgerlich, dachte

Chyna, sei es, weil er immer noch einen Stock braucht, oder weil der Mann, der jetzt im Wohnzimmer herumdröhnt, ihn praktisch dazu zwingt, mein Haus zu verlassen. »Wenn du irgendwas brauchst, ruf einfach an«, sagte er und verzog das Gesicht. »Körperlich wirke ich zwar nicht wie jemand, der eine große Hilfe ist, aber mein Hirn funktioniert noch.«

»Danke für alles, was du heute für mich getan hast, Scott. Ob du es glaubst oder nicht, aber ich hätte es nicht geschafft, allein hier heraufzukommen.« In Scotts Lächeln lag mehr als Dankbarkeit, aber Chyna war zu unsicher, um es richtig zur Kenntnis zu nehmen. »Die Schnitzerei an deinem Stock ist irgendwie schmutzig geworden, du solltest ihn unbedingt säubern, ehe deine Mutter das sieht«, sagte sie stattdessen.

Mit einem Ruck hielt Scott sich den Stock vor die Augen und starrte auf die Elfenbeinverzierung. Auf einmal wurde er blass. So viel Angst konnte er vor der Reaktion seiner Mutter doch eigentlich nicht haben. Einen Augenblick sah er fast aus, als würde er ohnmächtig. Was in aller Welt war nur los mit ihm?

Und dann begriff Chyna mit einem Gefühl, das an Entsetzen grenzte, dass die Flecken auf der Schnitzerei aussahen wie getrocknetes Blut.

# 12

Deirdre wusste, dass sie irgendwann im Lauf des Morgens eingenickt war. Sie konnte die Tageszeit ungefähr einschätzen anhand der Temperatur und ein paar gedämpfte Geräusche, die in ihr Gefängnis drangen – Vogelgezwitscher in der Nähe, Kirchenglocken in der Ferne. Erst war sie nicht sicher gewesen, ob es wirklich Glocken waren, aber dann war ihr eingefallen, dass sie ja an einem Samstagabend entführt worden war. Nur zu gern hätte sie das Läuten so gedeutet, dass sie nicht weit von Black Willow entfernt war, aber sie wusste, dass es in der Gegend alle paar Meilen eine Kirche gab, überall in der Gegend verstreut.

Deirdre fragte sich, ob man wohl nach ihr suchte, wie man in der Vergangenheit nach den anderen Mädchen gesucht hatte, zum Beispiel nach Heather Phelps. Wie lange war dieses Weihnachten jetzt her? Deirdre war zu müde, um sich zu erinnern, und sie fror viel zu sehr. Sie hatte Heather gekannt – nicht sehr gut, aber gut genug, um sich ein paarmal mit ihr zu unterhalten. Sie war klug und hübsch gewesen. Sehr hübsch, aber schüchtern und sehr darauf aus, alles richtig zu machen.

Mit Edie Larson hatte Deirdre gar nichts zu tun gehabt, aber die meisten Leute glaubten, dass ihr das Gleiche zugestoßen war wie Heather. Dann war da noch Zoey Simms.

Deirdre konnte sich erinnern, dass ihre Eltern über Zoey gesprochen hatten, wenn sie dachten, sie würde nicht zuhören. Zoey war das erste Mädchen gewesen, das in Black Willow verschwunden war, vor langer Zeit, als Deirdre noch klein war. Zoey war Chyna Greers beste Freundin gewesen und einmal im Jahr zu Besuch gekommen. Viele Leute waren überzeugt, dass Chyna ihrer Freundin etwas angetan hatte, aber Deirdre wusste noch, dass ihre Eltern es für absurd gehalten hatten und Chyna mochten. Sie wurden sogar ärgerlich, wenn jemand in ihrer Anwesenheit andeutete, dass Zoeys Verschwinden etwas mit Chyna zu tun hatte.

Und Scott Kendrick glaubte schon gar nichts Schlimmes von Chyna. Deirdre dachte daran, wie er sie gestern angesehen hatte. War das wirklich erst gestern gewesen? Es schien mindestens eine Woche her zu sein, dass die beiden im L'Etoile gewesen waren und Deirdre diesen Blick in Scotts Augen gesehen hatte – einen Blick, der deutlich machte, dass er mehr an Chyna bewunderte als nur ihre Schönheit. Es hatte Deirdre weh getan, obwohl sie immer gewusst hatte, dass Scott kein romantisches Interesse an ihr hatte, auch als sie kein Kind mehr war. Deshalb war es ihr auch so wichtig gewesen, zu der Party zu gehen, obwohl ihr so kurz nach Nancy Tierneys Tod eigentlich gar nicht danach zumute gewesen war. Sie hatte gehofft, wenn sie ausginge, würde sie sich nicht nur von der Sache mit Nancy ablenken können, sondern vielleicht auch besser über die Erkenntnis hinwegkommen, dass ihre Träume über eine Liebesbeziehung mit Scott absolut lächerlich waren.

Aber leider hatte der Plan nicht geklappt, und Deirdre war bei der Party genauso niedergeschlagen wie sie es zu Hause war. Und als Krönung des Ganzen lass ich mich auch noch kidnappen, dachte sie mit makabrem Humor. Zu was für einem abgrundtiefen Albtraum hatte diese Woche sich entwickelt – nicht nur wegen Nancy und Scott, sondern auch, weil sie zum ersten Mal an ihrer Mutter zweifelte. Sie hatte Deirdre immer gesagt, Gott wäre ein gütiges Wesen, das alle seine Geschöpfe liebte. Als ihre Mutter gestorben war, hatte sie sich an diese Überzeugung geklammert. Aber allmählich kamen ihr doch

Zweifel. Wie hatte dieses gütige Wesen zulassen können, dass ihre Mutter so leiden musste, bevor er sie ihrem Mann und ihrer Tochter weggenommen hatte? Wie konnte er Zoey, Edie, Heather, Nancy geliebt und sie trotzdem so jung aus dem Leben gerissen haben? Und wie war es möglich, dass er *sie* liebte und ihr das antat, obwohl sie immer versucht hatte, gut zu sein, so, wie ihre Eltern es sich von ihr wünschten?

Wieder spürte sie die Tränen unter dem Klebeband. Sie konnte kaum denken vor Angst. Sie war furchtbar hungrig. Und ihr war entsetzlich kalt. Die abgewetzte Wolldecke, mit der ihr Entführer sie zugedeckt hatte, war angesichts der Tatsache, dass sie nackt war, so gut wie nutzlos. Was versprach sich dieser Mensch nur davon? Dass Deirdre Erfrierungen bekam und sich nicht mehr bewegen konnte? Oder war der Grund noch finsterer? Sie hatte einmal gelesen, dass Serienkiller gerne Souvenirs von ihren Opfern aufbewahrten. Ihr Ohrläppchen, aus dem der eine ihrer viereckigen Zirkonium-Stecker herausgerissen war, schmerzte, aber vielleicht hatte der Entführer mehr gewollt – vielleicht legte er Wert auf ihre Kleidung. So grotesk es erscheinen mochte, sie schämte sich, dass ihr Entführer sich an Deirdre Mayhew im alten Partykleid ihrer Mutter und billiger Baumwollunterwäsche erinnern würde.

Eine Maus rannte über Deirdres nackte, halb taube Füße, und sie stöhnte auf. Der Drang zu weinen brachte sie unter dem Klebeband zum Würgen.

Chyna stand auf und räumte die leeren Getränkedosen vom Tisch. Als sie sich umwandte, sah sie Rusty im Türrahmen stehen. Ihre Blicke trafen sich, und er lächelte sie zaghaft an.

»Es tut mir wirklich leid, dass du heute so belästigt worden bist«, sagte er.

»Ach, es geht schon.« Chyna hörte selbst, wie hölzern ihre Antwort klang, was sicher zum Teil daran lag, dass sie in Gedanken immer noch mit den Blutflecken auf Scotts Stock beschäftigt war. Und nicht nur damit – auch die Vision, die sie gehabt hatte, als Rusty ihr im Park die Hand auf die Schulter gelegt hatte, ging ihr nicht aus dem Kopf: Die joggende Nancy Tierney im dunkelblauen Laufdress, aschblonder Pferdeschwanz, der Atem rhythmisch, seitlich angewinkelte Arme, die Figur perfekt für eine Profiläuferin. »Ich glaube nicht, dass die Leute mir wirklich etwas antun wollten.«

»Da wäre ich mir an deiner Stelle aber nicht so sicher.« Chyna sah Rusty scharf an. »Ich meine, ich glaube schon, dass sie nur hergekommen sind, um dir Angst einzujagen, aber manchmal lassen sich die Menschen in einer solchen Situation zu Dingen hinreißen, die sie normalerweise nie tun würden. Außerdem hätte ein Unfall passieren können. Der Stein hätte dich beispielsweise am Kopf treffen können …« Rusty brach ab, und sein Gesicht wurde blass.

»Da hast du wahrscheinlich recht.« Am liebsten hätte sie geschrien: Nancy ist mit dem Kopf auf einen Stein geschlagen! Du hast es gesehen! Stattdessen fragte sie: »Möchtest du was trinken?«

Wieder starrte Rusty sie einen Moment an, bevor er hastig hervorstieß: »Chyna, ich würde gern mit dir reden. Unter vier Augen.«

»Unter vier Augen?« Chyna gab sich Mühe, ganz locker zu klingen, aber es gelang ihr nicht. »Worüber denn?«

»Ich muss dir etwas erklären. Können wir vielleicht nach draußen gehen?«

»Nach draußen? Warum willst du nach draußen gehen? Es ist kalt und windig …«

»Bitte, Chyna.« Rustys schmales, ernstes Gesicht und seine grauen Augen flehten sie an, obwohl seine Stimme leise und kontrolliert war. »Ich weiß, das klingt vielleicht albern. Oder unter den Umständen womöglich sogar bedrohlich.«

»Unter *welchen* Umständen denn?«

»Komm doch einfach ein paar Minuten mit mir auf die Terrasse. Sobald du dich irgendwie unbehaglich fühlst, kannst du sofort wieder reingehen. Es sind noch drei andere Männer in der Nähe, du bist in Sicherheit.«

Rusty sah so blass, so jämmerlich und absolut harmlos aus, dass Chyna einfach nicht nein sagen konnte, trotz der Vision, bei der sie Nancy mit seinen Augen hatte durch den Wald laufen sehen. Sicher, das konnte auch vor einer oder zwei Wochen passiert sein, theoretisch sogar am Tag direkt vor ihrem Tod. Aber irgendetwas in ihr war sicher, dass das nicht der Fall war. Nein, Rusty hatte Nancy am Tag ihres Todes beobachtet, wenige Minuten vor ihrem Sturz. Und wenn er nicht derjenige gewesen war, der sie verfolgt und den fatalen Unfall verursacht hatte, warum hatte er dann nicht den Krankenwagen gerufen, als er gesehen hatte, dass sie verletzt war? Warum hatte er stundenlang gewartet, bis der Suchtrupp sie endlich gefunden hatte?

»Rusty, alles, was du mir zu sagen hast, kannst du mir genauso gut hier sagen.« Sie hörte ein leises Zittern in ihrer Stimme, obwohl sie sich bemühte, streng und entschieden zu klingen. »Wenn es etwas Privates ist, brauchst du dir keine Sorgen zu machen. Dein Vater, Rex und Gage sind im Wohnzimmer, die können uns nicht hören.«

»Aber mein Vater kann sich anschleichen wie eine Katze, wenn er es darauf anlegt. Womöglich steht er jetzt schon an der Tür und lauscht – davon würden wir beide nichts mitkriegen. Chyna, ich will dir nichts tun, aber ich muss mit dir reden, und zwar allein. Ich flehe dich an, in Gottes Namen ...«

Als Chyna die Tränen in Rustys sanften grauen Augen sah, spürte sie, wie sie weich wurde. Großer Gott, er weint ja gleich, dachte sie entsetzt. Armer Rusty mit seinem empfindsamen Herzen und diesem grässlichen Vater. Er bittet mich inständig, mit mir reden zu dürfen, und ich behandle ihn wie einen Unberührbaren.

»Gehen wir doch zur Hintertür hinaus und schauen uns den Brunnen an«, schlug sie vor. »Stört es dich, wenn der Hund mitkommt?«

Rusty sah sie so dankbar an, dass Chynas Kehle sich zuschnürte und auch ihr Tränen in die Augen traten. Dieser Tag war zu viel gewesen. Wenn sie nicht sehr aufpasste, würde sie die Kontrolle über ihre Gefühle verlieren und Dinge tun, die sie später möglicherweise bereuen musste. Aber sie kam nicht dagegen an.

»Du meinst Michelle, richtig?«, fragte er, und als sie nickte, fuhr er fort: »Dann stört es mich nicht. Ich mag Hunde.«

Michelle war unter dem Küchentisch eingeschlafen. Chyna weckte sie und gab ihr zu verstehen, dass sie ihr folgen sollte. Wenn Rusty doch etwas gegen sie im Schilde führte, würde Michelle ihn zwar nicht angreifen, aber zumindest würde sie laut bellen – und dann wusste jeder, dass Gefahr im Verzug war.

Zu dritt traten sie auf die Terrasse. Die Luft war schwer und feucht – deprimierend – und nicht mehr frisch wie im Park, als Chyna sich das letzte Mal mit Rusty unterhalten hatte. Unwillkürlich fragte Chyna sich, ob das ein Omen war. Würde sie ihrem Tod begegnen wie Zoey, Heather und Edie? Und womöglich auch Deirdre? Ihr Verstand sagte ihr, dass sie unvernünftig handelte, aber ihre Gefühle behielten die Oberhand.

Langsam umrundeten sie den alten Brunnen. »Früher war er so schön«, stellte Chyna betont beiläufig fest. Sie wollte Rusty nicht unter Druck setzen, ehe er von selbst zum Reden bereit war. »Mein Großvater hat ihn entworfen, und ich mochte den Engel immer besonders gern. Als ich klein war, dachte ich, er ist mein Schutzengel. Und es schwammen immer Goldfische im Becken herum. Riesige Goldfische. Ungefähr einen Monat nach Großvaters Tod hat das Becken einen Sprung bekommen. Als wir eines Morgens nach draußen kamen, war die Terrasse überschwemmt und überall lagen tote Fische. Ich weiß noch, dass ich geweint habe, und meine Mutter sagte zu meinem Vater, der Brunnen müsste sofort repariert werden. Er hat sofort jemanden kommen lassen und auch jeden Sommer wieder Wasser eingefüllt, aber die Fische hat er nie ersetzt. Er meinte, wenn das Becken wieder bricht, wenn noch mehr Fische sterben und ich wieder so traurig bin, das hält er nicht aus.«

»Das klingt, als wäre dein Vater ein sehr einfühlsamer Mensch gewesen.«

»Das war er auch.«

»Hat er … hat er dich eingeschüchtert?«, fragte Rusty.

Chyna blickte auf. Er hatte »eingeschüchtert« gesagt, aber in Wirklichkeit wollte er fragen, ob Chynas Vater ihr Angst gemacht hatte. Chyna setzte sich auf den Brunnenrand und sah ihn an. »Nein, Rusty, mein Vater hat mich nicht eingeschüchtert. Zwar war er sehr zurückhaltend, aber immer freundlich und liebevoll.« Langsam nickte Rusty. Offensichtlich hatte er nicht vor, etwas über seinen eigenen Vater zu erzählen. Leise erkundigte sich Chyna: »Was wolltest du mir denn sagen, Rusty?«

Rusty schaute auf seine Schuhe hinunter, blickte dann zu den fast kahlen Bäumen und fixierte schließlich einen Punkt direkt hinter Chyna. »Als wir heute im Park waren und ich dir die Hand auf die Schulter gelegt habe, da hattest du eine Vision oder konntest meine Gedanken lesen oder – na ja, du hast jedenfalls etwas über mich gesehen, nicht wahr?«

»Ich habe etwas … gespürt, ja«, antwortete Chyna vorsichtig.

»Es war mehr als ein Spüren, glaube ich.« Jetzt blickte Rusty sie endlich ganz direkt an. »Ich hab es in deinen Augen gesehen. Ich hab gesehen, was du gesehen hast …« Er brach ab und seufzte tief. »Du weißt, dass ich Nancy in der Nacht beobachtet habe, als sie gestorben ist.«

Chyna zögerte. War es klug, ehrlich zu reagieren? Doch dann wurde ihr klar, dass sie gar keine andere Möglichkeit hatte, denn aus irgendeinem Grund war Rusty sich ganz sicher, dass sie eine Vision von ihm und Nancy gehabt hatte. Vielleicht besaß er selbst übersinnliche Fähigkeiten?

»Ich hab dich in einer Baumgruppe gesehen, und du hast zugeschaut, wie Nancy den Weg entlanggelaufen ist. Als sie näher kam, hast du dich schnell hinter einem Baum versteckt.«

»War das alles?«

»Ja. Es war nur ganz kurz. Ich wusste nicht einmal, ob die Vision von dem Abend stammt, als Nancy gestürzt ist. Es hätte auch ein anderer Tag gewesen sein können.«

»Nein, es war genau an dem Abend. Am Abend ihres Todes. Aber du hast nicht gesehen, wie sie gestürzt ist? Oder sonst etwas?«

Die Verzweiflung in seinem Gesicht nahm zu, und er klang beinahe enttäuscht. »Nein, das war alles, was ich gesehen habe, Rusty. Ehrlich.« Chyna brach ab und überlegte, ob sie versuchen sollte, mehr aus ihm herauszukitzeln. Aber Rusty wollte ganz offensichtlich mit ihr reden, vielleicht sogar eine Beichte ablegen. Wäre es nicht feige, ihn jetzt allein zu lassen, wo er womöglich ein Mordgeständnis ablegen wollte? Sie war doch in Sicherheit. Zumindest konnte ihr, mit den anderen Männern in der Nähe, nicht viel passieren. Also setzte sie ein gefasstes Gesicht auf und fragte ruhig: »Möchtest du mir von diesem Abend erzählen, Rusty?«

»Ja, obwohl ich ziemlich sicher bin, dass du mich dann für pervers hältst.« Er stopfte die Hände tief in die Taschen seines Parkas. »Vielleicht bin ich ja auch pervers. An dem Abend habe ich mich jedenfalls so benommen.«

Er schwieg, ganz in sich gekehrt. Soll ich ihn aufhalten?, fragte sich Chyna. Oder soll ich nachhaken, damit er weitererzählt, selbst wenn ich es nicht hören möchte? In Gedanken sah sie das hübsche junge Mädchen im Sarg liegen, und ihr war klar, dass sie zumindest versuchen musste herauszufinden, was Rusty auf dem Herzen hatte. Selbst wenn es etwas Grausiges war.

»Ich glaube nicht, dass du pervers bist, Rusty«, erwiderte sie ehrlich. Ganz gleich, was an jenem Abend zwischen Rusty und Nancy vorgefallen war, wusste Chyna das mit großer Sicherheit. Trotzdem blickte er sie zweifelnd an. »Ich beschwichtige dich nicht, um dir Informationen aus der Nase zu ziehen, Rusty«, fügte sie hinzu. »Ich sage die Wahrheit.«

Einen Moment suchten seine grauen Augen die ihren. Dann wich etwas von der Spannung aus seinem Körper. Er blickte in den Himmel, der inzwischen ganz grau geworden war. »Ich bin viel, viel älter als Nancy, aber sie hat mich schon immer fasziniert, schon von klein auf. Aber ich habe sie nicht körperlich begehrt. Ehrlich nicht, Chyna.«

Verblüfft nahm Chyna zur Kenntnis, wie wichtig ihm das zu sein schien. »Ich glaube dir.«

»Vermutlich könnte man sagen, dass ich sie beneidet habe. Ich war nie beliebt, und du erinnerst dich bestimmt noch, dass ich in der Highschool – vor meiner Operation – alles andere als attraktiv war.«

»Aber hässlich warst du nicht, Rusty.«

»Du musst mich nicht schonen.«

»Tu ich auch nicht. Ich gebe zu, dass du jetzt besser aussiehst, aber du warst nie hässlich.« Sie hielt inne. »Ich war damals in der Pubertät, und die meisten Kids in dem Alter sind nicht gerade für ihre Einfühlsamkeit bekannt, vor allem, wenn es um das Aussehen eines Mitglieds des anderen Geschlechts geht. Aber nicht mal da fand ich dich hässlich. Auf gar keinen Fall. Sicher, du warst kein Frauenschwarm …«

»Wie Scott Kendrick?« Chyna errötete und war froh, dass Rusty wieder zu den Bäumen hinübersah. Ihr fiel keine Antwort ein, aber Rusty erwartete wohl auch keine, denn er sprach sofort weiter. »Meine Familie war enttäuscht von meinem Aussehen, meiner Schüchternheit, meiner Tollpatschigkeit. Vor allem mein Vater. Und dann kam Nancy auf die Welt. Ein hübsches Baby, das zu einem hübschen Mädchen heranwuchs. Und nicht nur hübsch, sondern auch noch extrovertiert, unterhaltsam, sportlich – alles, was man sich nur wünschen kann. Ich hab sie oft beobachtet, denn alle waren vernarrt in sie. Wenn ich sie nur lange und genau genug beobachte, werde ich vielleicht wie sie, dachte ich. Natürlich keine Frau, aber wenigstens charmant und weltgewandt – ein Mensch eben, den andere bewundern.« Er sah Chyna wieder an. »Das war dumm von mir, stimmt's? Eigenschaften wie die von Nancy kann man nicht lernen.«

»Nein, ich glaube nicht, dass das dumm war«, entgegnete Chyna. »Ich habe immer versucht, meine Mutter zu imitieren, weil alle sie geliebt haben.«

»Aber du brauchtest doch niemanden zu imitieren, du warst schon immer schön, klug und bewundernswert.«

»Ich glaube nicht, dass es mit der Bewunderung so weit her war. Als ich sieben war, haben die Leute angefangen, mich für verrückt zu halten, weil man sich erzählt hat, ich wäre hellseherisch begabt.« Sie rang sich ein Lachen ab. »Eigentlich glaube ich auch nicht, dass die Leute, die sich heute auf meinem Rasen versammelt, einen Stein durch mein Fenster geworfen und mich als Ausgeburt des Teufels beschimpft haben, mich bewundert haben.«

Rusty lächelte matt, dann nahm sein Gesicht wieder seinen deprimierten Ausdruck an. »Ich weiß, dass du dir in letzter Zeit einiges gefallen lassen musstest. Aber du bist trotzdem etwas Besonderes. Nancy war auch etwas Besonderes, auf eine andere Art.« Seine Augen wanderten wieder zum Himmel. »Zurück zu meiner Geschichte. Nachdem ich mir angewöhnt hatte, Nancy zu beobachten, konnte ich nicht mehr damit aufhören. Ich wollte unbedingt herausfinden, was genau die Leute an ihr so anziehend fanden, denn mich schienen sie auch weiterhin zu meiden, selbst nachdem ich mein Äußeres hatte verschönern lassen.«

Er seufzte wieder. Chyna hatte das Gefühl, etwas sagen zu müssen, aber es fiel ihr nichts ein. Außerdem wollte sie Rustys Erzählung nicht unterbrechen. »Ich hab ihr beim Joggen zugesehen. Sie war so anmutig, so elegant, selbst wenn sie sich beim Laufen so richtig angestrengt und geschwitzt hat – ich konnte nur staunen. Ich wusste, wo sie jeden Abend trainiert, und ich habe mich versteckt und sie beobachtet wie ein ekliger Voyeur, nur um zu sehen, wie sie es schafft, selbst beim Joggen noch so gut auszusehen.«

Ein Kiefernzapfen fiel von einem Baum in der Nähe und landete auf der Terrasse. Rusty trat wütend dagegen, verfehlte ihn aber. »Irgendwann bin ich dann in mich gegangen«, fuhr er fort, »und zu der Erkenntnis gekommen, dass ich mich benehme wie ein Esel. Nancy zu beobachten würde mir nicht dabei helfen, charismatischer zu werden. Außerdem fühlte es sich seltsam an, fast ein bisschen ... schmutzig. Also habe ich meinen Abendspaziergang woanders gemacht. Etwa zwei Wochen später hab ich eines Abends jemanden hinter mir herlaufen gehört. Nicht sehr nahe, aber es war eindeutig ein Jogger, und zwar ein ziemlich schneller. Ich weiß nicht, was da in mich gefahren ist.« Er zögerte. »Okay, ich hatte Angst. Noch eine meiner bewundernswerten Eigenschaften – ich kriege leicht Angst. Also hab ich den Weg verlassen und mich zwischen den Bäumen versteckt. Ungefähr eine Minute später rannte Nancy an mir vorbei, ausgerechnet Nancy! Zuerst dachte ich, sie läuft wie immer, wie ein Profi eben. Aber dann fing sie plötzlich an zu rennen wie ein gewöhnlicher Mensch, der vor etwas davonläuft. Jedenfalls dachte ich das. Ich wollte sie nicht erschrecken, deshalb blieb ich in Deckung, bis sie vorbei war.«

»Nancy hat dich also nicht gesehen?«, fragte Chyna.

»Ich glaube nicht. Sie war so schnell. Meistens hat sie nach vorn gesehen, aber ein paarmal hat sie sich auch umgeschaut. Ihr Gesicht …« Er stockte und schüttelte den Kopf. »Ich hab sie ja nur von weitem gesehen, aber sie hat irgendwie einen ängstlichen Eindruck auf mich gemacht. Als hätte sie Panik, genaugenommen. Und dann …« Wieder brach er ab und schloss die Augen. »Und dann ist sie gestürzt. Na ja, nicht nur gestürzt, sie ist in ein Loch getreten und auf den Boden geknallt. Ich bin sicher, dass ich gehört habe, wie sie mit dem Kopf auf den Stein geschlagen ist. Ich könnte schwören, dass ich auch die Knochen habe brechen hören, aber vielleicht bilde ich mir das auch nur ein. Doch bevor sie gestürzt ist, habe ich noch etwas anderes gehört. Da ist nämlich jemand hinter ihr hergelaufen. Mit schweren Schritten kam da jemand den Weg entlang. Längst nicht so schnell wie sie, aber hartnäckig. Als Nancy gestürzt ist, wurde er langsamer und blieb schließlich stehen.«

Chyna schwieg. Rusty lügt, dachte sie. Er denkt sich eine Geschichte aus, um sich selbst zu schützen. So muss es sein.

Aber etwas in ihrem Inneren fragte störrisch: Was, wenn nicht? Du kannst das, was er sagt, nicht einfach so abtun. Das geht nicht. Nach einer Weile fragte sie leise: »Rusty, hast du gesehen, wer hinter Nancy hergerannt ist?«

»N-nein.« Chyna konzentrierte sich und versuchte zu erspüren, ob er log. Aber es klappte nicht. Er klang ehrlich, und trotzdem war sie sich nicht ganz sicher. »Ich hab niemanden gesehen«, beteuerte Rusty mechanisch. »Nur den leeren Weg. Keinen Menschen.«

»Na gut«, meinte Chyna, denn auf keinen Fall wollte sie, dass Rusty den Eindruck bekam, sie wollte ihn verhören. Instinktiv war ihr klar, dass er dann gar nichts mehr sagen würde. »Was hast du getan, nachdem Nancy gestürzt war?«

Rusty antwortete nicht, sondern starrte nur ins Leere, während sein Gesicht immer bekümmerter wurde. »Ich stand hinter dem Baum und hab sie angesehen. Ich hatte kein Handy dabei, aber ich hätte Hilfe holen können. Ich hätte sie wahrscheinlich retten können, aber ich habe es nicht getan!«

»Warum nicht?«, fragte Chyna.

»Weil dann alle gewusst hätten, dass ich sie beobachtet habe. Weil meine ganze Familie, Himmel, die ganze Stadt gesagt hätte: ›Dieser grässliche Rusty Burtram. Er versteckt sich hinter einem Baum und beobachtet junge Mädchen.‹ Das konnte ich nicht ertragen. Ich konnte den Gedanken an die Wut und Empörung meines Vaters nicht aushalten, seinen Ekel, und glaub mir, er hätte mich aus tiefster Seele verabscheut. Jedes Mal, wenn er mich angeschaut hätte, hätte er sich vor mir geekelt, noch mehr, als er das ohnehin schon tut, und das konnte ich einfach nicht aushalten.«

»Hätte er dich gefeuert?«

»Gefeuert?« Fast hätte Rusty gelacht. »Nein. Viel schlimmer. In der Öffentlichkeit hätte er sich hinter mich gestellt. Denn darauf kommt es an, auf das öffentliche Ansehen, weißt du. Er hätte mich gelobt und sich eine Geschichte ausgedacht, warum ich nichts für Nancy getan habe. Aber privat …«

Rusty schauderte. Er ist wie ein kleiner Junge, dachte Chyna. Ein kleiner Junge, der sich vor seinem Vater fürchtet.

Rusty schluckte. »Also bin ich stehen geblieben und habe sie angesehen. Ich habe bemerkt, dass ihr Fuß so abgeknickt war, dass er eigentlich nur gebrochen sein konnte, und ich habe Blut aus ihren Haaren auf den Stein fließen sehen. So viel Blut.« Wieder schauderte er. Dann sah er Chyna an. »Ich dachte, ich würde hören, wie die anderen Schritte sich entfernten, aber ich war nicht sicher, also habe ich gewartet, sicher mindestens zwanzig Minuten. Dann bin ich gegangen. Nancy hat noch gelebt, hat geatmet und geblutet und hätte so dringend Hilfe gebraucht. Und ich … bin einfach … weggegangen!«

Rustys Stimme war dramatisch laut geworden. Mit seinen sonst so sanften Augen blickte er hektisch um sich und schlug sich dann plötzlich mit der Hand auf den Mund, als wollte er die Worte und vielleicht auch ein Schluchzen zurückhalten. Michelle spürte die Unruhe, stand auf und kam näher zu Chyna, ohne Rusty jedoch aus den Augen zu lassen. Auch Chyna musterte ihn. Sie konnte sich nicht vorstellen, dass dieser gequälte, sich selbst zerfleischende Mann vor ihr der Gleiche war, der sich lächelnd und entspannt mit ihr im Park unterhalten hatte. Natürlich wusste sie, dass starke Gefühle einen Menschen fast zur Unkenntlichkeit verändern können, aber diese Verwandlung war beinahe unglaublich.

»Ich habe Nancy sterben lassen, aus lauter Angst um mich selbst«, stieß Rusty hervor. »Siehst du denn nicht, wie abscheulich das ist?«

Nach langem Schweigen brachte Chyna schließlich eine Antwort heraus. »Ich kann nicht behaupten, dass es eine Heldentat war, Rusty«, sagte sie und war froh, dass ihre Stimme einigermaßen freundlich und ruhig klang – obwohl sie das Gefühl hatte, innerlich mindestens so heftig zu zittern wie Rusty. »Aber niemand ist perfekt. Wir alle haben in unserem Leben Dinge getan – oder nicht getan –, die wir bereuen.«

»Wie zum Beispiel jemanden sterben lassen? Hast du jemals jemanden sterben lassen, Chyna, weil du Angst davor hattest, was die Leute sonst von dir denken?«

Chyna atmete tief durch und zerbrach sich wieder den Kopf nach einer tröstlichen, beruhigenden Erwiderung. Aber sie musste gar nichts sagen, denn Rusty fuhr fort, mit einer Stimme, die heiser war vor lauter Qual: »Und das Schlimmste ist, dass ich weiß, dass ihr Tod nicht nur ein Unfall war! Als Nancy an mir vorbeigelaufen ist, sah sie aus, als hätte sie Angst. Als ich die schweren Schritte hörte, wusste ich auch, warum. Sie war auf der Flucht vor jemandem. Großer Gott, Chyna, Nancy ist in den Tod getrieben worden!«

Inzwischen war Rustys Gesicht puterrot, der Schweiß lief ihm von der Stirn über die schmalen Wangen, und er streckte

Chyna in einer fast flehenden Gebärde die Hände entgegen – als würde er von ihr Vergebung für seine Feigheit erbitten. Wie erstarrt saß sie auf dem Brunnenrand, während sich ihr Hund erschrocken an ihr rechtes Bein schmiegte. Sie konnte keinen klaren Gedanken fassen und fand keine Worte.

Doch da fuhr Rusty mit einem Ruck herum, starrte zur Küchentür, und seine Augen füllten sich mit Entsetzen. Wie in Zeitlupe folgte Chyna seinem Blick und sah, dass Owen, Rex und Gage reglos an der Tür standen und wie gebannt zu ihnen herüberschauten.

Dann sagte Owen, der Rusty mit schmalen eiskalten Augen musterte, mit ruhiger, zorniger Stimme: »Zeit für uns, nach Hause zu gehen, mein Sohn.«

# 13

Gegen sieben brach die Dunkelheit herein, und Chyna fragte sich, ob sie nicht doch einen Fehler gemacht hatte, als sie Neds Angebot abgelehnt hatte, bei ihm und Beverly zu wohnen. Dann aber dachte sie daran, dass die Kinder dann bestimmt länger würden aufbleiben wollen, da sie ja einen besonderen Gast hatten – womit natürlich Michelle gemeint war, nicht Chyna. Beverly würde trotzdem versuchen, die normale Bettzeit durchzusetzen, was mit hoher Wahrscheinlichkeit zu Streitereien und womöglich auch Tränen führen würde – und das tat Beverly in ihrem ohnehin gestressten Zustand bestimmt nicht gut. Unterdessen würde Ned natürlich in aller Ruhe sämtliche Sportsendungen anschauen, die auf den circa zweihundert Kanälen seiner Satellitenschüssel zu finden waren. Chyna hatte nichts dagegen, sich gelegentlich zu einem Baseballspiel vor den Fernseher zu setzen, aber sie ertrug es nur schwer, wenn Ned die Mattscheibe wahlweise anjubelte oder anbrüllte.

Nein, es war die richtige Entscheidung, hier zu bleiben, auch wenn ich mich etwas unbehaglich fühle, dachte sie, als sie sich neben Michelle auf die Couch sinken ließ. Was sie jetzt brauchte, waren ihr Hund, ein leichtes Abendessen, Zeit zum Lesen oder Musikhören – und vor allem ein bisschen Ruhe.

Ruhe. Das klang schön, aber wie sollte sie Ruhe finden, wo ihre Mutter sie für immer verlassen hatte? Sie waren einander so nahe gewesen, alle drei bis vier Tage hatten sie miteinander telefoniert. Manchmal, wenn Chyna eine besonders anstrengende Schicht im Krankenhaus hinter sich hatte oder wenn ein Kind, das ihr besonders am Herzen lag, starb, hatte sie ihre Mutter angerufen und sich nach einem Gespräch mit ihr jedes Mal besser gefühlt. Oder wenn nicht besser, dann zumindest ruhiger. Vivian war immer für ihre Tochter da gewesen, Tag und Nacht, und immer hatte sie die richtigen Worte gefunden. Doch jetzt würden sie nie mehr miteinander sprechen.

Tränen stiegen Chyna in die Augen, und ihre Kehle war wie zugeschnürt. Nie mehr würde sie ihre Mutter lachen und scherzen hören, nie mehr würde sie von ihr getröstet, ermutigt und gelobt werden. Vivian war nicht mehr da, sie konnte ihrer Tochter nicht mehr sagen, wie sehr sie sie liebte. Ein paar Minuten lang wurde Chyna von dem Gefühl überwältigt, dass sie ohne ihre Mutter nicht weiterleben konnte. Michelle, die den Kummer ihrer Herrin spürte, legte ihren blonden Kopf auf Chynas Knie, und Chyna kraulte ihr die Ohren und das Gesicht, während der Hund ihr sanft die Hand leckte. »Ich bin so froh, dass ich dich mitgenommen habe, Michelle«, sagte Chyna leise. Michelle blickte erwartungsvoll zu ihr auf. »Und ich zeige dir meine Dankbarkeit, indem ich dir kein Abendessen gebe, was? Hast du Hunger?« Möglicherweise bildete sie es sich nur ein, aber sie fand, dass Michelles Gesicht aufleuchtete. »Dann holen wir das jetzt aber schnell nach, mein Mädchen«, sagte Chyna. »Vielleicht fühlen wir uns beide besser, wenn wir etwas gegessen haben.«

Für Michelle schien Futter genau das Richtige zu sein, Chyna dagegen brachte nicht mal ihren Teller Suppe und das Sandwich vollständig hinunter, obwohl sie eigentlich hungrig gewesen war. Jedes Mal, wenn sie schlucken wollte, tauchte die Erinnerung an Rusty Burtrams gequältes Gesicht vor ihrem inneren Auge auf, gefolgt von Owens harten, kalten Augen, die seinen Sohn voller Abscheu betrachteten. Als sie Owens Miene gesehen hatte, war ihr um Rusty angst und bange geworden, und auch Rusty hatte sich offensichtlich gefürchtet. Himmel, das haben wir alle, dachte sie, als sie sich Gages Ausdruck erstarrter Hilflosigkeit in Erinnerung rief – und selbst Rex' typisch unbeschwerte Sorglosigkeit war in Sekundenschnelle verschwunden.

Chyna war froh, dass Rex unter dem durchaus plausiblen Vorwand, dass er sich mit einem Fachmann über eine Investition in der Bestattungsbranche unterhalten wollte, mit Owen nach Hause gefahren war. Rusty wohnte zwar schon lange nicht mehr bei seinem Vater, aber es war ziemlich klar gewesen, dass Owen ihn nicht ungeschoren davonkommen lassen und sich irgendeine Strafe für ihn ausdenken würde. Auch wenn Rex' Ausrede etwas lahm gewesen war, stellte sie zumindest doch sicher, dass Owen den Abend mit ihm verbringen musste und seine Wut nicht unmittelbar an Rusty auslassen konnte. Aber wahrscheinlich tut er es morgen, dachte Chyna resigniert. Trotzdem war sie stolz auf ihren Onkel, dass er sich für Rusty eingesetzt hatte. Vielleicht gelang es ihm ja wirklich, Schlimmeres zu verhindern.

Als die drei Männer weggegangen waren, hatte sie ihnen lange nachgesehen. Owen war mit festen, ruhigen Schritten, die Lippen aufeinandergepresst, zu seinem schwarzen Lincoln marschiert, und jeder zufällige Beobachter hätte auf den ersten Blick erkannt, dass er innerlich kochte. Zitternd, mit hängendem Kopf, war Rusty ihm gefolgt, voller Angst vor der bevorstehenden Rückfahrt. Aber da hatte Rex ihn einfach am Arm gepackt und gesagt: »Könnten Sie sich bitte bei mir hinters Steuer setzen, Rusty? Ich hab ein paar Drinks intus und möchte ungern einen Strafzettel wegen Alkohol am Steuer kassieren. Sie wohnen doch bloß ein paar Blocks von Ihrem Vater entfernt, und den Rest des Wegs schaffe ich dann bestimmt allein, ohne einen Unfall zu bauen.« Rusty sah Rex an, als wollte er ihm vor Dankbarkeit die Füße küssen.

Armer Rusty, dachte Chyna, und als sie wieder an sein gequältes Gesicht dachte, wurde ihr erneut ganz flau im Magen. Der Fehler, den er gemacht hatte, setzte ihm furchtbar zu.

Plötzlich ließ Chyna ihren Suppenlöffel fallen. Oder war es womöglich ganz anders gewesen?

Reglos saß sie am Küchentisch und ließ sich jedes seiner Worte noch einmal durch den Kopf gehen. Zuerst hatte er erzählt, dass Nancy ihn schon immer interessiert hätte – »fasziniert«, war seine Beschreibung gewesen. Rusty war für seine Familie immer eine Enttäuschung gewesen, und es fiel Chyna nicht schwer zu glauben, dass Owen seinen Sohn für einen Versager hielt, denn er glaubte, selbst perfekt zu sein, und erwartete von Rusty dasselbe. Auf einmal musste Chyna daran denken, dass Rusty sie gefragt hatte, ob ihr Vater sie eingeschüchtert hätte. Die Frage hatte sie zunächst etwas verwirrt, weil es ja bei dem Gespräch eigentlich nicht um sie gegangen war. Ihr Vater war zurückhaltend gewesen, aber immer voller Zuneigung und Verständnis, und jetzt begriff sie, wie anders Rustys Erfahrungen als Kind und Heranwachsender gewesen sein mussten. Ganz sicher hatte er seinen Vater gefürchtet. Und wie er Owen vorhin angeschaut hatte, als dieser ihm kalt und unnachgiebig den Weg versperrt hatte, deutete darauf hin, dass Rusty ihn immer noch fürchtete.

Nancy war ganz anders gewesen. Rusty hatte gesagt, sie sei nicht nur hübsch, sondern im Umgang mit anderen Menschen sehr gewandt und beliebt gewesen. Anscheinend war ihr alles gelungen, und Rusty hatte geglaubt, von ihr könne er lernen, alles richtig zu machen, um wie sie geliebt zu werden. Andauernd hatte er sie beobachtet. Sogar wenn sie joggte. Sie zu beobachten war ihm irgendwann zur Gewohnheit geworden.

Chyna setzte sich auf. Dass Rusty Nancy in der Gesellschaft anderer Menschen beobachtet hatte, um herauszufinden, wie sie sich mit Charme, Witz und Selbstvertrauen bei anderen einschmeichelte, war ja durchaus verständlich. Aber warum hatte er Nancy beim Laufen zugesehen? Weil sie aufreizend dabei aussah? Schließlich hatten Rustys schönheitschirurgische Bemühungen nicht dazu geführt, dass er bei Frauen mehr Erfolg hatte. Als Beverly ihn zum Essen eingeladen und angedeutet hatte, er könnte doch noch jemanden mitbringen, war er aus allen Wolken gefallen, also hatte er offensichtlich noch immer keine feste Freundin. Chyna fragte sich, ob er überhaupt jemals eine ernsthafte Beziehung zu einer Frau gehabt hatte. Sie seufzte mitfühlend. Sein Leben lang war Rusty herablassend behandelt und kritisiert worden. Für seinen Vater war er nach wie vor bestenfalls eine Enttäuschung, aber wohl eher eine Blamage. Gegen solche psychischen Wunden konnte auch die Schönheitschirurgie nichts ausrichten. Wahrscheinlich blieb Rusty für den Rest seines Lebens ein emotionaler Krüppel.

Aber machten ihn diese emotionalen Narben nur bedauernswert oder auch gefährlich? Er hatte Nancy ständig beobachtet. Das war ganz sicher nicht normal. Und trotz allem konnte es nicht nur darum gegangen sein, von ihr zu lernen, wie man ein sozial erfolgreicher, charismatischer Mensch wird. Im Bestattungsinstitut hatte er zu Chyna gesagt: »Nancy hat getan, was sie wollte. Immer. Ich vermute, viele Leute hielten sie für verwöhnt.« Und Chyna hatte sofort gewusst, dass das auch seine Meinung war. Er hatte Nancy bewundert und auch gehasst.

Und noch etwas machte Chyna Kopfzerbrechen. Nancy war jahrelang immer die gleiche Strecke gelaufen, und Rusty hatte gestanden, er hätte sie dabei beobachtet, wäre dann aber zu dem Schluss gekommen, dass sein Verhalten absurd sei, und hätte daraufhin seinen Abendspaziergang anderswo gemacht. Und dann war Nancy zwei Wochen später mysteriöserweise angeblich genau diese Strecke gelaufen. Ein äußerst seltsamer Zufall. Zu seltsam, dass Chyna ihn so einfach hinnehmen konnte. Sie war fast sicher, dass Rusty nicht zufällig diesen Weg gewählt hatte. Und er hatte keine Hilfe geholt, weil niemand erfahren sollte, dass er sie beobachtet hatte. Wenn er ein

Handy benutzt oder von zu Hause den Notarzt alarmiert hätte, hätte man den Anruf zurückverfolgen können. Aber er hätte ja auch einen öffentlichen Fernsprecher benutzen können.

Wenn er Nancy wirklich hätte helfen wollen.

Wenn es nicht diese mysteriöse, unsichtbare Person gegeben hätte, die Nancy verfolgt hatte.

Wenn die Person, die Nancys Sturz verschuldet hatte, nicht Rusty selbst war!

Abrupt stand Chyna auf. Heute Nachmittag hatte sie Mitleid mit ihm gehabt. Sie war froh gewesen, dass Rex mit Owen heimgefahren war, um ihn vor Owens Zorn zu beschützen.

Aber vielleicht brauchte Rusty nicht vor Owens Zorn beschützt zu werden. Vielleicht musste vielmehr Owen andere Menschen vor seinem Sohn beschützen, und Rex hatte Rusty lediglich die Möglichkeit gegeben, sich in Sicherheit zu bringen, weil er in Chynas Augen etwas gesehen hatte, einen Verdacht, den er dadurch auszuräumen versuchte, dass er sich als einen Menschen hinstellte, der einen schrecklichen Fehler begangen hatte und sich vor Selbstvorwürfen förmlich zerfleischte. Es hatte tatsächlich eine Weile funktioniert, aber wenn Rusty früher gemerkt hätte, dass sie seine Erinnerung an jene Nacht kannte, wäre ihm vielleicht klar geworden, dass sie, all seinen Erklärungsversuchen zum Trotz, diese später analysieren und erkennen würde, dass seine Geschichte keinen Sinn ergab. Was, wenn er zu dem Schluss kam, dass er mit seinem Lügengespinst heute Nachmittag mehr Schaden als Nutzen angerichtet hatte?

Daraus würde er zwangsweise folgern, dass Chyna eine Gefahr für ihn war. Und hier saß sie in diesem großen Haus, vollkommen allein, während draußen womöglich ein Mörder herumlief, der sie für seine einzige reale Bedrohung hielt.

Mit einem Ruck erwachte Deirdre. Aufzuwachen, ohne die Augen öffnen zu können, fühlte sich sonderbar an, aber das seltsame Gefühl wurde rasch von dem starren, kalten Pochen überall in ihrem Körper übertönt. Sie lag auf der Seite, und indem sie tief Luft holte, schaffte sie es, sich auf den Rücken zu wälzen. Ein stechender Schmerz durchfuhr ihre Wirbelsäule. Einen Moment lang konnte sie zu ihrem Entsetzen ihre Füße kaum spüren, doch dann fühlte sie das Prickeln der zurückkehrenden Durchblutung. Teils verzweifelt, teils erleichtert, dass ihre Füße offensichtlich doch nicht erfroren waren, stöhnte sie auf. Bei schweren Erfrierungen mussten die betroffenen Körperteile amputiert werden ...

Ich komm hier raus, dachte sie mit einem plötzlichen Energieschub. Ich werde nicht hier auf diesem kalten Boden herumliegen und darauf warten, dass dieser Mensch, der mir das angetan hat, zurückkommt und mich umbringt. Ich werde leben!

Mit aller Kraft versuchte sie, ihre gefesselten Handgelenke und Knöchel zu bewegen. Bei den Handgelenken hatte sie kaum Spielraum, aber es kam ihr vor, als wären zumindest ihre Fußgelenke nicht mehr ganz so fest zusammengezurrt wie gestern Abend, als sie das Bewusstsein wiedererlangt und festgestellt hatte, dass sie hier auf dem Betonboden lag. Sie wackelte mit den Füßen und versuchte dann, sie ruckweise nach oben und unten zu bewegen.

Eine minimale Bewegung schien möglich, nicht nur der Füße, sondern auch der Knöchel, um die das Klebeband gewickelt war. Noch einmal versuchte sie es. Ja! Ganz eindeutig, im Bereich der Gelenke gab das Klebeband etwas nach.

Das ist die Kälte, dachte sie triumphierend. Der Klebstoff auf dem Band war erstarrt und verlor allmählich in der Kälte sein Haftvermögen. Die Fessel um ihre Handgelenke war noch immer fast unerträglich fest, aber ihre Knöchel hatte der Entführer aufgrund der Knochenstruktur nicht ganz so eng zusammenschnüren können. Die inneren Fußgelenke und die Schienbeine, waren dicht aneinandergedrückt, aber darüber und darunter war kalte Luft in die winzigen Zwischenräume eingedrungen. Wenn ihr Entführer mehr Klebeband benutzt und die Knöchel sowohl über als auch unter dem Gelenk zusammengezurrt hätte, wäre keine Luft hereingekommen. Aber vielleicht war er ja in Eile gewesen. Oder nachlässig. Oder vielleicht wusste er einfach nichts von dem Effekt, den Kälte auf jede Art von Klebstoff hatte. Vielleicht war der Entführer kein Chemiefan, dachte Deirdre hoffnungsvoll, und womöglich durchkreuzt diese simple Tatsache seine Pläne. Und wenn Deirdre entkam und alles erzählte, was sie wusste, würde man ihm endgültig das Handwerk legen können.

Sie machte eine Pause und atmete tief durch. Jetzt musste sie sich vor allem konzentrieren. Auf gar keinen Fall durfte sie anfangen zu hyperventilieren. Dass sie fror, dass sie hungrig war und Angst hatte, spielte jetzt keine Rolle. Wichtig war nur noch das lockere Klebeband an ihren Knöcheln.

Sie bewegte die Fußgelenke vor und zurück. Die Bewegung war so minimal, dass sie sich fast nicht zu lohnen schien. Aber es ist eine Bewegung, sagte sie sich, und jede Bewegung, sei sie auch noch so geringfügig, ist jedes bisschen Energie wert, das noch in mir ist.

Unter Einsatz der Oberschenkelmuskulatur begann sie die Beine auf und ab zu bewegen. Winzige Bewegungen. Jämmerlich. Aber trotzdem. Wieder schien sich das Klebeband ein wenig zu lockern. Kaum merklich, aber immerhin. Ja, es ließ sich nicht leugnen. Sie machte Fortschritte. Langsam, sehr langsam, aber …

Auf einmal hörte sie eine Tür knarren. Obwohl ihr schon so kalt war, spürte sie einen noch kälteren Luftzug. Sofort erstarrte sie, wie ein Kaninchen, das den Fuchs entdeckt. Wenn ich ganz still liegen bleibe, sieht er mich nicht, dachte sie verzweifelt. Vielleicht denkt er dann, ich bin tot. Vielleicht beschließt er dann, dass heute Nacht nicht die Nacht ist …

»Kühl hier drin, was?« Deirdres Herz klopfte wild beim

Klang der Stimme. »Natürlich ist es hier in der Gegend um diese Jahreszeit immer ziemlich kühl. Aber erst Ende November wird es nachts so richtig kalt, um Thanksgiving herum. Ich hab Thanksgiving schon immer gemocht. Ich finde es lustig, Gott dafür zu danken, dass er für uns sorgt. Genaugenommen haben die Indianer damals für uns gesorgt, und wir haben unsere Dankbarkeit gezeigt, indem wir sie umgebracht haben. Obwohl sie auch ein paar von uns erwischt haben.«

Ein tiefer Seufzer. »Aber so ist die Welt eben. Zumindest meiner Ansicht nach. Wie denkst du darüber?« Eine lange Pause. »Oh, du kannst ja nicht sprechen. Aber ich wette, du hast eine Meinung zu diesem Thema. Ich wette, du hast so ziemlich zu allem eine Meinung. Ihr schlauen Mädels glaubt doch, ihr wisst alles. Ähnlich wie bei den Hübschen. Hübsche Mädchen glauben auch, sie können alles haben – alles, was die Welt zu bieten hat. Und du bist beides, Deirdre – klug *und* hübsch. Eine unschlagbare Kombination, wenn es nicht Leute wie mich gäbe, die verhindern, dass du uns anderen alles wegnimmst.«

Daddy, Daddy, hilf mir, dachte Deirdre wild. Ich weiß, du würdest mich retten, wenn du nur wüsstest, wo ich bin, aber du weißt es nicht. Und ich weiß es auch nicht. Nur ein einziger Mensch weiß das. Der Mensch dort an der Tür. Der Mensch, der mich töten wird.

»Ich wette, der Tag war ganz schön lang für dich«, fuhr die Stimme erbarmungslos fort. »Wenn man nur so daliegt und über das Leben nachdenkt, das man mal hatte, und sich fragt, was einem noch bevorsteht – tja, das muss ziemlich anstrengend sein. Daran bist du nicht gewöhnt. So verbringt ein kluges, hübsches Mädchen doch gewöhnlich nicht seine Zeit.«

Deirdre merkte, wie die Stimme näher kam. Jetzt fühlte sie eine Berührung, Finger, die über ihre Stirn glitten, direkt am Haaransatz, über ihre Schläfen, ihre Wangen, hinunter zur Kehle. Dort verharrten sie einen Moment, und Deirdre erwartete halb, gleich die Finger einer zweiten Hand zu spüren, die ebenfalls zu ihrem Hals wanderten und zudrückten, ihr die Luft abschnitten, sie würgten. War es so bei den anderen Mädchen gewesen?, fragte sie sich. Sind sie erwürgt worden? Wenn mir dieses Schicksal bevorsteht, dann lass es bitte nicht lange dauern, betete sie. Wenn ich nicht gleich tot bin, lass mich wenigstens bewusstlos werden. Lass mich nicht jede grässliche Sekunde mitkriegen.

Aber keine zweite Hand berührte sie. Stattdessen bewegte die erste sich weiter nach unten und zog die Decke zurück. Kalte Luft strömte über Deirdres Bauch, und sie schauderte.

»So schlank. Kein Gramm Fett. Und so eine weiche Haut«, murmelte die Stimme. »Die zarte Haut einer jungen Frau. Ich hasse alte Haut, trocken und faltig. Und alte Menschen riechen. Nach Verwesung.« Deirdre fühlte, wie ein Gesicht sie direkt über dem Bauchnabel berührte. Dann hörte sie ein tiefes Einatmen. »Süß. Selbst nach einer Nacht und einem Tag hier draußen trägst du noch den süßen Duft der Jugend.«

Inzwischen zitterte Deirdre am ganzen Leib. Sie versuchte, sich auf eine andere Zeit, einen anderen Ort zu konzentrieren. Sie dachte an ein Picknick, auf das ihre Eltern sie mitgenommen hatten, als sie ungefähr zehn gewesen war. Ihre Mutter hatte eine Decke ausgebreitet und Teller und Plastikdosen darauf verteilt. »Guter Gott, Schatz!«, hatte Deirdres Vater gerufen und ihre hübsche Mutter angestrahlt. »Bist du ein Genie, oder was? Wie in aller Welt hast du das alles in den kleinen Picknickkorb gekriegt?« Aber sie lächelte nur. »Das können wir nie im Leben alles aufessen«, lachte er. »Wir werden eine Tonne von Resten haben.«

Aber es gab keine Reste. Sie hatten gegessen, bis sie sich nicht mehr rühren konnten. Dann lagen sie auf dem Boden, starrten zum Himmel empor und betrachteten die Wolken. »Diese hier ist ein Elefant«, sagte ihre Mutter. »Und daneben ist ein Baby-Elefant. Siehst du die beiden, Deirdre?« Und

Deirdre gab vor, dass sie die Elefanten erkannte, obwohl sie eigentlich nur eine große runde Wolke sah. Bei ihrer Mutter wurden sogar Wolken magisch und machten Spaß. Ihre Mutter machte die ganze Welt für Deirdre und Ben magisch, mit ihr machte das ganze Leben Spaß.

Vielleicht sehe ich sie wieder, wenn es stimmt, dass man im Himmel den Menschen begegnet, die man liebt, dachte Deirdre, während ihr Entführer an ihr herumschnüffelte, ihr »junges Fleisch« begutachtete, ihren Körper, der sich zunehmend schmutzig anfühlte. Vielleicht ist der Tod gar nicht so schlimm, dachte sie. Schlimmer als das hier kann er gar nicht sein.

Plötzlich hörte Deirdre ein Geräusch. Ein Auto. Einen lauten Motor. Der Motor eines alten Autos. Neue Autos brummten nur leise vor sich hin. Das Schnuppern hörte auf. Die Person, die sich über sie beugte, erstarrte und stieß hörbar die Luft aus, als hätte sie Angst. O Gott, ist etwa jemand gekommen, um mich zu retten?, dachte Deirdre verzweifelt. Ist ein Wunder geschehen?

Warmer Atem drang an ihr Ohr. »Du gibst keinen Laut von dir.« Deirdre hätte ohnehin nur unter dem Klebeband zu schreien versuchen können, aber so verlockend es war, jemanden auf sich aufmerksam zu machen, wusste Deirdre, dass jede Bewegung, jeder Laut sie das Leben gekostet hätte. Bitte, bitte, bitte, schrien ihre Gedanken. Stimmen. Sie hörte Stimmen. Männerstimmen. Der über sie gebeugte Mensch schien den Atem anzuhalten. Sie kommen, jubelte Deirdre innerlich. Ich bin gerettet! Mama hat jemanden geschickt, um mich zu retten!

Ihr Herz pochte so laut, dass sie dachte, es würde ihr aus der Brust springen. Und dann, gerade als ihr Jubel fast seinen Höhepunkt überschritten hatte, hörte sie Lachen, Mädchen, die in einem Mischmasch aus Angst und Entzücken giggelten.

Wer war da draußen?, fragte sich Deirdre. Eine Gruppe Teenager? Eine Gruppe lachender Teenager wie die bei der Party gestern Abend, als sie gekidnappt worden war?

»Ich will da aber nicht rein!«, kreischte ein Mädchen. »Ich hab gehört, dass der Typ, dem das gehört, ein Gewehr hat, und wenn er uns hier erwischt …«

»Was? Meinst du, dann bringt er uns um?«, entgegnete einer der Jungs herausfordernd. »Vielleicht will er uns damit Angst einjagen, aber er wird sich schon nicht wegen Mordes ins Gefängnis stecken lassen. Komm schon, Cookie. Brauchst du noch ein Bier, oder was? Sonst bist du doch auch nicht so eine Heulsuse!«

Wieder hysterisches Gekicher. »Okay, okay, wenn du drauf bestehst, geh ich rein. Wir gehen alle rein, ja?«

Eine Autotür wurde geöffnet und wieder zugeschlagen. Jubelrufe. Von wie vielen Stimmen? Drei? Nein, es waren mindestens vier. Und sie kommen rein, haben sie gesagt, dachte Deirdre. Jemand war schon aus dem Auto gestiegen. Jemand würde reinkommen. Mehrere. Ganz bestimmt würden sie etwas tun. Sie würden ihr helfen!

Dann hörte sie, wie der Motor aufheulte. Langsamer wurde. Wieder lautes Lachen. Noch mehr nervtötendes Gekreische. Eine Autotür schlug zu. Schlug sie zu, weil noch jemand ausstieg? Ja, so musste es sein. Es musste einfach so sein.

»Ach, das lohnt sich doch nicht. Ich hab eine bessere Idee für heute Abend«, rief eine der Männerstimmen.

»Ja«, antwortete das Mädchen, das vorhin Cookie genannt worden war. »Gehen wir woandershin. Was hast du denn für eine Idee?«

»Eine ganz gruslige!«

Die Mädchen kreischten und kicherten hysterisch. Wieder heulte der Motor auf, wurde leiser und heulte erneut. Dann hörte Deirdre, wie der Kies unter den Reifen spritzte. Der Motor dröhnte, das Auto fuhr davon. Es fuhr weg! Nein! Nein, es konnte doch nicht sein, dass jemand so nahe gewesen war und jetzt einfach davonfuhr! Das war doch nicht möglich. Diese Teenager konnten sie doch hier nicht alleine lassen!

Aber genau das taten sie.

Dauerte es eine oder fünf Minuten, bis Deirdre begriff, dass sie das Auto überhaupt nicht mehr hörte? Ich hätte die Sekunden zählen sollen, dachte sie. Sie hätte aufpassen müssen, wie lange das Auto da gewesen war. Wenn es erst ein paar Sekunden weg war, bestand die Chance, dass es zurückkam. Vielleicht fuhren die Teenager nur einmal kurz um das Gebäude herum und suchten den besten Eingang. Das konnte doch gut sein. Aber wenn sie schon vor längerer Zeit losgefahren waren ... selbst wenn es erst fünf Minuten waren, würden sie sicher wegbleiben.

Eine Weile war Deirdre wütend auf sich selbst. Dann aber versank sie wieder in düstere Verzweiflung. Was hätte es genutzt zu wissen, wie lange das Auto hier gewesen war? Niemand war ihr zu Hilfe gekommen. Die Leute im Auto hatten gar nicht nach ihr gesucht. Den Stimmen nach waren es sowieso nur ein paar Teenager gewesen – ein paar Teenager, die sich amüsieren wollten. Und hier lag sie immer noch mit zugeklebten Augen, zugeklebtem Mund, die Hände auf den Rücken gefesselt, auf dem kalten Betonboden. Nichts hatte sich verändert. Alles war noch genauso wie vorher ... außer ...

Deirdre hielt die Luft an, lauschte angestrengt, konzentrierte sich mit jeder Faser ihres Wesens, bis sie sich ganz sicher war.

Das Auto war weg. Aber auch ihr Entführer war nicht mehr da.

Bis halb neun hatte Chyna das Essen ganz aufgegeben, obwohl sie wusste, dass ihr Körper eigentlich Nahrung brauchte. Tja, was er brauchte und was sie wollte, war offensichtlich nicht dasselbe. Auch gut. Sie gab den Rest des Sandwichs Michelle und leerte die kalte Suppe in den Ausguss.

Mit einem Seufzer sah sie Michelle an, die das Sandwich mit zwei Bissen verschlungen hatte und jetzt geduldig vor ihrem Napf saß und auf ihren Keks zum Nachtisch wartete. »Ich wollte, mein Dessert wäre auch das Einzige, worüber ich mir Sorgen mache«, sagte Chyna zu ihr. »Aber keine Angst. Ich war zwar die letzten Tage ein bisschen daneben, aber ich habe noch nicht alles vergessen, was wichtig ist im Leben.«

Sie ging in die Küche und holte die Tüte mit den Hundekeksen, die Ned zusammen mit dem Trockenfutter besorgt hatte. Offensichtlich hatte er sich daran erinnert, wie sehr der Irish Setter, den die Greers früher besessen hatten, diese Sorte geliebt hatte. Ned hatte dem Hund – einem reinrassigen Setter mit einem eindrucksvollen Stammbaum und ein Vermögen wert – allerlei Tricks beigebracht und ihn dann immer mit einem dieser Kekse belohnt. Er liebte das Tier so sehr, dass er es sogar in das Gartenhäuschen, das dem Sturm zum Opfer gefallen war, mitnahm – und das war die größte Ehre, die Ned einem Lebewesen erweisen konnte. Chyna war so gut wie nie eingeladen worden. »Du bringst bloß alles durcheinander«, hatte ihr Bruder hochnäsig erklärt, als er zehn war. »Außerdem ist das Gartenhaus was für Jungs. Ich möchte nicht, dass du deine Mädchenbakterien da reinschleppst.«

Natürlich war Chyna heulend zu ihrer Mutter gelaufen, die zwar über Neds Begründung gelacht, ihrer Tochter aber nahegelegt hatte, sich an Neds Anordnung zu halten. Schließlich war das Häuschen für ihn gebaut worden. Danach hatte Chyna alles darangesetzt, sich trotzdem Zugang zu verschaffen, aber Ned hatte sein Heiligtum immer sorgfältig verschlossen und besonders scharf aufgepasst, wenn seine kleine Schwester in der Nähe war.

Chyna ging ans Fenster und schaute auf die Terrasse hinaus – die Terrasse, auf der Rusty ihr vorhin sein Herz ausgeschüttet hatte. Nebel trieb vom See herüber, umwaberte den Brunnen, still, geheimnisvoll und irgendwie beängstigend

dem Morgen von ihrem Finger gezogen, ihn mit nach Hause genommen, und jetzt möchte ich, dass du ihn nimmst.«

Chyna blickte auf die kleine weiße Schachtel, als enthielte sie etwas Verbotenes.

»Ach, komm schon, Schwesterchen«, beharrte Ned, und seine Stimme klang etwas munterer. »Mach kein so erschrockenes Gesicht. Ich hab ihn doch nicht gestohlen. Das ist jetzt dein Ring. Bitte nimm ihn.«

Chyna spürte, wie ihr die Tränen in die Augen stiegen. Langsam streckte sie die Handfläche aus, und Ned legte die Schachtel darauf. Chyna nahm sie entgegen, machte sie aber nicht auf. »Danke, Ned«, sagte sie leise. »Du kannst dir gar nicht vorstellen, wie viel mir das bedeutet.«

Auf einmal wirkten seine blauen Augen tieftraurig. »Oh doch, das kann ich, Chyna. Es ist Moms letztes Geschenk an dich. Denk an sie, wenn du den Ring trägst.«

»Das werde ich, immer«, antwortete Chyna. »Du bist der beste Bruder der Welt.«

Kurz darauf machte Ned sich auf den Heimweg, und Chyna wollte gerade nach oben gehen und den Ring in ihr Zimmer bringen, als das Telefon klingelte. Sie war in Gedanken so bei dem Ring gewesen, dass sie erschrocken auffuhr, aber dann legte sie die Schachtel auf den Couchtisch und nahm den Hörer ab. Bestimmt Rex, dachte sie ärgerlich. Rex, der schon seit ein paar Stunden wieder hätte hier sein sollen. Sie hatte sogar bei Owen Burtram angerufen, aber dort hatte niemand abgenommen. Sie hoffte inständig, dass Owen sich mit Hilfe ihres Onkels nach der Szene mit Rusty ein bisschen abgekühlt hatte. Aber wo zum Teufel steckte Rex jetzt? Was würde er ihr erzählen, wenn er irgendwann endlich auftauchte? Dass er bei einem Freund gewesen war, der dringend jemanden zum Reden gebraucht hatte? Sie würde ihm nicht glauben. In diesem ganzen Schlamassel war er bisher nicht die geringste Hilfe gewesen, und auf einmal war sie schrecklich wütend auf ihn.

Mit ziemlich unfreundlicher Stimme meldete sie sich: »Ja?«

»Hier ist Beverly. Alles in Ordnung bei dir, Chyna?«

Sofort kam Chyna sich albern vor. »Ja, ja, mir geht's gut.«

»Klingt aber gar nicht danach. Ned hat mir erzählt, was heute vor deinem Haus passiert ist. Kein Wunder, dass du ein bisschen nervös bist. Ich wollte eigentlich rüberkommen, aber Ned meinte, das wäre womöglich gefährlich. Auch für die Kinder.«

»Da hat er vollkommen recht. Ich bin sehr froh, dass du zu Hause geblieben bist. Ned hat gerade auf dem Heimweg vorbeigeschaut, und mir geht es wirklich gut.«

»Rex war vorhin kurz hier. Er meinte, du hältst dich echt großartig.«

»Ich halte mich großartig?«, wiederholte Chyna sarkastisch. »Na ja, anscheinend denkt er, ich kriege alles geregelt, komme was wolle. Er ist nämlich immer noch nicht von Owen Burtram zurück.«

»Er ist noch nicht wieder bei dir zu Hause?«, rief Beverly entsetzt. »Es ist schon über eine Stunde her, dass er hier war. Er hat irgendwas davon erzählt, dass Rusty eine Menge Unsinn geplappert hat, worüber Owen total sauer war, und dass er mit ihm nach Hause gefahren ist, um ihn ein bisschen zu beruhigen. Aber als Rex wieder gegangen ist, hat er gesagt, er fährt jetzt zu dir.«

»Hat er denn gesagt, ob Owen sich tatsächlich beruhigt hat?«

»Er meinte, Owen hätte überhaupt nicht über die Sache mit Rusty gesprochen, was immer das gewesen sein mag. Rex wollte es mir nicht verraten. Dann hat Owen anscheinend einen Anruf gekriegt und musste dringend weg. Deshalb ist Rex bei uns vorbeigekommen, bloß um Hallo zu sagen, ehe er wieder zu dir fährt.«

»Vielleicht taucht er ja gleich auf«, sagte Chyna, obwohl sie, wenn sie ehrlich war, nicht viel Hoffnung hatte. Sofort wurde sie wieder ärgerlich.

»Diese grässlichen Menschen!«, rief Beverly unvermittelt. Chyna stutzte, doch dann begriff sie, dass ihre Schwägerin das Thema gewechselt hatte und wieder auf die Belagerung des Hauses zurückgekommen war. »Rex hat erzählt, Irma Vogel sei die Rädelsführerin gewesen. Ich mochte sie noch nie so besonders, obwohl sie das aus irgendeinem Grund zu glauben scheint. Sie ruft mich jedenfalls ständig an, um mir die neuesten Klatschgeschichten und Skandale zu erzählen. Manchmal klingt sie schon ein bisschen irre. Nein, wenn ich es mir recht überlege, bin ich sogar ziemlich sicher, dass sie verrückt ist, und ich möchte lieber nichts mehr mit ihr zu tun haben.« Wieder machte Beverly einen abrupten Gedankensprung. »Chyna, was hat Rusty denn erzählt? Warum ist Owen so wütend auf ihn?«

Chyna hatte nicht die Absicht, Beverly mit Einzelheiten aus Rustys Beichte zu beunruhigen. »Ich glaube, Nancys Tod hat ihn ziemlich mitgenommen. Er läuft manchmal die gleichen Strecke wie Nancy, und jetzt verfolgt ihn der Gedanke, dass er ihr vielleicht hätte helfen können, wenn er zur gleichen Zeit wie sie dort gewesen wäre.«

Die Erklärung klang selbst in Chynas Ohren ziemlich an den Haaren herbeigezogen, und anscheinend fand Beverly das auch, denn sie fragte: »Und warum ärgert Owen sich dermaßen darüber?«

»Ich weiß auch nicht. Manchmal denke ich, Owen ist genauso verrückt wie Irma. Und du weißt ja, wie hart er schon immer mit Rusty war.« Ich kann nicht dauernd so vage bleiben, dachte Chyna. Sonst merkt Beverly garantiert, dass ich etwas verheimliche. »Ich ärgere mich wirklich über Rex«, lenkte sie ab. »Man könnte doch wirklich erwarten, dass er nach einem Tag wie diesem wenigstens so viel Einfühlungsvermögen zeigt, mich nicht hier allein zu lassen. Stattdessen hängt er wahrscheinlich in irgendeiner Bar rum und beäugt die Frauen.«

»Chyna!«, rief Beverly lachend. »Na, du bist ja echt nicht gut auf Rex zu sprechen.« Nüchterner fuhr sie fort: »Aber ich kann dich nur zu gut verstehen, dass du nicht allein sein möchtest. Soll ich Ned zu dir schicken, wenn er heimkommt?«

»Nein. Ich glaube, er brütet eine Grippe aus oder so was. Sorg dafür, dass er genug trinkt, vorzugsweise Orangensaft. Kein Bier. Ich nehme eine von Moms Schlaftabletten und leg mich früh ins Bett.«

»Ja, Ned sieht schon den ganzen Tag nicht richtig gut aus. Ich werde ...« Beverly unterbrach sich mitten im Satz und rief: »Ian Greer, was hast du hier zu suchen? Geh wieder ins Bett!« Mit leiserer Stimme fuhr sie fort: »Bestimmt kommt Rex bald heim, Chyna. Falls nicht, ruf mich an, dann komme ich rüber.«

»Mach ich«, versprach Chyna, obwohl sie genau wusste, dass sie Beverly nicht stören würde, ganz gleich, wie unangenehm die Nacht werden würde.

Vierzig Minuten später saß Chyna immer noch alleine da und wartete auf Rex. Inzwischen hatte sie beschlossen, keine Schlaftablette zu nehmen, denn sie wollte, wenn ihr Onkel endlich auftauchte, unbedingt wach genug sein, um ihm in allen Einzelheiten auseinanderzusetzen, wie wütend sie war. Plötzlich klingelte das Telefon. »Das ist garantiert Rex mit irgendeiner blöden Ausrede«, murmelte Chyna. Ohne auf den Display zu schauen, nahm sie ab. »Na, das wurde aber auch Zeit«, schimpfte sie sofort los. »Wenn du das bist, Rex, dann möchte ich, dass du jetzt sofort herkommst.« Ihre Stimme klang scharf und kalt. »Und wenn Sie einer von den Idioten sind, die sich heute auf meinem Rasen aufgebaut, mein Grundstück verunreinigt, mich beschimpft und wahrscheinlich geglaubt haben, Sie könnten mir Angst einjagen, dann sind Sie auf dem Holzweg!«

Keine Antwort.

Und dann hörte sie wieder das seltsame Windgeräusch eines Ferngesprächs aus der Vergangenheit. »Wer ist denn da?«, fragte sie und bemühte sich, ruhig zu klingen. »Sie machen mir keine Angst«, verkündete sie standhaft. »Was wollen Sie von mir?«

Nach einer Weile hörte sie eine Stimme: »Deine Hilfe, Chyna. Ich brauche deine Hilfe.«

O Gott, dachte sie, denn sie war fast sicher, dass sie wieder Anitas Stimme hörte. Doch während diese beim ersten Mal trotz der Windgeräusche leicht und singend geklungen hatte, war sie jetzt schwach und klagend. Und doch ...

»Du weißt doch, dass ich es bin, Bubble Gum.«

»Nein, Anita, das kann nicht sein. Es ist unmöglich ...« Fast hätte sie gesagt: Weil Sie tot sind, aber im letzten Moment biss sie sich auf die Zunge. Inzwischen zitterte sie am ganzen Körper, ihre Hände waren eiskalt, sie atmete flach und hastig. »Anita, was wollen Sie von mir?«

»Star light, star bright, first star I see tonight ...«

»Anita«, stieß Chyna halb erstickt hervor. »Was meinen Sie damit?«

»Das wirst du schon rausfinden, Bubble Gum.« Chyna schloss die Augen. Ihr Herz raste. »Du musst Zoey helfen, bitte, Chyna.« Eine Pause folgte, und die Stimme klang schwächer, als sie fortfuhr: »Star light, star bright ...« Nun wurde der Wind lauter und Anita leiser und immer leiser. »First star I see tonight ...«

Noch lange, nachdem die Stimme verklungen war, hielt Chyna das Telefon umklammert, obgleich sie wusste, dass niemand mehr, weder aus dieser oder noch aus einer anderen Welt durch dieses unbeholfene, lachhafte Gerät, das man Telefon nannte, Kontakt mit ihr aufzunehmen versuchte.

Und dann wurde sie ohnmächtig.

Zuerst dachte Chyna, sie läge am Strand, und die Wellen spülten sanft über ihr Gesicht. Warme Wellen, die sie streichelten. Eine Weile hielt sie die Augen geschlossen und genoss das Gefühl – das Gefühl, von Liebe überflutet zu werden.

Doch dann schien alles jäh stillzustehen. War dieses träumerische, tröstliche Gefühl der Tod, der sich ihr näherte und sie in die unermessliche, erbarmungslose Dunkelheit lockte? Nein, sie würde ihm nicht folgen. Sie *konnte* ihm nicht folgen. Sie hatte noch etwas zu erledigen. Das war sie Zoey schuldig. Das war sie all den anderen Mädchen schuldig, die wie Schemen in der Nacht verschwunden waren. Zoey hatte gesagt, Chyna wäre die Einzige, die das Grauen beenden könnte. Zwar wusste Chyna nicht, wie, aber sie wusste, dass sie all ihre Kraft und Energie dafür einsetzen würde.

Plötzlich spürte sie eine leidenschaftliche Entschlossenheit, und sie schlug die Augen auf. Nachdem sie ein paarmal geblinzelt hatte, fing sie an zu lachen. Sie lag keineswegs am Strand und wurde auch nicht von Wellen umspült, und auch der Ozean des Todes drohte sie nicht zu verschlingen.

Nein, sie lag auf dem Wohnzimmerboden, und Michelle leckte ihr das Gesicht.

»Ich hab noch nie in meinem Leben einen Mann angerufen und ihn gebeten, zu mir zu kommen, weil ich Angst habe«, erklärte Chyna, als Scott ins Wohnzimmer trat. »Ich schäme mich ein bisschen.«

»Ich nicht. Im Gegenteil – ich fühle mich unendlich geschmeichelt.« Scott lächelte, aber seine dunklen Augen wanderten besorgt über ihr Gesicht und ihren Körper, als suchten sie nach Anzeichen einer Verletzung. »Eigentlich bin ich nur froh, dass ich ein Auto hatte und kommen konnte, als du mich angerufen hast. Ohne Ned hätte ich das schicke neue Auto nicht, das jetzt in deiner Auffahrt steht. Als er mich heute heimgebracht hat, haben wir bei seinem Autohaus Station gemacht, und er meinte: ›Du hast vorhin erwähnt, dass du dir ein neues Auto kaufen willst. Such dir eins aus und fahr ein paar Tage damit. Wenn es dir gefällt, mach ich dir einen guten Preis, versprochen.‹ Deshalb bin ich jetzt nicht mehr auf Mitfahrgelegenheiten oder den Taxidienst von Black Willow angewiesen.«

»Gott sei Dank. Wenn du nicht hättest kommen können ...« Chyna vollendete den Satz nicht. »Ach, vergessen wir das, Scott. Ich bin nur frustriert wegen Rex, der weg ist wie üblich, und natürlich hat er auch kein Handy, denn das würde es den Frauen in seinem Leben viel zu leichtmachen, ihn aufzuspüren.«

»Na, wie's aussieht ist Rex für heute unten durch«, stellte Scott trocken fest. »Bist du sicher, dass mit ihm alles in Ordnung ist? Keine schlechten Schwingungen?«

»Nein, da bin ich ganz und gar nicht sicher. Er müsste wissen, dass ich mir Sorgen mache, der Dummkopf. Aber in Bezug auf seine körperliche Unversehrtheit mache ich mir keine Sorgen.«

»Wenn er jetzt heimkommen würde, möchte ich aber keine zehn Cent auf seine körperliche Unversehrtheit wetten«, grinste Scott. »Was ist mit deinem Bruder?«

»Ned brütet eine Grippe aus und sollte meiner Meinung nach außerdem ein bisschen mehr Zeit mit seiner Familie verbringen.« Chyna hielt inne. »Hör mal, Scott, ich will mich wirklich nicht aufdrängen ...«

»Das tust du auch nicht. Ich bin sehr froh, dass du mich nicht wie einen Invaliden behandelst, sondern mich zu Hilfe gerufen hast.«

»Gut. Ich hätte nämlich nicht den Rest der Nacht hier rumsitzen und mich mit Geistern unterhalten können.«

»Mit Geistern unterhalten?«, wiederholte Scott vorsichtig.

»Am Telefon. Anita Simms, Zoeys Mutter.« Scott starrte sie an, und sie hielt seinem Blick mit einer gewissen Bitterkeit stand.. »Ja, ich weiß, dass sie tot ist. Genau so ein Abend war es ja.«

»Wow, das ist ja der Hammer, Chyna.«

»Das kannst du laut sagen.« Sie versuchte ein Lächeln. »Du siehst aus, als könntest du ein Glas Wein vertragen. Oder vielleicht auch was Stärkeres.«

»Etwas Stärkeres bitte. Vielleicht einen Bourbon? Oder einen Scotch? Dann kannst du mir von deinem Gespräch mit Anita berichten.«

»Schau mich nicht so an, Scott«, warnte ihn Chyna. »Du wolltest wissen, was in meinem Kopf vor sich geht. Ich sage dir nur, was du wissen wolltest.«

»Und ich nehme dich ernst. Ehrlich. Aber das alles ist Neuland für mich, Chyna. Werd bitte nicht sauer auf mich, wenn ich manchmal etwas verblüfft reagiere.«

»Das tust du jedes Mal. Aber das kann ich akzeptieren.« Sie zuckte die Achseln. »Möchtest du deinen Bourbon pur oder mit Wasser?«

»Pur bitte. Und einen doppelten, wenn möglich.«

Lachend machte sich Chyna auf den Weg in die Küche. »So schlimm hab ich dich aus dem Gleichgewicht gebracht, ja? Nach allem, was du bei deinem Flugzeugabsturz durchmachen musstest?« Sie unterbrach sich und drehte sich mit entsetztem Gesicht zu ihm um. »Mein Gott, entschuldige, Scott. Ich bin einfach mit dieser taktlosen Bemerkung herausgeplatzt, weil .... Bitte verzeih mir, ich bin ...«

»Ich verzeihe dir«, unterbrach Scott sie ruhig. »Alles in Ordnung. Ich stehe noch. Deine Bemerkung hat mich nicht umgehauen, und schließlich kann einem so was schon mal rausrutschen, wenn man selbst gerade so unter Stress stehst, wie du jetzt.«

»Ja, ich bin ziemlich am Ende, aber trotzdem ...« Sie schloss die Augen und ließ den Kopf hängen. »Glaubst du, dass einer von uns bis Weihnachten durchhält?«

»Ja. Vielleicht ein bisschen mitgenommen, aber wir schaffen das. Leider. Ich hasse Weihnachten nämlich.«

»Ich auch!«, platzte Chyna heraus. »Aber ich hab immer gedacht, ich bin der einzige Mensch auf der ganzen Welt, der nichts damit anfangen kann, Weihnachtsbäume zu schmücken, Früchtekuchen zu essen, Geschenke einzupacken und Weihnachtslieder zu singen. Was für eine Erleichterung! Ich bin doch nicht vollkommen irre!«

»Oh, da wäre ich an deiner Stelle aber nicht so sicher«, entgegnete Scott ernsthaft. »Irre bist du vielleicht trotzdem. Aber du bist wenigstens nicht der einzige irre Mensch, der Weihnachten nicht mag.«

Sie lachten beide, bis ihnen die Tränen kamen. »Das war doch eigentlich gar nicht so lustig«, stieß Scott schließlich atemlos hervor.

»Stimmt. Aber es ist so ein gutes Gefühl, sich mal einfach gehen zu lassen. Also, ich lasse mich schon manchmal gehen, aber eigentlich nie *mit* jemandem.« Chyna warf einen Blick zu Michelle hinüber. »Ausgenommen mit Michelle natürlich. Vor einer halben Stunde durfte sie sogar miterleben, wie ich mich total habe gehen lassen. Nach dem Anruf.«

Scott wischte sich eine letzte Träne von der Wange, schniefte und sah Chyna dann aufmerksam an. Aus dem Lachen wurde ein Lächeln, das ein Signal zu sein schien, dass der Ernst des Lebens zurückkehrte. »Der Anruf. Ja, du hast ihn vorhin am Telefon erwähnt.« Er trat auf sie zu und legte ihr die Hand auf die Schulter. »Vergessen wir den Bourbon und gehen lieber eine Weile weg von hier. Dann kannst du mir alles erzählen.«

»Wohin sollen wir denn gehen?«

»Nirgendwohin. Wir fahren einfach mit meinem schicken neuen Auto ein bisschen durch die Gegend.«

Nach einem Augenblick des Zögerns nickte Chyna. »Klingt gut – unter einer Bedingung: Michelle darf mitkommen.«

»Haart sie?«, fragte Scott.

»Das ist doch egal«, entgegnete Chyna grinsend. »Das Auto gehört immer noch Ned.«

»Die Musikanlage ist großartig«, meinte Chyna eine Viertelstunde später, als sie auf dem Highway nach Norden fuhren. »Ich liebe diesen Song.«

»Das hab ich mir schon gedacht, als du die CD unbedingt mitnehmen und so laut drehen wolltest.«

»Zu laut?«

»Nein. Wunderbar.«

»Ich höre beim Autofahren immer Musik. Vor allem nachts.«

»Na ja, heute sitzt du zwar nicht am Steuer, aber bei mir ist es genauso. Zwei Doofe, ein Gedanke, wie man so schön sagt«, erwiderte Scott grinsend, während »With or Without You« von U2 das Halbdunkel des Wagens erfüllte.

Bereits nach zehn Minuten hatten sie die Lichter von Black Willow hinter sich gelassen und fuhren durch weite Felder, größtenteils mit kahlen Halmen, der Mais fast zwei Meter hoch, aber trocken und braun, die kniehohen Sojapflanzen verwelkt und blattlos. Chyna fröstelte. »Glaubst du, Deirdre ist irgendwo hier draußen? Und lebt noch?«

»Ich bin nicht derjenige mit der übersinnlichen Begabung«, antwortete Scott ohne jeden Sarkasmus. »Ich dachte, du könntest vielleicht spüren, ob sie noch am Leben ist und wo sie sich aufhält.«

»Das ist ja das Problem mit dem ganzen fabelhaften übersinnlichen Zeug«, gab Chyna düster zurück. »Der sechste Sinn schaltet sich im Kopf genau dann ein, wenn man es am allerwenigsten erwartet, und für gewöhnlich nicht dann, wenn man ihn am dringendsten braucht.« Sie rieb sich mit der Hand über die Stirn. »Es wäre so wunderbar, wenn ich die Visionen und Stimmen kontrollieren könnte. Zum Beispiel die Stimme von Zoey.«

Chyna hatte Scott schon von dem neuerlichen Anruf erzählt, bei dem Zoeys Stimme wieder um Hilfe gefleht und den bekannten Reim rezitiert hatte. »Du und Zoey, ihr habt euch doch von klein an gekannt«, sagte Scott. »Bist du ganz sicher, dass ihr dieses Lied nicht irgendwann zusammen gesungen habt? Oder dass eure Mütter es euch beigebracht haben, als ihr noch ganz klein wart?«

»Meinst du, Zoey hat ihn von ihrer und ich von meiner Mutter gelernt, als wir Babys oder zumindest noch sehr klein waren?«, hakte Chyna nach, und Scott nickte. »Das ist schon möglich, aber was könnte das bedeuten? Garantiert sagt Zoey ihn nicht grundlos, Scott, aber ich komme einfach nicht dahinter, was sie meint.«

»Hat sich eine von euch vielleicht besonders für Sternenkunde interessiert?«

»Ich ganz sicher nicht. Soweit ich mich erinnere, hat Zoey mal kurzfristig eine Leidenschaft fürs Sternegucken entwickelt, aber als ihre Eltern ihr dann ein Teleskop geschenkt haben, hat sie prompt das Interesse daran verloren. Sie fand es nicht mehr lustig, sobald sie sich im Geringsten unter Druck gesetzt fühlte, tiefer in die Materie vorzudringen.« Chyna lächelte wehmütig. »Zoey war intelligent, aber sie hat nicht gern gelernt. Sie war viel zu unruhig, um still dazusitzen, ein Buch zu lesen und zu forschen, und sie hasste alles, was mit Disziplin zu tun hatte. Vermutlich wäre sie aufs College gegangen, weil ihre Mutter das von ihr erwartete, aber sie hat nie ein ausgeprägtes Interesse für irgendein Fach bekundet.«

»Im Gegensatz zu dir mit deiner Begeisterung für Chemie und Anatomie.« Scott zögerte. »Deirdre hat die gleichen Interessen. Für ihr Alter ist sie ungewöhnlich reif und eine große ›Denkerin‹, wie Ben immer gesagt hat. Eine Intellektuelle. Und sie ist außergewöhnlich hübsch. Wenn ich es mir richtig überlege, seid ihr beide euch ziemlich ähnlich.«

»Also müsste ich doch eigentlich erspüren können, wo sie

ist.« Die Angst, die Chyna nach dem Anruf übermannt hatte, wich allmählich wieder der Mutlosigkeit, die sie schon den ganzen Tag immer wieder verfolgt hatte. »Gott, ich fühle mich so nutzlos.«

»Das bist du aber mit Sicherheit nicht, Chyna. Und gib nicht auf, immerhin hast du dank deiner besonderen Kräfte wahrscheinlich Deirdres Entführung gesehen.«

»›Wahrscheinlich‹ – genau das ist das Schlüsselwort. Und selbst wenn es stimmt, kann es gut sein, dass ich nichts Neues mehr über Deirdre erfahre. Und dann bringt es gar nichts, vor allem, weil ich nicht mal sehen konnte, wer es war, der sie entführt hat.«

»Okay, jetzt rutschst du mal wieder in die Depression ab«, konstatierte Scott trocken. »Vielleicht weiß ich ja nicht viel über übersinnliche Wahrnehmungen, aber ich habe das sichere Gefühl, dass Depressionen nicht dienlich sind, um Visionen herbeizuführen.«

»Depressionen sind überhaupt nicht sehr dienlich. Bestenfalls dafür, dass man sich als Versager fühlt.«

»Kein Wort mehr über Versager.« Inzwischen waren die verdorrten Maisfelder einer unbebauten, flachen Ebene gewichen, und auf einmal sah Chyna ein großes, klobiges Gebäude im Mondlicht aufragen. »Was ist das denn?«, fragte sie und deutete darauf.

Scott lachte. »Chyna Greer, erzähl mir nicht, dass du unser altes Autokino vergessen hast!«

»O doch, das hab ich tatsächlich vergessen«, antwortete sie, als sie näher kamen. »Ich war aber auch nie drin.«

»Ja, du warst wahrscheinlich erst sieben oder acht, als es geschlossen wurde. Ich bezweifle, dass du in dem zarten Alter schon sehr viele Verabredungen hattest, die dich unter dem Vorwand, einen guten Film zu sehen, ins Autokino mitgenommen haben, obwohl sie eigentlich …«

Chyna sah ihn an. »Eigentlich was?«

»Obwohl sie es eigentlich auf ein romantisches Rendezvous abgesehen hatten.«

»Oh, du magst also Euphemismen«, konterte sie grinsend. »Und warum habe ich das Gefühl, dass du eine ganze Menge Mädchen hierhergelockt hast?«

»Weil du hellsehen kannst vielleicht?«

»Nein, weil du als Teenager ein ganz schöner Schürzenjäger warst.« Scott erwiderte ihren forschenden Blick. »Das hat deine Mutter jedenfalls meiner Mutter erzählt.«

»Und Vivian hat es dir verraten?«

»Na ja, ich hab manchmal gelauscht.«

»Pfui, schäm dich!«, lachte Scott, während sie dicht an dem ehemaligen Autokino vorbeifuhren. Die alte Anzeigentafel stand noch, umgeben von verdörrtem Gras und wucherndem Unkraut. Im Mondlicht erkannte man außerdem Dutzende von Pfählen – Vorrichtungen für die inzwischen verrosteten, und schon immer blechern klingenden Lautsprecher, die man am Autofenster befestigt hatte, um zu den Bildern auf der Leinwand auch den Dialog hören zu können. Sogar der alte Kiosk war noch da, fast gänzlich überwuchert von dicht belaubtem Gestrüpp und Efeu, das aussah, als wollte es die Bude niederreißen und dem Erdboden gleichmachen.

»Ich kann gar nicht glauben, dass das Ding seit mindestens zwanzig Jahren einfach so hier rumsteht«, sagte Chyna. »Ich weiß, wir sind nicht gerade ein wirtschaftliches Mekka, aber ich hätte angenommen, dass irgendjemand sich das Grundstück schnappen und etwas daraus machen würde.«

»Ich glaube, der alte Mr Dickens, dem das Ganze hier gehörte, hatte eine sentimentale Bindung an das Etablissement, obwohl er damals, als die Autokinos aus der Mode kamen, den Laden dichtmachen musste. Seine Tochter hat mir erzählt, er wäre fest davon überzeugt gewesen, dass sie irgendwann eine große Renaissance erleben würden.«

»Der Traum hat sich wohl durch die Cineplexe mit sechs

Filmen unter einem Dach, bequemen Sitzen, Klimaanlage und obendrein noch Surround Sound wohl ausgeträumt.«

»Ja«, pflichtete Scott ihr zerstreut zu. Deutlich schneller, als die Geschwindigkeitsbegrenzung es vorschrieb, ließen sie den Komplex hinter sich. Zum Glück patrouillierte die State Police nur äußerst selten auf diesem Teil des Highways, was jeder in der Gegend wusste und entsprechend ausnutzte. »Und da wir gerade von Frauenhelden sprechen – Gage Ridgeway wohnt auch hier ganz in der Nähe«, fuhr Scott fort. »Viele Leute halten ihn für verrückt, weil er ganz allein auf dem riesigen Besitz lebt, aber Gage rührt sich nicht vom Fleck.«

»Früher war er, so weit ich weiß, kein solcher Einzelgänger.«

»Ich glaube, die Sache mit Edie Larson hat ihn sehr verändert. Die meisten Leute waren überzeugt, dass er ihr etwas angetan hat.«

»Bist du sicher, dass es nicht so war?«

»Ich hatte immer den Eindruck, dass sie ihm ehrlich am Herzen lag – ich glaube, ich habe ihn sogar deswegen manchmal auf den Arm genommen. Trotzdem war die Polizei überzeugt, dass er dahintersteckte. Sie haben ihn richtig in die Mangel genommen, aber keine Beweise gefunden. Das allerdings hat Edies Vater, Ron Larson, nicht daran gehindert, Gage jahrelang zu belästigen, obwohl jeder wusste, dass er sich ansonsten einen Dreck um Edie gekümmert hat. Ich glaube, Ron hat gehofft, Gage würde festgenommen und des Mordes für schuldig befunden, so dass er eine Zivilklage gegen ihn anstrengen könnte.«

»Ja, er war schon immer ganz schön gerissen, unser Ron Larson. Wenn er eine Chance sähe, aus dem Mord an seiner Tochter Geld zu schlagen ...«

»So eine Schweinerei traue ich Ron grundsätzlich durchaus zu, aber ich bin nicht sicher, ob er genügend Grips besitzt, um es auch durchzuziehen.«

»Meinst du, seine eigene Tochter umzubringen?«

»So weit würde ich nicht unbedingt gehen, aber er hätte mindestens dafür sorgen können, dass es so aussah, als wäre sie ermordet worden.« Scott schüttelte den Kopf. »Aber wie gesagt hätte er es ziemlich schlau einfädeln müssen und wahrscheinlich Edies Mithilfe gebraucht. Und Edie hätte ihrem Vater niemals bei etwas geholfen, was Gage hätte schaden können.«

»Wenn Edie von zu Hause weggelaufen wäre, hätte ihr das jedenfalls niemand vorwerfen können«, seufzte Chyna. »Aber natürlich ist sie nicht durchgebrannt.«

»Bist du sicher?«

»Ja, ich bin sicher, dass ihr das Gleiche widerfahren ist wie Zoey und Heather. Ich hatte zwar keine Vision, in der ich Edie gesehen habe, aber ich bin mir trotzdem sicher.«

Einen Moment schwiegen sie beide, dann entdeckte Chyna eine von weißen Pfeilern gerahmte Abzweigung in eine Seitenstraße. »Black Willow Cemetery. Der Friedhof«, sagte sie leise.

»Ich fand schon immer, dass das ein trostloser Name für einen Friedhof ist«, meinte Scott.

»Gibt es fröhliche Namen für einen Friedhof?«

»Na ja, mir fällt keiner ein. Aber es gibt zumindest welche, die nicht ganz so unheilvoll klingen.«

»Hier ist das Grab meines Vaters«, sagte Chyna. »Ich habe immer gedacht, Mom würde neben ihm beerdigt werden, aber in den letzten Wochen ihres Lebens hat sie beschlossen, dass sie eingeäschert werden möchte und dass ich die Urne aufbewahren soll«, fuhr sie kopfschüttelnd fort. »Ich frage mich immer wieder, ob nicht nur mit ihrem Herzen, sondern womöglich auch mit ihrem Kopf etwas nicht gestimmt hat und sie deshalb zu diesem Entschluss gekommen ist. Er kommt mir so unvermittelt vor. Und – na ja – irgendwie egoistisch.«

»Egoistisch?«, wiederholte Scott verwundert.

»Jetzt bleibt Daddy ganz allein auf diesem Friedhof. Mom kommt nicht zu ihm.« Als Scott nichts dazu sagte, fuhr sie fort: »Vermutlich hab ich mich jetzt angehört wie ein zehnjähriges Kind. Schließlich sind meine Eltern ja beide tot.«

»Für deine Verhältnisse hat es sich schon ziemlich sentimental angehört, Chyna, aber wenn jemand aus der eigenen Familie stirbt, ruft das wahrscheinlich ganz andere Gefühle hervor als bei Fremden. Aus meiner Familie ist noch niemand gestorben, der mir wirklich nahe stand.« Er machte eine Pause. »Aber nach dem Absturz hat man drei Leichen nicht gefunden. Ein Kind und zwei Teenager. Ich muss dauernd an die Eltern denken. Schlimm genug, dass drei so junge Menschen ums Leben gekommen sind, aber man kann sie nicht mal richtig beerdigen und Abschied nehmen. Das macht mir echt zu schaffen, Chyna, obwohl ich natürlich weiß, dass ein richtiges Begräbnis sie auch nicht wieder lebendig machen würde.«

»Ich verstehe genau, was du meinst«, antwortete Chyna leise. »Und ich würde auch nie behaupten, dass der Trauerprozess mit einem richtigen Begräbnis für die Eltern automatisch abgeschlossen wäre. Wenn jemand stirbt, ist es ja nicht wie bei einem Buch, das man einfach zuklappt und vergisst. Diese Eltern werden ihre Kinder immer im Gedächtnis behalten.«

Scott sah sie aufmerksam an. »Dann sind wir uns also einig, dass wir beide Weihnachten hassen und Beerdigungen nicht für den Abschluss des Trauerprozesses halten. Wer hätte gedacht, dass wir so viel gemeinsam haben?«

»Ja, wir gleichen uns wie ein Ei dem anderen«, meinte Chyna mit einem Lächeln. »Wirklich erstaunlich!« Scott nickte, obwohl sie ihm ansah, dass er immer noch an die drei vermissten Absturzopfer dachte.

So beschloss sie, das Thema zu wechseln. »Hast du eigentlich irgendein bestimmtes Ziel vor Augen, Scott, oder fahren wir einfach nur so herum, damit Michelle ihre Sabberschnauze in aller Ruhe aufs gesamte Rückfenster dieses schicken Autos drücken kann?«

»Die Sabberschnauze ist mir egal, weil ich nämlich beschlossen habe, den Wagen zu kaufen. Außerdem kannst du die Scheibe ja nachher ordentlich saubermachen.«

»Oh, was für ein verlockendes Angebot«, murmelte Chyna ironisch.

Im Abglanz der Lichter auf dem Armaturenbrett sah sie Scott lächeln. »Und wir haben tatsächlich ein Ziel, Doktor Chyna Greer. Nämlich einen Ort, wo wir uns ein bisschen amüsieren und eine Weile aufhören können, auf unseren Misserfolgen bei der Suche nach Deirdre Mayhew herumzureiten. Unseren *bisherigen* Misserfolgen.«

Chyna zwang sich, ebenfalls zu lächeln, aber im Innern fühlte sie sich schon wieder finster und wertlos in der plötzlichen Überzeugung, dass sie Deirdre Mayhew ebenso wenig helfen konnte wie sie Zoey vor zwölf Jahren hatte helfen können.

## 14

Auf dem Weg zu Owens Haus hatte Rex versucht, mit Rusty lockeren Smalltalk zu machen, aber Rusty war vor lauter Scham verstummt. Natürlich war er nicht sicher, wie viel die drei anderen Männer von seinem Geständnis mitbekommen hatten und ob sie wussten, dass er Nancy oft – und vor allem auch am Abend ihres Todes – beim Lauftraining beobachtet hatte. Bestimmt hatten sie zumindest gehört, dass er Nancy hatte stürzen sehen und dann einfach weggelaufen war, weil er nicht wollte, dass jemand etwas von seinen voyeuristischen Tendenzen erfuhr. Gage Ridgeway hatte Rustys Blick bewusst gemieden, ehe er sich wieder seiner Arbeit am Wohnzimmerfenster zuwandte. Rex verhielt sich ganz entspannt, aber das war normal für ihn. »Weltmännisch« – dieses Wort charakterisierte Rex am besten. Und »undurchsichtig«. »Undurchsichtig«? Rusty wunderte sich erst, dass ihm ausgerechnet dieses Wort in den Kopf kam, aber dann fiel ihm ein, dass es tatsächlich immer schwierig gewesen war herauszufinden, was Rex gerade dachte.

Bei Rustys Vater war das ganz anders: Owen Burtrams Gefühle waren immer zu erkennen, ganz gleich, wie sehr er sich bemühte, sie zu verbergen. Man sah sie in seinen Augen, an seinen Lippen, den weißen Linien zwischen Nase und Mund, dem Hals, der sich gelegentlich wie ein Ballon aufblies, und vor allem sah man sie an seinen Fäusten. Jedes Mal, wenn Rusty an diese Fäuste dachte, daran, wie sie sich in den Manteltaschen seines Vaters öffneten und schlossen, bekam er eine Gänsehaut. Eins glaubte Rusty jedoch mit Sicherheit zu wissen: Sein Vater hatte gehört, dass Rusty Nancys Sturz gesehen, aber nichts unternommen hatte, um ihr zu helfen.

Aber hatte Owen auch gehört, dass Rusty glaubte, Nancy sei vor jemandem weggelaufen? Dass schwere, unbeholfene Schritte sie verfolgt hatten – vielleicht von einem älteren Mann? Und dass diese Schritte sich nach Nancys Sturz eilig entfernt hatten? Hatte er mitbekommen, dass Rusty behauptete, diesen Menschen nicht gesehen zu haben? Bitte, bitte, lieber Gott, dachte Rusty verzweifelt, und der kalte Schweiß brach ihm aus, bitte mach, dass mein Vater gehört hat, dass ich außer Nancy niemanden gesehen habe.

Aber selbst wenn er es gehört hatte, würde Owen Burtram seinem Sohn glauben? Wahrscheinlich eher nicht, dachte Rusty bitter. Ihm war schlecht vor Angst. Was, wenn Owen den größten Teil seiner Beichte mit angehört hatte, aber nichts davon glaubte? Was würde Owen jetzt tun, wo er wusste, dass Rusty Nancy regelmäßig gefolgt war, sie beobachtet, hinter ihr herspioniert und sie in ihren privatesten Momenten gesehen hatte? Was, wenn Owen erriet, dass Rusty sich sogar im Gebüsch vor Nancys Haus versteckt und sie abends beim Ausziehen begafft hatte, wobei sie meistens die Vorhänge offen ließ?

Aber er war nicht der Einzige, der Nancy beim Ausziehen zugeschaut hatte. Es hatte andere gegeben. Viele andere. Einige in der direkten Nachbarschaft.

Trotzdem …

Zu Hause schluckte Rusty sofort ein Valium. Dann wanderte er unruhig im Zimmer auf und ab und übte Argumente ein, die er morgen – oder, falls Gott besonders grausam mit ihm war, womöglich noch heute Abend – zu seiner Verteidigung vorbringen wollte, wenn sein Vater ihn ins Kreuzverhör nahm. Leider klang keines so richtig überzeugend. Aber wahrscheinlich hätte nicht einmal Shakespeare die richtigen

Worte gefunden, um Owens Wut zu beschwichtigen. Das schaffte niemand. Gar niemand. Aus diesem Grund hatte auch die wunderschöne, verführerische Mutter ihn verlassen, als Rusty gerade mal vierzehn war. Er erinnerte sich noch sehr gut an diesen Abend: Sie hatte drei Koffer in ihren Cadillac geladen und ihren Mann und Sohn mit ihren dunklen, unergründlichen Augen gemustert, die Rusty so faszinierten. »Mach nicht so ein niedergeschlagenes Gesicht, Owen«, hatte sie mit ihrer sinnlichen Stimme gesagt, die roten Lippen zu einem spöttischen Lächeln verzogen. »Für die Nachbarn wird dir schon ein guter Grund dafür einfallen, dass ich weg bin. Du weißt doch, was sie gerne hören. Und du, Rusty«, fuhr sie fort, »du wirst keine Mutter haben, die jede deiner Bewegungen genauestens überwacht – nicht dass ich das getan hätte, wenn ich geblieben wäre. So eine Mutter bin ich nicht. Genaugenommen hätte ich ohnehin nie Mutter werden sollen. Und auch nicht heiraten. Das konnte nicht klappen, vor allem nicht mit euch beiden.« Wieder lächelte sie, diesmal aber mit einem fast grausamen Zug um die Mundwinkel. »Behaltet mich in guter Erinnerung, Jungs. Oder vergesst mich. Mir ist das vollkommen schnuppe.« Dann stieg sie in aller Ruhe in den Cadillac und fuhr davon.

Mindestens zehn Minuten hatte Owen reglos da gestanden, und abgesehen von seinem schweren Atem keinen Ton von sich gegeben. Rusty neben ihm hatte das Gefühl, etwas Tröstliches sagen zu müssen, weil er glaubte, es wäre seine Schuld, dass seine Mutter wegging – wegen der Zeitschriften, die sie gestern in seinem Zimmer gefunden hatte – obwohl sie, als sie reingekommen und ihn dabei erwischt hatte, wie er gerade in seinem geheimen Stapel blätterte, ihn nur angesehen und lachend gesagt hatte: »Genau wie der Vater!« Schließlich war Owen zu seinem eigenen Wagen marschiert, war ohne ein Wort eingestiegen und in die gleiche Richtung davongebraust wie seine Frau.

Irgendwann war Rusty ins Haus zurückgegangen, hatte den Fernseher angemacht und war die ganze Nacht davor sitzen geblieben. Gegen Morgen war sein Vater zurückgekehrt, zerzaust, schmutzig, mit wildem Blick. »Geh ins Bett«, hatte er seinem Sohn befohlen. Rusty war auf der Stelle in sein Zimmer gerannt und hatte sich den ganzen nächsten Tag nicht herausgewagt. Später hatte er Owen aus dem Fenster beobachtet. Sein Vater war in seinen Anzug geschlüpft, hatte sich die Haare gekämmt und rasiert. Er ging zur Arbeit und kam um sechs vom Bestattungsinstitut zurück – wie immer.

Als Rusty sich dann irgendwann aus seinem Zimmer traute, saß sein Vater im Sessel und las die Abendzeitung. »Ich hab Hamburger von einem dieser Drive-In-Imbissbuden mitgebracht«, sagte er, ohne aufzublicken. »Die sind nicht besonders gut, machen aber einigermaßen satt. Und ich habe auch schon eine Anzeige wegen einer Haushälterin aufgegeben. Es wird eine Weile dauern, bis wir jemanden Geeignetes finden, aber es ist möglich, sogar in dieser Stadt.«

Rusty hatte nie wieder etwas von seiner Mutter gesehen oder gehört.

Er hatte sie nicht geliebt, war aber von ihrer Schönheit fasziniert gewesen, ihrer offen zur Schau getragenen Sinnlichkeit, ihren engen Kleidern und ihrer Gleichgültigkeit. Sie faszinierte ihn, obwohl er wusste, dass sie ihn ebenso verachtete wie sein Vater. Manchmal jedoch hatte sie Rusty in den Arm genommen, auf den Mund geküsst und direkt vor Owens Nase regelrecht abgeknutscht – natürlich nur, um ihren Mann zu ärgern. Aber Rusty hatte diese Art von Attacken gegen Owen geliebt. Als seine Mutter ging, war er verzweifelt, weil er wusste, dass niemand ihn je wieder so liebkosen würde. Manchmal fragte er sich, was aus ihr geworden war. War sie seinem Vater an diesem Abend entwischt und lebte jetzt das Leben, das sie sich immer gewünscht hatte?

Oder hatte sein Vater – sein herrschsüchtiger, starker, emotional unberechenbarer Vater – seine Frau auf der Flucht eingeholt? Was, wenn seine Mutter das erste von Black Willows »verschwundenen Mädchen« gewesen war – und nicht Zoey Simms?

Rusty begann zu zittern, rannte zu seinem Nachttisch, riss die Schublade auf und kramte hektisch nach dem Valium, das er knapp zwanzig Minuten zuvor schon in der Hand gehabt hatte. Mit bebenden Fingern steckte er sich noch eine Tablette in den Mund, kam, noch während er diese hinunterzuwürgen versuchte, zu dem Schluss, dass er noch eine brauchte, warf auch diese ein und stürzte dann ins Badezimmer, wo er die trockenen Pillen mit mehreren Gläsern lauwarmem Wasser hinunterspülte.

Dann ging er wieder nach unten und legte eine Klassik-CD auf – ausgerechnet Mozarts Klarinettenkonzert. Auf einmal füllten die Klänge das Zimmer, die er mehrmals im »Schlummerraum« gehört hatte, als Nancy dort vor ihrer Beerdigung aufgebahrt gewesen war. Um ein Haar zerstörte Rusty seine Anlage, weil er so hektisch auf die Knöpfe drückte. Als das Gerät die CD endlich wieder ausspuckte, packte er sie und schleuderte sie auf den Tisch. Er hasste diese CD! Er wollte sie nie wieder hören, nie wieder!

In seinem Zorn hätte er die CD fast zerbrochen, aber dann beruhigte er sich wieder einigermaßen und suchte in seiner Sammlung nach etwas, was weniger unangenehme Erinnerungen wachrief. Aber er konnte sich nicht konzentrieren. Plötzlich erinnerte er sich überhaupt nicht mehr, was er wollte und was nicht. Am Ende zog er eine CD heraus, die sein Vater ihm letzte Weihnachten geschenkt hatte: *Berühmte Walzer*. Es war Owens einziges Weihnachtsgeschenk für seinen Sohn gewesen, und Rusty hasste die Musik. Aber jetzt zwang er sich, sie heute Abend zu hören, vielleicht als eine Art Strafe.

Nachdem er die CD eingelegt hatte, hastete er in die Küche und holte sich eine Flasche Sherry. Sein Vater sagte immer,

Sherry wäre etwas für ältere Damen, und machte ein angeekeltes Gesicht, wenn er Rusty damit erwischte. Aber Owen war nicht da. Rex war bei ihm.

Im Moment jedenfalls.

Rusty goss die goldene Flüssigkeit in ein Glas und trank fast die Hälfte in einem Schluck. Der Alkohol schlug wie eine Bombe in seinem Magen ein, und eine Sekunde dachte Rusty, er müsste sich übergeben. Dann jedoch ließen die Krämpfe langsam wieder nach, und die Wärme des Sherrys breitete sich tröstlich in seinem Körper aus. »Nektar der Götter«, sagte er laut und hätte sich fast die Hand vor den Mund geschlagen. Sein Vater hasste es, wenn Rusty solche »Weichei-Sprüche« von sich gab. Owen. Owen Burtram, immer perfekt, immer männlich, immer so wortgewandt in der Öffentlichkeit. In der *Öffentlichkeit*. Im Privaten … na ja, das war eine ganz andere Sache. Trotzig blickte Rusty sich in seiner leeren Küche um, hob sein Glas und rief: »Nektar der Götter!«

Dann wartete er darauf, dass nach dieser Heldentat ein Energieschub seinen Körper durchströmte, aber stattdessen fühlte er sich nur albern. Albern, klein und verängstigt. Deprimiert schloss er für einen Moment die Augen und wanderte dann in sein Wohnzimmer zurück, das Glas in der einen, die Flasche in der anderen Hand.

Im Zimmer war es stickig. Er schaute auf das Thermostat, das fast neunundzwanzig Grad zeigte, obwohl es so eingestellt war, dass der Raum konstant zweiundzwanzig Grad haben sollte. Verdammt, dachte Rusty. Schon wieder der Heizkessel kaputt. Morgen musste er bei der Heizungsfirma anrufen – er konnte sich im Moment nicht an ihren Namen erinnern –, damit die jemanden herschickten – schon zum zweiten Mal, seit September, als der Heizkessel installiert worden war. Und er würde sich auch weigern, etwas dafür zu bezahlen, überlegte er rebellisch. Die letzte Reparatur war noch auf Garantie gelaufen. Bestimmt galt sie immer noch.

Aber jetzt würden sie sicher versuchen, ihm etwas abzuknöpfen. Ja, und zwar nicht zu knapp. Rusty holte tief Luft und verzog – bedrohlich, das Gesicht. Na, die würden Augen machen! Er war kein Schwächling, auch wenn alle das dachten. Er würde die Mechaniker in ihre Schranken verweisen. Er würde sich beschweren! Bei wem, das wusste er noch nicht genau, aber normalerweise funktionierte bei Handwerkern schon allein die Drohung, dass man sich bei irgendeinem Vorgesetzten beschweren würde, um sie zu Tode zu erschrecken. Er hatte seinen Vater diese Taktik hundertmal erfolgreich anwenden sehen.

Während er im Kopf die Tirade durchging, die er auf die Heizungsmechaniker loslassen würde, schloss Rusty eine der Glasschiebetüren auf und öffnete sie ein Stück. Kühle Luft strömte herein, die sich auf seiner verschwitzten Haut so angenehm anfühlte, dass er die Tür ein bisschen weiter aufschob. Das war sogar noch besser. Wunderbar.

Torkelnd ging er zu der Couch zurück, die direkt gegenüber der Tür stand, und ließ sich darauf sinken. Inzwischen verging ihm vom »Carousel Waltz« fast Hören und Sehen, und er wusste, dass er die Musik eigentlich leiser stellen müsste – auch wegen der Nachbarn und so weiter –, aber jetzt, wo er es sich mit seinem Sherry bequem gemacht hatte, kam er einfach nicht mehr von der Couch hoch. »Das ist kein Altweibergetränk!«, verkündete er in das leere Zimmer hinein. »Das ist ein Drink für einen Gentleman!«

Die Musik dröhnte weiter, und Rusty leerte die Sherryflasche. Dann spürte er, wie er müde wurde. Gott sei Dank, dachte er. Schlafen. Vergessen, wenigstens für eine Weile. Er lehnte sich zurück, und sein Kopf fiel zur Seite auf die Schulter. Dann träumte er von seiner Mutter, die ihn mit ihrem trägen, dunklen Blick von oben bis unten musterte, und sogar im Schlaf spürte er die Erregung.

Vielleicht weckte ihn die plötzliche Stille, denn auf einmal fuhr Rusty von der Couch hoch. Die Walzer-CD war freundlicherweise zu Ende gegangen, denn zum Glück spielte Rustys Gerät die CDs nicht immer wieder von vorn ab, bis man sie herausnahm. Sonst hätten die Walzer ihn die ganze Nacht gequält und womöglich einen Aufstand in der Nachbarschaft provoziert. Irgendwie fand Rusty die Vorstellung komisch, dass das Haus wegen der Lieblings-CD seines Vaters belagert werden würde, und er kicherte leise in sich hinein.

Mühsam setzte er sich auf, und ein stechender Schmerz fuhr ihm in den Nacken, den er wohl im Schlaf verkrampft hatte. Und ihm war kalt. Anscheinend hatte er länger geschlafen, als er gedacht hatte, und die Temperatur im Zimmer war durch die inzwischen richtig kalte Luft, die durch die offene Glastür hereinströmte, deutlich gesunken.

Mühsam richtete Rusty sich auf und stolperte zur Glastür. Hinter ihm brannte eine Lampe im Wohnzimmer, so dass er zwar sein eigenes Spiegelbild, nicht aber nach draußen sehen konnte. Als er die Tür ein Stück weiter aufzog, sah er, dass der Rasen hinter dem Haus mit weißem Reif überzogen war. Verdammt, es ist ganz schön kalt geworden, dachte er, während er sich wieder ins Zimmer zurückzog und die Tür zumachte. Gerade rastete das Schloss mit einem Klicken ein, als er hinter sich eine Bewegung wahrnahm.

Er blickte auf und glaubte eine Spiegelung im Glas zu sehen – eine große, verschwommene Gestalt, direkt hinter ihm. Gerade als er sich umdrehen wollte, hörte er ein Geräusch, und dann rammte ihn etwas mit einer solchen Wucht, dass er durch die Glastür stürzte und in einem Hagel von Glasscherben draußen auf dem harten, gefrorenen Gras landete.

»Mein Kopf«, murmelte er, obwohl sein Kopf nicht das Einzige war, was ihm weh tat. Sein ganzer Körper schien zu schmerzen. »Death by a thousand cuts«, sagte er leise. Diesen Satz hatte er vor langer Zeit einmal in einem Film gehört, und er hatte ihm damals eine wohlige Gänsehaut verursacht. »Tod durch tausend Schnitte.« Vielleicht war das eine Vorahnung, dachte er, aber ehe er weiter darüber grübeln konnte, gewann sein Selbsterhaltungstrieb die Oberhand. Er war schwer verletzt. Das wusste er. Er brauchte Hilfe.

Rusty versuchte zu schreien, aber seine Stimme war zu schwach. Die Häuser in der Nachbarschaft blieben dunkel. Vielleicht achtete niemand mehr auf Geräusche aus seinem Haus, nachdem die Musik vorhin so laut geplärrt hatte. Ich brauche ein Telefon, dachte er im immer dichter werdenden Nebel aus Schmerz und Verwirrung. Ich muss in die Wohnung zurück und den Notruf alarmieren, solange ich noch sprechen kann.

Er stemmte sich auf und hätte fast aufgeschrien, als er spürte, wie warmes Blut von seinem Kopf in die Augen lief. Seine *Augen*. Er hob seine rechte Hand und berührte vorsichtig seine Stirn, wo er etwa zwei Zentimeter über den Brauen einen langen Schnitt ausmachen konnte. Obwohl sein Magen rebellierte, wischte er sich das Blut aus den Augen drückte die Hand auf den Schnitt, um es zu stoppen. Aber die warme Flüssigkeit quoll einfach weiter durch seine Finger.

Auf einen Ellbogen gestützt, versuchte er sich weiter aufzurichten, in der Hoffnung, auf die Füße zu kommen. Ich muss ins Haus, sagte er sich, das schaffe ich auch mit geschlossenen Augen. Das Telefon ist direkt neben der Schiebetür. Gott sei Dank. Wenn ich es ans Telefon schaffe …

»Wohin denn so eilig?«

Mit Mühe konnte Rusty einen Schreckensschrei unterdrücken, als er die Stimme über sich hörte. Einen Moment später dachte er, dass es vielleicht ein Fehler gewesen war, nicht zu schreien, denn wenn er schrie, würde ihm vielleicht jemand zu Hilfe kommen, ganz gleich, wie feige und beschämend er sich anhörte. Doch dann wurde ihm intuitiv klar, dass ein Schrei sein Leben sofort beenden würde. *»Bitte«*, murmelte er.

»Bitte was?«

»Bitte tu mir nichts.«

»Bitte tu mir nichts«, wiederholte die Stimme höhnisch, bevor sie normal fortfuhr: »Hat Nancy auch gebettelt und gefleht? Nein, ich bin sicher, sie hat nichts gesagt, als sie gestürzt ist. Der Stein hat sie auf der Stelle bewusstlos geschlagen.«

Rusty versuchte zu schlucken, aber es klappte nicht. Seine Halsmuskeln arbeiteten heftig, während er die Tränen zurückzuhalten versuchte. Inzwischen hatten sich seine Augen wieder mit Blut gefüllt, und er bemühte sich, es wegzuwischen, damit er dem Angreifer wenigstens ins Gesicht sehen konnte. Wenigstens so viel Mut und Männlichkeit wollte er zeigen. Aber da war zu viel Blut. Viel zu viel Blut.

Jemand bückte sich neben ihm. »Gott, was für eine Sauerei. Und das nach den ganzen Schönheitsoperationen. Da bricht einem ja das Herz.« Plötzlich spürte Rusty, wie etwas Scharfes – wahrscheinlich eine große Glasscherbe – über seinen Nacken glitt, unter das Ohr, dann nach vorn zur Kehle. »Du solltest froh sein, dass du stirbst, Rusty, denn glaube mir, jetzt könnte dich kein Schönheitschirurg mehr retten. Jetzt würdest du aussehen wie das verdammte Monster, das du bist.«

Rusty brach zusammen und fiel zurück ins kalte, starre Gras. Ein Monster. Er hatte sich so bemüht, seine Eltern dazu zu bringen, dass sie ihn liebten, er war immer höflich gewesen, hatte hart gearbeitet in einem Job, den er hasste, er hatte sich wie ein guter Mensch verhalten, wohl wissend, dass viele seiner Mitmenschen seine kleinen Abnormitäten abstoßend finden würden. Er hatte Tausende Dollars investiert, um wenigstens auszusehen wie der attraktive Sohn, den sein Vater sich wünschte. Und das alles würde nun ein Ende finden, hier in seinem eigenen Garten. Blutüberströmt lag er da, niedergemetzelt, widerlich.

Er spürte, wie das Blut aus seiner Halsschlagader spritzte. Langsam schloss er die Augen, überrascht, wie gleichgültig es ihm war, dass er verblutete, ja, er fühlte sich sogar merkwürdig ruhig, beinahe froh darüber, dass es bald vorüber sein würde.

Ja, der Tod ist ein Geschenk für mich, dachte er schwindlig in den letzten Augenblicken, ehe er das Bewusstsein verlor. Der Tod würde ihm die Freiheit schenken, denn dann brauchte er sich nicht mehr anzustrengen.

Deirdre hatte erwartet, dass sie sich unbändig freuen würde, wenn sie es schaffte, ihre Füße von dem Klebeband zu befreien. Als die Fesseln dann tatsächlich nachgaben und sie die Füße auseinanderzog, spürte sie aber weiter nichts als Erschöpfung. Jetzt muss ich erst mal schlafen, dachte sie dumpf. Ich hab stundenlang geschuftet, mir ist kalt, ich bin fix und fertig. Ich hab mir ein bisschen Schaf verdient.

»Nicht einschlafen!«, schien eine hauchdünne Stimme in ihrer Nähe eindringlich zu befehlen.

Aber ich bin so müde, antwortete sie lautlos der Geisterstimme. Ich bin zu müde, um mich auch nur zu rühren.

»Gib nicht auf. Du musst noch eine Weile stark sein.«

Deirdre stöhnte und dachte: Was willst du? Ich kenne dich nicht.

»Ich versuche nur zu helfen. Chyna versucht auch zu helfen.«

Chyna?, überlegte Deirdre. »Chyna Greer?«

»Ja, Chyna … Chyna sucht nach dir.«

Entschlossen brach Deirdre den Dialog ab, nahm all ihre Kraft zusammen und konzentrierte sich. Mit dem Gesicht nach unten lag sie einen Moment totenstill da. Dann atmete sie tief durch, rollte sich auf die linke Seite, zog die Knie zum Bauch, rollte sich in die Ausgangslage zurück und auf die Knie. Dann setzte sie den rechten Fuß auf den Boden, stand steif und langsam auf, schwankte einen Moment, bis sie auf ihren starren, kalten Beinen, die sie wahrscheinlich fast vierundzwanzig Stunden nicht mehr benutzt hatte, das Gleichgewicht gefunden hatte. Ob es wirklich vierundzwanzig Stunden waren, konnte sie nicht wissen, aber sie hoffte es, denn dann war es jetzt wieder Nacht. Tagsüber hätte sie Angst gehabt, einen Fluchtversuch zu unternehmen. Nur wenn es dunkel war, konnte sie nach draußen gelangen, wo immer das sein mochte, und sich durch die Dunkelheit in Sicherheit bringen. Falls ihr Entführer in der Nähe war, würde er sie im Hellen im Handumdrehen wieder einfangen. Die Nacht war ihre einzige Zuflucht, ihre einzige Hoffnung.

Wenn ich doch nur die Hände auch freibekommen hätte, dachte sie frustriert. Dann könnte ich das Klebeband abreißen und sehen, wo ich bin. Blind zu fliehen ist unmöglich. Nein, nicht unmöglich, nur schwierig, sagte sie und versuchte, ein bisschen von der Zuversicht der Geisterstimme zu übernehmen, die sie vorhin gehört hatte. Natürlich war ihr klar, dass die Stimme auch eine Halluzination gewesen sein konnte, aber dennoch hatte sie ihr ein wenig Vertrauen eingeflößt. In diesem Augenblick wollte sie nur zu gerne glauben, dass ein Mensch wie Chyna Greer tatsächlich in der Lage war, sie zu finden. Deirdre wusste nicht, warum sie das glaubte, sie wusste nur, dass sie irgendetwas gespürt hatte, als sie Chyna kennengelernt hatte. Aber was war das gewesen? Eine Art geistige Verwandtschaft?

Du verlierst den Verstand, dachte Deirdre, während sie in ihrem Gefängnis herumstolperte. Aber wenn ich sterben muss, dann ist es auch egal, ob ich den Verstand verliere oder nicht. Vollkommen egal.

Plötzlich stieß sie an einen Gegenstand und ging zusammen mit ihm zu Boden. Natürlich hatte sie keine Ahnung, was es sein mochte, aber dem Klang nach, den es auf dem Betonboden gemacht hatte, war es aus Metall. Hätte sie ihre Hände benutzen können, hätte sie versucht, es zu ertasten, aber so wie die Dinge standen, wollte sie keine kostbare Energie für aussichtslose Projekte verschwenden. Jetzt war es hauptsächlich wichtig, dass sie sich nicht ernsthaft verletzt hatte. Sie war erschrocken, und irgendetwas war schmerzhaft gegen ihren rechten Oberschenkel gestoßen, aber sie glaubte nicht, dass sie sich geschnitten hatte. Sie hatte Glück gehabt. Großes Glück.

Ich habe Glück gehabt, wiederholte sie immer wieder, während sie sich von dem Metallgegenstand löste und ihren Halt wiederfand. Ich bin ein echter Glückspilz. Ich werde hier rauskommen. Ich werde es schaffen!

## 15

»The Whippoorwill Grille?«, fragte Chyna ziemlich erstaunt, als Scott auf einen kiesbestreuten Parkplatz einbog. Vor ihnen stand ein langes Holzgebäude mit einer grellen Bierreklame in jedem Fenster. Von drinnen hörte man Countrymusic. Auf der Veranda standen Leute, die Bierflaschen in den Händen hielten, redeten und lachten. »Ist das nicht so eine Art Fernfahrerraststätte?«

»Jetzt sag bloß nicht, dass du hier noch nie warst!«, rief Scott gespielt schockiert.

»Aber ich war tatsächlich noch nie hier!«

»Ach du liebe Zeit! Du hast als Teenager wirklich nur gearbeitet und darüber ganz vergessen, wie man sich amüsiert, was?«

»Von wegen! Aber das Etablissement hier hat einen schlechten Ruf. Hier kam es andauernd zu Schlägereien, die Hell's Angels treffen sich hier, wenn sie in der Stadt sind, und es gibt sogar eine Wet T-Shirt Night.«

»Ja. Stimmt alles.« Sie sah Scott ein bisschen schockiert an.

»Ach, Chyna. Ich möchte doch nicht, dass du an einer Wet T-Shirt Night teilnimmst.«

»Na, Gott sei Dank!«, rief Chyna erleichtert. »Aber willst du wirklich da rein?«

»Aber sicher. Es wird dir gefallen, Chyna. Sei nicht so ängstlich.«

»Ich bin nicht ängstlich.«

»Dann komm mit rein, wir trinken etwas, tanzen ein bisschen und vergessen eine Weile unsere Sorgen.« Sie zögerte immer noch. »Schau mal, es ist keine Wet T-Shirt Night, die Hell's Angels sind momentan auch nicht in der Stadt – obwohl an ihnen eigentlich nichts auszusetzen ist. Sie sorgen normalerweise nur dafür, dass der Abend etwas lebendiger wird.«

»Na klar«, antwortete Chyna trocken.

Scott seufzte. »Na ja, wenn du partout ein Spielverderber sein möchtest, dann fahren wir wieder zu dir, brüten weiter vor uns hin und warten, ob wir noch einen gespenstischen Anruf aus dem Jenseits kriegen.«

Sofort stieß Chyna die Tür auf. »Kommt nicht in die Tüte, Scott Kendrick. Eher würde ich bei der Wet T-Shirt Night mitmachen, als jetzt gleich wieder nach Hause zu fahren.«

»So ist's recht!«, rief Scott.

Eine Mischung aus Licht, Zigarettenrauch, Biergestank und lauter Musik schlug ihnen entgegen. Chyna sah sich um. Auf der kleinen Bühne stand eine Country-Band, deren Sängerin es sich offensichtlich in den Kopf gesetzt hatte, die nächste Shania Twain zu werden. Sie hatte lange braune Haare, trug ein bauchfreies Top, doch leider konnte auch ihr Make-up nicht verbergen, dass sie schwer auf die sechzig zuging. Unter dem kurzen Top quoll ein dicker, schwabbeliger Bauch hervor, dessen schlaffe Haut über den Bund ihrer engen Hose hing und heftig bebte, wenn sie zu den Klängen von »Whose Bed Have Your Boots Been Under« die Hüften schwang. Aber es schien ihr einen Heidenspaß zu machen, sich die Seele aus dem Leib zu schmettern, und mindestens ein Drittel der Gäste tanzte begeistert und sang aus voller Kehle mit.

»Wow, da hab ich wohl einiges verpasst, oder?« Chyna musste brüllen, damit Scott sie überhaupt hören konnte.

»Ja, eine Menge! Großartig, oder?«

Chyna lag eine sarkastische Bemerkung auf der Zunge,

aber dann bemerkte sie, dass Scott richtig glücklich aussah. So heiter und entspannt hatte sie ihn seit ihrer Ankunft nicht gesehen. »Ja, tolle Stimmung hier«, antwortete sie. »Dann bahn dir mal einen Weg zur Bar, Cowboy, und hol uns was zu trinken.«

»Ist Bier okay?«

Zwar hatte sich Chyna noch nie viel aus Bier gemacht, aber sie bezweifelte stark, dass sie hier einen Cosmopolitan bekommen würde. »Selbstverständlich. Ich möchte doch nicht aus der Reihe tanzen.«

»Ach, das tust du schon nicht«, versicherte Scott. Es sollte ein Kompliment sein, aber auf einmal kam Chyna sich in ihrer Hose aus Seide-Wolle-Gemisch, ihrem blauen Kaschmirpulli und ihrer Designer-Wildlederjacke viel zu chic vor. Außerdem fiel ihr ein, dass sie heute früh die einkarätigen Diamantohrringe angesteckt hatte, die sie letztes Jahr von ihrer Mutter zu Weihnachten bekommen hatte. Passte sie in diesem Aufzug wirklich zu diesen Leuten in ihren abgewetzten Jeans und Flanellhemden?

Doch sie wollte wirklich nicht aus der Reihe tanzen, sie wollte dazugehören. Das war für sie aufgrund ihrer besonderen Fähigkeiten immer schwer gewesen, und seit sie alt genug war zu merken, dass ihr »sechster Sinn« anderen Menschen unangenehm war und oft sogar dazu führte, dass man sie für verrückt hielt, war sie stets auf der Hut. Sie versuchte, die Dinge zu verdrängen, die sie spürte und von denen sonst niemand etwas merkte, und vor allem versuchte sie, ihr »Talent« – oder wie man es sonst nennen wollte – zu verbergen. Nur bei Zoey hatte sie dazu stehen können und jetzt bei Scott, auch wenn er manchmal nicht hundertprozentig sicher zu sein schien, ob sie nicht doch nur eine überaktive Phantasie hatte. Seine Zweifel entgingen ihr nicht, sosehr er sich auch anstrengte.

Nein, heute Abend wollte Chyna die außergewöhnliche

Seite ihres Lebens einfach vergessen, sich mit diesen »normalen« Leuten amüsieren und wie alle anderen das Bier und die Countrymusic genießen. Sie war noch nie in einem Lokal gewesen, in dem sich so viele Leute so gut amüsierten.

Scott kam mit einem Krug Bier und zwei Gläsern zurück. »Da drüben in der Ecke sehe ich einen freien Tisch«, rief er laut, um den Krawall zu übertönen. »Schnappen wir ihn uns schnell. Alle anderen sind voll.«

Den Krug hoch in die Luft gestreckt bahnte er für sich und Chyna einen Weg durch die Menge. Bei jedem Zusammenstoß hörte man ein freundliches »Entschuldigung«, und alle lächelten. Bis jetzt gab es keinerlei Anzeichen für eine bevorstehende Schlägerei. Und Chyna konnte auch niemanden entdecken, der so aussah, als legte er Wert auf eine Auseinandersetzung. Wer hatte ihr eigentlich erzählt, dass hier Streitereien an der Tagesordnung waren? Ned vielleicht? Oder ihre Mutter? Chyna konnte sich nicht mehr daran erinnern. Aber das war ihr jetzt auch gleichgültig. Vor ihr wich Scott gekonnt allen Ellbogen und Füßen aus, die im Rhythmus der Musik geschwungen wurden. Er hinkte nicht mehr. Auch seine Schultern hingen nicht mehr deprimiert herunter. Seit sie ihn zum ersten Mal am Lake Manicora mit seinem Stock gesehen hatte, war er ziemlich aufgeblüht. Vielleicht kommt langsam die Persönlichkeit von früher wieder zum Vorschein, dachte Chyna, obwohl sie sich fast fürchtete, auf so ein Wunder zu hoffen.

Als sie an ihrem Tisch saßen, schenkte Scott zwei Gläser Bier mit einer großen, cremigen Schaumkrone ein. »Viele Leute behaupten, man soll ganz langsam einschenken, damit man so wenig Schaum wie möglich bekommt«, erklärte er Chyna. »Dabei entweicht eine ganze Menge Kohlendioxid, wenn man schnell gießt und Schaum entstehen lässt. Deshalb ...«

»Muss man weniger pupsen«, ergänzte Chyna ironisch. »Wie romantisch.«

Scott grinste. »Normalerweise schmelzen die Frauen nur so dahin, wenn ich ihnen das erkläre.«

»Dann gehört das Thema vermutlich zu deinen beliebtesten Verführungstaktiken.«

»Na ja, jedenfalls ist es *eine* von ihnen«, entgegnete Scott stirnrunzelnd.

»Dann dürftest du nicht allzu viele Verabredungen haben.«

Scott schnitt eine Grimasse. »Möchtest du lieber etwas über deine schönen Augen und seidigen Haare hören?«

»Nein, darauf würde ich auch nicht abfahren.« Chyna nippte an ihrem Bier. »Und bitte sag auch nicht, dass du mich bewunderst, weil ich Ärztin werden will, und was für ein toller Beruf es ist, anderen Menschen zu helfen.«

»Ich wette, das hast du schon ziemlich oft zu hören gekriegt.«

»Ja. Für gewöhnlich von Typen, deren nächste Frage lautet, ob ich als Onkologin später mal eine Menge Geld machen kann.«

»Dann war meine Tour, die nichts mit deiner Schönheit und auch nichts mit Aufopferung oder Geld zu tun hatte, doch immerhin etwas Neues.«

»O ja. Ich gratuliere dir zu deiner unkonventionellen Annäherung an das so genannte schönere Geschlecht.«

»Danke. Ich finde es eigentlich blöde, wenn man mich so leicht durchschaut.«

Chyna griff nach ihrem Bierglas. Im selben Augenblick stieß eine Frau gegen den Tisch, entschuldigte sich überschwänglich, und Chyna beruhigte sie lächelnd. Allerdings hatte ihre neue Wildledertasche einige Bierspritzer abbekommen.

Scott verzog das Gesicht, als die Frau sich abgewandt hatte. »Sorry.«

»Ach, ich finde bestimmt irgendwo jemanden, der mir einen genialen Tipp gibt, wie man Bierflecken aus Wildleder entfernt«, grinste Chyna, nahm die Tasche vom Tisch und hängte sie über die Stuhllehne, direkt an der Wand. Bei der Bewegung flatterte ein weißer Zettel aus einem Seitenfach. Chyna bückte sich, um ihn vom Boden aufzuheben. Als sie sich wieder aufrichtete, war ihr Lächeln verschwunden. »›Deirdre Mayhew. Fünf-fünf-fünf eins-zwei-eins-zwei. Am besten abends nach acht.‹« Sie seufzte. »Ich hab mich überhaupt nicht bei Deirdre gemeldet, Scott.«

»Aber du hattest ja auch keine Gelegenheit.«

»Trotzdem …«

»Was trotzdem? Meinst du vielleicht, wenn du sie angerufen hättest, wäre sie nicht entführt worden? Das ist lächerlich.«

»Ich hab nicht gedacht …«

»Doch, das hast du. Und ich möchte, dass du sofort damit aufhörst.« Auf der Bühne wurde jetzt »Don't Be Stupid« zum Besten gegeben. »Komm, lass uns tanzen«, sagte Scott und machte Anstalten aufzustehen.

»Kannst du denn tanzen mit deinem Bein?«

»Aber selbstverständlich.«

»Gut«, meinte Chyna lustlos. »Aber ich bin grade nicht richtig in Stimmung.«

»Doch, bist du.«

»Außerdem bin ich keine sehr gute Tänzerin, Scott, also mach dir keine falschen Hoffnungen.«

In Wirklichkeit machte sie sich Sorgen, dass Scott sich zu viel zumutete, aber als sie eine freie Stelle auf dem dichtbevölkerten Parkett fanden, wusste Chyna, dass ihre Sorgen unbegründet waren, denn der Bewegungsspielraum war sehr begrenzt.

Zuerst konzentrierte Chyna sich auf Scott, dann entspannte sie sich etwas und bewegte sich einfach zur Musik. Nach fünf Minuten hatte sie es sogar geschafft, Deirdre für den Augenblick zu verdrängen. Sie drehte sich, einmal, zweimal, und ein paar Leute in der Nähe klatschten. Chyna spürte, wie ihr das Blut in den Kopf stieg.

Scott sah sie mit funkelnden Augen an. »Macht es Spaß?«

»Entweder macht es mir Spaß, oder ich bin einfach betrunken«, lachte Chyna. »Ich glaube, ich werde in Zukunft immer hierherkommen, wenn ich in der Stadt bin.«

»Dann hoffe ich, dass ich auch da bin und dich begleiten kann«, grinste Scott. »Vor allem natürlich bei der Wet T-Shirt Night.«

Deirdre hatte keine Ahnung, wie weit sie gegangen war. Nachdem sie in ihrem Gefängnis über das unbekannte Metallobjekt gestolpert war, hatte sie sich nur noch mit winzigen Schrittchen vorwärts bewegt, da sie die Hände nicht benutzen konnte, um zu ertasten, was vor ihr lag. Sie zwang sich, so langsam zu gehen, dass sie mit dem Fuß gegen eventuelle Hindernisse stoßen würde, ohne dadurch aus dem Gleichgewicht zu geraten. Bei ihrem Sturz hatte sie einen Riesenlärm gemacht, zum Glück aber ihren Entführer nicht herbeigelockt und sich auch nicht schwer verletzt. Aber ein Sturz würde das Ende bedeuten. Also musste sie vorsichtig sein, sehr, sehr vorsichtig.

Als Deirdre gegen eine Tür stieß, hätte sie, wenn ihr Mund nicht zugeklebt gewesen wäre, einen Freudenschrei ausgestoßen. Sie drehte sich mit dem Rücken zur Tür und schob sich langsam an ihr entlang, bis sie mit den Händen an einen Griff kam. Bestimmt war die Tür abgeschlossen. Sie würde noch eine Runde durch das Gebäude machen müssen, bis sie etwas fand, womit sie das Schloss aufbrechen konnte …

Automatisch umfasste ihre rechte Hand den Knauf und versuchte ihn zu drehen. Das ist doch albern, dachte sie. Er bewegt sich garantiert nicht. Die Tür ist abgeschlossen.

Doch der Griff bewegte sich mit einem leisen Quietschen, und dann war die Tür offen, und Deirdre, die sich dagegen gelehnt hatte, fiel nach vorn. Einen Augenblick blieb sie benommen liegen. Warum war die Tür nicht verschlossen gewesen? Ihr Entführer hatte sie doch bestimmt nicht in ein unverschlossenes Gebäude gesperrt!

Es sei denn, er hatte es in aller Eile verlassen. Auf einmal erinnerte sie sich wieder an die Finger, die ihr Gesicht gestreichelt hatten, an den warmen Atem in ihrem Ohr, den Druck eines Körpers an ihrem – und dann war das Auto gekommen und hatte direkt neben dem Gebäude gehalten. Ein Auto mit mindestens vier Insassen. Sicher, es waren junge Stimmen gewesen, aber trotzdem wären es mindestens vier gegen einen gewesen. Und sie hatten darüber gesprochen hereinzukommen. Jemand war sogar ausgestiegen. Das Auto musste auf der entgegengesetzten Seite gehalten haben, nicht hier bei der Tür. Zu diesem Zeitpunkt hatte sie sich so auf die Stimmen konzentriert, dass sie gar nicht gemerkt hatte, dass die Berührungen aufgehört hatten. Natürlich. Die Angst, entdeckt zu werden, hatte ihren Entführer in die Flucht geschlagen, hastig und leise zur Tür hinaus. Und vor lauter Hektik hatte er sie nicht abgeschlossen.

Doch der Entführer würde bestimmt nicht vergessen, dass er die Tür offen gelassen hatte, und sobald die Luft wieder rein wäre, würde er sicherlich zurückkehren. Vielleicht in einer Stunde, vielleicht aber auch schon in ein paar Minuten. Sie musste weg, und zwar schnell.

Mühsam rollte Deirdre sich zur Seite, auf die Knie und stand auf. Da sie sich nicht mit Händen und Armen ausbalancieren und auch keinen Punkt fixieren konnte, um ins Gleichgewicht zu kommen, schwankte sie einen Moment, ließ es aber zu und versuchte, sich möglichst flexibel und locker zu halten. Wenn sie sich versteifte, würde sie erneut zu Boden gehen, das wusste sie. Nach einer Weile legte sich das Schwanken, und sie stand fest und sicher auf den Füßen.

Deirdre wandte den Kopf nach links und nach rechts und überlegte, wohin sie gehen sollte. Wo würde sie Hilfe finden?

Das Auto! Als es weggefahren war, hatte es sich angehört, als wäre es nach links gefahren. Ja, sie war fast sicher.

Deirdre atmete tief durch, befahl sich, nicht daran zu denken, wie kalt ihr war und wie viel Angst sie hatte, und ging los.

# 16

Nach dem dritten Song bestand Chyna darauf, sich zu setzen. »Ich bin erledigt«, verkündete sie laut, obwohl momentan – in der Pause zwischen zwei Stücken – eigentlich nicht die Notwendigkeit bestand zu schreien. Die Möchtegern-Shania auf der Bühne schwitzte heftig und trank gierig Bier aus der Flasche. »Ich muss mich wirklich ein bisschen ausruhen, Scott.«

»Ach was, du willst doch nur, dass *ich* mich hinsetze und ausruhe«, widersprach Scott grinsend. »Aber du hast ja recht. Ich möchte nicht riskieren, dass unsere Tanzbeine schlappmachen.«

Als sie zu ihrem Tisch zurückkamen, griff Chyna sofort nach ihrem Bierglas und trank ein paar große Schlucke.

»Na ja, anscheinend warst du wirklich kaputt«, bemerkte Scott. »Und durstig.«

»Beides. Ich hab ewig nicht mehr getanzt.«

»Gehst du in Albuquerque nicht regelmäßig tanzen?«

Chyna lachte. »Machst du Witze? Ich bin Assistenzärztin, Scott. Ich arbeite und lerne, mehr ist nicht drin.«

»Keine Zeit für einen Freund?« Scott stellte die Frage betont lässig und hob dann schnell das Glas an die Lippen.

»Nein. Keinen Freund«, antwortete Chyna und war, obwohl es ihr absurd vorkam, sehr froh über die Art, wie Scott seine Frage gestellt hatte. Sie hörte ganz klar heraus, dass sie ihm nicht spontan in den Sinn gekommen war, sondern dass er sie schon öfter hatte stellen wollen. »Nur Michelle.«

»Sie scheint ja die ideale Gesellschaft zu sein – gutmütig und gelassen – nicht so überdreht wie der Pudel meiner Freundin.« Chyna wurde bange ums Herz. »Ich meine, meiner Ex-Freundin. Der Unfall bringt gelegentlich immer noch mein Zeitgefühl durcheinander. Wir haben uns vor drei Monaten getrennt.«

»Oh.« Auch Chyna nahm noch einen Schluck Bier und fragte: »Vermisst du sie?«

»Nein, nicht besonders.« Er runzelte die Stirn. »Na ja, um ehrlich zu sein, überhaupt nicht. Aber das einzugestehen, klingt so ...«

»Abgebrüht?«

»Genau«, nickte Scott. »Sie war eine nette Frau, aber irgendwann haben wir gemerkt, dass wir auf der Stelle treten und im Grunde wenig gemeinsam haben – außer dass wir gleich alt und beide Piloten sind.« Er lächelte. »Ich glaube, sie hat eigentlich einen Partner gesucht, den ihr Pudel liebt, und mich mochte er überhaupt nicht. Die Abneigung beruhte auf Gegenseitigkeit, obwohl ich ansonsten ein Hundefreund bin.«

»Ja, das hab ich gleich gemerkt, als ich gesehen habe, wie du auf Michelle reagierst. Schon als du sie zum ersten Mal gesehen hast, unten am See.« Chyna warf einen Blick auf ihre Armbanduhr. »Ich frage mich, ob ich mal anrufen sollte, ob Rex inzwischen zu Hause ist.«

»Rex? Warum? Hast du Sperrstunde?«

»Nein, und er auch nicht, aber heute ist noch etwas passiert, womit Rex zu tun hatte.« In kurzen Worten berichtete sie ihm von Rustys Beichte – dass er Nancy Tierneys Sturz gesehen hatte, aber weggelaufen war und sie hilflos liegenlassen hatte. Scott runzelte die Stirn, und sie wusste, dass seine Meinung über Rusty sich damit unwiderruflich verändert hatte. »Wenn er die Wahrheit sagt, bin ich auch enttäuscht von ihm, das gebe ich zu. Aber möglicherweise hat er mir nicht alles erzählt, Scott. Er hat auch gesagt, jemand hätte Nancy verfolgt, und sie wäre deshalb so schnell gelaufen, dass sie unachtsam wurde und gestürzt ist. Angeblich hat er den Verfolger nicht gesehen.

Aber das Schlimmste an der ganzen Geschichte ist, dass Rex, Gage und Owen plötzlich in der Tür standen und offensichtlich zugehört hatten«, fuhr Chyna fort. »Owen sah aus, als würde er vor Wut platzen. Deshalb hat Rex ihn unter einem Vorwand nach Hause begleitet. Ich glaube, er hatte Angst, Burtram könnte seinem Sohn irgendetwas antun, wenn man nicht eine Weile auf ihn aufpasst.«

Scott zog die Augenbrauen hoch. »Ist ja ganz schön heftig, dass Rusty zugegeben hat, Nancy nachspioniert zu haben. Warum hat er dir das wohl erzählt?«

»Wir sind uns nachmittags im Park zufällig begegnet, und als er mir zum Abschied die Hand auf die Schulter gelegt hat, habe ich plötzlich Nancy beim Joggen gesehen – durch seine Augen. Vermutlich habe ich mich danach etwas sonderbar verhalten, er hat sich daran erinnert, was man sich in meiner Kindheit alles über mich erzählt hat, und ist nervös geworden. Er denkt wahrscheinlich dauernd an Nancys Tod.«

»Dann vermutest du also, dass er den Verdacht von sich ablenken wollte? Damit du nicht denkst, er könnte etwas mit Nancys Tod zu tun haben?«

»Ja, genau.«

Scott schwieg einen Moment. Dann fragte er: »Glaubst du, Rusty hat dir die Wahrheit gesagt?«

»Dass er an dem Abend ganz zufällig den gleichen Weg ging, den Nancy zum Trainieren lief? Keine Sekunde glaube ich das. Das ist ein viel zu großer Zufall.«

»Und glaubst du, dass er wirklich nicht gesehen hat, wer Nancy verfolgt hat?«

»Oh.« Chyna dachte nach. »Also, ich glaube schon, dass jemand sie verfolgt hat, aber ich glaube nicht, dass Rusty den

Verfolger gesehen hat. Ich weiß auch nicht, warum ich nur einen Teil seiner Geschichte glaube, aber so ist es.«

»Aber jemand anderes glaubt vielleicht nicht, dass er sie entweder nicht selbst verfolgt hat oder dass er denjenigen, der sie verfolgt hat, wirklich nicht gesehen hat.«

»Genau«, bestätigte Chyna mit gerunzelter Stirn. »Wie auch immer, jedenfalls hat er nicht damit gerechnet, dass sein Vater die Beichte belauscht, und du weißt ja, wie viel Wert Burtram auf den guten Ruf legt. Gott, dass er ausgerechnet mitkriegen musste, wie Rusty mir erzählt, dass er Nancy beobachtet ...« Chyna schauderte unwillkürlich. »An Rustys Stelle würde ich nach dieser Szene keinen Wert darauf legen, Owen unter die Augen zu treten.«

»Na ja, selbst wenn Rex es geschafft hat, Owen eine Weile zu beschäftigen, wird der jedenfalls sicher nicht vergessen, was er von Rusty gehört hat.« Scott brach ab und sah Chyna ernst an. »Ich bin sicher, du weißt, dass Owen in dem Ruf steht, junge Frauen anzuglotzen. *Sehr* junge Frauen.«

»Ja, ich hab derlei Gerüchte gehört«, antwortete Chyna vage.

»Nun, die sind wahr. Owen ist ein Spanner.«

»Und er ist nicht mehr der Jüngste«, murmelte Chyna. »Rusty hat nämlich gesagt, die Schritte, die Nancy folgten, waren schwer und unbeholfen.«

»Wie die eines älteren Menschen im Vergleich zu einem leichtfüßigen jungen Ding wie Nancy?«, fragte Scott, und als Chyna nickte, fügte er hinzu: »Unter seinem ganzen salbungsvollen Gehabe ist Owen ein ziemlicher Mistkerl, und er wird Rusty garantiert bezahlen lassen für das, was er dir erzählt hat, vor allem, wenn *er* derjenige war, der Nancy verfolgt hat, und jetzt davon ausgehen muss, dass Rusty ihn gesehen hat.«

Eine Weile war Deirdre behutsam über Kies und frostiges Gras gegangen, ständig in der Angst, dass ihr Entführer plötzlich über sie herfallen könnte. Doch irgendwann schaffte sie es, den Gedanken zu verdrängen, denn sie musste sich hundertprozentig darauf konzentrieren, auf den Beinen zu bleiben und aufzupassen, dass sie nur ganz kleine Schritte machte. Ständig war sie in Versuchung loszurennen. Aber wenigstens war so in ihrem Kopf kein Platz für andere Sorgen. Einmal trat sie so hart auf einen Stein, dass ihr linker Fuß eine ganze Weile schmerzte, dann stolperte sie über kalte, leblose Ranken und stieß frontal mit einem Baum zusammen. Garantiert würde morgen eine schöne Beule auf ihrer Stirn prangen – falls sie das Glück hatte, den nächsten Tag zu erleben.

Ihre Nase lief, sie bekam schlecht Luft, ihre Füße waren so kalt und wund, dass sie alle Mühe hatte, nicht der Verlockung nachzugeben, sich hinzusetzen und auszuruhen. Zum einen fürchtete sie, ihren schmerzenden, erschöpften Körper nicht mehr dazu überreden zu können, wieder aufzustehen, wenn sie erst einmal saß, zum anderen vermutete sie, dass sie noch nicht weit genug von ihrem Gefängnis weg und viel zu leicht zu entdecken war. So trottete sie weiter, mit zugeklebten Augen, die Hände unter mehreren Lagen Klebeband auf den Rücken gefesselt, vor Kälte am ganzen Körper zitternd. Sie hatte keine Ahnung, wo sie war. Sie hatte keine Ahnung, wo sie hinkommen würde, wenn sie in der Richtung weiterging, die sie eingeschlagen hatte. Aber wenigstens lag sie nicht mehr auf dem Betonboden, als stummes, hilfloses Opfer, das nur auf den Tod wartete.

In ihrem Gefängnis hatte sie eine Stimme gehört – oder sich vielleicht auch nur eingebildet, eine Stimme gehört zu haben. Diese Stimme hatte sie gedrängt, nicht aufzugeben, weil Chyna versuchen würde, ihr zu helfen. Die Stimme hatte jung geklungen, aber Deirdre hatte sie nicht gekannt. Wahrscheinlich existierte sie sowieso nur in ihrem Kopf. Ihr ganzes Leben lang hatte sie Geschichten über Chyna Greer gehört. Manche Leute bewunderten sie und glaubten, dass sie etwas ganz

Besonderes sei und eine wundervolle Gabe besäße. Andere – allen voran Irma Vogel – hassten Chyna und vermuteten Böses hinter ihren übersinnlichen Kräften. Allerdings hatte Deirdre immer gefunden, dass Irmas Tiraden gegen Chyna völlig übertrieben und manchmal regelrecht verrückt klangen.

Aber Deirdre hatte sowieso keine allzu gute Meinung von Irma und war überzeugt, dass sie keineswegs so freundlich, hilfsbereit und einfühlsam war, wie sie gern tat. Deirdre hatte oft genug mitbekommen, wie kleingeistig Irma sein konnte und wie gemein sie über andere Menschen urteilte. Am schlimmsten aber war, dass sie sich insgeheim über den Tod von Deirdres Mutter gefreut hatte. Sobald klar gewesen war, dass Ben Mayhews Frau nicht mehr lange leben würde, hatte Irma angefangen, Ben eindeutige Avancen zu machen. Nie würde Deirdre dieser Frau verzeihen, dass sie beim Begräbnis ihrer Mutter Kummer und Mitgefühl geheuchelt hatte und dabei eigentlich nur froh gewesen war, sie endlich los zu sein.

Und mich mag sie genauso wenig wie meine Mutter – oder wie Chyna, dachte Deirdre, während sie sich Schrittchen für Schrittchen vorwärtsbewegte, so vorsichtig wie möglich. Vermutlich ist sie auch froh, dass ich nicht mehr da bin. Jetzt hat sie meinen Daddy endlich für sich allein.

Dieser letzte Gedanke ließ sie aufhorchen. Irma wollte sie aus dem Weg haben. Schon als klar geworden war, dass Deirdre im September nicht aufs College gehen würde, hatte sie seltsam enttäuscht reagiert. Zwar wusste Deirdre, dass Irma nicht wirklich eine Chance hatte, die Zuneigung ihres Vaters zu gewinnen – aber was, wenn sie glaubte, dass Deirdre der einzige Grund dafür wäre? Und dann war Chyna Greers Mutter gestorben, und Chyna war heimgekommen. Irma behauptete ja immer, dass es einen Zusammenhang gab zwischen dem Verschwinden der Mädchen und Chynas Aufenthalten in Black Willow.

Meine Güte, echt der perfekte Zeitpunkt dafür, dass ich

verschwinde, dachte Deirdre grimmig, während sie durch ein Gestrüpp aus knöchelhohem Unkraut watete und auf einer Grasfläche landete, die offenbar gepflegt wurde. Zwar waren die Halme von der Kälte starr, aber sie waren kurz und offensichtlich vor kurzem gemäht worden. Ein dichter, üppiger Rasen, nicht von Fingerhirse und Löwenzahn durchsetzt. Ein Rasen, wie man ihn auf Golfplätzen vorfand.

Ganz in ihre Gedanken versunken hatte Deirdre unbewusst ihre Schritte etwas beschleunigt und stieß abrupt gegen ein großes Stück Stein. Benommen lehnte sie sich dagegen und berührte ihn mit der Wange. Es war kein gewöhnlicher Stein, sondern eine Art Obelisk, ein viereckiger Schaft, offensichtlich weit größer als sie. Was in aller Welt konnte das sein?, fragte sich Deirdre, während sie einen Schritt zurückwich und hoffte, dass sie sich nicht die Nase gebrochen hatte.

Dann trat sie wieder nach vorn und begann, den Obelisk zu umkreisen. Der sieht bestimmt aus wie aus einem Science-Fiction-Film, dachte sie plötzlich und hätte hysterisch losgekichert, wenn ihr Mund nicht zugeklebt gewesen wäre. Hätte sie doch die Hände freigehabt, um das Ding zu erkunden! Aber die waren nach wie vor fest auf ihren Rücken gefesselt. Sie holte tief Luft, erstickte das nervöse Lachen und zwang sich zur Konzentration. Vorsichtig machte sie ein paar Schrittchen nach vorn, stellte sich wieder an den Stein und lehnte erneut den Kopf dagegen. Er musste wirklich wesentlich größer sein als sie mit ihren eins achtundsechzig. An ihrer Wange fühlte sich der Stein kalt und ein bisschen rau an. *Granit*. Vorsichtig schob sie sich weiter, bis ihre eiskalte Stirn etwas streifte, was sich anfühlte wie eine Inschrift.

Wenn Deirdre hätte in die Hände klatschen und einen Freudenschrei ausstoßen können, hätte sie es getan. Denn jetzt wusste sie, wo sie war.

Nach einer Weile standen sie wieder auf, um zu tanzen. Diesmal landeten sie mitten auf dem Parkett, direkt vor der Band. Scott hatte seinen Rhythmus gefunden, und obwohl der etwas ruhiger war als der der meisten anderen, wirkten seine Bewegungen gemessen und elegant.

»Du hast früher bestimmt viel getanzt, stimmt's?«, rief Chyna, die Musik übertönend.

»Woher weißt du das?«

»Weil man dir jetzt, wo du ein bisschen in Schwung gekommen bist, deine natürliche Anmut ansieht.«

»Meine natürliche Anmut?«, wiederholte Scott und verzog das Gesicht. »Das klingt ja, als wäre ich eine Frau.«

»Entschuldige. Ich meinte, man sieht, wie locker und entspannt du tanzen kannst.«

»Möchtest du mich mal springen sehen wie Jerry Lee Lewis?«

»Nein, danke.«

»Chyna Greer, ich glaube, du bist neidisch.«

»Und du bist verrückt.«

Der schnelle Song endete, und Shanias Möchtegern-Zwillingsschwester begann mit der Ballade »From This Moment.«

»Normalerweise mag ich Countrymusic nicht besonders«, stellte Chyna fest. »Aber dieser Song ...«

Scott lächelte, und seine Augen wurden ganz sanft. »Ja, den mag ich auch. Komm, lass uns tanzen, Chyna.«

»Ja, tanzen wir.«

Als wäre es das Selbstverständlichste der Welt, machte sie es sich in seinen Armen gemütlich, und er drückte sie an sich. Sie spürte seine Wärme und sein Herz, das unter seinem Pullover laut klopfte. In den ersten Augenblicken war sie noch etwas angespannt – schließlich war sie Scott Kendrick noch nie so nahe gewesen, dem gleichen Scott Kendrick, in den sie als Teenager so verliebt gewesen war. Scott Kendrick, an den sie die ganze Zeit gedacht hatte, auf dem College, im Medizinstudium, im Praktikum ebenso wie in der Facharztausbildung. Scott Kendrick, der seit ihrer Ankunft so freundlich, so fürsorglich, so verständnisvoll gewesen war – oder es zumindest versucht hatte. All das, obwohl er doch vor kurzem selbst eine Tragödie durchlebt hatte.

Sehr bald jedoch spürte sie, wie sie sich entspannte. Sein Arm legte sich fester um sie, er senkte den Kopf und sang leise in ihr Ohr. Der Text des Songs handelte von Liebe und Hingabe, und Scott sang ihn mit sanfter Sinnlichkeit. Sein warmer Atem an ihrem Ohr, sein starker Körper dicht an ihrem, seine Wange an ihrer Schläfe – sie fühlte sich wie hypnotisiert. Für sie gab es niemanden sonst in diesem Raum. Nur sie und Scott Kendrick. So soll es sein, dachte sie träumerisch. So soll es sein, wenn man mit dem Mann zusammen ist, den man liebt.

Mit geschlossenen Augen ließ sie sich treiben und von Scott führen. Wenn du mich doch immer führen würdest, dachte sie. From this moment on, wie passend. Ich möchte, dass du mich von jetzt an führst.

Langsam öffnete sie die Augen wieder, blinzelte zweimal, konnte aber trotzdem nur verschwommen sehen. Etwa zehn Sekunden später war das Gefühl verschwunden. Das ist bestimmt die Atmosphäre hier, dachte sie. Der Lärm, der Rauch, Scotts Nähe. Weiter nichts.

Aber sie wurde das Gefühl nicht los, dass sie in diesen zehn Sekunden vor Kälte geschlottert hatte, dass sie barfuß gewesen war und völlig orientierungslos.

»Stimmt was nicht?«, murmelte Scott an ihrem Ohr.

»Nein. Bin ich dir etwa auf den Fuß getreten?«

»Nein, nein, aber du warst plötzlich ganz starr, und dann bist du gestolpert.« Scott lehnte sich ein Stück zurück. »Bist du müde? Möchtest du dich setzen?«

»Vielleicht sollte ich mich einen Moment ausruhen«, antwortete Chyna matt. »Ich weiß nicht, was mit mir los ist. Ich war nur …«

Wieder erstarrte sie, und im nächsten Moment waren der Tanzboden und das ganze Etablissement verschwunden. Sie war mitten in einer mondbeschienenen Landschaft mit Statuen und Blumen und …

Und einem großen Grabmal, das glatt und grau im kalten Mondlicht aufragte. »Der Familienobelisk der Familie Sternhaven …«

»Halt dich an meinem Arm fest«, sagte Scott beruhigend. »Wir sind gleich am Tisch.«

»Geht's Ihrer Freundin nicht gut?«, fragte eine Frau mit grellroten, hochtoupierten Haaren. »Sie ist ein bisschen blass um die Nase.«

Chyna hörte und sah die Frau wie aus großer Entfernung, ein Traumbild, das sie anstarrte und redete und ihren anderen Arm ergriff. Lassen Sie mich los, dachte Chyna beinahe verzweifelt. Ich kenne Sie nicht. Lassen Sie mich gefälligst los!

Entschlossen befreite sie sich. »Ich muss weitergehen«, murmelte sie. »Jetzt weiß ich, wo ich bin. Nur noch eine Meile …«

Abrupt sank sie zu Boden. Die anderen Gäste wichen zurück, aber Scott beugte sich sofort besorgt über sie. »Chyna, was ist los?«, fragte er, nahm ihre Hand und strich ihr die Haare aus der Stirn. »Kann bitte jemand den Notarzt rufen?«

Plötzlich fühlte Chyna etwas wie einen elektrischen Schlag, und im nächsten Moment sah sie den Raum wieder normal. Sie setzte sich auf und packte Scott am Arm. »Wir müssen gehen«, rief sie laut. »Wir müssen gehen!«

Scott strich ihr besänftigend über die ihre Schulter. »Beruhige dich, Chyna. In zehn Minuten ist der Krankenwagen da. Alles wird gut, Schatz.«

Aber Chyna entriss ihm ihre Hand. »Ich kann nicht hierbleiben. Wir müssen ihr helfen!«

»Wem denn?«, fragte Scott verwundert.

»Einem Mädchen«, antwortete Chyna. »Ich glaube, es ist Deirdre. Ich glaube, ich weiß jetzt, wo Deirdre ist, Scott!«

## 17

Da die meisten Gäste dachten, Chyna wäre es schlecht und Scott würde sie ins Krankenhaus fahren, machten sie sofort Platz, und die beiden eilten zur Tür. »Was ist jetzt mit dem Notarzt, den ich grade gerufen haben?«, fragte eine Frau hinter der Theke.

»Wenn der Krankenwagen kommt, schicken Sie ihn zum Black Willow Cemetery«, antwortete Chyna hastig. »Sagen Sie den Leuten, sie sollen die erste Einfahrt links nehmen und dann die Nordseite runterfahren.«

»*Zum Friedhof*?«, fragte die Frau, aber Chyna achtete nicht auf sie, sondern lief an Scotts Hand weiter, zur Tür hinaus und auf den Parkplatz.

»Chyna, was ist los?«, fragte Scott noch einmal, und man hörte seiner tiefen Stimme deutlich an, wie erschrocken er war.

»Ich sag dir doch, ich hab etwas gesehen. Ein Mädchen, sie ist gestolpert und womöglich gefallen.«

»Aber du hast grade gesagt, wir müssen zum Friedhof.«

»Ja, ich weiß, das klingt komisch, aber lass es uns einfach tun, Scott. Wenn ich mich irre, irre ich mich eben, aber ich muss wissen, ob ich nur halluziniert oder wirklich etwas gesehen haben.« Auf einmal blieb sie stehen und blickte wild um sich. »Verdammt, wo ist denn dein Auto?«

»Dort drüben, am Ende der Reihe.« Chyna rannte darauf zu, Scott dicht auf den Fersen. Als sie zum Auto kamen, sahen sie, dass Michelle immer noch auf dem Rücksitz lag und schlief. Die Türen waren verschlossen.

»Scott, die Tür ...«

»Moment, ich hab abgeschlossen, damit niemand Michelle mitnimmt.« Er wühlte in seiner Tasche, fand den Schlüssel, schloss die Fahrertür auf und drückte auf den Knopf, mit dem die anderen Türen aufgingen. Dann sprangen sie ins Auto, und Michelle erwachte mit einem kurzen erschrockenen Bellen.

»Schon gut, mein Mädchen.« Chyna streckte den Arm über die Lehne und kraulte den Hund hinter den Ohren. »Nur keine Angst.«

Scott sah Chyna an. »Könntest du mich bitte auch kraulen, ich habe nämlich eine Höllenangst.« Er ließ den Motor an. »Warum müssen wir zum Friedhof?«

Chyna holte tief Luft und bemühte sich, ihr wild klopfendes Herz einigermaßen zu beruhigen. »Vorhin beim Tanzen habe ich plötzlich den Raum nicht mehr gesehen, mir war schrecklich kalt, und ich hatte Angst. Es war wieder, als würde ich durch die Augen eines anderen Menschen blicken – die Augen eines Mädchens. Sie war draußen im Freien und hat gemerkt, dass das Gras unter ihren Füßen kein Unkraut mehr, sondern eher wie Rasen war. Und ich habe die Nähe eines Grabsteins gefühlt. Oder eher einer Säule. Das Grabmal der Sternhavens. Das ist ein Obelisk, Scott, etwa dreieinhalb Meter hoch. Mom fand ihn immer schrecklich protzig und hat gesagt, am besten bringt man oben noch ein Licht an, als Signal für die Aliens.«

Scott lachte leise, machte aber immer noch ein fragendes Gesicht. »Aber was hat dieses Monument mit deiner Vision zu tun?«

»Das Mädchen ist dort! Ich *weiß* es. Ich hab es gefühlt, als wir im Whippoorwill waren.« Sie hielt inne. »Und dann habe ich gefühlt, wie das Mädchen gefallen ist.«

»Als du auf dem Tanzparkett zusammengebrochen bist?«

»Ja. Ich hatte mich überhaupt nicht mehr unter Kontrolle und hab nicht mal wahrgenommen, dass ich es bin, die fällt.« Chyna schauderte. »Wahrscheinlich hab ich ausgesehen wie ein Idiot.«

»Nein, nein – nur betrunken«, erwiderte Scott schlagfertig.

»Oh, wundervoll. Wie peinlich. Aber ein bisschen Peinlichkeit spielt keine Rolle, wenn wir dadurch das Mädchen finden.«

In diesem Moment trat Scott abrupt auf die Bremse. Chynas Sicherheitsgurt schnitt ihr in Brust und Taille, Michelle landete auf dem Boden. Im Scheinwerferlicht sah Chyna zwei große Rehe weglaufen. »Auf dieser Straße werden ständig Tiere überfahren«, sagte Scott. »Normalerweise nehme ich deswegen in der Gegend immer den Fuß vom Gas.«

Die weißen Schwänze der Rehe verschwanden in einem Dickicht auf der anderen Straßenseite. »Trotzdem – gut reagiert«, meinte Chyna anerkennend.

»Anscheinend funktionieren meine Reflexe allmählich wieder normal«, meinte Scott, und sie sah ihn in der Dunkelheit lächeln. »Eine Weile habe ich mir richtig Sorgen gemacht, weil ich mir immer vorkam wie in Zeitlupe.« Scott fuhr langsamer und spähte nach links. »Da ist der Friedhof. Bist du sicher …«

»Ja! Scott, vielleicht ist es Deirdre, und vielleicht ist sie verletzt.«

Scott bog zum Friedhof ab. Direkt hinter den Backsteinpfosten gabelte sich die Straße. »Im Whippoorwill hast du gesagt, wir müssen nach Norden.«

»Ja. Das Sternhaven-Monument ist ungefähr fünfzig Meter weiter und hinter ein paar Gräbern, nicht so dicht bei der Straße. Das Grab meines Vaters ist direkt daneben.«

»Ich weiß, wo dein Vater liegt. Ich war bei der Beerdigung, weißt du noch?«

Sie erinnerte sich kaum. Der Tod ihres Vaters hatte Chyna so unerwartet und heftig getroffen, dass sie Scotts Anwesenheit kaum wahrgenommen hatte.

»Warum ist Deirdre – oder ein anderes Mädchen – mitten in der Nacht auf dem Friedhof?«, fragte Scott.

»Das weiß ich auch nicht, Scott. Wahrscheinlich hat sie sich verirrt.«

Langsam fuhren sie die weiße Kiesstraße entlang. Michelle stand auf, die Hinterbeine auf dem Rücksitz, die Vorderpfoten auf den Lehnen der Vordersitze, ihr heißer Atem dicht an Chynas Ohr. »Dort!«, rief Chyna. »Ich sehe das Monument! Stopp!«

Sofort bremste Scott und fuhr an den Rand. Als sie ausstiegen, schob sich eine Wolke vor den Vollmond. Zwar hatte Scott die Scheinwerfer angelassen, aber sie konnten nicht viel gegen die Dunkelheit ausrichten, da auch noch Nebel vom nahen Fluss aufstieg.

Plötzlich bekam Chyna schreckliche Angst. »O Gott«, murmelte sie.

Scott sah sie an. »Was ist?«

»Es ist unheimlich hier.«

»Ach ja? Nachts auf einem Friedhof zu sein ist auch nicht meine Vorstellung von Spaß.«

»Ich weiß, aber …«

»Aber was?«

Aber irgendetwas stimmt hier nicht, dachte Chyna. Sie fühlte sich zum Zerreißen angespannt. Ganz in der Nähe lauerte die Gefahr, das wusste sie, und einen Moment lang konnte sie sich nicht rühren.

»Du wolltest doch herkommen, Chyna«, entgegnete Scott geduldig. »Was ist jetzt los?«

Noch immer verharrte sie reglos und konnte Scott auch nicht erklären, dass sie sich auf einmal von etwas umgeben fühlte, was zutiefst böse war. Von purer, gemeiner Bösartigkeit. Er würde sie für verrückt halten. Er würde all das Vertrauen, das er inzwischen gewonnen hatte, wieder verlieren. »Äh … ich dachte nur, warum müssen wir das Mondlicht verlieren und gleichzeitig auch noch Nebel kriegen?«, stieß sie mühsam hervor.

»Ja, das ist ein bisschen lästig, aber doch keine Katastrophe. Ich bin schließlich immer auf alle Eventualitäten eingerichtet.« Scott ging zum Auto und angelte eine Taschenlampe aus dem Handschuhfach. »Nicht besonders groß, aber besser als nichts. Und außerdem haben wir noch das hier.« Er griff auf den Rücksitz und holte seinen Stock hervor.

»Ist es so besser?«, fragte Scott, knipste die Lampe an, und ein weißer Lichtstrahl durchbohrte die Finsternis.

»Ja, viel besser«, antwortete sie tonlos.

»Du klingst aber gar nicht danach, als würdest du dich besser fühlen.« Scott ließ den Schein der Taschenlampe umherwandern. »Dann bin ich mal ganz männlich und gehe vor. Außerdem habe ich den Stock, für den Fall, dass wir angegriffen werden.«

»Glaubst du, wir werden angegriffen?«

Scott sah sie an, und sein Gesicht wirkte im Licht der Taschenlampe, die er sich unters Kinn hielt, seltsam umschattet, hart und fast gespenstisch. »Du bist doch die Hellseherin. Was sagst du?«

»Ich weiß es nicht. Ich fühle nur …« Sie seufzte. Wahrscheinlich waren sie zu spät gekommen. Und jetzt benahm sie sich läppisch und feige. »Geh nur«, sagte sie und fügte in einem Ton, von dem sie hoffte, dass er lässig klang, hinzu: »Aber wenn du auf etwas einschlagen musst, dann nimm lieber die Taschenlampe. Denn wenn du den Stock zerbrichst, bringt deine Mutter dich bestimmt um.«

Inzwischen war die dunkle Wolke weitergewandert, und nun badete der Mond die Landschaft wieder in sein kaltes silbernes Licht. Eigentlich hätte es schön sein müssen, aber stattdessen wirkte alles seltsam bleich und tot. Die Nacht schien unnatürlich still, kein Rascheln von kleinen Tieren oder Rehen war zu hören, die sich in dem Wald hinter dem Friedhof bewegten. Auch der Highway war vollkommen leer.

Um die Sache noch schlimmer zu machen, konnte Chyna nicht aufhören, an die kalten, verwesenden Körper zu denken, die hier lagen, Körper von Menschen, die einmal gelacht, gegessen, gestritten, geliebt, gearbeitet, Kummer und Freude erlebt hatten. Und nun war für sie alles zu Ende. Der Gedanke war fast unerträglich, und sie versuchte, ihn zu verdrängen und sich zu sagen, dass sie nicht auf alles eine Antwort hatte. Vielleicht war der Tod nicht einfach nur das Ende, wie sie es immer befürchtet hatte. Schließlich wusste sie, dass Zoey tot war, und doch redete sie seit Tagen mit ihr. Nur war es leider kein Trost für sie, denn sie fand die Vorstellung grässlich, dass Zoeys Geist irgendwo in einer Art Unterwelt gefangen war, dass er nicht in Frieden ruhte, sondern sich bemüßigt fühlte, mit Chyna zu sprechen und sie anzuflehen, einem anderen Mädchen zu helfen, wie sie es bei ihrer besten Freundin nicht hatte tun können.

»Was ist mit Zoey?«, fragte Scott.

»Wie bitte?«

»Du hast gerade ›Zoey‹ gesagt und ›Unterwelt‹ und …«

»Ich hab nur so vor mich hin gemurmelt«, erklärte Chyna verlegen. Ob es oft vorkam, dass sie mit sich selbst redete? Die Kinder, die an Halloween vorbeigekommen waren, hatten es auch schon bemerkt. Lief sie womöglich im Krankenhaus herum und führte Selbstgespräche? Lachten die andern hinter ihrem Rücken und fanden sie sonderbar und … »Da ist der Obelisk«, stieß sie schnell hervor, dankbar, ihn gefunden zu, aber auch froh, ablenken zu können.

Für einen Moment vergaß sie ihre Angst und rannte zu der Säule. Kurz darauf stand Scott neben ihr und leuchtete mit der Taschenlampe auf die Inschrift: *Sternhaven*.

Doch dann begann Michelle plötzlich wie wild zu bellen.

Chyna fuhr auf, blickte sich hektisch um und wäre um ein Haar auf dem bereiften Gras ausgerutscht. Wer trieb sich zu dieser Zeit auf dem Friedhof herum? Auf einmal rief Scott: »Chyna, schau mal hier!«

Sie wandte sich zu ihm um. Zuerst sah sie nur eine große Sperrholzplatte. Daneben lagen eine Bierflasche und eine zerknüllte Chipstüte. Michelle bellte wieder, und als sie merkte, dass Chyna zu ihr herübersah, streckte sie vorsichtig die Pfote aus. Direkt vor ihr gähnte ein tiefes dunkles Loch. »Hierher, Michelle!«, befahl Scott.

Der Hund duckte sich bei dem barschen Klang seiner Stimme und zog sich rasch vom Rand der Grube zurück. Vermutlich ein frisches Grab, dachte Chyna schaudernd. Eigentlich hatte sie erwartet, dass Michelle zu ihr kommen würde, nachdem Scott so laut mit ihr gesprochen hatte, aber der Hund bellte weiter und umkreiste aufgeregt die Grube. Dort unten ist etwas, dachte Chyna. Etwas, das ich wahrscheinlich lieber nicht sehen möchte.

Einen Moment spielte sie mit der Idee, zu Scotts Wagen zurückzulaufen und einfach mit ihren beiden Begleitern wegzufahren. Aber natürlich konnte sie das nicht. Natürlich durfte sie das nicht.

Einen Moment schloss sie die Augen und suchte den Kontakt mit ihrer inneren Energiequelle – so hatte ihre Mutter es immer genannt. Dann ging sie ganz langsam zu Scott, der mit der Taschenlampe in die Grube leuchtete.

Dort unten lag ein Mädchen, mit dem Gesicht nach unten, die Handgelenke mit Klebeband auf den Rücken gefesselt. Ihr rechtes Bein war unnatürlich verdreht, und ihre kastanienbraunen Haare verdeckten zerzaust und strähnig ihr Profil. Aber Chyna wusste, wer es war.

»Deirdre«, flüsterte sie. »Großer Gott, ich hoffe nur, sie lebt.«

Unverzüglich begann Chyna, in die Grube hinunterzuklettern. Aber Scott hielt sie auf. »Du könntest abstürzen und dich verletzen«, sagte er ernst und hielt ihren Arm fest. »Oder du fällst auf Deirdre, was vor allem dann nicht gut wäre, wenn sie noch lebt.«

Das war einleuchtend, und Chyna gab ihr Vorhaben auf. »Du hast recht, aber es ist so schwer, hier tatenlos herumzustehen und zu warten. Bist du denn sicher, dass die Frau im Whippoorwill wirklich den Rettungsdienst gerufen und ihm die richtigen Anweisungen gegeben hat?«

»Ich bin sicher, dass sie angerufen hat, aber ich habe nicht gehört, was sie gesagt hat.« Scott zog sein Handy aus der Tasche. »Ich frage mal nach.«

Während Scott die Notrufnummer wählte, versuchte Chyna Michelle zu beruhigen. Wenn sie doch nur eine Leine dabeigehabt hätte! Michelle brauchte die Leine kaum einmal, und da sie in aller Eile aufgebrochen waren, hatte sie sich nicht die Mühe gemacht. Aber wenigstens kam der Hund sofort zu ihr, als sie ihn rief, und sie kniete sich neben ihn, hielt ihn am Halsband fest. Da er die Grube mehrmals rastlos umrundet hatte, keuchte er heftig, und überhaupt hatte Chyna ihren Hund noch nie so aufgeregt erlebt. Vermutlich spürte er, dass jemand verletzt war, und wollte helfen – statt sich wie sonst zu verstecken.

»Die Frau im Whippoorwill hat den Krankenwagen wirklich auf den Friedhof bestellt«, sagte Scott und steckte das Handy wieder in die Tasche. »Er müsste demnächst hier auftauchen.«

»Gott sei Dank«, seufzte Chyna und blickte wieder zu Deirdre hinunter. »Ach Scott, sie sieht so klein und verletzlich aus.«

»Ja«, pflichtete Scott ihr stirnrunzelnd bei. »Was glaubst du, wie lange sie schon da unten liegt?«

Überrascht sah Chyna zu ihm auf. »Sie ist in dem Moment

in die Grube gestürzt, als ich in der Kneipe umgekippt bin. Ich habe genau das erlebt, was sie erlebt hat, Scott. Ich dachte, das wäre dir klar.«

»Schon, aber du erlebst die Dinge doch nicht immer zur selben Zeit. Zum Beispiel bei Rusty. Da hattest du die Vision, wie er Nancys Tod beobachtet hat, erst einige Tage später.«

»Aber Rusty dachte in dem Moment, als er mich angefasst hat, daran, wie sie gestürzt ist. Zumindest glaube ich, dass es so passiert ist. Und im Whippoorwill hatte ich den Zettel in der Hand, den Deirdre mir im Café gegeben hat. Vielleicht hat mich das heute Abend mit ihr ›in Berührung‹ gebracht.« Sie zuckte ratlos die Achseln. »Wie gesagt, ich weiß selbst nicht genau, wie diese Fähigkeit funktioniert – oder nicht funktioniert.«

»Siehst du da drüben etwas?«, unterbrach Scott sie in diesem Moment.

Angestrengt spähte Chyna über den Friedhof. Dann plötzlich sah sie es. Eine Bewegung in den Bäumen, gut zehn Meter entfernt. Ein Reh vielleicht? Sie kniff die Augen zusammen. Ja, es konnte ein Tier sein, vielleicht aber auch ein Mensch. Ihr graute. Ein Mensch, der nachts auf dem Friedhof umherschlich und nach Deirdre Ausschau hielt? Oder womöglich sie und Scott beobachtete?

Müde fuhr sie sich mit der Hand über die Augen. »Ja, ich sehe etwas, aber ich weiß nicht, ob es ein Mensch oder ein Tier ist.«

»Ich auch nicht«, meinte Scott kopfschüttelnd. »Jetzt ist es auch zwischen den Bäumen verschwunden, was immer es gewesen sein mag.«

»Denkst du, es hat es auf uns abgesehen?«

»Nein, jedenfalls nicht direkt. Aber das heißt nicht, dass es nicht noch irgendwo lauert ...«

Wieder stieg die Angst in Chyna auf. Sie mussten hier verschwinden. Inzwischen war Chyna fast sicher, dass es kein

Tier gewesen war, was sich dort unter den Bäumen herumtrieb. Aber sie konnten Deirdre nicht hier liegen lassen.

Im nächsten Moment rief Scott: »Gott sei Dank, da kommt die Kavallerie«, so laut, dass Chyna heftig zusammenzuckte.

Scheinwerfer durchschnitten die Dunkelheit. »Eine Ambulanzeinheit«, stellte Scott fest. Auch er hatte die Scheinwerfer brennen lassen, und so kam das erste Auto – ein Feuerwehrwagen, wie sich herausstellte – direkt auf sie zu und machte hinter seinem Wagen halt. Kurz darauf folgte eine Ambulanz. Scott schwenkte die Taschenlampe und rief: »Hier sind wir! Da liegt ein Mädchen in einem leeren Grab!«

»Gott, das klingt ja unheimlich«, murmelte Chyna.

Scott zuckte die Achseln. »Gibt es irgendeine Möglichkeit, diese Situation nicht so unheimlich zu beschreiben?«

Nein, dachte Chyna. Vor allem deshalb, weil sie der Überzeugung war, dass die Gestalt, die sich am Rand des Wäldchens herumgedrückt hatte, Deirdres Entführer war, dem seine entflohene Beute nur knapp entgangen war.

# 18

Rex bog in die Auffahrt ein, wühlte in seiner Tasche nach dem Schlüssel und betrat dann durch die Seitentür das Haus der Greers. Drinnen machte er sich direkt auf den Weg in die Küche, goss sich einen Wodka ein und kippte ihn in zwei großen Schlucken hinunter. Er fror, war mitgenommen und erschöpft, wusste aber, dass er keinen Schlaf finden würde. Nicht solange in seinem Kopf ein solches Chaos herrschte. Zum ersten Mal in seinem Leben fühlte er sich alt und schwach.

Mit einem Wodka marschierte er ins Wohnzimmer, knipste eine Lampe an und setzte sich vor das Porträt von Vivian und Edward. Wie solide die beiden wirkten. Wie privilegiert, wie elegant. Edward mit seinen aristokratischen Gesichtszügen und den silbernen Haaren. Vivian wunderschön und voller Leben, mit ihren graublauen, humorvoll glitzernden Augen, mit ihrer selbstbewussten Ausstrahlung, die jedem zeigte, dass sie der Welt und ihren Anforderungen gewachsen war. Erst neun Jahre alt war das Bild, aber die Menschen darauf lebten nicht mehr, waren viel zu jung aus dem Leben gerissen worden. Vivians Tod hatte Rex hart getroffen, aber auf einmal vermisste er seinen Bruder noch heftiger, diesen Mann, dessen ruhige Art oft über die Stärke und Toleranz hinweggetäuscht hatte, die ihn bis zum Ende aufrechterhielten.

Es war schon weit nach Mitternacht. Mehrere Stunden waren verstrichen, seit Rex mit Owen und Rusty aufgebrochen war. Ich hätte Chyna anrufen sollen, dachte er mit schlechtem Gewissen. Ihm war klar, dass sie die Spannungen zwischen Vater und Sohn genau gespürt hatte, das hatte man ihr deutlich angesehen. Ehe er zu Owen gefahren war, hätte er sie benachrichtigen sollen, dass er Rusty sicher nach Hause gebracht hatte.

Nicht dass seine Taktik wirklich von Erfolg gekrönt gewesen war. Rex hatte vorgehabt, mindestens eine Stunde bei Owen zu bleiben, doch nach zwanzig Minuten hatte Owen einen Anruf bekommen und behauptet, er müsste dringend geschäftlich ins Bestattungsinstitut. Ziemlich unhöflich hatte er Rex daraufhin zur Tür hinauskomplimentiert. Rex war zu Ned gefahren, aber eine halbe Stunde später war Ned ins Autohaus gerufen worden, und da Rex das Gefühl gehabt hatte, dass Beverly die Kinder baden und in aller Ruhe ins Bett bringen wollte, war er auch dort nicht länger geblieben.

Danach war er an Rustys Haus vorbeigefahren, hatte aber weder dort noch am Bestattungsinstitut Owens Wagen gesehen. Wenn ich Chyna angerufen hätte, überlegte Rex, was hätte ich sagen sollen? Ich wusste doch selbst nicht, wo ich den Rest des Abends sein würde.

Als er Owen nicht hatte orten können, war Rex so durcheinander gewesen, dass er kaum einen klaren Gedanken fassen konnte – von glaubhaften Ausreden für Chyna ganz zu schweigen. Deshalb hatte er sie auch zu diesem Zeitpunkt nicht angerufen.

Kein Zweifel – Chyna fühlte sich aus gutem Grund von ihm im Stich gelassen. Er hatte kaum Zeit mit ihr verbracht, obwohl ihre Mutter gerade gestorben war. Stattdessen war er planlos herumgerannt, hatte eine Lüge erfunden, weshalb er nicht sofort gekommen war, und – als er schließlich da war – Geschichten von alten Freunden fabriziert, die er angeblich in Black Willow besucht hatte. Jedenfalls war er nie da gewesen, wenn Chyna ihn brauchte. Sogar dem Mob, der sich vor dem Haus zusammengerottet, sie beschimpft und schließlich auch noch eine Fensterscheibe eingeschlagen hatte, war sie allein ausgeliefert gewesen. Zum Glück war wenigstens Scott Kendrick aufgetaucht. Ausgerechnet Scott Kendrick, der sich selbst gerade erst langsam von seinem eigenen Trauma erholte, hatte Chyna geholfen, das alles durchzustehen. Während Rex mit anderen Dingen beschäftigt war, mit Dingen, auf die seine liebenswerte, wundervolle Nichte sicher schockiert und mit Abscheu reagieren würde.

Aber vielleicht hatte er Chyna nicht ganz so schlimm enttäuscht, wie er befürchtete – aus dem einfachen Grund, weil sie ohnehin nicht allzu viel von ihm erwartete. Sie hatte ihn in der ganzen Zeit nie ausdrücklich um seine Unterstützung gebeten. Vielleicht weil sie wusste, dass es sinnlos gewesen wäre – Rex Greer war ungefähr so zuverlässig wie das Wetter. Kleinlaut überlegte er, dass es schon immer seine große Stärke gewesen war, andere Menschen im Stich zu lassen. Und ihre Geheimnisse zu bewahren. Er wusste Dinge, die seine Familie endgültig zerstört hätten. Er wusste Dinge, die mindestens einem Dutzend Menschen dieser Stadt schaden und manche sogar vernichten würden. Manchmal dröhnte ihm der Kopf von all dem, was er wusste und was er getan hatte, und dann wünschte er sich, er könnte die Zwänge abschütteln, die ihn umtrieben, die Obsessionen, die ihn quälten, einfach über Bord werfen. In Zeiten wie heute Abend hatte Rex das Gefühl, dass er dem Leben, das er seit Jahren führte, immer weniger gewachsen war.

Aber aus irgendeinem Grund wusste er auch, dass er die Fassade nicht mehr lange aufrechterhalten musste, weil Chyna dem ganzen Spuk schon bald ein Ende bereiten würde.

Die Ankunft von Feuerwehr und Ambulanz verursachte so viel Lärm und Unruhe, dass Chyna sich fragte, wie die Toten dabei weiterschlafen konnten. Heulende Sirenen, zuckende Lichter, rufende Menschen. Noch vor fünf Minuten war es hier still, dunkel und total unheimlich gewesen, und nun verbreitete sich regelrechte Jahrmarktsatmosphäre.

Einer der Sanitäter wandte sich an Chyna und Scott. »Als Erstes lassen wir uns an einem Seil in das Grab hinunter und überprüfen ihre Vitalzeichen«, erklärte er.

»Meinen Sie nicht, dass man zuerst einmal nachsehen sollte, ob sie noch am Leben ist?«, fragte Chyna voller Angst. »Sie hat sich nicht bewegt, seit wir sie gefunden haben.«

Der junge dunkelhaarige Sanitäter lächelte sie freundlich an. »Wir hoffen immer das Beste, Mrs …?«

»Doktor Greer. Chyna Greer. Das hier ist Scott Kendrick.« Auf einmal erschien ihr diese förmliche Vorstellung lächerlich und unbedeutend. Inzwischen ließen zwei Sanitäter bereits ein Seil in die Grube hinunter. Chyna spürte, wie Scotts Arm sich um ihre Schulter legte, und schloss die Augen – sie konnte nicht zusehen, wie sie das Mädchen, das wie eine zerbrochene Puppe dort unten in der kalten Grube lag, auf Lebenszeichen hin untersuchten. Aber dann rief einer der Männer: »Sie lebt!«

»Gott sei Dank«, hauchte Chyna und sackte erleichtert zusammen. Scott stützte sie, während die Sanitäter Deirdre weiter untersuchten, ihr die Handfesseln durchschnitten und das Klebeband vor ihren Augen entfernten.

»Puls etwas schwach, aber außer der Bewusstlosigkeit keine Anzeichen von schwerem Trauma«, rief einer zu den anderen herauf. »Lasst ein Rückenbrett und die Halskrause runter.«

»Hast du das gehört, Scott?«, fragte Chyna. »Kein Anzeichen von schwerem Trauma.«

Scott wagte ein Lächeln. »Ja – so weit, so gut.«

Natürlich muss man noch nach anderen Schäden Ausschau halten, dachte Chyna. Niemand konnte wissen, wie lange Deirdre nackt umhergeirrt war. Und was der Entführer ihr angetan hatte, bevor sie flüchten konnte. Hatte er sie vergewaltigt?

Als die Halskrause angebracht und Deirdre sicher auf das Rückenbrett geschnallt war, zogen die Männer, die oben geblieben waren, sie herauf. Oben angelangt, baten die Sanitäter Chyna und Scott, sich das Mädchen anzusehen. »Sie meinten, es wäre Deirdre Mayhew, aber Sie konnten ja ihr Gesicht nicht sehen«, sagte einer. »Schauen Sie bitte jetzt noch mal genau hin.«

Sie beugten sich über das bewusstlose, extrem blasse Mädchen. Chyna erkannte mit geübtem Blick sofort, dass sie an Unterkühlung litt – aber es war eindeutig Deirdre. »Ja, das ist Deirdre Mayhew!«, sagte Scott mit fester Stimme. »Ich kenne sie schon ihr ganzes Leben lang.«

»Sie braucht einen Zugang und Flüssigkeit«, ordnete Chyna an und vergaß für einen Moment ganz, dass sie nicht im Krankenhaus war. »Und sie ist wahrscheinlich auch unterernährt. Sind Sie sicher, dass Sie die Wirbelsäule gut stabilisiert haben?«

»Ja, Ma'am, wir wissen, was wir tun«, antwortete einer der Sanitäter geduldig.

»Oh, natürlich. Entschuldigung«, lenkte Chyna hastig ein. »Ich bin Ärztin …«

»Das haben Sie bereits gesagt.«

»Ja. Und ich wollte nicht besserwisserisch klingen, ich bin nur …« Chyna schluckte schwer und merkte, dass sie kurz davor war, in Tränen auszubrechen. Zwar kannte sie Deirdre kaum, aber die emotionale Anstrengung – dass sie gefühlt hatte, wie das Mädchen mit bloßen Füßen, nackt und blind über das gefrorene Gras gegangen und schließlich in das offene Grab gefallen war – zeigte nun doch ihre Auswirkungen.

Scott umfasste sie fester und sagte zu den Sanitätern: »Ich gebe Deirdres Vater Bescheid.«

»Wir informieren den Sheriff«, erklärte einer der Männer, während sie die Bahre behutsam in den Krankenwagen schoben. »Wir müssen wissen, warum das Grab nicht abgedeckt war. Gräber dürfen nie offen bleiben. Ein offenes Grab, und das auch noch nachts – das gibt meistens einen Gerichtsprozess.«

»Ja, wahrscheinlich«, antwortete Chyna gedankenverloren, und sie fragte sich, wie man in so einer Situation an einen Prozess denken konnte.

Ein anderer Sanitäter sah sie und Scott lächelnd an. »Gut, dass wir Deirdre gefunden haben. Wir hatten schon Angst, dass wieder ein Mädchen verschwunden ist.«

Als die Ambulanz und der Feuerwehrwagen davonfuhren, drehte Scott Chyna an den Schultern zu sich um und umarmte sie fest. »Du hast es geschafft, Chyna! Du hast Deirdre gerettet.«

Endlich spürte auch Chyna Erleichterung und sogar ein gewisses Triumphgefühl. Aber noch größer war das Bedauern, dass sie nicht das Gleiche für Heather, Edie und vor allem für Zoey hatte tun können.

Es war fast zwei Uhr früh, als Scott Chyna nach Hause begleitete. Rex' Wagen stand immer noch nicht in der Auffahrt, und diesmal war Chyna sogar froh darüber. Sie hatte nicht die geringste Lust, mit ihm zu reden. Rasch schloss sie die Tür auf und trat ins Haus. Scott blieb an der Schwelle stehen, lächelte und nahm ihre Hand. »Ich weiß, du bist erschöpft«, meinte er leise und ein bisschen verlegen. »Schlaf dich aus, Chyna. Du hast es verdient.«

Im Schimmer der Lampe neben der Haustür glänzten seine schwarzen Haare, und Chynas Blick glitt über die feinen Gesichtszüge mit den beiden fast verheilten Narben, eine auf der rechten Wange, die andere links am Kinn, beides Folgen des Flugzeugabsturzes, der ihn fast das Leben gekostet hätte. Dann sah sie ihm in die Augen – tiefe, dunkle, seelenvolle Augen, in denen noch immer der Horror und die Traurigkeit dessen, was er gesehen hatte, zu erkennen waren. Die Augen, die hatten zusehen müssen, wie in dem brennenden Wrack des Flugzeugs zweiundsiebzig Menschen ums Leben kamen.

Seit Chyna zwölf war, hatte sie für diesen Mann geschwärmt – Gefühle, die sie später als pubertär abgetan hatte. Doch in diesem Augenblick wusste sie, dass das, was sie mit zwölf gefühlt hatte, nur eine jüngere Version dessen gewesen war, was sie jetzt für ihn empfand – Liebe.

Behutsam beugte sie sich vor, stellte sich auf die Zehenspitzen und küsste Scott zärtlich auf Lippen und Hals. »Ich möchte nicht, dass du gehst«, flüsterte sie.

Er schlang den rechten Arm um ihre Taille, zog sie näher zu sich und drückte sie an seinen großen, schlanken Körper. »Möchtest du heute Nacht lieber nicht allein sein? Nach all dem Schrecklichen, was du heute erlebt hast?«

»Es war schrecklich, Deirdre so zu finden, aber wenigstens ist sie am Leben.« Chyna war Männern gegenüber schon immer schüchtern gewesen, hatte ihnen den ersten Schritt überlassen und sie oft genug gestoppt, wenn sie für ihren Geschmack zu weit gingen. Aber jetzt bewegten sich ihre Lippen fast gegen ihren Willen sanft über Scotts warmen Hals.

Er atmete tief ein, legte auch den anderen Arm um sie und zog sie so dicht an sich, dass sie seinen Herzschlag spürte. Zunächst berührte sein Mund sie nur ganz sacht, aber dann pressten seine Lippen sich leidenschaftlich auf ihre, seine Hand verfing sich in ihren Haaren, und sie schienen miteinander zu verschmelzen. Die Zeit stand still. Seine Zunge berührte ihre – warm, sanft, fast spielerisch.

Schließlich zog er sich ein Stückchen von ihr zurück, und sie spürte seinen Atem auf ihrem Gesicht, während er sie ansah mit diesen dunklen, durchdringenden Augen, die bis in ihre Seele zu blicken schienen. Noch nie war Chyna so geküsst worden, und sie wollte mehr davon. Nach einem Moment, der ihr vorkam wie eine Ewigkeit, fragte Scott leise: »Möchtest du, dass ich bleibe?«

»Ja, ich möchte, dass du bleibst«, antwortete Chyna heiser und schmiegte ihr Gesicht an seines. »Ich möchte, dass du die Nacht mit mir verbringst.«

Wieder trafen sich ihre Lippen, und Chyna zog leise die Tür hinter ihnen ins Schloss.

Irma Vogel nieste heftig und putzte sich die Nase mit einem bereits feuchten Papiertaschentuch, während sie mit Abscheu auf die riesige Schlagzeile in der Morgenzeitung blickte:

VERMISSTES MÄDCHEN LEBEND GEFUNDEN

Irma wusste, dass es sinnlos war, Ben anzurufen und so zu tun, als würde sie sich freuen. Er war bei Deirdre im Krankenhaus, und Irma hatte nicht vor, sich in die Höhle des Löwen zu begeben, in der es garantiert von Bens Freunden, von Polizisten und Reportern wimmelte. Außerdem hatte sie Ben heute Morgen angerufen und ihm erzählt, dass sie nicht hatte schlafen können, die ganze Nacht Polizeifunk gehört und deshalb schon erfahren hätte, dass Deirdre gefunden worden war. »Es war Chyna Greer!«, hatte er begeistert gerufen. »Chyna Greer hatte eine Vision oder so was – ich hab noch nie richtig verstanden, was es eigentlich ist, was sie da macht –, aber auf alle Fälle wusste sie, wo Deirdre ist!« Er hatte erzählt, dass Deirdre nach wie vor bewusstlos sei, dass niemand wusste, wer sie entführt hatte – und dass er jetzt dringend zurück zu seiner Tochter müsste. Dann hatte er den Hörer auf die Gabel geknallt.

Irma ließ die Zeitung auf den Boden rutschen und ging hinüber zu dem Spiegel an der Wand. Gott, sie sah furchtbar aus. Ihre Augen waren rot, die Nase war geschwollen, und das Gesicht glänzte vor Schweiß. Sie hatte eindeutig Fieber. Ich war zu lange draußen in der Kälte, dachte sie, und zu oft ohne Jacke. Früher hatte sie immer darauf geachtet, sich warm anzuziehen. Aber in letzter Zeit war sie nachlässig geworden, weil sie zu viel anderes um die Ohren hatte. Und jetzt wurde sie zu allem Überfluss auch noch krank. Am liebsten hätte Irma vor lauter Selbstmitleid geweint.

Langsam schlurfte sie zu ihrem Stuhl zurück und hob die Zeitung auf. Deirdre Mayhews Rettung hatte sie natürlich am meisten interessiert, aber sie wollte auch den Bericht über Rusty Burtram lesen, der anscheinend durch seine Terrassentür gestürzt war. Eine Scherbe hatte die Halsschlagader durchtrennt, und er war verblutet. Irma ließ die Zeitung sinken und dachte angestrengt nach. Es war mehr als unwahrscheinlich, dass ein Mensch einfach so durch eine Glastür »stürzte«, es sei denn, er war betrunken oder bekifft. Ganz sicher würden die meisten Bürger von Black Willow das genauso sehen. Von Rusty wusste Irma nicht viel, aber sie kannte Owen, und sie konnte sich vorstellen, wie er sich vor Verlegenheit wand, wenn er diese Geschichte auf der Titelseite der Zeitung entdeckte. Sein Sohn war im Alkohol- oder Drogenrausch durch eine Glastür gestürzt? Gott, der alte Owen würde wahrscheinlich vor Scham, nicht vor Kummer einen Herzanfall kriegen. Jeder, der etwas mit den Burtrams zu tun hatte, wusste, dass Owen seinen Sohn nicht liebte. »Nun, Mr Owen Burtram, jetzt müssen Sie sich wenigstens nicht mehr mit der Enttäuschung Ihres Lebens rumärgern«, sagte Irma laut und voller Verachtung – die sie Owen natürlich nie gezeigt hätte. Da ihr der Klang ihrer Stimme gefiel, setzte sie noch etwas lauter hinzu: »Jetzt müssen Sie natürlich so tun, als würden Sie glauben, dass Rusty gestolpert und durch die Tür gefallen ist, und dann ein bisschen Trauer mimen. Aber in Wirklichkeit sind Sie bloß erleichtert darüber, dass Rusty für immer aus Ihrem Leben verschwunden ist, genau wie Ihre Frau, diese Schlampe.«

Wenn Irma sich nicht so mies gefühlt hätte, hätte sie über ihre makabre Einschätzung der Situation laut gelacht. Sie konnte die Burtrams nicht leiden, vor allem Owen. Ein selbstgefälliger Schnösel, das war er. Er taxierte sie immer abschätzig von oben bis unten, als wäre sie ein Stück Müll. Rusty hatte immer einen großen Bogen um Irma gemacht – als hätte er Angst vor ihr, weil er spürte, dass mit ihr etwas nicht stimmte.

Aber Dinge zu spüren war ansonsten eher Chyna Greers Spezialität. Vorhin hatte Ben behauptet, er wüsste nicht, wer Deirdre entführt hatte. Deirdre selbst war bewusstlos und konnte nichts sagen. Da also niemand eine Ahnung hatte, wer Deirdre entführt hatte, war Chyna offensichtlich nicht in der Lage gewesen, diese wichtige Information zu *erspüren*.

Irma ging zum Telefon, suchte die Nummer der Klinik heraus, ließ sich mit dem dritten Stock verbinden und fragte nach Schwester Tally Jones. Als sie Tallys vertrautes Näseln hörte, sagte sie: »Hier ist Irma. Ich brauche Informationen, aber ich möchte nicht, dass es jemand mitkriegt, also rede bitte leise.«

»Na klar, in Ordnung, Irma«, flüsterte Tally.

»Und erwähne bloß nicht meinen Namen! Ist das Mayhew-Mädel wieder zu Bewusstsein gekommen?«

»Nein, Deirdre ist noch ...«

»Nicht so laut, Tally!«

»Ach ja.« Tally senkte die Stimme wieder zu einem nasalen Zischen. »Nein, noch nicht. Es heißt, sie liegt im Koma.«

»Im Koma?«

»Ja, ihr Kopf hat einen üblen Schlag abgekriegt – sie ist ja auch in ein offenes Grab gefallen! Ich finde das so gruslig! Anscheinend war das Grab für eine Beerdigung am nächsten Morgen ausgehoben und mit einer Sperrholzplatte abgedeckt worden, aber jemand hat die Platte weggeschoben – vermutlich irgendwelche Teenager, die letzte Nacht unterwegs waren und nur Unsinn im Sinn hatten. Ich glaube, die Cops haben Reifenspuren und eine Bierflasche in der Nähe des Grabs entdeckt und ...«

»Tally, das interessiert mich alles kein bisschen«, fauchte Irma. »Besteht die Möglichkeit, dass Deirdre stirbt?«

»Keine Ahnung. Ich lerne ja noch, und die Ärzte reden kaum mit mir. Die denken doch, ich kann bloß Bettpfannen leeren.« Tally klang zutiefst gekränkt, und ihre Stimme wurde wieder lauter. »Die halten sich für Götter. Wenn Deirdre stirbt, drehen sie durch, weil das bedeuten würde, dass sie doch nicht jeden retten können.« Nach einer kurzen Pause fragte sie: »Warum willst du das eigentlich wissen?«

»Ihr Vater und ich sind ... liiert.«

Tally schnappte hörbar nach Luft. »Ehrlich? Bist du sicher? Ich hab gehört, er schaut keine mehr an, seit seine Frau tot ist.«

»Tally, sprich leiser! Und ja, Ben und ich fühlen uns zueinander hingezogen. Aber momentan wollen wir das noch nicht an die große Glocke hängen.« Irma provozierte Tally, noch einmal nachzufragen. »Ich wollte ihn nur nicht dauernd anrufen, weil er jetzt so mit Deirdre beschäftigt ist.«

»Beschäftigt? Die kriegt doch nichts mit.«

»Ich brauchte die Information, Tally, ich mach mir Sorgen, weiter nichts.«

»Na ja, wenn ihr zwei eine Beziehung habt, warum kommst du dann nicht vorbei und setzt dich neben Mr Mayhew an Deirdres Bett? Das würde ihm bestimmt gefallen.«

»Ich hab dir doch gesagt, dass wir die Sache erst mal noch geheim halten wollen. Außerdem bin ich furchtbar erkältet und möchte weder Deirdre noch sonst jemanden anstecken.« Irma hustete und schnäuzte sich demonstrativ. »Danke, dass du mich auf den neuesten Stand gebracht hast, aber erzähl bitte niemandem, dass ich angerufen habe.«

»Warum soll ich das niemandem erzählen?«, näselte Tally, aber Irma hatte bereits aufgelegt.

Sie ging zurück ins Wohnzimmer, nahm die Zeitung zur Hand, und ihr Blick wanderte wieder zu dem Artikel über

Deirdre. Chyna wurde nicht erwähnt, aber da sich Neuigkeiten in Black Willow rasch verbreiteten, wusste sicher bereits mindestens die Hälfte der Bevölkerung, dass sie Deirdre gefunden hatte. Sicher waren die Menschen ihr dankbar dafür. Und voller Respekt für Chynas Leistung. Zum Teufel, jetzt wurde Chyna womöglich noch zur Heldin stilisiert.

Irma hob den Kopf und lächelte. Eine Heldin? Es sei denn, es wurde der Verdacht laut, dass sie Deirdre nur deshalb gefunden hatte, weil sie genau wusste, wo sie suchen musste. Und wie konnte sie das wissen, wenn nicht deshalb, weil sie Deirdres Entführung zu verantworten hatte?

Mit einem wohligen Seufzer drehte Chyna sich im Bett um und streckte die Hand nach Scott aus, als würde er schon seit Jahren neben ihr schlafen. Aber die andere Seite des Betts war leer. Sie warf einen Blick auf die Uhr. Viertel nach vier. Er kann doch nicht einfach weg sein, dachte sie mit einer Mischung aus Enttäuschung und Scham. Unmöglich, dass er Sex mit ihr gehabt und dann gewartet hatte, bis sie eingeschlafen war, um sich dann leise davonzustehlen. Hatte er die Flucht ergriffen, ehe jemand seinen Wagen in ihrer Auffahrt sah? O Gott, das konnte doch nicht sein, nicht nach all dem, was er ihr vorhin gesagt hatte. Nicht, nachdem er sie so sanft und dennoch voller Leidenschaft geliebt hatte. Oder etwa doch? So lange schon hegte sie Gefühle für ihn – hatte sie sich nur eingebildet, dass er sie erwiderte? Und war es womöglich nur eine kurzlebige körperliche Gier gewesen?

In diesem Augenblick öffnete sich die Schlafzimmertür und Scott kam leise herein. Er war barfuß und trug nur seine Jeans. Im schwachen Licht des frühen Morgengrauens konnte sie sein sanftes Lächeln sehen, während er aus der Hose schlüpfte, neben sie ins Bett zurückkroch und sie in die Arme nahm.

»Wo warst du?«, fragte sie und versuchte, ganz entspannt zu klingen.

»Ich hatte einen Albtraum«, antwortete er leise. »Leider passiert mir das zurzeit ziemlich oft. Ich bin runtergegangen, hab mir kaltes Wasser ins Gesicht gespritzt und ein Glas warme Milch getrunken.«

»Warme Milch? Du bist ja wirklich ein harter Mann!«

»Ich weiß.« Er verzog das Gesicht. »Ich hoffe, das spricht sich im Whippoorwill nicht rum, sonst kann ich mich da nie mehr sehen lassen.«

Chyna streckte die Hand aus und berührte sein feuchtes, erhitztes Gesicht und seine nassen Haare. »Ich dachte schon, du bist weg.«

»Möchtest du, dass ich gehe?«, fragte er mit gerunzelter Stirn.

»O nein!« Sie merkte, dass sie fast verzweifelt klang. »Natürlich nicht«, fügte sie mit normalerer Stimme hinzu.

Er lächelte und zog sie an sich. »Gut. Denn in diesem Augenblick bin ich glücklicher, als ich es seit Jahren gewesen bin.«

»Wirklich?«

»Ja. Wenn das eine Lüge ist, will ich tot umfallen.«

»Sag das nicht!«, fauchte Chyna.

Scott wich ein Stück zurück und blickte ihr in die Augen. »Das ist doch nur so ein Ausdruck.«

»Ich weiß, aber …«

»Aber was?«

Chyna vergrub ihre linke Hand in seinen dichten schwarzen Haaren und legte ihre Wange an seine. »Ich möchte einfach gerade nicht an den Tod denken.«

»Keiner von uns wird sterben, Chyna«, erwiderte er mit einem leisen Lachen. »Vielleicht bin ich heute derjenige mit dem zweiten Gesicht, denn ich bin sicher, dass wir lange, lange Zeit zusammen sein werden. Zumindest wenn es nach mir geht.«

Chyna entspannte sich und hatte auf einmal das Gefühl,

mit ihrem warmen, nackten Körper in seinem zu versinken.
»Dann hoffe ich sehr, dass es nach dir geht, denn ich glaube, das wünsche ich mir mehr als alles andere«, murmelte Chyna, als sich seine Lippen über ihre legten.

»Satisfaction … oh no, no, no! I can't get no …«

Chyna fuhr auf. Schon wieder dieser Song der Rolling Stones. Dieselbe schräge Stimme. Der gutaussehende Mann auf der Leiter. Gage Ridgeway!

Neben ihr lag Scott und schlief tief und fest. Seine schwarzen Haare waren ihm über die Stirn gefallen, sein Arm ruhte auf ihrer Taille, sein Mund war leicht geöffnet. Die Falten auf der Stirn und um die Augen, die sie neulich bemerkt hatte, waren im Morgensonnenschein fast unsichtbar. Abgesehen von den schmalen Narben auf der Wange und am Kinn sah er genauso aus, wie sie sich aus der Zeit von vor zehn Jahren an ihn erinnerte – attraktiv, gelassen, mit sich selbst im Reinen. Sie weckte ihn nur sehr ungern, aber sie mussten los. Sofort.

»Scott«, flüsterte sie, weil sie ihn nicht erschrecken wollte. Aber er rührte sich nicht. »Scott«, sagte sie etwas lauter. Nichts. Schließlich rief sie: »Scott!«, und schüttelte ihn dabei leicht an der Schulter.

»Ich bin müde«, nuschelte er. »Noch zehn Minuten, Mom.«

»Ich bin nicht deine Mutter«, entgegnete Chyna noch ein wenig lauter. »Ich bin Chyna.«

»Chyna?«, brachte er mühsam hervor. Dann riss er plötzlich die Augen auf und starrte sie erschrocken an. »Chyna Greer!«

»Ja, Chyna Greer. Freut mich, dass du dich daran erinnerst, mit wem du heute Nacht geschlafen hast.«

Jetzt war er hellwach und wurde rot. »Ich hab mich schon erinnert, es ist nur …« Scott blinzelte ein paarmal, sah sie aufmerksam an und sagte dann: »Gott sei Dank. Einen Augenblick dachte ich, du wärst noch ein Teenager.«

»Tja, bin ich aber nicht. Alles ist vollkommen legal.«

Scott beugte er sich über Chyna und küsste sie. »Ist das heute Nacht wirklich passiert, oder hatte ich einen der schönsten Träume meines Lebens?«

»Es ist wirklich passiert, und es war wundervoll.«

»Wir hätten das schon früher machen sollen.«

»Ganz deiner Meinung. Ich hab es mir nur ungefähr sechzehn Jahre lang ausgemalt.«

»So lange, ja?« Scott grinste. »Ich habe mich gezwungen zu warten, bis du legal warst, ehe ich damit angefangen habe.«

»Aber dann keine Schritte unternommen.«

»Ich bewege mich langsam. Langsam und bedächtig. Aber dann … bin ich nicht mehr zu bremsen!« Scott stürzte sich auf sie, nahm sie in einem Gewirr von Laken und Decken in die Arme, küsste ihre Wangen, ihren Nacken, ihre Lippen. »Du wunderschöne, phantastische Frau. Du Mädchen meiner Träume!«

»Du mein Ein und Alles!«

Sie kicherten über die absurden Dinge, die ihnen so mühelos über die Lippen kamen, doch dann wurde Scott plötzlich ernst. »Rex ist da«, flüsterte er. »Ich hab ihn vorhin gehört, als ich aufgestanden bin.«

»Um deine warme Milch zu trinken – ich erinnere mich«, neckte ihn Chyna, und prompt wurde Scott rot. »Und du glaubst, dass Rex, der größte Playboy der westlichen Welt, schockiert sein könnte, weil du die Nacht mit mir verbracht hast?«, grinste Chyna. »Vermutlich ist er erleichtert. Ich glaube nämlich, er hält mich für ein absonderliches Wesen, das sich nicht für Sex, sondern nur für Bücher und harte Arbeit interessiert.«

»Na, das bist du aber ganz und gar nicht, wie ich voller Freude feststellen muss. Warte nur, bis ich das meiner Mutter erzähle!«

»Wag es nicht, Scott Kendrick!«, lachte Chyna, wurde aber

gleich wieder sachlich. »Meine Mutter hätte das nicht gestört. Solange es keine kurzlebige Affäre ist …«

»Ich dachte, das haben wir schon vor ein paar Stunden geklärt«, meinte Scott etwas vorwurfsvoll.

»Ja, ich weiß, was wir vorhin gesagt haben, aber eine gemeinsame Nacht heißt ja noch nicht, dass du mir etwas schuldest, Scott.«

»Wie wäre es damit, dass ich dir etwas schulden *möchte*? Ich hab dir doch gesagt …«

»Womöglich hattest du von deiner warmen Milch ja einen im Tee.«

Scott zog das Kissen unter seinem Kopf weg und wedelte drohend damit vor ihr herum »Hörst du jetzt endlich auf, mir ständig mit meiner warmen Milch zu kommen?« Chyna kicherte. »Wie wäre es damit, dass ich dir alles geben möchte, was ich kann, Chyna? Womöglich macht es dir Angst, wenn ich sage, ich will dir alles geben, denn du hast ja nie behauptet, dass du überhaupt irgendetwas von mir willst, vor allem, wo ich nicht gerade topfit bin …«

Chyna küsste ihn auf den Nacken. »Scott, hör auf, solchen Unsinn zu reden.«

»Unsinn?« Er wich zurück und tat beleidigt. »Da schütte ich dir mein Herz aus, und du meinst, ich rede Unsinn?«

Chyna begann aufzustehen, warf ihre langen Haare zurück, stieg vorsichtig über Michelle und griff nach ihrem Bademantel. »Ich meinte ja nicht wirklich, dass es Unsinn ist. Im Gegenteil – ich hab jedes Wort geliebt.«

»Das hab ich gemerkt.«

»Aber ich hab dich aus einem bestimmten Grund geweckt. Ich habe nämlich von Gage Ridgeway geträumt.«

»Oh, toll. Du warst mit mir im Bett und hast von Gage Ridgeway geträumt.«

»Wir müssen mit ihm reden. Mein Traum hat etwas mit Deirdre zu tun.« Chyna angelte eine Jeans aus dem Wandschrank und schlüpfte hinein. »Du hast doch gesagt, er wohnt in der Nähe des Friedhofs. Er war mit Edie Larson befreundet, als sie verschwunden ist.«

Scott schielte mit zusammengekniffenen Augen auf den Wecker. »Chyna, es ist grade mal halb acht. Hast du ernsthaft vor, um halb acht bei Gage Ridgeway aufzukreuzen?«

»Ja.« Sie kämpfte bereits mit ihrem Rollkragenpulli, merkte, dass sie ihn falsch herum anziehen wollte, und drehte ihn rasch um. »Ich kann auch alleine gehen, wenn du noch zu müde bist.«

Augenblicklich warf Scott die Decke zurück. »Ich lasse dich nicht allein zu Gage Ridgeway, wenn du glaubst, er hat etwas mit Deirdres Entführung zu tun. Vielleicht sollten wir auch die Polizei alarmieren.«

»Und mit welcher Begründung? Dass ich von Gage geträumt habe? Ich glaube, das funktioniert nicht.«

»Was hast du denn eigentlich geträumt? Hast du gesehen, dass er Deirdre gefangen gehalten hat?«

»Nein. Aber ich habe Edie Larson gesehen. Sie war mit einem Mann zusammen, und die beiden haben gestritten. Dann hab ich Nancy Tierney gesehen. Sie lag nackt auf einem Bett, und ein Mann hat sich über sie gebeugt. In beiden Szenen konnte ich die Mädchen deutlich erkennen, aber den Mann nur verschwommen. Ich hab mich angestrengt, ihn zu erkennen, und plötzlich wurde er klar. Er stand auf einer Leiter, hat die Dachrinne gereinigt und dabei ›Satisfaction‹ gesungen. Scott, genau das ist einen Tag, nachdem ich hier angekommen bin, passiert. Ich habe jemanden singen gehört, habe rausgeschaut und Gage beim Reinigen der Dachrinne gesehen, wie er ›Satisfaction‹ gegrölt hat!«

»Und was machen wir jetzt?« Scott knöpfte seine Jeans zu und griff nach seinem Pulli. »Eine zivile Festnahme? Schleppen wir Gage zum Sheriff, wo er alles gesteht, ohne einen Anwalt zu verlangen?«

»Wir fühlen ihm erst mal ein bisschen auf den Zahn. Wo sind meine Stiefel?« Sie bemerkte Scotts fragenden Blick nicht, als sie die Stiefel in einer Ecke entdeckte. »Ich habe so ein Gefühl, dass Gage nicht mehr lange in seinem Haus und auch nicht in der Gegend bleiben wird.«

»Du meinst, er weiß, dass Deirdre gefunden worden ist? Dass er sich aus dem Staub machen wird, bevor sie das Bewusstsein wiedererlangt und ihn beschuldigt?«

»Ich bin nicht sicher«, räumte Chyna stirnrunzelnd ein. »Ich weiß noch nicht genau, was los ist.« Sie zögerte, schloss die Augen und schüttelte den Kopf. »Nur eins weiß ich ganz sicher: Mein Instinkt sagt mir, wir sollen zu Gage fahren.«

# 19

Sanft schien die Sonne auf den Black Willow Cemetery. Im Tageslicht wirkte der Friedhof mit seinen Grabsteinen und Blumen auf den gepflegten Gräbern zwar traurig, aber ungefährlich. Chyna dachte daran, wie es hier letzte Nacht ausgesehen hatte – riesig, mondgebleicht, kalt. Ein Schauder durchlief sie. Der Gedanke an Deirdres zarten Körper, der verkrümmt und leblos auf dem Boden des offenen Grabes lag, ließ sie nicht los.

»Ich werde mich immer an letzte Nacht erinnern, wenn ich hier bin«, meinte sie.

»Du solltest stolz auf dich sein«, konterte Scott. »Ohne dich hätte Deirdre die ganze Nacht über hier liegen müssen und wäre wahrscheinlich erfroren.«

»Ich habe gefühlt, wie sie gekidnappt wurde, Scott. Eigentlich hätte ich sie früher finden und verhindern müssen, dass sie eine Nacht Gott weiß wo in Gefangenschaft verbringt, blind und halberfroren hier herumirrt und schließlich in ein Grab stürzt.« Wieder schauderte sie. »Ich würde gerne wissen, ob sie immer noch bewusstlos ist.«

»Vermutlich werden wir das erfahren, wenn dein Vorhaben mit Gage erledigt ist.« Scott bog vom Highway ab und fuhr auf die Seitenstraße, die zur Ridgeway-Farm führte. »Du hast mir deinen Masterplan immer noch nicht verraten.«

»Weil ich keinen habe. Ich warte auf einen Geistesblitz.«

»Hmm – kann ich irgendetwas tun, um ihn zu beschleunigen? Denn es ist nur noch eine halbe Meile bis zu Gages Haus.«

»Setz mich bloß nicht unter Druck. Damit machst du mich nur nervös.«

Scott sah sie an, halb amüsiert, halb erstaunt. »Ich weiß, du denkst, dass Gage womöglich derjenige ist, der Deirdre entführt hat. Wirst du jetzt nervös, weil du nicht weißt, wie wir ihn festnageln und der Polizei übergeben sollen?«

»Ich habe nie gesagt, dass er Deirdre entführt hat.«

»Du hast es nicht gesagt, aber ich habe angenommen …« Chyna warf ihm einen strengen Blick zu, und er lenkte rasch ein: »Wahrscheinlich sollte ich bei Dingen, die mit dir zu tun haben, lieber keine Annahmen machen, was?«

»Wenn es um meine besonderen Fähigkeiten geht, um meine übersinnlichen Wahrnehmungen oder wie wir es nennen wollen, dann solltest du tatsächlich keine Annahmen machen. Denn das kann nicht mal ich selbst«, antwortete Chyna und musste plötzlich an die Dinge denken, die sie ihm heute Nacht gesagt hatte. »Aber wenn es um meine Gefühle geht … na ja, da kenne ich mich ziemlich gut und meine genau das, was ich sage.«

»Oh.« Man hörte die kaum verhohlene Erleichterung in seiner Stimme. »Ich bin sehr froh, dass du weißt, wo du gefühlsmäßig stehst.« Dann sah er wieder geradeaus. »Ich habe gehört, dass Gage keine ungebetenen Gäste mag und neben der Tür ein Gewehr aufbewahrt. Möglicherweise reagiert er nicht positiv, wenn wir vor acht Uhr morgens hier einfach so reinschneien. Ich finde wirklich, wir sollten lieber die Polizei alarmieren.«

»In Anbetracht der Tatsache, dass Gage bei Edie Larsons Verschwinden der Hauptverdächtige war, denke ich, dass die Polizei Gage schon besucht hat, gleich nachdem Deirdre verschwunden ist«, gab Chyna zu bedenken.

»Dann sitzt er womöglich bereits in Haft.«

Aber Chyna schüttelte den Kopf. »Das glaube ich nicht. Und frag mich jetzt bitte nicht, woher ich das weiß, weil ich das nämlich nicht weiß. Ich bin nicht mal ganz sicher, dass ich es weiß.«

»Das war jetzt wirklich zu kompliziert für mich. Ich frage lieber vorerst nichts mehr«, sagte Scott resigniert. »Ich nehme einfach nur noch Befehle entgegen wie ein guter Soldat. Ich weiß, wann ich mich einer höheren Autorität zu beugen habe.«

»Ich bin aber keine höhere Autorität.«

»O doch, das bist du. Du bist diejenige mit der direkten Verbindung zu den Mächtigen.«

Chyna grinste. »Ich habe eine direkte Verbindung zu den Mächtigen, das muss ich mir merken. Klingt viel besser als die Verbindung mit der ›Geisterwelt‹.«

Scott verlangsamte das Tempo, während sie an einer großen roten Scheune vorbeifuhren und sich einem großen weißen Haus mit zwei Stockwerken und grünen Fensterläden näherten. Es sah aus, als wäre es im Sommer frisch gestrichen worden, und alles befand sich in einem guten Zustand, genau wie Chyna es vom Besitzer der Ridgeway Construction erwartet hätte. Vor dem Haus stand Gages Truck, und in einer Futterröhre dicht bei der Veranda tummelten sich Spatzen und Kardinalvögel.

»Bereit zum Überfall?«, fragte Scott und legte den Leerlauf ein.

»Ich dachte, wir klopfen erst mal an die Tür«, sagte Chyna. »Wenn wir ihn überfallen, greift Gage wahrscheinlich tatsächlich zur Flinte, und wir haben nur eine Taschenlampe, um uns zu wehren.«

»Gutes Argument.« Scott stellte den Motor ab. »Bleib sitzen, ich mach die Autotür für dich auf und gehe wie ein richtiger Mann, der seine Frau beschützt, als Erster zum Haus.«

*Seine Frau.* Chyna spürte, wie ein wohliger Schauer sie

durchrieselte, aber sie versuchte ihre Freude zu verstecken. Ich will mich ja nicht wie eine Sechzehnjährige aufführen, dachte sie. Aber genauso fühlte sie sich. Sie war glücklich. Und verliebt.

Scott öffnete mit großer Geste die Autotür für sie, und sie stieg aus. Dann ging Scott voran die Verandatreppe hinauf und klopfte. Sie warteten und machten sich innerlich darauf gefasst, dass die Tür aufgerissen und ihnen ein Mann mit der Waffe in der Hand entgegentreten würde. Aber alles blieb still.

»Klopf noch mal«, sagte Chyna. »Lauter, aber nicht so laut, dass du jemanden erschreckst.«

»Jawohl, Ma'am.« Scott klopfte. Wieder warteten sie, und nun wanderten ihre Blicke auch über die sauber gefegte Veranda, auf der alte Fässer im Sommer vermutlich als Blumenkübel dienten. In einer Ecke stand ein grauer Schaukelstuhl aus Holz, von dem aus Gage über das weite, unbebaute Land blicken konnte. »Noch mal?«, fragte Scott nach einer Weile.

»Ja. Ein bisschen lauter.«

Klopfen. Warten. Keine Antwort. »Er ist nicht da«, stellte Chyna fest, griff an Scott vorbei zum Türknauf und drehte daran. Die Tür sprang auf. »Er ist weg und hat seinen Truck stehen lassen und seine Haustür nicht abgeschlossen.«

Chyna drückte die Tür weiter auf und beugte sich hinein. Scott zog sie zurück. »Wir können da nicht rein, Chyna. Das ist Privatbesitz, wir sind keine Polizisten und haben keinen Durchsuchungsbefehl.«

»Natürlich sind wir keine Polizisten. Aber wir sind Freunde, die sich Sorgen machen. Es ist nichts daran auszusetzen, wenn man ins Haus eines Freundes geht und nach ihm ruft, vor allem, wenn man befürchten muss, dass etwas Schlimmes passiert ist.«

»Etwas Schlimmes?«

»Ich hab dir doch gesagt, dass ich von Gage geträumt habe, Scott, und ich bin mit dem Gefühl aufgewacht, dass irgendwas nicht stimmt. Vielleicht bedeutet das Gefühl, dass er Deirdre entführt hat. Aber vielleicht bedeutet es auch etwas anderes, zum Beispiel dass *er* in Gefahr ist.«

»In was für einer Gefahr denn?«

»Womöglich denkt jemand, Gage hat Deirdre entführt. Womöglich ist aber auch der wahre Entführer hinter ihm her.«

»Ich dachte, du glaubst, dass der Entführer von Deirdre der Gleiche ist wie der von Zoey, Edie und Heather.«

»Ja, das glaube ich auch.« Sie sah Scott an. »Aber ich bin nicht sicher, ob der Entführer wirklich ein Mann ist. Also, wahrscheinlich schon, aber niemand hat gesehen, wie die Mädchen entführt worden sind, nicht mal ich. Ich habe *gefühlt*, wie Deirdre gepackt, chloroformiert und weggeschleppt wurde, aber ich habe nicht gesehen, von wem.« Erstaunt starrte Scott sie an. »Okay, wahrscheinlich ist der Entführer ein Mann, aber das heißt ja nicht, dass er für einen anderen Mann nicht gefährlich werden kann, vor allem, wenn er glaubt, dass man ihn verdächtigt, die anderen Mädchen umgebracht und Deirdre entführt zu haben.«

»Ich kann mir nicht vorstellen, dass eine Frau … Chyna, warum sollte eine Frau diese Mädchen entführt haben?«

»Aus Eifersucht möglicherweise? Vielleicht sucht sie die Mädchen aus, die sie hasst? Ich weiß es nicht.« Wieder blickte sie tief in Scotts Augen. »Das ist nur eine Theorie, die mir vor ein paar Tagen durch den Kopf gegangen ist, als ich ein Bild von Zoey und mir angeschaut habe, das bei dem Grillfest gemacht wurde, einen Tag bevor Zoey verschwunden ist. Auf der Party waren nicht nur Männer. Zum Beispiel war auch Irma Vogel da.«

»Glaubst du, dass *Irma* die Mädchen entführt hat?«

»Sogar du hast gesagt, dass sie eifersüchtig auf hübsche Mädchen sei. Sie ist ziemlich kräftig, um es mal höflich auszudrücken. Spätestens auf meinem Rasen haben wir gesehen, wie sie ausrasten kann. Womöglich ist sie geistesgestört.« Chyna hob die Schultern. »Ich weiß es wirklich nicht, Scott«, fuhr sie ungeduldig fort. »Ich habe diese Theorie noch nicht richtig durchdacht, und meine Intuition sagt mir leider nichts zu diesem Thema. Es ist bloß eine Hypothese.« Scott starrte sie weiter an, während sie sich durch den Türrahmen beugte und rief: »Gage!«

Dreißig Sekunden später fragte Scott: »Du hast nicht ernsthaft eine Antwort erwartet, oder?«

»Kannst du Gedanken lesen?«

»Nein, aber du hast nicht wirklich den Eindruck gemacht, als würdest du daran glauben, dass wir Gage hier finden.«

»Ich hab es gehofft.« Chyna zögerte. »Vielleicht ist er hier, aber dann ist er verletzt oder so. Komm, wir gehen rein.«

»Nein, Chyna, kommt nicht in Frage! Das wäre Einbruch!«

»Ach was, es ist doch alles offen.« Scott runzelte die Stirn. »Also, ich geh jetzt rein«, verkündete Chyna. »Wenn du möchtest, kannst du ja auf der Veranda warten.«

»Wie ein ängstliches kleines Mädchen?«, gab Scott vorwurfsvoll zurück. »Nein, nein, ich komme mit. Und zwar geh ich als Erster.«

»Ich weiß gar nicht, warum du immer der Erste sein willst. Du bist genauso wenig bewaffnet wie ich.«

»Meine Mutter hat mir beigebracht, dass ein Gentleman in Begleitung einer Lady auf dem Gehweg immer näher am Bordstein geht, für den Fall, dass eine Kutsche durch eine Pfütze fährt. Und in einer gefährlichen Situation geht er immer voran.«

»Ich wusste gar nicht, dass deine Mutter so eine weise Frau ist«, entgegnete Chyna leichthin, obwohl sie sich eingestehen musste, dass es auch sie nervös machte, einfach so in Gage Ridgeways Haus einzudringen. Sie traute ihm nicht. Gleichzeitig wurde sie das Gefühl nicht los, dass sie diejenige war, die ihn finden musste – aus welchem Grund auch immer. »Gage?«, rief sie wieder, »Hier ist Chyna Greer. Und Scott Kendrick. Bist du wach?«

Reglos und stumm standen sie in dem stillen Haus und lauschten. Chyna sah sich um. Die Einrichtung war alt, das Haus weder ausgesprochen schmutzig noch ausgesprochen sauber. Die Sonne fiel durch das Fenster im Osten, und Chyna sah Staubflusen im Licht. Und ihr fiel auf, dass die Wände sehr kahl wirkten. Offensichtlich hatte Gage kein Interesse an Innendekoration.

»Ich gehe hinauf«, flüsterte sie, obwohl sie allem Anschein nach alleine waren.

»Ich glaube nicht, dass Gage oben ist. Er hat überhaupt nicht auf unsere Rufe reagiert.«

»Vielleicht *kann* er nicht reagieren. Komm schon, Scott. Es dauert nur eine Minute, dann sind wir wieder draußen.«

Mit einem tiefen Seufzer ging Scott die Holztreppe hinauf, die dringend renoviert werden musste, und den langen Korridor entlang. Chyna folgte ihm. An den Türen hielten sie inne, um in die dahinter liegenden Räume zu spähen – drei Schlafzimmer mit unbenutzten Betten und einer dicken Staubschicht auf dem Mobiliar. Im Dritten erkannte Chyna sofort Gages Zimmer. Es war der größte und unordentlichste Raum, auf der Kommode ein wildes Durcheinander von Schlüsseln, Gürteln, Schachteln für Krawattennadeln und Manschettenknöpfe, die Gage garantiert nie benutzte, Zeitschriften, Schuhbändern und ein paar schmutzigen Gläsern.

Am Rand der Kommode, von der Tür her direkt vor ihnen, lag eine Brieftasche, aus der ein paar Scheine hervorlugten – auf den ersten Blick entdeckte Chyna zwei Fünfzigdollarnoten. Auf einem Tisch am Fenster stand ein Polizeifunkgerät. Das Bett war ungemacht – genaugenommen war es total zerwühlt, die Laken halb heruntergerutscht. Auf dem Boden lag eine kaputte Nachttischlampe, der gläserne Schirm war in tausend Scherben zersprungen. Auf Zehenspitzen ging Chyna darauf zu.

»Nicht, Chyna«, warnte Scott. »Das sieht ganz nach einem Verbrechen aus.«

»Ich bringe schon nichts durcheinander. Ich möchte nur sehen, ob irgendwo Blut ist.«

»Nicht ...«

»Ich fasse nichts an! Schließlich sehe ich gelegentlich auch fern – ich weiß, dass man am Tatort kein Beweismaterial verändern darf.« Ohne sie anzufassen, inspizierte sie die Lampe aus der Nähe. Dann ging sie in ihren eigenen Fußspuren zurück. »Ich kann kein Blut entdecken.«

Scott sah auf das Bett, die Lampe, das Glas. »Glaubst du, dass jemand zu der Überzeugung gekommen ist, dass Gage Deirdre entführt hat, nachdem man sie so nahe bei seinem Haus gefunden hat,?«, fragte er endlich. »Dass derjenige hergekommen und Gage mitgenommen hat?«

»Um ihn zu töten?«

Scott nickte nur.

»Wer würde sich denn zu so etwas hinreißen lassen – ausgenommen vielleicht Deirdres Vater?«

»Der Vater von einem der anderen verschwundenen Mädchen, der glaubt, wenn Gage Deirdre entführt hat, muss er auch Heather und Edie verschleppt haben?«

»Vielleicht«, räumte Chyna zögernd ein. »Aber soviel ich weiß, ist die Familie von Heather Phelps schon vor einiger Zeit weggezogen. Und kannst du dir vorstellen, dass Ron Larson die Energie aufbringt, dass er loszieht und Gage überfällt? Wahrscheinlich war er schon betrunken, als er im Polizeifunk gehört hat, dass man Deirdre gefunden hat.« Sie hielt einen Moment inne. »Ich nehme mir jetzt mal das Bettzeug vor.«

»Nein, Chyna, nein!«

Aber sie ignorierte ihn, trat wieder so gut es ging in ihre eigenen Fußspuren und griff nach dem Laken. »Ich halte es zwischen den Fingerknöcheln, dann hinterlasse ich keine Abdrücke. Natürlich will ich auch keine verwischen.«

»Chyna, hast du eigentlich nichts anderes zu tun, als dir ständig Krimiserien anzuschauen?«, fragte Scott ein wenig sarkastisch.

»Nur wenn ich keinen Dienst im Krankenhaus habe«, antwortete sie zerstreut, während ihre Fingerknöchel über das billige Laken strichen. Ein Stück nach rechts, weiter nach oben, auf die andere Seite ...

Ihre Sicht trübte sich, wurde dunkel und dann plötzlich wieder klar. Sie sah Gage, der sich unter dem Laken wälzte, mit rotem, verschwitztem Gesicht. Langsam normalisierte sich sein Atem wieder, und er senkte den Kopf, schaute in das Gesicht eines Mädchens mit grünen Augen und dichten, glänzenden, aschblonden Haaren.

Obgleich Chyna das Gesicht nur in totem Zustand gesehen hatte, erkannte sie das Mädchen sofort – Nancy Tierney.

»Oh!« Blitzschnell zog sie die Hand zurück, als hätte sie sich verbrannt. »Mein Gott!«

»Was denn?«, schreckte Scott auf.

»Ich habe Gage gesehen, und er hatte Sex mit Nancy Tierney.«

»Nancy Tierney!«, rief Scott verwundert. »Gage war mit Nancy Tierney im Bett?«

»Ja, aber es kann ja nicht gestern Nacht gewesen sein. Sie ist seit Tagen tot. Trotzdem ...«

»Gage hatte was mit Nancy Tierney«, stellte Scott noch einmal tonlos fest. »Ich kann es nicht glauben. Gage und *Nancy*?«

»Scott, du wohnst nicht in Black Willow, und du hast von Gage Ridgeways Leben eigentlich keine Ahnung mehr.« Chyna zögerte. »Warum wundert es dich denn so, dass er etwas mit Nancy hatte? Du hast doch gesagt, du kennst sie kaum.«

Scott sah sie erschrocken an und blinzelte ein paarmal. »Ich wundere mich, weil sie so jung war. Wie alt ist Gage? Zweiunddreißig vielleicht, wie dein Bruder? Und Nancy war doch noch ein Teenager.«

»Das ist nicht alles.« Chyna sah ihm fest in die Augen. »Du weißt, dass Gage jüngere Mädchen mag. Edie war sechzehn, als sie mit ihm zusammen war, und er fast zwanzig. Warum überrascht es dich dann so, dass Gage mit Nancy im Bett war?«

»Sechzehn und zwanzig ist nicht das Gleiche wie siebzehn und zweiunddreißig«, antwortete Scott ausweichend. Chyna hatte das Gefühl, dass er auf der Suche nach einer Antwort ziemlich ins Trudeln gekommen war und aus irgendeinem Grunde nicht mit der ganzen Wahrheit herausrücken wollte. »Hmm, hattest du den Eindruck, dass er Nancy vergewaltigt hat?«

»Überhaupt nicht«, entgegnete Chyna fest und starrte Scott an. Dass er nicht ganz ehrlich zu sein schien, ärgerte sie. War er sich dessen bewusst? Aber er erwiderte ihren Blick, fast als wollte er sie herausfordern, weiterzubohren. »Nancy sah nicht aus, als würde sie sich gegen Gage wehren«, erklärte sie. »Aber ich versuche es noch mal, da du Zweifel daran zu haben scheinst.«

»Tu das«, sagte Scott, und seine Stimme klang seltsam scharf.

Chyna nahm das Laken wieder zwischen die Fingerknöchel und wartete darauf, Gage beim Sex mit Nancy zu beobachten. Aber als ihre Wahrnehmung sich veränderte, sah sie ihn allein, schlafend, in einem dunklen Zimmer. Unten hämmerte jemand gegen die Tür, Gage fuhr hoch und saß kerzengerade im Bett. Aber das Hämmern hielt an, und schließlich kletterte Gage schlaftrunken aus dem Bett. Und dann … nichts. Chyna schloss die Augen und konzentrierte sich, aber sie wusste mit einer ihr sehr vertrauten Enttäuschung, dass die Vision zu Ende war.

»Und?«, fragte Scott.

»Ich hab ihn nur beim Schlafen gesehen. Dann hat jemand laut an die Haustür geklopft«, antwortete sie.

»Das war alles?«

»Das war alles. Tut mir leid.« Plötzlich schoss ihr ein schrecklicher Gedanke durch den Kopf. In ihrer Vision waren die Vorhänge an Gages Zimmer offen gewesen, und man hatte draußen den Nachthimmel gesehen. Jemand hatte also mitten in der Nacht an Gages Tür gehämmert. Letzte Nacht? Letzte Nacht, während Chyna friedlich geschlafen und Scott angeblich in der Küche warme Milch getrunken hatte? Aber würde Scott …

»Und?« Chyna fuhr auf und begegnete Scotts durchdringendem Blick. »Weißt du, wer an der Tür gewesen ist?«

»Nein«, antwortete sie mit Nachdruck. »Ich habe nicht gesehen, wer an der Tür war.«

»Wahrscheinlich waren es die Cops, Chyna. Gestern hast du gemeint, dass sie sich Gage bestimmt gleich vorknöpfen würden.«

»Ja. Und das Klopfen muss um die Zeit gewesen sein, kurz nachdem wir Deirdre gefunden haben. Ned hat erzählt, dass die Cops Gage ziemlich zugesetzt haben, als Edie verschwunden ist. Bestimmt haben sie ihn diesmal auch wieder in die Mangel genommen.«

»Vor allem, wenn jemand von seiner Beziehung zu Nancy gewusst hat«, meinte Scott und fügte kopfschüttelnd hinzu: »Himmel. Edie und Nancy. Eine ist mit Sicherheit tot, die andere wird seit Jahren vermisst. Ich möchte momentan wirklich nicht in Gages Haut stecken.«

»Wenn er gewusst hat, dass Deirdre gefunden worden ist, würde ich das auch nicht wollen. Aber er hat geschlafen.«

»Du weißt nicht, ob die Vision tatsächlich von letzter Nacht stammt«, gab Scott zu bedenken.

O doch, dachte Chyna. Auf Gages Polizeifunkgerät war die

Nachricht durchgekommen, dass Deirdre Mayhew gefunden worden war und dass Notfallwagen unterwegs zum Friedhof waren. Aber sie wollte das alles nicht Scott erzählen. Warum? Weil er sie mitten in der Nacht allein im Bett gelassen hatte?

Sie schlang die Arme um sich, blickte noch einmal auf das Bett und sagte: »Ich möchte mich draußen noch ein bisschen umschauen.«

»Gut. Wenn wir hier drin erwischt werden …«

»Ich weiß. Zwanzig Jahre Zwangsarbeit in einem Hochsicherheitsgefängnis.«

»Du nimmst das viel zu sehr auf die leichte Schulter, Chyna. Vergiss nicht, dass nicht jeder in der Stadt gut auf dich zu sprechen ist.« Das tat weh, und als sie ihn irritiert ansah, fügte er schnell hinzu. »Ich meine das nicht böse, aber du musst vorsichtig sein. Vergiss nicht die Meute, die sich gestern vor deinem Haus zusammengerottet hat. Ich glaube nicht, dass es lauter Mitglieder aus deinem Fanclub waren.«

Chyna zögerte, noch immer verletzt, wandte den Blick dann aber ab und nickte. »Du hast recht. Viele Leute in der Stadt denken, ich bin irre. Viele denken auch, ich hätte etwas mit dem Verschwinden dieser Mädchen zu tun. Das ist so absurd, dass ich manchmal vergesse, wie leicht einen die öffentliche Meinung in Schwierigkeiten bringen kann.«

»Also machen wir, dass wir hier wegkommen«, sagte Scott.

Aber als sie sich auf den Weg zum Auto machten, blieb Chyna stehen und sah zu dem kleinen Wellblechschuppen hinüber. »Ich wüsste gern, was da drin ist.«

»Ich weiß es auch nicht. Aber es ist mir egal. Ab jetzt überlassen wir das alles der Polizei.«

Doch Chyna schien ihn nicht zu hören, sondern ging stur auf das Gebäude zu und öffnete eine der Doppeltüren. »Schon wieder eine unverschlossene Tür«, stellte sie fest. »Gage ist wirklich eine vertrauensvolle Seele.«

»Chyna, wir gehen da nicht rein«, protestierte Scott, als

Chyna die Tür noch ein Stück weiter aufmachte, das Sonnenlicht in die kleine Hütte dringen ließ und schließlich hineintrat. Scott seufzte tief. »Ach, was soll's«, murmelte er dann und folgte ihr.

Als er die Tür erreichte, sah er Chyna regungslos auf dem sauberen Betonboden stehen. Tja, hier müssen wir uns wenigstens nicht um Fußspuren kümmern, dachte er, es sei denn, wir haben Dreck an den Schuhsohlen. Aber es hatte seit Tagen nicht geregnet, der Boden war trocken.

Nachdem er Chyna ein paar Minuten beobachtet hatte, hielt er es nicht mehr aus. »Spürst du irgendwas?«, fragte er laut und erschrak über seine eigene Stimme.

Auch Chyna fuhr heftig zusammen und drehte sich rasch um. »Du meine Güte, Scott, ich steh doch direkt neben dir. Du musst nicht so brüllen.«

»Entschuldige.« Er sah sich um. Ein Traktor, ein Aufsitzrasenmäher, ein Motorrad. Scott konnte der Versuchung nicht widerstehen, ging zu dem Motorrad und hob die Schutzplane. Eine blaue Electra Glide. Etwa zwanzig Jahre alt, ein absoluter Traum! So lange schon hatte er sich genau so ein Modell gewünscht, aber es hatte immer einen Grund gegeben, es nicht zu kaufen. Und Gage besaß so ein Prachtstück. Nur mit Mühe konnte Scott sich zurückhalten, einfach aufzusteigen und …

»Na, hast du deine große Liebe entdeckt?«, fragte Chyna dicht hinter ihm. »Du solltest mal deinen hingerissenen Gesichtsausdruck sehen.«

»Hingerissen? Unsinn!«, gab er zurück, aber seine Wangen brannten. »Das ist ein echt schönes Motorrad, ein Klassiker, in bestem Zustand. Bewundernswert, wie gut Gage sich darum gekümmert hat.«

»Mhmm«, bestätigte Chyna mit einem ironischen Grinsen. »Scott, ich kann zwar nur gelegentlich Gedanken lesen, aber bei Gesichtern klappt es immer. Du hast dir ausgemalt, wie es wäre, auf so einem Ding den Highway runterzubrausen, den Wind in den Haaren und ein Mädchen auf dem Rücksitz, das deine Taille umklammert.«

Mit einem verlegenen Grinsen räumte er ein: »Na ja, vielleicht hast du nicht ganz urecht. Aber das Mädchen, das warst du.«

Chyna legte den Kopf schief und zwinkerte ihm zu. »Ja, das Mädchen war ich. Und deshalb ist es in Ordnung.«

»Gott sei Dank«, sagte er erleichtert und ließ die Hülle wieder über das Rad fallen. »Hast du irgendwas gespürt?«

»Vielleicht«, antwortete Chyna. Langsam ging sie hinüber zur Wand, wo eine schmutzige weiße Decke lag. Spinnweben und ein paar schwarze Splittkörnchen klebten an einer Ecke. Chyna bückte sich und legte die Fingerknöchel auf die Decke, vermied aber die Steinchen.

Ein Mädchen. Halberfroren, verängstigt. Ihre kastanienbraunen Haare fielen ihr über das blasse Gesicht. Die schmutzige Decke war zu den Waden hochgerutscht, so dass die an den Knöcheln mit Klebeband gefesselten Füße hervorschauten. Immer wieder versuchten die Knöchel sich zu bewegen, mit der Kraft der Verzweiflung, offensichtlich in dem Versuch, sich zu befreien. Ich muss mich beeilen, dachte das Mädchen. Ich muss mich beeilen, während ich noch kann – und dann öffnete sich die Tür.

Chyna schnappte heftig nach Luft und riss die Hand von der Decke zurück. »Es war Deirdre«, stieß sie hervor. »Deirdre hat unter dieser Decke gelegen und darauf gewartet, dass jemand kommt und sie tötet.«

Gerade wollten Chyna und Scott ins Auto steigen, als ein Streifenwagen mit zwei Polizisten vorfuhr. »O nein, ich wusste es«, ächzte Scott.

»Mach nicht so ein schuldbewusstes Gesicht. Wir haben nichts Falsches getan.«

»Außer in einem Haus rumzuspionieren, das uns nicht gehört.«

Der Officer, der am Steuer gesessen hatte, klopfte an Scotts Fenster. Scott ließ es herunter und setzte ein gezwungenes, unnatürliches Lächeln auf. »Ja bitte, Sir?«, fragte er in einem Ton, der so demonstrativ munter klang, dass Chyna am liebsten auf der Stelle im Boden versunken wäre. Jeder, der nicht vollkommen taub war, konnte das schlechte Gewissen hören.

»Was suchen Sie hier, Sir?«, fragte der Mann.

»Wir wollten zu Gage Ridgeway«, antwortete Scott, und Chyna entspannte sich etwas, weil er jetzt schon wesentlich lockerer klang.

»Machen Sie Ihre Besuche immer schon um acht Uhr früh?«

»Ach, ist es tatsächlich noch so früh?« Scott hob den Arm und betrachtete seine Uhr, und als das Pulloverbündchen etwas hochrutschte, sah Chyna auf seiner linken Hand einen frischen Kratzer, der gerade anfing, Schorf zu bilden. Aber wenigstens schien Scotts Selbstbewusstsein allmählich zurückzukehren. »Es ist halb neun, Officer, aber ich verstehe nicht ganz, wieso Sie das interessiert. Gage soll für uns etwas reparieren, und da ist es immer gut, wenn man ihn möglichst früh erwischt.« Als der Polizist ihn nur weiter wortlos anstarrte, fügte er hinzu: »Officer, haben Sie irgendetwas Bestimmtes mit uns zu besprechen oder können wir weiterfahren?«

»Ich würde gern wissen, ob Gage Ridgeway zu Hause ist.«

»Nein, anscheinend nicht«, antwortete Scott. »Wir haben dreimal geklopft.«

»Sind Sie auch reingegangen?«

Fingerabdrücke, dachte Chyna. Sie trug keine Handschuhe. »Ich hab am Türknauf gedreht. Die Tür war nicht abgeschlossen, also hab ich den Kopf reingestreckt und nach Gage gerufen, aber keine Antwort bekommen. Dann waren wir noch da drüben, in dem Blechschuppen. Da steht Gages Motorrad.

Ich wollte sehen, ob er vielleicht damit unterwegs ist.« Chyna konnte nur hoffen, dass sie nicht rot wurde und man ihr das Lügen nicht ansah. Bis vor ein paar Minuten hatte sie ja nicht einmal gewusst, dass Gage sein Motorrad noch besaß. »Aber es steht noch drin.«

»Was meinen Sie, wo er sein könnte?«

»Wir haben keine Ahnung.« Scott legte den Gang ein. »Tut mir leid, dass wir Ihnen nicht helfen können, Officer, aber wir müssen jetzt wirklich weiter«, sagte er fast brüsk.

Er wartete nicht auf eine Antwort, sondern fuhr an dem Streifenwagen vorbei und das Sträßchen zum Highway hinunter. »Ohne polizeiliche Genehmigung in Gages Haus einzudringen, war ein großer Fehler«, sagte er schließlich.

»Wenn das Haus oder der Schuppen ein Tatort gewesen wäre, hätte es eine Markierung gegeben«, erwiderte Chyna. »Ich glaube, die Polizisten wollten einfach nur mit Gage reden.«

»Oder ihn festnehmen.«

»Aufgrund welcher Beweise? Sein Haus ist nicht durchsucht worden.«

»Nur von uns.«

Chyna machte ein spöttisches Gesicht. »Ich würde das, was wir da gemacht haben, wirklich nicht als Durchsuchung bezeichnen, und wir haben ganz sicher kein Beweismaterial zerstört.«

»Ach nein? Was ist mit der Decke in dem Schuppen? Du hast gesagt, damit war Deirdre zugedeckt. Sie war nicht wie Nancy mit Gage befreundet. Du hast gesagt, du hast ihre Angst gespürt. Sie war in der Hütte eingesperrt, Chyna. Irgendwie hat sie es geschafft, sich zu befreien und zum Friedhof zu gelangen. Davon wusste Gage nichts. Ich hab das Polizeifunkgerät in seinem Zimmer gesehen. Bestimmt hat er gehört, dass man Deirdre gefunden hat, und da ist er abgehauen. Das ist doch ganz offensichtlich.«

Chyna dachte einen Moment nach. »Ich glaube nicht, dass das so offensichtlich ist, Scott. In meiner Vision hat Gage geschlafen. Er ist vom Klopfen an seiner Tür aufgewacht.« Sie stockte. »Wenn du recht hättest und er weggelaufen wäre, warum gibt es dann im Haus keine Anzeichen für eine überstürzte Flucht? Seine Brieftasche lag auf der Kommode. Auf der Flucht würde er Geld brauchen. Und sein Truck steht auch noch da.«

»Er hätte bestimmt nicht seine Brieftasche mit allen Papieren mitgenommen, Chyna. Und er wäre auch nicht mit dem Truck gefahren, auf dem groß und breit Ridgeway Construction steht.«

Diesmal musste Chyna Scott recht geben. Trotzdem passten einige Dinge einfach nicht zusammen. Sie hatte zwei Fünfzigdollarscheine in Gages Brieftasche gesehen. Wenn er abgehauen war, brauchte er Bargeld. Und natürlich wäre er nicht mit dem Truck geflohen – aber was war mit dem Motorrad? Ob Gage nun Deirdres Entführer war oder nicht, er war nicht davongelaufen, nein, er war aus einem anderen Grund nicht da. Und Chyna war sich sicher, dass hier etwas ganz und gar nicht stimmte.

# 20

Als Chyna und Scott zum Haus der Greers zurückkamen, waren beide Garagentore geöffnet, und sie sahen Rex' Auto neben Chynas Leihwagen stehen. »Das ist mir vorhin gar nicht aufgefallen«, sagte sie. »War Rex' Wagen schon hier, als wir heute Morgen losgefahren sind?«

Scott schüttelte den Kopf. »Die Garagentore waren unten, und mein Auto stand in der Auffahrt. Ich hab auch nichts bemerkt. Aber ich bin sicher, das er nicht die ganze Nacht weg war.«

»Ich bin da nicht so überzeugt«, entgegnete Chyna, die schon wieder wütend wurde. »Ehrlich, wenn er die Nacht mit irgendeiner Frau verbracht und mich hier allein gelassen hat …«

Scott sah besorgt aus. »Reg dich doch nicht so auf, Chyna. Du hast gesagt, er ist mit Owen Burtram nach Hause gefahren. Vielleicht ist etwas passiert …«

Auf einmal wurde Chyna schrecklich nervös. Sie fummelte mit ihrem Schlüssel herum und hatte mehr Angst als vorhin bei Gage Ridgeway. »Rex!«, rief sie und rannte eilig ins Haus. »Rex, bist du da?«

»Ja, hier in der Küche«, antwortete er, aber irgendetwas klang nicht richtig. Seine Stimme war schwach und … Chyna wollte gar nicht darüber nachdenken, was alles passiert sein könnte. Also packte sie Scotts Hand und rannte, ihn hinter sich herzerrend, in die Küche.

Als sie die Tür erreichte, blieb sie so plötzlich stehen, dass Scott sie in den Rücken schubste und unwillkürlich einen Schritt zurück machte. »Sorry«, sagte er, aber sie hörte ihn nicht. Sie hatte erwartet, Rex auf dem Boden liegen zu sehen, womöglich mit einer Herzattacke – wie ihre Mutter.

Stattdessen saß Rex mit einem Becher Kaffee und der Morgenzeitung am Tisch, in einem alten Flanellbademantel und Schlafanzug. Chyna hatte Rex noch nie im Schlafanzug gesehen. Sonst war er immer frisch rasiert, sorgfältig gekämmt und in Hemd oder Pulli zu Designerjeans oder Khakihose. Heute Morgen jedoch bedeckten Bartstoppeln sein aschfahles Gesicht. Als er aufblickte, sah Chyna, dass dunkle Ringe seine Augen umgaben. Er nickte nicht mal zur Begrüßung, sondern hielt nur die Zeitung hoch und verkündete dumpf: »Rusty Burtram ist tot.«

»Tot?«, wiederholte Chyna ausdruckslos. Dann begriff sie. »Tot? Wie das? Oh mein Gott, es war doch nicht Owen, oder?«

»Ich weiß es nicht.« Rex' sonst so beschwingte Stimme klang flach. »Lies die Einzelheiten ruhig selbst. Nicht dass man viel daraus entnehmen könnte …«

Chyna riss die Zeitung ihrem Onkel fast aus der Hand. Aber er hatte recht. Aus dem Artikel erfuhr sie lediglich, dass Rusty in seinem Haus durch eine Glastür gestürzt und an den zahllosen Schnittverletzungen verblutet war. Nicht einmal der Zeitpunkt des Todes war angegeben, nur die Aussage einer Nachbarin, die angeblich etwa um neun Uhr aus Rustys Haus »einen lauten Krach« gehört hatte. Chyna sah Rex an. »Wie lange warst du bei Owen?«

»Zwanzig Minuten, höchstens«, antwortete Rex. »Dann hat er einen Anruf bekommen und gesagt, er müsste schnell ins Bestattungsinstitut. Ich habe ihm gesagt, ich würde warten, bis er zurückkäme, aber er meinte, er würde bestimmt eine ganze Weile weg sein. Offensichtlich wollte er mich loswerden. Dann war ich noch kurz bei Ned, aber der musste auch weg, und ich habe gemerkt, dass Beverly es eilig hatte, die Kinder ins Bett zu bringen. Also bin ich gegangen.«

»Und hast gedacht, Rusty wäre in Sicherheit und du könntest ruhig eine kleine Spritztour machen.«

»Nein, überhaupt nicht!« Zum ersten Mal klang Rex' Stimme wieder normal. »Als ich von Ned weg bin, bin ich zu Rusty gefahren und habe ein paar Häuser weiter geparkt. Ich dachte, ich halte ein bisschen Wache. Es kam mir lächerlich vor, aber ich konnte den Ausdruck auf Owens Gesicht einfach nicht vergessen. Er war furchterregend, Chyna, und ich bin von Natur aus kein ängstlicher Typ. Jedenfalls saß ich sicher eine Stunde vor Rustys Haus, aber dann schaute diese Frau aus dem Fenster und fühlte sich offensichtlich belästigt. Sie kam sogar ein paarmal auf die Veranda heraus und hat mich wütend angeglotzt. Vermutlich war es die gleiche Frau, die in der Zeitung mit dem ›lauten Krach‹ in Rustys Haus zitiert wird. Wahrscheinlich hat sie gedacht, ich spioniere ihr Haus aus und will sie ausrauben, und hätte vor lauter Misstrauen bald die Cops alarmiert. Also hab ich mich irgendwann davongemacht«, fuhr Rex fort, »bin aber noch eine Weile rumgefahren, weil ich eigentlich noch mal bei Rusty vorbeischauen wollte. Aber dann hat das Auto plötzlich schlappgemacht, ich hab es gerade noch an den Straßenrand geschafft, ehe gar nichts mehr ging. Da ich erst letzten Monat eine neue Batterie gekauft habe, wusste ich, es muss die Lichtmaschine sein und vor morgen früh gibt es keine Hilfe. In Black Willow findet man um diese Zeit bekanntlich auch kein Taxi mehr. Also hab ich mich zu Fuß auf den Weg gemacht und bei Harlon Watkins haltgemacht und ihn und seine Frau aufgeweckt. Aber sie waren trotzdem ziemlich freundlich und haben mir eine Tasse Kaffee gekocht. Harlons Frau hat mir sogar ihr Auto geliehen. Ich bin zu Owen zurückgefahren und hab seinen Wagen in der Einfahrt stehen sehen. Dann bin ich bei Rusty vorbei. Auch dort sah alles friedlich aus.« Rex verzog das Gesicht. »Kein Wunder. Die ganze Aufregung war ja längst vorbei. Rusty war tot, Ambulanz und Polizei waren längst weg, das Haus war dunkel. Vermutlich hatten sie das gelbe Absperrband hinten bei den Glastüren angebracht, denn ich habe nichts davon gesehen. So bin ich schließlich heimgefahren, in dem Irrglauben, alles wäre einigermaßen in Ordnung. Bis heute Morgen die Zeitung kam und ich die Schlagzeile gelesen habe.« Rex lächelte wehmütig. »Ich bin wirklich ein richtiger Held. Nicht wie du, Chyna. Die zweite Schlagzeile hab ich nämlich auch gelesen. Du hast Deirdre gerettet.«

Chyna überflog den Artikel und sagte: »Onkel Rex, mein Name steht nicht hier drin. Wie kommst du auf die Idee, dass *ich* Deirdre gefunden habe?«

Er lächelte sie an. »Nur so ein Gefühl, Chyna. Als ich den Artikel gelesen habe, wusste ich einfach, dass du dahintersteckst. Aber auch wenn ich noch irgendwelche Zweifel gehabt hätte, wären sie rasch ausgeräumt worden – es hat nämlich jemand angerufen, kurz bevor ihr gekommen seid. Eine Frau. Sie sagte irgendwas wie: ›Was für ein Wunder! Wen will sie eigentlich für dumm verkaufen? Chyna hat Deirdre gefunden, weil Chyna Deirdre entführt hat!‹«

»Jemand glaubt, *ich* hätte Deirdre entführt?«, rief Chyna.

»Das überrascht dich nach der kleinen Szene auf dem Rasen?«, fragte Rex trocken. »Ich bin ziemlich sicher, dass die Frau am Telefon diese schreckliche Vogel-Kreatur war, aber du hast auch noch andere Feinde in Black Willow, Chyna. Du musst wirklich vorsichtig sein, mein Schatz.«

»Ja, ich bin vorsichtig«, murmelte Chyna, konnte sich aber nicht verkneifen hinzuzufügen: »Wahrscheinlich warst du nur deshalb so lange vermisst, weil du dich mit Irma Vogel, der fünften Mrs Rex Greer, aus dem Staub machen wolltest.«

Rex verschluckte sich vor Entrüstung an seinem Kaffee und brach endlich in das alte, ungehemmte Lachen aus, das sie so gut kannte. Trotz aller Bestürzung wegen Rustys Tod war sie erleichtert, dass ihr Onkel sich wieder einigermaßen normal benahm, auch wenn er auf einmal alt und ausgemergelt aussah. »Ich würde eher allen Frauen der Welt abschwören, als diese Schnepfe auch nur anzufassen! Himmel, Chyna, ein bisschen mehr Geschmack könntest du mir schon zutrauen.«

»Ich rufe Ben an und frage, wie es Deirdre geht«, unterbrach Scott die beiden. »Vielleicht ist sie inzwischen wieder bei Bewusstsein.«

Er ging ins Nebenzimmer, und kurz darauf hörte Chyna ihn leise sprechen. Sie sah Rex an, dessen Lachen verklungen war. »Glaubst du, dass Owen zu Rusty gegangen ist und ihn getötet hat?«

Rex schloss die Augen und ließ den Kopf hängen. »Wenn das so wäre, würde ich mir das nie verzeihen. Ich wusste, dass es Ärger geben würde. Wie hieß der Song von Phil Collins, den du immer so gern gehört hast? ›In the Air Tonight.‹ Nun, gestern Nacht habe ich genau gespürt, dass Ärger in der Luft lag. Großer Ärger. Ich habe versucht, ihn zu verhindern, aber … na ja, ich konnte leider schon immer besser Ärger machen als welchen verhindern.«

Chyna legte ihre Hand auf die ihres Onkels. »Onkel Rex, du hast es versucht. Du hast Owen beobachtet, du hast auf Rusty aufgepasst. Dass dein Auto schlappgemacht hat und du in der Zeit Rusty nicht im Auge behalten konntest, ist wirklich nicht deine Schuld.« Sie zögerte. »Aber du hättest mich ruhig anrufen können. Ich hätte dich bei der Überwachung abgelöst.«

»Das hab ich sogar versucht, Chyna. Aber du warst nicht zu Hause, und ich hatte deine Handynummer nicht.« Chyna spürte, wie ihr das Blut aus dem Gesicht wich. »Nun schau mich nicht so schuldbewusst an«, entgegnete Rex. »Wir wissen nicht, was wirklich passiert ist, wir wissen nur, dass Rusty durch die Glastür gefallen ist. Vielleicht hat er Pillen geschluckt oder sich betrunken oder beides und ist wirklich gestürzt, ohne dass jemand nachgeholfen hat. Außerdem warst du heute Nacht unterwegs, um einem anderen Menschen das Leben zu retten. Ohne dich wäre Deirdre Mayhew jetzt wahrscheinlich tot.« Doch beim Gedanken an Rustys gequältes Gesicht und die große Angst, als er seinen Vater in der Tür stehen sah, kamen Chyna die Tränen. »Chyna?« Sie sah ihren Onkel fragend an. »Nicht einmal du kannst alle retten, obwohl du etwas Besonderes bist.«

Als Scott in die Küche zurückkam, blickte Chyna ihm hoffnungsvoll entgegen. »Ist Deirdre wach?«

Aber Scott schüttelte bedauernd den Kopf. »Ben versuchte, optimistisch zu klingen, aber ich habe gemerkt, dass er sich große Sorgen macht. Immerhin meinen die Ärzte, dass sie keinen bleibenden Gehirnschaden davontragen wird. Aber genau davor hat er Angst.«

»Deirdre kann doch unmöglich all das durchgestanden haben, um dann endgültig in die Bewusstlosigkeit abzugleiten«, seufzte Chyna. »Das kann ich einfach nicht glauben – obwohl ich als Ärztin natürlich weiß, dass so etwas möglich ist.«

»Ich glaube, ich fahre mal ins Krankenhaus und sehe nach Ben«, sagte Scott.

Chyna stand auf. »Ich komme mit.«

Scott sah sie etwas beklommen an, als suchte er eine Möglichkeit, ihr möglichst schonend etwas Schlimmes beizubringen. Doch schließlich blickte er ihr direkt in die Augen und sagte: »Es wäre keine gute Idee, wenn du mitkommst. Im Krankenhaus sind jede Menge Leute, und du kennst ja die Buschtrommeln von Black Willow – die Gerüchteküche lief schon auf Hochtouren, lange bevor es in der Zeitung stand, dass Deirdre gefunden worden ist. Aber inzwischen weiß jeder, dass du sie gefunden hast, und nun ist das Problem, dass … na ja, anscheinend hat irgendein Idiot in Umlauf gebracht, dass du Deirdre nur deshalb gefunden hast, weil du sie auch entführt hast.«

Ungläubig starrte Chyna ihn an. Dann sagte sie mit ruhiger Stimme: »Sag mir die Wahrheit – glaubt Ben das auch?«

»O Gott, nein«, beruhigte Scott sie. »Er ist so dankbar, dass du wahrscheinlich den Rest deines Lebens mit Gebäck überhäuft wirst. Aber es gibt ein paar andere …«

Chyna schluckte, dann nickte sie. »Die Einstellung dieser ›paar anderen‹ ist mir ja leider nicht neu, Scott. Viele Leute haben damals auch gedacht, ich hätte etwas mit Zoeys Verschwinden zu tun. Und nachdem sich am Sonntag dieser Mob hier versammelt hat, muss ich wohl davon ausgehen, dass wieder schlechte Stimmung gegen mich geschürt wird.«

Scott machte ein unglückliches Gesicht. »Die Leute, die schlecht von dir denken, sind Idioten, Chyna. Du darfst dir das nicht zu Herzen nehmen.«

»Das tu ich auch nicht.« Sie zögerte. »Na ja, es macht mir schon ein bisschen zu schaffen, das muss ich zugeben. Aber ich werde es überleben. Du musst mich nicht anschauen, als ginge davon die Welt unter.«

Er lächelte. »Okay, ich fahre nachher ins Krankenhaus und sage Ben, du wärst gerne mitgekommen, wenn du gekonnt hättest.« Sie nickte wieder. »Außerdem habe ich heute Nachmittag einen Termin bei meinem Orthopäden in Huntington. Er will noch ein paar Röntgenaufnahmen machen. Inzwischen bin ich schon so oft geröntgt worden, dass ich eigentlich im Dunkeln grün leuchten müsste. Wie wäre es, wenn wir zusammen essen gingen, sobald ich wieder da bin – irgendwo, Nettes, Ruhiges?«

»Das klingt gut«, meinte Chyna.

»Großartig. Dann hole ich dich gegen sieben ab, in Ordnung?«

»Wunderbar.«

Sie stand an der Tür und winkte Scott lächelnd nach, als er wegfuhr. Doch sobald er außer Sichtweite war, verschwand auch ihr Lächeln. Sie hatte vor ihm nicht zugeben wollen, wie sehr es ihr zu schaffen machte, dass so viele Leute in der Stadt glaubten, sie wäre fähig, Deirdre oder sonst einem jungen Mädchen etwas anzutun.

Außerdem sollte er nicht wissen, dass sie ständig an Rusty Burtram und Gage Ridgeway denken musste. Einer der beiden war angeblich durch einen Sturz zu Tode gekommen, der andere schien geflohen zu sein, als das Mädchen, das er womöglich entführt und gefangen gehalten hatte, sich befreien konnte.

Doch Chyna wurde das Gefühl nicht los, dass keines der beiden Szenarien die wahre Geschichte wiedergab.

Rex saß am Tisch und trank eine Tasse Kaffee nach der anderen, bis Chyna schließlich eine frische Kanne kochen musste. Als sie fertig war, goss sie sich ebenfalls eine Tasse ein und setzte sich zu ihm. »Ich hab noch nie erlebt, dass du den ganzen Morgen im Schlafanzug in der Küche sitzt und Kaffee trinkst«, sagte sie. »Was ist los?«

»Ich glaube, das Alter hat mich endlich eingeholt«, sagte Rex mit einer traurigen Imitation seines ehemals sorglosen Lächelns.

»Innerhalb von vierundzwanzig Stunden? Gestern warst du nämlich noch ganz anders.«

»Vielleicht habe ich mich einfach zu lange an die Jugend – oder die Illusion der Jugend – geklammert. Wenn man das versucht, verschwindet sie einfach so.« Er schnippte laut mit den Fingern, und Chyna zuckte unwillkürlich zusammen.

»Aber ich bin überzeugt, dass etwas Einschneidendes passiert sein muss, wenn sie sich so plötzlich verflüchtigt«, entgegnete Chyna locker und versuchte, sich nicht anmerken zu lassen, dass Rex' Veränderung ihr großes Unbehagen bereitete. »Allerdings bin ich ziemlich sicher, dass es nicht Rusty Burtrams Tod war. Du hast ihn ja kaum gekannt.«

»Stimmt«, bestätigte Rex und starrte ins Leere. Dann sah er

Chyna an. »Weißt du, dass dein Freund letzte Nacht unterwegs war?«

Sie musterte ihn fragend. »Natürlich weiß ich das. Er war ja mit mir unterwegs.«

»Nein. Ich meine später. Sollte ich vielleicht sagen, heute am frühen Morgen? Als ich nach Hause gekommen bin, war ich in der Küche, um mir ein Glas Wasser zu holen. Als ich aus dem Fenster gesehen habe, saß da Scott Kendrick auf dem Brunnenrand.«

»Um vier Uhr morgens?«

»Ich bin erst gegen fünf heimgekommen.«

Um fünf Uhr früh, dachte sie. Scott und sie waren erst gegen zwei heimgekommen. Sie waren ins Bett gegangen, hatten sich geliebt und waren eingeschlafen. Als sie aufgewacht war, war Scott nicht mehr da gewesen.

»Was hat Scott denn am Brunnen gemacht?«, fragte sie.

»Er saß nur da. Und hat auf seine Hände gestarrt, als gehörten sie nicht zu ihm. Ich hab die Tür aufgemacht und leise seinen Namen gerufen. Da hat er mich mit vollkommen ausdrucklosem Gesicht angeschaut und dann gleich wieder zurück auf seine Hände hinuntergesehen. Ich glaube nicht, dass er mich erkannt hat. Ich bin nicht mal sicher, ob er mich überhaupt wahrgenommen hat – obwohl ich im Licht stand.«

Rex schwieg eine Weile und fuhr dann fort: »Chyna, ich muss sagen, dass ich erschrocken bin, und ich erschrecke nicht so leicht. Aber Scott Kendrick hat mir echt Angst eingejagt. Ich hab mich ins Nebenzimmer gesetzt, bis ich ihn reinkommen und die Treppe habe hochgehen hören. Dann bin ich ihm gefolgt. Ungefähr fünf Minuten hab ich gewartet, dann hab ich in dein Zimmer gelugt und gesehen, dass er wieder im Bett lag und mit dir geflüstert hat. Schließlich habt ihr beide weitergeschlafen. Entschuldige, dass ich deine Privatsphäre verletzt habe, aber ich musste einfach sichergehen, dass du nicht in Gefahr bist, mein Schatz.«

Es dauerte eine Weile, bis Chyna wieder einigermaßen ruhig und normal sprechen konnte. »Es gibt bestimmt irgendeine ganz einfache Erklärung, Rex. Ich frage ihn gleich heute Abend.«

»Bist du sicher, dass du mit ihm ausgehen willst?«

»Ja. Hundertprozentig«, antwortete sie mit fester Stimme, aber plötzlich konnte sie nur noch an den langen, frischen Kratzer auf Scotts Hand denken.

Der Kratzer war nicht da gewesen, als sie gestern Nacht zusammen ins Bett gegangen waren.

Die Zeit zog sich endlos. Irgendwann stand Rex endlich auf, duschte und zog sich an, aber seine Stimmung besserte sich nicht. Bis in den Nachmittag hinein saß er mit leerem Gesicht vor dem Fernseher. Gegen zwei Uhr machte Chyna sich auf den Weg, um Michelle auszuführen, aber der Hund hatte sich anscheinend von der Unpässlichkeit anstecken lassen, die den ganzen Greer-Haushalt fest im Griff hatte. Gelangweilt trottete sie am See entlang und zeigte weder Interesse an den reichlich herumliegenden Blättern noch an den Enten draußen auf dem Wasser. Als ein tollkühnes Eichhörnchen ungefähr dreißig Zentimeter vor ihrer Nase über den Weg flitzte, blickte sie zwar kurz auf, zeigte aber keinerlei Drang, es zu verfolgen. »Ich weiß«, meinte Chyna verständnisvoll. »Wenn ein Eichhörnchen so dumm ist, dann lohnt es nicht, ihm nachzulaufen.«

Als sie ins Haus zurückkamen, klingelte das Telefon. Chyna meldete sich, und am anderen Ende der Leitung zwitscherte Beverly aufgeregt: »Chyna, du hast Deirdre gefunden! Warum hast du nicht angerufen und es uns erzählt? Wir mussten es von den Nachbarn erfahren.«

»Ich war zu müde, als wir – als ich heute Nacht heimgekommen bin …«

»Na sicher«, unterbrach Beverly sie. »Du hast sie in einem

offenen Grab entdeckt. Ich kriege eine Gänsehaut, wenn ich mir das nur vorstelle! Aber du hast sie gefunden. Das ist ein richtiges Wunder.«

»Das finden nicht alle. Wie ich gehört habe, geht das Gerücht um, dass ich nur deshalb wusste, wo sie zu finden ist, weil ich sie selbst entführt habe. Anscheinend glauben manche Leute, es war nur eine raffinierte PR-Maßnahme von mir, um mein wahres Verbrechen zu vertuschen.«

»Ach Chyna, wer so was denkt, ist echt jenseits von Gut und Böse«, erwiderte Beverly hitzig. »Ich glaube, ich weiß auch, wer das Gerücht in die Welt gesetzt hat, nämlich Miss Irma Vogel. Sie hat mich vor einer Weile angerufen, und ich hab ihr gesagt, sie soll sich unterstehen, jemals wieder in meine oder in die Nähe meiner Kinder zu kommen. Sie hat so getan, als wäre sie total überrascht. Und das nach allem, was sie sich vor deinem Haus geleistet hat! Ich wette tausend Dollar, dass sie es auch ist, die diesen Quatsch rumerzählt. Allmählich glaube ich, sie tickt nicht ganz richtig.«

»Das glaube ich allerdings auch«, meinte Chyna matt. »Ich frage mich nur, wie lange schon und was sie sonst noch getan hat – abgesehen davon, dass sie Steine durch mein Wohnzimmerfester wirft und üble Gerüchte in Umlauf bringt.«

Einen Moment schwieg Beverly, dann sagte sie: »Oh, Chyna, ich hab mir nie überlegt, was sie schon früher alles angestellt haben könnte. Klar, ich dachte immer, sie ist bloß ein Klatschmaul und gelegentlich ein bisschen lästig, aber wenn man bedenkt, wie sie sich jetzt bei der Sache mit Deirdre benommen hat, wie viel Hass sie gegen dich versprüht ...«

»Da macht man sich schon so seine Gedanken, was?« Chyna hatte das Gespräch in der Küche entgegengenommen, und da ihr plötzlich einfiel, dass sie den ganzen Tag noch nichts gegessen hatte, öffnete sie den Kühlschrank. Während sie den Inhalt inspizierte, fragte sie: »Warum hat Irma überhaupt angerufen?«

»Sie wollte uns sagen, dass Deirdre langsam wieder zu Bewusstsein zu kommen scheint. Offenbar ist sie noch ziemlich durcheinander, aber die Ärzte hoffen, dass sie schon heute Abend Auskunft darüber geben kann, wer sie entführt hat.«

Chyna hatte ein paar medizinische Lehrbücher mitgebracht, und gegen fünf setzte sie sich mit ihnen an den Tisch und versuchte zu lernen. Doch so sehr sie sich auch bemühte, sie konnte sich nicht auf von Gliederfüßern übertragene Virusinfektionen oder akute Leberabszesse konzentrieren. Schließlich geriet sie so unter Stress, dass sie sich wie ein kleines Mädchen einredete, es wäre ihr sowieso egal, ob sie die Facharztausbildung schaffte oder nicht, und stattdessen im Wohnzimmerkamin ein Feuer entfachte, sich das alte, zerfledderte Exemplar von *Wuthering Heights* vornahm und es sich mit einer bunten Wolldecke auf dem Sofa gemütlich machte. Michelle sprang zu ihr auf die Couch und legte ihren blonden Kopf auf Chynas Schoß. Mit einer Hand kraulte Chyna den Hund hinter den Ohren und verlor sich in der tragischen Liebesgeschichte von Cathy und Heathcliff.

Als es an der Tür klingelte, blickte sie überrascht auf. Nach Vivians Tod hatte sie eigentlich erwartet, dass die Nachbarn herbeiströmen würden, aber bisher war kaum jemand gekommen. Vielleicht konzentrierten sich alle auf Deirdres Entführung. Vielleicht mieden sie aber auch einfach Vivians Tochter.

Als die Klingel ein zweites Mal ertönte, wurde ihr klar, dass Rex nicht öffnen würde. Sie wusste, dass er da war, aber vielleicht machte er ein Nickerchen, nachdem er sich die Nacht um die Ohren geschlagen hatte. Sanft schob sie Michelles Kopf von ihrem Schoß, legte Wolldecke und Buch beiseite und eilte zur Tür.

Ein junger Mann in dunkelblauem Anzug und Mantel stand vor der Tür. Seine Wangen waren gerötet, und Chyna hatte das Gefühl, dass nicht die Kälte schuld daran war. Entweder war er verlegen, oder er fühlte sich extrem unbehaglich. Vor sich hielt er eine große, stabile braune Tüte.

»Miss – ich meine Doktor Greer?«, fragte er.

»Ja, ich bin Chyna Greer.«

»Ich heiße Norman Holt. Ich arbeite beim Bestattungsinstitut Burtram and Hodges.«

»Oh!«, rief Chyna überrascht. »Meine Güte. Damit hatte ich gar nicht gerechnet ... Es tut mir sehr leid wegen Rusty.«

»Wir sind alle sehr bekümmert, Ma'am«, sagte der junge Mann. »Russell Burtram war immer sehr gut zu mir. Sehr geduldig, sehr freundlich. Nicht wie ...« Er brach ab, und sein Gesicht wurde noch röter. Nicht wie der alte Mr Burtram, ergänzte Chyna seinen Satz im Stillen. »Jedenfalls ist das Bestattungsinstitut heute wegen Russels – Mr Burtrams – Tod geschlossen, aber das hier stand für Sie bereit, und ich dachte, ich bringe es Ihnen, dann müssen Sie nicht morgen oder übermorgen vorbeikommen, wann auch immer Mr Burtram – Mr Owen Burtram – das Bestattungsinstitut wieder zu öffnen gedenkt.« Er überreichte ihr die Tüte. »Hier.«

Chyna nahm sie und nahm überrascht zur Kenntnis, wie schwer sie war. »Was ist das denn?«

Norman Holts Gesichtsfarbe intensivierte sich weiter. »Das ist Ihre Mutter, Doktor Greer, eingeäschert und in der Urne. Mein herzliches Beileid.« Damit machte er auf dem Absatz kehrt und ging mit schnellen Schritten zu seinem Auto. Ohne Chyna noch einmal anzusehen, fuhr er rückwärts aus der Auffahrt.

Chyna stand regungslos da, das große, schwere Paket in den Armen. Als Norman Holts Auto verschwunden war, schaute sie nachdenklich auf die Tüte hinunter, machte einen Schritt zurück und schloss die Haustür.

Auf steifen Beinen ging sie zur Couch, hielt die Tüte noch mindestens eine Minute ungeöffnet vor sich und zog dann langsam die schwere goldverzierte Urne heraus, in der die

Asche von Vivian Greer aufbewahrt war. Das ist doch unmöglich, dachte Chyna. Ein Häufchen Asche in einer Urne konnte doch nicht das Einzige sein, was von ihrer wunderschönen, liebevollen, lebhaften Mutter übrig geblieben war! Plötzlich überfiel sie eine tiefe Verzweiflung. »Staub im Wind«, murmelte sie, und dann mit erstickter, gequälter Stimme: »Mommy.«

Was sie hier in Händen hielt, war alles, was ihr von Vivian Greer geblieben war. Chyna konnte es nicht fassen. Diese Urne enthielt die sterblichen Überreste ihrer Mutter. Der Gedanke war unerträglich trostlos.

Chyna stellte die Urne auf den Couchtisch. Ein Strahl der untergehenden Sonne fiel auf die Goldverzierungen, brachte sie zum Leuchten und reflektierte auf der kleinen weißen Schachtel, die Ned ihr gebracht hatte. Auf der Schachtel, die den Verlobungsring ihrer Mutter enthielt. Chyna hatte ihn sich noch nicht einmal angeschaut.

Langsam nahm sie jetzt den Deckel von der Schachtel. Auf einem Stückchen Watte lag der wunderschöne Platinring. Chyna steckte ihn an den linken Ringfinger und hielt ihn ins Licht. Der zweikarätige Mitteldiamant funkelte in seiner Platinfassung mit den Saphiren um die Wette. Für Chyna war dieser Ring noch immer das schönste Schmuckstück, das sie je gesehen hatte. Eigentlich war es sogar noch schöner als früher. Sie starrte den Ring an, fasziniert von seinem Glitzern und Funkeln, das fast übernatürlich wirkte …

Verschwommen nahm sie noch wahr, dass Michelle zu zittern begonnen hatte. Dann verdunkelte sich auch schon das Zimmer. Einen Augenblick dachte Chyna, sie würde ohnmächtig, doch da tauchte das Zimmer blitzartig ins helle Sonnenlicht. Chyna blinzelte und wandte sich zu dem Sekretär um, der in der Ecke stand. Kurz darauf bemerkte sie die Frauengestalt, die dort saß und etwas auf hübsches blaugraues Briefpapier schrieb.

»Mom«, murmelte Chyna, obgleich sie wusste, dass die Gestalt Teil einer Vision war und sie nicht hören konnte. Ihre Mutter trug eine elegante braune Hose und einen dazu passenden Pulli, aber ihre Haare waren nachlässig mit einem Gummiband nach hinten gebunden, ihr Gesicht war schlohweiß und ungeschminkt, und ihre Hände zitterten. Sie schrieb hektisch, als befürchtete sie, vielleicht nicht genügend Zeit zu haben, alles zu Papier zu bringen, was sie sagen wollte. Neben ihr lagen ein Stapel mit verschiedenen kleinen Gegenständen und eine Plastiktüte, wie man sie gewöhnlich für Essensreste benutzt.

Ich sehe die Vergangenheit, dachte Chyna. Ich sehe die Vergangenheit und weiß, dass dies der letzte Tag im Leben meiner Mutter ist.

Wie erstarrt saß sie auf der Couch und blickte hinüber zu dem Schreibtisch, an dem ihre Mutter angestrengt und nervös weiterschrieb und nur gelegentlich innehielt, um sich das Gesicht mit einem Papiertaschentuch abzuwischen. Sie weint, dachte Chyna. In ihrem ganzen Leben hatte sie ihre Mutter nie weinen sehen.

Schließlich faltete Vivian die Blätter entschlossen zusammen, griff nach der Plastiktüte und verstaute darin die Kleinigkeiten, die neben dem Brief lagen. Dann nahm sie eine Rolle Klebeband und ging hinüber zu dem Bild, auf dem sie und ihr Mann zu sehen waren – elegant, schön, selbstbewusst und glücklich. Mit tränennassem Gesicht nahm Vivian das Bild von der Wand und lehnte es, mit dem Rücken nach vorn, an einen Stuhl. Dann klebte sie die Plastiktüte hinten auf die Leinwand, berührte sie noch einmal, fast so, als überlegte sie, die Tüte wieder abzureißen, schüttelte dann aber den Kopf und sagte laut: »Nein.« Schließlich drehte sie das Bild wieder nach vorn und hievte es mit einem Schwung, den man ihr gar nicht zugetraut hätte, zurück an die Wand. Dann berührte sie noch eine Stelle auf dem Porträt – ihren wunderschönen

Verlobungsring mit dem Diamanten und den Saphiren, den Ring, den sie Chyna versprochen hatte – und sagte: »Finde dieses Päckchen, Chyna. Es ist für dich bestimmt, denn du bist die Einzige, der ich vertraue. Du wirst wissen, was jetzt getan werden muss.«

Mit einem langen, tiefen Seufzer erwachte Chyna aus der Vision. Am ersten Tag, als sie nach Hause gekommen war, hatte sie das Porträt ihrer Eltern lange betrachtet und darüber nachgedacht, wie jung und schön die beiden vor nicht einmal zehn Jahren gewirkt hatten, wie Vivians blaugraue Augen funkelten.

Natürlich hatte Vivian gewusst, dass Chyna das Porträt mochte, deshalb hatte sie das für sie bestimmte Päckchen hier versteckt. Hinter dem Bild steckte der Brief, den Vivian so eilig niedergeschrieben hatte, aber was in der Plastiktüte sein mochte, konnte Chyna sich nicht vorstellen. Es gab nur eine Möglichkeit, das herauszufinden.

Mit zitternden Händen hob Chyna das Porträt von der Wand und stellte es auf den Boden, mit dem Rücken nach außen. Tatsächlich hing dort die Tüte, mit ein paar Streifen Klebeband befestigt, die Chyna nun vorsichtig einen nach dem anderen entfernte, obwohl sie sich zusammennehmen musste, nicht einfach alles mit Schwung abzureißen. Sie wollte nichts kaputtmachen. Beides ist wichtig, das Bild und die Tüte, dachte sie. Also musste sie sehr vorsichtig sein.

Als sie die Tüte endlich in Händen hielt, betrachtete sie sie mit klopfendem Herzen. Eine Aura von Tragik und Verzweiflung ging von ihr aus, sonst konnte Chyna nichts erspüren. Ich möchte sie nicht aufmachen, dachte sie und kam sich dabei fast ein wenig kindisch vor. Ich möchte Moms Brief nicht lesen, ich möchte nicht wissen, was sich in dieser Tüte befindet.

Aber sie wusste, dass sie keine andere Wahl hatte. Die Sachen waren ausdrücklich für sie hinterlassen worden.

Zögernd zog sie den Brief heraus und entfaltete ihn. Er war in der Handschrift ihrer Mutter am Tag vor ihrem Tod datiert:

*Meine liebste Tochter,*
*dies ist der schwierigste Brief, den ich in meinem ganzen Leben jemals schreiben musste. Du warst schon immer der wertvollste Mensch in meinem Leben, und ich habe Gott jeden Tag gedankt, dass er dich mir geschenkt hat. Ich habe gefühlt, dass du mich wirklich liebst, aber wenn du das hier gelesen hast, wirst du sicherlich nicht mehr das Gleiche für deine Mutter empfinden. Doch die Wahrheit muss endlich ans Licht kommen, ich muss meine Beichte ablegen.*

*Fast sechs Jahre vor deiner Geburt habe ich deinen Vater kennengelernt. Wir verabredeten uns, und bald habe ich gemerkt, dass Edward mich liebt. Ich habe diese Liebe nicht auf die leichte Schulter genommen, aber ich war jung, kontaktfreudig, manche meinten sogar, ich würde gern über die Stränge schlagen, und Edward sei zu »zahm« für mich. Doch wir waren immer noch zusammen, als er mir seinen jüngeren Bruder Rex vorstellte. Rex schien das genaue Gegenteil von Edward zu sein und, was die Persönlichkeit angeht, eine Art Spiegelbild meiner selbst. In nur vier Wochen hatte ich mit Edward Schluss gemacht und traf mich mit Rex, in den ich mich aus dem Stand heraus verliebt hatte.*

Vivian hatte sich in Rex verliebt? Die Sätze ihrer Mutter hallten in Chynas Kopf wider. Sie hatte immer gewusst, dass die beiden sich mochten. Wenn Rex zu Besuch kam, hatte Vivian noch jugendlicher gewirkt als sonst und war fast immer in Hochstimmung gewesen. Die beiden hatten geredet und einander geneckt und waren offensichtlich sehr gern zusammen gewesen. Chynas Vater – Edward – hatte einfach zugeschaut und keine Spur von Eifersucht oder Konkurrenzbestreben gezeigt. Wenn Chyna jetzt an diese Besuche dachte, hatte ihr

Vater sich eigentlich so verhalten, als beobachtete er in Vivian und Rex freundlich und gelassen zwei übermütige Kinder. Aber was hat er wirklich empfunden?, fragte sich Chyna nun. Sie hatte die Gedanken und Gefühle ihres Vaters nie lesen können. Er war für sie immer ein Buch mit sieben Siegeln gewesen. Wie gebannt las sie weiter:

*Als ich fünf Monate mit Rex zusammen war, merkte ich, dass ich schwanger war. Ich wusste, dass Rex davon nicht angetan sein würde – er war noch auf dem College, ein lebenslustiger Junge. Trotzdem erzählte ich es ihm natürlich, und er reagierte genau so, wie ich es erwartet hatte. Er wollte nicht, dass ich das Baby bekomme, und bot mir an, mich finanziell und emotional bei einer Abtreibung zu unterstützen. Zu meiner eigenen Überraschung merkte ich jedoch, dass ich ein moralisches Problem mit einer Abtreibung hatte. Ich weigerte mich abtreiben zu lassen, was Rex einerseits in Angst versetzte, ihn andererseits aber noch sturer und trotziger auf seiner Haltung beharren ließ. Er sagte mir ganz deutlich, dass er mich zwar liebte, aber nicht gewillt sei, mich zum damaligen Zeitpunkt zu heiraten.*

*Ich fühlte mich verloren, ängstlich, zurückgewiesen, überfordert. An meine Mutter konnte ich mich nicht wenden, das wusste ich – mein Vater hatte sie vor langer Zeit verlassen. Aus irgendeinem Grund, den ich nie verstanden habe, gab mir meine Mutter die Schuld daran und brachte mir deshalb, als seiner Tochter, wenig Liebe oder auch nur Zuneigung entgegen. Edward hatte damals sein Jurastudium bereits beendet und gerade seine Karriere bei der Bank begonnen. In meiner Verzweiflung suchte ich bei ihm Hilfe. Vielleicht konnte er Rex überreden, mich zu heiraten, dachte ich. Vielleicht erinnerte ich mich auch einfach nur an seine rückhaltlose Freundlichkeit und Zärtlichkeit mir gegenüber. Doch nicht einmal er konnte Rex überzeugen. Am Ende fragte Edward mich, ob ich seine Frau werden wollte. Chyna, ich bin wirklich nicht deshalb zu ihm gegangen, weil ich darauf gehofft habe, er könnte mir einen Antrag machen. Aber ich hatte kein Problem damit, seinen Antrag anzunehmen, und das nicht nur, weil ich in Schwierigkeiten steckte. Ich wusste, dass ich seine Stärke brauchte, seine Güte, seine menschliche Reife, seine Selbstlosigkeit. Innerhalb einer Woche waren wir verheiratet, und acht Monate später wurde dein Bruder geboren. Gott sei Dank kam er etwas zu spät. Das machte es für uns leichter, ihn als unseren etwas zu früh geborenen Sohn auszugeben.*

Wie betäubt hielt Chyna im Lesen inne. Edward Greer junior, ihr Bruder Ned, war in Wahrheit Rex' Sohn? Sicher, ihr war schon öfter aufgefallen, wie ähnlich sich die beiden waren – mit ihren strahlend blauen Augen, ihrer übersprudelnden Lebensfreude, der entspannten Lebenseinstellung –, aber sie hatte immer gedacht, Ned hätte einfach mehr von der Persönlichkeit der Greers geerbt als Edward. Wie sehr sie sich geirrt hatte.

*Ned war kein fröhliches Baby. Wenn wir ihn auf den Arm nahmen, hat er gebrüllt, bis er fast blau anlief. Wir waren mit ihm bei mehreren Spezialisten, aber keiner hat den Grund dafür gefunden. Edward meinte, er würde vielleicht spüren, dass er nicht sein richtiger Vater sei, und fand es eine gute Idee, dass Rex den kleinen Ned besuchte. Seit unserer Hochzeit hatten die beiden Brüder keinen Kontakt zueinander gehabt.*

*Edwards Eltern waren kurz zuvor gestorben und hatten ihm dieses Haus hinterlassen, weil sie wussten, dass Rex nicht nach Black Willow zurückwollte. Nachdem wir eingezogen waren, lud Edward mit meiner Zustimmung Rex ein, uns zu besuchen, sowohl um das Baby zu sehen als auch »um die Familie zusammenzuhalten«, wie er sich ausdrückte.*

*Zu meiner Überraschung ging Rex sofort auf das Angebot ein, und obwohl die Atmosphäre angespannt war, hatten wir doch immerhin wieder eine zaghafte Brücke zueinander geschlagen. Rex schenkte dem Baby sehr viel Aufmerksamkeit, und Ned schien in seiner Gegenwart tatsächlich ruhiger zu werden als bei Edward oder mir. Zwar war mir Rex' Anwesenheit zu jener Zeit alles andere als angenehm, aber ich bemühte mich, meine Gefühle nicht zu zeigen, da Edward so offensichtlich froh war, dass sein kleiner Bruder wieder zu seinem Leben gehörte. Ich beschloss also, meine persönlichen Vorbehalte nicht zwischen die beiden Männer kommen zu lassen.*

*Immer öfter lud Edward seinen Bruder zu uns ein. Rex und Ned wurden gute Kumpel, und als ich sah, dass Rex wirklich etwas an dem Kind lag, konnte ich mich irgendwann auch von meiner Wut auf ihn verabschieden. Ich wurde gelassener und richtete mich in meinem neuen Leben ein. Als ich bekannt gab, dass ich ein zweites Kind erwartete, waren dein Vater und ich sehr froh. Ich freute mich, Edward, diesem wundervollen Mann, ein Kind zu schenken, das in jeder Hinsicht seines war.*

Daddy hat sich also gefreut, als Mom ihm sagte, dass sie mit mir schwanger sei, dachte Chyna. Normalerweise war er ihr gegenüber so reserviert gewesen und hatte seine Zuneigung nach außen so anders gezeigt als die Väter ihrer Freunde, dass sie manchmal gedacht hatte, er wäre enttäuscht von ihr oder hätte womöglich kein zweites Kind gewollt. Aber anscheinend hatte er sie sich genauso sehr gewünscht wie ihre Mutter. Chyna las weiter:

*Edward war überglücklich, als seine Tochter zur Welt kam. Du warst eine wahre Schönheit, Chyna, fröhlich, ruhig, und am glücklichsten schienst du in den Armen deines Vaters zu sein.*

Ich habe Daddy glücklich gemacht, dachte Chyna, und Tränen stiegen ihr in die Augen. Der Gedanke, dass ihr Vater sich über sie gefreut hatte, stimmte sie gleichzeitig froh und traurig. Zu dieser Zeit in seinem Leben war Edward zwar noch immer zurückhaltender gewesen als Rex oder Vivian, aber er hatte immerhin so viel Gefühl gezeigt, dass er auf seine Frau »überglücklich« gewirkt hatte. Erst später zog er sich extrem in sich zurück. Bis zu diesem Augenblick hatte Chyna nie daran gedacht, aber sie konnte sich nicht daran erinnern, ihren Vater jemals laut lachen gehört zu haben.

*Ned akzeptierte seine kleine Schwester so gut, wie man es von einem Dreijährigen nur erwarten kann. Ich hatte nicht das Gefühl, dass er sich vernachlässigt fühlte. Inzwischen weiß ich es besser. Im Laufe der nächsten Jahre wurde er immer mehr zum Draufgänger. Normalerweise war er gutgelaunt, aber gelegentlich geriet er in Stimmungstiefs, bei denen er sich konsequent gegen die ganze Welt um ihn herum abschottete.*

*Neds Stimmungsschwankungen zeigten sich erst so richtig, als du etwa drei Jahre alt warst. Dein Vater und ich wussten schon davor, dass du etwas Besonderes warst – nicht nur hübsch und intelligent (was ja die meisten Menschen von ihren Kindern denken), sondern außergewöhnlich begabt. Schon mit vier Jahren konntest du lesen und deutlich besser rechnen als Ned. Mit fünf hast du angefangen, mit deinem Vater Schach zu spielen, ein Spiel, das Ned nie gemeistert hat.*

*Ned hat immer so getan, als würde er sich über die Leistungen seiner kleinen Schwester freuen, aber ich habe gespürt, dass er ständig unter Minderwertigkeitsgefühlen litt. Wir alle – Edward, Rex und ich – haben Neds Gaben immer sehr hervorgehoben, zum Beispiel seine bemerkenswert gute Koordination und sein rasch aufblühendes sportliches Talent. Nach einer guten Leistung und viel Lob war er immer eine Zeitlang recht zufrieden mit sich. Doch dann hast du wieder etwas Besonderes geschafft, zum Beispiel problemlos ein Buch gelesen, das er, obwohl er drei Jahre älter war, nicht bewältigt hatte, und er zog sich wieder in sich zurück. Er war nie gemein zu dir, aber wenn du wieder einmal etwas Tolles geleistet hattest, fing Ned für gewöhnlich Streit mit einem Nach-*

*barskind an oder bekam Ärger in der Schule. Wir wussten, dass er das Gefühl hatte, im Schatten seiner kleinen Schwester zu stehen, und kein noch so großes Lob von uns konnte ihn dazu bringen, sich seiner Schwester ebenbürtig zu fühlen – weder, was seine Leistungen, noch was unsere Zuneigung anging.*

*Auch als ihr beide in der Schule wart, blieb dieses Muster erhalten. Neds Noten reichten gerade so, um versetzt zu werden, aber er brauchte Nachhilfestunden. Du dagegen warst mit einer unersättlichen Wissbegier gesegnet und obendrein mit der Fähigkeit, jedes neue Wissen mühelos in dich aufzusaugen wie ein Schwamm. Am Ende der zweiten Klasse hat man dich in die vierte versetzt, und man informierte uns, dass du einen überdurchschnittlich hohen IQ hättest. Davon haben wir Ned allerdings nichts gesagt. Aber er spürte es trotzdem. Selbst mit sieben oder acht, wenn Kinder die Milchzähne verlieren und nicht unbedingt charmant aussehen, bliebst du so hübsch wie ein Engelchen. Ned dagegen machte seine Straßenkindphase durch, wie wir es insgeheim nannten. Seine Schneidezähne wuchsen sehr langsam nach, er hatte Akne und fast immer ein blaues Auge von irgendwelchen Rangeleien.*

Chyna legte das dritte Blatt beiseite und begann mit dem vierten, wobei ihr auffiel, dass die sonst so flüssige Handschrift ihrer Mutter mit jeder Seite krakeliger wurde.

*Edward ließ Neds Gartenhaus bauen, als er neun war. Er meinte, es könnte dem Jungen vielleicht helfen, seine immer häufigeren depressiven Phasen zu überwinden und sowohl seine Aggressivität wie auch seine Minderwertigkeitsgefühle etwas zu mildern. Anfangs schien das auch zu funktionieren. Ned verbrachte viele Stunden in dem Häuschen, das schließlich als Clubhaus für die Black Willow Warriors bekannt wurde, eine Gang von Jungen, die mutig genug waren, um von Ned als Freunde anerkannt zu werden. Als Ned älter wurde, verbrachte er weniger Zeit dort, aber er verriegelte immer die Tür, und jeder wusste, dass die Hütte ausschließlich sein Territorium war – dafür sorgte er.*

*Dann kam die Pubertät. Neds Äußeres veränderte sich ebenso deutlich zum Positiveren wie seine Persönlichkeit. Er war sehr beliebt, eine Sportskanone, auch wenn seine schlechten Noten ein paarmal fast dazu führten, dass er aus seinem Team hätte ausscheiden müssen. Außerdem gab es damals in der Stadt mehrere Fälle von Vandalismus, und Ned stand einige Male im Verdacht, daran beteiligt gewesen zu sein. Aber er kam immer ungeschoren davon, wenn auch nur, weil Edward gelegentlich seinen Einfluss geltend machte.*

*Aber trotz Neds zahlreichen Freunden und Freundinnen neigte er noch immer zu den düsteren Stimmungen, was mir große Sorgen machte – er sprach dann kaum, mied jeden Kontakt zu seiner Familie und schottete sich von der ganzen Welt ab. Einmal ging ich in sein Zimmer, während er in der Schule war. Ich gebe zu, dass ich spioniert habe, aber was ich fand, schockierte mich zutiefst. In einer Metallkiste, die er vergessen hatte zu verschließen, entdeckte ich eine Sammlung von Geschichten über Serienmörder und Fotos, auf denen brutal ermordete Mädchen zu sehen waren. Ich zweifelte nicht daran, dass die Fotos gestellt waren, aber trotzdem …*

*Ich war bestürzt, brachte es aber nicht über mich, Edward davon zu erzählen. Stattdessen rief ich Rex an – den Mann, der, wie ich dir zu meiner Scham gestehen muss, wieder mein Geliebter geworden war, als Ned ungefähr elf Jahre alt war. Ich hatte zu Rex eine Verbindung, die ich zu Edward nie gehabt habe, und schließlich war Ned Rex' Sohn. Aber vielleicht ist das nur eine Entschuldigung dafür, dass ich nicht das getan habe, was ich hätte tun sollen, nämlich professionelle Hilfe für meinen Sohn zu suchen. Als ich Rex von Ned erzählte, versicherte er mir, ich würde überreagieren – viele Teenager hätten eine Faszination für Horrorgeschichten und Pornographie. Er bestand darauf, dass es nur eine »Phase« sei, die Ned durchmachte. Vielleicht akzeptierte ich seine*

*Diagnose, weil ich ihm unbedingt glauben wollte. Wahrscheinlicher allerdings ist, dass ich damit eine Angst zu beschwichtigen versuchte, die mich seit Monaten umtrieb. Wahrscheinlich muss ich dir das nicht sagen, Chyna, aber du solltest niemals deinen Instinkt ignorieren. Ich wünschte, ich hätte meinen damals nicht ignoriert.*

*Um diese Zeit wurde ein Mädchen aus der Stadt Opfer einer Gruppenvergewaltigung, an der vier Jungen beteiligt waren. Zwei davon konnte sie identifizieren. Beide gehörten zu einer Gruppe, die Ned zu seinen besten Freunden zählte. Auch Ned wurde im Zusammenhang mit dem Verbrechen vernommen, aber er hatte ein Alibi, wenn auch ein sehr wackliges. Wir bemühten uns, dich möglichst wenig mit diesen unerfreulichen Ereignissen zu belasten, Chyna.*

Natürlich hatte Chyna in der Schule damals gerüchteweise davon gehört, aber es gab mehrere widersprüchliche Versionen der Geschichte, und plötzlich schien aus der Sache ein großes Geheimnis geworden zu sein. Niemand wusste, wer eigentlich vergewaltigt worden war, niemand wurde zur Rechenschaft gezogen. Außerdem war alles so schrecklich und so weit außerhalb ihrer eigenen wohlbehüteten Welt, dass Chyna den Gedanken daran lieber verdrängte. Sie wollte die Visionen, die sie jetzt schon über ein Jahr zu unterdrücken versuchte, nicht von neuem in Gang setzen.

*Von der nächsten Tragödie, die uns heimsuchte, brauche ich dir nichts zu erzählen – vom Verlust der lieben Zoey. Wenn sie ermordet worden wäre, wäre das schrecklich gewesen, aber dass sie einfach verschwunden ist und wir nicht wussten, ob sie tot ist oder lebendig war, ob sie hungerte oder gefoltert wurde, war das Schlimmste, was ich bis dahin in meinem Leben durchgemacht hatte. Für dich natürlich auch, Chyna. Ich denke, bis zu diesem Zeitpunkt war dir größerer Kummer erspart geblieben, aber es dauerte mindestens ein Jahr, bis ich dich zum ersten Mal wieder von Herzen habe lächeln sehen.*

*Um keinen Preis wollte ich Ned verdächtigen. Ich habe erst gar nicht versucht herauszufinden, wo er in jener Nacht war. Und wenn er später abends wegging, habe ich ihn nie gefragt, wo er hinging. Er hat mir auch nie eine Erklärung gegeben. Über ein Jahr nach Zoeys Verschwinden, um die Weihnachtszeit, war ich nachts zufällig wach und saß im Wohnzimmer, als Ned um zwei Uhr früh nach Hause kam. Ich knipste die Lampe an, und da stand er vor mir, verschwitzt und zerzaust, mit einem Gesichtsausdruck, den ich nur als barbarisch bezeichnen kann. Er sagte kein Wort, sondern ging nur stumm an mir vorbei und nach oben in sein Zimmer. Am nächsten Tag habe ich erfahren, dass Heather Phelps verschwunden ist, genau wie Zoey.*

Nur noch eine Seite war übrig von dem Brief, aber Chyna musste eine Pause einlegen. Ihr war schwindlig und ein bisschen schlecht. Am liebsten hätte sie den Brief einfach in die Tüte gestopft, das Ganze in den Kamin geworfen und ein großes Feuer entfacht. Aber sie wusste, dass das Grauen noch nicht vorüber war. Vor ihr lag noch immer die Tüte mit den Kleinigkeiten, wie traurige Opfergaben, die darum flehten, berührt und beachtet zu werden.

Langsam streckte Chyna die Hand nach dem schmalen Silberarmreif mit den Initialen HCP aus. »Heather Carol Phelps«, sagte sie laut, obwohl sie bis zu diesem Augenblick Heathers Zweitnamen nicht gekannt hatte. Dann traf die Vision sie so hart, dass sie fast vom Stuhl gerutscht wäre. Ein blondes junges Mädchen schlenderte eine stille, dunkle Straße entlang. An einer Ecke sah Chyna einen beleuchteten Adventskranz, der eine Straßenlaterne schmückte. Das Mädchen ging langsam, sah sich die Schaufenster an, lächelte vor sich hin und wirkte insgesamt fröhlich, lebhaft und sehr jung.

Als sie das Ende der Straße erreichte, blieb sie einen Moment stehen und sah sich nach Autos um. Doch da trat hinter ihr eine Gestalt aus dem Schatten der Häuser. Viel konnte man nicht erkennen – nur einen Parka und eine Skimaske – aber Chyna erkannte, dass es ein Mann war, um die eins achtzig, schlank. So leise schlich er sich an das Mädchen heran, dass sie kaum dazu kam, einen Schreckenslaut auszustoßen, ehe sich seine behandschuhte Hand über ihren Mund legte, und ein Arm sich um ihre Taille schlang. Das Mädchen wehrte sich, wurde aber mit einer raschen Bewegung nach hinten gezerrt, so dass sie halb zu Boden ging und keine Möglichkeit mehr hatte, auszuholen und um sich zu treten.

Chyna spürte, wie das Herz des Mädchens raste, spürte die Verwirrung, die Angst. Blitzschnell zog der Mann seine Beute hinter ein Gebäude und drückte ihr einen Lappen aufs Gesicht – einen schweren, süßlich riechenden Lappen.

So abrupt, wie sie begonnen hatte, war die Vision wieder vorüber. Chyna saß stocksteif auf ihrem Stuhl, Schweiß bedeckte ihr Gesicht, sie atmete schwer und keuchend. Das also war die Entführung von Heather Phelps, dachte sie dumpf. Heather, die sich gutgelaunt nach Weihnachtsgeschenken umgeschaut hatte. Ein schöner Abend, der ein jähes Ende fand.

»Oh, Gott«, stöhnte Chyna, faltete die Arme auf dem Tisch und legte den Kopf darauf. Sie wusste, dass Heather nicht sofort getötet worden war – sonst hätte ihr Entführer das Chloroform nicht benötigt. Genau wie bei Deirdre. Nein, dieser Mensch, dieses Monster, wie Chyna ihn in Gedanken nun nannte, hielt seine Opfer am Leben. Er genoss ihre Angst. Er labte sich an ihrer Verzweiflung.

Als Nächstes nahm Chyna ein schmales rotes Samtband in die Hand und sah es prompt in dichtem, dunklem, im Mondlicht schimmerndem Haar. Das Mädchen mit dem Haarband ging schnellen Schrittes und blickte immer wieder nervös auf die billige Uhr am rechten Handgelenk. Sie trug einen dünnen

Mantel und hatte einen Rucksack dabei. Edie Larson, dachte Chyna voller Grauen. Edie, die nach der Theaterprobe auf dem schmalen Pfad neben dem Highway nach Hause eilte. Plötzlich tauchte vor ihr ein schwarzer Lincoln auf.

Abrupt blieb Edie stehen. Dann öffnete sich die Fahrertür, und ein junger, dunkelhaariger Mann mit Sonnenbrille und Anzug stieg aus. Er lächelte. »Edie Larson?«, fragte er. Sie nickte. »Machen Sie nicht so ein ängstliches Gesicht, ich habe Sie bei der Probe für *Unsere kleine Stadt* gesehen und fand Sie wundervoll.«

Edie sah ihn verlegen an. »Danke. In einer Szene hab ich eine Textzeile vermurkst, aber bis nächste Woche hab ich sie drauf. Dann gibt es keine Fehler mehr.«

»Da bin ich ganz sicher.« Der Mann machte einen Schritt auf Edie zu. »Mein Name ich James Chadwick, und ich arbeite in der Theaterbranche, vor allem im Einzugsgebiet New York«, erklärte er. »Früher hätte man mich als Talent-Scout bezeichnet. Ich kam heute zufällig durch Black Willow, als ich gehört habe, dass es an der Highschool eine Theaterprobe gibt, und da dachte ich, ich schau mal vorbei.« Er lächelte verschwörerisch. »Eigentlich dachte ich, dass ich mich bestenfalls ein bisschen amüsieren werde. Manche Highschool-Produktionen …« Er zuckte die Achseln. Edie kicherte schuldbewusst und nervös.

»Aber ich war sehr beeindruckt, wie Sie Ihre Stimme einsetzen, um die Nuancen des Charakters Ihrer Figur rüberzubringen«, sagte er schnell und kam erneut einen Schritt näher.

»Wirklich?«, hauchte Edie. Irgendwie kam ihr der junge Mann bekannt vor. Nur die dunklen Haare passten nicht.

»Ja, wirklich. Ich glaube, mit ein paar Stunden Schauspielunterricht und ein bisschen mehr Erfahrung mit den Bewegungen auf der Bühne könnten Sie ein Star werden. Natürlich weiß ich nicht, ob Sie das überhaupt wollen.«

»Aber klar!«, zwitscherte Edie. »Ich möchte am Broadway

auftreten, mehr als alles andere in der Welt. Obwohl ich noch nie ein Broadwaystück gesehen habe.«

»Es gibt eine Menge Dinge, die du noch nicht gesehen hast«, stieß er hervor, war in Lichtgeschwindigkeit hinter ihr, schon lag seine Hand über ihrem Mund, und er zog sie genau wie Heather nach hinten. »Es gibt eine ganze Welt, die du nicht kennst, Edie.« Er legte den weißen Lappen über ihr Gesicht. »Aber ich werde sie dir zeigen.«

Plötzlich war Chyna wieder am Schreibtisch ihrer Mutter, und als sie sah, dass sie Edie Larsons rotes Haarband in der Hand hielt, ließ sie es fallen, als wäre es eine Giftschlange. Der Schweiß lief ihr übers Gesicht, und ihr Herz klopfte so heftig, dass es sich anfühlte, als würde es die Rippen sprengen. Draußen wurde es schon dunkel – ein sanfter, grauer Abend voller Schatten. Michelle leckte ihr die Hand. Das war ihre abendliche Routine: Chyna las in ihren medizinischen Lehrbüchern, Michelle war direkt neben ihr und wartete auf ein Streicheln oder Ohrenkraulen – und auf den Hundekeks, wenn die Lernzeit beendet war.

Und so sollte es heute Abend auch sein, dachte Chyna. Ich kann nicht mehr! Sie war müde, ihr war übel, und sie merkte, dass sie dabei war, fürchterliche Kopfschmerzen zu bekommen. Aber gleichgültig, wie sie sich fühlte – ein Objekt auf dem Schreibtisch schien geradezu nach ihr zu rufen, und sie konnte nicht widerstehen, es in die Hand zu nehmen – eine Kette mit einem vierblättrigen Kleeblatt: Zoeys Glückskette.

Als sie fünfzehn waren, hatte Zoey für sich und Chyna zwei identische Ketten gekauft, und Chyna trug ihre bis heute. Auch in diesem Moment. All die Jahre hatte sie sich vorgestellt, dass die andere immer noch bei Zoey wäre, selbst wenn von ihr inzwischen nur noch ein Skelett übrig sein mochte. Aber nun lag die Kette vor ihr, sauber und glänzend.

Chynas Hand bewegte sich ohne ihr Zutun, fast so, als gehörte sie nicht ihr, bis ihr Mittelfinger die Kette berührte.

Rasch griff sie mit der ganzen Hand zu, bevor ihre Nerven endgültig versagten.

Eigentlich hatte sie erwartet, dass sich sofort eine Vision einstellen würde, wenn sie die Kette anfasste. Stattdessen umfing sie plötzlich eine äußerst unangenehme Dunkelheit. Verwundert schloss sie die Augen und umfasste das Kleeblatt fester, so fest, dass der Anhänger schmerzhaft in ihre Haut schnitt. Endlich verwandelte sich das erdrückende, unnatürliche Halblicht in die süße, warme, samtene Dunkelheit jener Sommernacht, und Chyna konnte sehen, was vor zwölf Jahren passiert war.

Das Mondlicht schimmerte auf dem Lake Manicora, Glühwürmchen tanzten durch die Nacht. »Das ist ja fast wie beim Feuerwerk!«, rief Zoey gerade begeistert aus, und ihre Augen funkelten fröhlich. »Ich glaube, das ist die schönste, wundervollste Nacht meines ganzen Lebens!« Und dann blickte Chynas beste Freundin in das Gesicht eines Mannes.

In das Gesicht von Gage Ridgeway.

Chyna war so schockiert, dass ihr die Kette aus den Fingern glitt und sie unwillkürlich die Augen öffnete. Sie erinnerte sich noch, dass Zoey und sie ein paar Tage vor Zoeys Verschwinden Gage Ridgeway in der Stadt begegnet waren. Er hatte Zoey Komplimente gemacht, und Zoey war von ihm ganz hingerissen gewesen. Anscheinend hatten sie sich später noch einmal getroffen und ein Rendezvous am See vereinbart. Ein Rendezvous, das Zoey vor ihrer besten Freundin geheim gehalten hatte.

Alles in Chyna bäumte sich dagegen auf, die Kette noch einmal anzufassen und sich anzusehen, was Gage Zoey angetan hatte. Aber sie wusste, dass Zoey es wollte. Zoey hatte es gewollt, seit sie zum ersten Mal am See mit Chyna gesprochen hatte. »Ich bin es ihr schuldig«, murmelte Chyna und nahm die Kette wieder in die Hand.

Wieder die Sommernacht. Die Glühwürmchen. Gage beugte

sich über Zoey und küsste sie. Als der Kuss vorüber war, blickte sie ihn mit Tränen in den Augen an. »Wir sehen uns erst nächsten Sommer wieder«, stellte sie bekümmert fest.

»Bis dahin ist es doch gar nicht so lange. Und nächsten Sommer bist du siebzehn, und ich glaube, dann hat Vivian Greer nichts mehr dagegen einzuwenden, dass du mit mir ausgehst. Dann ist Schluss mit der Geheimnistuerei.«

»Vielleicht hast du ja recht«, meinte Zoey und sah ihn flehend an. »Schreibst du mir?«

»Mindestens alle zwei Wochen. Und ich benutze einen falschen Absender. Wie wäre es mit ›Irma Vogel‹?« Zoey, die Irma natürlich kannte, lachte laut. Gage lächelte und küsste die Sommersprossen auf ihrer Nase. »Alles wird gut, Zoey, das verspreche ich dir.«

Und du hattest keine Ahnung, wie vielen anderen Mädchen er das Gleiche versprochen hat, dachte Chyna. Sie spürte, dass Gage erleichtert war, weil Zoey am nächsten Tag wieder abreiste. Es gab noch so viele andere Mädchen zu erobern.

Sie umarmten einander. Und jetzt wird er sie gleich packen, dachte Chyna voller Grauen. Jetzt legt er gleich die Hand auf ihren Mund und zerrt sie nach hinten …

Aber stattdessen machte Gage sich in aller Ruhe auf den Rückweg zum Parkplatz. Zoey sah zu, wie er auf sein Motorrad stieg, ihr als Antwort auf ihr Kusshändchen beiläufig zuwinkte und dann mit donnerndem Motor den Parkplatz verließ. Zoey wischte sich die Tränen vom Gesicht und stieg den Abhang zum Haus der Greers hinauf, dort wo Chyna im Gras lag und friedlich schlief.

»Nein!«, schrie Chyna, und Michelle sprang vor Schreck in die Höhe. »Nein, das stimmt nicht! Sie ist von dem Mann getötet worden, den sie am See getroffen hat!«

Doch so war es nicht.

Chyna kniff die Augen zusammen. Inzwischen hatte sie schlimme Kopfschmerzen, ihr Nacken war steif vor Anspannung, ihr ganzer Körper schweißnass, obwohl im Haus eine angenehme Temperatur herrschte.

Als sie sah, wie Zoey sich – zwar unglücklich, aber gesund und munter – von ihrer »großen Liebe« verabschiedete, hatte Chyna die Kette erneut fallen lassen. Zoey war zu ihr zurückgegangen, als sie auf der Wiese zwischen See und Haus geschlafen hatte. Aber wie konnte das sein? Wild entschlossen nahm Chyna die Kette ein letztes Mal in die Hand.

Diesmal setzte die Vision sofort ein. Chyna hatte das Gefühl, durch die Zeit zu fliegen, zwölf Jahre zurück in die Vergangenheit, zu dieser lauen, wunderschönen Julinacht. Zoey summte vor sich hin, als sie den Abhang emporwanderte. Sie summte und lächelte und berührte das vierblättrige Kleeblatt an ihrer Kette …

Da trat plötzlich Ned zwischen den Bäumen hervor. Zoey gab einen Laut der Überraschung von sich, dann fingen beide an zu lachen, und Ned meinte: »Himmel, Zoey, ich wollte dich doch nicht erschrecken.«

»Ich dachte, du bist ein Bär oder so was«, kicherte Zoey verlegen. Chyna spürte, dass ihre Freundin vor allem deshalb angespannt war, weil Ned sie bei etwas Verbotenem erwischt hatte. »Es war so warm heute Nacht, da konnten Chyna und ich nicht schlafen, und wir haben beschlossen, einen Spaziergang zu machen …«

Zoey ging die Luft aus, ihr Lächeln wirkte steif und unnatürlich. Ned dagegen erwiderte völlig entspannt: »Ja, das kenne ich – manchmal muss ich auch unbedingt raus dem Haus. Ich weiß auch nicht weshalb – anscheinend kriege ich nachts manchmal Platzangst oder so was.«

»Hast du deshalb deine Musik ausgestellt und wanderst jetzt im Wald herum?«, fragte Zoey und setzte, als Ned sie nur fragend anschaute, erklärend hinzu: »Du hast doch gesagt, dass du den ganzen Abend mit den Kopfhörern Musik hören willst, um keinen von uns zu stören.«

»Ach ja.«

»Aber du hast damals gelogen, Ned«, murmelte Chyna aufgebracht. »Du hast genau gehört, wie Zoey sich mit Gage verabredet hat ... «

In der Vergangenheit schaute Ned sich um. »Ist niemand hier außer Chyna?«, fragte er. Zoey nickte, und er fuhr fort: »Tja, die liegt im Gras und schläft.«

»Sie schläft? Na, dann muss ich sie wohl aufwecken.« Zoey sah Ned flehend an. »Du verpetzt uns nicht, oder?«

»Natürlich nicht.« Ein dünnes Lächeln erschien auf Neds Gesicht. »Darauf kannst du dich verlassen.«

»O Gott«, stöhnte Chyna. Ned packte Zoey auf seine bekannte Art und schleifte sie in den Wald. »Zoey, es tut mir so leid«, sagte Chyna laut. »Ich hätte für dich da sein müssen.«

»Warst du aber nicht.«

Chyna wirbelte herum und sah Ned direkt hinter sich stehen. »N-Ned!«, stieß sie mit hoher, brüchiger Stimme hervor und versuchte, den Schmuck rasch und unauffällig wegzuschieben. »Ich wusste gar nicht, dass du vorbeikommen wolltest. Sind Beverly und die Kinder auch da?«

»Es ist zu spät, du brauchst nicht mehr so zu tun, als wäre alles normal, Chyna. Ich stehe hier schon seit gut fünf Minuten.« Ihr Herz wurde schwer, aber es fiel ihr nichts ein, was sie hätte erwidern können. Schließlich fuhr Ned fort: »Wie ich sehe, hast du da einen Brief. Bestimmt hat Mom ihn irgendwo versteckt, wo nur du ihn finden konntest, damit du alle ihre Geheimnisse erfährst. Wo war er denn, Chyna?« Stumm starrte sie ihn an. »Ach, komm schon. Es schadet doch nichts, wenn du es mir sagst.«

Chynas Mund war so trocken, dass sie kaum ein Wort herausbrachte. »Er war hinter dem Bild von Mom und ... Dad.«

»Meinst du, von *unserer* Mom und *deinem* Dad?«

Ned grinste. Chyna hatte ihren Bruder immer attraktiv gefunden – blond, blauäugig, regelmäßige Gesichtszüge, mit einem schiefen, äußerst charmanten Lächeln –, aber jetzt war er alles andere als schön anzusehen. Er war bleich, seine Augen hatten jeden Glanz verloren, und sein Grinsen erinnerte an einen Haifisch. In gewisser Weise wirkte er nicht einmal menschlich.

Soll ich bluffen oder ehrlich sein?, überlegte Chyna. Aber etwas in Neds Gesicht sagte ihr, dass sie über das Bluffen hinaus waren. »Hat Mom dir gesagt, dass Edward nicht dein Vater war?«

Einen Moment sah Ned mit seinen ausdruckslosen, leeren Augen zu dem Porträt hinüber. »Als ich klein war, hat sie es mir verschwiegen. Aber ich wusste es trotzdem. Du bist nämlich nicht die Einzige, die Dinge sehen kann, Chyna. Ich glaube, ich war etwa neun, als ich mich zu fragen begann, ob vielleicht Rex mein Vater ist, und nicht Edward. Als ich alt genug war, um die Materie etwas besser zu verstehen, wunderte ich mich darüber, dass ich ein siebeneinhalb Pfund schweres Frühchen gewesen sein sollte. Dann habe ich ein Buch über einen Jungen gelesen, der herausgefunden hat, dass ein anderer Mann sein Vater war als der, der es zu sein vorgab. Da hat es auf einmal Klick bei mir gemacht, und ich wusste, dass es bei mir genauso war.« Wieder das unangenehme Haifischgrinsen. »Absurd, oder nicht?«

»Sehr. Und ein ziemlich zweifelhafter Beweis, wenn du mich fragst.«

»Oh, du meinst, ich hätte mich bei dir rückversichern sollen? Mir eine Analyse vom Mensch gewordenen sechsten Sinn geben lassen? Ach, du warst damals doch erst sechs. Es dauerte ein ganzes Jahr, bis der Bootsunfall deine Visionen ausgelöst hat.« Immer noch grinsend hielt er inne. »Du hattest keine Ahnung, dass du nicht bloß deshalb von der *Chyna Sea* gestürzt bist, weil die Boote zusammengestoßen sind, oder?«

»W-wie bitte?«, stammelte Chyna verblüfft. »Willst du damit sagen …«

»Dass ein bisschen nachgeholfen wurde? Ja. Als das Boot so geruckt hat, stand ich neben dir und brauchte nur schnell die Hand auf deinen Rücken zu legen, und schon bist du über die Reling gepurzelt.«

Chyna bekam kaum noch Luft. »Aber warum hast du mich dann gerettet?«

»Ach, Chyna, stell dich doch nicht dumm. Wenn irgendjemand auf der Welt nicht dumm ist, dann doch du. Du warst jedermanns Schätzchen. So hübsch, so klug, so begabt. Alle hatten dich ins Herz geschlossen. Oh, Ned war auch ganz okay, wenn er sich nicht gerade danebenbenahm – durchschnittliche Intelligenz, netter Humor, vielleicht ein bisschen ungelenk, so sind Jungs in seinem Alter ja oft – aber Chyna! Tja, die war schon ein anderes Kaliber. Bis zu dem Tag, an dem ihr tapferer, sportlicher Bruder mit gerade mal elf Jahren sein Leben riskierte, um seine kleine Schwester zu retten, und es auch tatsächlich schaffte! Wow, eine ganze Weile war ich der Held des Tages. Das hat sich toll angefühlt, Chyna. Wundervoll. Sehr, sehr gut. Sogar Edward hat mich auf einmal mit anderen Augen angesehen. Nicht dass er jemals einen anderen Menschen die Kälte in seinen Augen hätte sehen lassen, mit der er mich davor angeschaut hatte, aber nach dem Unfall zeigte er sogar ein wenig Wärme – Wärme, die für gewöhnlich ganz allein für dich reserviert war.«

»Ned, Dad hat dich nie anders behandelt als mich.«

Wieder grinste Ned. »Er hat mich nie anders behandelt, aber es hat ihn angestrengt, uns gleich zu behandeln, weil er sich uns gegenüber anders *gefühlt* hat. Dafür brauchte ich kein Hellseher zu sein. Kinder spüren solche Dinge. Edward Greer hat mich nicht geliebt. Er hat mich mit jeder Faser seines Wesens gehasst.«

»Nein, das ist nicht wahr!« Chyna und Ned zuckten beide heftig zusammen, als sie Rex' Stimme hörten. Chyna hatte vollkommen vergessen, dass er im Haus war. »Du warst nicht

Edwards biologisches Kind, aber du warst Vivians und mein Kind, und er hat uns beide geliebt. Und dich ebenfalls.«

»Nein, Edward hat mich von Geburt an gehasst, weil ich Vivians und dein Kind war!«, stieß Ned wütend hervor.

»Als du begriffen hast, dass du nicht Edwards Sohn bist, hast du dich in diese ganze Phantasie vom ungeliebten, womöglich sogar gehassten Kind hineingesteigert«, konterte Rex. »Du warst eifersüchtig auf deine Schwester, aber das konntest du nicht zugeben. Nein, Ned, du hattest immer etwas, was deiner Schwester völlig fremd war, nämlich ein riesiges Ego. Du konntest dir nicht eingestehen, dass du so etwas Jämmerliches wie Eifersucht einem kleinen Mädchen gegenüber empfunden hast, deshalb hast du Gründe erfunden, um die Verdorbenheit zu erklären, die von Kindesbeinen an in dir gärte!«

»Das ist eine verdammte Lüge!«, knurrte Ned. »Du – du hast Vivian geschwängert, und dann hast du mich im Stich gelassen. Und nachdem dein Bruder sie vor der Schande gerettet hat, hast du ihn aufs Widerlichste betrogen und wieder etwas mit ihr angefangen. Ich erinnere mich noch gut daran, wie ich euch das erste Mal zusammen gesehen habe. Ich war früher von der Schule nach Hause gekommen und hörte Geräusche aus dem Gästezimmer – und da wart ihr, du und die Frau deines Bruders, zusammen im Bett, schwitzend und grunzend wie Tiere, die sich paaren …«

»Halt den Mund!« Auf einmal merkte Chyna, dass sie laut geschrien hatte. Sie hatte keine Ahnung gehabt, dass Vivian und Rex ihre Affäre wieder aufgenommen hatten, sie hatte sich noch nicht voll dieser Realität gestellt, aber sie konnte auch nicht länger schweigen. »Halt einfach den Mund, Ned!« Ihre Stimme durchschnitt die Luft wie ein Messer. »Was Mom und Rex getan haben, war falsch. Aber ich möchte nichts mehr über ihre Affäre hören, und auch nichts mehr davon, dass Dad dich angeblich gehasst hat. Es ist nicht wahr, und selbst wenn er es getan hätte, würde das jetzt keine Rolle mehr spielen.

Dad ist lange tot. Und jetzt haben wir auch noch Mom verloren.« Sie stockte, denn auf einmal sah sie, inmitten seltsamer Lichtblitze, ihre Mutter Vivian oben an der Treppe stehen. Ein Stück von ihr entfernt entdeckte sie Ned. Vivians Gesicht war erhitzt und ängstlich, aber sie bot ihrem Sohn entschlossen die Stirn.

Chyna hielt den Atem an, und einen Augenblick verharrten alle regungslos. Inzwischen war der Abend hereingebrochen, das einzige Licht kam von einer Lampe auf dem Schreibtisch. Schatten huschten über Wände und Decke. Chynas Magen fühlte sich an wie ein Eisklotz, gleichzeitig spürte sie, wie Schweißtropfen über ihren Nacken rannen, eine schmale, trügerische Schlange, die unter den Kragen ihres Pullis schlüpfte. Doch sie riss sich zusammen und sagte mit dünner, rauer Stimme: »Du hast zugegeben, dass du mich, als ich sieben war, vom Boot gestoßen hast, Ned. Du weißt auch, dass *ich* weiß, dass du für den Tod von Zoey, Heather und Edie verantwortlich bist, wahrscheinlich auch für den von Nancy.« Sie machte eine Pause. »Jetzt erzähl mir, was mit Mom passiert ist.«

»Sie hatte eine Herzattacke«, antwortete Ned tonlos, ohne den Blick von Chyna zu wenden.

»Der Pathologe hat gesagt, Mom hatte tatsächlich eine Herzattacke. Aber du warst bei ihr, Ned. Ich sehe euch beide oben an der Treppe stehen. Was ist an diesem Morgen passiert? Jetzt kannst du es uns doch erzählen. Du hast nichts mehr zu verlieren.«

»Nichts zu verlieren?«, wiederholte Ned spöttisch. Er sah zu Rex hinüber, dann wieder zu Chyna und fing an zu lachen. »Na ja, vermutlich hast du recht«, räumte er ein. »Ich hatte schon immer Angst, dass du es eines Tages rausfinden würdest, kleine Schwester, obwohl ich geglaubt habe, deine sogenannten Visionen wären nur das Ergebnis intensiver Beobachtung. Schon als du ganz klein warst, konntest du gut beobachten. Aber ich war mir nicht ganz sicher. Deshalb habe ich es auch vermieden, dich anzufassen, seit du wieder hier bist. Ist dir das nicht aufgefallen?«

Chyna versuchte, sich zu erinnern. Als sie angekommen war und er sie mit Beverly besucht hatte, hatte er sie tatsächlich nicht umarmt, und auch nach dem Vorfall mit der Menschenmenge auf dem Rasen hatte er nicht einmal die Hand auf ihre Schulter gelegt. Jetzt bemerkte er offenbar die beginnende Erkenntnis in ihrem Blick und lächelte sarkastisch. »Ich habe nicht damit gerechnet, Rex alles erzählen zu müssen, aber vielleicht ist es ganz amüsant, ihm die Einzelheiten darüber zu berichten, wie seine Geliebte – oder besser gesagt seine Nutte – gestorben ist.«

Rex zuckte sichtbar zusammen und schloss die Augen. Obwohl er sich von Vivian abgewandt hatte, als sie ihn während der Schwangerschaft mit Ned gebraucht hätte, obwohl er nur mit ihr geflirtet hatte, wenn er in den Intervallen zwischen seinen Ehen zu Besuch kam, war sie ihm sehr wichtig gewesen. So enttäuscht Chyna auch von ihrer Mutter war, linderte es ihren Schmerz ein wenig, weil sie wusste, dass Rex wirklich etwas für sie empfunden hatte.

»Manchmal hat Mom mich angeschaut, als würde sie mich gar nicht kennen«, begann Ned. »All diese Fragen in ihrem Blick. Ich weiß nicht, ob sie Edward etwas gesagt hat oder ob er von alleine anfing, sich Gedanken zu machen, aber bald sah ich den gleichen Ausdruck auch in seinen Augen.« Ned grinste wieder. »Ich kann euch sagen, es hat mich wahnsinnig gemacht. Ich hatte Angst. Und Angst kann ich nicht leiden. Also dachte ich, wenn sie mir wirklich auf die Schliche gekommen sind, wenn sie wirklich den Verdacht hegen, dass ihr Edward junior junge Mädchen umbringt, wie kann ich sie davon überzeugen, dass ich ein ganz normaler Kerl bin? Am besten doch damit, dass ich ein liebes, hübsches Mädchen aus einer guten Familie heirate, ein nettes Mädchen, das sie alle kennen und lieben, ein Mädchen, das sie sich selbst als

Schwiegertochter aussuchen würden. Also habe ich Beverly einen Heiratsantrag gemacht.«

»Du hast Beverly als Tarnung benutzt?«, fragte Chyna entsetzt.

»Ja. Warum nicht? Sie hat mich geliebt. Sie war begeistert, als ich sie gefragt habe, ob sie meine Frau werden will. Um die Zeit der Hochzeit herum verschwand dann auch der argwöhnische Blick aus Vivians Augen. Aber nicht bei Edward.« Chyna erinnerte sich, wie reserviert ihr Vater bei der Hochzeitsfeier gewirkt hatte. Sie hatte sich gefragt, was mit ihm los war, und jetzt wusste sie es. »Junge, Junge, was war ich erleichtert, als er zwei Wochen später den Löffel abgegeben hat«, endete Ned leichthin.

»Bitte sag jetzt nicht, dass du ihn auch umgebracht hast«, sagte Rex mit der Stimme eines alten Mannes.

»Ich hatte es in Erwägung gezogen, für den Fall, dass er mich weiterhin so misstrauisch angeglotzt hätte. Aber glücklicherweise konnte ich es mir sparen. Er hat sich von ganz allein auf den Weg gemacht. Jedenfalls fast.« Ned zog die Augenbrauen hoch. »Schau nicht so erleichtert, Rex. Er ist dir und Vivian auf die Schliche gekommen. Als meine Hochzeit seine Zweifel mir gegenüber nicht ganz ausräumen konnte, hat er in einem anonymen Brief von der Affäre erfahren. Inklusive Fotos.« Wieder verzog er den Mund zu einem hässlichen Grinsen. »So hat er erfahren, dass sein Bruder und seine Frau ihn seit Jahren auf nassgeschwitzten Laken betrogen haben, direkt vor seiner Nase. Der Schock und der Schmerz haben dann zu einem Schlaganfall geführt.«

»Oh Gott«, ächzte Rex. »Ich wollte doch nicht …«

»Du wolltest nicht, dass er dahinterkommt?«, fragte Ned. »Na ja, das ist durchaus verständlich. Du hattest keine Hemmungen, deine Schwägerin zu vögeln, du wolltest nur nicht, dass ihr Mann davon erfährt. Sehr nobel gedacht, Rex. Das zeigt doch, wie sehr du deinen Bruder geliebt hast.«

»Und du warst der anonyme Informant«, sagte Chyna dumpf.

Ned nickte. »Na klar. Vor allem auf die Fotos war ich sehr stolz. Als die beiden mal so richtig in ihr sündiges Vergnügen vertieft waren, haben sie überhaupt nicht gemerkt, dass ich die Tür gerade weit genug aufgemacht habe, um ein paar echt gute Schnappschüsse zu machen. Aber eigentlich hast du nach Vivian gefragt, nicht nach Edward. Na ja, ausgerechnet als ich bei der Hochzeit von Beverlys Schwester in Pennsylvania war, hatten wir hier den großen Sturm, und er hat mein altes Gartenhaus zerstört, das ich doch immer so sorgfältig verschlossen hatte. Die Hütte war Vivian schon immer suspekt, weil ich sie gehütet habe wie meinen Augapfel, und als dann eine Wand davongeflogen war, hat sie die Gelegenheit genutzt, um ein bisschen rumzuschnüffeln. Dabei hat sie dann meine Andenken gefunden, die ich in der alten Truhe aufbewahrt hatte.«

Chyna drehte sich fast der Magen um. »Die Souvenirs von den Mädchen, die du umgebracht hast.«

»Ja. Als ich heimkam, war ich außer mir vor Wut, dass sie einfach alles hatte niederreißen und wegschaffen lassen. Sie hat versucht, so zu tun, als wäre es ihr gleichgültig, aber das hat mich nicht überzeugt, und ich habe sie zur Rede gestellt. Sie war im Bett gewesen, und wir sind uns oben an der Treppe begegnet. Sie sah schwach und krank aus und ist total zusammengebrochen. Sie hat erzählt, dass sie alle meine ›grotesken Schätze‹ gefunden und schon seit Jahren den Veracht gehegt hätte, dass ich die Mädchen umgebracht habe. Aber sie hätte nichts gesagt, weil ich ihr Sohn bin. Als hätte sie sich jemals auch nur einen feuchten Kehricht um mich geschert!«

»Oh, das hat sie, Ned«, warf Chyna ein.

»Halt ... den ... Mund«, entgegnete er kalt. »Sie und Edward haben sich für dich interessiert. Nur für dich. Aber darüber haben wir ja schon gesprochen, und ich hasse es, mich zu wiederholen. Jedenfalls hat sie mich mit diesem grausigen hohläugigen Blick gemustert und gesagt: ›Bevor du noch ein Mädchen oder Beverly oder deine eigenen Kinder umbringst, werde ich endlich einmal in meinem Leben das Richtige tun. Ich habe die Sachen, die den toten Mädchen gehört haben, aufbewahrt, und du brauchst dir gar keine Mühe zu geben, sie zu suchen, denn du wirst sie niemals finden. Ich werde sie der Polizei zeigen und erklären, wo ich sie gefunden habe. Dann informiere ich die Behörden über alles, was ich über dich weiß. Das ist nicht sehr viel, aber ich weiß, dass es reicht, damit man Ermittlungen anstellt. Ich habe Rex schon angerufen. Er wird mir helfen.‹«

Die Essensvorräte im Kühlschrank, dachte Chyna plötzlich. Ihre Mutter hatte Rex erwartet, aber er war durch die Grippe aufgehalten worden.

»Dann wollte sie sich an mir vorbeidrängeln und die Treppe runtergehen«, fuhr Ned fort. »Aber auf einmal fing sie an zu japsen und nach Luft zu schnappen und hat sich die Hand auf die Brust gedrückt. Ich wusste ja schon, dass sie Herzprobleme hatte. Und jetzt offensichtlich eine Herzattacke. Da die Gelegenheit sich mir praktisch aufdrängte, habe ich ihr einen netten kleinen Schubs gegeben. Dann bin ich selbst nach unten gelaufen und hab nachgesehen, ob sie wirklich tot war. Ihr Hals war scheußlich verdreht und ...«

»Hör auf!«, schrie Chyna. »In Gottes Namen, beschreib es uns nicht auch noch!«

»In Gottes Namen?«, wiederholte Ned fragend. »Was hat der denn damit zu tun? Aber deiner sensiblen Veranlagung zuliebe werde ich nicht in die Details gehen. Ich hab mich noch eine halbe Stunde oder so im Haus rumgedrückt und dann den Notarzt gerufen. Ich wollte, dass er denkt, dass Mom schon eine Weile dagelegen hat, bevor ich sie gefunden habe. Und zu meinem Glück hat die Autopsie ergeben, dass sie tatsächlich eine Herzattacke hatte. Eine einfache Geschichte: Sie war oben an der Treppe, hatte den Anfall, ist gestürzt und hat sich den Hals gebrochen, was ihr den Rest gegeben hat. Als die Sanitäter kamen, habe ich wirklich gut den verzweifelten Sohn gemimt. Dann habe ich dich angerufen, Chyna. Bist du nicht auch der Meinung, dass mein Kummer echt klang?«

»Ja, du widerlicher Bastard«, stieß sie hervor.

»Bastard – ja, das ist wohl der richtige Ausdruck.«

»Warum das alles, Ned?« Wieder sahen Chyna und Ned überrascht auf, als sie Rex' Stimme hörten. Inzwischen war er ganz die Treppe heruntergekommen und stand bei ihnen im Wohnzimmer. »Warum hast du diese Mädchen getötet?«

»Warum, warum, warum?«, wiederholte Ned in einem seltsamen Singsang. »Warum hat ein Serienmörder Lust zu töten? Na ja, für gewöhnlich haben sie einen bestimmten Typ im Kopf. In meinem Fall habe ich mir immer junge, hübsche, kluge Mädchen ausgesucht, Mädchen, von denen jeder wusste, dass sie aus ihrem Leben etwas Außergewöhnliches machen würden, Mädchen, die etwas Besonderes waren …«

»Mädchen wie deine Schwester also«, stellte Rex nüchtern fest.

»Genau. Ich gebe zu, dass ich es damals, als ich die Gelegenheit dazu hatte, nicht geschafft habe, mich ihrer zu entledigen, denn mein Wunsch nach Bewunderung hat über mein besseres Wissen gesiegt. Dann kam Zoey. Sie war süß, irgendwie auch klug, sie hätte sicher eine gute Schule besucht, denn ihre Eltern hatten ja genug Geld, aber sie war nichts Besonderes – abgesehen davon, dass sie Chynas beste Freundin war. Wenn ich Chyna schon nicht direkt kriegen konnte, dann wenigstens indirekt, durch Zoey. Und das hab ich geschafft, oder nicht, Schwesterchen? Zoeys Tod hat dich ins Mark getroffen.«

»Ja, das stimmt«, antwortete Chyna stockend. »Und die Mädchen nach Zoey – die kannte ich nicht mal, aber für dich waren sie wie ich. Symbolisch hast du jedes Mal mich umgebracht.«

Ned legte den Kopf schief. »Na ja, so hab ich es noch nie betrachtet, aber schließlich bist du ja die Denkerin der Familie. Vermutlich hast du recht.« Sein Blick wanderte von Chyna zu der goldverzierten Urne, die auf einem Couchtischchen aus Kirschbaumholz stand. »Oh, Mom ist also wieder zu Hause.« Er sah Rex an. »Ich glaube aber nicht, dass es jetzt noch kleine Vergnügungen im Schlafzimmer gibt.«

Wie versteinert stand Rex an der Wand. Nur seine einst so strahlenden blauen Augen wanderten langsam von Ned zu der Urne.

»Vivian hat mich angerufen und mir von ihrem Verdacht erzählt, Ned«, sagte Rex mit einer seltsamen, distanzierten Stimme. »Sie hat mir von den ›Trophäen‹ berichtet, die sie im zerstörten Gartenhaus gefunden hat – das Samtband, einen Slip, ein Exemplar des Texts von *Unsere kleine Stadt* und noch ein paar andere Dinge. Sie hat mir auch erzählt, wie du in der Nacht aussahst, als Heather Phelps verschwunden ist. Und dass sie dich der Polizei übergeben wollte. Sie hat mich gebeten zu kommen und ihr zu helfen. Aber ich konnte nicht akzeptieren, was sie von mir wollte, und hab die Sache einen Tag aufgeschoben, was ich mir nie verzeihen werde. Dann wurde mir klar, dass es meine Pflicht war – immerhin bist du mein Sohn – und bin hierhergefahren, und gerade als ich ins Haus kam, sah ich einen Krankenwagen in der Auffahrt. Ich sah, wie jemand auf einer Bahre hinausgetragen wurde, und obwohl das Gesicht zugedeckt war, wusste ich sofort, dass es Vivian war.«

Er warf Ned einen kalten Blick zu. »Und ich habe auch dich gesehen, wie du mit Armesündermiene hinter der Bahre hergetrottet bist. Vielleicht hast du die Cops und Sanitäter an der Nase herumgeführt, aber mich hast du nicht getäuscht. Mir war sofort klar, dass du etwas mit Vivians Tod zu tun hattest. Aber natürlich konnte ich nichts beweisen, und deshalb bin ich auch nicht geblieben. Ein paar Tage bin ich dir gefolgt, in der Hoffnung, dich beim nächsten Verbrechen in flagranti zu erwischen. Aber es hat nicht geklappt, und außerdem konnte ich Chyna nicht länger hinhalten. Also bin ich schließlich hier aufgetaucht und habe eine Ausrede erfunden, warum ich erst so spät kommen konnte. Aber ich bin dir weiter gefolgt, Ned. Deshalb war ich nie hier, Chyna.«

»Na ja, mit deinem Talent zum Privatdetektiv scheint es ja nicht weit her zu sein«, spottete Ned. »Man braucht sich ja nur anzuschauen, was mit Deirdre Mayhew und mit Rusty Burtram passiert ist.«

Voller Verzweiflung blickte Chyna den Mann an, den sie ihr ganzes Leben wie einen Bruder geliebt hatte. »Als ich heimgekommen bin, hast du gehinkt, und Beverly hat gesagt, du hättest dir einen Muskel gezerrt, weil du im Autohaus über einen Schlauch gestolpert seist. Aber in Wirklichkeit hast du ihn dir gezerrt, als du Nancy verfolgt hast. Bevor du sie eingeholt hattest, ist sie gestolpert und gestürzt, aber du hast Rusty entdeckt. Deshalb musstest du ihn töten.«

»Ich glaube nicht, dass er mich gesehen hat«, meinte Ned achselzuckend. »Aber ich war nicht ganz sicher, und ich wollte kein Risiko eingehen. Außerdem hab ich ihm im Grunde einen Gefallen getan. Dieser jämmerliche Kerl war nicht dafür gemacht, auch nur einen einzigen glücklichen Tag zu erleben.«

»Du warst doch gar nicht hier, als Rusty mir gebeichtet hat, dass er Nancy beim Joggen beobachtet hat und meinte, dass jemand sie verfolgt hat«, sagte Chyna.

»Nein, aber Gage war hier, und er hat den Fehler gemacht, mir die ganze Szene zu schildern – wie Rusty dir sein Herz ausgeschüttet und versucht hat, dich davon zu überzeugen, dass er irgendwie pervers sei, wie sein Vater es mitgekriegt hat und kurz davor war zu explodieren. Das Komische daran war, dass Gage nicht wusste, ob er glauben soll, dass Rusty unschuldig war. Er hat mir nämlich davon erzählt.«

»Ja, das muss wirklich lustig gewesen sein für dich«, sagte Chyna ruhig. »Und wo ist Gage Ridgeway jetzt, Ned?«

»Na, er ist abgehauen, kleine Schwester. Als du Deirdre auf dem Friedhof so nahe bei seinem Haus gefunden hast. Schließlich hast du ja auch die Decke aufgespürt, mit der sie auf seinem Grundstück zugedeckt war.«

»Hör auf mit deinen Spielchen. Du hast die Decke in Gages Schuppen gelegt. Gleich als ich sie gefunden habe, wusste ich, dass etwas nicht stimmt. Die Decke war schmutzig, aber der Boden in Gages Schuppen war makellos sauber. Du wolltest die Polizei an der Nase herumführen, damit sie glaubt, dass Deirdre dort eingesperrt war.« Ned lächelte sie nur stumm an. »Du hast die Decke in den Schuppen gelegt, und ich vermute stark, dass bei Gage noch ein paar andere Gegenstände von Deirdre auftauchen werden. Bei dir läuft ja – sehr zum Leidwesen deiner Frau – ständig der Polizeifunk, und als du gehört hast, dass Deirdre gefunden worden ist, warst du wie der Blitz aus dem Haus, bist zu Gage gefahren und hast dort die falschen Beweise ausgelegt. Aber was hast du mit Gage gemacht?«

»Was denkst du denn?«

»Ich soll wohl denken, du hast ihn umgebracht. Aber das glaube ich nicht, Ned.« Chyna klopfte sich mit dem Finger an die Schläfe. »Übersinnliche Wahrnehmung, erinnerst du dich? Ich *weiß*, dass er lebt.«

»Das ist bloß geraten.«

»O nein, das ist nicht geraten.« Obwohl Chyna sich innerlich zittrig fühlte, sorgte sie dafür, dass ihre Stimme stark und fest klang. »Gage Ridgeway lebt, Ned. Er gehört zu deinem Plan.«

Neds Blick wurde unsicher. Dann aber sah er Chyna an, und seine Augen waren kalt und gefühllos wie die einer Schlange. »Du hast vollkommen recht. Gage gehört zu meinem Plan.« Er hielt inne. »Genau wie du, Chyna. Leider wird dieser Plan tragischerweise mit deinem Ableben enden.«

»Du willst deine Schwester umbringen?«, fragte Rex, und noch immer klang seine Stimme wie die eines alten Mannes.

»Ja. Warum schockiert dich das denn so? Ich habe es schon einmal versucht und bin gescheitert, aber jetzt werde ich es schaffen.«

»Auf gar keinen Fall«, knurrte Rex und wollte sich auf Ned stürzen. Aber er war nicht schnell genug. Mit einer blitzartigen Bewegung zog Ned einen Revolver aus der Jacke. Chyna schrie laut auf, als der Schuss losging. Rex verharrte völlig regungslos. Dann blickte er langsam an sich herunter, auf den Blutfleck, der sich allmählich auf seinem Bauch ausbreitete. Ein letztes Mal sah er Chyna in die Augen, dann stürzte er krachend auf die Glasplatte des Kaffeetischchens.

»Bauchschuss«, sagte Ned. »Ein sehr schmerzhafter Tod.«

»O mein Gott«, schrie Chyna. »Was hast du getan?«

»Na, das ist doch ziemlich offensichtlich.«

Chyna wollte zu Rex laufen, aber Ned richtete die Waffe auf sie. »Bleib, wo du bist.« Rex stöhnte, und Chyna ging weiter auf ihn zu. Ned hob die Waffe, und die Kugel schlug keine dreißig Zentimeter über Chynas Kopf in die Wand. »Ich habe absichtlich danebengeschossen, aber das nächste Mal ziele ich genau, also ist es in deinem eigenen Interesse, wegen Rex nicht sentimental zu werden. Ich hab dir gesagt, dass ein Bauchschuss sehr schmerzhaft ist. Und ein sehr langsamer Tod obendrein. Der alte Rex hier wird noch eine ganze Weile stöhnen und ächzen, aber du kannst nichts für ihn tun. Absolut nichts, Chyna. Aber wenn du wenigstens dein eigenes Leben retten willst, musst du tun, was ich dir sage.«

Sie sah ihm in die Augen, die nichts Menschliches mehr hatten. »Du willst mich ebenfalls töten? Warum bringst du es nicht einfach hinter dich?«

»Weil ich es nicht so geplant habe. Es ist ziemlich klar, dass du jetzt nichts mehr tun kannst, um dich zu retten. Aber …« Ned senkte den Revolver und richtete ihn auf die zitternde

Michelle. »Du kannst tun, was ich dir sage, und den Hund retten. Für die meisten Menschen wäre das kein erstrebenswerter Handel, aber ich weiß ja, wie sehr du diesen Hund liebst.«

»Komm schon, Ned. Du würdest erst sie töten und dann mich ebenfalls.«

Er zuckte die Achseln. »Stimmt. Dann stell es dir stattdessen so vor: Wenn ich dich jetzt erschieße, ist alles vorbei. Aber wenn du dir Zeit lässt, könnte dir dein Superhirn doch noch eine dringend benötigte Inspiration liefern.« Er zielte mit der Waffe auf Michelle, ließ Chyna aber keine Sekunde aus den Augen. »Also, was soll es sein, kleine Chyna?«

Sie schluckte schwer. Auf gar keinen Fall durfte sie jetzt eine unüberlegte Bewegung machen, die Ned erschreckte und dazu brachte, sie zu erschießen. »Ich tue, was du sagst.« Sie stand mit dem Rücken zum Schreibtisch, aber auf einmal merkte sie, wie ihre schweißnassen Hände sich langsam über die Schreibtischplatte bewegten. Stopp!, befahl sie ihnen. Haltet still! Aber ihre Hände hörten nicht auf sie, sondern rutschten einfach gegen ihren Willen weiter, fast so, als hätte etwas – oder jemand – die Kontrolle über sie übernommen. Und dann berührten sie Zoeys Kette mit dem Glückskleeanhänger. Rasch schloss Chyna die linke Hand um die Kette, ohne Ned dabei aus den Augen zu lassen. »Ich hab gesagt, ich tue, was du willst. Aber erschieß mich nicht. Und auch den Hund nicht. Bitte.«

»Erschieß den Hund nicht. Bitte«, äffte Ned sie nach und lachte. »Okay, du Idiot. Meine Kinder lieben diesen Hund auch sehr. Sie werden sich nur zu gern um ihn kümmern, wenn die arme Tante Chyna tot ist. Also, ich glaube nicht, dass jemand draußen ist, aber angesichts der Tatsache, dass einige Leute dich für eine böse Hexe oder eine Dämonin halten und sich womöglich irgendwo verstecken und darauf warten, das Böse aus der Stadt zu vertreiben, werde ich dich nicht fesseln oder sonst etwas mit dir machen, was den Eindruck erwecken könnte, du wärst meine Gefangene. Du wirst jetzt zu meinem Auto gehen, so ruhig und gelassen, als wäre alles ganz normal. Mit dem einzigen Unterschied, dass ich hinter dir hergehe und eine Waffe auf deinen Rücken richte.«

»Wohin bringst du mich?«

Ned antwortete etwas, aber auf einmal konnte Chyna ihn nicht mehr hören. Stattdessen sang eine Stimme: »Star light, star bright ... «

»Hörst du mir überhaupt zu?«, wollte Ned wissen.

»Oh, t-tut mir leid. Was hast du gesagt?«

»Ist das ein Versuch, Zeit zu schinden? Denn das wird nicht funktionieren.«

»Nein, ich will keine Zeit schinden. Ich hab doch gesagt, es tut mir leid. Ich ... ich ... «

Wieder kam die Stimme. »Star light, star bright ... « Abrupt verschwand das Zimmer. Einen Augenblick sah Chyna nur Dunkelheit. Doch dann plötzlich ein Feuerwerk von Farben und ein Neonschild – ein Schild, das sie seit über zwanzig Jahren nicht mehr erleuchtet gesehen hatte: STAR LIGHT DRIVE-IN THEATER.

Die Szene wechselte. Jetzt war das Kino nicht mehr in seiner Blütezeit. So hatte es vermutlich ausgesehen, kurz nachdem es geschlossen worden war. Die Sterne und der Mond waren das einzige Licht, das auf die Pfosten mit den rostigen Lautsprechern fiel, auf den verlassenen Kiosk, um den Unkraut und Efeu wucherte, wenn auch nicht ganz so dicht wie heute. Es wirkte eher wie ...

Wie vor zwölf Jahren! Plötzlich wusste Chyna, dass dies der Ort war, an Zoey verschleppt worden war. Und nicht nur Zoey, sondern auch Heather, Edie und Deirdre. Und dorthin würde Ned nun auch sie bringen.

»Verdammt nochmal, Chyna, ich hab gesagt, du sollst nicht so trödeln!«, rief Ned. »Ein bisschen plötzlich, sonst ... «

»In Ordnung«, antwortete sie. »Wir fahren zum Star Light

Autokino, richtig? Zum alten Kiosk? Dahin hast du die anderen alle gebracht, richtig, Ned? Wenn du mich sowieso umbringst, kannst du mir doch wenigstens noch eine einzige Frage beantworten. Du bringst mich zu dem alten Kino an der Route Five?«

»Du musst aber auch immer angeben, oder?«, entgegnete Ned voller Abscheu. »Tja, du kleines Genie, du hast mal wieder recht. Genau dahin fahren wir jetzt. Schon wieder ein Beweis für deinen erstaunlichen sechsten Sinn. Das Problem ist nur, dass die Erkenntnis ein bisschen zu spät kommt, um dich noch retten zu können.« Ned klang entnervt, und seine Augen waren nicht mehr ganz so kalt. Ein wildes Flackern war in ihnen erwacht, fast so, als loderte ein Feuer in ihnen. Er packte Chyna an der Schulter, drehte sie um und drückte ihr den Lauf der Pistole in den Rücken. »Los beweg dich endlich!«

Zoeys Kette fest in der Hand, entfernte sie sich langsam vom Schreibtisch. Sie gingen durch die Tür, zuerst Chyna, Ned dicht dahinter. Rex stöhnte noch immer, aber Chyna versuchte den Laut auszublenden. »Wie gedenkst du die Tatsache zu erklären, dass dein Onkel erschossen im Wohnzimmer liegt?«, fragte sie Ned. »Du kannst die Leiche nicht einfach verschwinden lassen. Hier ist viel zu viel Blut.«

»Dachtest du, ich bin durchgedreht und hab den Kopf verloren, als ich ihn erschossen habe?«, fragte Ned selbstzufrieden zurück. »Tja, du weißt eben doch nicht alles. Das gehört zu meinem Plan.«

»Aha.« Sie streckte die Hand zur Garderobe aus, um ihren Mantel zu holen, aber Ned stieß sie mit dem Pistolenlauf vorwärts. »Du wolltest doch, dass wir ganz normal aussehen, Ned«, gab Chyna zu bedenken. »Es sind höchstens sieben Grad draußen, da würde ich nie ohne Mantel rausgehen. Oder passt das nicht in deinen brillanten Plan?«

Ned gestattete ihr, den Mantel überzustreifen, aber als sie nach ihrer Handtasche greifen wollte, zischte er: »Vergiss es.

Meinst du, ich weiß nicht, dass dein Handy da drin ist? Dass du glaubst, du kannst es heimlich einschalten und per Wahlwiederholung jemanden wie beispielsweise Kendrick alarmieren, schön laut reden, bis du ihn sich melden hörst, und mich dann noch mal fragen, ob ich dich zum Star Light Autokino bringe? Ihm einen Hinweis geben? Tja, das wird leider nicht möglich sein. Jetzt raus mit dir.«

Chyna spürte, wie ihre Augen sich mit Tränen füllten, und sie blinzelte heftig. Sie würde sich nicht anmerken lassen, dass Ned ihren Plan genau durchschaut hatte. Scotts Nummer stand tatsächlich auf Wahlwiederholung. Zwei Tasten, und er hätte jedes Wort mithören können. Aber jetzt war sie hilflos.

Hoch aufgerichtet verließ sie das Haus, und sie wusste, dass Ned die Tränen in ihren Augen nicht sehen konnte. Er war nie weniger als einen Schritt hinter ihr. »Mach die Tür auf«, sagte er, als sie vor der Beifahrertür standen. »Und dann rutsch rüber ans Steuer.« Sie sah ihn an. »Hast du gedacht, ich würde dich einfach reinklettern und dich wie ein braves Mädchen warten lassen, bis ich die Tür zugemacht habe und zur anderen Seite rübergangen bin? Setz dich hinters Steuer und denk dran, dass die Pistole immer auf deinen Kopf gerichtet ist.«

Chyna kletterte über den Sitz. Ned hatte den Schlüssel im Zündschloss stecken lassen. Sie ließ den Motor an und legte die Hand auf die Gangschaltung. »Und komm bloß nicht auf die geniale Idee, einfach loszubrettern und gegen die Mauer zu fahren. Du würdest nicht mal bis zur Garagentür kommen, bevor du eine Kugel im Kopf hast.«

Und das meint er ernst, dachte Chyna. Er hatte wirklich einen Plan, und wenn der nicht funktionierte, würde er sie ganz bestimmt nicht laufenlassen. Seit dem Augenblick, als er gehört hatte, dass Deirdre Mayhew wieder bei Bewusstsein war und demnächst ihren Entführer identifizieren würde, schlug er jede Vorsicht in den Wind. Für ihn war nur noch das wichtig, was ihm schon wichtig gewesen war, als sie noch Kinder waren –, nämlich, Chyna zu töten.

Nachdem sie ungefähr zehn Minuten schweigend gefahren waren, fragte Chyna: »Wie bist du auf die Idee mit dem Auto-Kino gekommen?«

»Es war ungefähr seit sechs Jahren geschlossen, da bin ich eines Abends mit einer Gruppe Jungs hingefahren. Das Unkraut hatte bereits die Herrschaft übernommen, vor allem im Bereich um das alte Verkaufshäuschen herum. Es war alles abgeschlossen. Wir sind nicht eingebrochen, und ich habe auch nicht darauf bestanden, denn ich wollte allein zurückkommen und reingehen, wollte jeden Zentimeter dieses riesigen Bauwerks erkunden, denn es hat mich ... na ja, ich hasse es eigentlich, wenn ich mich anhöre wie du, aber es hat mich einfach angesprochen. Vor allem nachts. Wir waren zwei verlassene Seelen, um die niemand sich kümmerte, zwei Dinge, die man einfach ihrem Schicksal überließ, weil man sich lieber auf etwas konzentrierte, das jünger, besser und hübscher war.« Er seufzte. »Hier ist der einzige Ort, an dem ich jemals wirklich Frieden gefunden habe.«

»Frieden?«, wiederholte Chyna erstaunt. »Du hast die Mädchen, die du ermorden wolltest, hierhergebracht, weil du hier Frieden finden konntest?« Ned nickte, und Chyna fuhr fort: »Aber du hast sie nicht sofort getötet, richtig? Nachdem du in den Kiosk eingebrochen bist, hat dir die Umgebung so gut gefallen, dass du beschlossen hast, deine Opfer dort einzusperren und sie eine Weile zu quälen, nicht wahr?«

»Sie zu quälen? So habe ich das nie gesehen. Der Kiosk war mein geheimer Ort, an dem ich ... an dem ich mich eine Weile an ihnen erfreuen konnte, bevor wir Abschied nehmen mussten.«

Sich an ihnen *erfreuen*? Chyna spürte, wie ihr die Galle hochkam, und sie musste ein paarmal mühsam schlucken. Wie hatte ihr Bruder sich wohl an Zoey und den anderen Mädchen »erfreut«? Chyna wollte es lieber nicht wissen.

»Und hast du vor, dich auch an mir zu erfreuen?«, fragte sie stattdessen.

»Ich fürchte, dafür haben wir keine Zeit.« Er warf ihr einen Blick zu, und ein Mundwinkel verzog sich zu einem so sonderbaren, unmenschlichen Lächeln, dass ihr klar wurde, dass er endgültig die Kontrolle verloren hatte. Jetzt würde es für ihn kein Halten mehr geben, er würde nicht mehr davor zurückschrecken, auch sie zu töten. »Außerdem sind wir Bruder und Schwester, Chyna. Das wäre einfach nicht richtig. Jetzt steig aus und denk dran, dass ich immer direkt hinter dir bin. Wenn du wegzulaufen versuchst, kommst du nicht weiter als bestenfalls drei Schritte.«

Rational wusste Chyna, dass sie auf Hochtouren denken und einen Fluchtplan entwerfen musste. Doch emotional drängte sich ihr ein ganz anderer Weg auf, nämlich, die ganzen analytischen Gedanken so weit wie möglich aus ihrem Kopf zu verdrängen. Zoeys Kette lag noch immer in ihrer Hand, und Chyna war überzeugt, dass ihre einzige Hoffnung in dem lag, was sich außerhalb ihrer begrenzten Realitätswahrnehmung befand, in Antworten, die ihr in der endlosen Welt jenseits ihrer fünf Sinne gegeben werden konnten.

Aber die anderen Mädchen hatten den alten Kiosk nicht so betreten wie Chyna. Sie waren bewusstlos gewesen. Ned hatte die Tür geöffnet, die schlaffen Körper aus seinem Auto geholt und hineingeschleift. Und dann …

»Schlüssel für das Vorhängeschloss«, sagte Ned und schwenkte mit der linken Hand einen Schlüssel vor ihrer Nase, ohne die Pistole aus der Rechten zu legen. »Schließ auf.«

»Du willst also nicht versuchen, ein Schloss zu öffnen, während du mit einer Pistole auf mich zielst?«, sagte Chyna. »Ned, du bist wirklich brillant.«

»Hör auf, mich so herablassend zu behandeln.«

»Tu ich doch gar nicht. Das ist viel zu leicht.«

»Noch ein solcher Kommentar, und …«

»Und du bläst mir hier draußen das Gehirn weg? Das kann nicht Teil deines Plans sein, Ned, das ist zu grob. Da fehlt deine sonstige Finesse.«

»Ich weiß genau, was du da machst«, knurrte Ned. »Du versuchst mich auf die Palme zu bringen, damit ich den Kopf verliere, die ganze Sache in den Teich setze und du eine Chance hast abzuhauen. Aber so läuft das nicht, Chyna. Ich bin zu dicht am Ziel, ich werde mich durch nichts und niemanden so durcheinanderbringen lassen, dass ich einen Fehler begehe.«

»Na ja, wie du meinst.« Chyna gab sich alle Mühe, flapsig zu klingen, denn sie hatte das sichere Gefühl, dass Ned sich am meisten wünschte, sie würde sich in ein zitterndes, vor Furcht gelähmtes Mädchen verwandeln, kaum mehr als ein Kind. Ihr Bruder weidete sich an der Angst anderer Menschen, sie machte ihn stark. Er labte sich am Terror, er lebte für die Kontrolle – und die ultimative Kontrolle war die Macht über Leben und Tod. Allerdings war das Problem, dass dieses Hochgefühl, das das Töten bei ihm auslöste, nie lange anhielt. Deshalb brauchte er immer wieder einen neuen Kick, und anscheinend glaubte er, wenn er Chyna umbrachte, wäre diese Sucht, dieses Bedürfnis ein für alle Male befriedigt. Aber sie wusste, dass das nicht der Fall sein würde. So lange Ned lebte, würde auch sein Hunger nach Zerstörung unstillbar bleiben.

Sie öffnete das Vorhängeschloss und schob langsam die Tür auf. Kleine Fenster säumten den oberen Rand des einstöckigen Gebäudes und ließen etwas Mondlicht herein, aber nicht genug, um wirklich Helligkeit zu spenden. Dann hörte Chyna ein Klicken hinter sich. Der Strahl einer Taschenlampe durchdrang die Finsternis und fiel auf eine zusammengekauerte Gestalt in der Ecke, halb von einer Decke verhüllt. Nur ein Stück eines blutverschmierten Gesichts schaute hervor, und Chyna erkannte Gage Ridgeway. In der plötzlichen Helligkeit blinzelte er und duckte sich, aber Chyna hatte bereits das Klebeband über seinem Mund entdeckt.

»Hier ist er also«, stellte sie düster fest. »Ich wusste doch, dass du ihn nicht umgebracht hast, Ned. Möchtest du mir nicht verraten, warum?«

»Weil *er dich* umbringen wird.« Ned schloss die Tür, knipste die Taschenlampe jedoch nicht aus. Er muss nicht vorsichtig sein, dachte Chyna. Vom Highway waren sie ein ganzes Stück entfernt, und in der Nähe des ehemaligen Autokinos gab es keine Wohnhäuser oder Geschäftsgebäude. »Möchtest du wissen, *warum* er dich umbringen wird?«

»Ich sterbe fast vor Neugier.«

»Sehr schlagfertig, Chyna. Setz dich.«

»Ich möchte mich aber nicht setzen.«

Sofort hielt Ned ihr die Pistole an den Kopf. »Ich hab gesagt, du sollst dich setzen.«

Chyna seufzte, als wäre sie verärgert. In Wirklichkeit war sie froh, sich hinsetzen zu können, denn sie fühlte sich einer Ohnmacht nahe. Aber es durfte nicht so aussehen, als würde sie vor lauter Angst zusammenklappen. »Okay, jetzt sitze ich«, verkündete sie scheinbar gelassen. »Bitte erleuchte uns nun mit deiner Weisheit, bevor du platzt.«

Ned warf ihr einen scharfen Blick zu, sichtlich wütend, dass sie weder Furcht noch den angemessenen Respekt vor seiner Macht zeigte. »Ich bin etwa neunundneunzig Prozent sicher, dass Deirdre mich nicht gesehen hat. Ich hatte mich als Gespenst verkleidet, als ich sie entführt habe – so bin ich an diesem Abend am wenigsten aufgefallen. Danach hab ich immer eine Skimaske aufgesetzt und ihr außerdem die Augen zugeklebt. Aber falls sie mich doch an der Stimme oder sonst wie erkannt haben sollte, spielt das auch keine Rolle. Es gibt so viele Beweise, die darauf hindeuten, dass Gage die anderen Mädchen und auch Rusty Burtram umgebracht hat, und Deirdre wird sich sicher nicht allzu schwer davon überzeugen lassen, dass sie, benommen von der Angst und dem Chloroform, in ihrer Verwirrung Gage mit mir verwechselt hat. Schließlich bin ich ein angesehener Familienvater. Während unser Gage hier – na ja, wir kennen ja seinen Ruf, er würde vermutlich auch ohne die erdrückende Beweislast ausreichen.«

»Also wird Gage der Prozess gemacht, und er bekommt die Schuld an den Morden.« Ned nickte.

»Aber was ist, wenn die Geschworenen nicht hundertprozentig davon überzeugt sind, dass er der Killer ist, der Black Willow zwölf Jahre lang in Angst und Schrecken versetzt hat?«

»Es wird gar keinen Prozess geben, denn Gage wird verschwinden. Er ist doch schon weg. Du hast es selbst gesehen, als du mit Kendrick heute früh in seinem Haus rumgeschnüffelt hast. Und gestern Nacht waren die Cops auch schon da. Natürlich wie üblich viel zu spät. Während sie alle zugeschaut haben, wie man Deirdre aus dem Grab gehievt hat, hab ich Gage schon aus seinem Haus geholt. Übrigens mit einer seiner Pistolen«, erklärte Ned mit Blick auf die 38er in seiner Hand.

Chyna runzelte die Stirn. Dann verstand sie plötzlich. »Natürlich. Du hast Rex mit Gages Revolver erschossen.«

»Genau. Gage hat den armen alten Rex erschossen, weil er dummerweise versucht hat, dich zu beschützen.«

»Wenn Gage unbedingt aus Black Willow verschwinden wollte, warum sollte er mich dann umbringen?«

»Weil du der einzige Mensch bist, von dem er noch etwas zu befürchten hat. Vor uns anderen könnte er sich verstecken, aber nicht vor dir, Chyna Greer. Immerhin hast du Deirdre gefunden. Das hat ihm zu denken gegeben. Also hat er beschlossen, dich auch zu töten, denn du warst die Einzige, die seine Freiheit noch gefährden konnte. Dann ist er verschwunden.« Ned schaute zu Gage hinüber. Seine Augen waren nicht zugeklebt, wenn auch blaugeschlagen und blutig, aber in ihnen glomm tiefer Hass. »Man wird dich niemals finden, Gage, aber irgendwann kommt Chynas Leiche zum Vorschein und auch die Leichen der anderen Mädchen.«

»Du willst mich töten und an der gleichen Stelle vergraben wie die anderen?«, sagte Chyna. Ned nickte lächelnd, aber dann verschwamm sein Gesicht plötzlich vor Chynas Augen. Sie sah weder Ned noch Gage, sie sah nicht das schmutzige Innere des alten Kiosks. Nein, sie sah Zoey, in ihren weißen Jeans und dem blauen Top, mitten auf dem Grundstück des Autokinos, vor der großen Leinwand.

Ihre Stimme klang süß in Chynas Ohren. »Star light, star bright …«, sang sie, und ihr rechter Arm schwang anmutig über die mondbeschienene Ruine des alten Kinos. »The last star I see tonight …« Aber der Reim geht doch anders weiter, dachte Chyna, »The first star I see tonight«, so hieß es doch. Nicht der letzte, sondern der erste Stern. Aber Zoey sang eindeutig vom letzten. Und dann begriff Chyna endlich. Mit absoluter Klarheit wusste sie, was Zoey ihr sagen wollte. Das Star Light Autokino war der letzte symbolische Stern, der auf sie herabgeblickt hatte, als sie begraben worden war.

»Sie sind alle hier, nicht wahr, Ned?«, fragte sie mit steinharter Stimme. »Zoey, Heather, Edie … sie sind alle hier im Kino begraben. ›Es ist der einzige Ort, an dem ich jemals Frieden gefunden habe.‹ Das hast du vorhin gesagt, Ned. Also hast du deinen Opfern ebenfalls zum Frieden verholfen, richtig? Zu einem Frieden, den sie gar nicht wollten. Und ich will diesen Frieden auch nicht.«

Einen Moment starrte Ned sie überrascht an. Dann kehrte sein kaltes Lächeln zurück. »Na, siehst du jetzt endlich ein, warum ich dich aus der Welt schaffen muss, Chyna? Warum *Gage* dich aus der Welt schaffen muss, meine ich natürlich. Du bist einfach zu klug, das tut dir nicht gut, kleines Mädchen. Das war schon immer so.«

»Nein, das kann nicht sein, denn sonst wäre ich dir wesentlich früher auf die Schliche gekommen. Ich weiß selbst nicht, warum ich nicht früher Verdacht geschöpft habe«, entgegnete Chyna traurig. »Vielleicht weil wir verwandt sind oder weil ich dich zu sehr geliebt habe.«

Neds Grinsen verblasste. Er sah sie fast liebevoll an, und in diesem Augenblick wusste Chyna, dass ihr Bruder neben der Eifersucht und dem Hass all die Jahre auch Zuneigung zu ihr empfunden hatte. Doch er hatte diese Seite in sich nie gepflegt, hatte ihr nie eine Chance gegeben, sich zu entwickeln. Stattdessen hatte er sie in den Flammen seines Hasses erstickt – und das war ihm tragischerweise sehr gut gelungen.

»Warum hast du mich hierhergebracht, Ned?«, fragte sie. »Wenn du meinen Tod Gage anhängen willst, hättest du mich irgendwo töten und liegen lassen können.«

»Das Kino hat fünfzig Jahre lang dem alten Dickens gehört. Auch als es geschlossen wurde, wollte er nicht verkaufen. Aber jetzt liegt er im Sterben. Sobald er tot ist, werden seine Kinder das Gelände an eine Firma verkaufen, die hier ein Einkaufszentrum errichten will. Wahrscheinlich beginnen die Bauarbeiten schon nächstes Frühjahr. Dann wird man die Skelette finden. Natürlich legt Gage sein letztes Opfer zu den anderen, wo er doch weiß, dass sie so lange nicht entdeckt werden. Es ist viel sicherer, Gage irgendwo im Niemandsland zu erschießen, bevor ich ihn wegbringe.« Ned betrachtete seine Schwester mit einer seltsamen, verqueren Zärtlichkeit. »Zieh dich aus.«

Sie rührte sich nicht, sondern starrte ihn nur an. Nein, das ist nicht möglich, dachte sie. Ich weiß, er ist krank, ich weiß, er hat unsägliche Dinge getan, aber nicht das. Bitte, Zoey, bitte Mom, helft mir …

»Ich hab gesagt, du sollst dich ausziehen«, wiederholte Ned kalt.

Gage stieß einen heiseren Laut aus, der klang wie ein Knurren, und begann sich unter seiner Decke hektisch zu bewegen. Sofort wirbelte Ned zu ihm herum. »Glaubst du etwa, du kannst sie beschützen? Du kannst dir ja selbst nicht helfen, also sei gefälligst still und stör mich nicht, sonst töte ich dich nämlich zuerst.«

Gage beruhigte sich wieder, aber seine Augen loderten. Wenn er die Gelegenheit bekam, würde er Ned sofort umbringen, das erkannte Chyna, und er würde es ebenso für seine längst verlorene Edie tun wie für sich selbst. Aber er würde die Gelegenheit nicht bekommen.

Langsam stand sie auf. »Du brauchst doch nicht aufzustehen, um dich auszuziehen«, fauchte Ned.

»Nein, aber im Stehen geht es doppelt so schnell, und wenn es schon unvermeidlich ist, möchte ich es sobald wie möglich hinter mich bringen.« Chynas Stimme hatte genau die richtige Mischung aus Angst und Entschlossenheit, die sie sich wünschte. Jemand anderes hatte das Sprechen für sie übernommen, jemand war bei ihr, vielleicht sogar in ihr. Sollte sie versuchen herauszufinden, was hier vor sich ging? Nein. Lass los. Es ist besser so.

Mit ruhigen Bewegungen streifte sie den Mantel ab und entledigte sich dann des dicken Pullovers, den sie über ihrer leichten Bluse trug. Da sie in der linken Hand noch immer Zoeys Kette hielt, musste sie die Bluse mit der rechten aufknöpfen. Schließlich ließ sie sie von den Schultern gleiten und schüttelte die Schuhe ab. Als sie mit ihren dünnen Socken auf dem kalten Betonboden stand, taten ihr die Füße weh, aber sie strengte sich an, ihr Unbehagen nicht zu zeigen. Sie öffnete den Knopf ihrer Jeans, zog den Reißverschluss herunter, und die Hose rutschte auf ihre Knöchel. »Warum benutzt du deine linke Hand nicht?«, fragte Ned plötzlich. »Was hast du da drin?« Mit einem Satz war er bei ihr, bog ihre Finger zurück, sah die Kette und warf lachend den Kopf in den Nacken. »O Gott, Chyna! Ich weiß ja, dass du irre bist, aber so was! Was glaubst du denn, was es dir bringt, Zoeys Kette mit dir rumzuschleppen? Willst du mir vielleicht die Augen damit auskratzen? Oder schickt sie dir geheime Botschaften?«

»Letzteres«, antwortete Chyna ruhig und wahrheitsgemäß. Aber Ned lachte nur weiter. Dann brach er abrupt ab. »Lass sie fallen.«

»Ich dachte, du findest es dumm, sie in der Hand zu halten.«

»Tu ich auch, aber ... na ja ... lass sie einfach fallen.«

»Was ist denn los? Kriegst du jetzt doch ein bisschen Angst vor meiner angeblich verrückten übersinnlichen Fähigkeit?«

»Lass die Kette fallen!«, knurrte Ned. »Augenblicklich, oder ich erschieße Gage.«

So sehr sie sich davor fürchtete, den Kontakt zu Zoey zu verlieren, folgte sie dennoch seinem Befehl. Sein Blick und die Schweißperlen auf seiner Stirn, die ihm inzwischen sogar übers Gesicht liefen, obwohl es im Gebäude immer kälter wurde, gefielen ihr ganz und gar nicht. Sie kickte die Jeans weg, zog die Socken aus und stand schließlich in Spitzen-BH und Bikinislip vor ihrem Bruder. »Reicht das, oder bestehst du darauf, dass ich ganz nackt bin?«

»Gage und ich möchten gern alles sehen«, antwortete Ned. »Schließlich durfte Kendrick das auch. Da wollen wir ja nicht benachteiligt werden.«

Chyna griff nach hinten und begann den BH-Verschluss zu lösen, als das Licht der Taschenlampe auf einmal schwächer wurde. Vielleicht ist die Batterie am Ende, dachte sie, aber dann fiel ihr auf, dass Ned keinerlei Irritation zeigte. Außerdem hörte sie auch Gages keuchenden Atem nicht mehr. Offenbar hatte der Raum nur sie verändert. Um sie herum wurde es immer dunkler, bis auf einmal eine Wagenkolonne auftauchte: Zwei Streifenwagen brausten mit blitzenden Lichtern und heulenden Sirenen über den Highway, gefolgt von einem neuen blauen Mercury mit Scott Kendrick am Steuer. War das die Realität oder nur eine Illusion, hervorgerufen durch Hoffnung und Verzweiflung?

»Was ist los?«, wollte Ned wissen. »Brauchst du zum Ausziehen immer so lange?«

Chyna fingerte an dem Verschluss herum und ließ den BH herunterrutschen. Sie konnte ihren Bruder nicht sehen – weder ihn noch Gage, noch den ganzen Raum. Nur die Autos auf dem Highway. Aber sie durfte sich nichts anmerken lassen. Ned sollte ruhig glauben, dass sie allmählich Angst bekam. Das würde ihm gefallen. Das wünschte er sich am meisten. Anderen Menschen Angst einjagen.

Sie ließ den rechten Daumen langsam über den Bauch nach unten gleiten, bis er das Gummiband ihres Slips berührte. Langsam folgte der linke, und sie umfasste das Gummiband mit den Fingern. Inzwischen war ihr ganzer Körper von einer Gänsehaut überzogen. Sie spürte die kleinen Höcker, ohne sie zu sehen. Inzwischen fuhren die Autos an einer riesigen Plakatwand vorbei, auf der für den Jahrmarkt geworben wurde – ein Plakat, das, wie sie wusste, höchstens eine Meile entfernt war. Aber dann fiel ihr etwas ein. Die Sirenen! Stellt die Sirenen ab, dachte sie verzweifelt. Stellt bitte die Sirenen ab!

»Was ist denn los, Schwesterchen?«, fragte Ned. »Du sahst gerade aus, als hättest du einen Krampf im Gesicht. Kriegst du jetzt endlich Angst? Das wäre nur angebracht!«

Chyna konnte Ned nur mit Mühe verstehen. Er hatte etwas von Angst gesagt. »Mir ist kalt!«, platzte sie heraus. »Ich geniere mich. Ich hab Angst. Zufrieden?«

»Ja, aber du musst nicht so schreien. Hübscher Körper, findest du nicht auch, Gage? Na ja, du kannst ja leider nicht antworten. Macht nichts. Ich würde Chyna auf einer Skala von null bis zehn acht Punkte geben. Vielleicht sogar neun? Nein, wir sollten nicht übertreiben, nur weil es meine Schwester ist. Eine Acht. Also, Beverly ...«

Die Sirenen. Die Sirenen. O Gott, die Sirenen! Vielleicht konnte sie die Sirenen nur mit Zoeys Hilfe hören, aber sie hatte die Plakatwand gesehen. Und sie durfte keinesfalls zulassen, dass Ned die Sirenen hörte. »Mir ist kalt!«, kreischte sie deshalb, so laut sie konnte. »Verdammt, wie lange soll ich hier noch rumstehen und mich totfrieren? Du hast genug gesehen, Ned! Du hast mich gedemütigt! Verdammt nochmal, warum tust du nicht endlich, was du tun musst?«

»Guter Gott, Chyna, halt den Mund!«, brüllte Ned. Sie hörte ihn. Aber nichts sonst. Ihr wurde schwindlig vor lauter Erleichterung. Sie hatten die Sirenen ausgestellt! »Ich soll also weitermachen? Na gut.«

Ned legte die Taschenlampe beiseite, ohne sie auszuschalten, stand auf und kam auf sie zu. Sie wusste, dass es sinnlos war, zur Tür zu rennen. Nach zwei Schritten hätte er sie garantiert eingeholt. Chyna schloss die Augen. Wo blieben die Streifenwagen? Wo war Scott? Nichts. Nur Dunkelheit. Ihr Mut sank, aber sie blieb so aufrecht und regungslos wie möglich stehen, obwohl ihr ganzer Körper vor Angst und Kälte zitterte. Ganz automatisch verschränkte sie schützend die Arme vor der Brust. Ihre Augen waren fest geschlossen, als sie spürte, wie ihr Bruder den Arm um ihr Gesicht legte und die Hand auf ihren Mund presste. Genau wie bei den anderen Mädchen.

Dann roch sie das Chloroform. Ich atme nicht ein, dachte sie wild. Sie atmete aus, so lange sie konnte, warf den Kopf hin und her. Aber Ned war stark, er drückte das Tuch so fest auf ihr Gesicht, dass sie dachte, er würde ihr die Nase brechen. Unwillkürlich sog sie das Chloroform in ihre nach Sauerstoff hungernden Lungen. Sofort verschwamm die Welt. Sie versuchte, zu husten, aber es ging nicht. Sie versuchte, die Luft anzuhalten, aber es ging nicht. Sie japste, atmete ein und fühlte, wie ihr Körper schlaff wurde …

Schreie. Draußen. Drinnen. Ein Schuss. Benommen wandte Chyna den Kopf und sah, wie Gage gegen die Wand sackte. Wieder ein Schuss. Die Tür flog auf. Ned ließ sie los und sprang zur Seite, und sie sank zu Boden, konnte aber gerade noch rechtzeitig den Kopf heben, um zu sehen, wie ihr Bruder sich auf einen Polizisten stürzte. Wieder ein Schuss. Noch einer und noch einer.

Einen Augenblick später war jemand bei ihr. »Ich glaube, du bist unverletzt. Aber dir muss schrecklich kalt sein. Nimm meinen Mantel.«

»S-Scott?«, murmelte Chyna. »Mein Bruder?«

Scotts Arm umfasste sie fester, und sie lehnte ihren Kopf an seine Schulter. »Es tut mir sehr leid, Chyna, aber so ist es das Beste. Dein Bruder wird niemandem mehr etwas zuleide tun.«

# Epilog

Sorgfältig legte Beverly eine akkurat zusammengefaltete Wolldecke auf die Bettwäsche in der Packkiste, schloss den Deckel, klebte ihn zu und stellte sich neben Chyna, während diese »Bettzeug« darauf schrieb. »Jetzt haben wir zwei Stunden ununterbrochen gepackt, ich glaube, wir haben eine Pause verdient.«

Fünf Minuten später saßen die beiden Frauen am Küchentisch und schlürften Cola. »Ich dachte, ich würde den Rest meines Lebens in diesem Haus wohnen«, sagte Beverly und schaute sich in der kleinen Küche mit den bereits leergeräumten Schränken um. »Ich kann gar nicht glauben, dass meine ganze Welt sich in einer einzigen Woche so komplett verändert hat und ich ausgerechnet nach Albuquerque ziehe.«

»Möchtest du lieber woandershin?«, fragte Chyna leise.

Aber Beverly schüttelte entschieden den Kopf. »So klein Kate und Ian auch sind, bekommen sie von den anderen Kindern trotzdem schon alles Mögliche über ihren Vater zu hören. Irgendwann muss ich ihnen das alles ausführlich erklären, aber nicht jetzt. Sie sind ja noch völlig aus dem Gleichgewicht, weil ihr Vater gestorben ist, und ich will ihnen Zeit lassen. Wenn sie auch noch wüssten, warum ...« Ihre Augen füllten sich mit Tränen, und Chyna nahm ihre Hand, die linke, die noch den goldenen Ehering trug. Beverly schluckte. »Ich hoffe, es stört dich nicht, dass wir einfach mit nach Albuquerque kommen. Meine Eltern sind tot, Vivian, Rex und Ned leben nicht mehr, und meine Schwester ist frisch verheiratet, mit all den dazugehörigen Problemen, aber ich habe das Gefühl, dass es den Kindern guttun würde, wenigstens ein bisschen Familie um sich zu haben.«

»Ich freue mich, dass du glaubst, ich könnte dabei helfen«, sagte Chyna. »Aber ich denke, die größte Hilfe bin nicht ich, sondern Michelle.«

Beverly lachte unter Tränen. »Ich will dir ja nicht zu nahe treten, aber du hast recht. Die beiden sind verrückt nach dem Hund.«

»Und sie kann auch gar nicht genug von ihnen kriegen, also hat zumindest diese Beziehung einen sehr guten Ausgangspunkt.«

Beverly nahm einen Schluck Cola light und strich die Ärmel ihres blauen Pullovers glatt. Ihre Haare glänzten wie immer, aber sie trug weder Schmuck noch Make-up. »Chyna, bist du sicher, dass wir keine Last für dich sind? Wir werden uns auf alle Fälle so bald wie möglich eine eigene Wohnung besorgen. Ich weiß doch, wie schwer die Arbeit im Krankenhaus ist, und jetzt, wo auch noch Scott mitkommt …«

»Scott zieht hauptsächlich wegen des Klimas nach Albuquerque«, erwiderte Chyna. Beverly grinste und rollte die Augen. »Okay, seine Ärzte sagen, er braucht noch ein paar Monate Erholung. Aber er hat beschlossen, Pilot zu bleiben«, fuhr Chyna fort. »Gott sei Dank. Allerdings möchte er am liebsten weit weg von Black Willow wohnen, denn die Stadt ist ihm inzwischen ein Gräuel. Er ist übrigens schon wochenlang vor dem Vorfall im Autokino immer wieder geschlafwandelt. Am Morgen nach Deirdres Entführung ist er völlig zerkratzt aufgewacht, und auf der Elfenbeingravur seines Stocks waren plötzlich rotbraune Flecken. Er hatte schon Angst, er hätte jemanden damit geschlagen, aber zum Glück war es sein eigenes Blut – von den ganzen Kratzern und Schnitten auf seinen Händen. Und er hat mir erzählt, dass er in der Nacht, als Gage verschwunden ist, am Brunnen vor unserem Haus wach geworden ist. Das hat ihm einen Höllenschrecken eingejagt.« Sie lächelte schwach. »Er musste zur Beruhigung warme Milch trinken.«

»Ach du liebe Zeit«, erwiderte Beverly in gespieltem Entsetzen.

»Scott dachte, vielleicht wäre er von dem Unglück so traumatisiert, dass er für andere Menschen eine Gefahr darstellt. Zwar hat er eine Therapie gemacht, aber anscheinend war er drauf und dran, sich in die geschlossene Abteilung einer Psychiatrie einliefern zu lassen. Gott sei Dank war das nun doch nicht notwendig. Er ist psychisch gesund, aber er braucht dringend einen Tapetenwechsel, eine völlig andere Umgebung, um körperlich und seelisch wieder ganz auf den Damm zu kommen.«

Beverly verzog den Mund, um ein Lächeln zu verbergen. »Chyna, Schätzchen, er zieht nach Albuquerque, um bei dir zu sein. Warum kannst du das denn nicht einfach zugeben?«

Chyna spürte, wie ihr das Blut in die Wangen stieg, und nach einem kurzen Zögern antwortete sie: »Ich weiß nicht. Vielleicht habe ich Angst, dass das alles zu schön ist, um wahr zu sein? Oder dass meine Beziehung zu Scott nur darauf beruht, dass wir diese schreckliche Zeit gemeinsam durchgemacht haben, und nicht auf etwas *Realem*?«

»Sie beruht aber nicht nur auf der schrecklichen Zeit«, widersprach Beverly bestimmt. »Du hast seit Jahren Gefühle für ihn. Und ich weiß, dass es bei ihm genauso ist – er hat sich nur angewöhnt, dich als Kind zu sehen, deshalb warst du für ihn tabu. Irgendwie ist ihm dabei entgangen, dass du erwachsen geworden bist.« Sie lächelte wieder. »Männer sind manchmal ganz schön schwer von Begriff.«

»Ja. Aber als es darum ging, mich zu befreien, hat er zum Glück sehr schnell begriffen. Ich hatte ganz vergessen, dass er mich nach seinem Arzttermin abholen wollte. Als niemand aufgemacht und er gemerkt hat, dass die Tür nicht abgeschlossen war, ist er reingegangen und hat Rex gefunden. Gott sei Dank war er noch am Leben und sogar noch zurechnungsfähig genug, um Scott sagen zu können, dass Ned auf ihn geschossen hatte und mich zum Star Light Autokino bringen wollte. Der arme Rex. Er musste schrecklich leiden, bevor er starb, aber er hat mich gerettet.« Chyna seufzte. »Deshalb kann ich ihm fast verzeihen, dass er meinen Vater all die Jahre mit Mom betrogen hat.«

»Rex hat dich gerettet, aber Scott ebenfalls. Und Scott hat auch Gage gerettet. Wie ich gehört habe, ist er mit einer Schulterverletzung davongekommen.«

»Ja. Und endlich weiß er auch, was mit Edie Larson passiert ist. Nach all den Jahren sind endlich alle Zweifel ausgeräumt.«

Abermals füllten sich Beverlys Augen mit Tränen. »Ja, jetzt wissen alle, dass Ned Edie auf dem Gewissen hat. Und Zoey. Und Heather. Und Rusty. Ohne dich hätte er auch Deirdre getötet. Du hast gesagt, dass du Zoey immer wieder singen gehört hast – Star light, star bright. Und Deirdre hat im Café ihres Vaters gearbeitet, das L'Etoile heißt, also auch Stern. Glaubst du, das war Zufall?«

»Keine Ahnung«, antwortete Chyna ehrlich. »Vermutlich habe ich wirklich eine besondere Gabe – oder eine besondere Belastung, wie man es nimmt. Aber ich kann es nicht erklären. Und auch nicht kontrollieren. Das ist das Frustrierendste an der ganzen Sache.«

»Du kannst deine Gabe nicht erklären, und ich kann nicht erklären, wie ich einen Massenmörder lieben, heiraten und zwei Kinder mit ihm haben konnte. Gott, das klingt wie eine Schlagzeile auf der Titelseite einer Boulevardzeitung. Aber es stimmt, Chyna – ich habe nichts davon geahnt.«

»Natürlich nicht!«

Einen Augenblick saß Beverly mit gesenktem Kopf am Tisch,

dann sagte sie plötzlich: »Nein, das stimmt nicht ganz. Jetzt, wo ich auf meine Ehe zurückblicke, sehe ich einige Dinge, die nicht zusammengepasst haben – wie oft Ned einfach weg war, wie er manchmal ausgesehen hat, wenn er spät nach Hause kam, angeblich von der Arbeit. Zuerst war ich einfach so in ihn verliebt, dass ich alles glauben wollte, was er sagte, und später war ich so mit den Kindern beschäftigt, dass ich aufgehört habe, ihm genügend Aufmerksamkeit zu schenken. Das war vielleicht ein Fehler.« Sie sah Chyna gequält an. »Glaubst du, das hat ihn dazu gebracht, all diese schrecklichen Dinge zu tun? Ist es letztlich meine Schuld, weil ich als Ehefrau versagt habe?«

»Nein, Beverly, niemals!«, widersprach Chyna leidenschaftlich. »Du bist eine wundervolle Frau. Ich habe dich immer bewundert, wie gut du alles bewältigst – Ned, die Kinder, das Haus, und auch noch mit so viel Geduld und Liebe. Außerdem weißt du doch, dass Ned schon mit elf Jahren versucht hat, mich umzubringen, und dass auch die Sache mit Zoey lange vor eurer gemeinsamen Zeit passiert ist. Er war schon lange krank. Ich weiß, er wollte meine Eltern und Rex und sogar mich für seine Probleme verantwortlich machen, aber trotz aller Fehler, die Mom und Dad und Rex gemacht haben, und obwohl er mir gegenüber immer Minderwertigkeitskomplexe hatte, reicht das nicht als Begründung für das, was er getan hat. Ich konnte mich noch nie entscheiden, ob ich an Vererbung oder Sozialisation glaube – ob wir so geboren werden, wie wir sind, oder ob wir uns durch unsere Erziehung auf eine bestimmte Weise entwickeln«, fuhr Chyna fort. »Inzwischen denke ich, es ist eine Mischung. In ihrem Brief hat Mom davon erzählt, was für ein unglückliches Baby Ned war, und dass er schon als Kind mit depressiven Stimmungen zu kämpfen hatte. Ich vermute, dass Ned mit einer gewissen Veranlagung geboren ist. Wenn dann noch solche Schwierigkeiten wie das Chaos in meiner Familie dazukommen, kann das bei einem

Menschen, der entsprechend veranlagt ist, katastrophale Folgen haben.«

»Ja, vermutlich hast du recht«, murmelte Beverly. »Aber Ian und Kate sind doch Neds Kinder. Glaubst du, er hat seine Veranlagung an sie weitergegeben?«

In diesem Augenblick hörten sie, wie die Haustür aufging, und kurz darauf ertönte Scotts Stimme: »Beverly, Chyna, wir sind wieder da!« Dann sagte er zu den Kindern: »Hey, beruhigt euch mal wieder! Jetzt sind wir zu Hause, also benehmt euch ein bisschen.«

Michelle bellte laut, kam in die Küche gelaufen und rannte direkt auf Chyna zu, die vom Stuhl rutschte, sich auf den Boden setzte und den blonden Hund auf den Schoß nahm. Kurz darauf erschienen Kate und Ian. Sofort sprang Michelle wieder auf, und schon tollten alle drei auf dem Fußboden herum, lachten, knufften und küssten einander.

Chyna warf einen Blick auf Beverly, die ganz in die Beobachtung ihrer Kinder versunken war und zum ersten Mal seit Neds Tod wieder richtig lächelte. »So hat Ned sich als Kind nie benommen«, sagte Chyna leise, denn sie war sicher, dass die Kinder ihr nicht zuhörten. »Du hast zwei fröhliche, gesunde, *normale* Kinder, Beverly. Trotz allem. Und deshalb gehörst du zu den glücklichsten Menschen der Welt.«

Beverly lächelte noch immer, und gleichzeitig strömten ihr die Tränen über die Wangen. Sanft legte Scott den Arm um ihre Schulter und sah liebevoll zu Chyna hinunter. »Du kannst dich auf das verlassen, was sie sagt, Beverly – Chyna weiß und spürt mehr, als wir uns vorstellen können.«